A Sétima
PORTA

RICHARD ZIMLER

A SÉTIMA PORTA

Tradução de
DANIELA CARVALHAL GARCIA

1ª edição

EDITORA RECORD
RIO DE JANEIRO • SÃO PAULO
2013

CIP-BRASIL. CATALOGAÇÃO NA FONTE
SINDICATO NACIONAL DOS EDITORES DE LIVROS, RJ

Z66s
Zimler, Richard
  A sétima porta / Richard Zimler; tradução de Daniela Carvalhal Garcia. – Rio de Janeiro: Record, 2013.

  Tradução de: The seventh gate
  ISBN 978-85-01-09764-4

  1. Cabala - Ficção. 2. Ficção americana. I. Garcia, Daniela Carvalhal. II. Título.

13-1641
CDD: 813
CDU: 821.111(73)-3

Título original em inglês:
THE SEVENTH GATE

Copyright © Richard Zimler, 2007

Publicado mediante acordo com Literarische Agentur Mertin, Inh. Nicole Witt, Frankfurt, Alemanha.

Texto revisado segundo o novo Acordo Ortográfico da Língua Portuguesa.

Todos os direitos reservados. Proibida a reprodução, no todo ou em parte, através de quaisquer meios. Os direitos morais do autor foram assegurados.

Direitos exclusivos de publicação em língua portuguesa somente para o Brasil adquiridos pela
EDITORA RECORD LTDA.
Rua Argentina, 171 – Rio de Janeiro, RJ – 20921-380 – Tel.: 2585-2000,
que se reserva a propriedade literária desta tradução.

Impresso no Brasil

ISBN 978-85-01-09764-4

Seja um leitor preferencial Record.
Cadastre-se e receba informações sobre nossos lançamentos e nossas promoções.

EDITORA AFILIADA

Atendimento e venda direta ao leitor:
mdireto@record.com.br ou (21) 2585-2002.

Para a minha mãe, Ruth G. Zimler, e os muitos membros da nossa família que ficaram nos campos da morte. E também para os meus sogros, Lucie Tiedtke (uma verdadeira berlinense) e Aurélio Quintanilha, que tiveram o bom senso de deixar Berlim antes que fosse tarde demais.

AGRADECIMENTOS

Sou extremamente grato a Alexandre Quintanilha e a Jupp Korsten, por terem lido o manuscrito deste livro e terem me oferecido seus inestimáveis comentários. Agradeço igualmente a Jacob Staub, pela ajuda que me deu com o hebraico e o aramaico, e deixo aqui um abraço especialmente apertado a Jupp, pelas suas prontas — e sempre alegres — respostas a todas as minhas perguntas relativas ao alemão. E o meu reconhecimento pelo incentivo dado a vários amigos alemães, especialmente Martina Hildebrandt, Wilhelm Schlenker e Caroline Benzel.

Grande é a dívida que tenho com a minha revisora, Becky Hardie, pelos seus brilhantes comentários e sugestões. Agradeço também a Antônio Almeida Mattos e a Maria da Piedade Ferreira, pelo apoio editorial, e a Daniela Carvalhal Garcia, pela tradução.

Nos últimos anos têm sido publicados muitos e excelentes livros sobre a guerra movida pelos nazistas contra os deficientes. Foi-me especialmente útil *The Origins of the Nazi Genocide*, de Henry Friedlander. *Outcast*, as memórias de Inge Deutschkron, constituiu também uma ajuda preciosa, pela qual muito agradeço. Como sempre, Gershom Scholem serviu de guia — e inspiração — para grande parte do que neste livro escrevi sobre a cabala.

NOTA DO AUTOR

O narrador do prefácio de *A sétima porta* é inspirado por um leitor que teve a bondade de me relatar longamente o destino de um ramo alemão da família Zarco, da qual falei pela primeira vez em *O último cabalista de Lisboa*.

Prefácio

Tia Sophie é aquela figura esquelética, de faces encovadas, vestida com uma camisola de hospital cheia de nódoas, que, com seus olhos vermelhos semicerrados, me olha fixamente de seu leito como se eu fosse uma alucinação. Tem um cachecol de lã escarlate enrolado no pescoço e a minúscula mão direita enfiada numa luva preta gigantesca que mantém em concha sobre o colo, com a palma de couro virada para cima; parece que lhe enxertaram a mão de um gorila.

Embora Sophie vá passar a semana inteira à procura da outra luva por entre os travesseiros e os lençóis, e embora vá insistir comigo para que exija sua devolução a todas as enfermeiras do andar, o par vai continuar perdido para sempre no meio da folhagem que cobre os terrenos em volta do Hospital da Universidade.

É manhã de uma sexta-feira de meados de dezembro em Mineola, no estado de Nova York, uns 30 quilômetros a leste de Manhattan. Sophie teve um enfarte há quatro dias. O marido dela, Ben — irmão mais velho da minha mãe —, já morreu há muito tempo e eles nunca tiveram filhos. O parente mais próximo de Sophie, um sobrinho chamado Hans, vive em Berlim, mas não consegui entrar em contato com ele nem com a mulher. Por isso sou praticamente o único a poder ajudá-la, ainda mais porque minha mãe tem já 80 e tantos anos e não dirige mais. Acabo de chegar — peguei o avião em Boston, onde moro —, sem avisar minha tia. Tenho uma floricultura em Lowell, e no inverno há pouco movimento; se for preciso, posso ficar até depois do Natal.

— É você mesmo? — pergunta ela, incrédula, quando me vê surgir à porta.

Corro para ela com a pressa de um menino que aprendeu, sentado ao seu colo, que se consegue tirar moedas brilhantes de trás das orelhas. Todos os meninos precisam de um mágico, e o meu era a tia Sophie.

Ela não me abre os braços. Nem sequer um sorriso. Beijo-lhe a testa fria. Antigamente, mesmo que estivesse ardendo em febre, ela teria me abraçado com toda a força.

— *Ich bin...* — fala em alemão.
— Inglês — digo-lhe.
— Ajude-me a tomar suco de laranja. Estou morrendo de sede.

Ela aponta para o copo branco de plástico em cima da bandeja. Tem a pele enrugada, parece papel-crepom. Emagreceu a ponto de estar pesando 43,5 quilos, disse-me a enfermeira-chefe ao telefone. Parece que parou de comer uma semana antes do ataque cardíaco; ficou sem apetite durante uma das suas depressões. "Não tem um pingo de gordura", acrescentou a enfermeira, como se estivesse a descrever um bife de um menu de restaurante. "Se não comer mais..."

O que vai ser de mim sem ela?, comecei a pensar nesse momento, e continuo a pensá-lo.

Passo-lhe o copo. Ela põe-se a balançar para trás e para a frente, tentando endireitar-se na cama, mas não tem força suficiente naqueles bracinhos de arame, não consegue. Encaixo-me por trás dela e puxo-a para cima. Ela põe-se a beber ruidosamente pelo canudo. Suas costas apoiam-se com força contra o meu peito, e é um consolo sentir seu corpo — a vida de uma mulher que já passou por tanta coisa — apoiado em mim. É como se transportasse um mundo. Quero dizer qualquer coisa de heroico que dê a medida do meu amor por ela — *Vou sempre segurar a senhora assim, enquanto precisar da minha ajuda...* Mas, em vez disso, passo os dedos pelos seus cabelos secos e emaranhados; até parece que os paramédicos da ambulância botaram fogo neles.

— A senhora precisa lavar o cabelo — digo.
— Prreciso de muita coisa — responde ela, naquele seu tom de "não me chateiem".

Aperto-lhe os ombros descarnados e rio; já concordamos em muitas ocasiões anteriores que, num hospital, o essencial é ter senso de humor. Mas um gracejo não é um coelho que ela consiga tirar da cartola neste momento. Ela dá um estalo com a língua, impaciente, e encosta-se em mim — minha criança indefesa de 89 anos. Um minuto depois está dormindo e roncando, mas com os olhos cor de avelã bem abertos.

Saio com cuidado da minha posição por trás dela, mas Sophie senta-se de repente na cama, aturdida, e diz com aspereza:

— Porr que você não foi me encontrrarr?

Ajudo-a com gentileza a deitar-se de novo sobre o almofadão. O sol, liberto de repente das nuvens baixas do inverno, cobre o chão de mosaico cinzento, a estrutura metálica da cama, os pés dela...

— Encontrá-la onde? — pergunto.
— Esperrei a manhã inteirra na *Karl's Keller*. Você ficou de ir lá me encontrar.

A Adega do Karl? Ela tem os olhos úmidos, mas de uma maneira estranha, como quem não vê, como se estivessem cheios de uma goma viscosa. É óbvio que mergulhou bem fundo, até sua infância em Berlim.

— Me desculpe — digo.

É a quarta vez em nove meses que ela é hospitalizada; por isso, já sei que as alucinações são a consequência daquilo a que os médicos chamam de psicose hospitalar. Minha teoria é de que o espírito dela está recusando uma situação que lhe é insuportável. A melhor estratégia consiste simplesmente em eu encontrar um lugar para mim dentro das suas histórias loucas — juntar-me à Alice do outro lado do espelho. Mas esta Alice parece mais a Rainha de Copas.

— Você deveria terr verrgonha! — grita ela. — Quando viu que não viria, o Isaac foi emborra.

— Quem é Isaac?

— É o que vive ali.

Ela aponta o dedo na direção da janela e do edifício de tijolo do outro lado do estacionamento.

— Para onde foi ele? — Ela olha para mim, confusa. — Não sei.

— Deve voltar daqui a pouco — digo, com ar alegre.

— Não tenha tanta cerrteza — replica ela, em tom de ameaça. E volta a falar em alemão.

Em junho, quando Sophie teve uma hemorragia gastrointestinal causada pelo anticoagulante que lhe tinham receitado, informou-me que estava na Casa Branca. O único problema era que a Hillary Clinton tinha lhe dado um quarto de criada. Terá Sophie imaginado essa desconsideração para poder se queixar da cama desconfortável e da comida insossa? Talvez as necessidades emocionais mais profundas sejam os tijolos e o cimento com que construímos nossas ilusões.

Eu e minha mãe vamos visitar Sophie no dia seguinte. Ao abrir a porta do hospital, a desagradável luz fluorescente e o cheiro de desinfetante nos fazem ter vontade de voltar correndo para o carro. Prometemos a nós mesmos um belo almoço se conseguirmos ficar duas horas com Sophie. Os subornos do amor!

— Prepare-se para mais uma sessão de conversa sem sentido — digo à minha mãe no elevador, enquanto subimos para a Unidade de Tratamentos Cardíacos.

— Ainda bem para a Sophie! — replica minha mãe, remexendo na bolsa à procura do hidratante labial. Ela fica com os lábios ressecados quando está nervosa. — Ninguém ia querer ter consciência de que está preso nesta espelunca!

— Até que é um lugar simpático — retruco.

— Só se quisermos encontrar o Anjo da Morte enquanto comemos mingau.

A falta de sono agrava o delírio da minha tia nos dias que se seguem. Ela vira e revira na cama como se estivesse deitada sobre pedras. Queixa-se de que não consegue dormir nada durante a noite.

— Não prrego olho nem porr um minuto — informa ela a minha mãe, numa voz aflita.

Sophie e minha mãe abrem e juntam as mãos, num gesto de resignação. Minha mãe veste seu gorro cor de cravo e o casaco de malha preto. Todo mundo está com frio menos eu. Minha mãe tira da bolsa um broche de borboleta esmaltado em azul e prende-o na camisola de Sophie.

— Não ficou bem, a sua tia?

Baixo a revista que estou lendo. Estão as duas olhando para mim, cheias de expectativa.

— Ah, se ficou...

Satisfeita, minha mãe volta a sentar-se e atira-se contra George W. Bush. Adoro minha mãe pela energia inesgotável que ela demonstra perante todo e qualquer obstáculo.

— Acho que nem um idiota chapado alguma vez votaria nesse ignorante! — diz ela a Sophie.

— Os amerricanos são tão cegos como os alemães no que diz respeito a política — replica minha tia.

— São estúpidos que nem *bulvans*! — explode a minha mãe, o que significa "caipiras".

— Pois então, em que abacaxi está nos metendo agorra o nosso *Führer* do Texas?

Minha mãe começa a rir. Mas Sophie não ri. Um pouco mais tarde, desiste do inglês. Decifro aquilo que consigo e tento adivinhar o resto. Por vezes, minha mãe traduz. Garante-me que o alemão berlinense de Sophie e seu iídiche são praticamente a mesma língua, mas tenho as minhas dúvidas.

Minha tia nunca fecha as pálpebras na nossa presença. Roda constantemente a cabeça de um lado para o outro e vai vigiando o mundo com esses olhos embaçados, como se tivesse fugido de uma peça de Beckett.

Dois dias depois, enquanto estou agachado ao lado dela para ajeitar o tubo da sonda urinária, que enroscou em volta de sua perna, e tomando o cuidado para não tirá-lo sem querer, como tive o molhado azar de fazer na véspera, ela me sussurra ao ouvido:

— Eu tentei matá-lo.

Sophie diz isso em alemão, claro, mas me faz o favor de repeti-lo em inglês quando lhe digo que não faço ideia do que está falando.

— Quem é que a senhora tentou matar? — pergunto-lhe, sem levá-la a sério.
— O Papá. — Ela confirma com a cabeça e leva o dedo aos lábios, como uma menina. — Não conte a ninguém.

Minha vontade é dizer-lhe: *"Seu pai morreu atingido por uma bomba aliada",* mas calo-me bem calado e volto à sonda, porque a evocação de qualquer coisa relacionada com o verdadeiro *Führer* pode fazê-la regredir ainda mais.

— Não pense mais nisso — digo —, está na hora de fazer uma sesta.

Levanto seu pé, que está com o dobro do tamanho, inchado com os líquidos que seu coração não tem força suficiente para bombear e lançar no sangue, e passo-o com todo o cuidado pelo laço formado pelo tubo de plástico. Consegui!

— O que está fazendo? — ela exige saber.

— Estou testando os seus reflexos — minto, levantando-me; se eu lhe dissesse que o tubo estava preso em volta de sua perna, ela desataria logo a criticar as enfermeiras por não lhe darem atenção suficiente.

— Você fica aqui enquanto eu faço a sesta? — pergunta.

— Claro.

Sophie põe-se a olhar em volta, como se à procura de alguma coisa que tivesse perdido. Ergue sua estranha mão de gorila.

— Não viu a luva esquerda por aí? — pergunta ela.

— Não me venha com isso outra vez, por favor!

Sophie consegue sentar-se na cama depois de várias tentativas, e depois tira uma perna para fora dos lençóis.

— O que está fazendo? — pergunto.

— Vou ao meu quarrto prrocurarr a luva — responde ela.

A faixa de segurança que ataram em sua cintura a impede de se levantar. Impotente, ela deixa-se ficar sentada com os ombros caídos, olhando fixamente para aquela fita branca como se pertencesse a outra dimensão.

— Tirre já esse raio dessa cinto! — berra, furiosa.

Sinto a minha própria frustração a subir pelo meu corpo, transformando-se num nó no peito cada vez mais apertado. Neste momento já está do tamanho de uma bola de bilhar — a preta, a mais sinistra de todas.

— Não posso — respondo.

Ela vira-se para mim com olhos furiosos.

— Seu miserável!

É óbvio que agora faço parte da conspiração que a obriga a ficar aqui contra sua vontade.

— Por que não fecha os olhos e tenta dormir? — sugiro.

— Não pode... não pode me levarr lá parra cima?

Ela começa a puxar repetidas vezes o lóbulo da orelha. É sinal de que está apavorada; conheço esse sinal há anos.

— Lá em cima só tem mais enfermarias — explico-lhe com doçura.

Ela então olha fixamente para baixo, triste, desalentada. Vou até a janela. Os ramos dos carvalhos estão todos nus, parecem mortos. Em dezembro, Nova York transforma-se num verdadeiro deserto gelado. Talvez seja a semelhança com o clima de Berlim que faz os pensamentos de Sophie voltarem à infância. Quando me viro, ela abre os braços, mas em seguida deixa-os cair violentamente, lívida de raiva.

— Porr que é que você não me deixa irr lá parra cima parra o quarrto?

— A senhora vai ver que é melhor ficar aqui.

— Mas eu não estou aqui! — diz ela, desesperada.

Briga comigo como se eu não compreendesse suas necessidades mais profundas, nem nunca pudesse entender.

— Se não está aqui, então onde está? — pergunto.

Perplexa, ela responde:

— Não sei, mas aqui não estou.

É essa declaração zen que eu vou repetir a uma dúzia de amigos durante umas boas semanas ainda. Mas, agora, levo alguns segundos para encontrar uma resposta.

— Bom, *seja lá onde estiver* — sublinho —, a senhora precisa dormir; por isso feche os olhos e tire um cochilo.

Ela começa a falar e de repente olha para mim como se tivesse esquecido texto.

— Pode ficar sossegada — digo. — Eu fico aqui tomando conta. Eles não vão conseguir pegá-la.

Não é preciso dizer quem são *eles*; sempre houve um único *eles* nas minhas conversas com Sophie sobre a vida na Alemanha nos anos 1930.

Cinco dias depois, levo tia Sophie para sua casa num carro alugado. Ela vive em Roslyn, a poucos quilômetros da minha mãe. Já levei uma das camas de hóspedes para a sala de jantar e também sua mesinha de cabeceira, já que durante um tempo não vai conseguir subir e descer as escadas. Não há banheiro no primeiro andar; por isso, comprei também uma cadeira de banho, daquelas com um balde por baixo. Uma enfermeira filipina de 29 anos, chamada Maria, vai passar as primeiras duas semanas com a minha tia. Depois logo veremos de qual tipo de assistência doméstica ela vai precisar. Maria e minha mãe ajudam Sophie a ir do carro até a porta de casa. Ela lá vai vacilando atrás de seu andador, os braços rígidos, nervosos, agarrando a barra de metal, longe demais do corpo para conseguir manter um bom equilíbrio. Maria segura-a pelo cós da calça para o caso de ela começar a cair.

— Isso, ande! — incita minha mãe, dando-lhe pancadinhas no tecido murcho na parte em que costumava estar o traseiro de Sophie.

— Estou indo, estou indo...

A lucidez de Sophie regressa nessa tarde. Tenho certeza disso quando a vejo jogar a luva de gorila no lixo.

— Dois pontos! — grito, entusiasmado.

Estou na sala de jantar, tomando sorvete de morango direto do pote. Tudo que tenha alto teor de gordura me ajuda a não ficar deprimido.

Quando ela olha para mim, vejo que já não tem os olhos cobertos por aquela espécie de goma.

— Sente-se — ordena-me, batendo com a mão ao seu lado na cama. Assim que afundo no colchão, ela me dá um beijo no rosto e o grande abraço de que venho precisando. — É bom abrraçarr você — diz ela.

— Estou contente por ter voltado — digo.

— Obrrigada por terr vindo. — Ela me dá outro beijo. — E por terr trrazido a cama parra baixo.

— Não precisa agradecer. Mas onde é que a senhora foi arranjar aquela luva?

— Era do Ben. — Dou-lhe uma colher de sorvete. Ela finge desmaiar de prazer, como uma atriz de cinema mudo. — Que delícia — diz.

Sophie olha a sua volta, analisando o quarto improvisado: o aparador de madeira onde guarda a louça, a mancha escura no teto provocada pela água que no verão passado começou a escorrer de seu velho e asmático aparelho de ar condicionado, já com 35 anos; uma edição bilíngue da poesia de Rilke que estava sobre a mesa de cabeceira e, na parede atrás dela, o desenho de Otto Dix representando um poeta de mãos finas e longas e ar aristocrático. Acaba por fixar o olhar no pequeno monte de cartas por abrir sobre a mesa de jantar, provavelmente pensando: *A mesma pilha que estaria se eu tivesse morrido...*

Ela recusa mais uma colher de sorvete e apoia-se em mim. Não é fácil conseguir voltar do outro lado do espelho para se ver exilada no próprio quarto e descobrir duas dúzias de contas a pagar; abraço-a enquanto ela chora.

— Quem é Isaac? — pergunto a Sophie nessa noite.

Ela está com seus óculos enormes de aro preto e tenta em vão enfiar a linha numa agulha para costurar a bainha da minha calça; minutos atrás, quando lhe trouxe uma taça de gelatina de morango, ela reparou que a bainha estava se desfazendo.

Só depois de ela conseguir enfiar a linha na agulha e aprovar o comprimento da linha é que repito a pergunta. Ela baixa as mãos e as pousa no colo.

— Não sei do que você está falando — responde.

— A senhora falou num certo Isaac quando estava no hospital.

Ela dá de ombros.

— O que é que eu disse sobre ele? — Disse que desapareceu. Deu a entender que não voltaria tão cedo.

Sophie ergue a calça, coloca-a atravessada no colo e dobra-se sobre ela, intimidada pela tarefa que a espera. Parece um coelho traçando estratégias que lhe permitam comer uma folha de alface grande demais para sua boca.

— Era um amigo da família? — pergunto.

— Erra *meu* amigo. Erra meu vizinho em Berlim.

— Judeu?

Ela faz que sim com a cabeça.

— Tem ideia do que lhe aconteceu?

— Mais ou menos, mas agorra não é uma boa horra parra falarrmos disso.

Depois de costurar a calça e de me ver desfilar vestido nela para ter certeza de que estava como queria, ela solta um suspiro de exaustão e puxa o xale por sobre os ombros.

— Não consigo nunca me sentirr quente.

— Ponha o gorro.

— Mas depois fico com coceira na cabeça.

— Isso é porque a senhora não lava o cabelo há dez dias. À tarde eu a ajudo a tomar um banho. Mas, por enquanto, ponha o gorro.

É azul, com um pompom branco. Minha mãe foi achá-lo nas profundezas do armário. Parece daquelas coisas que as *majorettes* dos liceus costumam usar.

Sophie olha a sua volta com ar infeliz.

— Devo estarr ridícula — diz.

— A senhora está ótima. Só vai ter que abandonar durante uns tempos a sua carreira de modelo.

— Ah, querrido, não vou ficarr por aqúi muito tempo. Chegou a horra.

Numa tentativa de evitar a emoção, meu espírito agarra-se a um plano: *Se ao menos eu conseguir engordá-la, ela vai ficar boa...*

— O que quer para o jantar? — pergunto-lhe.

— O que temos?

— Comprei bifes de atum e batatas para assar.

Ela assume um ar de quem foi encurralado. Talvez esteja ponderando as vantagens e desvantagens do peixe. *Proteínas e gorduras boas, mas também mercúrio...*

— Posso ir comprar um frango assado, se preferir.
Após um tempo, ela acaba por responder:
— Atum com batatas assadas serria perrfeito. Você pode ficarr para jantarr?
— Só se não falar mais em morrer.
— Como é que eu posso prrometerr isso?
— É fácil — digo. — Basta dizer: "Prometo manter o bico calado."
Sophie dá uma risadinha. Uma pequena vitória.

Dormindo no fundo de todas as coisas, há uma canção ainda por sonhar e, se a palavra mágica em minha alma pousa, o mundo inteiro começa a cantar...
Tia Sophie recita-me este poema, traduzindo-o do alemão, enquanto eu a ajudo no banho.
— Aprendi esses versos quando tinha 14 anos — diz ela, com um sorriso divertido. Em seguida, pergunta: — Já viu *O gabinete do Dr. Caligari*?
— Não.
— Trate de ver um dia. É sobre um sonâmbulo treinado por um mágico de circo para assassinar pessoas. O filme só tem sombras deslizando paredes acima e ângulos inusitados, e espaços que não têm qualquer nexo... um pesadelo transformado em vida real. Nós, os alemães, deveríamos ter decorado as cenas uma a uma, mas não tivemos coragem. — Ela me lança um olhar carregado de desprezo. — Bom, os seus filmes americanos parecem todos história em quadrinhos. Os sonâmbulos viraram criancinhas.

Minha tia come vorazmente nos dias que se seguem: tortilhas, mussaca, bifes de salmão, batata-doce, pipoca, iogurte de café... Abre a boca, e a comida desaparece goela abaixo. Sua refeição preferida passa a ser espaguete com molho de tomate Buitoni e, assim que raspa os últimos vestígios de macarrão do prato, ergue os olhos para mim, para minha mãe e para Maria, olhos esfomeados mas cheios de esperança, e pergunta o que mais tem para comer. Dava um bom Oliver Twist numa produção adaptada para um lar da terceira-idade. Entre uma refeição e outra, ainda come uns petiscos. Provoco-a dizendo que graças a ela as ações da Dan Cake estão subindo vertiginosamente na bolsa de valores.
— O que quer que eu faça? Tenho fome — responde ela, à guisa de explicação.
— Ah, é? Não tinha reparado.
Maria é paciente e bem-disposta. Faz ótimos *lumpia*, uma espécie de crepe de legumes filipino. Cresceu em Manila e depois trabalhou para um rico banqueiro da Arábia Saudita antes de vir morar em Nova York. Também me libertou da tarefa de fazer gelatina.

Uma tarde, enquanto tomo chá com Sophie sentado em sua cama, ela me passa um pedaço de papel.

— Abra — ordena ela.

É o endereço do sobrinho dela, Hans, em Istambul.

— Mas o Hans vive em Berlim — digo. — Não se lembra?

— Não, vive em Istambul.

— Mas, tia, a senhora costumava ir visitá-lo em Berlim todos os anos.

— Ia de avião até Berlim, ficava lá uns dias e depois seguia viagem para a Turquia. Nunca lhes contei isso, nem a você nem à sua mãe. O endereço e o telefone que vocês têm são da casa de veraneio dele.

— E por que esse mistério todo?

Ela pousa a xícara de chá e quebra um quadradinho de sua barra de chocolate Ghirardelli. O chocolate é sua nova obsessão — uma herança do pai, segundo me disse.

— Levaria dias para eu conseguir lhe explicar as razões todas, e mesmo assim... Você não viveu no tempo da guerra, não ia compreender. — Ela vai dando dentadinhas no chocolate.

— Podia compreender, se tentasse me explicar. Não sou nenhum idiota.

— Não é isso o que eu quero dizer, você sabe muito bem. O que interessa é que se o Hans não chegar aqui a tempo, tem algumas coisas que eu quero que você lhe diga.

— A tempo de quê? — pergunto, ríspido, aborrecido com seu pessimismo.

— Você sabe muito bem do que eu estou falando. Se... se acontecer alguma coisa ruim.

— Ah, bom, está bem, então o que é que o Hans precisa saber?

Mais umas dentadinhas.

— Vou deixar para ele três quartos dos meus bens. O restante é para você e para a Ruthie. — Ruthie é a minha mãe. — Nomeei você como executor testamentário e peço que ajude o Hans a ter acesso à herança dele sem problemas. Deixo também mil dólares para a manutenção do túmulo do meu irmão. Está tudo no testamento, você poderá encontrá-lo lá em cima, nos armários do escritório do Ben.

— Do seu irmão? Não sabia que a senhora tinha um irmão.

— Tem muita coisa que você não sabe.

— Quando foi que ele morreu?

— Há muito tempo. Dei o nome dele ao meu filho.

— Sophie, acho que a senhora deve estar se confundindo. A senhora e o Ben... vocês nunca tiveram filhos.

— Aconteceram muitas coisas antes da guerra. Esqueça.

Ela ergue a mão e faz um gesto de quem afasta uma mosca, como quem diz que não vale a pena explicar.

Será que a tia Sophie teve mesmo um filho e será que ele morreu durante a guerra?

— Me conte — peço, com um nó crescendo no meu estômago. — Estou preocupado com a senhora.

— Não posso agora — responde ela. — Preciso de tempo.

Sophie já conseguiu engordar mais de 4 quilos quando chega o Natal e começa a ter outra vez um esboço de traseiro, o que é bom, porque assim já não precisa usar uma almofada toda vez que se senta. Mas tem os pés inchados como balões cheios d'água. Mal consegue arrastar-se de um lado para o outro, mesmo com o andador.

À noite, Maria passa creme hidratante nos seus pés para impedir que a pele intumescida rache. Sophie tem que usar meus chinelos, tamanho 42.

Uma tarde, em que estou sentado ao seu pé, ela me pergunta:

— O que é que eu disse a você no hospital sobre o período antes da guerra?

— Em sua maioria, coisas sem sentido. A senhora me disse que tentou matar o seu pai.

— Que esquisito.

— Lembra-se do que estava pensando?

— Não.

Ficamos sentados em silêncio. A pedido dela, massageio-lhe as costas, que lhe doem constantemente — consequência de estarem sempre arqueadas em C.

— Ah, merda! — diz ela de repente.

Está fazendo xixi, que escorre pelas suas pernas, e já não é a primeira vez desde que voltou para casa. Não consegue controlar a bexiga, devido à dose dupla de diurético que lhe receitaram, uma tentativa do cardiologista de diminuir o inchaço em seus pés. Ajudo-a a arrastar-se até a cadeira sanitária e, em seguida, puxo sua calça e sua calcinha o mais depressa que consigo.

— Estou toda suja — diz ela, começando a chorar. — Não aguento mais isto. Isto não é vida.

Limpo-a com toalhas de papel. Maria ajuda-a a mudar de roupa. Quando está de novo debaixo dos cobertores, com seu gorro enfiado na cabeça, sento-me ao seu lado. — Sophie, tia, a senhora disse que esse seu vizinho, o Isaac, era *seu* amigo, dando a entender que talvez os seus pais não gostassem dele.

— É isso mesmo.

— A senhora nunca me falou muito da sua infância, sabe, só meia dúzia de histórias sobre a sua mãe. Quero saber mais coisas.

Ela vira-se na cama, ficando de costas para mim.
— Não, acho melhor manter meu bico calado.

Consegui fazer com que Sophie saísse de casa pela primeira vez desde que voltou do hospital e estamos todos sentados à volta da mesa na cozinha da minha mãe vendo O rio das almas perdidas, um filme que não víamos fazia anos. Tínhamos esquecido completamente que o rapazinho com olhos marcados que aparece no filme era Tommy Rettig, que depois fez o papel do menino na série televisiva Lassie. Não sei o porquê, mas esse tipo de descobertas triviais me ajuda a não cair no desespero.

Sophie, com o xale sobre os ombros, come um donut. Após alguns minutos, minha mãe abre um longo bocejo.

— Estou exausta — diz. — Vou tirar um cochilo. — E acrescenta para Sophie: — Pode vir deitar comigo, se quiser, ou então tire uma soneca no sofá.

— Obrigada, mas não estou com sono.

Assim que ouvimos minha mãe fechar a porta, Sophie aponta o controle remoto para a televisão e desliga a Marilyn Monroe e o Robert Mitchum sendo atacados por índios de Hollywood.

— Eu não sou judia — diz ela. — Meus pais eram cristãos.

É uma confissão que lhe sai de repente, incontida.

— Sophie, acho que afinal talvez não seja má ideia a senhora se deitar um pouco — respondo. Está muito cansada.

— Eu e o Ben fizemos a sua mãe e os outros todos pensarem que eu era judia. Depois da guerra, foi fácil arranjar uma identidade nova. Um pouco... um pouco como o André, pensando bem. Embora no caso dele tenha sido possível readquirir a sua antiga identidade depois de fugir da Alemanha. Mas eu não. — Ela balança a cabeça com amargura. — Acho que uma parte de mim morreu quando saí de Berlim.

— Quem é André? — pergunto.

— Alguém que eu conheci quando era nova. E também um personagem de um filme mudo antigo, O estudante de Praga. É sobre um feiticeiro que dá vida à imagem refletida de um jovem.

— A senhora está me deixando confuso.

— Perdão. Na verdade, só queria pedir desculpa por ter mentido a você, no outro dia, sobre o meu pai.

— Mentido? A senhora quase não disse nada sobre ele.

— Disse que era esquisito eu ter falado que havia tentado matá-lo, mas não tinha nada de esquisito. — Ela tira o gorro da cabeça com esforço e atira-o na direção da televisão, irritada, como se o aparelho a estivesse impedindo de pensar. Coça a cabeça com ambas as mãos e deixa o cabelo todo espetado, formando uma crista grisalha e desgrenhada. — Há muitas coisas que preciso lhe dizer antes que eu fique pior. O problema é que são coisas demais para contar.

Ela se inclina na minha direção e dá um murro na mesa, como se tivesse acabado de fazer sua jogada no pôquer e agora esperasse que eu fizesse a minha.

— Podemos conversar quando a senhora quiser — digo.

— Quando você tem que voltar para casa?

— Seria bom que eu fosse daqui a alguns dias.

— Tem um gravador?

— Lá em cima, na minha antiga escrivaninha.

— Vá lá em casa amanhã e leve-o com você. — Ela se põe de pé com dificuldade e pega a minha mão. — Nem uma palavra sobre isso a ninguém, por enquanto!

A PRIMEIRA PORTA

A primeira porta abre-se quando nascemos, e através do seu pórtico arqueado podem ser vistos ver todos os outros níveis e aberturas.

Um deles é a porta de uma pirâmide; a Arca de Noé; a linguagem do Paraíso; e a linha do horizonte entre o interior e o exterior. Um é o mistério da identidade e da união de Adão e Eva.

Um é a primeira palavra de cada história — incluindo a sua...

O Deus único está escondido, fechado, e é transcendente. A única forma de conhecê-Lo é abrir as portas. Deixe seus olhos vaguearem sobre a Terra Prometida e para além dela e talvez O vejas, à espera que você dê o primeiro passo em direção a si mesmo.

O primeiro céu é Vilon, o véu, que desce com o crepúsculo e se ergue de madrugada. É presidido por José, que teve a sabedoria de ouvir os sonhos dos homens e das mulheres e a coragem de entrar neles.

Houve um tempo em que o mundo inteiro falava uma língua única e usava as mesmas palavras — Gênesis, 11.

Berequias Zarco, *O livro do nascimento*

Capítulo 1

Posso levar 15 minutos para enfiar a linha numa agulha, mas tenho olhos de lince no que se refere ao passado. Por isso ainda me lembro dos céus baixos naquela tarde gelada de fevereiro de 1932, como se as nuvens estivessem ao meu alcance, e tenho também consciência da expressão perturbada da minha mãe encostada ao vidro da janela da cozinha, porque está ansiosa para gritar um aviso qualquer para mim, no pátio aqui embaixo.

Também o remorso me aperta o coração; havia muitas coisas na minha mãe que eu não cheguei a compreender, por ser jovem demais.

"É muito difícil nos livrarmos do destino depois que ele se apodera de nós, e você vai precisar da graça de Deus para conseguir", disse-me um dia Isaac Zarco, com a mão com que dava a bênção pousada na minha cabeça, e tinha razão. Porque as nuvens cinzentas daquele dia nunca se dissiparam por completo. E os olhos da minha mãe nunca mais deixaram de me olhar fixamente lá de cima.

Vejo também Tônio esparramado no chão e Vera dando meia-volta, afastando-se dele. Será que essas imagens me vêm à memória por causa de sua simetria? Afinal, Vera e Tônio estavam destinados a me puxar em direções opostas.

Envolta na escuridão de uma noite de dezembro, na América, ainda sinto a respiração ofegante, como a de um coelho assustado, da menininha ansiosa de 14 anos que eu era então, e a intensidade de sua confiança em si própria — tal como sinto agora a ausência dessa mesma confiança dentro da mulher que viria a ser. Estou saindo de casa com o meu melhor amigo, o Tônio, para mais uma daquelas aventuras depois das aulas, que faziam parte de uma infância feita de curiosidade. Tônio, que acaba de fazer 15 anos, é pequeno e esguio, com uma boca farta e doce, e uns grandes olhos castanhos que muitas vezes parecem demonstrar um sofrimento de adulto. São uma herança de sua melancólica mãe russa; por isso há nele também uma atração exótica — minha oportunidade de partir para bem longe, para o leste da Alemanha.

Estamos os dois andando pesadamente pelo concreto do pátio do nosso prédio, falando empolgado, com pesados casacos de lã e botas; das nossas bocas saem nuvens de vapor. Como a maior parte dos prédios do nosso bairro, o pátio fica entre o edifício da frente, que dá para a rua, e outro atrás, escondido pelo primeiro. Eu moro no da frente, com os meus pais e o meu irmão. Tônio vive com os pais no edifício de trás.

Vamos a caminho da Strasburger Straße, onde Tônio ouviu dizer que uma enorme tília caiu, esmagando um carro americano vermelho, todo vistoso e moderno. Pequenas catástrofes desse tipo vão desenhando pequenas marcas na nossa infância, e tanto ele como eu também tiramos um doce e secreto prazer em fazer nossos pais pensarem que essas nossas corridas para lugares onde haja incêndios, hidrantes explodidos e acidentes de veículos talvez sejam sinal de que não batemos muito bem da cabeça. Na verdade, é o temor pela segurança de sua irrequieta e desatinada filha que mantém minha mãe grudada na janela. Claro que não lhe aceno em despedida; magoa-me sua falta de confiança, tal como outros adolescentes se sentem magoados por não receberem atenção suficiente.

No momento em que Tônio e eu chegamos à porta que dá para o edifício da frente — com a intenção de atravessarmos o hall até a rua —, a porta se abre e duas crianças minúsculas avançam na nossa direção; devem ser gêmeos, já que estão com fantasias de Carnaval iguais; a maior parte das festas e bailes em Berlim vai ser esta noite — sábado, dia 6.

— Olá — diz uma delas, numa estranha voz de adulto.

Não respondemos; as belas fantasias das duas nos deixam de boca aberta — casaco e calça em xadrez vermelho e preto, e gorro amarelo com minúsculos guizos prateados no topo. A curiosidade toma conta de nós. E também a inveja. Por que é que *nós* não pensamos em nos fantasiar?

Avançando num passo curto e desengonçado, as crianças passam por nós e dirigem-se para o edifício de trás. Quando a maior das duas, que nem 1 metro de altura tem, se volta e sorri para nós, a difusa luz setentrional bate em seu rosto, e é então que vemos que tem a barba por fazer.

— Anões — sussurra Tônio para mim.

Os dois caminham no seu passo de pinguim até o prédio, e nós os seguimos. Quando começam a subir as escadas, falam entre si em voz baixa — sobre os jovens mal-educados que estão indo atrás deles, quase com certeza. E lá vão eles subindo três lances de escada, com grande esforço, cada degrau um obstáculo que parece fazer os quadris saírem do lugar.

Seguimos os dois só até o primeiro andar; nossa falta de educação deparou-se com um limite de altura temporário.

— São *unheimlich* — diz Tônio.

Unheimlich, que significa inquietante, estranho, é sua palavra favorita. Correndo de volta ao pátio, vemos acenderem-se as luzes da sala do Sr. Zarco. Ele mora sozinho no terceiro andar. A mulher e o filho morreram há muito tempo.

— O Sr. Zarco deve estar dando uma festa — digo a Tônio.

— Uma festa *muito pequena* — replica ele, rindo da própria piada.

Rio também, mas só por solidariedade. Tônio foi o primeiro rapaz por quem me apaixonei, mas há pouco tempo tive que reconhecer para mim mesma que não temos o mesmo senso de humor. Concluí também que vou ter que esconder dele essa diferença se quiser que o nosso casamento tenha alguma chance de dar certo.

— Queria ter conseguido vê-los melhor — digo, lançando o olhar para a janela da minha mãe, que já está vazia. Também isso me magoa, o fato de ela quase sempre perder as aventuras que mãe e filha deveriam compartilhar.

A porta que dá para o pátio abre-se de novo e dela sai um casal de uns 20 e tantos anos. A jovem, elegante, de cabelo loiro e curto, tem o nariz coberto por um focinho azul cheio de paetês. O homem, vestido de toureiro, usa um colete e uma calça justa, ambos de brocado dourado, e um chapéu preto de três pontas. É pálido e magro, e bonito de uma forma desesperada, como um estudante morto de fome saído de um romance. Ambos nos cumprimentam, mas é difícil compreender o que dizem; parece que as consoantes e as vogais saem borradas. Desta vez, respondemos ao cumprimento. A jovem sorri para nós e faz uns gestos rápidos com a mão na direção do toureiro. Depois, também eles atravessam o pátio, entram no edifício de trás e sobem a escada até o apartamento do Sr. Zarco. Agora já estamos impacientes de agitação, e decidimos ficar para ver quem mais vai chegar. Tônio ergue o nariz no ar e fareja o ar que cheira a lúpulo porque há uma dúzia de fábricas de cerveja ali perto.

— É a Schultheis — diz ele, franzindo a testa para se concentrar.

Ele gaba-se de conseguir identificar a fábrica de cerveja pelo cheiro e prefere o mais pungente e picante da Bötzow. Eu não bebo cerveja. Prefiro vinho — assim como Greta Garbo, costumo dizer a todo mundo.

Após alguns minutos entra uma mulher gigantesca com uma máscara de gárgula, uma testa para a frente como um beiral de telhado por cima de um nariz enorme e achatado, queixo protuberante, e uma boca aberta e imensa, como a de um homem das cavernas.

— Foi a melhor máscara até agora — sussurro para Tônio, pensando que as criaturas aterradoras talvez estejam na moda este ano.

— Está perfeita para o Katakombe — diz ele.

O Katakombe é um cabaré *avant-garde* de Berlim, em que conseguimos entrar sorrateiramente alguns meses atrás.

A mulher tem mais de 2 metros. Olho para baixo, para as pernas dela, esperando ver pernas de pau. Mas não consigo; ela veste uma capa negra que vai da cabeça aos pés, e traz ao pescoço uma longa echarpe branca.

Preto e branco — Vera nunca usa outras cores, mas eu ainda não sei isso.

— Meu Deus! — exclama de repente Tônio, sufocado.

— O que foi?

Ele desata a correr para um dos lados do pátio, em direção ao apartamento dos Munchenberg.

— Sophie! — grita ele.

Quando me viro, vejo-o me chamando freneticamente com a mão.

Agora a mulher já está bem à minha frente. Eu me pergunto por que tanto estardalhaço; me dá certa segurança me sentir tão pequena ao lado dela e mesmo assim continuar a ser o centro do meu mundo.

— Como você se chama? — pergunta-me ela.

É o seu sorriso, distendido e torto — como se o inchado lábio inferior pudesse cair a qualquer momento —, que revela a verdade. Não grito, embora me dê vontade. Cubro a boca com as mãos. O coração parece querer saltar do meu peito.

Tônio continua me chamando, mas eu não consigo sair do lugar; a palavra *hingerissen*, que significa "hipnotizado" e "em transe", ganha significado para mim a partir desse momento, e para sempre.

— Eu sou a Vera — diz ela. Inclinando-se, ela me estende a mão, num gesto formal e elegante. Será que eu teria apertado sua mão? Nunca saberei, porque Tônio me puxa para trás.

— Afaste-se de nós! — grita ele à mulher.

Ela atira a ponta da echarpe por cima do ombro e passa rapidamente por nós, de cabeça baixa.

— Monstro! — grita Tônio.

Vera para. Quando se volta, tem os olhos cobertos por uma sombra de fúria. Vem novamente na nossa direção, e cada um dos seus passos é grande demais para uma mulher.

Não consigo deixar de olhar para ela fixamente; sua máscara, que afinal não é máscara, é algo que só deveria existir num pesadelo, como sangue escorrendo do nosso travesseiro. Quem seria capaz de fugir a uma impossibilidade tal?

Vera, assim como a vi no dia em que nos conhecemos

Tenho a impressão de que respiro mais fundo do que jamais respirei e sei que estou no exato lugar onde deveria estar. Daqui a alguns anos, vou ler os mitos gregos e compreender melhor essa sensação; não são muitas as vezes que nos deparamos com uma deusa, e ainda menos num pátio entre dois tranquilos prédios residenciais da classe média. Foi um dos antepassados de Isaac Zarco que disse que Deus nos aparece sob a forma que conseguimos apreciar melhor, e talvez para mim essa forma seja Vera.

— Não deveria falar com ninguém com tanta falta de respeito — diz a gigante a Tônio.

A voz dela é suave; é o tom de uma mulher que aprendeu a controlar-se perante as pequenas criaturas que a picam e mordem.

— Você é disforme! — guincha ele.

Pode ser verdade, mas ela também é forte e rápida; com a mão aberta, dá um safanão no ombro do meu amigo, atirando-o ao chão. O gorro dele cai no concreto do pátio. Depois que o apanho, vejo Vera entrar no edifício dos fundos, inclinada para a frente como se levasse um cadeado de chumbo pendurado no pescoço.

— Você está bem? — pergunto a Tônio.

Vejo lágrimas presas em seus cílios.

— Estou bem! — responde ele, irritado. — Vamos logo embora daqui!

Ele está com vergonha de ter sido jogado no chão; por isso não falamos no assunto. Vamos ver o tal carro de luxo vermelho americano que foi esmagado, e que afinal descobrimos ser um pequeno Peugeot 201 Cabriolet preto, e nem de longe foi tão esmagado como gostaríamos.

— Que desilusão — diz ele. — Eu tinha esperanças de que fosse um Packard 32. Eles têm um símbolo no capô feito de zinco cromado, chamado a Deusa da Velocidade. Se o carro tivesse sido mesmo esmagado, eu teria ficado com ele. Imagine ter uma coisa dessas!

— Como é esse símbolo?

— É um anjo com asas erguendo um pneu.

Um pneu? Parece-me bem ridícula essa Deusa da Velocidade, mas vejo faíscas de felicidade nos olhos de Tônio por isso digo que adoraria ver um. Tônio é irresistível quando está feliz.

Uma multidão de berlinenses olhando para um acidente inclui sempre mais do que suficientes motivos de espanto para agradar ao nosso precoce senso de grotesco, incluindo homens de negócios de queixo duplo com bigodes finos como lápis, que são os meus preferidos, mas Tônio não tem a mesma atração que eu tenho por rostos. Está examinando o Peugeot esborrachado. Ao fim de algum tempo, sinto que um ninho de silêncio se instala profundamente em mim. Subitamente gelada, vejo um grupo de homens desempregados, de cócoras na Metzer Straße, junto a uma fogueira feita de tábuas e trapos. Por trás deles, parecendo guardar o nosso bairro com sua força protetora, está o meu monumento local preferido, a Torre de Água, um cilindro de tijolo escuro que se ergue até 30 metros do solo. Eu costumava imaginar um feiticeiro barbudo morando lá em cima no pináculo, mantendo prisioneira uma jovem aterrorizada. Erguendo o olhar para suas janelas mais altas, penso em como gostaria de falar com a mulher gigantesca que jogou Tônio no chão, o que me leva a pensar em quão pouco significa o aço torcido de um Peugeot esmagado em comparação com um rosto que assusta as crianças.

No inverno berlinense a escuridão cai de repente, e, quando nós chegamos à Prenzlauer Allee, começamos a andar de costas, para não recebermos no rosto o vento cortante. Um toque no ombro me sobressalta, quase me fazendo cair.

— Levou um susto!

— Raffi, seu idiota! Quase me mata de susto!

Rafael Munchenberg, 24 anos, grandes orelhas de elefante que parecem soltas do crânio e os olhos intensos de um mestre de xadrez, está diante de mim e em seguida olha ansiosamente para o início da rua. Ele mora com os pais no primeiro andar do nosso prédio.

— *Was ist los?* — pergunta-lhe Tônio. — O que houve?

— Preciso de ajuda, de vocês dois. Estão me seguindo.

— Quem? — pergunto, com o medo apertando meu peito.

— Um nazista.

— Está devendo dinheiro a eles? — pergunta Tônio.

A pergunta demonstra bem como sabemos pouco de política.

— Claro que não — zomba Raffi.

— Não é nenhuma brincadeira sua, é? — pergunto, semicerrando os olhos e mudando o peso de um pé para o outro, numa tentativa de assumir um ar perscrutador; não seria a primeira peça que ele me prega.

— Soph, não crie confusão! — diz ele com brusquidão, e me puxa pela mão. — Vamos! Vá correndo comigo até a Igreja Emanuel, com o Tônio logo atrás.

Ultimamente, Raffi tem tentado mudar sua imagem, usando o espesso cabelo preto penteado para trás com muita brilhantina, o que lhe dá um ar de trompetista de jazz devasso. Na vida real, contudo, está fazendo um brilhante doutorado em egiptologia, e quando consegue financiamentos, o que não acontece muitas vezes dada a economia arruinada da Alemanha, vai para o Egito, chegando a ficar lá por meses a cada vez. Foi o melhor baby-sitter que já tive, porque lia para mim as partes mais assustadoras de *Emílio e os detetives* quantas vezes eu quisesse, e até me deixava comer torradas sentada em seu colo, mesmo deixando cair muitas migalhas. Também costumávamos dar banho no Hansi juntos e ficávamos completamente encharcados; até o meu irmão, normalmente impassível, ria de nós. Tônio e Raffi também jogam cartas às sextas-feiras à noite, a cada duas semanas, mas eu não participo. Aprendi da maneira mais dura, pelos olhares desaprovadores que Tônio me lançava, que os rapazes precisam de um tempinho só deles.

Entramos correndo na igreja. Duas mulheres com cara de cacatua estão rezando na segunda fila, o cabelo cinzento-azulado preso num rolo despontando por cima dos grossos casacos cinza. Raffi põe seu espantoso chapéu de feltro preto na cabeça de Tônio e em seguida pega o boné gasto do rapaz e troca de casaco com ele.

— Está parecendo um palhaço! — sussurro para Tônio depois que ele veste o casaco de Raffi, porque as mangas cobrem suas mãos completamente. — Além disso, trocar de roupa é o truque mais velho do mundo! Já vi isso numa dúzia de filmes.

É um pequeno exagero, mas acho que serve para explicar bem meu ponto de vista.

Tônio me manda calar a boca.

— Shhh, Sophie!

Pelo visto, a ideia de se disfarçar para despistar alguém é mais importante do que as boas maneiras.

— Calem-se os dois — diz Raffi, irritado. Está segurando o casaco de Tônio, já que não vale muito a pena tentar vesti-lo. — Está escuro lá fora, Soph, e, quando repararem que o Tônio não sou eu, já estarei longe há muito tempo. Além disso, vamos sair pelos fundos. Andem!

O vento gelado que dança em redemoinhos na travessa que passa por trás da igreja me obriga a puxar a gola da blusa para cima, de forma a cobrir a boca e o nariz, e por isso o resto do que acontece a seguir entre nós volta-me sempre à memória acompanhado pelo cheiro quente da lã. Raffi me dá um beijo rápido, cala as minhas perguntas com um breve "Shhh" e então tira do bolso um grosso envelope e uma folha de papel dobrada cuidadosamente em quatro.

— Guarde isto para mim — diz. Aperta meu ombro com força, dizendo-me com seu olhar desesperado que está mesmo em maus lençóis. — Não entregue a ninguém. Estás me ouvindo?

— Não vou entregar. Prometo!

— Esconda isso, depressa!

Enfio o envelope e o papel por baixo da blusa. Sinto-os me arranharem, ásperos contra a minha pele, e também inquietantes, como pensamentos proibidos.

— Gosto muito de você, Soph — diz ele, com um sorriso fugidio.

Antes que eu possa lhe perguntar por que está envolvido nesse tipo de encrenca, ele aperta a mão de Tônio com uma graciosidade masculina — um professor e seu melhor aluno.

— Tônio, quando ele perceber que você não sou eu, vai parar de segui-lo. E se lhe fizer alguma pergunta diga que fugi com um circo!

Ele vira-se para mim.

— Se eu não voltar para buscar o que lhe dei, então... então...

Um estalido vindo do interior da igreja o faz atirar a cabeça para trás. Parece um ladrão esperando ouvir a sirene da polícia...

— Mas Raffi, onde é que você...

Antes que eu consiga concluir a frase, ele já está correndo pela travessa, virando para leste ao chegar à Immanuel-Kirche Straße, em direção às chaminés da fábrica de cerveja Friedrichshain, com a mão na cabeça para impedir que o vento lhe arranque o boné de Tônio. Ficamos observando-o em silêncio até ele desaparecer na esquina. Ninguém sai da igreja; ninguém passa por nós correndo. Tônio acha que Raffi deve ter seduzido a mulher de algum nazista, já que ele nunca consegue afastar-se muito de seu tema favorito — o sexo. Esfregando as mãos geladas uma na outra, ele diz, numa voz ansiosa:

— Bom, agora vamos ver o que tem nesse envelope.

— Não podemos!

— É preciso fazer, Sophie. E se ele não voltar? Você ouviu bem o que ele disse.

— Pode ter alguém nos observando.

Tônio e eu decidimos ir à mercearia da *Frau* Koslowski. Volta e meia olhamos para trás, mas não tem ninguém nos seguindo. Escondemo-nos nas esquinas só para ter certeza, como se fôssemos agentes secretos. Tônio encosta-se contra mim com toda a força, enquanto olha por cima do meu ombro, e eu adoro.

Frau Koslowski já fechou a loja essa tarde; por isso, vamos até a cervejaria Köln, logo ali ao virar a esquina, que é frequentada por operários das fábricas de cerveja e jogadores de sinuca. Lá dentro, o carpete do restaurante cheira tão mal quanto um urinol, e o ar está impregnado de fumaça de charuto, suficiente para sufocar o exército do Kaiser. Precipitamo-nos para o banheiro feminino, ideia de Tônio, e nos trancamos numa das cabines.

Tônio, ofegante de empolgação, abre o envelope de uma só vez.

— Ora essa! — sussurra ele, tirando um maço de notas inglesas de 1 libra de duas cores diferentes, marrons e verdes.

Decido que gosto mais das marrons. Dou-lhes o nome de Dois Jorges, porque do lado direito têm a imagem do rei Jorge, de barba e com ar sério — visto de perfil —, e do lado esquerdo um belo São Jorge de peito nu matando um feroz dragão. Contamos as notas — 54.

— Quanto acha que valem? — pergunto.

— Uma fortuna! — Tônio abre-as em leque. — Palácio de Buckingham, aqui vou eu!

— Este dinheiro deve ser suficiente para Raffi estudar no Egito durante vários meses — digo.

— Agora me dê o papel — ordena Tônio.

— De jeito nenhum. — Desdobro-o e me deparo com filas estreitas de minúsculas figuras desenhadas com esmero, na sua maior parte animais, como cobras e falcões, mas também penas e cetros. — Hieróglifos — sussurro.

Tônio fica boquiaberto.

— Talvez sejam fórmulas mágicas! Vamos conseguir produzir ouro a partir do nada!

— Não seja bobo — retruco, de forma mais rude do que era minha intenção.

— Pare de ser má comigo!

Explico-lhe que estou preocupada com Raffi e entrego-lhe a folha de papel para fazer as pazes. Contamos 24 linhas de escrita. Os primeiros hieróglifos de cada linha encontram-se rodeados por uma moldura, e dentro da primeira moldura há um desenho em forma de prato, um cajado, duas penas, uma águia e um triângulo.

— Estou tendo a tarde mais *unheimlich* de toda a minha vida! — diz ele, em êxtase, e com um grande sorriso espalha as notas sobre a cabeça, como uma coroa. — Então, me diga, o que quer que eu compre para você. Uma estola de vison…?

— Tanto eu como a Garbo preferimos arminho — digo, toda coquete. — Agora me dê isso de volta.

Meto o dinheiro e a folha de papel escrita no envelope, que volto a colocar debaixo da blusa. A caminho de casa, concordo com Tônio que tivemos uma tarde mesmo estranha, completamente imprevisível. Claro que não imagino sequer que a festa de Isaac Zarco e a fuga de Raffi, e todos aqueles intrincados e minúsculos desenhos e símbolos inventados há 4 mil anos, estão todos intimamente ligados.

Assim que chego ao meu quarto, escondo o envelope de Raffi na gaveta de roupas íntimas, que é também onde escondo o meu diário. Depois faço um chá para mim e para a minha mãe, enquanto ela prepara o jantar. Adoro ouvir a chaleira assobiar e sentir a dormência dos meus pés e das minhas mãos readquirindo vida, como se o calor estivesse me transformando numa pessoa nova, de dentro para fora. Quando meus dedos perdem a rigidez, volto ao meu quarto, tiro o meu caderno de desenhos e copio os hieróglifos um por um, com o cuidado de um espião que copia planos de guerra secretos, porque suspeito de que Raffi vai mentir para mim sobre o que está escrito, e estou decidida a descobrir a verdade. Depois escondo o original e a cópia na minha gaveta.

A cozinha agora está inundada pelo cheiro de cebolas, nabos, couve, batatas e cenouras cozidas. Quase todas as refeições que minha mãe prepara incluem os mesmo cinco ingredientes — ou talvez arroz e tomate, se estiver com disposição para aventuras, e salsicha grelhada ou carne de porco, se tivermos conseguido economizar o suficiente para tais iguarias, porque a carne é normalmente cara demais para podermos comer com regularidade. O vapor do que ela cozinha consegue embaçar nossas janelas durante horas, porque — como as mulheres do norte da Europa sabem há séculos — os legumes só estão cozidos quando perdem toda cor e sabor que tiverem e se desfizerem completamente ao toque do garfo. Na verdade, quase todas as mães entre Danzig e Munique estão se aguentando o melhor que podem com os parcos rendimentos e a falta de imaginação que têm. Mas também não se pode dizer que toda essa economia impeça seus 30 milhões de filhos de rezar por qualquer coisa de mais saboroso no prato, é claro.

Uma vez, no dia em que completei 12 anos, minha mãe fez mussaca com duas berinjelas roxas que encontrou numa mercearia de produtos orientais, na Neue Friedrichstraße. Minhas papilas gustativas entraram em êxtase, mas meu irmão menor, Hansi, recusou-se a tocar sequer no prato. E foi assim que terminaram, na nossa casa, as experiências culinárias.

A Mãe não me faz perguntas sobre o carro esmagado. Mas o Pai faz. Estamos sentados os dois à mesa da cozinha. O tampo é uma bela peça de mármore travertino de cor creme, presente de casamento dos pais dele. Às vezes, quando estou sozinha, deixo a mão deslizar sobre aquela superfície macia, fresca e sensual. Minha mãe está fazendo a massa para *Reibekuchen*, uma espécie de bolinho. Hansi também está conosco, descascando batatas, que exalam aquele cheiro de terra úmida de que tanto gosto. Não falo da nossa aventura com Raffi, já que a história da fuga dele pode chegar aos ouvidos dos seus pais e fazer com que seu professoral pai queira lhe dar uma lição. E, especialmente, não digo nada sobre Vera. Ela é um presente que dei a mim mesma e talvez nunca divida com ninguém. Ainda não decidi.

Vou bebericando o chá através de um torrão de açúcar, o que significa que as palavras da minha história vão rolando e saindo da minha boca numa jornada de doces em zigue-zague. Talvez meu pai saiba que estou inventando grande parte do que digo, talvez não. Não interessa, porque ele ri nas partes certas, e sempre me deu o direito de falar da minha vida da maneira que eu quiser. Quando acabo a minha história, o Pai dá à Mãe e a mim presentes da Maria Gorman, secretária na sede do Partido Comunista, com quem já fizemos piqueniques: dois potes de doce de framboesa, um com sementes para mim, outro sem sementes para a Mãe e Hansi. Nessa noite, reparo que o pote deles foi parar na lata de lixo, e, quando o salvo, minha mãe explica que o jogou ali sem querer, ao lavar a louça. É muito distraída, penso então.

Meu pai logo se esgueira para a sala, a fim de ler o jornal. Pergunto à Mãe se posso ir à festa do tio Rainer disfarçada de vampiro do *Nosferatu*, em vez de patinadora holandesa. Nós duas gritamos de medo quando vimos o filme, alguns meses atrás.

— Ah, querida, está tarde demais — responde minha mãe. — Desculpe.

— Por favor. Podíamos usar pó de arroz para me dar um ar pálido e doente, e achatar o meu cabelo com graxa preta. Podíamos fazer umas unhas compridas de papel. E...

— Graxa!

— Uso a do Pai.

— Nem pense nisso! Temos que estar na casa do seu tio daqui a duas horas.

Embora eu saiba que não vale a pena, ou talvez exatamente por causa disso, levanto-me de um salto e digo-lhe que está sendo injusta, o que a faz arregalar os olhos. Minha mãe é bonita, com um sedoso cabelo de um tom castanho-acobreado que usa com franja, tal como sua atriz favorita, a Claudette Colbert, e tem um rosto redondo e suave, mas seus olhos verdes lançam faíscas assassinas quando está irritada.

— Sophie, a sua fantasia de patinadora é linda, e passei horas fazendo-a — diz ela, e é óbvio que o final da frase, que ela não chega a dizer, é *por isso não abuse da sorte!*

— Mas eu não quero ficar linda! Quero assustar as pessoas. Quero... Quero ficar tão feia que provoque acidentes na rua. Quero ver homens aterrorizados me expulsando da Igreja Emanuel!

Ela limita-se a dar de ombros, como se eu tivesse aterrado na sua vida vinda de uma galáxia remota, e volta a sua tarefa de retirar os grumos de sua preciosa massa. Em vez de continuar a insistir, ataco aquilo que ela mais ama no mundo, o meu irmão Hansi, de 8 anos. Ele ainda não acabou de descascar uma dúzia de batatas, embora esteja há meia hora debruçado sobre elas como uma galinha exausta. Talvez seja só porque os meus pais têm medo de lhe dar uma faca afiada, mas também é verdade que Hansi é um menino introvertido, que nunca diz o que pensa, e talvez sua lentidão se deva ao fato de ter o cérebro pequeno demais para aprender a chegar ao outro lado das coisas, mesmo quando se trata de coisas tão simples como uma batata da mercearia da *Frau* Koslowski. As duas coisas que ele faz bem é posar para os meus desenhos e montar quebra-cabeças. Pelo que me parece, foi viver definitivamente em seu próprio mundo hermético, a que dei o nome de Universo Hansi.

— Ande logo com isso! — digo-lhe. — Nesse ritmo, vamos acabar jantando só no mês de março.

— Não tem mais nada para fazer além de implicar com o seu irmão? — grita a Mãe, irritada.

Hansi ergue os olhos para mim, com aquele ar de enorme espanto que herdou da minha mãe, e diz com voz séria:

— É assim que deve ser.

Hansi em seu universo próprio, aos 8 anos

— Ao menos uma vez você podia fazer alguma coisa diferente de como deve ser.

Claro que estou me referindo a muito mais do que descascar batatas. Se ao menos conseguisse descobrir o que se passa naquela sua cabeça misteriosa, imagino que não ficaria tão irritada com ele por ser o anjo silencioso da família.

— É provável que simplesmente não se desenvolva — digo à minha mãe.
— O que é que não vai se desenvolver?
— O cérebro do Hansi!
— Sophie, você é terrível! — grita ela.

Era esse o meu objetivo. Em seguida ela me expulsa da cozinha, o que também é um feito para mim. Em momentos como este, abraço a minha capacidade de ser má como se fosse um Oscar que tivesse recebido.

Gosto do exílio, porque me dá a oportunidade de atirar mais lenha à fogueira da minha raiva. Contudo, o que realmente me aborrece é ter que ir à festa do tio Rainer fantasiada de patinadora do século XVI. Como é que pude ser tão burra? Tento fazer com que o meu mau gosto para escolher fantasias pareça culpa da minha mãe, mas não consigo convencer.

Fico ouvindo Bing Crosby e outros americanos cantando músicas melosas na rádio, aborrecida, sentada entre as pernas do meu pai. Ele está lendo o jornal do Partido Comunista, o *Rote Fahne* [Bandeira Vermelha], como sempre faz antes do jantar. Tento decifrar as letras das canções. É assim que aprendo inglês.

Ao fim de algum tempo começo a ficar entediada e ponho os meus discos da Marlene Dietrich, enquanto vou olhando para as minhas figurinhas de estrelas de cinema. *Falling in love again...* Adoro aquele tom rouco de sua voz encharcada em uísque. Quando alguém bate à porta de casa, meu pai pede que eu vá ver quem é. Para minha surpresa, é o Sr. Zarco.

Ele tem um rosto lívido e terno, com olhos tristes de um azul-acinzentado e um belo e espesso cabelo grisalho espetado em tufos, como o pelo de um gato assustado. Suas grandes orelhas estão vermelhas de frio. Se ele fosse ator numa peça, teria que ser o tio distraído. Ou então o terrível assassino de que nunca ninguém suspeita porque tem jeito de quem não mataria uma mosca. Gosto dessa ideia tão criativa e também da ansiedade típica de menino com que ele baixa os olhos para mim, mas limito-me a saudá-lo com um "olá" bastante chocho; minha mãe sempre me disse para não falar com os vizinhos que não conhecêssemos muito bem, e eu tento não desafiá-la nas questões pequenas para poder ganhar o apoio do meu pai nas questões mais graves.

Recuo para ir chamar o meu pai, deixando o Sr. Zarco de pé à porta. Não é por ser judeu, devo acrescentar. Por enquanto, ainda estamos numa cidade em que os judeus são alemães. Como bem sabemos agora, eles só vão desafiar um monte de leis da natureza, transformando-se em porcos, e até vermes, um pouco mais tarde.

O Pai precipita-se para a porta e aperta calorosamente a mão do nosso visitante.

— Entre, entre — insiste, guiando o nosso vizinho pelo cotovelo.

Estão os dois de pé no vestíbulo, como costumam fazer os homens na Alemanha, sem saber onde pôr os pés e as mãos.

— Perdoe-me, por favor, por minha visita inesperada, mas há uma amiga minha que quer pedir desculpas à sua filha e tem muita vergonha para vir aqui ela própria — diz o Sr. Zarco, nervoso.

— Pedir desculpas por quê?

O visitante faz um gesto na minha direção.

— A Sophie e o Tônio... estavam brincando no pátio, e uma das convidadas da minha festa irritou-se com eles e fez uma coisa que não deveria ter feito.

— O que é que ela fez? — pergunta meu pai.

— Bateu no Tônio. Parece que ele zombou dela.

— O Tônio é fresco — diz o Pai, com um longo suspiro de reprovação, por estar farto de saber que estou apaixonada por um malandro incorrigível.

— A minha amiga, a Vera... fica às vezes muito irritável. Mas acho que não machucou o rapaz. Vou falar com os pais dele mais para o fim da tarde, quando... — nesse ponto o Sr. Zarco olha para o céu — ... quando conseguir arranjar coragem.

Minha mãe vem correndo da cozinha, com toda uma série de preocupações já tomando conta dela. Exagerar os problemas é uma das suas especialidades, e, quanto mais velha fico, mais suspeito que seja sua maneira de se compensar pelo fato de não ter qualquer tipo de poder real.

— Que história é essa de o Tônio ter sido ferido? — pergunta ela.

— Não foi ferido, bateram nele — responde o Pai. Depois se vira para mim.

— *Häschen*, você não me falou desse incidente. O Tônio está *mesmo* bem?

Meu pai me chama de coelhinha, seja quando tem crises de ternura, seja quando precisa que eu lhe faça um favor. Neste momento, ele quer é a verdade. Dada a minha natureza, isso constitui um favor.

— O Tônio está ótimo — respondo. — De qualquer forma, a culpa é dele — acrescento, e com essa confissão sinto uma mistura de temor e alegria; na verdade, avisto a possibilidade que até agora nem me passou pela cabeça, a de conseguir dar um empurrãozinho à minha relação com Tônio numa direção mais perigosa. Vamos acabar discutindo quando ele descobrir que o denunciei, mas talvez no fim compreenda a profundidade do meu amor quando eu perder o controle e desatar a soluçar. Com um pouco de sorte, ele vai insistir em me beijar para fazermos as pazes.

— O que quer dizer com isso? — pergunta a Mãe.

Começo a explicar. Três adultos ouvindo com atenção. Sinto-me feliz por estar no banco das testemunhas sem ter que depor contra mim mesma.

Quando chego à parte em que Tônio chama Vera de monstro, meu Pai deixa escapar um "ah" de espanto.

— E o que você disse? — pergunta ele.

— Nada.

— Sophie...!

A Mãe arregala os olhos para mim, certa de que eu me portei ainda pior do que Tônio.

— Nem abri a boca. Fiquei *hingerissen*.

Aí está outra vez a palavra que agora compreendo até os ossos: petrificada.

— *Hingerissen?* — pergunta minha mãe. — O que quer dizer com isso?

— Nem conseguia me mexer. A mulher era feia. E alta... como se andasse com pernas de pau.

— Sophie! — exclama o Pai, cheio de reprovação. — Não se deve falar assim.

— Não, a sua filha tem razão — diz o Sr. Zarco, rindo ligeiramente, e depois olha para mim como se houvesse um acordo entre nós. — A Vera é de uma feiura sem igual.

— Ah, é? — pergunta a Mãe, com uma curiosidade sôfrega na voz. Ela adora fofocas, embora não o confesse.

— Digamos apenas que não é fácil encaixá-la em nenhuma noção de justiça que talvez gostaríamos de ter em relação ao nosso mundo.

A Mãe enxuga a testa com o pano de prato. Sua muito quando entra em pânico.

— Isto é tudo tão inesperado e... e perturbador — balbucia.

— Muito — concorda o Sr. Zarco. Fica quase na posição de sentido, preâmbulo para um pedido formulado por um ex-sargento do exército do Kaiser. — Engenheiro e Sra. Riedesel, permitem que eu acompanhe a filha dos senhores até o meu apartamento por alguns minutos? A Vera gostaria de pedir desculpas pessoalmente à Sophie. Posso garantir-lhes que normalmente ela não faz mal a ninguém.

Gosto de ouvir o Sr. Zarco usar a palavra *acompanhar*. Sinto-me crescida. Chama meu pai de "engenheiro" porque ele é formado em engenharia química.

— *Normalmente* não faz mal? — pergunta meu pai.

— Quero dizer quando não a provocam.

— E quer que a Sophie vá ao seu... apartamento e... e... fale com essa tal de Vera? — gagueja minha mãe.

A julgar pela careta que faz, está imaginando caçadores de cabeças de Bornéu escondidos debaixo da cama do Sr. Zarco. *Não vão me cozinhar num caldeirão,* tenho vontade de gritar. *Mas, se fosse, alguém se esbaldaria esta noite!*

— Prometo que tomo conta da Sophie e a trago de volta dentro de 15 minutos — garante nosso idoso vizinho.

— Não, é impossível — anuncia minha mãe.

Mas o Pai, intrigado, está se erguendo na ponta dos pés, hábito de um ex-ginasta.

— Eu vou com a Sophie — diz ele com prontidão.

Capítulo 2

卍

— Devo avisá-los — diz o Sr. Zarco enquanto sobe as escadas ao lado do meu pai — que a Vera não é a única pessoa no meu apartamento que podem achar um pouco chocante.

— Tem dois anões — digo, orgulhosa de poder fornecer esta informação.

— Sim, a Heidi e o Rolf.

— E uma mulher e um homem que falam com as mãos.

— Devem ser a Marianne e o Karl-Heinz.

— Está dando uma festa? — pergunta meu pai.

— Sim, embora seja um pouco mais do que uma simples festa. Para mim, o Carnaval é importante, como ritual, quero dizer, ou como reconstituição. Todas as nossas festas judaicas são assim, fingimos que estamos tomando parte em acontecimentos bíblicos, como o Êxodo. Embora "fingir" seja uma palavra muito superficial.

— É claro — responde meu pai, que é o que ele diz sempre que não sabe o que dizer.

— O Carnaval é uma festa judaica? — pergunto.

— Não, Sophie, mas bem que podia ser! — responde alegremente o Sr. Zarco. — Nós, os judeus, temos uma festa parecida, em que também nos mascaramos. Chamamos de Purim. E, embora não tenhamos as bandas de jazz de um baile de Carnaval, nossa celebração pode ser muito divertida. Rezamos e cantamos e damos presentes a todos os nossos amigos.

Quando chegamos ao segundo andar, nosso vizinho debruça-se sobre o corrimão da escada e olha para baixo, para ter certeza de que não tem ninguém ouvindo, e sussurra para nós, em tom de conspiração:

— Durante o Carnaval, deixamos que o que está dentro de nós, no nosso mundo subterrâneo, suba à superfície. Até os imortais que nos governam aparecem, às vezes.

— *Ja* — diz meu pai, e acena com a cabeça com ar sincero, mas eu sei muito bem que o que ele quer dizer é: *Onde é que eu fui me meter...?*

Meu pai é engenheiro e comunista, o que significa que aprecia uma equação trigonométrica ou um ensaio político. Imagens poéticas sussurradas num vão de escada de um prédio residencial gelado são como lampejos longínquos para seu espírito pragmático.

Sentindo o ceticismo do Pai, o Sr. Zarco diz:

— Desculpe a minha linguagem metafórica. — Ele nos leva a subir mais um lance de escadas. Quando chegamos à sua porta, põe a mão no ombro do meu pai. — E se só houvesse um dia por ano em que sentisse que tinha a liberdade de sair de casa sem ter que se justificar?

Sem esperar pela resposta do meu pai, o Sr. Zarco gira a maçaneta da porta.

Vinte rostos erguem o olhar para nós, enquadrados por penas, lantejoulas, babados e máscaras. A maior parte dos convidados está sentada em volta de um velho tapete persa vermelho e amarelo, com uma franja roxa feita de nós, e coberto de pratos de comida. No ar paira uma névoa de fumaça azulada de charuto, na qual se esbatem os quadros que inundam as paredes e as estantes abarrotadas de livros. Da vitrola sai uma voz rouca de mulher. Vejo Marianne sentada de pernas cruzadas, comendo com as mãos, e o elegante toureiro ao seu lado tomando uma taça de champanhe, e ponho-me a procurar Vera, Heidi e Rolf, quando um movimento ondeante vindo do canto da sala me chama a atenção. Vera, sentada em frente a uma velha escrivaninha de madeira, acena para mim com a mão. Tem os dedos gordos e compridos, parecem massa de pão, com articulações nodosas. Ela tirou a capa, revelando um casaco de veludo branco brilhante, de corte militar, com pérolas negras no colarinho. Está falando com um homem elegante e de peito nu que exibe uma máscara de animal no rosto e uma pinha espetada em cada chifre.

Aladim assombrado diante do gênio... É esse o tamanho do meu espanto. As mãos do meu pai enroscam-se nas minhas, dando-me um aperto protetor.

— Atenção, todos! — diz o Sr. Zarco. — Apresento-lhes o engenheiro Friedrich Riedesel e sua filha, Sophie, ambos meus vizinhos, e de quem muito gosto.

Sinto-me como se tivesse acabado de receber uma carta com o meu nome escrito em grandes letras góticas; depois de abri-la, nunca mais voltarei a ser a mesma pessoa.

As pessoas cumprimentam-nos amigavelmente. Vera precipita-se para nós com os braços firmemente cruzados no peito, como se estivesse morrendo de frio, embora faça ali dentro um calor de matar. Talvez seja a desagradável luz elétrica, mas o rosto dela parece mais anguloso do que eu me recordava, e aquela testa de mulher das cavernas dá a impressão de estar latejando. Contudo, seus olhos azul-claros são tranquilos, e fico satisfeita por me ver novamente

Marianne em sua fantasia de Carnaval

diante daquela torre. Quem poderá explicar este prazer de me sentir pequena que acabo de descobrir? E quem poderá dizer se não seria mais sensato para uma menina alemã, em 1932, desejar ser grande?

— Esta é a Vera — diz o Sr. Zarco ao meu pai.

Ela tem uma cabeça a mais que meu pai em altura. Percebo perfeitamente o que ele está pensando: que não há teoria científica ou equação capaz de explicá-la. Nem Marx teria conseguido prevê-la.

— Prazer em conhecê-lo, engenheiro Riedesel — diz ela.

Ele aperta-lhe a mão estendida, mas não diz nada. Sabe que, como bom alemão, é feio olhar fixamente para alguém, mas acontece que, como todos nós, cravar os olhos em coisas estranhas é uma das coisas que ele faz melhor. Na verdade, o que caracteriza os meus compatriotas de ambos os sexos, mais do que a nossa famosa admiração por atletas e professores universitários, muito mais do que a inveja que sentimos dos italianos por causa do sol e dos franceses pela *pâtisserie*, mais ainda do que o nosso deleite infantil pelas operetas sentimentais, os monumentos, os lagos campestres e as marchas cadenciadas, é a nossa capacidade diabólica de olhar fixamente.

— Obrigada por ter vindo — diz Vera ao meu pai.

O Pai olha ora para ela, ora para o Sr. Zarco, atrapalhado, sem saber o que dizer.

— Sophie, fico contente por ver você outra vez — diz Vera, disfarçando o melhor que pode o desconforto que predomina entre nós quatro. — Lamento o que aconteceu. Eu não deveria ter batido no seu amigo. — Ela pega minha mão livre, de tal modo que, por um momento, fico esticada como uma figura de papel recortada, entre ela e meu pai. — Aceita as minhas desculpas? — pergunta ela, ansiosa.

Só quando ouço sua voz trêmula é que percebo como está apreensiva.

— Claro que sim — digo.

— Você se importa de vir sentar comigo para conversarmos um pouco?

Olho para o Pai à espera de sua aprovação.

— Quer ir? — pergunta ele, erguendo a mão até o meu rosto, o que significa que prefere que eu diga que não.

— Se o senhor não se importar.

— Não tem problema — intercede o Sr. Zarco em tom encorajador.

Meu pai fica olhando para o chão por um momento, depois sorri calorosamente para Vera.

— Claro — diz ele.

Estou orgulhosa dele, embora não me pareça que tenha grande escolha; o Pai não consegue subverter durante muito tempo a sua natureza amistosa.

— Temos que ir embora daqui a dez minutos — avisa-me —, senão a sua mãe vai chamar a polícia!

Vera e o Sr. Zarco riem, o que agrada a nós dois, ao Pai e a mim. — E não se perca — ordena, agitando o dedo numa imitação da minha mãe. Como eu poderia me perder num apartamento de três cômodos? Vera me leva para o canto onde estava e puxa uma cadeira com assento de palhinha. O Pai estica-se o quanto pode para olhar para mim, mesmo enquanto fala com o Sr. Zarco, o que me deixa contente. É claro que nem todos os olhares fixos são maus.

— O seu pai gosta muito de você — diz Vera.

— Pois é, eu sei.

— Diga-me, Sophie, você gosta de ler? — pergunta ela.

— Às vezes — respondo, hesitante.

— Ficção, poesia...?

— Tudo.

Pareço incapaz de dar uma resposta decente. Afinal, como posso conversar com uma deusa de cabeça em forma de martelo, especialmente quando a minha mãe pode arranjar uma maneira de descobrir aquilo que eu lhe disser?

— Aquele cientista português ali — ela aponta para o jovem da máscara com chifres, que nesse momento toma uma tigela de sopa — acaba de me mostrar um lindíssimo poema em espanhol. Vou ler para você a minha passagem favorita e depois o traduzo para o alemão.

Nunca gostei de adultos lendo poesia para mim, porque ficam com uma expressão de solenidade absurda, e depois começa a me dar sono, e as palavras vão passando ao lado, velozes como andorinhas. Se for um dos nossos professores de alemão que estiver fazendo a leitura, então com certeza vai nos fazer perguntas sobre o aspecto das andorinhas, e a que velocidade voam, e o que é que *significam*, o que me irrita. Por isso o meu espírito enrola-se e fecha-se na defensiva, como um tatu-bola, e só capto algumas das palavras de Vera, mas daqui a alguns anos Isaac Zarco conseguirá descobrir os versos de Antônio Machado que ela leu para mim:

> *De noite, quando dormia*
> *sonhei, bendita ilusão,*
> *que uma colmeia vivia*
> *dentro do meu coração;*
> *e as douradas abelhas*
> *iam fabricando nele*
> *com as amarguras velhas*
> *branca cera e doce mel.**

— Se ao menos o sonho do poeta pudesse tornar-se realidade para todos nós — diz Vera quando acaba de ler. Coloca o livro na escrivaninha atrás de nós, ao lado de sua carteira bordada com contas negras. — Ou talvez seja melhor que os sonhos continuem sendo apenas sonhos. Realizá-los pode nos confundir muito. Não saberíamos se estávamos acordados ou dormindo.

Lá de cima ela me lança um olhar convidativo, como se pedisse que eu lhe diga o que penso sobre isso.

— Não tenho certeza — admito, mas há de chegar uma altura em que acreditarei que ela tocou numa importante verdade.

— Alguma vez já escreveu poesia? — pergunta ela.

— Não.

— Isso é ótimo sinal, Sophie. Eu costumava escrever poesia quando tinha a sua idade, toda trágica. Conhecia centenas de rimas para *Einsamkeit*. — *Einsamkeit* significa "solidão". — Os poemas eram péssimos... queimei todos eles quando fiquei mais velha. — Ela abre um breve sorriso, na esperança de que eu também sorria, mas sinto-me completamente perturbada. — Ainda bem que você e eu somos diferentes — acrescenta.

---

*Conforme tradução de José Bento. (N. da E.)

— Por quê?

— Porque, se viermos a ser amigas, nossa intimidade terá muito mais significado.

Alguma coisa emana do seu corpo, alguma coisa que me inquieta. É como se fosse feita de elementos diferentes dos de todas as outras pessoas. E não é por ser deformada. Ou, pelo menos, não só por causa disso.

— O que eu tenho não é contagioso — diz ela. — Juro a você. Diga-me uma coisa, quer tocar no meu rosto?

— Não sei.

— Se você tocar nas partes que acha mais feias, vai ficar mais à vontade.

Quando concordo, Vera leva a ponta dos meus dedos até sua testa. Tenho vontade de desviar a mão, mas não me atrevo. A saliência ossuda que tem acima das sobrancelhas me faz exclamar um "ah!" involuntário.

— Desculpe — digo.

— Não peça desculpa. Eu também assusto a mim mesma às vezes quando me olho no espelho.

Quem poderia respirar normalmente na minha situação? Talvez seja por isso que a sala parece começar a ficar escura. Quando chegamos ao queixo, que mais parece um bulbo de tulipa, ela diz:

— O que eu tenho chama-se gigantismo.

Não gosto do formigamento nervoso que me percorre quando a toco, e quando ela liberta minha mão me ajeito na cadeira, aliviada por recuperar o autodomínio.

— Você foi corajosa — diz Vera.

— Obrigada. Você foi sempre assim? — pergunto.

— Não. Comecei a mudar quando tinha 12 anos. Agora tenho 31 — acrescenta, prevendo a minha pergunta.

— Por que você fala espanhol? — pergunto.

— Minha mãe era de Madri. Meu pai é alemão, de Colônia.

Sentindo-me já mais corajosa, pergunto:

— Posso tocar nas pérolas do seu colarinho?

— Claro que pode.

Ela inclina-se para mim como uma torre. Aquele negrume brilhoso me deixa com inveja. Parecem feitas de uma noite sem lua. *Quando penso em toda a magia que pode estar escondida dentro delas...*

— Se abríssemos as pérolas, o que acha que encontraríamos lá dentro? — pergunto.

— Em tantos anos, nunca me fiz essa pergunta — responde ela. E dá uma breve risada.

— Talvez pequenos demônios! Seria legal ter pequenos demônios em volta do pescoço, enrolados dentro das pérolas. Podiam tornar nossos desejos realidade.

— Isso seria ótimo, não acha? O que você pediria, Sophie?

— Não sei... que fizessem uma poção de amor para mim.

— Está apaixonada?

— Não — minto —, mas uma poção podia vir a ser muito útil um dia.

— Menina esperta, planejando com antecedência.

— Onde arranjou esse seu casaco? — pergunto.

— Fui eu que fiz. Faço todas as minhas roupas. As lojas não têm nada que me sirva.

— Às vezes minha mãe faz roupas para mim, mas não a imagino fazendo, alguma vez, algo tão bonito.

— Então deixa que eu faço. Só vou ter que tirar as suas medidas.

— Quando? — pergunto, ansiosa, o que faz Vera rir de prazer.

Um homem chama-a pelo nome do outro lado da sala. É magro e elegante, com ombros largos e a postura ereta de um bailarino. Seus olhos, de um verde sombrio, estão delineados com *kohl*, e uma espessa mecha de cabelo castanho quase lhe cobre as orelhas. Ele veste uma capa vermelha e parece vagamente familiar — como a materialização de um sonho recente. Diz alguma coisa a Vera num espanhol com sotaque alemão e, em seguida, abre um breve mas amplo sorriso.

— Ah, fique quieto, Georg! — responde ela em voz bem alta, embora eu perceba que não está zangada de verdade.

Ele ergue o copo na direção de Vera, como se fizesse um brinde, e depois volta a bebericar o líquido leitoso.

— O que foi que ele disse?

— Que estou tomando muito o seu tempo. Estou?

— Não. Do que ele está fantasiado?

— De Cesare, o sonâmbulo do filme *O gabinete do Dr. Caligari*.

— Isso mesmo! — exclamo. — A fantasia é perfeita! O que ele está bebendo?

— Absinto. Acha que é romântico. — Ela arregala os olhos, como se achasse aquilo absurdo. — Ora, vamos pôr mãos à obra. Vou ver se arranjo uma fita métrica. Espere aqui.

Vera passa pelo Sr. Zarco, que está falando com o Pai e com uma mulher de cabelo branco que tem uma pena de pavão no cabelo, e em seguida desaparece através do arco de uma porta. Agora é um jovem loiro de peito largo e óculos escuros que está falando com Cesare, o qual pisca o olho para mim quando vê que estou olhando para ele. Sabe que o acho suspeito — como acho todos os homens que se disfarçam de assassinos sonâmbulos —, mas não parece chateado com isso. Após alguns momentos, Rolf vem até onde estou, em seu passo desengonçado. Tem o peito tão reduzido que a cabeça parece estar posicionada direto sobre as pernas, como uma figura de Hieronymus Bosch que tivesse adquirido vida de repente. Traz na mão seu gorro amarelo. Seu cabelo é curto e grisalho, e pode ter 40 ou até 50 anos, mas acho que eu não consigo avaliar muito bem a idade de um anão.

— Quer comer alguma coisa? — ele me pergunta com seu sotaque da Renânia.

— Acho melhor não — digo. — Minha mãe está preparando o jantar.

— Minha mulher fez um bolo de chocolate simplesmente divino — diz ele, lambendo os lábios. Seus olhos irradiam alegria e percebo que gosto dele.

— Venha se sentar conosco. Eu lhe dou uma fatia pequena.

Vera desapareceu por completo; por isso, me instalo entre Rolf e Heidi, que corta uma fatia do bolo para mim. Seus dedos são curtos e grossos, como os de uma boneca. E os de Rolf também, só que ele tem tufos de pelo nas articulações das mãos. Imagino que seu peito compacto seja igualmente peludo, embora isso pareça impossível em alguém com 1 metro de altura.

— Gosta de fazer bolo? — pergunta-me Heidi.

— Às vezes — respondo. — Uma vez fiz um *gugelhup** com a minha mãe. — Dou uma grande mordida na fatia. — Delicioso — digo, e é verdade.

Ela sussurra:

— O segredo é misturar avelãs picadas ao chocolate derretido.

A revelação dela parece me dar as boas-vindas a um mundo exclusivo para meninas e mulheres.

— Heidi, você me deixaria ir ao cinema com o meu namorado num dia de semana à noite? — pergunto-lhe.

— Você tem um namorado? — Ela sorri, encantada.

— Acho que sim, mas não sei o que ele acha. E então, deixaria?

— Se você prometesse não chegar tarde em casa. E se eu soubesse exatamente aonde você iria.

Achei justo. E uma resposta mais sensata do que a que eu algum dia talvez venha a conseguir da minha mãe.

Heidi me apresenta alguns dos outros convidados. Em frente a nós está sentado um jovem de peito arqueado e cabeça pequena em forma de pera, com uma camisa de um azul vivo e uma gravata-borboleta branca.

---

*Bolo de amêndoas e uvas-passas tradicional da Alsácia. *(N. da T.)*

— Quero mais um pedaço — diz ele, interrompendo a nossa conversa com a voz implorante de um rapazinho a quem não deram a devida atenção.

— Este já vai ser o terceiro — responde Heidi num tom levemente reprovador e olha para a mulher sentada ao lado dele buscando apoio.

A mulher veste uma blusa cor-de-rosa bufante com uma gola de babado branco, e seus dedos estão cobertos de anéis de ouro. O cabelo é negro como piche, e os olhos ligeiramente amendoados — o que lhe dá um aspecto muito aristocrático.

— Esta noite o Martin pode comer o quanto quiser de bolo — diz ela.

Enquanto Heidi corta uma fatia para o jovem, ele olha fixamente para mim, com medo de falar.

Rolf sussurra para mim:

— Nas minhas duas últimas turnês com o circo, Martin e eu tínhamos um número em que ele me jogava para o outro lado da arena. É muito tímido, pobre rapaz.

— Olá — digo a ele numa voz suave, tentando fazê-lo sair do seu casulo.

Ele morde os lábios e olha em volta até Heidi lhe dar sua fatia de bolo. Depois, seus olhos de um castanho profundo iluminam-se de repente, e ele a engole com uma sofreguidão de lobo.

— Meu nome é Júlia — diz a mulher de ar aristocrático. — Este é o meu filho — acrescenta, pondo a mão no ombro de Martin.

Júlia e eu então começamos a falar de seu país natal. Ela é tunshan, uma tribo que vive perto do mar Cáspio. Conta-me que cresceu nas estepes da Ásia. Trabalhou como vidente no circo, mas agora tem uma loja onde vende medicamentos à base de ervas.

— Todo mundo aqui já fez parte do circo? — pergunto a Rolf num sussurro, depois que a mulher se vira de volta para o filho.

— Muitos de nós. Até a Vera, embora agora trabalhe para o Isaac. Quando ele descobriu que ela fazia as próprias roupas, ofereceu-lhe um emprego como costureira.

— Pensei que o Sr. Zarco trabalhasse nos Armazéns Heitinger. — Era o que eu o tinha ouvido dizer ao meu pai.

— Ele fornece roupas de senhora para o Heitinger e outras lojas chiques. Tem uma pequena fábrica na Dragonerstraße. E um armazém logo do outro lado da rua. — Rolf coloca seu divertido gorro amarelo na minha cabeça. — Foi a Vera que fez estes, para mim e para a Heidi.

A flanela me dá coceira, mas o barulho dos guizos quando sacudo a cabeça é gostoso — como se tocassem sininhos cada vez que me mexo. Com a aba do gorro sobre as minhas orelhas, as vozes da sala acabam se misturando num zumbido geral se eu não prestar muita atenção. Talvez fosse este o som que eu ouviria se conseguisse decifrar as abelhas douradas dentro do coração do poeta.

Heidi apresenta-me a Marianne, que tira o focinho azul para podermos trocar beijos de saudação, e ao toureiro, Karl-Heinz, que cheira agradavelmente a uma água-de-colônia bem marcante. Tenho inveja da forma como ele e Marianne se comunicam um com o outro com as mãos — parecem borboletas dançantes. Enquanto conversam, os olhos de esmeralda dela brilham como os de um gato. Estão sempre se beijando. Nunca vi duas pessoas tão apaixonadas. Começo a achar que estou sendo indiscreta.

O Sr. Zarco aproxima-se e fala com Karl-Heinz, que sai precipitadamente da sala. Rolf me conta que antigamente Vera costumava sentar-se numa grande poltrona colocada em cima de um estrado, e as pessoas pagavam para ficar de boca aberta, espantadas, uma ideia que me dá arrepios. Chamavam-lhe de *die Menschenfresserin Maltas* — o Ogro de Malta.

— Ela é de Malta? — pergunto.

— Não, mas sempre dá um ar mais exótico do que Colônia — responde ele, com uma risada que lhe sobe das entranhas. — Desde que não falasse, ninguém conseguia descobrir que era alemã, e fazia parte do contrato dela nunca dizer uma palavra, mesmo que as pessoas a xingassem ou a provocassem. — Ele olha para baixo, pouco à vontade, talvez pensando que está me revelando demais, mas acaba por prosseguir: — Passou quase dez anos naquele estrado. Não foi nada bom para ela.

Anos depois, Vera haveria de me mostrar o famoso artigo que saiu sobre ela no *Morgenpost* de 3 de junho de 1928, e até uma nota biográfica publicada no *Artistas de circo alemães,* de Horst Brun, e a única coisa de que me lembro é o ar muito mais digno que ela tinha, comparada com as pessoas que a rodeavam. Como é que eles conseguiam não reparar nisso, ainda hoje é um mistério para mim.

— É por isso que, depois de todos aqueles anos de silêncio forçado, hoje é difícil conseguir que a Vera fique calada — diz Heidi, sorrindo com ar maroto. Ela afasta o meu cabelo dos olhos com seus dedos de boneca. É uma pessoa tão delicada! — De qualquer forma, sobreviveu a toda aquela humilhação e conseguiu construir uma vida melhor para si própria, e isso é o que importa. — E, em segredo, sussurra para mim: — Conseguir nem que seja uma pequena parte daquilo que queremos pode ser um grande feito para pessoas como nós.

Karl-Heinz chama a nossa atenção batendo com os dedos na máquina fotográfica em forma de caixa que trouxe consigo. Está colocada sobre um tripé de madeira. Com gestos precisos, ele dá a Heidi instruções para que passe o braço por cima do meu ombro e pede a Rolf que endireite as costas. Marianne ajoelha-se atrás de nós e inclina ligeiramente a cabeça sobre o ombro de Rolf, o que o faz corar.

— O Karl-Heinz começou faz pouco tempo a tirar fotografias para *Die Stimme*, um jornal para surdos — diz Heidi para mim, com medo de se mexer um centímetro que seja, não quer testar a impaciência dele. *Die Stimme* quer dizer *A Voz*. — Até há pouco tempo era fotógrafo da polícia.

Ele mergulha sob a cortina preta situada na parte de trás da máquina, remexe nas placas fotográficas e depois volta a emergir.

— Todos olhando para mim! — diz ele em sua voz distorcida.

Meus olhos arregalam-se de expectativa, e o flash me cega por um momento, mas é empolgante ter sido fotografada por um profissional.

Quando Vera reaparece, Karl-Heinz ordena-lhe por meio de gestos que se ajoelhe ao meu lado.

— Não consigo! — responde ela vivamente. — Meus joelhos parecem feitos de papelão.

Rolf puxa sua perna repetidas vezes.

— Meu Deus — diz ela, irritada —, parece que estou sendo atacada por uma matilha de poodles. Me deixem em paz!

— Você é impossível! — diz Marianne.

— Nunca ouvi você dizer nada tão verdadeiro! — declara Vera, e, com as mãos nos quadris e as sobrancelhas erguidas, é óbvio que está se referindo ao próprio físico, tanto quanto ao temperamento.

Martin agarra uma poltrona de couro preto com os braços, ergue-a até aos ombros com um grunhido e leva-a consigo, passando por todos nós, os que estão sentados. Prendo a respiração, imaginando aquele peso enorme caindo sobre Heidi ou Rolf — ou sobre mim —, e imagino o trágico título nos jornais da manhã seguinte: *Jovem de 14 anos esmagada por atleta de circo — dois anões feridos*.

Eu morreria, mas teria a minha história na primeira página do jornal. Não seria assim tão ruim. Com outro grunhido, Martin coloca sua carga no chão, ao lado de Vera, e diz:

— Para você.

— Até que enfim, um cavalheiro! — exulta ela, e planta um grande beijo na sua testa inclinada.

O jovem sorri e leva as mãos ao ponto em que ela depositou o beijo, como se quisesse fazer a afeição de Vera penetrar bem fundo na cabeça.

Vera deixa-se cair na poltrona e remexe na bolsa até conseguir extrair de lá um cigarro. Quando olha para Karl-Heinz, ele faz sinal para que ela se incline para a frente.

— Não sou uma foca amestrada — reclama ela, em tom de desafio. — Tire logo esse raio dessa fotografia.

— O seu problema é que não está completamente amestrada — diz bem alto, lá do outro lado da sala, Georg, o homem disfarçado de Cesare.

— E você acabou de perder mais uma ótima oportunidade de ficar calado! — retruca ela, gritando também.

A julgar pelo prazer com que a provoca, acho bem capaz que ele esteja apaixonado por Vera.

— O que o Georg faz? — pergunto a Heidi.

— Trabalha numa agência de publicidade, mas antes era um talentoso trapezista. Quebrou um pulso e um quadril numa queda que sofreu ano passado, e é pouco provável que algum dia volte a trabalhar no circo.

Georg sem a maquiagem de Cesare

— E o rapaz loiro ao lado dele, o da bengala?

— É um acrobata famoso que trabalha na corda bamba, uma das principais atrações do Circo Krone de Munique. Chama-se Roman Bensaude. Acabou de se mudar para Berlim.

— Mas é cego, não é?

— É; vê a corda com os pés.

E assim fico sabendo que o maior artista de circo com quem alguma vez estive na mesma sala é um homem com olhos nos dedos dos pés.

Na fotografia, Vera tem um ar sisudo. É a primeira coisa que se nota, e é perdoável se não se conseguir ver mais nada durante bastante tempo. Afinal, é difícil desviar os olhos de seu lábio inferior, enrolado para baixo em forma de minhoca, e daqueles olhos assustadores que se escondem na sombra projetada pela testa protuberante. *Não me irritem!*, é sem dúvida o que ela está dizendo.

Talvez ela considere que o desafio é a única opção para uma amazona desproporcional.

Tal como eu, talvez vocês consigam também ouvir os pensamentos de Vera enquanto olham para ela. *Não têm o direito de saber mais nada sobre mim além da minha recusa em ser aceitável. Porque, quem quer que vocês sejam, não quero a sua aprovação, nem preciso dela para nada.*

No primeiro plano da fotografia, Heidi está bem abraçada a mim, Rolf está com vontade de rir e Marianne manda um beijo a Karl-Heinz e, por extensão, ao observador. Eu estou no meio, esforçando-me ao máximo para ter um ar angelical, pois vejo esta fotografia como uma oportunidade de transformar uma mentira em verdade. *Já que não consigo ser boazinha na vida real, por que não em preto e branco?*

Em seguida, Karl-Heinz me fotografa, depois a mim e ao meu pai, então com outros convidados, e finalmente ao lado do Sr. Zarco. Nosso vizinho puxa a ponta do meu gorro justo no último instante, de maneira que saímos os dois rindo. Um homem sério, mas que gosta de surpreender as pessoas com brincadeiras. Atraente para uma menina como eu.

Quando o fotógrafo passa a se dedicar a um retrato de sua namorada de focinho azul, Vera aproveita a oportunidade para tirar as minhas medidas. Mexe meus braços e pernas como se eu fosse um boneco.

— Afinal, qual a sua altura? — pergunto, enquanto ela me mede o braço.

— Um metro e noventa e cinco. E você?

— Um e cinquenta e cinco. Mas ainda estou crescendo.

— Eu também!

Estamos as duas rindo quando Georg vem falar com ela.

— Vera, vou ao Jardim Botânico no sábado ver as flores de estufa. O que acha de vir também?

— Às 9 da manhã de novo? — pergunta ela, cética.

— É quando as flores acordam e ficam mais ativas.

— Mas é quando *eu* fico menos ativa. Além disso, você sabe muito bem que não saio durante o dia.

— Ora vamos... Você tem que imaginar que é uma azaleia e se abrir ao sol. Escute, vou encontrá-la no seu apartamento. Primeiro vamos tomar café. Se quiser, podemos depois almoçar na minha casa.

— Vou pensar.

Georg vira-se para mim. Quando me cutuca com um dedo no ombro, para me provocar, reparo que tem um impressionante anel de topázio. A pedra é da cor do sol.

— Quer ir também? — pergunta ele.

— Não entendo nada dessa coisa de olhar as flores.

Num sotaque iídiche, ele retruca:

— Mas o que há para saber? Vemos uma flor, e ficamos olhando para ela!

Ele sorri com um ar tão cheio de expectativas e caloroso que me sinto conquistada. E um pouco espantada, também.

— Eu ligo para você — diz a Vera. — Agora nos deixe em paz, tenho um trabalho a fazer.

Antes que ele possa retrucar, o Pai me chama do outro lado da sala.

— Sophie, está na hora de ir embora. Sua mãe deve estar achando que fomos raptados pelos nazistas.

Um comentário bastante inocente, dado que, nesse momento, o Partido Nazista pouco mais é do que uma franja negra e vermelha na esfarrapada bandeira da política alemã, mas Vera tem um sobressalto ao ouvir o gracejo do Pai. Georg estende a mão, tocando-lhe no braço, e o aperta suavemente, num gesto reconfortante, sussurrando:

— Não se preocupe, vamos obrigá-los a voltar para suas cavernas.

E, com esse gesto, chego à conclusão de que ele é boa pessoa.

— Só mais uma medida — diz Vera ao meu pai, erguendo a fita métrica.

Depois de enrolar a fita em volta dos meus pulsos e rabiscar umas anotações, ela me dá um abraço. Seu hálito quente no meu pescoço me faz arrepiar, mas retribuo o abraço. E é então que minha face roça na dela e tenho a sensação de que uma serpente sobe pela minha espinha. Quando nos separamos, seus olhos ficaram úmidos, talvez por ter detectado o meu sobressalto de medo. Antes que eu possa pedir-lhe perdão, ela me diz:

— Vai ter que fazer uma prova para o casaco. O Isaac lhe avisa quando estiver pronto.

E afasta-se rapidamente, e por isso nunca chego a expressar as minhas desculpas.

Raffi Munchenberg entra no apartamento no momento em que Karl-Heinz nos põe em posição, a mim e ao meu pai, para uma última fotografia. Já pegou de volta com Tônio seu chapéu e seu casaco.

— Raffi! — chamo-o, acenando para ele, aos saltos; ele está a salvo, o que significa que eu também.

— Pare de se mexer! — ordena Karl-Heinz, abrindo muito os olhos, e o Pai agarra a minha mão com força. Estamos os dois de pé na frente das estantes cheias de livros, ao lado de um jornalista de óculos chamado Ludwig Renn, um velho amigo do Sr. Zarco. Os comunistas podem ser de todas as formas e tamanhos, e o meu pai e o escritor famoso tratam-se por "camaradas". Assim que o flash dispara, corro ao encontro de Raffi, que agora está falando com o Sr. Zarco. Ele me dá um grande beijo em cada bochecha.

— Então você está bem! — exclamo.

— Ah, era só encenação — brinca ele.

— Não sabia que você conhecia o Sr. Zarco.
— Ah, somos velhos amigos. Veja só isto...
Ele mexe suas orelhas cor-de-rosa. Começa a rir, e o Sr. Zarco também. Eu não.
— Quer dizer que já não tenho mais graça? — pergunta Raffi, e faz beicinho. Quer que eu pense que sua fuga foi apenas uma brincadeira.
— Você não me engana — digo, em tom de grande reprimenda.
— Não, agora já está bem adulta — diz ele, com um grande sorriso de irmão mais velho orgulhoso. — Então quando posso ir buscar as minhas coisas?
— O Pai e eu já vamos embora. Venha conosco, ou então eu posso entregá-las a você mais tarde.

Descemos os degraus de dois em dois, correndo, tal como sempre fizemos, com meu pai fechando pacientemente o cortejo. À porta, Raffi beija efusivamente minha mãe, o que a deixa satisfeita e a faz, mais tarde, ajeitar-se diante do espelho. Hansi vem correndo e se joga nos braços dele, como um órfão que andou perdido por muito tempo.

— Venha me ajudar com o meu quebra-cabeça — pede ele.
— Daqui a alguns dias... talvez segunda-feira. Esta noite não posso.
— Eu ajudo — me intrometo, porque adoro o desafio de descobrir as peças certas antes dele.

Mas, para ele, a irmã mais velha não tem nada de especial, e Hansi faz cara de emburrado, até que Raffi acrescenta:

— Então também vou lhe dar banho, se o seu pai e a sua mãe deixarem.
— Pode, mãe?

Hansi com sua máscara de Carnaval

Minha mãe nunca conseguiu resistir aos olhos brilhantes do meu irmão.

— Desde que não deixem tudo inundado! — diz ela, fazendo-se de severa.

Nosso visitante põe a mão no coração e promete manter o banheiro seco. Hansi imita-o. Raffi e eu vamos para o quarto que divido com o meu irmão e fechamos a porta atrás de nós. Eu lhe entrego o envelope.

— O papel dobrado também está aí dentro — explico.

— Você abriu — diz ele, franzindo o cenho.

— Sabe como é o Tônio quando fica empolgado — respondo, e, embora Raffi saiba, ainda assim continua a me olhar com ar desiludido.

Defendo-me dizendo com ardor:

— Se você não voltasse, tínhamos que saber o que tinha aí dentro!

— Está bem, mas esqueça o que viu — avisa ele, num tom de voz severo.

Eu concordo em fazê-lo, mas quando ele estende a mão para a maçaneta da porta não consigo deixar de perguntar:

— O que dizem os hieróglifos?

— É uma lista de compras.

— Ah, Raffi, fale a verdade! — Bato com o pé no chão. — Você me deu um grande susto e agora está mentindo. Odeio você!

— Juro que estou dizendo a mais pura verdade. Escute — continua ele, tentando restabelecer a paz entre nós por meio do tom de voz —, vou ao Egito na próxima semana e ficarei fora durante dois meses; por isso, não se zangue comigo. Soph, você ainda está numa idade em que as coisas devem ser divertidas. Mas isto não é. Isto é extremamente sério. É a vida real e há pessoas que podem sair feridas.

— Vai usar libras inglesas no Egito? — pergunto.

— Sophie, não entendeu o que eu lhe expliquei? Esqueça o que viu!

Nessa noite, antes de Hansi e eu desligarmos as luzes, fico pensando se não devo destruir a minha cópia dos hieróglifos de Raffi, mas decido esperar; Tônio é o único que sabe que os tenho, e se Raffi for mesmo ferido tenho que mostrá-los a alguém que possa ajudar.

Acordo de manhã muito cedo, sentindo-me desorientada, como se tivesse caído de uma altura enorme. Quando me lembro do meu rosto roçando o de Vera, o pânico — aquele tipo de pânico da minha mãe, suado e carregado de agouros — me faz saltar da cama e ir correndo ao banheiro, onde esfrego o rosto como um cirurgião antes de uma operação, passando a pedra-pomes nas partes em que imagino terem se alojado flocos microscópicos de deformidade. Depois, indo na ponta dos pés até o quarto dos meus pais, fico parada à porta, sentindo o silêncio da casa subindo pelas minhas pernas trêmulas de frio até chegar às mãos. Quando sacudo meu pai até fazê-lo acordar, ele vira-se e pergunta:

— Sophie, o que houve?

— Não quero virar um monstro — digo, desatando a soluçar.

Ele atira as pernas para fora da cama, põe-se de pé e leva a mão à minha testa para ver se estou com febre.

— Vamos para o seu quarto para não acordarmos a sua mãe — sussurra ele.

Depois de me fazer sentar na cama, ele olha para Hansi, que dorme profundamente, e murmura:

— Agora me diga o que é que está acontecendo.

O Pai me fita com olhos confiantes, porque sabe que, quando todo o resto falha, sua ternura ainda é capaz de me salvar.

Explico o meu medo da infecção, e ele me envolve com os braços.

— Não se pega a doença dela. Não vai acontecer nada com você, *Häschen*.

Mas minhas angústias resistem até os lábios dele estarem encostados à minha testa.

— Quando a Vera trabalhava num circo, as pessoas pagavam só para olhar para ela — gemo —, e ela não podia falar, nem que a xingassem. Paizinho, eu não quero que as pessoas paguem para olhar para mim.

— Sophie, acha que eu teria deixado você sentar ao lado dela se achasse que era perigoso? Olha, não precisa encontrá-la de novo, se não quiser.

— Mas ela quer que eu prove um casaco que está fazendo para mim — esclareço. — O Sr. Zarco vai me dizer quando for o dia.

— É só eu dizer a ele que você tem muito o que fazer na escola.

— Ele não vai acreditar. E eu não quero ser mal-educada.

— *Häschen*, é importante que você se proteja. Tem que aprender os seus limites, ainda mais agora que está virando uma mulherzinha... — Ele afasta o olhar e assume um ar grave. Talvez se trate de uma conversa que ele vem adiando há meses, porque me diz: — Às vezes temos que dizer que não, e estar dispostos a decepcionar outras pessoas, mesmo os amigos, bons amigos. Temos esse direito. Você entende?

O tom dele deixa claro que está falando tanto do Tônio quanto da Vera; por isso, respondo que sim.

— Ótimo. Nesse caso, infelizmente acho que você vai ter que ter a coragem de ser mal-educada.

— Não vá embora ainda, paizinho.

Ele toma a minha cabeça entre as mãos e vai me dando beijos até o medo desaparecer.

— Agora volte para debaixo dos lençóis — diz ele carinhosamente, e então me cobre.

Suas mãos alisando os cobertores sobre mim fazem com que eu me sinta segura, e esqueço todas as minhas preocupações. A magia entre pais e filhas, antiga como o tempo, me leva a fechar os olhos. Ouço o clique do interruptor da luz e seus passos se afastando até darem lugar ao silêncio, e logo caio no sono, deixando para trás o meu ego acordado tão depressa que nem percebo que meu pai transformou a minha recusa em voltar a encontrar Vera num ato de bravura.

Capítulo 3

卐

É um domingo de manhã, o dia seguinte ao da festa de Carnaval do Sr. Zarco, e a maior parte dos berlinenses ainda dorme, mas eu e Tônio vamos ao Jardim Zoológico, largados nos nossos assentos do metrô, que ora desliza suavemente sobre os trilhos, ora salta sobre as juntas, sacudindo o vagão inteiro. A ideia foi minha; queria ter certeza de que não estaria em casa se Vera ou Georg fosse me convidar para ir com eles ao Jardim Botânico. Depois, planejamos seguir para o Planetário Zeiss. A ideia foi de Tônio, e é uma ideia excelente, já que vamos poder aquecer os pés e as mãos, e ficarmos colados um ao outro numa penumbra iluminada apenas por uma cintilante e artificial Via Láctea. Hansi também veio conosco — o preço a pagar para nos autorizarem a percorrer a cidade de um lado ao outro sem a companhia de um adulto. Trazer comigo o meu irmão pequeno é praticamente como ter uma segunda sombra, já que normalmente ele só fala quando lhe dirigimos a palavra, e quase nunca protesta, exceto quando chove; nesse caso, começa a guinchar e a se debater, e então tenho que cobrir sua cabeça para evitar que machuque a si próprio ou a outra pessoa qualquer. Um menino que sente as gotas de chuva como se fossem balas de revólver. Será que há uma boa explicação para isso? Nunca ninguém nos conseguiu dar uma. Os médicos dizem que deve passar com o tempo, mas eu pessoalmente duvido.

Sinto-me como uma espiã sentada ao lado de Tônio, pois, por mais que ele suspeite dos meus sentimentos por ele, não sabe que ultimamente comecei a acordar de manhã sussurrando seu nome, mergulhada até à cintura em fantasias molhadas. Às vezes também brinco com as mãos nos seios, embora ele nem pareça notar que já não sou mais a menininha que era há seis meses.

Tônio cortou o cabelo ontem, mas deixou uma mecha de 10 centímetros na frente, que ele chama de crista. Penteia-a totalmente para trás, num estilo que vimos nuns *Swing-Jugend* quaisquer, uns fãs de jazz universitários, no Katakombe, embora mais pareça um erro do barbeiro. Já disse a ele que acho o penteado ousado e lindíssimo, ao que ele respondeu com voz magoada:

— Meu pai me mandou tirar isso ainda esta semana.

Sempre que Tônio fala do pai, seus olhos sedutores escurecem, como se enegrecessem perante a perspectiva do castigo que receia. Fiquem sabendo de uma coisa: Tônio é bonito. Na vida, isso é importante, especialmente quando se trata de conseguir manipular os outros.

Eu sei que não deveria desejá-lo tanto, já que só tenho 14 anos, mas é como se tudo o que fazemos juntos fosse uma caça ao tesouro. Quem poderia imaginar que eu veria um tesouro num rapaz de 15 anos que nunca saiu de Berlim?

Tônio está contando a Hansi que uma vez o deixaram fazer carinho num guepardo, porque o pai dele no liceu era amigo do chefe dos funcionários que tratam dos mamíferos no Jardim Zoológico.

— A língua dele parecia mesmo lixa, e o bicho ronronava tão alto que parecia que tinha um tambor dentro do peito.

— Você não ficou com medo? — pergunta Hansi.

— Claro que fiquei. Se não tivesse ficado com medo, não teria sido tão empolgante quando ele lambeu meu rosto.

Boa resposta, penso.

— Qual é o seu animal favorito? — pergunto a Tônio.

— O canguru — responde ele logo. — Uma vez eu cismei que queria ter um como animal de estimação. Mas esse amigo do meu pai me disse que um canguru não seria feliz num apartamento. Disse que talvez eu pudesse ter um se tivesse um sítio, onde ele poderia sair pulando por aí. Os cangurus precisam de muito espaço para brincar, e muita forragem, e têm que lutar uns contra os outros para ver qual deles vira chefe do grupo.

— Um morcego-vampiro! — exclamo, toda contente.

— O quê? — pergunta Tônio, perplexo.

— Esse é que é o meu animal favorito.

Arreganho os lábios para mostrar as minhas presas de sugar sangue e começo a dar guinchos enquanto ataco o pescoço de Hansi, que ri e se contorce todo contra mim. Nós dois nos damos muito melhor quando estamos longe dos nossos pais. Acho que é por não haver pressão no sentido de um de nós ser o bonzinho e o outro, o mau da história. E ele também parece ficar muito mais vivo e consciente das coisas.

Nem Tônio nem eu tocamos no assunto de Vera tê-lo jogado no chão, e eu também não digo que contei aos meus pais que ele a provocou. Ele não parece irritado comigo, mas também pode estar guardando os ressentimentos para uma hora explodir e extravasar tudo de uma vez. Minha ideia é guardar qualquer briga que possamos vir a ter para quando sairmos do metrô, já que eu também sou como os cangurus: preciso de muito espaço para lutar pela afirmação de poder, ainda mais se vou acabar perdendo e tendo que pedir uma reconciliação.

Ele também parece ter esquecido os hieróglifos de Raffi, mas quanto a isso tenho uma surpresa guardada...

Quando estamos para sair da estação do Jardim Zoológico, Tônio pega na mão de Hansi.

— Quais são os animais que você quer ver primeiro?

Essa ternura de irmão mais velho não é uma qualidade que ele mostraria na frente da maior parte das pessoas. Um pretendente com tendência a se meter em encrenca e com uma natureza generosa — para mim, é praticamente o ideal.

— Quero ver os pássaros! — declara meu irmão.

— Sim, comandante — responde Tônio, batendo continência.

E, de repente, lá vão eles correndo. Grito, pedindo que esperem por mim, mas dois rapazes que deixam uma menina para trás não vão nunca retardar o passo e muito menos parar, e por isso ali fico eu, encostada ao tronco de um carvalho enorme. Tento não me importar muito, já que decidi que ia amar tudo em Tônio, não apenas suas qualidades.

Encontro-os novamente junto a uma enorme gaiola ao ar livre que abriga um solitário mocho branco — uma espécie de bola com penas que pareciam feitas de neve. Mas os dois não estão olhando para o pássaro adormecido. Em vez disso, estão olhando fixamente para os arbustos cheios de espinhos que ladeiam o caminho. Hansi está de quatro. Não é um bom sinal; se perdeu o relógio de bolso ou a bússola da tropa do nosso avô, minha mãe vai arranjar um jeito de fazer o descuido dele ser culpa minha.

— Perdeu alguma coisa? — pergunto, enquanto internamente faço uma oração a Deus.

Meu irmão não responde. Mas Tônio diz:

— Ele viu um esquilo.

— Hansi, aqui tem águias-reais e periquitos arco-íris, você não precisa ir atrás de uma porcaria de um roedor.

— Não era porcaria nenhuma, era magrinho e parecia estar com fome — murmura o menino para si próprio, mas eu o ouço muito bem, porque meus pais e eu estamos treinados ao ponto de conseguir decifrar até seus sussurros.

Após um minuto, perco a paciência. Erguendo Hansi pelo braço, como sempre faço desde os meus 8 anos e os 2 dele, bato a terra da calça dele e arrasto-o para fora dos arbustos.

— É capaz de o raio do bicho comer até melhor do que nós — digo. — Talvez até coma mussaca!

Mas meu irmão já esqueceu o breve período helênico da Mãe e refugiou-se de novo por trás dos seus tristonhos olhos verdes. Na verdade, ele não diz uma palavra durante uma hora, nem sequer quando vemos um pavão com a cauda aberta num leque iridescente. Provavelmente já expandiu sua preocupação quanto ao bem-estar do esquilo para todos os roedores de Berlim. E há muitos desses, especialmente nos malcheirosos bairros de operários perto do Schiller Park.

Quando nos dirigimos para as jaulas dos mamíferos africanos, o vento começa a soprar com mais força. Graças a uma misteriosa alquimia, meus tremores transformam-se numa crise de impaciência e peço desculpas a Tônio por tê-lo denunciado aos meus pais e ao Sr. Zarco.

— Você podia ter inventado alguma coisa qualquer que justificasse a Vera ter me batido — responde ele em tom normal.

A fúria a que ele tinha direito traduz-se apenas nessa crítica pífia?

— É verdade, podia — admito. — Foi *horrível* da minha parte trair você dessa maneira.

Chegou o momento das lágrimas; por isso fecho os olhos com força, mas droga, não sai nada.

— Sophie, está passando mal ou qualquer coisa assim? — pergunta Tônio. Deve ser ainda muito cedo, de manhã, para tragédias gregas.

— Eu me senti tonta por um instante — respondo.

Ele me agarra pelos ombros para me ajudar a não perder o equilíbrio e me dá um beijo no rosto. Há semanas que espero um gesto desse, mas em vez de me jogar em seus braços sinto-me de novo *hingerissen*.

— Vamos — diz ele, animado, pegando-me pela mão e entrelaçando os dedos nos meus —, vamos ver se o guepardo ainda está aqui.

As reações dos garotos são um mistério — letras de uma língua que não sei falar. Ao colocarmos todas juntas, o que obtemos senão uma mensagem que precisa desesperadamente ser traduzida?

Andar de mãos dadas com Tônio... Meu coração dispara, e a sensação de ser quem sou flutua em alguma parte fora do meu corpo. Meus pés continuam a andar, e nós continuamos a falar, mas o tempo desaparece até estarmos dentro de um edifício de tijolos que cheira a estrume, com as barras de uma enorme jaula à nossa frente. Hansi, com a mão no nariz, pergunta a Tônio:

— Você fez carinho em qual guepardo?

O maior dos felinos nos olha atentamente de lá do outro lado da jaula, talvez mantendo a guarda. Atrás dele estão dois guepardos, deitados sobre a barriga. Um deles lambe as patas da frente com volúpia.

Largando minha mão e apontando para a sentinela, Tônio diz a Hansi:

— Foi aquele.

Com seus olhos atentos e cheios de sabedoria e suas espáduas altas e fortes, a magnífica solidez do animal parece muito diferente da nossa angularidade, dos nossos membros lineares e soltos. Hansi coça o traseiro, como faz sempre que se sente nervoso ou espantado, o que para ele acaba sendo mais ou menos a mesma coisa. Tônio põe o braço em volta do ombro dele. Não tenho inveja do meu irmão pelo gesto afetuoso de Tônio porque agora tenho a impressão de que todos os animais que vimos, e mesmo o próprio dia em si, com todos os seus diferentes cenários e surpresas, pertencem só a mim.

É então que minhas lágrimas começam a descer, e Tônio me pergunta o que houve. Sinto que ele não tem lá muita intuição.

— Fiquei olhando fixo para o sol quando estávamos lá fora — minto.

— Por que é que você fez isso?

— Para me lembrar deste momento.

Durante uns gloriosos segundos em que meu coração deixa de bater, ficamos nos fitando, olhos nos olhos, mas, por causa da avalanche de emoções que isso provoca em nós, agimos com cautela durante o resto da nossa visita ao Jardim Zoológico. No Planetário, até colocamos Hansi sentado entre nós.

Antes de voltarmos para casa, conto a Tônio o meu destino-surpresa, e vamos ao Neue Museum, que abriga a coleção de arte antiga egípcia da Alemanha. Fiz uma visita guiada aqui com Raffi três anos atrás. No momento em que entramos, Hansi começa a puxar meu braço e a gemer.

— Esse pó me faz mal — queixa-se ele.

— Se continuar puxando o meu braço até deslocar do ombro, vou mumificar você e deixá-lo lá fora para servir de pasto aos corvos!

Isso não o desencoraja nem um pouco; ele desata a guinchar; por isso Tônio sai com ele.

O diretor da coleção egípcia não está, mas uma senhora da bilheteria vai à procura de um assistente. Uma hora depois, durante a qual um impaciente Tônio vem me procurar duas vezes, um assistente careca e de óculos, com um cavanhaque parecido com o de um bode, desce preguiçosamente as escadas, arrastando os pés. Diz que se chama Dr. Gross, e apertamos as mãos.

— Vejamos o que você tem aqui — diz ele, contendo um sorriso. É óbvio que me acha uma imbecil qualquer.

Ele olha para o papel e, com um ar espantado, me chama para a porta de entrada, a fim de poder estudá-lo à luz do dia. Mostrando-me a folha, diz:

— As molduras que enquadram estes pictogramas chamam-se cartuchos. Significam nomes. Em geral são nomes da realeza, mas, neste caso, eu diria...
— Ele analisa a página, tamborilando nervosamente com o dedo nos próprios

lábios. — Escute, volte aqui mais para o fim da semana, digamos na sexta-feira, que terei a tradução pronta para lhe dar.
— Não pode fazer isso agora? Acho que eu não posso...
Ele me lança um olhar gélido que corta meu protesto. Quando volto para perto de Tônio e conto o que aconteceu, ele exclama:
— Mas você deixou o papel com ele? E se contiver mensagens que o Raffi não quer que ninguém veja?

Passo o fim de semana inteiro doente de preocupação, com medo de que o Dr. Gross venha a causar problemas a Raffi, talvez até fazer com que suspendam seu financiamento, e prometo a mim mesma destruir os hieróglifos assim que recuperá-los. Só quando Raffi parte para o Egito, na terça-feira, é que sinto a minha ansiedade diminuir.

Quero desesperadamente ficar perto de Tônio essa semana, mas meus pais me proibiram — como sempre — de sair com ele em dias da semana. Mesmo assim, esgueiro-me até seu apartamento na quarta-feira ao fim da tarde, mas sua mãe me diz que ele está de castigo e que não pode vir falar comigo. Não me explica o porquê, e ostenta no rosto uma enorme mancha negra, sinal de que teve uma grande briga com o marido; por isso, não me atrevo a perguntar mais nada.

Na quinta-feira chegam pelo correio fotografias enviadas por Karl-Heinz, enquanto estou na escola, e nesse preciso momento convergem dois sinais espantosos da minha entrada na idade adulta: a correspondência vem em meu nome, e a Mãe deixa o envelope marrom sobre o meu travesseiro, *por abrir* — um exemplo de autocontrole merecedor do grande beijo que lhe dou na cozinha.

No verso de cada fotografia de 10 por 12 centímetros está uma etiqueta branca na qual ele escreveu a máquina a data e os nomes das pessoas fotografadas. Esse toque profissional dá ao seu presente uma qualidade tão excitante que tenho que me controlar para não ficar perturbada enquanto as olho; por isso, me tranco no banheiro. Sentada no chão de mosaico e espalhando as fotografias como cartas de baralho, pego aquela em que estou eu, Vera, Marianne, Rolf e Heidi, satisfeita ao verificar que pareço completamente à vontade com eles.

Analiso meu rosto e minha pose nas quatro fotografias que me incluem, ansiosa por ver se exalo o carisma de uma futura diva ou o charme picante de uma promissora *starlet*, mas ao lado de Marianne, cujo cabelo loiro brilha como o sol, pareço um insípido e insignificante reflexo. Depois de ter analisado cada imagem em todos os detalhes, até os pormenores de sua textura granulosa, leio o poema que Karl-Heinz escreveu no fim de sua breve nota:

Schläft ein Lied in allen Dingen,
Die da träumen fort und fort,
Und die Welt hebt an zu singen,
Triffst du nur das Zauberwort.

Dormindo no fundo de tudo o que existe
Há uma melodia ainda por cantar
E o mundo canta e deixa de ser triste
Se a palavra mágica soubermos encontrar.

A ideia de ver o mundo mudar graças a uma só palavra vem aumentar o meu prazer de me sentir pequena e guardo os versos na minha memória. Ainda hoje não consigo dizê-los para mim mesma sem ver as fotografias de Karl-Heinz espalhadas sobre a suavidade vidrada dos mosaicos verde-oliva do banheiro e sem sentir a oportunidade de uma vida cheia de aventuras a pairar, tentadora, do lado de fora da porta.

O fotógrafo assina seu bilhete amigável como *K-H,* e é então que começo a referir-me a ele por suas iniciais.

Minha mãe põe seus grandes óculos pretos para observar a fotografia, onde figura também Vera. Fico à espera de um guincho de pavor, ou talvez de umas lágrimas de compaixão, já que é a primeira vez que ela a vê, mas a Mãe limita-se a franzir os lábios, a me devolver a foto e a voltar para seu guisado.

— Saí bonita? — pergunto.

— Claro — responde ela, com pressa demais para o meu gosto.

— Mãe, por favor, veja as fotografias todas. Não dá para ter uma opinião vendo só uma.

— Sophie, só tenho uma fotografia de Claudette Colbert, mas garanto que é suficiente para ter certeza de que ela é simplesmente magnífica. Na minha opinião, é óbvio que você é linda.

Arregalo os olhos diante dessa resposta quase perfeita, e quando a Mãe sorri para mim rapidamente por cima do ombro percebo que, afinal, eu a adoro. Se ao menos tivesse mais paciência comigo. Uma maré viva comandada por uma lua excessivamente distante e cautelosa — assim é a vida entre Sophie Riedesel e sua mãe Hanna.

Antes que meu pai chegue em casa nessa tarde, descubro que a ordem segundo a qual guardei as fotografias de K-H foi alterada. Minha mãe não tem consciência de que eu coleciono pormenores incriminatórios como esse. A moça do campo que cresceu e se transformou na minha mãe é ingênua demais para compreender que todos os seus movimentos estão sendo registrados por sua filha berlinense.

Ponho a minha fotografia do Pai com Ludwig Renn no topo da pequena pilha e deixo para o fim aquela em que estou com Vera — o *grand finale*. E o Pai fica mesmo bem impressionado. Acima de tudo, por agora estar para sempre ligado a um jornalista famoso, além de comunista. Dou-lhe essa de presente, mas ele a recusa.

— Não, quero aquela em que você está sentada no meu colo — diz ele. — Vou mandar emoldurá-la e pôr em cima da minha mesa lá no trabalho.

Um homem que sabe como agradar a filha.

Na sexta-feira, saio cedo da escola e volto ao Neue Museum. Passam-se duas horas até que o Dr. Gross me recebe em seu gabinete abarrotado de coisas. Sobre sua mesa de trabalho espalham-se pilhas de cascas de nozes, e ele segura com força um quebra-nozes de metal enferrujado. O Dr. Gross me entrega sua tradução manuscrita das 12 primeiras linhas da folha de hieróglifos de Raffi. Nunca hei de me esquecer da primeira linha, que diz: *R-S-I-A-K, B: 31-17-11,10*.

Notando minha perplexidade, ele diz:

— Também fiquei confuso por alguns instantes. — Ele parte uma noz, disparando pedacinhos de casca em todas as direções, e depois dá a volta na mesa, mastigando, até chegar ao meu lado. — Bom, é que a primeira palavra está escrita de trás para a frente, está vendo?

— K-A-I-S-R? — pergunto.

— Sim, o hieróglifo com a forma de triângulo é um K, a águia é um A, as duas penas, um I, e assim por diante, ou seja, Kaiser sem o *e*, provavelmente porque quem quer que escreveu isto decidiu que essa vogal específica não era necessária. — Com o polegar, ele começa a tirar a polpa da noz de dentro da casca. — As primeiras palavras são todas nomes. No caso das palavras comuns, acrescentam-lhe uma inicial, neste caso B. Ora, será que os números separados por vírgulas também estão de trás para a frente? — Ele afasta as mãos e abana a cabeça, indicando que não sabe. — Receio que você tenha que descobrir o resto sozinha, menina. Eu não tenho tempo.

— Mas e as últimas linhas? Não tem a tradução delas.

— Não me dei ao trabalho de escrevê-las, são só outros nomes alemães.

— E quem são essas pessoas todas?

— Boa pergunta. — Ele joga pedaços de casca sobre a mesa, limpa as palmas das mãos na calça e senta-se. — Agora, antes de ir embora, por que não me diz onde encontrou *mesmo* isto?

Dou-lhe a resposta que venho treinando:

— É do meu pai... é uma espécie de jogo de aniversário. Todos os anos ele me dá uma mensagem em código, e se eu conseguir adivinhar o significado recebo um grande presente. No ano passado me deu este relógio.

Estico o pulso e mostro-lhe o velho relógio de pulso da minha mãe, que peguei da sua gaveta hoje de manhã, já que tem um ar mais imponente do que o meu.

— O seu pai conhece a escrita hieroglífica?
— Não, mas pelo visto conhece alguém que sabe!

Será que o Dr. Gross engoliu a minha explicação? Por via das dúvidas, copio os nomes e os números no verso da capa de *Emil e os detetives*: B. Kaiser, H. Günther, A. Brueggen... Depois queimo a minha cópia dos hieróglifos de Raffi e tomo um banho quente para me acalmar.

Sentada na minha cama, tento descobrir o que poderá significar *31-17-11, 10* em relação a um Sr. ou Sra. B. Kaiser: 31 poderia ser a idade dele ou dela, claro, ou poderia referir-se ao ano passado, e nesse caso 17-11 seriam provavelmente o mês e o dia de trás para a frente. Será que alguém com o nome Kaiser fez alguma coisa de especial em 17 de novembro de 1931? Nesse caso, *10* podia ser a hora do dia.

Enquanto ajudo a Mãe a fazer o jantar, decido que talvez um homem ou uma mulher de nome Kaiser recebeu uma encomenda de 10 qualquer coisa no dia 17 de novembro. *Ou fez um pagamento de 10 libras inglesas...*

E assim de repente, sem mais nem menos, acredito estupidamente que encaixei a última peça do quebra-cabeça.

Tônio vem a minha casa no sábado ainda cedo, quando estou escrevendo meu bilhete de agradecimento a K-H. Cortaram sua bela crina. Mas seu espesso tapete de cabelo negro, agora curto, é tão bonito que secretamente até prefiro assim. Eu ficaria em casa tomando conta de Hansi um mês inteiro só pela chance de passar os dedos por aquela escova macia.

Quero desesperadamente contar-lhe o que descobri sobre os hieróglifos de Raffi, mas assim que nos vemos sentados em segurança sobre a minha cama, com a porta do quarto fechada, ele começa a socar meu travesseiro e diz, com ar fúnebre:

— É tão injusto. Olhe só para mim.

Seus olhos estão vidrados de lágrimas, o que quase me faz chorar também.

— O que aconteceu exatamente? — pergunto.

— Quando me recusei a ir ao barbeiro, meu pai me fez sentar à força e mandou minha mãe cortar. Até amarrou minhas mãos nas costas com um cinto, quando consegui escapar. Eu lutei, mas ele é mais forte do que eu, e de qualquer forma é meu pai; por isso, eu não podia bater nele.

— Você deveria dar um soco na cara dele um dia desses, sabe. Ou então a sua mãe.

Ele sacode a cabeça como se eu não pudesse compreender, e sem dúvida ele tem razão — afinal, não tenho um pai capaz de me amarrar. Embora, na verdade, a Mãe tenha me dito uma vez que às vezes tinha vontade de mandar a polícia me prender. Antes que eu me dê conta, e aproveitando que ele não está olhando, dou um beijo no rosto de Tônio, o que me causa a sensação de ter roubado dele alguma coisa vital. Talvez ele sinta a perda do que lhe roubei, seja o que for, porque franze o cenho.

— Desculpe — digo.

— Não é culpa sua. Eu só queria ter os seus pais. Sophie, acho que hoje vou ser péssima companhia para você.

— Não me importo — respondo. — Recebi umas fotografias pelo correio — acrescento, para nos animar e para prepará-lo para a minha grande novidade. — As que tiraram na festa que houve no apartamento do Sr. Zarco.

Tônio não responde e vai até à janela; por isso, levo-as até ele. Ele não ri de Heidi e de Rolf, o que é um alívio, mas de repente pergunta:

— Quais desses são judeus?

— Como vou saber? — respondo, desiludida; eu quero é que ele fique maravilhado por eu ter posado com pessoas tão espantosas.

— Como você pode não saber? — pergunta ele, severo, e atravessa o quarto até ficar de pé junto à minha cama, obviamente tentando se distanciar de mim.

— Tônio, nessa fotografia tem um anão de circo e a mulher dele, uma gigante com o rosto deformado e provavelmente a surda mais bonita de Berlim. Por que é que eu iria me importar em saber qual deles frequenta a sinagoga?

— Porque um ano cristão é apenas um ano, mas um ano judeu é... é de uma raça diferente. Eles não têm nada que estar na Alemanha.

De repente, não me parece assim tão boa ideia contar-lhe o que descobri sobre a lista de compras de Raffi.

— Então para onde deveriam ir os judeus? — pergunto em vez disso, e para aliviar o clima acrescente: — Para Marte ou Vênus, talvez? Você aprendeu alguma coisa no Planetário que me escapou?

— Sophie, isto é sério — diz ele, adotando um tom grave que me faz ranger os dentes. — Os judeus estão tirando os empregos dos cristãos. Traíram-nos durante a Grande Guerra e vão nos trair outra vez, se lhes dermos oportunidade para isso.

— O Sr. Zarco serviu no Exército. Deram-lhe uma medalha por bravura.

Inventei a história da medalha porque, por uma boa causa, não me importo de dourar um pouco a pílula.

— A exceção que confirma a regra — diz ele, com ar pomposo. — Todo mundo sabe como são os judeus.

Ele forma um bico com a mão e leva-o ao rosto.

— O Sr. Zarco não tem nariz de bico. Nem a Rini ou o Raffi; por isso, tome cuidado com o que diz — acrescento em tom de ameaça.

Irene Bloch, a quem chamo de Rini, é a minha melhor amiga; somos inseparáveis desde que nos conhecemos num recreio da escola, e começamos a nos empurrar cada vez mais alto nos antigos balanços, que rangiam a cada movimento.

— Alguém na família deve ter, é uma questão genética — responde ele com ar triunfante.

Sei que há pessoas que não gostam de judeus, mas nunca conheci um em carne e osso — tal como nunca conheci ninguém que me considerasse inferior por passar o tempo sonhando com mussaca, ou por desejar ser um vampiro, ou por ter um irmão menor que mal sabe descascar batatas. Por isso olho severamente para Tônio, perguntando-me por que ele está expressando opiniões que na verdade não pode ter. E que deve ter ido buscar sabe Deus onde. A menos que o "sabe Deus onde" seja, na verdade, o pai dele.

— O que foi? — pergunta Tônio, irritado, como se eu fosse um fardo para ele.

A tristeza me invade de repente; não quero ter um intolerante como namorado.

— O Sr. Zarco vive em Berlim desde que nasceu — digo a Tônio. — E ele *dá* empregos às pessoas. Deu um emprego à Vera, a mulher-gigante que vimos no pátio no outro dia.

— Dá empregos só aos judeus, provavelmente, e esse monstro dessa mulher deve ser um deles. Ele força aquele sotaque de Berlim só para pensarmos que é cristão.

— Tônio, os Comedian Harmorists são judeus — digo, referindo-me ao nosso grupo musical favorito. — Quer mandá-los também para outro planeta?

— Só três deles é que são judeus — declara ele.

É óbvio que andou investigando. *Unheimlich...*

— Os outros três têm que ser pelo menos parcialmente judeus — acrescento, manhosa.

— Por quê? — pergunta ele, caindo na armadilha.

— Porque são tão talentosos! — E, como golpe de misericórdia, acrescento: — Até a Lillian Harvey é judia.

É a estrela de cinema favorita de Tônio.

— Não é nada!

— O verdadeiro nome dela é Sarah Rabinowitz! — declaro, com tal ênfase que até parece que estou dizendo a verdade.

Os olhos de Tônio faíscam de raiva. Mas estou decidida a fazer-lhe frente — embora não seja pelo Sr. Zarco, por Rini, Raffi, os Comedian Harmorists ou por Lillian Harvey-Rabinowitz. Afinal, ainda estamos no início de 1932, e os nossos amigos, vizinhos e estrelas de cinema de raça judia ainda não correm perigo verdadeiro, e, mesmo que corressem, não precisariam de pessoas como eu para lutar as guerras deles. Não, eu me mantenho firme simplesmente porque não quero que Tônio se transforme no tipo de jovem egoísta que não sabe apreciar as fotografias impressionantes de sua namorada.

E, para começar, por que é que estamos discutindo política quando deveríamos estar vendo *Grand Hotel* no teatro Alhambra, na Kurfürstendamm, sentados naqueles magníficos assentos de veludo, como dois paxás? Uma ida ao cinema era o que eu tinha planejado propor a Tônio antes de começarmos esta discussão absurda.

— Você não sabe de nada! — diz ele, com uma agressividade mal disfarçada. — E o seu pai é comunista — acrescenta, abanando a mão num gesto carregado de desprezo. — O meu pai diz que eles também são inimigos da Alemanha.

Então isso tudo é *mesmo* por causa das crenças daquele horrendo Dr. Hessel!

Lágrimas de frustração borram minha vista, porque Tônio foi longe demais; eu nunca poderia deixar que um rapaz que considera meu pai um traidor continue a fazer parte da minha vida. Tudo o que houve entre nós correu mal mesmo antes de termos a oportunidade de nos tornarmos um casal de verdade.

Nunca mais quero ver você!

Digo esta frase na minha cabeça para ver como é que soa quando eu gritar, mas Tônio vem em meu auxílio.

— Eu avisei que seria péssima companhia — diz ele suavemente. — Desculpa. — Ele me segura pelo ombro e beija a minha testa. — Não vamos mais falar dos judeus, nem do meu pai.

E é assim que fico sabendo que certos assuntos vão passar a ser tabu entre nós.

Mas permanece uma questão: terá ele desistido do seu direito de pensar por si próprio para evitar que amarrem suas mãos às costas da próxima vez que organizar uma pequena revolta? Talvez eu tenha me apaixonado por um covarde.

— Ei, descobriu alguma coisa sobre os hieróglifos do Raffi? — pergunta ele, agora entusiasmado.

— Não, nada — respondo, dando de ombros, num gesto convincente de desilusão. — O homem do museu disse que era um monte de coisa sem sentido. Já desisti de tentar decifrar.

Sinto-me péssima por mentir para ele. Mesmo assim, quando ergo o olhar, encaramos-nos longamente, e sinto de novo aquela intimidade, como um véu de silêncio em que podemos nos esconder sempre que quisermos. Inclino-me para ele, que pressiona os lábios contra os meus, e por causa da discussão que tivemos é como se estivéssemos fazendo uma promessa, não apenas de nos amarmos, mas também de respeitarmos as crenças um do outro, por mais difícil que isso seja, o que deveria ser uma bonita promessa para dois jovens fazerem um ao outro.

Na segunda-feira, lá fora na rua em frente à nossa escola, pergunto a Rini o que ela acha que significam todos esses nomes que rabisquei no verso da capa de *Emil e os detetives*. Por enquanto não menciono os hieróglifos, embora eu conte a ela que Raffi estava sendo perseguido por um nazista. Ela dá uma olhada demorada nos nomes e números, enquanto enrola uma mecha de cabelo junto à orelha. Devolve-me o livro e diz:

— Nem um único judeu.

Rini tem uma maneira de falar sensual e blasé, além de uma forma sensual de brincar com seu volumoso cabelo castanho-acobreado, que eu simplesmente adoro. E uma postura dengosa que os meus desenhos nunca conseguem captar. Está usando um colar de turmalinas lindíssimas que a mãe lhe deu, que ela escolhe quando quer um ar mais adulto, o que é quase sempre, e rouba cigarros do pai. Até consegue tragar o fumo, para grande inveja minha. Sou quase um ano mais velha que Rini, porque tive coqueluche aos 6 anos e fiquei doente durante três meses, o que me fez perder esse ano escolar. Mas ela parece mais adulta do que eu, especialmente de perfil; imagino que a Marlene Dietrich deve ter sido parecida com Rini, tanto de rosto como de voz, quando tinha 14 anos. Tenho grandes expectativas quanto a ela e acho que vai ser a maior estrela de cabaré em Berlim quando entrarmos na segunda fase das nossas vidas. Nem sequer vai precisar saber cantar, visto que a Dietrich provou muito bem que uma voz que mais parece o motor de um submarino pode ser perfeitamente cativante.

— Como assim, nenhum judeu? — pergunto.

— Nenhum desses nomes é judeu, embora um ou outro *pudesse* ser; nunca se pode ter certeza absoluta.

A forma enfática como ela diz isso, como se essa maneira especial de analisar as coisas signifique que algumas das pessoas podem ter identidades duplas ou antepassados secretos, aguça a minha impressão de ter deparado com alguma coisa de importante.

— Deveríamos começar pelos dois nomes menos comuns — acrescenta ela.

— Por quê?

— Porque deve haver uma centena de H. Günthers em Berlim, por exemplo. — Com um gesto, ela pede para ver outra vez a lista, e passa rapidamente os olhos pelo que escrevi. — Eu começaria com Von Schirach e... este é perfeito, Cnyrim. Não haver é possível que haja muitos Cnyrims. Deve dar para descobrir qual a ligação dele com o Von Schirach. Pergunte ao seu pai se os conhece, que eu pergunto ao meu.

— Acha que o seu pai pode ajudar?

— Claro que sim, sua tonta. Ele conhece centenas de pessoas e adora decifrar códigos, ainda mais quando sou eu que peço.

O pai de Rini é jornalista especializado em análise política e trabalha para o *Tagesblatt*. E é verdade que é louco pela sua única filha. Tal como o meu pai, eu teria dito.

— Por favor não diga a ele que isso veio do Raffi — peço.

— Acha que eu sou imbecil? — Ela acende o cigarro com ar profissional, e a seguir enfia o braço no meu e puxa-me para si, o que me faz sentir que isto vai ser uma daquelas aventuras que mais tarde vamos poder contar aos nossos filhos. — Só vamos dar aos nossos pais alguns dos nomes. Não vamos falar a ninguém da lista completa! — diz com satisfação.

Nessa noite, em resposta à minha pergunta, meu pai diz que talvez tenha conhecido no colégio um Von Schill cujo pai era carpinteiro.

— Ou seria encanador?

Ele ergue o jornal entre nós, como uma barreira para impedir mais perguntas. A Mãe também não sabe nada que ajude. E na lista telefônica de Berlim há 17 Von Schirachs e nove Cnyrims. Será que devo telefonar para todos eles, um a um, e perguntar se conhecem um ao outro? E será que eles me diriam a verdade?

Venho desenhando Hansi desde que ele estava no jardim de infância, o que me provou que não é necessário compreender as pessoas para amá-las — um bom ensinamento para Tônio, como acabo de descobrir. Alguns dias depois de Rini decidir pedir ajuda ao pai, estou fazendo um desenho do meu irmão cortando cenouras quando o Pai chega do trabalho e me conta que acabou de dizer ao Sr. Zarco que não vou poder aceitar o casaco que a Vera ia fazer para mim.

— Ele ficou muito chateado? — pergunto, de coração apertado pela minha traição.

— Vai sobreviver — diz meu pai, em tom decidido.

— E o que é que o senhor contou a ele, exatamente?

— A verdade.

Ele senta-se na sua poltrona e ergue o jornal. Às vezes tenho a impressão de que passei metade da minha infância fazendo perguntas a um homem escondido por trás de umas asas com letras impressas. Meu pai, a borboleta feita de jornal.

— Não podia ter inventado alguma coisa? — protesto.

— Sophie, você pensa demais, que nem a sua mãe. Tenho certeza de que a Vera está acostumada com a rejeição.

— Pior ainda! — digo, em tom lamentoso.

Rini me telefona na sexta-feira, ao fim da tarde.

— Escute só isto — diz ela, empolgada —, o Pai descobriu umas coisas interessantes sobre dois Von Schirachs!

E faz uma pausa para aumentar o *suspense*.

— Rini, me conte logo! — exijo, saltando da cadeira.

— Carl von Schirach foi diretor teatral em Weimar e um dos primeiros a apoiar Hitler, e se casou com uma americana, e deram ao filho o nome de... espere só até ouvir isto!... Baldur, e o Baldurzinho cresceu e se tornou um militante antissemita em nível mundial. É o líder do programa nazista para a juventude.

— E o Cnyrim?

— Ainda nada. Mas escute, eu reparei que havia um H. Günther na sua lista. Quando falei sobre isso ontem com o meu pai, ele se lembrou de um tal de Hans Günther, que é presidente do Departamento de Antropologia Racial em Freiburg. Acredita na superioridade nórdica. Acha que Roman Navarro, Rudolf Valentino e Louis Armstrong são meros chimpanzés. Mas Günther é um nome comum, claro; por isso, não sei se podemos ter certeza de que é ele.

— Podem ser todos nacional-socialistas, as pessoas da lista? — pergunto.

— Não faço ideia. Mas, se forem, a questão é: por que o Raffi estaria em contato com eles?

— Não conte isso a ninguém, mas acho que talvez ele esteja recebendo apoio dessa gente para realizar suas investigações no Egito.

Durante a semana seguinte, um jovem oficial da Sturmabteilung, um camisa-parda, tenta me doutrinar enquanto tento convencer Hansi a sair de uns arbustos baixos no Tiergarten, pois um coelho desapareceu ali. Segundo ele, poderei encontrar números antigos do *Der Stürmer* num bar da Landsberger Straße frequentado pelos fiéis do Partido. *Der Stürmer* é o jornal nazista que faz caricaturas dos judeus com narizes grandes e lábios grossos, apresentando-os como traidores em todas as primeiras páginas. Por isso, vou até ao bar um dia, após a escola, numa tentativa de encontrar os nomes da minha lista nos artigos lá publicados. Após uma hora, descobri um nacional-socialista chamado Stuckart, um mandachuva no Departamento da Saúde, e um Viktor Brack que é grande amigo de Hitler.

Ao ler esse jornal horrível, percebo que vou ter que confrontar Raffi quando ele voltar do Egito. Mas, se eu descobrir que ele aceitou dinheiro dos nazistas, como é que poderemos continuar sendo amigos?

Depois de ter fugido covardemente do presente que Vera queria me dar, ando virando as esquinas e me escondendo nas sombras sempre que vejo o Sr. Zarco a distância, mas numa ensolarada manhã de sábado, no princípio de abril, estando eu agachada no pátio colocando pelargônios roxos nos vasos para acrescentá-los aos canteiros, ele aparece na minha frente sem que eu perceba.

— Como está a minha pequena Sophele? — pergunta o Sr. Zarco numa voz exuberante, usando um diminutivo iídiche que indica afeição; ele pronuncia *Sôfela*.

O olhar dele é ao mesmo tempo curioso e divertido. É óbvio que se trata de um homem cujo prazer em lidar com jovens o faz esquecer as mágoas.

— Estou ótima — respondo. Ponho-me de pé, erguendo as mãos sujas: parece que estou com luvas marrons bem justas. Acrescento: — É bom enfiar os dedos na terra.

Quero que ele saiba que não sou o tipo de menina feita de porcelana.

O cachimbo dele, entalado na boca, sobe e desce de uma maneira cômica. É a mesma energia juvenil que faz o meu pai erguer-se na ponta dos pés. Os dois bem que podiam ser figurantes num filme do Charlie Chaplin.

— Conte-me o que anda fazendo, *meine Liebe* — pergunta ele.

Ele passa a mão pelos tufos de cabelo grisalho, tentando penteá-los para trás. Sua esposa, que morreu quando eu era pequena, devia armar-se todas as manhãs com uma escova de cabelo molhada.

— As flores dos nossos vasos morreram durante o inverno, e não aguento mais vê-las assim.

— Eu percebi. São gerânios?

— Pelargônios.

— Pe-lar-gô-nio — diz ele, abrindo o braço direito num arco magnífico, como se fosse um bailarino clássico. — Parece o nome de um poeta latino. — Levando a mão à barriga, acrescenta: — Ou talvez uma doença de estômago rara.

Rimos os dois, e em alguma parte no som desse riso paira a confiança que sinto nele. Seus dentes têm uma auréola amarronzada, por causa do cachimbo, e também são tortos, mas uma vez ouvi uma prostituta no metrô dizer a uma colega que um homem precisa ter alguns defeitos para ser verdadeiramente bonito, e agora que estou apaixonada por um rapaz que acha que os comunistas e os judeus não prestam para nada compreendo o que ela quer dizer.

— Queira me dar a honra de cheirar os seus dedos — diz ele.

Ele estende a mão para mim como quem desdobra o braço, mais um gesto saído do palco.

— Vai se sujar — protesto.

Ele afasta a minha preocupação com um dar de ombros. E, cheirando meus dedos delicadamente, como um coelho, declara:

— Um cheiro pungente, parecido com o dos gerânios... não é lá muito agradável.

O contato com sua mão me faz perder as forças. Já não consigo ser uma pessoa normal quando estou perto de um homem, mesmo que velho e de cabelo desgrenhado. Minha vontade era simplesmente desmaiar e sair flutuando pelo céu.

— Está se sentindo bem, Sophele? — pergunta o Sr. Zarco, largando minha mão.

— Às vezes eu queria não ter peso. Queria poder simplesmente subir até o sol.

— E ser levada por Hermes até o topo do monte Olimpo.

— Por quem?

— Hermes, o mensageiro dos deuses gregos. No nosso mundo, ele aparece sob a forma da luz do sol. — Numa voz enfeitiçante, ele acrescenta: — Até pode estar dizendo-lhe alguma coisa.

— O quê?

— Que talvez não estejamos presos à terra, afinal de contas! — declara ele.

— Acha possível que sejamos capazes de voar? — pergunto, entusiasmada.

— Se Deus for um pássaro, por que não?

— Mas Deus não é um pássaro! — replico.

Que certeza eu tinha quanto a assuntos dos quais nada sabia!

— Alguém lhe deu informações *meshuge*, Sophele. Posso garantir a você que, no meu caso, o Senhor me aparece muitas vezes sob a forma do íbis sagrado do Egito. É branco, com a cabeça preta e olhos prateados. Na verdade, foram uns íbis muito corajosos que guiaram Moisés através de um pântano etíope cheio de cobras esfomeadas. Era Deus protegendo um profeta.

— Não entendi.

— Para a minha esposa, o Senhor estava presente naqueles enormes flocos de neve que caíam em silêncio. "A brancura silenciosa da gravidade", escreveu ela uma vez. Uma coisa bonita de se dizer, não acha? Minha esposa, a Marthe, era a poeta da nossa família. Minha mãe era a aquarelista. E se olharmos bem para a obra dela podemos ver Deus tomando forma no pôr do sol sobre a aldeia perto de Dresden onde viviam seus avós. Um dia vou mostrar a você. — Ele faz um gesto na direção das minhas flores. — O Senhor pode até aparecer a uma menina chamada Sophie sob a forma de pelargônios que escutam a conversa dela com um vizinho *alter kacker*. Quem sabe?

— Um vizinho o quê?

— Um velho chato — explica ele. — Um fóssil que está sempre se queixando. — Em resposta ao meu olhar de incompreensão, ele acrescenta, em tom pensativo: — Estou falando como um maluquinho da aldeia. Perdão. O que quero dizer é que cada um de nós acha bonitas coisas diferentes, considerando--as também símbolos de qualquer coisa para além delas. — Ele aponta para mim com a haste do cachimbo. — Aquilo que mais nos toca é o que Deus escolhe como Sua mão.

Fico pensando nisso por alguns momentos.

— Então Ele tem uma mão diferente para cada pessoa? — pergunto.

— Claro.

— E os olhos de Deus, o que são?

— Os olhos d'Ele são os seus. — Ele ergue as sobrancelhas grossas e em forma de lagarta, como um mágico. — Por isso, quando temos uma visão do Senhor, Sophele, estamos vendo também a nós mesmos.

Estou mais confusa do que nunca, e deixo cair a cabeça num gesto cômico, como se fosse uma marionete cujos fios alguém tivesse cortado.

Rindo de novo, ele diz:

— Tenho inveja de você, sabe. Eu bem queria ter pelargônios em casa, mas ficaria sempre preocupado quando estivesse fora. Uma planta que tenha morrido de sede não é algo que eu queira ter pesando na minha consciência. — O Sr. Zarco vira ao contrário os bolsos puídos do seu casaco de tweed, encontrando chaves e um velho bilhete de museu num deles, e no outro, um isqueiro prateado e uma porção de migalhas de biscoito, as recordações de um viúvo. — Nunca ande com muita coisa, dizia o meu pai. As coisas só servem para fazer peso para baixo.

— Mas os livros todos que o senhor tem nas prateleiras! E os seus quadros...

— Eu sei — responde ele, pesaroso. — Infelizmente, meu pai também me disse que um burro de duas pernas é um alemão que não lê livros. — Ele ergue um dedo no ar. — O que me faz lembrar uma piada iídiche. O que é que fazemos quando um homem nos chama de burro?

— Não tenho ideia.

— Ignoramos, ele está só nos provocando. E se duas pessoas nos chamam de burro? — Ele abre os dedos da mão em leque, à espera da minha resposta, e, quando eu digo que também não sei, ele responde: — Pensamos no que isso poderá significar em relação ao nosso caráter. Afinal, somos pessoas lúcidas, não? E se *três* pessoas nos chamarem de burro?

— Desisto.

— Compramos uma sela!

Desato a rir, mas é mais por ele estar rindo também. E porque a melodia do seu iídiche parece alemão distorcido por mil anos de conversa nas esquinas das ruas de aldeia.

— Diga, Sophele, acha que um livro pode ter tanta sede como um pelargônio? — pergunta o Sr. Zarco.

Com perguntas como essa, percebo que ele é diferente de qualquer pessoa que já conheci.

— Talvez se nunca o tirassem da prateleira — respondo. — Se nunca ninguém o leu.

— Exato, e eu me preocupo constantemente com isso — confessa.

É a primeira vez que penso que talvez ele seja maluco. E talvez seja a primeira vez que ele concebe um plano para eu poder ajudá-lo na sua luta.

— Eu podia regar as plantas que o senhor quisesse arranjar — digo. — Quando estiver fora de casa, quero dizer.

Claro que se trata de uma oferta feita por uma menina desesperada para limpar a mancha deixada por sua traição.

— Não, isso seria pedir demais.

Ambos sabemos por que ele disse isso, e é agora que eu deveria pedir desculpas pela minha covardia, ou pelo menos tentar explicá-la, mas, antes que eu possa falar, ele esfrega os restos de terra das minhas mãos que ficaram na sua calça de lã e diz:

— Tenho que ir à sinagoga. E depois a um funeral. — Ele olha para mim com tristeza. — Morreu alguém?

— Um amigo. Acho que você o conheceu na minha festa de Carnaval: Georg Hirsch. Estava vestido de Cesare, de *O gabinete do Dr. Caligari*.

Meu coração dá um salto dentro do peito.

— O Georg! Ah, meu Deus. O que aconteceu?

— Foi assassinado no apartamento dele.

Sinto como se o chão tivesse fugido de sob os meus pés. Não sei o que dizer. E sinto as lágrimas inundarem meus olhos sob o efeito do choque.

— Lamento ter que lhe dar más notícias — diz o Sr. Zarco, baixinho.

— E conseguiram... conseguiram pegar o assassino?

Quando ele balança negativamente a cabeça, sinto um arrepio percorrer meu corpo.

— Por que... por que é que alguém iria querer matá-lo? — pergunto.

— Sophele, com os nazistas por aí, todos temos inimigos — responde ele. — Tentaram dar um tiro no Georg uma vez, na Savigny Platz, mas falharam. Deveríamos tê-lo convencido a sair da Alemanha.

— A Vera disse que ele estava metido na política.

— Ele tinha passado a ser o chefe de um grupo chamado O Círculo, que eu fundei há cerca de vinte anos. Ajudamos os artistas de circo como o Rolf e a Vera a encontrar um bom trabalho quando deixam de trabalhar no circo. Ultimamente, decidimos lutar por condições melhores para os operários das fábricas de cerveja. Tentamos ajudar onde quer que nos seja possível. Talvez algum nazista importante não tenha gostado disso e tenha mandado assassinar o Georg. Eles... pintaram suásticas no rosto dele... suásticas azuis nas faces e na testa. E nas mãos também.

— Por que azuis?

— Não faço a mínima ideia.

— O senhor conhecia o Georg há muito tempo?

— Desde que ele era pequeno. Somos primos. Eu era 15 anos mais velho do que ele e costumava levá-lo a todo o canto da cidade comigo, quando ele era menino. — O sorriso do Sr. Zarco é feito de recordações. — Nunca vi uma criança tão viva. Minha esposa costumava dizer que era um fio de cobre, toda aquela eletricidade! Os pais dele também eram pessoas encantadoras.

— Costumava levá-lo ao Jardim Botânico?

— Sim, ele adorava ir lá, mas como sabe disso?

— Era aonde o Georg queria ir quando o conheci. — Vendo o ar intrigado do Sr. Zarco, acrescento: — Na sua festa, ele perguntou à Vera se ela queria ir lá e acabou me convidando também.

— A missão pessoal do Georg era tirar a Vera do seu casulo.

Ele volta a acender o cachimbo, chupando intensamente; as faces ficam cavadas com o esforço.

— O senhor se importaria de me contar como... como o mataram? — pergunto, hesitante.

É uma pergunta que me sai de repente, talvez por ter lido muitas vezes *Emil e os detetives*. Também já percebi que quero ajudar o Sr. Zarco a encontrar o assassino, mas qualquer pessoa razoável consideraria presunçoso da minha parte pensar que eu poderia conseguir isso.

Ele me lança um olhar duro por trás de uma nuvem de fumaça. Parece um feiticeiro pronto a lançar um feitiço de silêncio.

— Me desculpe se o ofendi — digo, fazendo uma careta. — Só estou... curiosa. Minha mente está distorcida de tanto ler romances e ver filmes de Hollywood; pelo menos é o que diz a minha mãe.

— Estou vendo — diz ele, como quem se diverte. Sua expressão torna-se grave. — A polícia disse que ele foi estrangulado. Parece que esmagaram a traqueia.

— Disseram mais alguma coisa?

— Não muito. Estavam mais interessados em me ameaçar.

— Ameaçar o senhor?

— Pareciam achar que todos os judeus são mentirosos. E insistiam em dizer que eu devia saber mais sobre as andanças do Georg antes de morrer.

— Os nazistas bateram nele antes de matá-lo?

— Não, não havia nada que indicasse isso.

— Não havia hematomas no rosto ou no corpo?... ou talvez nos braços?

— Nada. Mas, Sophele, não sei se é boa ideia discutir isto contigo. É tudo muito horrível.

— É só porque... não acha que, se tivessem sido os nazistas que mataram o Georg, o teriam primeiro espancado, Sr. Zarco?

— Não sei.

Ele olha para baixo e arrasta um dos pés no chão, metódico, como que para encontrar uma resposta. Percebo que só agora é que ele começou a considerar a morte do Georg como um mistério que precisa ser resolvido. Talvez as pessoas mais velhas não pensem como detetives.

— O senhor não costuma ir muito ao cinema, não é mesmo? — pergunto.

— Não, mas estou começando a achar que deveria — responde ele, divertindo-se comigo outra vez.

Ele me olha muito sério, já interessado em ouvir o que tenho para dizer.

— Sabe se a fechadura da porta dele estava arrombada ou... se havia uma janela quebrada?

O Sr. Zarco expele para cima uma espiral de fumaça.

— Não, eu estive no apartamento dele. Não havia nada arrombado.

— Portanto não houve luta, o que significa que ele conhecia a pessoa que o matou.

— Mas isso significaria que um amigo ou conhecido dele era um nazista disfarçado — diz ele, dando à frase um tom de interrogação.

— Sim, embora, mesmo que o agressor fosse amigo dele, o Georg teria se defendido... e se defendido bem. O que significa que ele pode ter sido amarrado e amordaçado. Mas o senhor diz que não havia marcas no rosto nem nos braços. Por isso, alguma coisa está mal contada nessa história. — Uma cadeia de hipóteses enrola-se e fecha-se à minha volta. Esperando que o Sr. Zarco diga que não, pergunto: — Por acaso o Raffi Munchenberg é membro do grupo que o Georg chefiava?

— É. Como você sabia?

— Foi um palpite.

Portanto, talvez Georg tenha descoberto que Raffi estava aceitando dinheiro dos nazistas e precisasse ser silenciado. E talvez a cor azul tenha um significado especial para um egiptologista.

— O que está havendo, Sophele? — pergunta o Sr. Zarco.

— Nada — minto. — A polícia disse se encontrou sangue no corpo dele?

— Não, ele parecia... — Os olhos do Sr. Zarco começam a marejar. Ele tenta falar, mas não consegue. Finalmente, diz: — Desculpe, é que tive que identificar o corpo. Os pais dele já morreram e a irmã vive em Hamburgo.

— Roubaram alguma coisa?

— A irmã dele me disse que, quando veio buscar as coisas dele, notou que o estojo de maquiagem tinha desaparecido. — Em resposta à minha surpresa, ele acrescenta: — O Georg trabalhava no arame. Artistas de circo usam maquiagem. — Ele esfrega os dedos no rosto, como se tivesse medo de me pedir uma coisa, e eu permaneço calada, para não o desencorajar. — Eu gostaria que, um dia, você fosse comigo à sinagoga — diz ele finalmente.

— Está bem, só que eu não sei o que faria lá.

— O que há para se fazer? Ficar sentada ao meu lado — diz ele, bonachão. — Vamos fazer isso em breve. Sophele, tenho que ir. Boa jardinagem!

Ele se vira e começa a andar. Pensando no meu pai e subitamente preocupada com a segurança dele, pergunto-lhe bem alto:

— O Georg era comunista?

Ele se volta.

— Não, por que pergunta?

— O meu pai é — digo baixinho.

— Não vai acontecer nada ao seu pai — diz ele com ar convicto, compreendendo os meus receios. — O Georg era judeu. Devia ser por isso que o detestavam.

— Sr. Zarco, acha que um judeu pode alguma vez aceitar dinheiro de um nazista?

— Alguns de nós têm lojas onde qualquer um pode comprar o que quiser.

— Não, estou falando de financiamento para um projeto... um projeto especial.

— Suponho que sim, se o dinheiro for utilizado para uma boa finalidade.
— E mais uma coisa. O Deus dos judeus é o mesmo dos cristãos? — pergunto.
— Claro que sim.
— O íbis sagrado?
— Com dois olhos prateados — ele desenha cada um deles no ar com a ponta do cachimbo — e um bico comprido para assustar as cobras. — Levanta um dos pés. — E dedos dos pés amarelos.

O Sr. Zarco é o primeiro adulto que conheço a ter me dito alguma coisa interessante sobre Deus. *Ele está me convidando,* penso. *E não é só para a sinagoga. Posso pedir que me conte mais sobre sua forma de pensar ou perder esta oportunidade para sempre.*

É sábado à tarde, e Tônio e eu acabamos de chegar ao pátio do nosso prédio depois de visitarmos uma fábrica de pneus em Neukölln cujo telhado desabou ontem à noite. Também nos beijamos em público pela primeira vez — sentados num banco no parque Treptower. E eu o deixei apalpar meus seios, também, mas apenas durante alguns excitantes e desavergonhados segundos. Neste momento estamos encharcados que nem esponja por causa da água que desabou sobre nós enquanto corríamos até a estação para pegar o metrô para casa. Na tentativa de descobrir qual é a imagem que Tônio tem de Deus, pergunto:

— Qual é a coisa mais bonita que você já viu? Ou aquilo que mais o emocionou?
— Tenho que pensar — responde ele.

Já dentro de casa, secamos o cabelo com uma toalha e arrastamos duas poltronas para junto do aquecedor. A mãe de Tônio atira um edredom para cima de nós e nos prega um sermão numa mistura de russo e alemão, por só termos levado conosco um único guarda-chuva. Não se cansa de gesticular. Talvez todas as pessoas de Novograd, "a cidade mais antiga da Rússia", como ela diz sempre com orgulho, sublinhem aquilo que dizem varrendo o ar com todo tipo de movimentos das mãos, mas para nós ela é um caso espantoso.

— Vocês ainda vão acabar pegando uma pneumonia um dia desses — conclui ela. Tônio e a mãe decidem que precisamos é de um chocolate quente, mas não há uma gota de leite em casa. Ao sair a caminho da mercearia da *Frau* Koslowski, ela fecha ambos os punhos e diz em russo: — Nesta cidade, o inverno puxa a primavera para trás com as duas mãos.

Tônio traduz. Ela confirma com um grande gesto de cabeça, dá um beijo na cabeça dele, depois na minha, e sai em disparada porta afora.

Talvez a culpa seja do sangue que está voltando às nossas jovens extremidades. Ou do edredom, que dá ao calor, que cada vez nos invade mais, a pesada bênção da tradição familiar alemã. Ou até a possibilidade de a mãe dele voltar mais cedo e dar um ataque histérico ao nos surpreender. Seja lá o que for, Tônio escolhe este momento para enfiar a cabeça debaixo do edredom e começar a arranhar de leve os meus tornozelos, a bafejar meus pés e a ladrar. Começo a rir e me remexo toda, e o mando parar de me fazer cócegas, já que protestar é a obrigação de qualquer menina na minha posição, para mais tarde poder dizer: *Mas eu mandei você parar!*

Agora com suavidade, ele põe as mãos em concha sobre os meus joelhos. Dou um pequeno salto.

— O que está fazendo? — sussurro.

Ele não responde. Viro-me para trás, para a porta da frente, imaginando ouvir passos. A chuva batendo com toda a força contra a janela significa que não podemos ser vistos nem ouvidos. O que acontece entre nós está acontecendo em algum lugar fora do tempo. Embora isso seja apenas uma conveniente ilusão escolhida por todas as meninas que estão prestes a perder o estado de graça.

Ele afasta as minhas pernas. Resisto, gemendo, mas ele começa a arfar.

Se eu fosse desenhar os meus sentimentos, eles seriam um rio luminoso caindo em cascatas à minha volta, levando junto a prova dos meus desejos, porque ainda sou nova demais para me sentir assim.

Uma menina entrega-se a um rapaz porque quer acreditar que o amor deles vai fazer dela uma pessoa nova. *Tudo aquilo que não me mude para sempre não merece ser chamado de amor.* É isso que eu concluo mais tarde, tentando me manter calma e me justificar perante mim mesma.

Neste momento, contudo, não tenho pensamento algum, só o cabelo aveludado de Tônio entre os meus dedos e suas lambidas vagarosas. As costeletas dele queimam a parte interna das minhas coxas, marcando-me toda como seu território. Aperto as pernas em volta dele, para que nenhum de nós consiga escapar ao seu destino. Vamos cair juntos.

A única coisa que vou murmurando enquanto ele me ataca é:

— Deus me ajude.

Porque sei que a virtude vai ter que mudar de significado se algum dia eu tiver que explicar isto aos meus pais.

Sou uma garota sem referências, tentando descobrir seu caminho. Mais tarde me lembrarei do guepardo em que Tônio fez carinho e o que ele me disse:

— Se eu não tivesse ficado com medo, não teria sido tão empolgante quando ele lambeu meu rosto.

Agora sou parte dele, penso em seguida, no momento exato em que a Sra. Hessel gira a chave na fechadura.

— Já está mais quentinho? — pergunta ela, e toca a testa de Tônio. — Está ardendo! — grita.

— Estou ótimo — diz ele.

Ela toca também a minha testa.

— Pobres crianças, estão os dois com febre.

— E o chocolate quente...? — lembra-lhe Tônio.

— Chá de tília seria melhor. Com um pouquinho de mel e de pimenta. E um dedinho de vodca.

Uma receita da Rússia que há séculos vem curando os antepassados de Tônio.

— Como quiser, mãe — concorda Tônio, já que a vodca é um luxo para adultos.

Escondida debaixo da coberta, sua firmeza cresce na minha mão, e enquanto sua mãe se mantém ocupada na cozinha quem vai para debaixo do edredom sou eu.

Capítulo 4

卐

Na semana seguinte, volto ao bar da Landsbergerstraße para ir procurar no *Der Stürmer* mais nomes que coincidam. É uma ideia perturbadora, mas talvez Raffi só tenha aceitado dinheiro dos nazistas para poder minar o trabalho deles. Ele seria incapaz de fazer qualquer coisa de horrível, e eu nunca conseguiria acreditar que estivesse envolvido num crime.

Vejo Vera, Rolf e Heidi só mais uma vez esse ano, de relance, na noite de 19 de abril, embora aviste as idas e vindas do Sr. Zarco com alguma regularidade, claro. Estou colocando Hansi numa posição boa para eu desenhá-lo — com as mãos no queixo e os olhos intencionalmente pousados no meu exemplar de *A montanha mágica* — quando uma voz áspera e familiar vinda de fora faz com que eu me levante de um salto. Vou correndo até a janela e vejo Vera no pátio, as mãos nos quadris, irritada com alguma coisa. Alguns momentos depois, Heidi e Rolf surgem à porta que dá para o edifício da frente. Ele mordisca com força um charuto, e Heidi, com um belo vestido branco com uma gola de renda azul, traz na mão uma caixa de bolo cor-de-rosa. Vera faz sinal para eles avançarem, sacudindo as mãos num rodopio frenético, e Rolf dá em Heidi um beijo estalado no rosto, como se dissesse: *Tenha paciência...*

Meu primeiro impulso é chamá-los. O segundo é inclinar-me para trás para não ser vista, que é o que faço. Nossa janela está aberta por isso, consigo ouvi-los perfeitamente.

— Parem com isso! — grita Vera para seus amigos. — Já basta parecerem dois troncos de árvore andando, não precisam piorar as coisas com bobagens desnecessárias.

— Defina desnecessárias — retruca Rolf, rindo.

— *Toda e qualquer* afeição entre gente casada. É uma afronta para tudo o que consideramos digno de valor na Alemanha.

— Vera, você é fria de doer os ossos! — diz ele, mas Heidi sugere brandamente que Vera vá subindo as escadas, que logo eles a encontrarão.

Impaciente com tudo e todos. O *modus operandi* de uma deusa que passou anos em exibição para espectadores de circo boquiabertos. Heidi e Rolf vão andando atrás dela, como dois pinguins, até o edifício de trás.

— O que foi? — pergunta Hansi, ainda em pose.

Que criança extraordinária. Merece uma medalha da Liga dos Artistas.

— E pronto, acabou — murmuro, desiludida pela sensação do inevitável, sentindo que nunca vou conseguir conhecer aquelas pessoas tão especiais.

Volto a me sentar e pego o lápis.

— Acabou o quê? — pergunta meu irmão.

Aponto para ele a ponta do lápis com ar ameaçador. Se ele fosse normal, este seria o momento em que gritaria, mandando-me parar de ser tão mandona, ou chamaria a minha mãe para vir em seu socorro. Mas Hansi é como é; limita-se a pousar a cabeça na mesa e desaparece na sua nuvem de pensamentos.

O Pai entra na cozinha pouco tempo depois e, sentindo que há alguma coisa errada, diz:

— Me mostre o seu desenho, *Häschen*.

É um homem bondoso, mas a bondade nos pais pode ser irritante, como um travesseiro macio demais. Sufoco a minha vontade de gritar com ele e mostro-lhe o meu bloco de desenhos. O Pai estuda o meu desenho anterior, Hansi de perfil, com a língua espreitando por entre os lábios e os olhos focados numa surpresa distante.

— Sem dúvida você tem talento — diz ele, com orgulho.

— Está muito ruim — digo, porque há em mim um lado negro que quer estragar a nossa intimidade natural.

— Não está nada, eu reconheceria esse menino bonito em qualquer lugar.

— Ele coloca com ternura a mão na cabeça de Hansi, como faz quando sabe que o filho se ausentou de nós. Ambos fazemos muito isso. Devolvendo-me o bloco de desenhos, diz: — Você é mais artista do que pensa.

— Obrigada — respondo, e é algo muito gentil de se dizer, mas o que eu estou de fato pensando é: *Por que nem a minha família nem o Tônio me bastam?*

Vera, Heidi e Rolf devem ter sido convidados pelo Sr. Zarco para o jantar da Páscoa judaica. Se tivesse deixado as cortinas abertas, provavelmente eu também teria visto passar K-H e Marianne.

Nessa noite, antes de ir para a cama, meu pai descobre que alguém enfiou por baixo da porta um envelope com o meu nome escrito. Sozinha no quarto que divido com Hansi, abro-o e descubro uma fotografia de uma mulher com a barriga inchada, tão lisa e brilhante como mármore ao luar, e um bilhete muito bem escrito a máquina: "Nosso bebê e eu — primeiro retrato. Estreia mundial daqui a quatro meses! Beijos, Marianne e K-H."

Raffi volta para casa em meados de maio, com a pele cor de canela e o cabelo negro na altura dos ombros, a imagem perfeita de uma figura bíblica. Estamos conversando no pátio do nosso prédio, e eu tento me interessar pelas suas descrições da vida no Egito há 3.300 anos, mas os nomes nazistas que não mencionamos pairam como cadáveres entre nós. Uma semana depois, incapaz de suportar o arrepio que sinto cada vez que passo pelo apartamento dele, bato à sua porta uma noite, após o jantar. Os pais dele saíram, e nós nos sentamos no quarto dele, eu na cama coberta por uma colcha bem esticada, ele na cadeira da escrivaninha, que virou ao contrário de modo a poder inclinar-se para a frente e apoiar-se sobre as costas de palhinha trabalhada.

— Não posso lhe dizer muita coisa, porque colocaria em risco outras pessoas — diz ele, antes mesmo que eu consiga lhe explicar por que fui ali falar com ele. — Mas aquilo que eu falei era verdade, tratava-se de uma lista de compras.

— Você tem recebido dinheiro dos nazistas que estão na lista para apoiar o seu trabalho de campo?

Ele dá uma risada enorme.

— Essa é boa!

— Então para que era o dinheiro inglês? Não pretendia usá-lo no Egito?

— Soph, sua imaginação é tão grande que um dia ainda pode acabar se virando contra você. — Em voz baixa, ele acrescenta: — Eu estava comprando políticos nazistas. E outros com ideias semelhantes. Eles preferem libras inglesas porque é uma moeda mais forte do que o marco. A cada vez que comprava alguém, escrevia o nome e a data.

Então eu tinha razão em parte.

— Está comprando essa gente para quê? — pergunto.

— Para conseguir o apoio deles em certos assuntos. Para abrandar sua retórica de ódio.

Pela primeira vez em semanas, sinto o chão firme debaixo dos meus pés.

— E onde você arranjou esse dinheiro?

— O Isaac me contou que você já sabe sobre O Círculo. Os membros pagam cotas de acordo com suas possibilidades econômicas. Eu usei alguns dos nossos... dos nossos fundos para comprar libras no mercado negro.

O alívio me invade de repente.

— Graças a Deus. Eu achei... — Abano a cabeça, pensando como fui boba.

— Achou que eu tinha mudado de lado, não foi? — E, só agora percebendo que eu provavelmente copiei sua lista, ele se põe de pé de um salto. — Você copiou os meus hieróglifos e... e arranjou alguém para traduzi-los — diz ele, horrorizado.

— Sim, o Dr. Gross, do...

— Então o Dr. Gross sabe o que você descobriu?

— Não, eu não mencionei o seu nome. E ele não faz ideia de qual é a ligação entre os nomes todos da lista. Ou do que significam os números. Pensa que fazem parte de um jogo qualquer. — Explico o que contei ao Dr. Gross.

— Não podemos ter certeza de que ele esqueceu o que viu.

Raffi parece perdido em pensamentos. Vejo o medo no seu maxilar cerrado.

— Fiz uma grande besteira, não fiz? — digo.

Ele sorri generosamente.

— Não, vai dar tudo certo. Não se preocupe.

— Desculpe, mas eu estava mesmo preocupada com você.

— Esqueça.

Ele se senta ao meu lado e ordena que eu me vire para fazer tranças em mim, um resquício das suas tarefas de baby-sitter.

Vejo em seu rosto que ele está pensando numa maneira de resolver a situação.

— Raffi, me desculpe — digo.

— Está tudo bem. De qualquer forma, abandonei o ramo de comprar pessoas. Portanto, isto já não tem importância nenhuma.

— Pode me dizer quem andava perseguindo você naquele dia em que o Tônio e eu o ajudamos?

— Soph, não posso fazer tranças em você se ficar se virando toda hora! Era... uma pessoa que queria saber quem é que eu tinha comprado.

Adoro sentir as mãos dele puxando e prendendo o meu cabelo.

— Mas e se a polícia interrogar você? Ou os facínoras dos nazistas?

— Tudo que eu pudesse dizer a eles já não serviria de mais nada a essa altura — garante ele, agora com uma voz já segura. — As únicas pessoas que poderiam ter problemas além de mim seriam os próprios nazistas. Porque eu nunca revelaria os nomes das pessoas do Círculo.

Será verdade ou será que ele está apenas se vangloriando?

— O Georg Hirsch planejou a estratégia de compra de pessoas? Sim, porque ele era o chefe do Círculo, não era? Foi por isso que o mataram?

Raffi inclina-se por cima do meu ombro e olha-me sombriamente.

— Eu avisei a você que essas coisas eram assunto sério, de gente adulta.

— O Sr. Zarco sabe por que o Georg foi morto?

Ele me segura pelos ombros e diz, em tom de ameaça:
— Soph, ou você cala a boca, ou vamos ter que deixar de ser amigos.

Georg foi morto por um assassino nazista porque ameaçou ir a público com os nomes dos nacional-socialistas que estavam sendo comprados pelo Círculo. Afinal, aceitar dinheiro de um grupo de judeus para comprar seu silêncio os desacreditaria completamente e teria muitas repercussões ruins para o Partido. É a conclusão a que chego rapidamente, mas não divido as minhas ideias com ninguém, nem sequer com Rini. Digo a ela que a lista de Raffi consistia em nomes de nazistas cujas crenças antissemíticas ele denunciou numa carta ao chanceler. Ela fica desapontada, visto não ser bem uma descoberta digna de todo o trabalho de detetive que desenvolvemos, mas assim é mais seguro para Raffi. E talvez para Rini também.

Durante toda essa primavera e esse verão, o Sr. Zarco e eu nos falamos amigavelmente sempre que nos encontramos, mas eu percebo, pelos assuntos bem-definidos das nossas conversas e pelos gestos que ele faz com as mãos, que ele está esperando que eu dê o primeiro passo para renovar a nossa amizade. "Reservado", é assim que a Mãe o descreve. "Secretamente exuberante" me parece mais preciso, embora o Pai diga que isso não faz sentido algum. Em termos de poesia, meu pai tem a sensibilidade de um trator agrícola.

Rini sugere que a impressionante vitória dos nazistas nas eleições de julho talvez seja responsável pela reticência cautelosa do Sr. Zarco. Afinal, eu sou cristã e ele é judeu, e Hitler agora preside aquele que se tornou o partido mais poderoso da Alemanha, com 230 lugares no Reichstag. E não há dúvida de que todo mundo que eu conheço anda mais tenso do que habitualmente normal. Até o meu pai, que explode comigo numa noite quente de agosto, por ter lavado mal a louça, e me manda para a cama banhada em lágrimas. A Mãe, sentada aos pés da minha cama, me confidencia que os resultados das eleições provocaram insônia nele. Portanto, talvez a incapacidade de dormir seja um castigo que herdei de meu pai.

Ao ver os discursos de Hitler nos documentários do cinema, vamos nos habituando aos seus rompantes espasmódicos e epiléticos, bem como ao seu sotaque e vocabulário dos subúrbios de Viena.

— Tem a personalidade de um simplório caçador de ratos — diz o Pai. — Anotem o que eu digo, não vai demorar um ano para esse sujeito ser chutado de volta para as suas águas-furtadas da Baviera.

Como a maior parte dos berlinenses, meu pai pronuncia *Bayern,* a Baviera, como se estivesse falando de uma terra de trogloditas desdentados. O que deve ferir a sensibilidade da minha mãe, que adora sua terra natal como se fosse um reino mágico de um conto de fadas, mas eu sou nova demais, e talvez ande cansada demais dela para manifestar qualquer tipo de apoio.

A opinião que o Pai tem de Hitler é consenso popular, mas a minha professora de arte, a *Frau* Mittelmann, não concorda. Ela foi a primeira pessoa a fazer com que eu me interessasse por desenho. Ninguém consegue desenhar uma margarida, uma alfarroba ou a cabeça de uma morsa empalhada como ela, exceto, talvez, Albrecht Dürer, cujos trabalhos ela sempre nos mostra para servir de inspiração. A *Frau* Mittelmann tem o rosto alongado como uma raposa, com um leque de sorrisos que vai do diabólico ao beatífico e que despertaria a inveja de qualquer atriz, e não fica quieta na sala de desenho, como se tivesse acabado de ingerir um bule inteiro de café. Tem cabelo curto e castanho, que penteia para trás, como os homens, muito sofisticado, e usa roupas antigas de cores berrantes, como as das bailarinas ciganas que vi uma vez na Ku Damm Para começar uma sessão de desenho, sempre lê uma citação de um pintor famoso. A que me dá arrepios é a de Cézanne: "Os frutos gostam que pintem seu retrato. Parecem ficar ali, pedindo desculpa por irem secando. Os perfumes que exalam trazem-nos seus pensamentos. Chegam-nos com todas as suas fragrâncias, falam-nos dos campos que deixaram para trás, da chuva que os alimentou, das alvoradas que testemunharam."

Um dia, quando falo da opinião que o meu pai tem de Hitler diante da turma, a *Frau* Mittelmann alisa com mãos tensas a frente do seu avental florido.

— O seu pai nunca deveria esquecer que o Flautista de Hamelin também era um caçador de ratos — diz ela em tom ameaçador. Alguns minutos depois, enquanto desenhamos duas orgulhosas maçãs amarelas e a triste e murcha romã que lhe serve de peso de papel, ela ajoelha-se junto à minha carteira. — O Hitler jurou nos libertar da vergonha que passamos com a nossa derrota na Grande Guerra — sussurra ela. — Mas vamos ter que lhe dar nossos filhos em troca. — Em seguida levanta-se, com os joelhos ossudos estalando, e acrescenta, com uma aspereza nada típica dela: — Devo estar louca para ficar discutindo essas coisas com você. Volte ao seu desenho, Sophie.

Será que ela tem medo de que eu a denuncie ao Dr. Hildebrandt, o diretor da escola? Todos ouvimos rumores de que ele assistiu, ano passado, a uma manifestação nazista em Nuremberg.

Nesse dia, na hora do almoço, queixo-me a Rini da aspereza da *Frau* Mittelmann.

— Você não entende, Soficka — diz ela. — Nem imagina a pressão que têm feito sobre nós, judeus.

Rini volta e meia me chama de Soficka, tendo ido buscar o sufixo *cka* no meu horrível segundo nome, Ludowicka.

— Então me explique — digo, enterrando o garfo nas batatas cozidas.

— É inútil. — Ela lança toda a sua certeza na última palavra, e eu sinto uma pancada surda bem dentro do peito. — Ou você é judeu, ou não é, e nem toda a boa vontade do mundo pode mudar isso.

A julgar pelo seu tom de voz, até parece que está contente por ter se erguido entre nós um muro semita, e isso me irrita tanto que me dá vontade de bater na sua cabeça com o meu livro de história, mas Rini está num dos seus estados de espírito sombrios, quando fica semicerrando os olhos; assim, em vez disso, pergunto-lhe o que ela acha que tem levado Hitler a conseguir tanto sucesso ultimamente.

— Assim que passamos dos subúrbios de Berlim, *my dear*, estamos de novo na Idade Média no que diz respeito aos judeus — responde ela, e diz *my dear* em inglês porque é seu mais recente esnobismo favorito. — Três passos depois do Neuenhagen Süd, nosso país se transforma num deserto antissemita. As pessoas lá *dessas bandas* — Rini faz um gesto de desprezo com a mão na direção aproximada da Silésia — ainda pensam que temos rabo e chifres, e que cozinhamos crianças cristãs como você e o Hansi em caldeirões para o nosso jantar de Páscoa.

— Acho que eu não tenho carne suficiente nem para uma entrada — digo, e Rini desata a rir —, e o Hansi teria um gosto *muito* insosso, como arroz cozido demais.

Nosso professor de alemão, o Dr. Fabig, que ouviu por acaso nossas conversas políticas, chama a mim e a Rini, além de uns outros alunos, alguns dias depois. Fala em voz abafada enquanto vai enfiando papéis na pasta de couro escuro com alça de latão e, depois, coloca-a de pé sobre sua mesa. Tira os óculos de aros de metal, coisa que só faz quando está perturbado.

— O *Volk* despreza os nossos grandes escritores. Acha que Goethe é muito efeminado. E Schiller, meu Deus — nesse ponto, o Dr. Fabig balança tristemente a cabeça —, o meu pobre e querido Schiller nos deixa em estado catatônico. E agora que os judeus deixaram de ser considerados alemães receio que o Heine esteja em maus lençóis. — Ele se levanta e agarra a alça da pasta, preparando-se para sair. — Quanto ao Rilke, nunca arranjaram tempo, entre contar as moedas ou ordenhar as vacas, para dar atenção ao que ele escreve. Aplaudem o Hitler por ele desprezar os nossos grandes homens. Ele prefere folhear um catálogo de armas a ler Novalis. É simples assim. A *Frau* Koslowski, da mercearia lá do bairro, diz que só há cartazes de Hitler e do Partido Nazista porque não temos imagens de santos nas nossas igrejas. A maneira como seus olhos leitosos se focam em mim, como se a culpa fosse minha, me faz recuar um passo.

— Se vocês, alemães, tivessem santos em volta de vocês, ouvindo cada uma das batidas dos seus corações, não precisariam de um líder para falar das glórias deste mundo.

Raffi me diz, numa voz zombeteira:

— Um gângster é o que essa gente quer um homem que arromba a casa dos seus inimigos de mãos vazias e com uma granada no bolso e que quebra a louça toda, e explodindo depois todas as provas que deixou para trás.

Até Hansi tem uma opinião sobre Hitler, que ele expressa basicamente tapando os ouvidos toda vez que o nosso chanceler se exalta na rádio.

— Ele grita demais! — reclama meu irmão.

E é assim que começamos a nos referir a Hitler como o homenzinho que ladra.

— É o único político com *visão* — diz o pai de Tônio, o Dr. Hessel.

Estou na sala da casa dele, esperando Tônio terminar de se vestir, observando a fotografia emoldurada do líder nazista que foi colocada junto à fotografia do czar Pedro na parede atrás do sofá. Hitler é mostrado fazendo sua saudação de braço esticado perante uma multidão entusiasmada que o aplaude.

— Ele vê aquilo em que podemos nos transformar se aspirarmos à grandeza: o paraíso na terra — continua o Dr. Hessel, falando para um público inexistente, como um homem que confunde as óperas de Wagner com a vida real.

O próprio Tônio está convencido de que é preciso fechar os olhos para compreender o carisma do homem.

— Sophie, eu admito que o Hitler é fisicamente repulsivo — diz ele —, por isso não olhe para ele. E aí você vai conseguir perceber que a paixão dele é real, mais real do que qualquer coisa que você já ouviu.

Fecho os olhos com força enquanto vemos um documentário sobre uma manifestação em Munique, mas a única coisa que consigo ouvir é aquela dolorosa e frenética ansiedade na voz dele e o sotaque provinciano. *Um empolgado caçador de ratos que só vai conseguir atrair aqueles que insistirem em ser cegos.* É o que eu acho.

E que, em qualquer debate intelectual, perderia até para o Tarzan, acrescento eu à minha descrição alguns minutos depois que acabam as notícias, exibidas antes do filme, porque Tônio me arrastou para ir ver *Tarzan, o rei da selva*, e, assim que somos transportados para aquela espantosa selva em preto e branco de Hollywood, torna-se muito evidente para mim, e provavelmente para todas as mulheres e meninas do teatro Ufa-Palast, que preferiríamos votar em Johnny Weissmüller de peito nu. Mas eu e Tônio nos beijamos naquela escuridão povoada, flutuando entre a tela e os nossos lugares, entre a

Califórnia e Berlim, e eu não quero aborrecê-lo. Embora, como acabo por descobrir, ele já tenha uma resposta pronta, à minha espera...

— Weissmüller é um nome ariano — diz ele, quando saímos do teatro para o ar tépido da noite de verão —, o que prova exatamente o que o Hitler tem dito sobre a superioridade da nossa raça.

Da nossa raça? Então aquele de nós dois que tinha mãe eslava deixou de ter?

Coisa pouco habitual nela, minha mãe jura que tem as respostas definitivas para todas as minhas perguntas sobre Hitler: ele deve seu sucesso ao fato de haver calorias a menos nas barrigas alemãs.

— Cinco milhões de pessoas praticamente morrendo de fome, e mais 20 milhões com medo de se juntar a elas, vão sempre tomar a decisão errada. A fome toma conta do cérebro.

A certeza na voz dela... Fico, nesse momento, pensando que quando ela era criança não devia ter o que comer. Sinto uma onda de ternura a me invadir.

— A senhora e as suas irmãs passaram fome muitas vezes? — pergunto.

— Claro que não — diz ela, e seu cenho carregado faz com que eu me sinta uma boba por me importar com a menininha que ela foi um dia.

Enquanto corto alho-poró para a sopa de batata, mantenho o olhar baixo, na tentativa de ocultar as conjecturas que faço mentalmente sobre quais terão sido as decisões erradas que minha mãe tomou devido à fome. Meu medo, tão imenso que me faz suar frio por todo o corpo, é que uma delas tenha sido dar à luz uma certa menina malcomportada. Talvez o meu nome até esteja no topo da sua lista de erros.

Lembro-me do Sr. Zarco me falando que Deus aparece para todos nós sob formas diferentes e decido perguntar à Mãe o que ela acha que Hitler considera de mais bonito no mundo.

Ela ergue os olhos do esfregão com que limpa o chão.

— Aposto que seria o som da própria voz. — E acrescenta, fitando-me com um olhar de nojo: — Mas quanto a isso, Sophie, não se pode dizer que é o único.

Desprezo pela humanidade? Vale a pena encorajá-la; por isso, peço que ela explique melhor, mas ela diz que estava só falando por falar e que é melhor eu terminar de cortar o alho-poró, o que me faz arregalar os olhos, visto que Hansi ainda está começando a descascar sua segunda batata.

Rini é mais explícita:

— O Hitler adoraria arrancar as asas de um pássaro vivo — declara. Depois, num gesto rápido e distraído, afasta o cabelo da testa e quebra mais um quadradinho de sua barra de chocolate. — Quer um pedaço, *my dear*? — oferece, sem o mínimo traço de horror na voz.

Às vezes essa garota me dá medo.

Dezenove de setembro é o dia em que faço 15 anos. Tônio me dá um presente impecavelmente embrulhado em papel listrado de azul e branco, o que significa que foi a mãe que fez. O cartão diz: "Para Sophie, que vai deixar todos nós orgulhosos."

Dou um abraço apertado nele, porque suas palavras significam que ele compreende, e apoia, o meu desejo de me distinguir naquilo que faço. No embrulho encontro um bloco de desenho: cinquenta folhas de um papel macio e pesado, o melhor que já tive.

— É perfeito! — exclamo, exultante. — Obrigada.

Queria dizer mais, mas também não quero assustá-lo, é o meu *leitmotiv* com os homens.

Não tem como voltar atrás: é o que significa o nosso abraço prolongado. Pelo menos para mim. Quem sabe o que isso pode significar para um rapaz de 16 anos que não consegue nem embrulhar um presente sozinho?

Durante o jantar, depois de soprar as velas do meu bolo de aniversário, meus pais me dão um conjunto de 24 lápis de cor feitos na Tchecoslováquia pela Koh-I-Noor. O que significa que Tônio e eles conspiraram juntos para comprarem presentes complementares. Um ótimo indício!

No domingo dia 2 de outubro, fico sabendo mais umas coisas sobre aquilo que O Círculo tem planejado e entrevejo pela primeira vez o caminho que estamos todos prestes a ter que tomar. É o dia seguinte ao Rosh Hashaná, o Ano-Novo judaico, e o Sr. Zarco, que faz questão de celebrar a data com estilo, saca uma tesoura e uma bandeira suástica, corta-a em tiras e pendura o esfarrapado estandarte na janela de sua casa que dá para a Prenzlauer Allee. Fica excelente. Mais tarde, fico sabendo que outros membros de seu grupo estão rasgando bandeiras por toda a cidade de Berlim e pelos subúrbios.

Quando o Pai e eu voltamos da padaria com pão fresquinho, vemos a bandeira preta, vermelha e branca transformada em espaguete por obra dos talentos manuais do Sr. Zarco.

— Muito bem-feito! — exulta meu pai.

A Mãe discorda vivamente:

— Armar escândalo em público... é uma vergonha.

— Por quê? — pergunto, parando de mastigar a minha torrada.

Lanço-lhe um olhar inocente, embora saiba muito bem que estou brincando com o fogo das suas emoções.

Tanto o Pai como eu ficamos olhando para ela, na expectativa. Até Hansi começa a encarar a Mãe por sobre seu mingau de aveia, embora talvez esteja apenas tentando lhe dizer telepaticamente que quer mais leite.

— Porque realmente não é uma atitude do nível dele — diz ela, fugindo em direção à pia para lavar as mãos.

— Por que não é do nível dele?

— Sophie! — grita a Mãe, virando-se para mim com um olhar carregado de censura. — Espero, pelo bem do seu futuro marido, que um dia você aprenda a ser um pouco mais comedida.

O Pai leva o dedo aos lábios quando olho para ele esperando obter apoio; por isso vou para a sala, batendo os pés. A birra da Mãe me dá a desculpa perfeita para sair de casa de fininho; abro devagar a porta da frente, desço correndo as escadas, atravesso o pátio e me lanço escada acima. Mais tarde vou pagar caro pelos meus modos, mas por enquanto só sinto um vento de alegria a me atravessar de um lado ao outro.

Tônio está à minha espera, e juntos saímos correndo para a rua. Ao virar a primeira esquina, vemos o protesto do Sr. Zarco em sua janela, e Tônio torce a boca numa careta de desdém.

— Esse tipo de afronta nos faz duvidar que os judeus queiram fazer parte da nova Alemanha que estamos construindo — diz ele.

É a primeira vez que Tônio se coloca como *nós* ao referir-se aos nazistas. Fico chateada, mas deixar passar uma falha tão grande também me faz sentir magnânima.

— Tenho um presente especial para você — acrescenta ele enquanto nos afastamos —, mas está no Neue Museum.

— O que é? — pergunto, encantada com a ideia de ele me fazer uma surpresa.

— Você precisa ter paciência! — recomenda ele, e sorri daquela maneira marota que me faz respirar mais fundo.

Atravessamos Berlim, o que, no momento em que nos encontramos, é uma jornada para dentro de um mito sobre um garoto e uma garota caminhando junto a um rio de vidro escuro, o Spree. Na Königstraße, em frente à sede dos Correios, decido brincar de esconde-esconde e entro em um restaurante desativado cuja porta deixaram aberta, uma construção com palmeiras pintadas nas janelas. Em cidades mais ricas, como Paris e Nova York, será que as portas para as vidas arruinadas conseguem permanecer fechadas? Aqui, os nossos sem-teto e desempregados arrancam os pedaços de madeira que bloqueiam as portas martelando-os com sapatos velhos, e jogam as malas esfoladas dentro das lojas abandonadas, com seus meninos de cabelos desgrenhados a reboque. Temos uma segunda cidade, aquela construída pelos desgraçados dentro das lojas falidas, e, se estivermos dispostos a correr o risco, podemos olhar para este submundo a qualquer momento.

Seis colchões nojentos cheirando a mofo estão espalhados no chão, com um número igual de cobertores velhos cuidadosamente empilhados em cima deles. Num canto mais distante, espalha-se uma confusão de latas de comida para cachorro e jornais velhos. Atrás de uma mesa toda quebrada e debaixo de um exemplar do *Morgenpost* de julho encontro um estojo preto de violino. Dentro há uma carta de Greta dirigida a Heinz e exemplares sublinhados de dois romances de Erich Maria Remarque: *Nada de novo no front* e *O caminho de regresso*.

— Veja só isto — digo a Tônio, empolgada, sentindo-me identificada com Heinz. — Talvez ele esteja na Alexanderplatz, tocando Beethoven e Brahms para poder jantar.

Depois de dar apenas uma olhadela, Tônio abre um sorriso de deboche.

— O Remarque é um inimigo do povo — declara.

Nem me dou ao trabalho de responder.

Uma janela quebrada nos fundos lança uma toalha de luz ao longo do chão, chegando até um balcão de madeira onde os donos devem ter alinhado, em tempos melhores, *sachertorten** e outros bolos. Tônio não resiste quando o arrasto até lá, e não dizemos nem mais uma palavra, porque enfiei a minha mão pela braguilha dele. Enquanto o empurro contra o balcão, suas pálpebras estremecem, depois ele fecha os olhos. Fico de joelhos, desejando ardentemente que ele aperte meus ombros com as mãos. O silêncio, escuro e frágil, é nosso. Até essa confusão toda é nossa, porque é prova de que a nossa necessidade mútua pode resistir às vicissitudes do tempo e do lugar.

Adoro a cor do pênis dele, de um castanho leitoso mas puxando para o cor-de-rosa ao chegar à ponta, e a maneira como fica pendurado quando ainda não está completamente duro. Os testículos dele se contraem como que por magia quando os envolvo com a mão, e ele geme como se estivesse sendo flagelado. Por que é que ninguém nunca me disse como era fácil dominar um garoto? Pego a pérola de fluido que espreita na fenda com a ponta do dedo e levo-a até a língua. Um gesto pequeno, mas que o obriga a olhar para mim com tanta intensidade que tenho certeza de que ele é meu prisioneiro.

---

*Famosa torta de chocolate inventada por Franz Sacher em Viena, em 1832, especialmente concebida para a gulodice do então ministro da Coroa, o príncipe Von Metternich. *(N. da T.)*

— Vou ter que fazer parte da nova Alemanha? — pergunto.

Ele está quase perdendo a consciência, com a cabeça inclinada para trás e o pescoço tenso, os dedos enterrados nos meus ombros, mas mesmo assim ainda consegue rir. O que mais uma garota poderia desejar?

— Por favor, Sophie... Você está me partindo em dois.

Adoro o sabor espesso e intenso do seu desejo por mim. E do tamanho do seu poder.

Depois de tirar dele tudo o que tinha para mim e de ele voltar a encolher como uma bolota enrugada, lambo-o até ficar limpo, porque não consigo saciar a fome desta minha nova sensação de ser adulta, e porque ambos precisamos tomar consciência do que podemos perder se não tivermos cuidado.

Sexo como a nossa forma de contornar o *homenzinho que ladra*. O desprezo de Tônio por Erich Maria Remarque, a morte de Georg e todas as outras coisas que poderiam nos separar. Um caminho de fuga fora do comum, penso eu então.

De braços dados, subimos devagar a longa escadaria do Neue Museum até o segundo andar e nos dirigimos às Salas de Litogravuras, onde Tônio me faz parar — outra vez com as mãos nos meus ombros, mas desta vez com suavidade — em frente ao desenho que Dürer fez de sua mãe.

— Você precisa ver um Dürer verdadeiro se quer continuar se aperfeiçoando — diz ele à guisa de explicação, numa voz de adulto que impressiona bastante.

Ele recua um passo, para que eu possa ficar sozinha olhando o desenho. Essa reserva é nova nele. Talvez a nossa dedicação um pelo outro o esteja obrigando a crescer e a se tornar homem.

Segundo a indicação ao lado do desenho, passaram-se 418 anos desde que a Sra. Dürer posou para o filho, e contudo ela continua a espreitar o mundo por baixo de sua touca, para sempre apanhada num momento de cautelosa expectativa. Aproximo-me mais do retrato, entrando naquele campo de silêncio e emoção nervosa que o rosto dela cria em mim. Será que ela está pensando em algo tão sem importância como, por exemplo, quem é que vai entrar pela porta da frente? Seu marido vai exigir o almoço e uma caneca de cerveja? Talvez sejam os passos do filho o que ela ouve, talvez ele vá lhe mostrar seu trabalho mais recente. Mais animador para ela, claro, mas às vezes deve parecer que a rivalidade entre o filho e o pai pela sua atenção nunca vai ter fim. Vejo nos seus lábios firmemente cerrados e nos olhos franzidos, atentos, essa força que a puxa em várias direções, e talvez seja por isso que o filho a desenhou entre a ira e o riso. *Os dois destinos da minha mãe,* ele poderia ter intitulado esse desenho.

O olhar dela mostra também domínio — uma centelha de poder, um domínio sobre si própria e sobre sua casa e seu filho; embora seja 1514 e Albrecht já seja famoso, ela sabe que tem o coração dele nas mãos. Esse é o poder feminino dela e que eu estou começando a ter sobre Tônio.

— Nunca vou ser assim tão boa — digo quando ele avança e se coloca ao meu lado.

— Você vai chegar o mais longe que puder.

Ele segura meu braço e beija meu pescoço. Ante seu toque, entendo por que fiz apenas algumas tímidas tentativas de desenhá-lo. Ainda não consigo dar forma a Tônio — ele ainda é muito misterioso para mim e muito essencial ao meu bem-estar para eu me arriscar a fixá-lo no papel. Não ficar parecido, ou até se ficar bastante, pode ser a magia que quebre o encanto. Não, não quero tentar desenhar Tônio, nem mesmo depois de estarmos casados. E assim aquilo que eu *não* desenho permanecerá sagrado.

Voltamos para casa no início da tarde. A essa hora, já veio gente de todos os cantos do bairro para ver a bandeira esfarrapada — nossa primeira atração turística. Estou começando a acreditar que Hitler pode finalmente vir a pôr no mapa a nossa ruazinha sem graça!

Tônio me dá um beijo de despedida embaixo da janela do Sr. Zarco, porque vai ter que ir com os pais visitar a tia e os primos. Logo estou conversando com uma família judia de Dahlem, um bairro que fica do outro lado da cidade, a cerca de 15 quilômetros daqui. Estavam indo visitar uns parentes quando viram a bandeira. O Ford cor de vinho deles está estacionado do outro lado da rua e atraiu uma multidão de meninos que não param de guinchar, porque o velho e peludo wolfhound da família, o Pfeffer, está sentado imponente no lugar do motorista lambendo alegremente as mãos de todo e qualquer um que enfie o braço pela janela.

— Sophele! — chama de repente o Sr. Zarco, lá de cima. — Que bela surpresa!

Grito para sua janela que quero seu autógrafo, o que o faz rir com tanto prazer que me sinto orgulhosa de mim mesma durante o resto do dia.

— Foi uma boa ideia que eu tive, não? — pergunta ele aqui para baixo, entusiasmado.

No momento em que grito minha aprovação em resposta, um fotógrafo magricela e de óculos, com um crachá que diz que trabalha para o *Der Stürmer*, começa a tirar fotografias do nosso vizinho com uma minúscula máquina preta. Sentindo-me encorajada pela presença dos turistas à minha volta, dirijo-me a ele:

— Desculpe, mas não me lembro de o Sr. Zarco ter lhe dado autorização para fotografá-lo.

Ele me lança um olhar de violento desdém e volta ao seu trabalho. Meu coração dispara quando tenho a ideia de arrancar a câmera de suas mãos e jogá-la no chão, mas me falta coragem.

Agora compreendo que foi em pormenores aparentemente tão insignificantes que me afastei de mim mesma. Se ao menos Rini estivesse ali comigo... ela teria agarrado a porcaria da máquina e a atirado contra a parede, e em seguida me oferecido um quadradinho de chocolate com o ar mais natural do mundo.

— Não ligue para esse paspalho — diz o Sr. Zarco lá de cima, abanando a mão num gesto de desprezo. — É inofensivo.

E assim também ele baixou a guarda.

Como mais tarde vim a saber pelo Sr. Zarco e pelos Munchenberg, pouco depois da meia-noite três homens começaram a jogar tijolos contra a janela do Sr. Zarco. Raffi e os pais ouviram o barulho do vidro quebrando e foram olhar pela janela da cozinha a tempo de vê-los elogiarem uns aos outros pela bela pontaria. Raffi tem certeza de que eles vestiam as camisas pardas e as calças turcas dos SA, o exército privado dos nazistas.

O Sr. Zarco acordou, sobressaltado e aterrorizado, e correu para a janela, de onde ainda viu os homens rindo e depois fugindo. Sentou-se aos pés da cama, colocou a cabeça entre as mãos e desatou a soluçar como já não fazia desde a morte da mulher, nove anos antes. Depois de varrer os pedaços de vidro, pôs uma toalha no chão, para evitar se cortar com os eventuais caquinhos que ainda pudessem ter ficado, e empilhou os tijolos sobre sua mesinha de cabeceira, ao lado de seu exemplar em iídiche de *Sonho de uma noite de verão*. Tremia de frio, devido ao vento gelado que entrava pela janela quebrada, mas tirou a camisa do pijama, para que o frio envolvesse seu corpo nu, a fim de sentir o desalento de uma cidade, a *sua* cidade, que se tornava um castelo sitiado. Quando voltou para debaixo do edredom, imaginou que se encaixava por trás do corpo da esposa, ambos de joelhos flexionados, criando assim dentro dela um abrigo para si. Por experiência própria, ele sabia que só assim conseguiria dormir.

Acordou três vezes durante a noite, e a cada vez se sentia satisfeito por ter provocado uma reação dos nazistas. O áspero vento do outono parecia confirmar-lhe agora que agira corajosamente. Sentando-se na cama durante a última crise de insônia, pôs-se a olhar fixamente para uma tília do outro lado da Prenzlauer Allee, como se nos seus ramos e folhas se escondesse a resposta quanto a onde vai parar toda a agitação política da Alemanha. E rezou, com os lábios desfiando as sílabas o mais depressa que podia, como se tentasse ultrapassar o destino.

Para minha grande desilusão, eu dormia profundamente durante toda essa comoção. E Tônio também.

No dia seguinte de manhã, aparecem dois policiais para interrogar Raffi Munchenberg, os pais dele e o Sr. Zarco. Levam consigo os tijolos como prova do crime. Ordenam também ao nosso vizinho que retire a bandeira, alegando que com isso está criando um distúrbio público.

Ele cede à vontade deles, mas torna a pendurá-la na terça-feira de manhã. Nessa noite, uma reunião de emergência dos inquilinos acaba por votar, embora com relutância, que se peça ao Sr. Zarco que evite qualquer exibição pública de suas opiniões políticas.

— Os senhores vão me perdoar, mas a bandeira não sai dali — diz ele à delegação enviada.

É então que o Dr. Lessing, morador do apartamento que fica em frente ao do velho alfaiate, diz:

— Até a Alemanha resolver a questão dos judeus de uma vez por todas, é melhor que o senhor e a sua gente não arranjem mais problemas do que já arranjaram.

— Ah, é? Pois pode ter certeza, Dr. Lessing, que ainda nem comecei a criar problemas! — responde o Sr. Zarco ameaçadoramente. — E aconselho o senhor a não se meter no meu caminho.

Após o quê, convida os visitantes a sair.

Meu pai fez parte da delegação e me conta tudo isso esta noite, quando deito na cama. Agora ele não tem mais tanta certeza de que o velho alfaiate esteja agindo de forma sensata.

— Exceto em casos de emergência, as pessoas não devem agir sozinhas, nem mesmo em grupos pequenos — diz ele, falando naquela voz artificial que significa que está citando Marx ou um dos seus outros heróis. — A liderança do Partido é que deve determinar o momento e a forma que devem assumir os protestos.

— Talvez para o Sr. Zarco isto seja uma emergência — respondo.

— Mas que azar o meu, ter uma filha que raciocina tão rápido — diz ele, dando um peteleco brincalhão no meu nariz, como se eu fosse um gato.

A polícia volta a aparecer na quarta-feira. Em voz exaltada, eles ameaçam prender o Sr. Zarco. E a história se repete; ele recolhe a bandeira, apenas para voltar a pendurá-la ao nascer do sol.

Mais tarde nessa mesma manhã, quando se dirige a pé para sua pequena fábrica na Dragonerstraße, alguém se choca contra as suas costas. Irritado, ele se vira, e um homem — esguio, vestindo um elegante casaco de lã — bate violentamente em sua barriga com uma tábua de madeira, quebrando-lhe duas costelas.

O Sr. Zarco cai de joelhos, a respiração cortada. Um segundo boçal, um gordo com queixo duplo e bigode, chama-o de parasita em voz sibilante. Pega nosso idoso vizinho pelo cabelo e bate sua cabeça no chão, com o rosto para baixo, com tanta força que seu queixo, ao bater, emite um som pesado de chumbo ao chocar-se contra o cimento. Durante algum tempo o Sr. Zarco perde a consciência. A última coisa de que se lembra é da palavra *judeu* sendo-lhe sibilada ao ouvido. Será que está acordado ou sonhando?

No hospital Augusta, os médicos da Emergência cuidam das costelas quebradas do Sr. Zarco. Uma enfermeira costura o corte profundo feito em seu queixo. Ao sentir o fio sendo puxado, ele conclui que é um prazer sentir-se novamente prisioneiro nas mãos de uma mulher.

Na tarde seguinte, enquanto o Sr. Zarco está adormecido, uma das mulheres da limpeza ergue seu casaco de tweed da cadeira onde está pendurado e do bolso cai uma folha do *Der Stürmer*. Está dobrada em quatro, e, quando ela a abre, vê que no final da página há uma fotografia dele. A mulher coloca-a sobre a mesinha de cabeceira, para que não se perca. Tendo acordado com o som dos passos dela, o Sr. Zarco estende a mão para o copo d'água que há sobre a mesinha de cabeceira e acaba roçando com a mão na folha de jornal. Sentando-se na cama, vê a si próprio debruçado na janela, ao lado da suástica cortada, e lê a legenda: *Um parasita judeu da Prenzlauer Allee, em Berlim, profana a nossa gloriosa bandeira.*

Os assaltantes devem tê-lo identificado a partir daquele recorte de jornal, tendo enfiado a página no seu bolso para garantirem que ele soubesse se tratar de uma represália por sua afronta. Mas havia pelo menos uma dúzia de bandeiras rasgadas na cidade inteira, então por que é que o *Der Stürmer* só publicou a fotografia do Sr. Zarco?

Alguns dias depois, quando vejo a fotografia, sinto um tremor percorrer meu corpo, porque penso: *Seja lá o que ele faça na vida a partir de agora, o Sr. Zarco estará sempre na página 2 da edição de número 42 desse maldito jornal, e os nazistas sempre saberão onde ele vive.*

K-H, o amigo fotógrafo do Sr. Zarco, bate à nossa porta essa noite e nos garante que o nosso vizinho se recupera bem. Minha mãe traz-lhe uma xícara do café que acabou de fazer. K-H veste suspensórios vermelhos e uma gravata-borboleta branca ao pescoço. Muito elegante. E, esta noite, sua água-de-colônia tem cheiro de violetas.

— O Isaac já está reclamando da *chazerai* que o hospital insiste em chamar de comida — diz K-H, rindo daquela forma aliviada das pessoas que andaram chorando. — Entendem?

— Não — diz minha mãe, porque não está habituada à sua voz de surdo nem ao seu iídiche; por isso, eu traduzo *chazerai*, lavagem para porcos, para o alemão; é uma palavra que Rini sempre usa.

Olhando-me fixamente por cima de sua xícara fumegante, ele diz em voz sombria:

— Sophie, o Isaac queria que eu lhe pedisse para regar as plantas dele até ele voltar para casa.

— As plantas?

— Ele disse que você se ofereceu para ajudá-lo, que regaria os pelargônios toda vez que ele estivesse fora.

Lágrimas de gratidão inundam meus olhos. E o pior é que não consigo articular um som inteligível.

— Você não ouviu? O Sr. Zarco vai ficar bem — diz o Pai, me dando um beijo no rosto, para me tranquilizar.

A Mãe, sentada ao meu lado, penteia meu cabelo com os dedos.

Quando me acalmo, levo K-H ao apartamento do Sr. Zarco. Ele me pergunta quais são as minhas matérias preferidas na escola. Fala em frases curtas, para absorver melhor todas as palavras que não consegue ouvir. Falo sobre a *Frau Mittelmann*, mas minhas palavras flutuam sobre a imagem do Sr. Zarco caído de rosto no chão no meio de uma poça do próprio sangue.

— Sophie...?

K-H segura a porta, esperando que eu passe. Sem visitantes, vejo agora que a sala é uma paisagem feita de livros. O carpete persa também desapareceu, revelando o chão de madeira escura. Sinto-me como uma criança numa floresta de conto de fadas, enfrentando sozinha o desconhecido. Minha vontade é jogar todos os livros das prateleiras no chão, até o último. A destruição como forma de provar que a partir de agora nada jamais poderá ser igual ao que era.

E Tônio está do lado desses criminosos...

Meu rosto deve trair o meu desespero, de forma que K-H põe um pouco de *schnaps* num copo e me dá.

— Beba isto, querida — diz ele, como se fosse uma ordem, e enquanto a sensação de ardor me desce até o estômago acrescenta alegremente: — O Isaac não vai se abalar por causa de umas costelas quebradas. E agora vou deixar você sozinha por um minuto. Tenho que ir lá dentro fazer a mala dele. — E aponta para o quarto. — O Isaac precisa de alguma coisa para ler. E de mais tabaco. Portanto, regue as plantas e não se preocupe mais.

Ele dá um puxão nos suspensórios e abre um belo sorriso.

Será que sou indecente por ficar pensando como será o pênis dele?

— Eu estou bem, faça o que precisa fazer — digo.

Quatro pelargônios cor-de-rosa e brancos crescem por baixo das janelas da sala, tão discretamente exuberantes como o próprio Sr. Zarco. Foram plantados em vasos de cerâmica amarelo-canário e dispostos sobre uma plataforma de pedra. Inclino-me até alcançá-los e arranco as flores murchas, porque quero que as plantas estejam perfeitas quando ele voltar. Na cozinha, debaixo da pia, encontro um regador de metal enferrujado.

Depois que as flores já chuparam toda a água que podiam, passo pelo quarto de hóspedes me dirigindo ao do Sr. Zarco. É a minha primeira visão do País das Maravilhas. Há vinte peixes de vidro azul e verde — cada um do tamanho da minha mão — pendurados no teto, espalhando sombras coloridas pelo quarto, que é, em si, um tesouro de pinturas e desenhos. A primeira coisa que chama a minha atenção é uma aquarela de uma cidade cheia de cúpulas e minaretes. É toda em marrons e cinzas sob um céu azul, como se até a luz brilhante do sol não conseguisse erguer o peso lúgubre que paira sobre a cidade. É Istambul, o Sr. Zarco me dirá mais tarde.

Logo acima há o desenho de uma noiva e um noivo voando pelo céu afora. Por trás do casal apaixonado vê-se uma aldeia distorcida com uma igreja ortodoxa no meio que mais parece um dente de alho. Meu primeiro Chagall. Vou estudá-lo muitas vezes nos próximos anos, e o que nunca deixa de me surpreender é a sensação de que o artista reproduziu um mundo inteiro num desenho de 12 por 20 centímetros. É uma das obras que mudaram a minha vida.

Mas é perto da janela que encontro o desenho que passa a ser o meu preferido. É um retrato da autoria de Otto Dix que representa um cavalheiro magro e de ar afável, de pé junto a uma janela aberta, vestindo um casaco elegante embora surrado. O homem, dos seus 60 e tantos anos, sabe que está sendo desenhado, e franze um pouco os lábios, com um ar amavelmente divertido. Suas longas e esguias mãos são lindas, as mãos de um pai que toda semana escreve cartas aos seus filhos distantes com uma caneta antiga, fantasio. Foi a sua bondade que o artista tentou captar, tenho certeza. E coloco o nome dele num lugar especial da minha memória quando o Sr. Zarco o diz alguns dias mais tarde: Iwar von Lücken, poeta alemão e amigo do Sr. Dix.

Quando chego à porta do quarto do Sr. Zarco, K-H faz sinal para que eu entre. Só há um quadro nas paredes, uma aquarela de uma floresta cor de topázio cintilando sob um céu arroxeado de crepúsculo. As árvores parecem feitas de fogo. Como uma premonição de destruição ou de renascimento.

Por baixo do quadro há uma escrivaninha de mogno coberta com uma capa de feltro verde desbotado. Sobre ele repousam três cadernos de capa de linóleo xadrez em preto e branco, como os que se usam na escola.

— Sophele — diz suavemente K-H, aproximando-se de mim —, tem uma coisa que há algum tempo quero lhe dizer. Este nosso país está passando por um período difícil, mas vai dar tudo certo. — E me dá um beijo na testa. — Você é jovem demais para se preocupar. Viva a sua vida.

Que sorte eu tive em conhecer um homem tão sensível, penso, mas ele parece ter esquecido que estou numa idade em que quase todas as experiências podem passar a ter espinhos.

— Agora a parte desagradável — diz ele, franzindo o nariz. — A bandeira vai ter que sair.

— Não, por favor. Se a tirarmos, o protesto do Sr. Zarco perde todo o significado.

Ele inclina a cabeça, como se analisasse suas opções.

— Não, da próxima vez eles podem jogar bombas. Ou assassiná-lo, como fizeram com o Georg. Não podemos correr esse risco.

— Você conhecia bem o Georg? — pergunto, e quando ele faz que sim, prossigo: — Gostava dele?

— Sim, embora ele quisesse usar a violência contra os nazistas. Eu não tinha tanta certeza quanto a isso.

— O Sr. Zarco é contra a violência?

— Também não tenho muita certeza.

— E a Vera?

K-H ri, e em seguida faz o sinal da cruz, como que para afastar o mau-olhado.

— Nunca me atreveria a falar pela Vera. — Ele bate com o punho fechado na própria cabeça, como Buster Keaton. — Ela acabaria comigo.

Então talvez o Georg tenha sido assassinado pelos nazistas por querer começar a usar táticas violentas contra eles.

— Acredita mesmo que o Georg foi estrangulado? — pergunto. — Quer dizer, é que não havia sinais de luta.

Ele dá de ombros.

— Talvez eu mostre a você as fotos quando for um pouco mais velha, se os seus pais me permitirem, claro. Então você vai poder tirar as suas próprias conclusões.

— Que fotos? — pergunto.

— Foi a Vera que encontrou o Georg morto. Ela me pediu para tirar fotos, porque estava convencida de que a polícia não ia fazer uma investigação adequada. Ela queria que houvesse provas das suásticas que desenharam no corpo dele. Estava muito perturbada, como você pode imaginar.

— E onde estão essas fotos?

— Estão com o Isaac.

— Sabe onde ele as escondeu?

— Sei — diz ele, sorrindo e lançando para mim um olhar desconfiado —, mas não vou contar para você. Acho que nem deveríamos estar falando sobre essas coisas.

— K-H, eu tenho 15 anos — digo. — E... e eu conhecia o Georg. Por isso acho que tenho o direito de ver as fotos, ainda mais porque estou preocupada com o Sr. Zarco e com o que vai acontecer com ele e... e com todos os judeus. — Vendo que mesmo assim ele não cede, acrescento: — Meus pais me deixaram ver a mãe do meu pai no caixão quando eu só tinha 12 anos. Não fiquei nem um pouco impressionada.

O que é mentira, pois entrei numa espiral descendente de pesadelos que durou vários dias, mas é por uma boa causa.

— Tem certeza?

Quando faço um sinal afirmativo com a cabeça, ele deixa escapar um suspiro profundo de resignação. Às vezes é tão fácil convencer os homens...

Pego Hansi olhando atentamente para o próprio reflexo

As fotografias estão guardadas num envelope, dentro da gaveta da escrivaninha. A primeira mostra o rosto pálido e esguio de Georg. Distingue-se uma sombra correspondente às costeletas, e fico surpreendida com suas sobrancelhas, altas e espalhafatosas, que parecem cheias demais para um homem tão magro. Uma suástica estende seus braços venenosos por sobre cada uma das faces, como uma aranha a mordê-las. Há uma menor desenhada no centro da testa. Não há marcas no pescoço.

Georg parece mais velho do que eu me lembrava, mas quando o conheci ele estava maquiado, disfarçado de Cesare.

A segunda fotografia é das mãos dele, uma suástica apressada e malfeita em cada palma. Aposto que o assassino fez estas por último, como se só então se lembrasse das mãos, mas já com medo de ser pego. Portanto, talvez o crime não tenha sido planejado.

— Não se assustou de fotografar um morto? — pergunto a K-H.

— Não, já estou acostumado. Fui fotógrafo da polícia durante vários anos.

Quando ele se dirige à janela para tirar a bandeira em trapos, corro até ele e o agarro pelo ombro, forçando-o a virar-se para mim.

— K-H, mesmo que o resto da Alemanha ainda esteja presa na Idade Média, nós estamos em Berlim. O Sr. Zarco deveria poder fazer aqui o que quisesse.

Ele balança negativamente a cabeça.

— Aí é que está, Sophie, não pode. Não mais.

Capítulo 5

Nessa noite vou cedo para a cama, com a cabeça cheia de conjeturas confusas sobre o assassinato de Georg, até que o Sr. Mannheim começa a tocar seu violoncelo no prédio do outro lado da rua, bem em frente ao nosso. Afasto o edredom e vou até a janela. Suas cortinas amarelas estão bem fechadas. A precaução de um músico que vive num país onde as pessoas já não estão mais seguras dentro das próprias casas.

Hansi ainda dorme; por isso, abro a janela bem devagar e arrasto a cadeira até lá, de forma a poder me apoiar no peitoril; preciso do conforto que a música me traz. Se Tônio estivesse aqui comigo, estaríamos de olhos fechados e de mãos dadas, flutuando juntos na escuridão.

A devoção do Sr. Mannheim por Mozart e Telemann une a todos nós aqui do bairro, e deve ter muita gente que conheço ouvindo-o neste exato momento, porque todas as noites às 9 horas, e mais cedo nos fins de semana, este homem, cujo rosto nenhum de nós jamais viu, pelo menos não que soubesse, pega seu arco e dedica-se a pôr o universo novamente em ordem. Quer se dê conta disso ou não, a mensagem do Sr. Mannheim é a seguinte: o mundo tem acordes que obedecem a leis físicas, e escalas que não podem ser alteradas, diga Hitler o que disser, e formas de modular entre as várias claves tão gloriosamente imprevisíveis que talvez — talvez, quem sabe? — a vida melhore em vez de piorar: Tônio poderá cair em si; minha mãe vai descobrir que precisa ser mais gentil comigo; Hansi vai aprender a descascar batatas direito; o assassino de Georg será descoberto; e as costelas do Sr. Zarco cicatrizarão perfeitamente. E eu vou ter toda a mussaca que conseguir comer.

Deslizam nuvens sobre a lua, tão radiosas como as de um sonho ou de um mito. É como se eu estivesse sentada no centro de uma cidade que me mostra também seu funcionamento mais profundo, porque consigo ver pela primeira vez que o meu vizinho não está sozinho. Ao lado dele estão o violinista de cabelo comprido que toca trechos dos Concertos de Brandeburgo em frente à Villa Klogge e o acordeonista cego que se senta num banco na Kurfürsten-

Platz todos os domingos de manhã e entoa bem alto *chansons d'amour* com as mãos enfiadas em luvas de couro sem dedos. O desespero não é a nossa única escolha, eles nos dizem, e a beleza é algo simples.

— Pareciam o Gordo e o Magro — diz o Sr. Zarco.
Estou sentada ao lado de seu leito no hospital. Ele tem dobras fundas e descaídas sob os olhos, e seus lábios estão rachados, mas ele jura que não se sente tão bem desde que desmaiou numas termas em Baden-Baden, por causa da água escaldante e dos eflúvios de enxofre.

Está com um pijama de flanela azul que tem o colarinho esgarçado e buracos nos cotovelos. Os médicos resolveram mantê-lo sob observação até amanhã. Acabei de lhe pedir que descrevesse seus agressores. Estou armada do meu bloco de desenho, que coloquei sobre os joelhos, e da minha caixa de lápis tchecos. Meu plano é simples: quando a polícia tiver o meu desenho, poderá identificar os homens que o atacaram e assim encontrá-los. Serei uma heroína.

— É sério — digo. — Como eles eram realmente?
— Mas eu estou falando sério — garante ele. — Imagine o Gordo e o Magro, mas com jeito de batedores de carteira e todos sujos.

Ele ergue a mão, como se estivesse fazendo um juramento perante um juiz.

— Eu tenho 15 anos — digo, como se fosse uma grande coisa. — Pode me contar a verdade.

— *Mazel tov* — diz ele, coçando a barba do queixo. — Sophele, não tinha que ir a um certo lugar?

— Que lugar?
— A escola! — exclama ele, furioso.
— Hoje não tem aula — minto.

Na verdade, tive que subornar Rini com duas tiras de balas de alcaçuz para fazê-la dizer ao Dr. Hildebrandt que precisei sair mais cedo porque a minha mãe estava doente. Amanhã levo ao diretor um bilhete do meu pai, falsificado por mim.

— Por que é que não tem aula hoje?
A desconfiança reduz os olhos do Sr. Zarco a duas fendas estreitas.
— Sei lá!
Ele franze o cenho, mas não insiste em me mandar embora. Uma das vantagens de não ser meu parente.

— O Magro foi quem me bateu primeiro — começa ele. — Depois, o Gordo deu com a minha cabeça no chão. O que fizeram depois, não me pergunte.

— Ele dá um suspiro de gratidão. — Eu estava na terra dos sonhos, *Gottze dank* — diz em iídiche, o que significa "graças a Deus".

111

Peço-lhe que descreva como estavam vestidos. Ele é melhor com as roupas do que com as fisionomias. Até se lembra dos botões de madeira do casaco do Magro.

— Tenho memória de alfaiate — explica.

Uma enfermeira traz o almoço. Enquanto o Sr. Zarco vai mastigando, tiro o máximo proveito dos meus lápis. A cada vez que ergo os olhos para ele, vejo surgir nos seus olhos um brilho divertido. Mas vai ter uma grande surpresa, porque recentemente o Pai levou a mim e a Hansi para ver o Gordo e o Magro em *A caixa de música*.

— Quer um pedaço de torta? — oferece ele depois que acabei o seu *schnitzel*.

Ele tira a torta da caixa com um cuidado infinito, como se fosse uma tiara de diamantes, e coloca-a devagar sobre sua bandeja.

— Não, obrigada. Estou fazendo o casaco do Magro. Falta só isso.

— A Heidi é a doceira número um de Berlim — acrescenta ele, em tom sedutor. — O creme de ovos dela é...

— Não está vendo que estou trabalhando? — corto-o.

Será que ele não percebe que estou tentando me redimir por ter recusado o casaco que ele e Vera queriam me dar? Até as pessoas inteligentes conseguem ser muito burras.

Vendo que é melhor me ignorar por alguns instantes, ele engole avidamente sua fatia de torta, lambendo a geleia de framboesa que lhe escorre pelos dedos igualzinho a Hansi. Espero até ele acender o cachimbo e se recostar no travesseiro com as mãos atrás da cabeça, a imagem da satisfação masculina, para erguer o bloco a fim de lhe mostrar meu desenho.

— Ora essa, você vai ser artista! — diz ele com ar de satisfação, como se tivesse acabado de entrever o meu destino. — Me deixe ver isso.

Ele estuda o desenho minuciosamente, afastando-o dos olhos a distâncias diferentes, o que me agrada. Depois me devolve o bloco e sacode no chão as migalhas que caíram no cobertor. Se não limpassem seu quarto todas as manhãs, ficaria uma verdadeira gaiola de papagaio.

— O Magro tinha mais ar de *shlemiel* — diz ele, e, vendo que fico na mesma, acrescenta: — O tipo de homem que tropeça nos próprios pés. Ou que leva cocô de pombo na cabeça. Este *shlemiel* parecia que não tomava banho. E as lapelas do casaco eram mais largas do que as que você desenhou.

Aperfeiçoo os meus retratos de acordo com as observações do Sr. Zarco, embora ele se lembre muito mal do Gordo. Depois de mais meia hora, meus retratos estão o mais fiel possível.

— Nada mau — diz ele, acrescentando, com uma seriedade zombeteira: — Pelo visto, é preciso uma jovem com mente criminosa para desenhar delinquentes.

Devolvo a crítica com uma pergunta importante:

— Foi sua a ideia de cortar as suásticas em tiras e espalhá-las pela cidade inteira?

— Foi.

— Quem sabia dos seus planos?

— Só os membros do Círculo.

— Tem certeza?

— Tenho, por quê?

— Por nada — minto, porque acabo de concluir que os editores do *Der Stürme* devem ter sido informados de que o Sr. Zarco planejou o protesto, senão teriam fotografado outra pessoa qualquer. O que significa que deve haver um traidor no Círculo que lhes tenha dado essa informação. — Sr. Zarco, vai mostrar os meus retratos à polícia? — pergunto.

— Pode ter certeza que sim.

— O que acha que vão fazer com o Gordo e o Magro se os encontrarem?

— Vão dar uma medalha a eles. Talvez também ergam um monumento aos dois.

— Não tem graça nenhuma! — reclamo, furiosa por ele se recusar a me tratar como adulta.

— Pare de me criticar e me ajude a sentar. Estou toda hora escorregando, e isso faz mal para a digestão.

Puxo-o pelo braço. Mas não adianta; por isso, me posiciono atrás dele e o empurro. É como tentar mover um saco de batatas.

Quando finalmente se encontra sentado confortavelmente, com as pernas penduradas de lado na cama, ele coloca o cachimbo na mesa de cabeceira.

— Sophele, eu sei que não tem graça — diz ele, sombrio. — Mas os homens que me agrediram não vão ser pegos. Estão acima da lei.

— Assim como a pessoa que matou o Georg? — pergunto.

— Talvez. — Ele volta a pegar o cachimbo, inspeciona a piteira; é uma maneira de controlar as emoções. — Fiz mal em ter deixado você perder seu tempo desenhando o retrato falado, mas me fez bem tê-la trabalhando ao meu lado. Por favor, me perdoe.

— Não tem problema — digo.

Ele tem os olhos desolados, e as mãos repousam no colo, derrotadas. Após alguns momentos diz:

— Estou me sentindo um pouco fraco, preciso pensar; por isso, talvez fosse uma boa ideia você ir para casa.
Mas eu não vou ceder outra vez à covardia.
— Não — declaro. — Vou ficar com o senhor. — Quando ele me abre um pequeno sorriso de agradecimento, pergunto: — Sr. Zarco, agora que o Georg morreu, O Círculo vai continuar tendo reuniões regulares?
— Vai, só precisamos nos reestruturar um pouco.
— Posso ir a uma? Não necessariamente para passar a ser membro, só para assistir.
— Nem pensar! — declara ele. — Uma menina de 15 anos... Deve estar achando que eu sou doido.
Mesmo de cenho franzido, consigo perceber como ele gosta de mim, e como é um homem cheio de vida.
— Não se mexa — digo, e, virando a folha do meu bloco de desenho, começo a esboçar a estrutura dentro da qual vou desenhar o rosto dele.
— Nem se atreva! — exclama ele, adivinhando as minhas intenções. Ele lança a mão espalmada para a frente, como se fosse parar um trem desgovernado que viesse na sua direção. — Pareço o monstro do Frankenstein. E com este pijama...
— Ora, fique quieto.
Ele ergue novamente o braço e cobre o rosto com a mão, espreitando por entre os dedos, e desta vez me dou ao luxo de sorrir.
— Pare de se fazer de *alter kacker*! — digo.
Rindo abertamente, ele se senta direito na cama e penteia o cabelo para trás com as mãos. E aí está ele outra vez: o brilho juvenil dos seus olhos, que é o que eu quero desenhar.

No dia seguinte, após a escola, a Mãe me manda sentar na cadeira da cozinha, e, pela sua expressão, estou muito encrencada.
— Não fiz nada de mal — vou logo dizendo. — Cheguei direitinho em casa.
— Não quero que você visite o Sr. Zarco — diz ela.
— Ele já voltou do hospital?
— Já, mas não quero nem que chegue perto dele. Ele não regula bem.
Ela bate com o dedo na testa, como se eu precisasse de ajuda visual nas conversas, assim como Hansi.
— É, é bem provável que não — concordo. — Vou ficar longe dele, prometo.
Mentir é tão linear e simples. Adoro mentir.

No dia seguinte, de manhã cedo, a caminho da escola, vou de fininho até o apartamento do Sr. Zarco. Ele atende à porta no seu pijama de flanela, e descalço. Traz seu café numa tigela verde-oliva muito lascada nas bordas. São seus *cacos mesopotâmicos*, como ele os chama.

— Sophele!

E me dá um abraço desajeitado, já que as suas costelas ainda doem. É reconfortante me sentir envolta no cheiro do seu corpo, que ainda traz consigo os odores do sono e um vago perfume de tabaco. É como recostar a cabeça no travesseiro do meu pai enquanto ele se veste.

— Obrigado por ter regado os meus pelargônios — diz ele, com um enorme sorriso acolhedor.

— Foi um prazer.

— Tem alguns minutos?

— Tenho, mas depois preciso ir para a escola.

— Então você voltou a ir à escola! — diz ele, numa voz espantada, como se a minha capacidade de fazer bobagens não tivesse limites.

— Vou quando me dá vontade — respondo, entrando no jogo.

Sentamo-nos na cozinha dele. A mesa redonda está coberta com uma toalha cor-de-rosa manchada e vários volumes encadernados em couro, um deles aberto numa página escrita em hebraico, marcada com outra tigela mesopotâmica.

— Do que trata esse livro? — pergunto.

— Dos segredos de Deus. Já bebe café?

— Claro.

Mais uma não verdade, mas mentir transformou-se na minha Terra Prometida. *Sophie descobre as alegrias do subterfúgio* seria a legenda perfeita para esta parte do meu filme.

— Leite? — pergunta ele, enquanto enche uma xícara para mim.

— Sim, obrigada. Quais são os segredos de Deus?

Ele me passa a garrafa de leite e então se ergue de um salto.

— Muitos. Volto já.

Enquanto ouço um remexer de livros, vou tomando devagar o meu café, que tem o mesmo sabor amargo de uma aspirina. Fico pensando se os adultos têm as papilas gustativas danificadas, até que tenho um sobressalto com um estrondo fortíssimo.

O Sr. Zarco volta à cozinha com uma pasta preta e empoeirada, seu rosto um pouco corado.

— Sente-se, sente-se... Me desculpe por este barulho todo.

Dentro da pasta há várias aquarelas. Ele retira as duas primeiras, retratos de um menino, e as coloca cuidadosamente de lado sobre a mesa.

— Era esta que eu queria! — exulta, erguendo a terceira.

— Estas aqui são o senhor? — pergunto, apontando para as que ele pôs de lado.

— Sim, ainda nos tempos bíblicos.

Ele me entrega uma de um menininho minúsculo com orelhas vermelhas, cabelo preto espetado e olhos que parecem bolinhas de gude prateadas. Está debruçado sobre uma máquina de costura, atento, os lábios apertados. Parece um gnomo sério e trabalhador, mas que descobriu algumas verdades sobre o mundo quando ainda era novo demais.

— Minha mãe me pintou na oficina do meu pai. Eu tinha 10 ou 11 anos.

— Parece pequeno para a sua idade.

— Só cresci mesmo aos 13. Minha mãe começou a me chamar de *grashupfer*.

— Gafanhoto.

— Gostava de trabalhar com o seu pai?

— Sim, estava ganhando a vida. Isso era muito importante.

— Não gostava da escola?

— Adorava a escola, mas a família... Já chega dos tempos antigos, é esta que eu queria que você visse.

Um homem que nunca se queixa dos seus sacrifícios. É uma observação sobre ele que eu deveria escrever no meu diário.

Ele coloca a aquarela à minha frente: uma aldeia silenciosa de casas de pedra, aninhada num vale de campos dourados, e, ao longe, duas estranhas imagens de moinhos de vento. O céu tem um tom aquoso, cor-de-rosa e violeta, e no meio um sol em tom de fogo, prestes a derreter sobre um cobertor de colinas esfumaçadas. O sol tem olhos ternos, em forma de amêndoa, como se se sentisse triste por ir afundar abaixo da linha do horizonte.

— Minha mãe se sentia vigiada na casa dos avós dela, protegida — explica o Sr. Zarco.

— Mesmo à noite?

— Sophele, mesmo na noite de inverno mais fria, *mesmo numa tempestade de neve*, nós sabemos que o Sol continua a existir. Sabemos que está dando voltas ao redor da Terra para depois voltar para nós.

— O senhor acha que Deus também é assim, não acha? — Ele faz um sorriso de concordância; por isso acrescento: — E que vem por aí uma tempestade de neve.

Na manhã seguinte, volto a passar na casa do Sr. Zarco. Seu cabelo está desgrenhado, e ele ainda não fez a barba.

— O Senhor retirou-se para dentro de Si Próprio a fim de deixar espaço para o nosso mundo passar a existir — diz ele ansiosamente, e me puxa para dentro.

Escrevo essa frase na palma da mão um pouco mais tarde, a fim de me lembrar dela palavra por palavra.

— O que é que isso significa exatamente? — pergunto.

— Queria lhe dizer que o ato criativo exige uma retirada. Não apenas para Deus, mas também para nós. E, quando nos retiramos para dentro de nós mesmos, um poema pode transformar-se numa aquarela, ou uma sensação de terror pode transformar-se numa melodia assustadora... — Ele repara que estou confusa e bate palmas, como que para quebrar o encanto.

— Desculpe — diz ele. — Às vezes tenho tendência para me perder. Que tal um pouco de café?

Ele abre muito os olhos, como que para me tentar. Percebo que deve haver momentos em que ele mergulha até o fundo de si próprio e perde toda a noção do mundo real.

— Só meia xícara — respondo.

Para me fazer de adulta, estou disposta a aguentar o sabor.

Com a unha do polegar, descolo um pouco de comida seca da sua toalha cor-de-rosa, enquanto ele lava uma xícara para mim. A pia está cheia de pratos empilhados.

— O senhor está se sentindo bem? — pergunto.

— Por quê? Pareço assim tão mal?

— Não, é só porque... Quando vem a sua faxineira?

— Todos os domingos. — Olhando para mim por cima do ombro, acrescenta: — Embora às vezes quase não tenha nada para ela fazer, pobre mulher.

Ergo as sobrancelhas, cética.

— Brincadeira! — exclama ele.

Deixando-se cair na cadeira, ele nos serve o café, e então me olha fixamente por cima da borda da sua xícara, com os olhos marejados.

— Aconteceu mesmo alguma coisa especial, não foi? — pergunto.

— Estou feliz, só isso. Sabe, é que passei a noite acordado, rezando. E agora você está aqui. Sentada na minha frente, um anjo que foi me buscar na Sétima Porta e me trouxe de volta.

— O que é a Sétima Porta?

— Esqueça a minha conversa *meshugene*. Fico um pouco *perdido** quando rezo a noite toda.

Ele sai rapidamente em direção à sala e volta com um volume grande e estreito.

— Já ouviu falar em Giotto di Bondone? — pergunta.

---

*Em português no original. *(N. da T.)*

— Foi um pintor florentino que viveu no século XIV. — Sem esperar pela minha resposta, acrescenta: — Isto são reproduções dos afrescos dele em Florença e em Assis. — Ele me passa o livro, mas segura minha mão quando abro a capa. — Não, não veja agora, Sophele. Fique com este livro o tempo que quiser. Dentro você vai encontrar um presente.

— Um presente? Por quê?

— Preciso de motivo para dar um presente a uma amiga? Só peço que em troca você me mostre os seus desenhos de vez em quando. Estou especialmente ansioso para ver o meu.

— Ainda não está terminado.

— Não tem pressa. Quando estiver pronto...

Falamos um pouco da minha escola e depois dos meus pais. Pela primeira vez me vejo confessando a um adulto que minha mãe me enlouquece. Ele não tenta me dar conselhos, o que é um alívio.

— O senhor se dava bem com o seu filho? — pergunto.

— O Joshua? — Ele pousa o cachimbo. — Sim, embora tenhamos tido uma tremenda discussão quando ele quis ir para a guerra. E eu fui suficientemente estúpido de deixá-lo ir. Morreu na Bélgica. Nunca recuperamos o corpo dele. Ainda está lá.

— Lamento muito. Alguma vez o senhor foi à Bélgica para ver...?

— Não, nem quero ir — interrompe-me. Ele tenta sorrir, e seu esforço me dilacera por dentro, deixando atrás de si um rastro de sangue. — Mas minha esposa foi. Para conseguir perdoá-lo.

— Perdoá-lo?

— Por ter morrido. Quando um filho nosso morre na guerra e nós sabemos que ele não deveria ter ido, a revolta... é como ter um mar profundo e gélido dentro de nós. Eu fiquei sem vida durante sete anos, até conseguir não sentir esses abismos... esses abismos gelados puxando para baixo. E a minha mulher também. Duas pessoas de granito.

— Mas conseguiu se recuperar.

— Mais ou menos. Nunca mais somos os mesmos. Um dia percebemos que somos de novo uma pessoa, e conseguimos ver acima da superfície do mar onde nosso filho morreu, e nadamos até a praia. Ao chegarmos até a terra, levantamo-nos. Não nos esquecemos do mar. Mas continuamos a caminhar. Faz algum sentido?

— Faz.

Ficamos sentados em silêncio. Ele apoia o queixo nas mãos e deixa-se arrastar por seus pensamentos, os olhos longínquos.

— Sr. Zarco, minha mãe não acha uma boa ideia eu vir aqui.

— Talvez você não deva vir, então — diz ele.
— Mas se eu desse ouvidos a ela nunca faria *nada*! — exclamo.
— Sophele, não vou proibir você de falar comigo, mas acho que deveria falar francamente com a sua mãe sobre as coisas que você quer.
— Está bem — digo, mas sei perfeitamente que não vou fazê-lo.

Do lado de fora de sua porta fechada, sento-me nas escadas e vejo que ele enfiou por baixo da capa de seu livro sobre Giotto a aquarela que sua mãe fez, de uma aldeia dormindo sob um sol vigilante. E por trás escreveu a lápis: "Para Sophele, que bateu à minha porta e me tirou de um lugar perigoso para me levar para casa... e justo a tempo!"

Nessa noite estudo as reproduções dos afrescos de Giotto sozinha no meu quarto, sem qualquer vontade de mostrar o livro aos meus pais ou mesmo a Hansi, até conseguir fazer com que ele seja todo meu. Dada a minha conversa com o Sr. Zarco sobre Deus, a imagem que me chama a atenção é a de S. Francisco recebendo as feridas de Jesus, que é representado com asas. Quatro asas, aliás. Pelo menos é o que eu penso até perceber que Giotto pintou Jesus em dois momentos diferentes no tempo, de forma que um par de asas está sobreposto ao outro. Nunca tinha me ocorrido que um artista pudesse fazer isso.

Alguns dias depois, esgueiro-me de novo até o apartamento do Sr. Zarco antes de ir para a escola. Quando lhe digo o que descobri sobre Jesus naquele afresco, ele responde alegremente:

— Sim, à sua maneira, o *signore* Giotto também era um grande adepto de figuras cinéticas!

Então lhe mostro o desenho que fiz dele. O nariz e a boca não estão lá muito boas, mas consegui captar a profundidade e o brilho do seu olhar. As curvas das suas faces encovadas também ficaram fiéis.

Ele observa o desenho durante muito tempo, franzindo os olhos através da fumaça do cachimbo.

— Meu Deus, eu tenho um ar assim tão velho? — pergunta, com ar preocupado. Vendo que me deixou embaraçada, acrescenta: — Não precisa responder. — E volta a olhar para o desenho. — Excelente! — declara por fim.
— Posso ficar com ele? — pergunta, fazendo uma careta, como um menino que pede algo caro demais, e, quando eu concordo, ele me dá um beijo em cada bochecha. Sentamos à mesa da cozinha, e ele me serve café com a expressão de um anfitrião satisfeito. — Há quanto tempo você desenha?
— Desde os meus 10 ou 11 anos.
— Nunca fez paisagens ou naturezas-mortas?

— Só na aula. Prefiro fazer rostos. Fico sabendo coisas sobre as outras pessoas quando as desenho.

— Então o que descobriu sobre mim? — ele me pergunta com certa ansiedade.

— Não sei. Talvez que o senhor não é tão brincalhão como quer que as pessoas pensem que é.

Quem diria que alguma vez eu seria capaz de falar assim com um adulto?

— Não, é bem possível que não.

Ele fixa o olhar bem longe, pensando talvez no filho.

O silêncio entre nós se preenche pelo meu arrependimento de ter falado tão abertamente. Após algum tempo, acabo dizendo:

— Espero não ter ofendido o senhor.

— Não, de modo algum. — E me abre um sorriso reconfortante.

— Sr. Zarco, eu... eu queria que o senhor me falasse mais sobre Deus — digo.

Ele abre muito a boca, numa expressão de surpresa.

— E o que provocou um pedido desses?

— Ninguém fala comigo sobre certas coisas em que eu costumo pensar. Tenho tido vontade de lhe perguntar algumas coisas desde que o senhor me disse que achava que Deus era um íbis.

— Escute, Sophele, a única coisa que você precisa saber por enquanto é que Deus está em todas as linhas que você desenha. E mesmo em algumas que não desenha.

— Não entendo.

— Um bom artista alude muitas vezes a coisas que não se consegue dizer, coisas que só existem no silêncio.

Penso na promessa que fiz a mim mesma de nunca desenhar Tônio. Talvez ele esteja subjacente a todos os retratos que faço — à minha esperança de que um rapaz e uma moça possam se amar sem reservas.

— Sr. Zarco, é verdade que os judeus nunca fazem imagens de Deus? — pergunto.

— Por favor, me chame de Isaac. Podemos desenhar as mãos de Deus, mas nunca seu rosto. — Ele tenta encontrar as palavras certas. — Nossa religião proíbe que se façam ídolos. Em parte porque o verdadeiro Deus nunca pode ser conhecido. Chamamos a este Deus incognoscível de *Ein Sof*. Tudo o que podemos ver d'Ele são Suas emanações no nosso mundo, Seus atributos, que os nossos artistas de vez em quando simbolizaram por meio de Suas mãos.

— O Sr. Zarco ergue sua xícara de café uns 3 centímetros acima da mesa, projetando uma sombra abaixo dela. — Imagine que você é minúscula como uma formiga e que vive na toalha, aqui embaixo da minha xícara, e não consegue ver nada além do tecido. O que acharia que acabou de acontecer?

— Que um círculo de escuridão acabou de descer sobre mim.

— Exatamente. A própria xícara ficaria para além da sua visão; por isso, você faria a melhor interpretação que lhe seria possível. E qualquer desenho que fizesse desse círculo de escuridão seria exato em termos das suas percepções, mas na realidade seria apenas uma representação da capacidade que a xícara tem de projetar uma sombra. Ora, Sophele — diz ele, e no seu entusiasmo até aponta para mim com a haste do cachimbo —, o que é interessante é o fato de as pessoas com grande poder de imaginação conseguirem considerar esse objeto, e o mundo de onde ele vem, só a partir do tamanho e da forma da escuridão que desceu sobre eles. Até talvez sejam capazes de deduzir a presença da minha mão segurando a xícara a partir da sombra que também ela projeta. Explorar mundos escondidos é um dos grandes deleites de ser artista.

— Acho que estou confusa — digo.

Ele sorri com ar maroto, como se em parte fosse esse seu objetivo.

— O que eu quero dizer é que você pode se aventurar até onde quiser e aludir aos mistérios que encontrar pelo caminho, àquilo que não é imediatamente perceptível num rosto, por exemplo. — Ele olha para o desenho que fiz dele como se estivesse intrigado. — Sophele, posso lhe pedir um favor?

— O que quiser — respondo, na esperança de compensá-lo ainda mais pela traição que fiz a ele e a Vera.

— Quando for desenhar, tente imaginar que o rosto que você tem à sua frente é como a sombra da minha xícara.

— Não estou entendendo.

— O rosto humano pode ter um formato e uma textura completamente diferentes em outro mundo, um mundo mais elevado do que este. Até mesmo outro objetivo. Apenas mantenha essa possibilidade no seu subconsciente quando for desenhar um retrato. Porque eu gostaria de saber mais sobre a forma humana e o que ela significa. Você pode atuar como uma espécie de sentinela para mim. A minha enviada no território do retrato. E agora, *meine Liebe* — diz ele, aspirando profundamente de seu cachimbo —, já falei absurdos suficientes, vou fazer você chegar atrasada.

— Espere, o que mais existe nesse mundo mais elevado, além dos rostos, quero dizer?

— Tudo o que podemos imaginar e muitas das coisas que nem isso conseguimos. — Ele vira a xícara ao contrário, e algumas gotas de café pingam na toalha, criando uma mancha que vai se alastrando. — O mundo mais elevado está cheio de receptáculos... de vasos cheios de coisas que entornam para o nosso mundo. Eles contêm toda a vida escondida que pertence a Deus; a Deus e a todos nós.

— E a Sétima Porta tem a ver com isso? — pergunto.

Ele ergue as sobrancelhas, interrogador.

— O senhor disse que eu fui buscá-lo na Sétima Porta para trazê-lo de volta — explico.

Ele sorri, impressionado com a minha memória, e se levanta.

— A menina, minha jovem amiga, precisa ir para a escola. E eu preciso dormir muito, se vou ter que falar de um assuntos destes.

No dia seguinte, uma quarta-feira, nada acontece quando bato à porta do Sr. Zarco. Quando chego da escola, minha mãe me entrega um envelope selado com o meu nome escrito.

— Anda recebendo muita correspondência ultimamente — diz ela, desconfiada.

Dentro do meu quarto, abro febrilmente o envelope e encontro uma chave e um bilhete do Sr. Zarco: *Sophele, precisarei me ausentar por três dias. Os pelargônios pediram a sua ajuda. Só querem saber de você. Agradeço em nome deles. Um beijo, Isaac.*

Quatro dias e duas regadas de flores mais tarde, o Sr. Zarco passa por mim de bicicleta na Prenzlauer Allee. Há uma greve dos funcionários de transportes que paralisou todos os ônibus e bondes, assim como o metrô. A bicicleta é velha e enferrujada, e ele é alto demais para ela. Talvez seja emprestada. Ou recuperada de uma lixeira.

Chamo-o bem alto, o que o faz dar uma guinada contra a calçada, quase caindo.

— Sophele!

Corro até ele e trocamos beijos no rosto.

— Me desculpe por quase tê-lo feito cair — digo.

— A culpa foi minha. Não ando de bicicleta desde o século XV. Foi uma ideia louca.

— Quando voltou para casa?

— Ontem à noite, já tarde. Obrigada por ter regado os pelargônios.

— Onde esteve?

— É melhor você não saber. — Vendo que isso não me satisfaz, acrescenta: — Na casa de um amigo, em Potsdam. Fui planejar umas coisas.

— Que coisas?

— Estratégias para... para continuar a enfraquecer a ideologia nazista, por assim dizer — responde ele.

— Aonde está indo agora?

— Trabalhar. Olha, essa greve dos transportes me atrasou. Tenho que ir para a minha fábrica.

— Num domingo?

— Tenho muita papelada atrasada para tratar. Passe lá em casa amanhã de manhã, se puder.

Digo que sim, e fico vendo-o afastar-se cambaleando em sua bicicleta.

Nessa tarde, eu e Rini vamos com meu pai participar de uma marcha de operários em greve e de quem os apoia. Minha mãe me obrigou a deixar em casa o meu lenço vermelho do Partido Comunista e obrigou meu pai a jurar que seria discreto; agora que a política alemã mudou, ela tem medo de que ele perca o emprego se continuar politicamente ativo.

É um domingo, 6 de novembro, e hoje todos os comunistas marcham lado a lado com os nazistas, fazendo alarde da primeira aliança que já formaram. O Pai ontem à noite me disse que precisamos ter confiança na decisão tomada pela liderança do Partido para formar uma frente unida com Hitler durante a greve — prova de que um ateu pode, ainda assim, ser um homem de fé.

Ele se ergue na ponta dos pés enquanto os participantes do desfile marcham diante de nós, acenando ocasionalmente para um amigo, irradiando otimismo. Tão novo e entusiasta que é o meu pai — tem só 34 anos.

— É maravilhoso ver tantos alemães se unindo para conseguir melhores condições de trabalho — diz ele.

Rini olha para ele com ar cético e diz:

— Mas a marcha deveria estar dividida em duas.

— Só desta vez; não vai ter problema — comenta o Pai, e continua a citar Marx quanto a táticas adequadas para a mudança, que podem, em certas circunstâncias, incluir até acordos estratégicos com o inimigo.

Ou com o diabo, sei que é o que Rini está pensando. A forma como ela obriga meu pai a se defender e a revelar as vítimas ensanguentadas que se escondem por trás de todas as suas encantadoras teorias marxistas me envergonha. *Será que ela não consegue deixar de ser judia ao menos por um segundo?*, penso. Mais um pequeno deslize...

Meu pai encontra amigos seus do colégio e da faculdade sempre que estamos numa multidão, e hoje não é exceção. Nesses momentos, Berlim parece ser a maior aldeia do mundo. O segundo velho amigo com que meu pai esbarra nessa tarde deixa-o tão contente que ele começa a agitar as mãos, como se estivesse aflito para fazer xixi.

— Sophie, este é Alfred Weidt! — diz ele, todo contente. Diante do meu olhar de incompreensão ao fitar o homenzinho corpulento e de óculos à minha frente, acrescenta: — O nosso grande ginasta!

— Ah, claro! — exclamo, mas então percebo que o meu amor pelo meu pai não me impediu de esquecer o Alfred.

Eu e Rini cumprimentamos o ex-astro do esporte. Sua gigantesca barriga está cheia de todas as salsichas e batatas que conseguiu comer desde que acabou os estudos, e ele traz no braço uma braçadeira com a suástica.

Eu e Rini trocamos olhares de esguelha.

— O Alfred era o único de nós todos que conseguia fazer o Anjo nas argolas — diz meu pai, com o orgulho fazendo sua voz vibrar.

Queria vê-lo tentar fazer isso agora!, penso, com maldade, mas Rini exclama, exuberante:

— Que maravilha!

Por mais que ela exagere, sempre consegue parecer genuína. É um dom natural.

— O que tem feito? — pergunta o Pai ao Sr. Weidt.

— Fiquei com a empresa de construção do meu pai. E faço parte da organização do Partido Nazista.

Uma informação que teríamos dispensado com prazer, mas o Pai faz uma bela acrobacia e consegue contorná-la.

— Está casado? — pergunta ele.

— Estou; tenho dois rapazes, o Otto e o Ludwig. Quer ver as fotos deles?

Sem esperar pela resposta do meu pai, que seria afirmativa de qualquer forma, o Sr. Weidt mete a mão no bolso do casaco e tira de lá a carteira. É de couro preto, e tem um monograma de ouro com suas iniciais em letras góticas. Claro que Otto e Ludwig são bonitos, e é isso que diz o meu pai. Será que está no seu futuro um jantar suntuoso com seu velho amigo no pátio das palmeiras do hotel Adlon? Talvez esteja ouvindo minha mãe dizer: *Pode me passar o caviar, Freddie? E me dê um pouquinho mais de champanhe francês...*

Rini decide que os dois irritantes meninos têm também um ar definitivamente inteligente.

— Parecem pequenos Einstein — acrescenta, para irritar o Sr. Weidt, já que o nosso mais célebre cientista é judeu.

O ex-ginasta faz também suas acrobacias, sorrindo amavelmente para Rini, e depois arrasta meu pai para uma conversa sobre ex-colegas.

Sussurrando no meu ouvido, Rini diz:

— Soficka, se alguma vez eu lhe mostrar fotos dos meus filhos, me prometa que vai cortá-las em pedacinhos.

Durante muitos anos depois deste episódio, vou me recordar da sensação de ter a minha melhor amiga encostada em mim, apertando meu ombro com a mão. É como se estivesse tentando me dizer, nas entrelinhas, que eu nunca desista dela, faça ela o que fizer, porque somos almas gêmeas.

Antes de ir embora apressadamente para tratar daquilo que ele chama de "assuntos urgentes", o Sr. Weidt nos oferece braçadeiras com suásticas que tira de sua pasta de couro.

— Ande, aceite! — diz o Pai, como se a minha hesitação fosse uma grosseria.

Eu e Rini aceitamos os presentes e agradecemos ao Sr. Weidt. Depois que ele vai embora, pergunto ao meu pai o que vamos fazer com as braçadeiras, e ele responde:

— A gente joga fora no caminho para casa.

— Eu vou queimar a minha e jogar as cinzas no Spree — diz Rini, agitando a sua no ar como se fosse um grande inseto.

— Por que aceitamos isso? — pergunto ao Pai.

— O Alfred é um homem importante. A empresa do pai dele é enorme. Além disso, é um bom amigo.

Quando noto a desilusão de Rini ao ouvir meu pai dizer que ele é um bom amigo, sinto um gelo no estômago que me diz que o muro semita que existe entre nós passou a ter mais umas fileiras de tijolos.

Nessa noite desenho Hansi enquanto meu pai lê para ele uma história na cama, e, ao fazer o sombreado da boca do meu irmão, reparo como está retraída e fechada em silêncio. *Foi selada num mundo mais elevado*, penso, mas por quem, e como, não faço a menor ideia. O Pai deixa a luz acesa depois de nos dar um beijo de boa-noite para eu poder continuar desenhando meu irmão. Ele não se importa. Limita-se a fechar os olhos e mergulha silenciosamente nos seus sonhos, que nunca vão muito longe.

Um pouco mais tarde, guardo o bloco debaixo do travesseiro e me enfio na cama dele, por trás do seu corpo; fico observando o subir e descer de sua respiração, como um símbolo do tempo passando entre nós, de tudo o que vivemos juntos, e sinto-o tão parte de mim que agora sei que nunca conseguirei viver sem ele. Quando passo os dedos no cabelo curto e louro do meu irmão, ele não se mexe. Sabe que estou aqui para protegê-lo. Uma irmã mais velha como um sol de olhos ternos, bem alto no céu do Universo Hansi. Deve ser por isso que me atura quando sou tão má com ele.

E de repente tenho uma revelação: talvez o fato de eu querer ajudar meu irmão menor a falar livremente sobre seu mundo interior seja a razão pela qual eu peguei pela primeira vez num lápis e comecei a fazer desenhos, há tantos anos. Talvez tenha sido a minha maneira de criar uma intimidade entre nós que o convencesse a confiar em mim.

Na manhã seguinte, falo ao Sr. Zarco da distância que começa a me separar de Rini.

— Em primeiro lugar, você tem que me chamar de Isaac — ele me lembra, apontando o dedo para mim. — Segundo, agora que os judeus estão sendo ameaçados, ela vai pôr você à prova de vez em quando, e você vai precisar ter paciência com ela. E defendê-la com a ferocidade de um dragão!

— Por que tudo tem que ser tão complicado? — pergunto.

— Porque você está viva, *meine Liebe.*

Que resposta mais estúpida!, penso, e devo ter deixado entrever meus pensamentos, porque ele diz:

— Beba o seu café, e se parar de pensar que sou um perfeito *Dummkopf* talvez eu lhe fale das Sete Portas... — Endireitando-se na cadeira, ele entrelaça os dedos das mãos. — Alguma vez já se perguntou onde estavas antes de nascer? De acordo com a tradição judaica, você estava muito longe, no mais distante dos Sete Céus. Esse mundo chama-se Araboth em hebraico, e é nele que vivem as nossas almas antes do nascimento e depois da morte.

— E como é esse mundo? — pergunto, intrigada.

— Nunca consegui entrar lá. Dois poderosos arcanos guardam a porta, e sempre me barraram.

— Quem são os arcanos?

— São os anjos porteiros. *Nudniks,* chatos profissionais, e nada simpáticos com alfaiates de Berlim. — Ele ergue um punho acima da cabeça, como se fosse o herói de uma peça de Schiller. — Lutarão até a morte para nos impedir de penetrar no seu território. Para convencê-los a nos deixar entrar, temos que dizer uma espécie de fórmula mágica. E para cada um dos Sete Céus há uma fórmula diferente.

— E como é que se vai parar em Araboth, para começar?

Ele inclina-se por cima da mesa e apoia o indicador no centro da minha testa.

— Voamos até lá no curso das nossas orações. — Recostando-se de novo, acrescenta: — Outro dia, quando você veio aqui, eu tinha passado a noite inteira rezando. E consegui entrar nas primeiras seis portas, mas os arcanos me pararam na Sétima porque eu não tinha a fórmula certa. Ainda bem que você chegou, porque eles podiam ter me vencido. Você me despertou das minhas orações bem a tempo. — Ele me lança um olhar de admiração. — Você tem um bom senso de oportunidade, Sophele, e isso é um verdadeiro dom.

— Mas por que é que queria passar pela porta, se é assim tão perigoso?

— Araboth é também o céu da profecia. Qualquer pessoa que chegue até ele pode ver o futuro e até pedir ao Senhor que lhe conceda um desejo. E Ele o concederá. — Adivinhando a minha pergunta ainda por formular, ele abre um largo sorriso. — Então, quer saber qual era o meu desejo? Só conto se você nunca revelar a ninguém.

— Prometo.

Ele arrasta a cadeira na direção da mesa, de forma a ficar mais perto de mim, e sussurra no meu ouvido:

— Queria que o Senhor consertasse aquilo que foi quebrado aqui no nosso mundo, especialmente na Alemanha. — Inclinando-se para trás e falando no seu tom de voz natural, acrescenta: — Imagine uma janela de vitral que fica maior e mais bonita a cada ano que passa. E que nesse vitral há figuras vivas, nós! Tudo o que é vivo está dentro desse vitral, incluindo você e eu, e todos os animais, e todas as árvores. E tudo isso brilha, vermelho-rubi, azul, verde, com a luz que dá a vida e nos impede de morrer, a luz de Deus. Mas o vitral foi danificado recentemente. Vejo nele muitas rachaduras. Precisam ser consertadas antes que ele comece a se quebrar.

— Então, onde o senhor vai encontrar a fórmula mágica para entrar em Araboth?

— Excelente pergunta, Sophele. Tenho procurado em livros místicos escritos por um antepassado meu chamado Berequias Zarco. Rezo muito e leio, em busca do encantamento certo.

Recito-lhe o poema que K-H me enviou junto com suas fotografias da festa de Carnaval: *Dormindo no fundo de tudo o que existe, Há uma melodia ainda por cantar, E o mundo canta e deixa de ser triste, Se a palavra mágica soubermos encontrar.*

— Onde você aprendeu isso? — pergunta o Sr. Zarco, surpreendido e satisfeito.

— Foi o Karl-Heinz, o fotógrafo, que me mandou.

— Grande Karl-Heinz! E qualquer pessoa pode ver que você já começou a ouvir um gênero de música diferente, uma música que não é para crianças.

— Como sabe?

— Está se transformando em mulher, o que significa que o seu corpo está escutando uma canção muito poderosa. Sophele, até em Araboth há uma música de um gênero que talvez um dia você consiga ouvir se estiver em silêncio e quando for um pouco mais velha.

— Mais velha? Com que idade?
— Por que tanta pressa? Você tem uma vida inteira de coisas boas à sua espera!
— Se não conseguirmos chegar a Araboth nas nossas orações, existe alguma outra forma de conseguir que Deus nos conceda o nosso desejo?
— Sim, talvez haja outra maneira.
— Se... se morrermos, e a nossa alma pedir depois que estivermos mortos? — pergunto, gelada de medo perante a ideia.
— Sophele, não se trata aqui de *dybbuks* ou *lezim*.
— O que é isso?
— Fantasmas e poltergeists.
— Mas o senhor disse que Araboth é o lugar dos mortos.
— É o lugar das nossas almas, que não morrem nunca!

Ele se levanta de repente e dirige-se à sala, voltando, em seguida, com um livro velho encadernado em couro, e vai virando as páginas até encontrar o que quer. Está escrito em hebraico. Eu me levanto para ver melhor. Apontando para o topo da página, ele lê:

— "Consagramos a porta em Paris no 15º dia do mês de Shevat, antes mesmo de comer os frutos."
— O que isso quer dizer? — pergunto.
— Um poderoso cabalista chamado Simão de Troyes consagrou uma porta em Paris em 1342, durante o feriado de Tu Bisvat, quando os judeus celebram a Árvore da Vida. Aqui — diz ele, apontando para o final da página — está escrito que a Porta em questão é o portal do lado esquerdo da Notre Dame, onde estão esculpidos Adão e Eva. A criação do primeiro homem e da primeira mulher serve à Primeira Porta, afinal. Ora, se uma pessoa de bem entrar por esta porta durante o Tu Bisvat, com seu coração e sua mente focados no Senhor, esse indivíduo ascenderá imediatamente ao Primeiro Céu. Não precisa dizer aos arcanos qualquer fórmula mágica. Embora deva preparar-se, estudando durante muitas semanas.

Isaac fecha seu livro e lança-me um olhar cauteloso.
— Mas isso funciona? — pergunto.
— Sem dúvida alguma! — declara ele.
— Como é que o senhor sabe?
— Já passei por essa porta.
— A de Notre Dame, em Paris?
— *Oui, ma chérie* — diz ele, exagerando o sotaque francês para obter um efeito cômico.
— *Quand?*

— Sophele, está ficando tarde, e acho que já gastamos todo o nosso francês.
— Ele se levanta e estica os braços acima da cabeça. — Vou lhe contar tudo sobre as minhas viagens, mas numa outra hora.
— Mas eu quero que me conte agora! Não pode parar assim no meio, sem mais nem menos.
— Acho que Deus vai me perdoar, *só desta vez*, por desiludir você. Agora, antes que você vá, me diga se conseguiu descobrir alguma coisa sobre como podem ser nossos rostos num mundo mais elevado.
Descrevo os meus sentimentos quando estava desenhando Hansi, ontem à noite. Ele estende a mão para pegar o cachimbo, nitidamente intrigado. Enquanto inspeciona a piteira, pergunta:
— Então acha que a boca dele pode ter sido selada?
— Por que outra razão ele teria tanta dificuldade em falar conosco?
Tirando de uma gaveta um cachimbo mais limpo, ele pergunta:
— E acha que desenhando o retrato dele de vez em quando você pode ajudar... ajudar a libertá-lo?
— Espero que sim.
— Bom, aí está uma coisa em que preciso pensar. Sozinho — acrescenta, erguendo a mão.
À porta, o medo faz meu coração acelerar.
— Tenha muito cuidado da próxima vez que chegar à Sétima Porta — digo.
— Afinal, o meu senso de oportunidade pode não ser sempre assim tão bom.
Ele concorda, obviamente grato pela minha preocupação.
Falo daquilo como se fosse um lugar real. Talvez eu também esteja perdendo o juízo.

A SEGUNDA PORTA

Dois é o que vê e o que é visto, o que fala e o que ouve, o trovador e a canção.

A Segunda Porta é o ser individual e o instante da separação. Além do seu limiar está Rakia, o Segundo Céu, o templo das estrelas, do Sol e da Lua.

Dois é o bem e o mal, o dentro e o fora, a dor e a alegria, Mordecai e Ester. Dois é a história falada e ouvida.

Mas se não ficarem convencidos mesmo por esses dois sinais e não aceitarem aquilo que dizes, então vai buscar água no Nilo e lança-a para cima da terra seca; e a água que tirares do rio se transformará em sangue.
— Êxodo, 4.

Berequias Zarco, *O livro do ser individual*

Capítulo 6

Nas semanas que se seguem vou aprendendo tradições e costumes judaicos durante as conversas que tenho com Isaac, todas as manhãs bem cedo. Ele me fala de arcanos que disparam flechas de fogo, escribas celestiais e almas sem corpo que erram pela terra, terrivelmente infelizes — seres que parecem ter passado anos dormindo dentro da minha imaginação, à espera que alguém lhes desse uma cotovelada para acordarem.

Quando lhe conto isso, ele comenta:

— Todos os mitos já escritos estão dentro de você: Adão e Eva, Noé e sua Arca... Se não estivessem, todas essas antigas histórias simplesmente perderiam seu significado, murchariam e virariam pó.

Num dia em que me sinto atordoada com todas as suas ideias loucas, ele me diz que, sempre que me sentir confusa, devo me lembrar de que todas as lições importantes estão escritas sobre vidro. Especialmente as da Torá.

— É preciso ver por baixo da superfície para encontrar os significados mais profundos que estão inscritos num nível mais interno, às vezes numa tinta já quase invisível.

— Mas por que é que a Torá não torna os significados mais profundos mais fáceis de se ler?

— Você iria gostar que os seus segredos fossem fáceis de desvendar? Não, só os entregaria nas mãos das pessoas em quem confiasse.

— Então, em quem a Torá confia?

— Naqueles que querem compreender, Sopehele, e que se esforçam por isso, os que olham para um espelho e querem compreender o mistério nele refletido. — Mastigando um pouco do pão *challah**que sobrou, ele acrescenta: — E outro segredo que vou lhe contar é que todo mundo à nossa volta é exatamente como a Torá. Interpretamos tudo o que fazemos e vemos. É assim que conseguimos que o mundo faça sentido. E quanto mais experiência tiver-

---

*Pão tradicional que os judeus costumam comer no sabá e nos seus dias santos. *(N. da T.)*

mos, e mais sensível for o nosso espírito, mais verdadeiras e impressionantes serão nossas interpretações.

Eu e Isaac conversamos sempre à mesa da sua cozinha, acompanhados pelo chiado do seu velho fogão de porcelana cor de marfim e pelo agradável calor que dele emana. Uma manhã, depois da nossa primeira lição sobre o alfabeto judaico, ele retira as nossas xícaras para evitar derramarmos café e põe à minha frente uma velha pasta de couro.

— Abra — ordena ele.

Encontro uns manuscritos de pergaminho presos com um cordão já se desfazendo, o de cima ilustrado com um orgulhoso pavão, cuja magnífica cauda azul e verde se abre esplendorosamente sobre um título em hebraico, escrito em ouro brilhante.

Isaac desfaz o nó e me passa os manuscritos com um sorriso generoso. O livro parece pulsar de vida, provavelmente por eu me sentir tão nervosa. E suas letras douradas são tão grandes e brilhosas que consigo me ver refletida nelas.

— O autor queria que cada leitor visse a si próprio neste livro — explica Isaac. — Que fizesse parte dele, de certo modo.

— É um livro de magia?

— Não, é a história de um jovem e de sua família. O nome dele era Berequias Zarco. Era um antepassado meu, e escreveu isto no século XVI. Era um cabalista de Lisboa. E acabou sendo o último.

— O que aconteceu com ele?

— Mudou-se para Istambul, depois de sobreviver a um *pogrom** em Lisboa, em 1506.

— Então os seus antepassados são de Portugal e da Turquia?

— Por parte do meu pai. A família da minha mãe é alemã.

— O senhor sabe falar português?

— *Claro, mas falo melhor uma forma medieval que se chama judeo-português, ou ladino.***

É a primeira vez que ouço o som áspero e mastigado do português.

— O que isso quer dizer? — pergunto.

Ele me traduz o que disse. E acrescenta:

— No exílio, o português que os meus antepassados falavam misturou-se com o espanhol medieval de outros judeus. Transformou-se num *tsimmis*, numa grande bagunça.

---

*Perseguição e massacre organizado, muitas vezes perpetrado por entidades oficiais, de um grupo minoritário, especialmente judeus. *(N. da T.)*
**Em português no original. *(N. da T.)*

— Diga qualquer coisa de que eu possa me lembrar para sempre... escrita por baixo da superfície do vidro.

Ele toca a própria face com a haste do cachimbo, pensativo, e, depois, endireita-se e fecha os olhos. *O Isaac é um feiticeiro disfarçado de alfaiate*, penso, e não será a última vez que essa ideia me ocorre.

— Abençoados sejam os que são um autorretrato de Deus*— responde ele.

— E isso, o que quer dizer? — pergunto.

— É a última linha do manuscrito que você tem na mão. — E, mais uma vez, ele traduz a frase.

— Deus pintou a Si próprio?

Ele ri, contente.

— De certa maneira, sim, embora a Torá diga isso de forma diferente. Diz que somos todos criados à imagem de Deus, todos autorretratos. E os animais e as plantas também. As mesmas leis da Criação que determinam a forma como você anda e fala determinam igualmente a cor de um botão de pelargônio, e até mesmo as espirais da Via Láctea. E vou lhe dizer uma coisa que só algumas pessoas sabem... — sussurra ele. — A única maneira de termos uma ideia da aparência de Deus é olharmos para nós mesmos e para todas as coisas ao nosso redor. Escutando, tocando... experimentando o mundo. Sabe o que meu pai costumava me dizer? "Os únicos olhos e ouvidos que Deus tem são os nossos!"

Essa ideia parece fazer parar todos os meus pensamentos, e ficamos calados durante alguns instantes. Ele me oferece um pouco de pão *challah*. Uma descoberta — podemos ficar sentados lado a lado sem ter que preencher o silêncio.

— Por que a capa tem um pavão? — pergunto, por fim.

— Berequias via Deus mais claramente nos pássaros, nessas criaturas da luz e do ar.

— E qual é o título?

— Chama-se *O espelho que sangra*.** É sobre o *pogrom* de Lisboa. Berequias dá na última página sua interpretação sobre o significado da tragédia. Foram assassinados 2 mil judeus, sabe.

— E qual era o significado?

— Berequias acreditava que era um aviso para os judeus deixarem a Europa. Porque os reis e os bispos daqui nunca nos deixariam viver em paz... e foi essa a razão pela qual ele e a família se mudaram para Istambul.

— Mas um dos seus antepassados deve ter voltado para a Europa.

---

*Em português no original. (N. da T.)
**Publicado em português como *O último cabalista de Lisboa*. (N. da T.)

— Meu pai. Enquanto viajava pela Alemanha, conheceu minha mãe. Apaixonaram-se, casaram e... — Isaac bate no peito — ... foi aí que apareceu uma certa pessoa. Embora às vezes eu não consiga deixar de pensar que deve ter havido um significado mais importante na volta do meu pai à Europa.

Ponho *O espelho que sangra* de lado com todo o cuidado e pego o segundo manuscrito, que tem uma flor desenhada em preto na capa, seis pétalas dentro de um círculo.

— Por que este não tem título? — pergunto.

— Olhe com mais atenção, Sophele. Todos os contornos da flor são feitos com minúsculos caracteres hebraicos, uma técnica chamada micrografia. Cada pétala contém o título de cada um dos seis manuscritos que constituem aquilo a que Berequias chamou de os *Seis livros de preparação*. — Isaac aponta para a pétala de cima, contornada com uma tinta mais escura do que as outras. — Esta aqui diz *O livro do nascimento*.

— Por que nascimento?

— O nascimento é a nossa Primeira Porta. — Ele abre a mão. — Entramos no mundo. As Sete Portas do universo funcionam dentro dos nossos corpos, claro.

— E a nossa Segunda Porta?

Ele ergue o segundo manuscrito e aponta para a pétala à direita daquela cujas letras acabou de decifrar.

— Quando uma jovem como você se reconhece pela primeira vez no espelho, passa pela Segunda Porta. Sabe que está viva. Por isso este manuscrito se chama *O livro do íntimo ser*.

— E a Terceira?

— Essa é a porta pela qual você está passando neste momento. A Porta da União. Está se transformando em mulher e quer se unir a outra pessoa.

— A que porta chegou o Isaac?

— Eu? — Ele ri, como que surpreendido e ao mesmo tempo contente com a minha pergunta. — Eu passei pela Sexta e vou disparado como um cometa a caminho da Sétima.

— Então cada um destes manuscritos é sobre uma das Sete Portas?

— Só das seis primeiras.

— Mas e a Sétima?

— Quando herdei os manuscritos, não havia nenhum texto sobre a Sétima Porta. E o meu pai não se lembrava de alguma vez ter havido um. Talvez tenha se perdido, embora ultimamente eu tenha começado a suspeitar de que Berequias não o escreveu, e por uma excelente razão.

— Qual?

— De que qualquer jovem inteligente como você que tivesse acesso ao manuscrito e que seguisse suas instruções para chegar à Sétima Porta poderia subir até Araboth. Poderia ver o que está reservado ao mundo e conseguir que o Senhor lhe concedesse um desejo. E isso poderia ser desastroso; mesmo para Deus. Acredito que seja por isso que Berequias só faz duas referências diretas à Sétima Porta. Ambas estão no seu código difícil de decifrar, muito lá no fundo, bem longe da superfície das palavras escritas sob o vidro. Embora possa ter escrito ainda outras coisas, tão profundamente escondidas que ainda não consegui encontrá-las.

— O que ele diz sobre ela?

Isaac vai até a penúltima página do *Livro da memória*, que trata da Sexta Porta.

— Aqui está a referência mais clara que Berequias dá ao leitor... "A Sétima Porta abre-se como um par de asas enquanto iniciamos a nossa conversa. Fala com um milhão de vozes que sangram, e, contudo, apenas com uma. Só aquele que ouve as vozes com os olhos de Moisés pode entrar em Araboth."

— Parece mais um enigma.

— E é, de certa maneira, o enigma mais importante do mundo. E na última página há mais coisas. Ouça... "No arco da Sétima Porta escreverás as minhas palavras finais e agarrar-te-ás firmemente aos ventos de prata de *mesirat nefesh*, e, quando o fizeres, os ventos deixarão de te fazer tremer as mãos. A música que ouvires será o falar das almas em Araboth, preparando-se para te saudar. Não receies as sombras que virão perseguir-te, porque essas sombras são luz. E não receies a forma como serás lançado na terra, porque essa descida é a subida que há tanto procuras. Acolhe bem o fogo à tua volta, porque ele significa a vida para aqueles que vierem depois de ti."

A voz de Isaac não se parece com nenhuma outra que eu já tenha ouvido, é profunda e segura. Como se cada palavra que diz tivesse o poder de criar a vida ou destruí-la. Quando ele fala assim comigo, muitas vezes até parece que as palavras entre nós largaram seus véus habituais e tornaram-se tão tangíveis e generosas como o brilho dos seus olhos quando eu o compreendo. Quando me recordo daqueles dias, sinto como se a luz que entrava pela janela da cozinha de Isaac, vinda da cidade que ambos amávamos, estivesse nos dizendo: *Lembrem-se deste tempo e deste lugar, porque talvez nunca mais tenham novamente esta sensação de descoberta.*

Por isso, também a tristeza preenchia, às vezes, as nossas conversas, a tristeza de saber que um dia as horas que passávamos juntos seriam apenas uma lembrança distante.

— O que é *mesirat nefesh*? — pergunto.

— Quer dizer, em hebraico, a prontidão para sacrificar a si próprio. — Isaac pega *O espelho que sangra* e abre-o no prefácio. — Berequias menciona-a aqui. "O poder oculto de *mesirat nefesh* assenta na tradição entre cabalistas que lhes inspira até uma viagem ao inferno para chegar a um objetivo que não só ajude a curar o nosso mundo doente, mas que também consiga reparar danos nos Reinos Superiores de Deus." — Isaac pousa o livro. — Como você pode ver, Sophele, quem quiser passar pela Sétima Porta deve estar disposto a se sacrificar.

— Os manuscritos de Berequias indicam a localização das seis primeiras Portas?

— Sim. Ele investigou durante anos nas obras de outros cabalistas para conseguir encontrá-las. A Primeira Porta é em Paris, como eu disse. Na fachada da Notre Dame.

— Mas uma catedral não é um lugar para judeus.

— Todas as Portas ficaram consagradas nas fachadas das igrejas. — Ele me lança um olhar arguto. — Pode parecer mais natural colocá-las nas sinagogas, mas isso revelaria falta de visão a longo prazo, porque os nossos templos já foram muitas vezes destruídos por reis cristãos. Por isso foram consagradas onde ninguém adivinharia, mas onde fossem fáceis de encontrar para alguém que soubesse onde procurar, e onde estivessem a salvo da destruição.

— E as outras?

— A Segunda está na Catedral de Barcelona, a Terceira na Catedral de Worms, a Quarta na Basílica Ambrósia de Milão, a Quinta na Catedral de Praga e a Sexta na Igreja de Santa Maria Madalena, em Lisboa. Temos que passar por cada uma dessas Portas se quisermos chegar à Sétima. A menos que... a menos que o candidato seja um santo, e nesse caso não precisará de ajuda geográfica ou física.

— O senhor já passou por todas as Portas geográficas?

— Já.

— E a Sétima... não faz ideia de onde seja?

— Berequias dá uma pista velada, dizendo que se situa em alguma parte do sul da Europa, talvez na Espanha, mas que foi destruída e nunca mais reconsagrada. Mas ele pode estar enganado. Talvez seja em Londres ou Budapeste, Rodes, Dubrovnik... — Ele abre as mãos, como se estivesse me dando um presente. — Ou talvez até mesmo aqui em Berlim! De qualquer forma, uma coisa é certa: até ser encontrada, minha única esperança de entrar em Araboth está na minha própria cabeça.

Numa sexta-feira à tarde em que não estamos muito dispostos para estudos hebraicos, Isaac resolve me falar mais dos seus convidados na festa de Carnaval, incluindo Rolf, Heidi, Vera, K-H, Marianne e Roman, o acrobata cego da corda bamba. Acontece que Júlia, a mulher tunshan, é perita em ervas medicinais e tem sua própria loja junto à Sinagoga Nova.

Quase todos os amigos que ele convidou para a festa faziam parte do Círculo. A esta altura, já estou convencida de que um deles informou os editores do *Der Stürmer* de que ele estava por trás do movimento que levou várias suásticas a serem rasgadas de uma ponta à outra de Berlim. E disse aos nazistas que Georg estava disposto não só a se lançar na luta armada, mas também para tornar públicos os nomes dos membros do Partido que tinham sido subornados por Raffi.

Talvez Isaac também suspeite disso; portanto, fico atenta, tentando identificar a dúvida ou a desconfiança na sua voz à medida que vai falando dos seus convidados na festa, mas não noto nada.

A meu pedido, vamos visitar o apartamento de Georg na Schlesische Straße, que fica um quarteirão a sul do Spree e dos torreões medievais de tijolo da ponte Oberbaum.

— Ele conseguia ver ambos os lados do rio da janela do seu quarto — diz Isaac, apontando para um apartamento de canto no quarto andar. — Adorava a vista.

Ao olhar para cima, vejo Georg vestido com a capa vermelha de Cesare, os olhos delineados com *kohl*. Será que sua fantasia de assassino era uma referência consciente à sua decisão de começar a usar a violência contra os nazistas?

— Quantas pessoas fazem parte do Círculo? — pergunto.

— Umas trinta.

Gente demais para se interrogar individualmente. Talvez eu devesse começar falando com os vizinhos de Georg.

— Quero saber mais sobre os seus planos para lutar contra os nazistas — digo.

Tenho esperança de que Isaac ouça na minha voz e veja na forma determinada como me recuso a evitar seus olhos inquiridores, que não estou simplesmente curiosa. *Agora somos amigos, e os amigos têm que proteger uns aos outros...* É isso que eu quero que ele entenda, de uma forma que ultrapasse as palavras.

Dando uma rápida olhadela no relógio, ele resmunga para si próprio:

— Já está quase na hora de irmos. — Olhando para mim com ar de quem implora, ele acrescenta: — Sophele, você se importa de ir comigo a uma entrevista que eu tenho? Queria ir conversando com você pelo caminho.

Em meio aos balanços e trancos do metrô, Isaac me fala do Círculo como se eu fosse da sua idade. E a partir de então é sempre assim que ele se dirige a mim quando estamos sós, como se eu fosse adulta o suficiente para compreender toda a gama das suas emoções e pensamentos, tornando-se mais fugidio quando nos vemos na presença de Vera e dos seus outros amigos.

Fico logo sabendo que a destruição de bandeiras nazistas, embora simbolicamente importante, foi apenas uma forma secundária de protesto perante o trabalho mais urgente do Círculo.

— Nossos esforços têm a ver com a escalada militar que o Hitler convocou — sussurra Isaac para mim ao sairmos da estação da Alexanderplatz. — Ele vai precisar de minerais e metais de importância vital, e vai ter que importá-los. E de tecnologia também.

— Então o senhor acha que ele vai chegar a chanceler.

— Tudo indica que sim.

Falamos em voz baixa, porque o vagão está cheio, embora isso não impeça alguns dos passageiros em volta de tentar ouvir o que dizemos; afinal, estamos na capital mundial da bisbilhotice.

— Por isso, estamos preparando o terreno para pedir a alguns governos-chave estrangeiros que neguem ao Hitler as matérias-primas de que ele vai precisar — explica Isaac.

— Um embargo?

— Sim. Começamos há pouco tempo a apresentar o nosso ponto de vista em várias embaixadas, embora não tenha sido fácil. Pouquíssimos embaixadores aceitam nos receber. Mesmo aqueles que deveriam ter mais bom-senso... o inglês e o francês, por exemplo. Acham que o Hitler não é uma ameaça tão grande como nós sabemos que é. Têm certeza de que ele vai ser impedido pelos outros partidos políticos.

Será que as palavras sussurradas muito abaixo da superfície de uma cidade adquirem um significado especial? Em pouco tempo começo a ver o que ele queria dizer quando falou sobre o desmoronamento do nosso mundo.

— Então acha que o Hitler não vai sair de cena daqui a uns meses? E que vai haver guerra?

— A menos que muitos de nós tomem agora uma atitude para evitar isso.

Vinte minutos depois, Isaac enfia o braço no meu, enquanto passamos pelas sombras frias projetadas pelas tílias da Savignyplatz. Sinto-me privilegiada por caminhar ao lado dele. Para oeste, o sol espreita por entre as nuvens logo acima do telhado de um belo edifício de tijolos coberto por uma densa capa de hera. Ainda estamos no início de dezembro, nem sequer é inverno, e ainda assim Berlim já vai fazendo sua descida para uma escuridão impiedosa.

Nosso destino é a embaixada portuguesa, na Kurfürstendamm, número 178. Isaac me contou que cada membro do Círculo recebeu como incumbência pelo menos uma embaixada. Ele escolheu obviamente a portuguesa e a turca, visto ser fluente em ambas as línguas. Roman ficou com a Itália, e Vera, que cresceu falando espanhol com a mãe, escolheu a Espanha. Rolf e Heidi ficaram com a Holanda. Antes de morrer, Georg visitou as embaixadas inglesa, francesa, polonesa e tcheca, pois sabia falar todas essas línguas. Deram-lhe algumas respostas amigáveis, embora apenas oficiosas, especialmente por parte do adido cultural inglês.

Será que ele foi assassinado porque os nazistas descobriram que estava tendo algum êxito nessa tarefa?

— O que o Hitler poderia precisar de Portugal? — pergunto a Isaac enquanto ele compra tabaco num quiosque da Kantstraße.

Ele aponta para os trilhos do metro, que aqui passam na superfície.

— Para fazer aço para trilhos de trem e para armas, o Hitler vai precisar de tungstênio. Portugal já é o país que fornece para a Alemanha, e ele vai precisar de toda a quantidade que lhe quiserem vender. Se começar a guerra, ele pode também tentar usar Lisboa e o Porto como bases para suas operações no Atlântico.

— E o embaixador português... se mostrou cooperante?

Isaac solta um suspiro de irritação.

— Até agora, só falei com o adido comercial. Vou ter hoje outra reunião com ele. *Esse* acha que os nazistas têm algumas ideias boas, mas que vão longe demais no que diz respeito aos judeus, e ainda espera que *eu* me sinta grato por ele admitir isso. Está vendo a ignorância que tenho que enfrentar? Por isso estou tentando educar o homem, fazendo-o ver as consequências inevitáveis das políticas do Hitler. E ao mesmo tempo tenho "trabalhado" o seu colega turco e o seu colega inglês.

— Então foi o Isaac que ficou com a Inglaterra, depois que o Georg...?

— Sim, embora o meu inglês seja uma vergonha. — Ele olha para cima, como se pedisse perdão a Deus. — A cada vez que vou à embaixada, fico suando em bicas, tamanho o meu medo de cometer alguma gafe terrível. Mas não tenho alternativa. Precisamos preparar a todos para um embargo.

— Talvez você devesse convidar o adido cultural português para uma reunião do Círculo, para ele poder ver até que ponto todos vocês consideram os nazistas um perigo...

Isaac faz que sim com a cabeça.

— Também pensei nisso, Sophele, mas acho que a Vera e alguns dos outros poderiam assustá-lo.

A uns dois quarteirões do nosso destino, Isaac para de falar. Seus olhos vão revelando uma preocupação crescente, como se tivesse chegado a um impasse dentro de si. Na calçada em frente à embaixada portuguesa, ele segura minha cabeça em suas mãos e me dá um beijo em cada bochecha.

— Obrigada por ter vindo comigo. Espero que não tenha dificuldade em voltar sozinha para casa.

— Eu encontraria o caminho de olhos fechados. Mas você está bem, Isaac?

— Confesso, Sophele, que há muitas coisas que eu talvez não seja capaz de fazer. Se o Georg ainda estivesse conosco, tudo isso seria mais fácil.

À medida que Isaac se afasta, reparo que ele tem um ar tão cansado e perdido que concluo aquilo que deveria ter sido óbvio para mim: até os adultos confiantes podem, às vezes, ser as mais frágeis das criaturas.

No dia seguinte, volto ao prédio de Georg. Minha persistência em bater a todas as portas logo começa a dar frutos; um libanês minúsculo, já idoso, chamado Habbaki me diz que, embora não tenha ouvido qualquer discussão nos dias que precederam o crime, ao cair da tarde da véspera da descoberta do corpo havia um caminhão estacionado lá fora. O Sr. Habbaki, que vive embaixo do apartamento de Georg, me convida a entrar e me oferece uma xícara do chá de menta que acabou de fazer no seu alto bule de prata. Abraçado a um travesseiro de seda vermelha que colocou sobre os joelhos, como que para se proteger, ele diz:

— O Georg e alguns amigos dele carregaram uma mesa redonda escada acima até o apartamento dele. Entraram e saíram mais algumas vezes, mas não fui ver o que mais levaram para lá.

— Conseguiu ver os rostos dos amigos dele? — pergunto.

— Não, já estava escuro. Mas havia um homem gigantesco com um turbante e uma capa preta. Meu Deus, devia ter mais de 2 metros de altura.

Não é difícil imaginar quem tenha sido. Mas será que foi apenas coincidência o fato de Georg ter recebido mobília nova na véspera do dia em que foi assassinado?

Ao fim da tarde desse dia, vou visitar Isaac, que já está vestido em seu pijama gasto. Quando lhe falo do gigante que ajudou Georg a mudar a mobília, seus olhos ficam reduzidos a duas fendas desconfiadas.

— Como você sabe isso tudo? — pergunta ele.

— Falei com o Sr. Habbaki, vizinho do Georg.

— Sophele, os nazistas não gostam de bisbilhoteiros que têm pais comunistas. É melhor você se limitar aos retratos. Muito mais seguro.

— Os nazistas têm berlinenses muito mais perigosos do que eu para espiar, como você bem sabe. Então me diga, você era uma das pessoas que ajudou a carregar a mobília para o apartamento do Georg?

Ele cruza os braços sobre o peito, numa atitude de quem não me vai contar nada. Parece ter reconsiderado sua confiança em mim. Sinto-me magoada, e é por isso que uso um tom mais áspero do que era minha intenção quando digo:

— Portanto, o Isaac e a Vera ajudaram o Georg. Mais alguém?

— Sophele, eu sei que você ficou chateada, mas estou preocupado com a sua segurança.

— Todo mundo vive preocupado comigo. O Isaac, a Mãe, o Pai... O único que me deixa ter a minha vida é o Hansi.

— Então o que leva você a pensar que há uma ligação entre a mobília do Georg e a morte dele?

— Nada. Por enquanto é apenas um fato curioso.

— Ótimo, então você pode parar de meter o nariz nessa história.

— Não consigo.

— Consegue sim, e é o que vai fazer! — grita ele, como um autêntico tirano.

Nunca até agora ele tinha levantado a voz para mim. Fico estupefata. E à beira das lágrimas.

— Me desculpe, Sophele — diz ele, olhando para baixo com ar retraído. — Mas agora não é hora de...

Sua voz falha. Ele roça pelos lábios a haste do cachimbo, sinal de perturbação.

Morreu mais alguém, penso, aterrorizada pela ideia de que pode ter sido a Vera.

— O que aconteceu? — pergunto, desesperada.

— Sente-se aqui, vamos conversar.

Ele me leva até a cozinha. Assim que nos sentamos à mesa, ele diz:

— Tive más notícias.

As palavras saem-lhe num jorro: Heidi sofreu um aborto e foi levada com urgência para o hospital, onde acabou ficando gravemente doente. Teve que ser operada há alguns dias para estancar a hemorragia, senão teria se esvaído em sangue até morrer.

— Mas agora está bem? — pergunto, cheia de esperança.

— Está.

Ele tenta sorrir e estende a mão para pegar a minha. Adoro sentir o seu calor e o conforto que sente comigo. E percebo que estar com um feiticeiro judeu de pijama e cachimbo, falando com ele sobre assuntos de adultos, é a minha maneira de me refugiar da minha própria vida. Até o assassinato de Georg serve, de uma forma um pouco perversa, para me distrair da grande admiração que Tônio sente por Hitler, da desilusão da minha mãe comigo e de tudo o que eu gostaria de mudar. Embora agora eu tenha uma razão muito mais substancial para querer encontrar o assassino: proteger a pessoa mais fora do comum que já conheci.

Durante as semanas que se seguem, contudo, minhas dificuldades continuam a se acumular, desviando a minha atenção da morte de Georg. Pior ainda, quando entramos no novo ano de 1933, eu e Rini temos uma discussão carregada de rancor, que vem pôr fim aos meses de solidariedade e risadas durante os quais tínhamos conseguido manter afastada a política.

Nossos problemas começam quando lemos no *Morgenpost* que Albert Einstein e Erich Maria Remarque fugiram da Alemanha, o que me leva a comentar com Rini, num tom de suprema autoridade, que os dois homens talvez tenham se precipitado. De pé junto a ela no recreio da escola, digo:

— Acho que eles deveriam ter ficado e lutado.

— E quem você acha que é para julgá-los? — retruca ela, irritada.

Logo percebo que ela tem razão, e já me sinto arrependida pelo que eu disse, mas me faço de boba e pergunto:

— O que você quer dizer com isso?

— Se o Remarque acha que as ameaças nazistas aos judeus e comunistas são sérias, e que ficar aqui só lhe serviria para ser preso, quem é você para discordar? Talvez você devesse prestar mais atenção ao que os nazistas pretendem fazer com as pessoas como ele.

— Mas eu presto atenção, sim senhora. Desde que ouvi o Hitler na rádio pela primeira vez!

— Embora pareça que ele já não a irrita tanto. Talvez você e o Tônio pensem que os judeus estão só fingindo que têm medo dos nazistas, porque na realidade governamos o mundo em segredo a partir de um posto de comando em Nova York. — Ela ergue a mão acima da cabeça e põe-se a puxar uns cordões de marionetes imaginários. — Sou um manipulador diabólico que controla tudo o que você faz e diz, não é? Eu e os Rothschild!

Respondo com aspereza, em parte porque ela parece querer mesmo interpretar mal aquilo que digo. E o fato de ela ter falado em Tônio despertou o meu terror de um dia ter que escolher entre ele e ela. Além disso, detesto que ela dê a entender que o meu pai, sendo comunista, pode estar em perigo iminente e que talvez tenha que fugir da Alemanha. Decidi faz um tempo que, se eu nunca expressasse os meus receios quanto ao meu pai, isso ajudaria a mantê-lo em segurança.

Nossa briga continua; nós duas agredimos e somos agredidas, agitadas demais para considerar que estamos infligindo danos permanentes uma à outra.

— Estou cansada dessa chatice de você ser judia! — concluo, o que não é verdade; estou é com ciúmes dela, por já ter aprendido uma parte daquilo que Isaac está me ensinando.

— Covarde! — grita ela.

Mais uma vez ela tem razão, mas Rini me lança um olhar de desprezo e vai embora correndo antes que eu possa pedir desculpas ou insultá-la, deixando-me sozinha com os meus remorsos, que rapidamente se transformam numa promessa de só voltar a falar com ela quando ela me pedir desculpas. A alquimia da desonestidade.

Não demora muito e Greta Ullrich — que fez questão de tornar público que seu pai, dentista de profissão, decidiu nunca mais tratar cáries judaicas, como forma de contribuir para a Mãe Pátria — se aproxima de mim de nariz em pé. Seu cabelo está sempre impecavelmente penteado em tranças perfeitas, como uma jovem leiteira que todas as manhãs tivesse que passar na inspeção do Sindicato Bávaro das Donzelas de Tranças. Nunca a perdoei por uma vez ter contado ao Dr. Hildebrandt, o diretor, que viu Rini fumando próximo à escola. Em vez de Greta Ullrich, Rini e eu a chamamos de *Gurka Greulich*, que significa *delatora nojenta*; *gurka* quer dizer "picles", mas em termos orais significa "delator".

— Isso mesmo, Sophie! — diz ela, com um sorriso rasgado. — Vamos colocar esses judeus no lugar deles.

— Gurka, se não calar essa sua boca nojenta, juro que corto essas suas tranças malditas e enfio tudo nesse seu traseiro bávaro!

Com um "ah!" de chocado espanto, ela volta correndo para seu grupinho de imbecis em série, todas elas com aquele ar vazio e composto de meninas educadas para um bom casamento, e começam a falar de mim em voz baixa como se eu fosse um escândalo ambulante. Coisa que, comparada com elas, qualquer pessoa tipicamente berlinense será com certeza.

Tônio logo vem se juntar às minhas preocupações, pois insiste em falar da minha virgindade toda vez que estamos a sós, zumbindo à minha volta como uma mosca esfomeada. Ceder aos seus desejos ou perdê-lo: parece-me que são essas as minhas únicas opções. E quando ele pede na voz mais suave que um garoto algum dia já teve, puxando minhas mãos para o seu colo como se compreendesse até que ponto a minha decisão é difícil, começo a duvidar de que eu consiga resistir por muito mais tempo. E a me perguntar por que eu não deveria ceder.

Uma vez, quando estamos aos beijos no meu quarto, ele sussurra:

— Quando eu estiver dentro de você pela primeira vez, vamos ficar comprometidos *para sempre* um com o outro.

Sei que os garotos são capazes de dizer qualquer coisa para conseguir o que querem com uma garota, mas esse *para sempre* é o que eu venho esperando ouvir. E esse *um com o outro* também não foi nada mal; dá a entender que estamos os dois em pé de igualdade.

— Você está me enlouquecendo — digo, com os olhos arregalados.

— Sophie, você não faz ideia do que os homens passam. Temos necessidades que vocês não têm.

Ele põe a minha mão sobre o volume que lateja sob a sua calça.

— Está vendo? Eu estou sempre pronto, e você não. — Ele encosta o corpo com força contra o meu quadril e geme. — Tudo dói quando estou assim.

Empurro-o, e quando ele esquece o assunto, começamos a ler revistas sobre carros, sentados lado a lado na minha cama. É muito mais seguro. Além do mais, há pouco tempo ele descobriu uma maneira de incluir a minha adoração pela Dietrich e a Garbo nas suas fantasias automobilísticas...

Erguendo uma fotografia de um carro vermelho-sangue, Tônio diz:

— Sophie, acha que a Greta iria preferir um Deusenberg Brunn Torpedo Phaeton de 1932 ou... — e agarra uma fotografia reluzente de um sofisticado conversível — ... um Hispano Suiza H6B de 1929?

Os nomes dos carros não me dizem nada, claro, mas tenho certeza de que a Garbo iria direto para o Phaeton, tem muito mais classe. Aponto para esse.

— E a Marlene? — pergunta ele, com uma expressão tão séria que sou obrigada a conter uma risada.

E continuamos os dois nessa conversa, com os nossos pés brincando juntos ao pé da cama, até termos decidido quais os carros adequados para Mary Pickford, Douglas Fairbanks, Norma Shearer, Willy Fritsch, Max Schreck e a arrepiante mas sedutora Gloria Swanson, que usou os vestidos mais espetaculares em *Esta noite ou nunca*.

Os veículos mais difíceis de escolher são os de Tom Mix e de seu cavalo Tony, mas acabamos nos decidindo por um Ford Tudor de 1932 com um atrelado atrás. Lon Chaney já foi dessa para uma melhor há dois anos, mas, mesmo assim, Tônio e eu escolhemos para ele um *roadster* cor-de-rosa e amarelo.

Tônio também me deixa especular sobre os carros que atores judeus como Groucho Marx gostariam que seus motoristas guiassem. E, contudo, ele dá sinais de que sua simpatia pelos nazistas cresce cada vez mais... Para piorar, Tônio me dá o livro de Hitler, *Mein Kampf*, para que eu o leia, quando eu mais uma vez me recuso a ceder minha virgindade. Meu namorado está tão deslumbrado pelo seu profeta que acredita mesmo que as palavras sagradas de Hitler vão me convencer a abrir as pernas. Em outras palavras, acha que vou deixá-lo me comer em nome da Mãe Pátria! (Mal sabia eu que não é assim tão absurdo como parece: milhões de garotas serão pressionadas a fazer exatamente isso nos próximos anos. Mesmo as que tiverem a sorte de não precisar ler a porcaria do *Mein Kampf* de cabo a rabo. Afinal, os soldados da Alemanha precisam das suas rações.)

Enquanto vou me aguentando na corda bamba entre as minhas escolhas, o presidente Hindenberg, que há vários meses vem fazendo também o seu número de equilibrista entre os partidos políticos, fecha os olhos, reza para ser bem-tratado nos futuros livros de história e nomeia *Herr* Hitler chanceler da Alemanha para depois voltar a se enfiar na sua toca e desaparecer de cena. Depois da sensação inicial de pânico que se apodera de mim e do Pai, o anúncio da nomeação, feito a 30 de janeiro, é sentido como um alívio, como acontece com todas as catástrofes políticas quando já está à espera delas; depois de semanas de nervosa expectativa, aconteceu finalmente o pior, e agora pelo menos vamos poder ver até que ponto a vida vai se tornar desastrosa ou se vai melhorar.

— Agora podemos limpar a poeira e os destroços e começar de novo, com os trabalhadores à frente para nos mostrar o caminho a seguir! — diz o Pai, cheio de confiança, certo de que o homenzinho-que-ladra em breve vai desaparecer, embora tenha adiado a data da sua morte política para o início de 1934, daqui a um ano.

Isaac vê as coisas de outra forma:

— O Hitler não vai querer desperdiçar o elemento surpresa, por isso podemos contar com algumas mudanças rápidas. Quanto aos trabalhadores de que o seu pai tanto gosta, o nosso chanceler vai ter o maior prazer em enviá-los para a frente de batalha assim que der.

Mas Hitler jurou respeitar a Constituição, e só tem dois nazistas no seu gabinete, por isso até é possível que as preocupações de Isaac acabem por se revelar infundadas e a vida continue mais ou menos como nos últimos dez anos.

Nunca admito isto a ninguém, mas há uma parte sombria de mim que também está ligeiramente feliz por ver mudanças ameaçadoras no nosso governo, pois quero que a Rini pague por ter me abandonado. O fato de eu considerar as opiniões de Hitler a respeito dos judeus um amontoado de mentiras e calúnias faz com que a minha traição se torne de certa forma mais fácil, já que não me sinto contagiada pela maldade dele. Claro que não desejo que aconteça alguma coisa de mal a Rini e à família dela, nem a nenhum outro judeu. Não, cruzes!, eu faço parte dos alemães bons.

Como parte das celebrações da nação, os soldados surdos das tropas de choque marcham através do Portão de Brandeburgo ao lado dos seus colegas não surdos, brandindo bem alto as respectivas tochas à medida que desfilam perante o nosso novo *Führer*. Eles não podem ouvir as dezenas de milhares de pessoas que os aclamam, claro, mas dão boas-vindas à oportunidade de se sentirem unidos a uma multidão tão densa e exuberante. Agarrar uma chance de se sentir incluído, seja qual for o preço, é uma forte tentação para alguém que nasceu surdo. Pelo menos é o que Marianne me garante quando volto a vê-la.

Dentro daquele mar quente que rodeia as tropas de choque estão muitos que, apenas alguns meses atrás, se referiam a Hitler como um mero pintor de paredes com a trincha colada no lábio superior. Agora são nazistas brilhantes, novinhos em folha e cheios de sonhos de glória. Pelo visto, de um dia para o outro o nosso *Führer* conquistou milhões. E Tônio é um deles. Na verdade, quando volta para casa depois das celebrações, ele corre até o nosso apartamento, empolgado como uma criança que descobriu moedas romanas ao cavar um buraco no jardim, e diz, no meu quarto:

— O gigantesco Mercedes preto em que o *Führer* seguia era magnífico! — Está tão elétrico de entusiasmo que dá um salto até tocar o teto. — Sophie, faz algum tempo você me perguntou qual era a coisa mais bonita que eu já tinha visto na vida. Foi o Hitler naquele carro!

Portanto, Deus é um facínora austríaco ambicioso sentado num Mercedes. Ora essa, quem diria?

K-H vai à mesma manifestação, mas com sua arma de elite, tirando dezenas de fotografias de amigos surdos que parecem ter se transformado em fervorosos nazistas. Já imagina o nome para uma exposição: O Dia em que os Surdos Perderam a Visão. Cada vez que sua objetiva dispara, ele se sente vibrar com o poder que mantém a nós todos vivos, aquilo que sentimos quando sabemos que estamos cumprindo uma tarefa importante, uma tarefa que está para além do alcance de qualquer outra pessoa. Essa sensação de ser útil é também uma emoção poderosa, especialmente para um homem que passou a infância sendo convencido de que sua surdez era motivo de vergonha.

Um policial de choque com um pastor alemão na coleira ordena-lhe que pare de tirar fotografias. Lendo-lhe os lábios, Karl-Heinz responde:

— Sou fotógrafo, este é o meu trabalho.

Será que o nazista implicou com as vogais mal pronunciadas do jovem surdo? Ou talvez suspeite de que este fotógrafo, que começa a focar de novo a multidão à sua volta, sem autorização, seja na realidade um judeu simplesmente *fingindo* ser surdo.

— O Karl-Heinz desapareceu — diz Isaac na manhã seguinte, quando vou ao seu apartamento.

Marianne está sentada no sofá dos fundos da sala, dando de mamar ao pequenino Werner, agora com 6 meses, um autêntico paxá de bochechas avermelhadas.

— Sophie! — exclama ela, seu rosto de repente iluminado, e estende a mão, ansiosa.

Corro para ela, grata por ver que não me esqueceu, e ajoelho-me para poder abraçá-la. O terror que emana dela é contagiante. Meu corpo parece tremer tanto quanto o seu.

Werner está vestido num pijama verde de flanela com mangas azuis e gola cor de fogo.

— É um presente da Vera — diz Marianne. — Acho que ela quer que o Werner cresça achando que é um pássaro tropical.

— Não podia ser mais bonito, o seu bebê — digo, articulando cuidadosamente as palavras, para ela poder fazer a leitura labial.

Werner tem caracóis macios de cabelo loiro e olhos de um castanho-claro brilhante. Está com um ar satisfeito, como um imperador que acabou de se refestelar com um banquete. É um bebê que será fotografado mil vezes pelo pai. E mimado pela tia mais alta da Alemanha.

— Toda hora essa criança quer mamar! — exclama Isaac. — Vai ter uma enorme pança de prussiano.

— Shhhh! — diz Marianne, afastando com a mão sua risada bem-disposta.

Ela veste um enorme roupão de seda, preto com listras vermelhas, que desce até o chão em pregas majestosas.

Enquanto Werner continua a mamar, Isaac me conta que K-H não voltou para casa ontem à noite. Para não assustá-la, o velho alfaiate fala em tom alegre, mas todos estamos pensando naqueles opositores de Hitler que desapareceram ao longo do ano passado e nunca mais foram encontrados. Outros, como Georg, foram assassinados. Nós três temos em mente o nome dele, mas não ousamos dizê-lo.

Isaac faz café fresco. A fria luz de inverno que entra pelas janelas parece atraída para Marianne, deixando-me na sombra. E o milagre é que não a detesto por ser tão bonita.

Isaac acha que ela deve ir à polícia e dar Karl-Heinz como desaparecido, mas acompanhada por um cristão, para evitar que a polícia a maltrate. E por alguém que não seja surdo, para o caso de ela ter que fazer um telefonema. Mas a quem poderiam pedir que a acompanhe às 7h30 de uma manhã de inverno?

Eu ofereço os serviços do meu pai, e, enquanto discutimos as alternativas, alguém bate à porta. Vou abrir e, sem qualquer aviso, dou de cara com a Vera. Com uma exclamação de espanto, instintivamente levanto Werner entre nós; é a minha proteção contra a surra que receio, por não ter aceitado o casaco que ela queria me dar. Podia ser uma situação cômica em outras circunstâncias, mas ela não ri.

Capítulo 7

Os olhos de Vera, arregalados por baixo de sua testa saliente, contemplam-me como se eu fosse uma aparição demoníaca, um *dybbuk* da festa de Carnaval do ano passado. Recuperando-se, ela me pergunta em tom brusco:
— Quem deixou você segurar o Werner?
— A Marianne, claro.
— Não o deixe cair!
E passa por mim rapidamente, como se eu tivesse deixado de existir para ela.
— Vera... — digo, sem saber bem como começar o meu pedido de desculpas.
Ela se volta. *Não vou perder tempo com você*, dizem-me aqueles lábios que lembram duas minhocas, torcidos numa expressão de desagrado.
— Me desculpe — continuo. — Fiz tudo errado. Você deve... deve me odiar.
— Não a odeio. — Ela fecha os olhos, pensando no que dizer. — Você me magoou... me magoou muito.
Ela agarra meu braço, aperta-o como quem vai se despedir e entra na cozinha em seus passos largos, inclinada para a frente.
Minha vontade é não me mexer nem mais um centímetro enquanto não encontrar uma maneira de fazer as pazes com a Vera, mas, em vez disso, ponho-me a pentear o cabelo de Werner com os dedos e vou relutante até a cozinha, decidida a ir embora para a escola. Mas Marianne tem outros planos. Assim que Werner está bem aconchegado nos seus braços, ela me diz:
— Sente-se aqui ao meu lado. — E me puxa para baixo sem esperar pela minha resposta.
Estou de costas para Vera, o que vem a calhar. Marianne troca comigo um olhar cúmplice e em seguida enfrenta o gigante zangado. Vera está acendendo um cigarro. Usa um cachecol branco de lã e um enorme casaco preto de malha que bate nos seus joelhos. O maior casaco de malha já tricotado. Uma rede de pesca com gola.
— A Sophie vai comigo à polícia! — declara Marianne. Perante o olhar espantado de Isaac, acrescenta: — Ela é cristã e não é surda. Do que mais eu preciso? — Sorri para mim, encorajadora. — Quer ir comigo?

— Claro que sim.

— Eu a proíbo! — berra Isaac, vermelho de fúria.

Sinto-me embaraçada, daquela maneira como os adolescentes se sentem quando são objeto de discussão entre adultos. Consigo dizer:

— Isaac, você não pode me proibir de fazer nada.

— Ah, posso sim! — responde ele, com brusquidão.

— Deixe a menina ir! — diz Vera, e faz um gesto de indiferença com a mão quando Isaac se vira para ela, de olhos arregalados.

— Sabe de uma coisa, Vera, você é a maior *nudnik* que eu já conheci! — declara Isaac.

— Não falo iídiche; portanto, guarde os seus insultos para outros parasitas como você — retruca ela, e quando se vira para mim vejo no seu ar de cumplicidade que já chegamos a um acordo: é assim que vou conquistar seu perdão. Sinto-me grata.

— Vera — diz Isaac, depois de um longo suspiro resignado —, está esquecendo que esta jovem tem que ir à escola. E *você* — ele aponta um dedo zangado na minha direção — já está atrasada.

— Acho que Deus vai me perdoar, só desta vez, por desiludir você, Isaac — respondo.

Werner observando a mãe

Ele tenta não sorrir, mas acaba é rindo abertamente. Depois acrescenta, em tom de alerta:

— Sophele, minha querida, a esperteza nem sempre é uma coisa assim tão boa. Por isso, tente ser um pouquinho estúpida de vez em quando, *ein bisl stumpfsinnig*.

Enquanto vamos de bonde até a Alexanderplatz, brinco com Werner, que, para meu grande deleite, esperneia, agita as mãos e ri ainda mais cada vez que dou beijos ou nas suas orelhas ou as sopro ruidosamente. Mesmo assim, fico contente por meu pai e minha mãe não terem me dado outro irmão mais novo, fosse menino ou menina; uma lapa de cabelo sedoso enrolada no meu pescoço é mais do que suficiente.

Marianne sorri para mim, demonstrando sua gratidão, mas essa emoção arrasta outras, e as lágrimas dentro dela à espera logo começam a deslizar pelas suas faces.

— Me desculpe, é que há quatro anos eu e o K-H não passamos uma noite separados — explica ela, assoando o nariz.

Quando descemos no nosso ponto, Werner começa a se remexer e a berrar, por isso entramos num café para Marianne lhe dar de mamar. Sentamo-nos num canto, a uma mesa de madeira com uma jarra de vidro vazia e cor de âmbar no meio; as flores são as primeiras coisas a desaparecer quando há uma crise econômica. Marianne desabotoa a blusa e dá o seio ao bebê. Os olhos dele entram em êxtase. Fica vagando por um Sétimo Céu cuja porta é a sensação quente e suave do corpo da mãe.

— O Werner é o bebê mais sortudo da Terra — digo a Marianne.

— Você é muito gentil de dizer isso, Sophie. Mas sabe, ele também é surdo.

— Isso não parece ter importância quando vocês dois estão assim juntos.

Reparo agora que Marianne cheira a menta.

— Os meus primos da Inglaterra me viciaram em Pascalls Crème de Menthe — explica ela.

Aceito as pastilhas que ela me dá, e agora que estamos todos entretidos chupando alguma coisa, pergunto:

— O Georg Hirsch estava apaixonado pela Vera?

Ela fica pensando na pergunta.

— Não há dúvida de que sempre senti um choque de emoções entre eles. Mas com as pessoas nunca se sabe.

— Sabe o nome da agência de publicidade onde ele trabalhava? E onde fica?

— Era a Bellevue Publicidade, na Königstraße... um edifício novo no último quarteirão antes do rio.

— Você conheceu algum dos colegas de trabalho dele?

— Acho que não, mas uma vez conheci o patrão, Joseph Brenner.

— É simpático?
— Pareceu-me que sim. Não falamos muito.

O criado, uma espécie de gárgula com queixo duplo e um cabelo oleoso penteado para trás, esbugalha os olhos para nós enquanto anota nosso pedido de chá e bolo, e depois, com maus modos, diz a Marianne que ela deveria ir ao banheiro feminino para dar de mamar ao bebê.

— Vamos embora daqui — sussurra ela assim que o homem se afasta.
— Mas o Werner ainda está com fome. E o nosso pedido...

Ela tenta em vão abotoar a blusa com uma das mãos e não ouve o que digo. No momento em que pego Werner, ele desata a chorar outra vez, e, enquanto saímos do café, me dou conta de que ele nunca vai ouvir o som dos próprios soluços. O som entra num reino que está para além do alcance dos seus sentidos, mas mesmo assim ele não se cala. Por isso, deve saber que fazer barulho quando tem fome é útil, deve saber que há um mundo onde a voz dele consegue ser ouvida, porque há seres que o ouvem *mesmo*, que vivem nesse reino que ele não consegue alcançar e que hão de vir em seu auxílio.

E eu sou um desses seres. Vivo com um pé no mundo dele e o outro num lugar que ele nunca vai conhecer. Que outros mundos mais elevados existirão que nenhum de nós consegue detectar através dos nossos sentidos habituais? E quem será que os habita?

— Sei de um lugar aonde podemos ir — diz Marianne, e nos apressamos em direção à Kaiserstraße.

Dentro da pequena sinagoga de tijolo onde encontramos refúgio há um enorme lustre suspenso de uma cúpula pintada de azul e dourado, como uma coroa numa abóbada celestial. Um homem minúsculo, de chapéu e xale branco com franjas nas pontas, vem ao nosso encontro num passo arrastado.

— Preciso de um lugar para dar de mamar ao meu bebê, rabino — diz Marianne. — Pode ser aqui?

— Cantor — corrige ele, sorrindo. — Sim, venha comigo. Sente-se ali à frente, é onde está menos frio.

Quando Werner começa a mamar, põe uma das mãos no olho direito, como se estivesse espreitando, e a outra em cima do seio da mãe, só para ter certeza de que seu céu não vai embora.

— Meu marido, o Karl-Heinz Rosenman, vinha a esta sinagoga quando era criança — diz Marianne ao cantor. — Ele morava logo ali ao virar a esquina.

— Lembro-me bem dele, embora nunca tenha sido grande adepto de ir à *schul*. Diga-lhe que o cantor Kretschmer manda lembranças. — Ele toca cuidadosamente no nariz de Werner com a ponta do dedo e começa a falar em linguajar de bebê; depois, sorrindo de novo, diz: — E agora vou dar à senhora e à sua irmã um pouco de privacidade.

Irmã? E é assim que Marianne, Werner e eu ficamos ligados para sempre.

O oficial atarracado e com sotaque da classe operária berlinense que está sentado na recepção da Sede da Polícia nos informa que não pode aceitar uma declaração de Marianne, porque o marido desapareceu há apenas 12 horas. Contudo, quando ela insiste, ele concorda em anotar o nome de K-H para o caso de vir a saber alguma coisa. Fica olhando de esguelha para ela quando saímos e até dá uma piscadela quando nos viramos ao chegar à porta. Se fosse uma personagem de desenho animado, sua língua estaria indo até o chão.

Marianne continua sem notícias de K-H durante a tarde e a noite desse dia. É a insônia para a maior parte das pessoas que o conhecem e o início da minha própria guerra, até a morte, contra a falta de sono.

As melodias do Sr. Mannheim param de habitar a escuridão por volta da meia-noite, por isso escapo até a cozinha para fazer chá de camomila. A Mãe ouve-me e, apesar de eu lhe garantir que estou bem, senta-se atrás de mim e começa a escovar meu cabelo. O movimento das mãos dela, rápido e seguro, me leva de volta à minha infância, e o vago perfume de rosa que emana dela me faz regressar ao tempo em que dávamos longos passeios nas margens do Spree. Suas carícias me tornam mais uma vez a menina que eu era antigamente.

— Você está ficando mais bonita a cada dia que passa — diz ela, o que a princípio seria algo bom de se ouvir, mas eu conheço todas as nuances da voz da minha mãe e sei que não vai demorar para ela começar a me fazer perguntas sérias, provavelmente sobre Tônio, e que o objetivo deste cumprimento é soltar a minha língua. Também sinto que *bonita* é uma palavra em código para *adulta* e que ela não está tão contente assim com a minha maturidade.

Quando acaba de escovar meu cabelo, ela me agarra pelos ombros para que eu não saia da cadeira e pergunta como vai a escola. Digo que os meus estudos vão *lindamente*. É mentira, mas pelo menos me dá uma vantagem no nosso pequeno desafio de tênis, 15 a 0. Em resposta às perguntas seguintes, garanto-lhe que Rini e a *Frau* Mittelmann estão ótimas. Agora está 40 a 0 para mim.

Quando me levanto para fugir para a cama, *game*, *set* e *match*, ela me segura pelo braço.

— Quer falar sobre o Tônio? — pergunta.

— Ele vai bem, mãe — digo, embora nós duas saibamos que ela não está perguntando como vai a saúde dele.

— *Häschen* — diz ela, fazendo carinho no meu rosto —, por que é que você não está conseguindo dormir?

— É por causa do Pai — digo, pensando que se trata de uma mentira segura, mas, quando me viro para ela, o choque que vejo em seu rosto e o medo que franze sua linda boca abrem uma dolorosa ferida no meu estômago. E me lembram, também, como somos parecidas.

— O Hitler diz que os comunistas são traidores e agentes russos, e que vão morrer na ponta dos punhais nazistas — digo de um só fôlego, e antes de terminar a frase já tenho lágrimas nos olhos por K-H e pelo meu pai.

Ela ajoelha-se ao meu lado e suavemente leva a mão à boca.

— Olha, Sophie — diz ela, em voz decidida —, deixe que eu e o Pai nos preocupemos com o *Herr* Hitler. Pode fazer isso, deixar que eu me preocupe no seu lugar?

Será isto a prova de uma força oculta dentro dela? Faço que sim com a cabeça.

— Vou retirar a mão — diz —, e com ela levo todas as suas preocupações.

Pegando a minha carga de preocupações em sua mão fechada — incluindo, espero, a minha indecisão recorrente sobre se devo ou não me entregar ao Tônio —, ela atira-as às suas costas e em seguida pressiona os lábios contra a minha testa.

— Dê à Mãe e ao Pai só um tempinho para podermos resolver as coisas.

A intenção dela é boa, mas o pânico apodera-se de mim, porque sua rara exibição de força me dá a impressão de que ela esconde uma decisão já tomada. Talvez daqui a pouco vamos ter que fugir de Berlim no meio da noite.

— Eu não poderia ir embora daqui — digo. — Meus amigos todos estão em Berlim. O Tônio, e a Rini, e... — Quase acrescento *o Sr. Zarco,* mas consigo parar bem a tempo.

— Sophie, não tenho qualquer intenção de ir embora. — A voz dela torna-se áspera, provavelmente por se sentir frustrada ao ver que sua magia não serviu para me acalmar. — Agora volte para a cama. E, por favor, não conte ao Hansi nem uma palavra do que conversamos. — Ela alterou-se de novo: seus olhos brilham de fúria, e as palavras que diz em seguida me lembram por que nunca posso confiar inteiramente nela. — Estou avisando. Não se atreva a assustar o seu irmãozinho!

À 1h30 da manhã, quando ainda estou rolando na cama, Isaac ouve baterem com força à sua porta. De acordo com o que ele vai me contar amanhã de manhã, ele abre-a cautelosamente, só uma fenda, e vê Karl-Heinz ajoelhado no patamar, tremendo como uma criança perdida. Seus braços estão ainda atrás das costas, como se algemado.

— Graças a Deus! — exclama Isaac, pegando-o pelo cotovelo e erguendo-o. — Você deve estar congelando, pobre rapaz.

— Não se assuste — diz K-H, entrando cambaleante. — Tive um acidente de pouca importância.

Ele estende as mãos. Vários dedos seus estão cobertos de sangue seco, e o polegar direito está torcido num ângulo impossível.

— *Mein Gott!* — exclama Isaac, com a respiração cortada. Ele leva K-H até o sofá, com o braço bem firme em volta da cintura dele, para impedi-lo de cair. Será que o traidor do Círculo contou aos nazistas que K-H ia tirar fotos das celebrações da eleição? — Sente-se aqui, meu filho — acrescenta Isaac, ajudando K-H. — Vou chamar a Marianne e vamos agora mesmo para o hospital.

Quando Marianne entra correndo na sala, o marido já perdeu a consciência. Isaac percebe, graças aos seus dias no Exército, que K-H entrou em choque. O velho senhor envolve-o em cobertores de lã e chama uma ambulância. Marianne está sentada no chão, com a mão inerte do marido contra o rosto. Embora esteja desesperada, ela agradece a Deus por seu pior receio — aquele que a persegue desde que ela teve idade suficiente para saber que era surda — não ter se concretizado: não arrancaram os olhos dele.

Quando passo pelo apartamento de Isaac antes da escola, seu rosto está tão cansado, com bolsas fundas de preocupação embaixo dos olhos, que meu coração entra subitamente em pânico.

— Não, o K-H não morreu — diz Isaac, prevendo a minha pergunta. — Bateram muito nele, mas vai se recuperar. Está no hospital. A Marianne e o Werner estão dormindo no meu quarto de hóspedes. Quanto a mim — acrescenta, deixando a exaustão tomar conta do seu corpo —, não preguei olho durante a noite.

— Nem eu.

Unidos pela insônia, vamos os dois até a cozinha. Sua mão apertando a minha é uma parede que me separa de todas as coisas ruins que poderiam acontecer.

— Quase peguei no sono enquanto o Benjamin Mannheim tocava violoncelo — diz ele —, mas depois o Werner desatou a gritar feito um possesso. Fiquei passeando com o *mieskeit* de um lado para o outro durante meia hora, arrulhando que nem um pombo *mechugene*, mas nem assim ele se tranquilizou!

— O que é um *mieskeit*?

— Um monstrinho que não conseguimos deixar de adorar.

— O primeiro nome do Sr. Mannheim é Benjamin?

Isaac faz que sim com a cabeça, e então deixa-se cair numa cadeira e fecha os olhos. Faço café e mingau de aveia para ele, depois roubo seu cachimbo para obrigá-lo a comer. Com voz rouca, ele explica tudo o que aconteceu ontem à noite.

— Estou velho demais para bebês chorando — confessa ele. — Passei por isso há quarenta anos, e não gosto nem de olhar para trás.

— Parece a Vera falando — digo.

— Não, tudo menos isso! — responde ele, fingindo-se de horrorizado, e da colher cai um pouco do mingau de aveia na mesa. — Por favor, meu Deus, não me mande tiranas *goyishe* esta manhã. — E pega o que caiu do mingau com a ponta do dedo e enfia-o na boca.

Ele conta que os camisas-pardas "trataram" das mãos de K-H com um martelo, depois de o interrogarem sobre seu trabalho.

— Disseram-lhe que nunca mais tiraria uma foto *judaica*. — Ele faz uma pausa com a colher no ar. — Sophele, o que acha que seria uma foto judaica?

— Não sei, mas se os nazistas não gostam devem ser ótimas.

— Bem observado, minha querida. Toda vez que o Sr. Hitler ergue o braço, está apontando a 180 graus do que é bom. É o perfeito Bússola Ao Contrário.

E é assim que começamos a usar Bússola Ao Contrário como o nosso código particular para designar Hitler.

— E depois de baterem no K-H, o que aconteceu? — pergunto.

Ele vai bebendo devagar seu café.

— Levaram-no até o Tiergarten e lá o jogaram para fora do carro.

— Que tipo de carro era? — A pergunta significa, provavelmente, que passei tempo demais com Tônio.

Isaac ergue as sobrancelhas.

— Não vai querer saber também que água-de-colônia usavam aquelas bestas?

Ele bate com o dedo na testa, como quem diz que perdi o juízo.

Mesmo com os seus *casulos*, como Isaac chama as mãos envoltas em ataduras, K-H consegue dar continuidade a seu álbum de fotografias do bebê após poucos dias. Minha preferida de todas: Vera fazendo biquinho para dar um beijo no nariz do Werner, e o bebê tentando agarrar sua orelha. Todos os contornos da fotografia são nítidos, exceto a imagem desfocada da mãozinha minúscula, como um pássaro que sai voando. E a minha segunda preferida: Isaac segurando Werner enquanto ele dorme e oferecendo à câmera o bebê nu como se fosse o presente mais magnífico do mundo. Um bebê como um universo inteiro.

Karl-Heinz faz cópias destas duas para mim, e eu acrescento-as ao que agora chamo de minha Coleção K-H.

No dia 5 de fevereiro, Hitler manda fecharem todos os edifícios e organizações do Partido Comunista, e sua polícia começa a fazer detenções. Dois líderes sindicalistas que andavam com o meu pai na faculdade vêm esconder-se aqui em casa.

O mais novo dos dois, Ernst, joga dominó comigo depois do jantar e depois me ajuda a montar com Hansi um quebra-cabeça da Torre Eiffel. É louro e de olhos azuis, o ideal do Bússola Ao Contrário. Depois que completamos a Torre, vou correndo buscar a minha coleção de fotografias da Garbo e da Dietrich. A maior parte das que eu tenho são cromos que vêm nos pacotes de cigarros Haus Bergmann, que tanto o meu pai como Ernst costumam fumar. Ele ri de uma em que se vê nitidamente que as longas sobrancelhas da Dietrich, parecidas com arabescos, são pintadas, e depois discute alegremente comigo sobre aquilo que chama de minhas preferências "burguesas" em matéria de atrizes. Minha mãe nos observa com os olhos arregalados e atentos, a boca reduzida a uma fenda zangada. Acha que o Pai nos traiu, colocando-nos em risco, e que o fato de eu entreter o nosso hóspede equivale igualmente a uma traição. Tenho vergonha dela.

O outro homem, Alex, é anguloso e franzino, com cabelo comprido e oleoso. Conversa com o Pai na cozinha. Eles falam em voz baixa, e quando entro para ir buscar açúcar para o chá da Mãe, na tentativa de provar a ela que estou do seu lado, ambos se calam.

Ernst e Alex dormem no chão da sala nessa noite e fogem da cidade de madrugada, antes do nascer do sol. Depois, o Pai e a Mãe têm uma longa discussão abafada, a portas fechadas.

— Se você não parar com essas acusações, juro que vou embora! — ouço o Pai ameaçar a certa altura.

Será que minha mãe o acusou de colocar a nós todos em perigo? É o que eu penso então, mas agora eu poderia apostar que esse meu palpite estava bem longe da verdade.

Durante a semana que se segue, o silêncio tenso e contagioso criado pela guerra permanente entre os meus pais transforma-se num ser vivo que se arrasta pesadamente dentro de casa. A cáustica luz de inverno também não ajuda em nada; é esparsa demais para nos dar uma esperança real de que nossa sorte mude. Berlim em fevereiro, com aquele lento balé de morte a se desenrolar em cada ramo de árvore nu, e com sua superfície de gelo escuro, nos dá a sensação de estarmos encurralados.

O Pai lê todas as noites uma história para Hansi antes de dormir, numa tentativa, penso eu, de terminar o dia com alguma coisa de simples e bom que todos possamos compartilhar. Nossa recompensa por termos sobrevivido a mais uma ameaçadora revolução da Terra. Muitas vezes fico olhando para mim mesma no espelho depois que meu irmão adormece, à luz de uma vela que seguro na mão fechada. Às vezes levo a ponta dos dedos às sombras que se projetam no meu rosto e me pergunto onde foi parar a menina que eu era.

Desenho Hansi muitas vezes, mas minhas mãos parecem ter desenvolvido ideias próprias sobre como deve ser o retrato dele. Uma vez desenho-o com os lábios costurados como os de uma cabeça mumificada, e fico assustada, não por causa do que isso significa sobre sua natureza silenciosa, mas porque não sei quem sou, se consigo criar uma coisa dessas. Será que o Dürer alguma vez já se perguntou se não se tornou muito diferente?

Às vezes também tento desenhar Georg vestido de Cesare, mas não tenho talento suficiente para conseguir resgatar seu rosto no fundo da minha memória. Uma tarde, quando a Mãe está com ânimo belicoso, vou visitar a agência de publicidade onde ele trabalhava. É no quinto andar de um edifício de concreto com grandes janelas de vidro que dão para a Königstraße, logo a oeste da sede dos Correios. Subo a pé, já que uma vez fiquei presa num elevador nos Armazéns Wertheim e desmaiei nos braços da minha mãe. Depois de uma longa espera, o ex-patrão de Georg, Joseph Brenner, me manda entrar em seu escritório coberto de painéis de madeira, com uma vista magnífica para as flechas da catedral que espetam um agourento céu de chumbo. *Herr* Brenner se veste à moda antiga, com o colarinho alto, e me convida a se sentar a sua mesa de trabalho. É calvo, tem um ar severo e bastante formal, e assim que o vejo, meu entusiasmo diminui logo: ele nunca vai contar a uma menina de 15 anos nada de importante sobre seu ex-empregado. Mesmo assim, depois de me perguntar em que pode me ajudar, explico que conheci Georg na festa de Isaac e que sou amiga de Marianne e de K-H. Para variar um pouco, decido me apoiar na verdade e digo que foram minhas preocupações com Isaac e com os outros que me levaram a querer ver o lugar onde Georg trabalhou.

— Desculpe estar tomando o seu tempo — concluo. — Foi uma bobagem da minha parte.

— Não faz mal, menina Riedesel — responde ele, com uma afabilidade surpreendente. — Estamos passando por uma época de violência. Todos nós ficamos perturbados de vez em quando e fazemos bobagens.

— A morte dele deve ter sido um choque terrível para todos aqui da empresa.

— Sem dúvida, foi, e muito — admite ele, estendendo a mão para pegar um charuto.

— O senhor se importaria de me dizer só uma coisa?

— Se puder. — Ele corta a ponta do charuto e o põe na boca.

— Acha que ele fazia ideia de que isso podia acontecer?

Tenho que esperar enquanto ele acende o charuto, chupando vigorosamente.
— O Georg parecia andar bastante descontraído — replica ele finalmente, recostando-se preguiçosamente na cadeira. — Fomos almoçar juntos uma ou duas semanas antes de ele morrer e ele estava em ótima forma, brincando comigo e com os outros. — Soltando uma fumaça forte, como se estivesse contente por me confundir, ele me olha bem nos olhos e acrescenta: — Mas o Georg era um ator nato, claro, por isso acho que nunca vamos saber o que se passava realmente na cabeça dele.

Durante o mês de fevereiro vejo Isaac com pouca frequência, porque ele anda muito ocupado com sua fábrica e com as atividades em prol do Círculo. De vez em quando bebemos juntos um café nas suas rachadas xícaras mesopotâmicas e discutimos seus progressos nas embaixadas portuguesa e britânica, lentos demais para seu gosto; nem sequer conseguiu encontrar-se com os embaixadores ainda.
Como de costume, Tônio e eu vamos muitas vezes ao cinema nos fins de semana; aquela escuridão entrecortada pelos clarões da tela protege a nossa intimidade. Por enquanto ele parou de insistir para que eu durma com ele, mas vejo, na maneira decidida como me olha fixamente quando pensa que estou absorvida demais pela Greta Garbo para reparar, que está esperando o momento certo. Talvez esteja planejando me atacar e resolver o assunto de uma vez por todas. E talvez essa seja mesmo a única maneira de conseguir que eu me entregue a ele.

Um dia, mais para o final do mês, volto da escola e encontro nossa cozinha cheia de uma densa fumaça. A Mãe rasgou todos os livros políticos do Pai e depois quis queimá-los no fogão, mas na sua pressa louca pôs papel demais. Ela mantém o lenço pressionado contra a boca, e lágrimas lhe correm pelo rosto, porque mal consegue respirar. A janela tem apenas uma nesga aberta.
Ponho a mão em concha sobre o nariz enquanto ela me conta o que está fazendo. Quando termina, diz:
— Agora vá embora e feche a porta ao sair. A fumaça está escapando.
— Por que simplesmente não jogou fora os livros? — pergunto.
— Os vizinhos podiam encontrá-los! — responde ela, irritadíssima. — Quer que o seu pai seja preso?
— Pare de me acusar!
— Sophie, agora não tenho tempo para as suas discussões.
As *minhas* discussões? Numa prova da minha maturidade recente, decido ignorar a provocação.
— Pelo menos abra um pouco mais a janela — digo. — Senão vai acabar morrendo sufocada.
Como vejo que ela não se mexe, afasto-a para o lado para eu própria fazê-lo.

— Não! — protesta ela, empurrando-me com tanta força que caio contra os armários da cozinha. — Assim os vizinhos vão ver a fumaça e chamar a polícia. Sophie, vá embora e leve o Hansi com você.

O Pai não volta para casa esta noite. A Mãe suspeita de que ele fugiu da cidade ou até mesmo do país, o que, na minha opinião, pode até lhe dar o direito de berrar, arrancar os cabelos ou mesmo me jogar contra os armários, mas não de roubar minhas coisas; pouco antes do jantar descubro que desapareceu uma dúzia de livros meus, incluindo alguns que estavam na minha cabeceira fazia semanas, como o *Grande Hotel*, de Vicki Baum, *A montanha mágica*, de Thomas Mann, e *A Alexanderplatz de Berlim*, de Alfred Döblin, bem como o meu querido exemplar de *Emil e os detetives* e ainda uma magnífica antologia de poesia de Rilke que o Dr. Fabig, meu professor de alemão, me deu de presente de Natal, com uma dedicatória na caligrafia gótica mais bonita que já vi em toda a minha vida. Portanto, minha lista com os nomes de Raffi também desapareceu para sempre.

Entro correndo na cozinha e a encontro olhando fixamente pela janela, com a cinza do cigarro descrevendo um arco, quase caindo. É um mau sinal; a Mãe só fuma quando andou bebendo.

— O que a senhora fez com os meus livros? — exijo saber.

— Queimei. Podiam gerar problemas para nós.

— Podia pelo menos ter me perguntado. A senhora não tinha o direito!

A Mãe vira-se de novo para a janela, como se os fantasmas que vê no vidro sejam mais importantes do que eu. Vou embora correndo, antes que ela me veja começar a soluçar.

Meu único alívio é que minha mãe não encontrou a Coleção K-H na minha gaveta de roupa íntima. Não vou jantar, como forma de protesto. Não se pode dizer que minha mãe chegue sequer a reparar nisso; as palavras de desculpa sussurradas através da porta do meu quarto e as que escrevo para ela na minha cabeça, vezes sem conta, acabam nunca chegando. Mais uma injúria a se acumular no meu rol.

O Pai consegue telefonar na tarde seguinte, logo após eu chegar da escola; tendo sabido por um ex-colega de escola que estava prestes a ser detido, ele se escondeu, mas não pode nos dizer onde, pois a polícia pode estar escutando a chamada. Depois de desligar, a Mãe repete para mim o que ele lhe disse — o choque e a incredulidade deram a sua voz um frágil tom monocórdio —, e em seguida senta-se na cama com as mãos entrelaçadas no colo; seu lábio inferior desapareceu, chupado para dentro da boca. Ela tem o ar de quem enfrenta uma torre de arrependimento que, agora, nunca conseguirá escalar. Talvez esteja se lembrando do momento em que compreendeu que não ia viver a vida que desejava. O medo que me sufoca é que tenha sido no hospital, no momento em que me olhou pela primeira vez.

Quase pergunto se adivinhei, mas eu não aguentaria ouvi-la dizer que eu roubei sua felicidade. Será essa a verdadeira razão para ela ter tirado de mim os meus livros? Um pequeno roubo para descontar do meu, que foi bem maior...

Ela não responde quando me ofereço para fazer o jantar. Será que nesse momento todas as mulheres da Alemanha entraram em greve por um futuro diferente? Trago-lhe uma xícara de leite quente na sua bandeja preferida, pintada de esmalte preto japonês, ornamentado com flores douradas, mas ela não quer nem tocar na bebida. Mais tarde, fecha as cortinas com brusquidão e fica sentada ao lado do rádio com um copo de conhaque na mão ouvindo as notícias sobre as prisões de comunistas e as batalhas de rua entre operários e nazistas. Quando digo que vou parar de estudar a fim de trabalhar como garçonete se o Pai for preso, eu gostaria que ela me agradecesse e me dissesse que ainda falta muito para termos que fazer sacrifícios como esse, mas em vez disso ela me lança um olhar assassino e ordena que eu não volte a usar nunca mais a palavra *eingekerkert*, "preso".

— Sophie, vai me prometer isso agora mesmo! — diz ela quando eu hesito, e sinto no seu hálito o desagradável e forte cheiro de conhaque.

Ela faz o queixo descer até o pescoço, como uma galinha se preparando para a batalha.

— Como quiser — digo, deixando-a ganhar; é evidente que precisa de uma vitória mais do que eu.

Sentada novamente sozinha no meu quarto, tenho a sensação de que a nossa casa tem escadas escondidas, das quais eu nem suspeitava até agora, e que a Mãe as sobe à noite, quando estamos todos dormindo. Uma mãe que vai a lugares que a filha nem consegue imaginar. Ou vice-versa, claro. Cada uma de nós duas chamada por vozes que a outra não consegue ouvir.

Penso em ir visitar o Tônio, mas se ele começasse a falar da minha virgindade, ou mesmo se simplesmente encostasse em mim, eu seria capaz de lhe dar um belo soco. Se ao menos pudesse ir visitar a Rini... Em vez disso, levo Hansi pela manga da camisa até o apartamento de Isaac, prometendo-lhe que, se ficar quietinho, faço para ele uma sopa de cebola com pedacinhos de pão de alho boiando — a terceira coisa de que ele mais gosta, depois de quebra-cabeças e esquilos.

Tomamos nossa sopa e comemos *matzo** com queijo. O colo de Hansi transforma-se num cobertor de migalhas, que Isaac varre para o chão da cozinha com as costas da mão antes que eu possa impedi-lo.

Nosso anfitrião senta-se ao lado de Hansi e vai cortando para ele pedaços de queijo com uma tesoura, uma técnica que me faz rir como doida; a histeria é provocada pela fumaça, acredito.

---

*Pão ázimo dos judeus. *(N. da T.)*

Ele me dá meio copo de vinho para tentar acalmar meus nervos. Hansi concorda, com sua expressão impenetrável e seu jeito silencioso, que o método da tesoura é perfeitamente razoável. Meu irmão ainda não disse uma palavra desde que os camaradas do meu pai passaram a noite lá em casa. E por que o faria? O Universo Hansi tem que ser muito melhor do que a nossa casa neste momento. De vez em quando lhe faço um sinal com a mão, só para ele saber que estou aqui.

Heidi e Rolf batem à porta quando estamos ouvindo Lotte Lenya na vitrola. Entram com presentes, um dos bolos de chocolate da Heidi e incenso, que compraram de uma família cigana numa feira de antiguidades. Por isso acabamos tendo uma festa com perfumes adocicados, vinho *kosher* e tudo.

Heidi cortou o cabelo curto e com franja, o que lhe enquadra bem o rosto. Quando trocamos beijinhos, detecto o vago cheiro de flores murchas, exatamente o cheiro que se diz ter o primo de Joachim em *A montanha mágica*. Não consigo deixar de pensar nesse livro agora que a Mãe o reduziu a cinzas.

Heidi usa um vestido lindo, de cetim lilás, com uma delicada renda preta na gola.

— Foi a Vera que o desenhou para mim — diz ela quando elogio sua roupa.

Heidi, a melhor confeiteira de Berlim

— Ela faz roupas para todos os amigos? — pergunto.

— Só para os que têm dificuldade para se vestir — responde ela. — Como eu e o Rolfie — acrescenta, inclinando-se para puxar a orelha dele, o que o faz soltar um gritinho divertido.

— Estaríamos perdidos se não fosse a Vera — garante Rolf. — Eu e a Heidi antigamente tínhamos que ir a lojas de criança. — Ele ergue o lábio superior, fazendo-se de zangado.

Rolf está animado porque acabou de encontrar um trabalho bem pago como contador numa firma que exporta pectina. Ele faz truques com cartas enquanto comemos o bolo, e é mesmo bom nisso. Até consegue fazer o ás de espadas desaparecer completamente para depois tirá-lo do cotovelo de Hansi. Os olhos do meu irmão brilham quando vê esse milagre.

Heidi e Rolf não pedem que eu explique o silêncio de Hansi, o que é bom, porque nunca sei o que dizer quando as pessoas me encontram na rua e comentam: *O que o seu irmão tem?* Baseada em anos de experiência, já sei que *Como é que eu vou saber?* não é a resposta que eles querem ouvir de uma irmã mais velha.

— Tiveram alguma sorte com o embaixador holandês? — pergunto a Rolf. Num sobressalto, ele olha interrogadoramente para Isaac.

— Contei à Sophele que estamos tentando convencer os países vizinhos da Alemanha a preparar um embargo — diz ele.

— Até agora só me encontrei com um assistente do adido para o comércio — diz Rolf, desapontado. — Com as suas magníficas 23 primaveras, parece que a única coisa que o preocupa é usar roupas da moda.

Isaac está sempre enchendo meu copo de vinho, e é assim que fico bêbada pela primeira vez na vida. Além da nossa conversa sobre os planos dos nazistas para uma escalada militar, ouço a minha própria respiração sibilante e vou ficando cada vez mais calada para poder ouvi-la bem. Devo estar escutando o som do medo que eu sinto pela segurança do meu pai, porque começo a imaginar um fugitivo perseguido num trem noturno para Amsterdã. Ao vê-lo assim, sozinho num compartimento escuro, com a luz do cigarro refletindo na janela, tenho a sensação de que alguma coisa importante, alguma coisa feita da noite, quer se revelar a mim. Mas essas vozes todas... Quem me dera ter a coragem de pedir a Isaac, a Rolf e a Heidi que fiquem calados. Erguendo a faca de prata para bolos, eu me imagino golpeando o meu braço, de um lado ao outro, criando marcas indeléveis. *Talvez isso fosse o suficiente para agradar a ela,* penso. *A ela,* à minha mãe, claro.

Mas não me ocorre nenhuma triste revelação, a não ser, simplesmente, que a Mãe acabaria queimando tudo que houvesse no nosso apartamento se o Pai fosse para a cadeia. Então, ela poderia deixar para trás a vida que nunca quis, casar com um outro homem qualquer e fazer de tudo para ter dois filhos normais.

Quanto tempo mais vai levar até que Isaac, Heidi e Rolf reparem que eu parei de falar? Começo a contar, como se cada número fosse um golpe de

martelo; a matemática de uma menina que bebeu demais. Devo estar com uma cara esquisita, porque após cerca de um minuto Isaac diz, preocupado:
— Sophele, o que houve? Você não disse uma palavra e está com uma cara...
— Acho que ela está um pouquinho embriagada — sugere Rolf.
— Não estou nada! — exclamo em ar de desafio, o que só faz com que os dois homens sorriam, cúmplices, enquanto Heidi coloca a mão sobre a minha.

Prevendo um desastre iminente, e com razão, Isaac tenta sequestrar meu copo de vinho. Quando vou arrancá-lo da sua mão, entorno um pouco sobre a minha blusa branca. Heidi vem em meu auxílio. Passa um pano com água e depois com leite, para a mancha não impregnar, mas é tarde demais. À minha sensação de terror vem juntar-se uma imagem de Georg nas fotografias de K-H, talvez porque só agora começo a perceber que sua morte é irreversível.

Dando-me um beijo no rosto, Isaac diz:
— Ninguém está zombando de você. Todos a adoramos.

Ele aperta minha mão com força por baixo da mesa, o que me faz sentir melhor.

Após algum tempo, Heidi diz:
— Isaac, precisamos da sua ajuda.
— Se é dinheiro outra vez, não se preocupem mais. Tenho certeza de que podemos...
— Não, estamos bem por enquanto — diz Rolf. E, virando-se para a esposa e colocando a mão sobre a dela, acrescenta: — Talvez não devêssemos falar sobre isto agora, *Haselnuss,* pois tem crianças aqui. — Rolf chama a mulher de toda espécie de nomes, e eu registro-os no meu diário: Avelã, Periquito, Strudel e o meu favorito de todos, bolinho de gengibre, *Pfefferkuchen...*
— Eu levo o meu irmão para a sala, vamos olhar os livros — digo.
— Você é um anjo, Sophie — diz Isaac, sorrindo com gratidão e apertando minha mão de maneira afetuosa.

É a primeira vez na vida que ganho de Hansi num elogio, mas o que Isaac não sabe é que sou exímia em escutar conversas atrás de portas. Sento o meu irmão no sofá. Quando começo a procurar um livro de imagens de que ele goste, Heidi diz:
— Pode pedir à Júlia que me dê alguma coisa para... para aumentar as minhas chances de engravidar outra vez?
— Então não tiveram sorte? — pergunta Isaac a seus visitantes.
— Nenhuma — responde Rolf, melancólico. — E não falhamos uma noite — acrescenta num sussurro.

Ouço uma cadeira sendo arrastada, depois o som de portas de armário abrindo.

— Experimentem isto — diz Isaac. — Façam um chá duas vezes por dia, uma de manhã e outra uma hora antes de... de...

— Já entendemos — garante-lhe Rolf.

— Isso aqui tem ervas que vão tornar os seus fluidos mais diluídos e dar aos espermatozoides do Rolf uma certa... uma certa ajuda para chegar ao óvulo.

Heidi ri.

— Isaac, dito assim parece tudo tão biológico — comenta.

— Prefere que eu use metáforas de encanador?

— Não, deixemos essas para o Dr. Stangl.

— Tem ido lá ultimamente?

— O quê? Vou ficar longe dele o máximo que der — anuncia Heidi, indignada.

Enquanto eles falam, levo um exemplar de *Patos do mundo* para Hansi. É quase do tamanho dele e me parece promissor.

— Dê uma olhada neste — ordeno-lhe.

Tendo concluído que foi por causa dele que fomos banidos, deixo o livro cair de uma grande altura em seu colo, o que lhe arranca um grunhido. Ótimo, pelo menos já é uma reação.

Avanço sorrateiramente até ficar ao lado da porta que dá para a cozinha, onde posso ouvir melhor. Andar na ponta dos pés me deixa encantada. Mefistófeles deve ter se divertido à beça, apesar do que Goethe e o Dr. Fabig possam pensar.

— ... e depois, antes de sair do hospital — diz Heidi —, ele me disse, naquela sua voz autoritária, que ainda bem que tinha perdido o bebê. Segundo ele, o nosso filho teria prejudicado o desenvolvimento da Alemanha. — A voz dela fica rouca de mágoa.

Hansi está olhando fixamente para mim. Sacudo o punho na direção dele, e, embora eu nunca tenha lhe dado um soco com força suficiente para machucar, ele percebe a minha intenção e abre o livro.

— O Dr. Stangl disse que os genes que transmitíssemos ao nosso filho seriam inferiores — continua Heidi.

— Somos pequenos demais para a nova Alemanha — acrescenta Rolf. — E inferiores.

Rolf usa a palavra *minderwertig* para significar inferior, parte do novo vocabulário nazista que todos somos forçados a aprender.

— O pior foi que, antes de sair do hospital — continua Heidi —, ele trouxe um colega do Instituto Kaiser Wilhelm para me ver, do Departamento de Eugenia.

— Por acaso não se chamava Fischer?

— Era, Eugen Fischer — responde ela, surpreendida. — Você o conhece?

— Li um livro dele. Acha que os anões e os surdos são um fardo. E despediu um monte de professores judeus quando era reitor da Universidade de Berlim.

— Fardo? — pergunta Rolf.

— É assim que ele e os colegas descrevem as pessoas como vocês, a Vera e o K-H. Um fardo que se deve jogar para fora da fronteira na primeira oportunidade.

Ele acrescenta alguma coisa num sussurro que não consigo distinguir. Mas ouço, sem dúvida, a palavra "Hansi" dita por Heidi em tom de pergunta, e em seguida seu murmúrio de aflição.

Terá Isaac sussurrado que Fischer também consideraria o meu irmão como um fardo?

Por baixo do silêncio, sinto-me palpitar de medo pelo meu irmão. Olho para ele, mas Hansi parece perfeitamente igual a si mesmo, normal, por ser quem é.

— No início, o Dr. Fischer até foi gentil — diz Heidi em tom lúgubre.

— Disse que queria fazer uma palestra aos seus alunos sobre a anatomia dos anões — acrescenta Rolf — e que a Heidi podia ser muito útil se servisse de exemplo.

— Ele me perguntou se eu estaria disposta a ir à sua sala de conferências, para eles poderem ver... o meu corpo e as minhas particularidades. Disse que seria uma honra para ele se eu participasse. Eu respondi que precisava pensar no assunto. Mas depois o Dr. Stangl disse que só me autorizaria a engravidar se eu concordasse em ajudar o Dr. Fischer.

— Autorizar! — grita Isaac. — Mas o que é que ele tem com isso?

— Não sei direito — responde Heidi tristemente, com a voz trêmula. Imagino que o marido esteja segurando sua mão, porque ela diz suavemente: — Eu estou bem, Rolfie.

— Não acredito que você se deixou enganar por aqueles filhos da mãe.

Rolf diz, inexorável:

— Não fomos enganados, fomos ameaçados! O Dr. Stangl deu a entender que podia obrigar a Heidi a fazer um aborto da próxima vez que engravidasse. Ele nos mostrou uma carta do Ministério da Saúde que recomendava abortos para pessoas com... com deformidades.

— Deve ter sido ele próprio quem escreveu a carta, para convencer você. Os nazistas ainda não tiveram tempo para...

— Parecia bastante oficial — interrompe Rolf.

— Mas então, o que aconteceu quando você chegou lá?

— Até começou bem — responde Heidi. — Mas comecei a suspeitar de que podia acontecer alguma coisa ruim quando se recusaram a deixar o Rolf entrar na sala de conferências. Entrei sozinha; havia cerca de uma centena de estudantes na plateia e uma menina nova... enfermeira, acho... ela me ajudou a tirar o vestido. O Dr. Fischer me mandou ficar nua, de pé, na frente de todos. Com um ponteiro na mão ele ia indicando várias partes do meu corpo, o que me deu arrepios. Não me lembro de muita coisa depois disso. Minha cabeça... eu não conseguia pensar. Acho que me lembro de ele dizer aos alunos que as minhas deformidades significavam que eu não deveria ter filhos, mas não tenho certeza. Não tenho certeza nem de quanto tempo fiquei lá.

— Quase uma hora, *Pfefferkuchen* — diz Rolf.

— Quando ele acabou, o meu coração... achei que tinha parado.

— Filho da mãe! — exclama Isaac.

— Você é a primeira pessoa a quem contamos isto — diz Rolf. — O mais impressionante é que, depois, ninguém pediu desculpa à Heidi. A única coisa que o Dr. Stangl disse foi que, se insistíssemos em ter filhos depois de tudo o que o Dr. Fischer dissera, ele cumpriria o prometido e nos venderia medicamentos para a fertilidade, embora tenha avisado que eram muito caros.

— Vocês tomaram alguma coisa que ele tenha dado? — quer saber Isaac.

— Ainda não conseguimos arranjar dinheiro — responde Hei-di, nervosa.

— Ótimo, então beba só o chá que eu lhe dei e, pelo amor de Deus, não tome nada que o Sebastian Stangl lhe der. Merda! E pensar que o sujeito ficava todo entusiasmado quando artistas de circo iam consultá-lo. Como as pessoas mudam!

Silêncio. Ao fim de algum tempo penso que vão chamar a mim e a Hansi de volta, mas então Isaac diz:

— Quando eu era menino, ouvi falar de uma pensão que tinha acabado de ser demolida em Paris. Por baixo da estrutura, os operários encontraram cerca de vinte esqueletos numa vala comum. Eram esqueletos muito pequeninos, pequenos demais, mesmo para bebês. Por isso talvez fossem de animais, os valiosos ossos de algum antílope pré-histórico ou de roedores já extintos. Uma grande descoberta para o Museu de História Natural! Mas os especialistas forenses chegaram à conclusão de que os esqueletos pertenciam a anões que tinham sido mortos; alguns assim que nasceram, outros quando tinham 1 ou 2 anos. Dataram os ossos como sendo do século XVIII. Os bebês tinham sido asfixiados ou afogados, porque não havia sinais de danos físicos em nenhum deles. Nunca me esqueci desses esqueletos. E não só por terem me levado a perceber que os anões são sistematicamente dizimados há séculos, e com toda a impunidade, mas também porque as autoridades parisienses ficaram desiludidas por não terem encontrado ossos de roedores. — A voz de Isaac parece cada vez mais furiosa. — Ratos teriam sido melhores do que gente como vocês, e simplesmente jogaram fora aqueles minúsculos esqueletos, como se fossem lixo. Por isso, se acham que o Dr. Stangl tem razão, se acham mesmo que vocês dois são simplesmente lixo, então força. Tomem os remédios dele, porque aposto o que quiserem que são veneno!

O silêncio que se segue é tão profundo que eu surjo no limiar. Rolf está com o braço em volta de Heidi, que chora em silêncio. Ao ver a profunda tristeza nos olhos dela, sinto um arrepio e penso: *Na Alemanha também deve ter covas comuns para os* Minderwertige.

Meu pai continua escondido por mais um dia, em que a minha relação com a Mãe é ainda tempestuosa, e depois volta na noite seguinte, com o rosto lívido e a barba por fazer, um fantasmagórico clone dele próprio. Seus olhos brilham quando ele olha para mim, segurando-me com os braços esticados.

— Me deixe olhar para você — diz ele num murmúrio rouco.

Sua roupa está amarrotada e suja, e ele cheira a terra. As primeiras palavras que trocamos são chorosas e cômicas de tão desajeitadas, como numa ópera italiana maltraduzida. A Mãe lança-lhe os braços ao pescoço e em seguida molha uma toalhinha para limpar seu rosto, abençoando-o, numa voz sufocada de emoção, por ter voltado. Eu tiro seu casaco e trago-lhe sua aguardente de ameixa favorita. Sento-me ao seu pé e abraço uma das suas pernas para impedi-lo de fugir. Quando nos abraçamos de novo, sua barba grisalha de vários dias arranha agradavelmente o meu rosto. Hansi quer colo, por isso o Pai o senta sobre seus joelhos.

— Vai dar tudo certo — diz o Pai, dando um beijo na cabeça de Hansi e outro na orelha dele, o que o faz se debater com cócegas, rindo. — Melhor do que nunca, até.

Meu irmão continua sem dizer uma palavra, mas após algum tempo percebo, pela maneira como ele olha para baixo, que está petrificado de medo de que o meu pai vá embora outra vez sem avisar.

— Freddi, como é que tudo pode ficar melhor do que nunca? — pergunta minha mãe, com mais aspereza do que provavelmente tencionou, dado que as últimas cinzas de sua fúria, por ele nos ter feito passar por este tormento, devem estar ainda incandescentes. Os incêndios levam tempo para apagar na mente da minha mãe.

— Primeiro, vocês têm que me prometer que nunca vão repetir o que eu vou contar — diz ele. — A partir de hoje, vamos ter que esquecer muitas coisas.

Eu e minha mãe prometemos, mas de repente ela diz:

— Freddi, talvez devêssemos conversar a sós.

A possibilidade de ser de novo excluída de uma conversa de adultos me faz agarrar a perna do meu pai com mais força ainda.

— Não, deixe a Sophie e o Hansi ouvirem também — diz ele, para meu alívio. — Vou precisar da ajuda deles.

Ele senta o meu irmão ao seu lado e depois se recosta nas almofadas do sofá com um suspiro de exaustão.

— Devo estar com péssimo aspecto — diz.

Ele finge que se vê num espelho de mão e faz uma careta cômica.

Meu amor por ele cresce ainda mais nesse momento. Talvez eu até possa lhe contar que o Tônio anda me pressionando e lhe confessar que agora sou amiga do Isaac. Talvez ainda haja um meio de tudo se ajeitar.

Meu pai conta que recebeu uma ligação em seu escritório, avisando-o de que ele seria preso na manhã seguinte.

— Por isso saí do trabalho e fui falar com o Alfred Weidt. Lembra dele, Sophie?

— O campeão de ginástica que conseguia fazer o Anjo.

— Esse mesmo. E eu sabia que ele ia me ajudar, sempre foi desse tipo, forte e leal. — O Pai abre um sorriso estranho, um sorriso fixo, de fantoche. Nunca antes o tinha visto fazer isso, e me sinto inquieta. — Afinal — continua ele —, treinamos durante dois anos na mesma equipe. Mas quando falei com o Alfred, ele disse que não podia fazer nada por mim.

A julgar pelo estranho sorriso do meu pai, deduzo que está escondendo alguma coisa. E eu bem desconfio de que seja raiva.

— A mulher do Alfred, a Greta... também éramos amigos nos tempos do colégio... Quando ia me levar à porta, enfiou um pedaço de papel na minha mão. Lá tinha escrito o nome e o endereço de um velho amigo da família dela que poderia me ajudar, um magistrado, um *Referendar*.

— E então o que o senhor fez? — pergunto.

— Peguei o metrô para o outro lado da cidade essa noite. Encontrei-o em casa, e ele me convidou a entrar. Um homem alto... muito distinto. E sabe o que ele usava enquanto falava comigo, Sophie? — pergunta ele com ar misterioso, pondo o braço sobre o meu ombro. — Um monóculo!

O Pai acrescenta esse detalhe porque sabe que eu morro de rir de homens com monóculos. Vejo pelo brilho nos olhos dele que está esperando que eu também ria agora, apreciando a imagem que ele faz do sujeito, e é o que faço, mas quando ele recupera aquele sorriso fixo de fantoche tenho vontade de perguntar quem é ele e para onde foi o meu pai *verdadeiro*.

— E o que aconteceu depois? — pergunto em vez disso.

— Ele me levou até o escritório e se acomodou. Eu me sentia petrificado, e quando ele me pediu que eu lhe explicasse por que a Greta tinha me dado o seu endereço, contei da ligação me informando que eu estava prestes a ser preso, que eu não podia me arriscar a isso porque tinha uma família para sustentar e que, embora tivesse sido comunista, a única coisa que queria era o melhor para a Alemanha. Falei sem parar, disse um monte de bobagens, porque estava cansadíssimo e muito nervoso. A única coisa que ele me perguntou depois foi se eu estava disposto a renunciar às minhas antigas filiações políticas.

— E você concordou com isso? — pergunta a Mãe, e pelos seus lábios frementes passa correndo uma Ave-Maria. Herança de sua mãe católica.

— Sim, não tive outra saída.

As lágrimas descem dos olhos da minha mãe. Mas que cena, minha mãe chorando como se tivesse morrido alguém, meu pai abraçando-a e garantindo-lhe que está tudo bem e Hansi, com os olhos baços e a cabeça baixa, tão insosso como uma batata cozida. Quanto a mim, sinto as pernas retesadas, como se pudesse ter que sair correndo para salvar minha pele.

— O *Referendar* disse que teria uma resposta para mim no dia seguinte de manhã — continua o Pai, depois que a Mãe se acalma. — Mandou que eu voltasse lá às 8. Passei a noite numa pensão barata, mas, como não conseguia dormir, fui passear pelo Grünewald, naquela clareira onde costumávamos fazer piqueniques quando você era pequena, Sophie. Lembra?

— Acho que sim — respondo, só porque ele precisa do meu apoio, mas a verdade é que não lembro.

— Voltei à casa do magistrado na manhã seguinte, mas me disseram que ele ainda não sabia se podia evitar que eu fosse preso. A pessoa com quem ele tinha que falar não estava disponível e ficaria ausente do escritório durante todo esse dia, e no dia seguinte também. Por isso, ele me disse para voltar só dois dias depois.

— Você deve ter ficado louco de preocupação! — observa a Mãe.

Ela agora está gostando da sua preocupação, e faz questão de mostrá-la, porque o Pai já deu a entender que esta história tem um final feliz. É como uma criancinha, nesse sentido: adora sentir-se assustada, desde que tenha certeza de que, no fim, a paz e a felicidade vão triunfar.

— Não, depois de pouco tempo me senti invadido por uma grande calma, enquanto caminhava pela cidade. Eu me senti como se conseguisse ver a minha vida de longe. Fui visitar a Coluna da Vitória e, ao olhar para cima, para aquele anjo de asas abertas abençoando Berlim e toda a Alemanha, vi que podia ser um homem diferente e mesmo assim fazer muitas coisas que tinha deixado de considerar possíveis. Havia portas se abrindo para mim. Era uma sensação de libertação, como alguém que consegue ver anulada sua sentença de morte.

Será que o meu pai, aquele engenheiro de mente racional, teve uma epifania? A essa altura, penso que sim. Só anos depois é que me ocorre que o Pai pode ter inventado isso tudo. Afinal, misturar no assunto uma intervenção de um anjo teria sido a melhor maneira de conseguir o apoio da minha mãe, dadas suas tendências religiosas, para quaisquer decisões difíceis que ele pudesse ter que tomar mais tarde — até uma mudança de país.

E que conversa de *sentença de morte* é essa? Era assim que ele encarava até então sua vida com a Mãe, comigo, com Hansi?

— Quando você foi ver outra vez o *Referendar*, o que ele disse? — recorda-lhe a Mãe.

— Ele me apresentou a dois homens. O mais velho, um sujeito de uns 60 anos, era professor de história. O mais novo era engenheiro químico, como eu. Passamos horas conversando, nós três. Primeiro sobre teoria marxista. Foi impressionante. Não sei como pude ser tão cego, mas o professor Furst... era assim que se chamava o mais velho, mas você não pode comentar isso com ninguém, entendeu, Sophie...?

— Entendi, pai.

Ele acaricia meu rosto e diz:

— Linda menina. — E depois olha ansiosamente da minha mãe para mim, inclinado para a frente, querendo nos fazer entender à força. — Ele demonstrou para mim... não, *provou*, utilizando as próprias palavras de Marx, que o nosso novo chanceler representa o próximo passo no destino da Alemanha, que ele vai criar a ditadura do *Volk*, do homem comum, que todos nós tão... tão ardentemente esperamos. — Olhando para a Mãe com ternura, acrescenta: — E pela qual alguns de nós, Hanna, aqueles que deixam que Deus faça parte das suas vidas e que muitas vezes compreendem o mundo melhor do que seus maridos, têm rezado.

Todo esse amor reaceso pela minha mãe enche de lágrimas os olhos do meu pai, a ponto de fazer com que eu me incline na direção oposta à dele por não querer me intrometer. Fazia muitos anos que eu não via lágrimas de adoração nos olhos dele.

— Você deve estar exausto, Freddi — diz a Mãe em voz branda. — Vou fazer um chá para você.

A intimidade entre os dois é intensa demais para ela; quer fugir para a cozinha. Mas o Pai pega sua mão e leva-a aos lábios.

— Me deixe primeiro acabar a minha história, Hanna, e depois você pode fazer alguma coisa para comermos. Não é, Sophie?

Ele me abraça outra vez, pois quer ter certeza de que gosto dele apesar de tudo aquilo a que renunciou, tal como a Mãe, e eu gosto mesmo, mas o cheiro de mofo que ele exala e a sujeira das suas roupas me levam a me perguntar por onde será que ele andou. Tenho certeza de que meu pai está mentindo para nós, e, talvez pela primeira vez na sua vida, está mentindo sobre algo importante. É nesse momento que concluo que seu sorriso de palhaço deve significar que ele está inventando uma história para encobrir a verdade. Agora, qual será essa verdade, tenho a desagradável sensação de que nunca saberei...

— Sim, Pai, seria bom comermos alguma coisa — digo.

Ao notar a dúvida na minha voz, ele a interpreta erradamente como sendo medo.

— Não se preocupe, *Häschen*, eu estou bem — diz ele com meiguice. Tira um cigarro da lata de Haus Bergmann e começa a bater com ele no tampo da mesa. É um gesto que já o vi fazer 10 mil vezes, e é reconfortante. — É que não durmo faz alguns dias, e tenho vivido à base de chocolate e café. Mas é bom ver finalmente a verdade e ter uma oportunidade de recomeçar. Quem diria que isso seria possível na minha idade!

Ele dá uma curta risada para si próprio e depois acende o cigarro, inalando sofregamente, como se a força lhe viesse do tabaco. Mas depois de soltar só mais um pouco de fumaça, apaga-o raivosamente no cinzeiro de porcelana azul que fiz para ele na escola há alguns anos.

— O *Führer* não fuma — diz ele, à guisa de explicação.

Não, mas você fuma, me dá vontade de dizer, mas me limito a fazer que sim com a cabeça.

— O professor Furst... não me disse uma única palavra dura em três horas. Imaginem a paciência dele! E foi tão generoso quando aceitou as minhas desculpas... Ele me garantiu que houve muitos patriotas alemães que chegaram à mesma conclusão que eu, e que o meu passado não era nada de que eu devesse me envergonhar. "Todos os caminhos que levarem a Hitler são os caminhos certos", disse ele.

A voz do meu pai lhe foge; ele cobre o rosto com as mãos e começa a chorar. Será o desgosto pela sua identidade que acaba de enterrar...? E serão as lágrimas da Mãe pela perda do homem com quem casou?

Por toda a vida hei de me lembrar das costas dobradas do meu pai e das suas mãos tremendo, e sempre com um agudo sentimento de culpa; se eu tivesse encontrado coragem para falar honestamente àquela altura, poderia ter convencido o Pai a continuar resistindo, salvando assim muitas vidas. Até podia ter sacrificado os meus próprios desejos e ter dito que deveríamos ir logo embora para a França ou a Suíça, onde ele poderia continuar a acreditar nos seus ideais. Mas eu estava confusa demais, e talvez num estado de espírito muito egoísta, para dizer o que pensava.

Talvez Hansi tenha compreendido também que o percurso que temos seguido juntos chegou a um beco sem saída. Ele se enrola todo sobre si mesmo assim que o Pai começa a chorar. Será que pensa que pode ser perigoso voltar para uma casa onde os nossos pais não são quem pensávamos que eram? Afinal, talvez o nosso pai resolva que seu filho é também parte de um passado do qual agora teremos que desistir.

Enquanto eu abraço Hansi, a Mãe ajoelha-se ao lado do Pai e afasta suas mãos para poder beijar seus olhos, como se ele fosse seu filho.

Hansi ouve o Pai dizer que mudou de lado

Seus desvelos maternais me irritam.
— E o que o segundo homem lhe disse, Pai? — interrompo.
Ele enxuga os olhos.
— Ele me deu mais boas notícias — responde ele, ajudando a Mãe a sentar-se de novo na cadeira. De pé à minha frente, ele me olha entusiasmado e diz: — O Bernhard... era o nome do engenheiro químico... disse que o nosso novo chanceler tem andado à procura de homens com as minhas qualificações e que pensem como ele. Ficamos falando de química durante um bom tempo.

Ele estava testando os meus conhecimentos. — O Pai estala os dedos e vira para mim um rosto que irradia triunfo. — Mas o seu pai provou que conhece a química orgânica e inorgânica de trás para a frente. E ele acabou me fazendo uma proposta. Se eu estivesse disposto a seguir o *Führer* até onde quer que a sua luta pela justiça e pela glória possa nos levar, então o Partido Nacional-Socialista queria utilizar os meus talentos.

— Freddi, não estão querendo que você entre para o Exército, não na sua idade, espero! — exclama a Mãe, aflita.

— Não, não, não precisam que eu ande de arma na mão, só que use a cabeça. E, para dizer a verdade, é uma boa sensação, a de sermos tão necessários. Sophie — diz ele, esfregando nervosamente as mãos —, espero que você fique contente quando eu lhe contar que prometi ao Bernhard que você também nos ajudaria. Porque ele me disse que os nossos jovens representam a reserva de força secreta do Hitler. E o que poderia ser mais bonito do que pai e filha trabalhando juntos pelo seu país?

Quando ele olha para mim, interrogador, dou-lhe a resposta que ele quer ouvir:

— Não tem nada mais bonito, pai.

Eu queria ir para o meu quarto, fechar a porta e chorar até cansar, mas sempre me senti atraída para a cena de acidentes horríveis, quanto mais angustiante, melhor; por isso fico.

— E disseram se você ia mudar de emprego? — pergunta minha mãe.

— Sim, mas não vai ser logo, provavelmente só daqui a uns meses. E o meu salário vai ser...

— Vamos ter que deixar Berlim? — interrompo-o de repente.

— Você vai gostar de saber, Sophie, que a resposta é negativa.

O alívio me provoca um arrepio; vou poder continuar em Berlim. Embora talvez a cidade também renuncie ao seu passado e mergulhe no ódio medieval do resto do país, tal como Rini temia.

— Embora — diz meu pai bem alto, para captar minha atenção, e continuando a falar na voz comicamente pomposa que em geral ele reserva para fazer piada de Hindenberg e de outros políticos — talvez tenhamos que encontrar um apartamento maior, mais de acordo com a minha nova posição e meu respectivo salário.

— Isso é ótimo! — exclama a Mãe, rindo de prazer.

E eu a imito, achando que é o melhor a se fazer.

Então vamos deixar para trás o apartamento em que sempre vivemos. E vou ter que começar a odiar Isaac, Rini e Vera.

Meus receios pela minha própria identidade são uma indicação clara de que falhei completamente em compreender a engenhosa simplicidade da conversão do meu pai e a facilidade com que milhões de outros têm se reinventado desde a eleição. Garantiram ao meu pai que ele poderá continuar a fazer campanha por um próspero paraíso de trabalhadores que cantam e dançam enquanto vão arando as terras, soldando, martelando e datilografando. Na realidade, como lhe disse o professor Furst, o *Führer* espera nada mais nada menos que sonhos de glória dos seus pequenos ajudantes. Meu pai pode continuar a amar Hansi e a mim, a sua esposa, a ginástica, o chocolate, a química (a orgânica e a inorgânica!) e o Monumento à Vitória. Pouco terá que ser mudado. Tudo o que ele tem realmente a fazer é enfiar o bom do velho Marx no chapéu de mágico onde fervem as teorias políticas do professor Furst, sussurrar uma frase mágica do *Mein Kampf* e pimba… de lá sairá uma pomba preta chamada Hitler. Ah, e mais uma coisa: ele vai ter que jurar destruir os que debocharem quando a pomba abrir as asas sobre a Alemanha. E os que avisarem os embaixadores estrangeiros sobre o perigo que os nazistas representam. Especialmente os judeus. E talvez tenha também que parar de fumar. Isso sem dúvida vai acabar sendo muito mais difícil do que detestar os judeus, que desde o início estavam fingindo ser bons alemães, como todos sabemos agora.

O que me espera é ainda mais fácil; nem sequer vou precisar parar de fumar!

— Um apartamento maior! — murmura a Mãe para si mesma, olhando em volta e levando as mãos à boca, coisa que só faz naquelas raras ocasiões em que a realidade corresponde aos seus sonhos de criança.

Será que ela está imaginando um jardim em Dahlem, em que poderá reproduzir o pomar de macieiras que tinha no sítio da sua infância? Agora que já teve alguns momentos para se adaptar à ideia, ela está nitidamente empolgada com a mudança de orientação do marido, tal como um milhão de outras mulheres que há muito tempo tentam lidar com contas bancárias cada vez mais modestas. Por que não a filha do lavrador, com sua filha teimosa e seu filho mudo, encurralada numa vida vazia que já não consegue suportar?

Mesmo assim, essa súbita troca de bandeira não me parece plausível; ainda sou jovem demais para saber que basta as pessoas recearem por suas vidas para jurar que a noite é dia. E que conseguem acreditar que isso é mesmo verdade.

— Sophie, não quero que diga uma palavra sobre as manifestações e reuniões a que eu costumava levar você — diz o Pai quando nos sentamos para jantar essa noite, acabando assim com quaisquer esperanças que eu ainda tivesse de ver nossas vidas voltarem ao normal. — E você não pode mais visitar a Rini.

Portanto, ele esqueceu a briga que eu tive com ela.

— Claro que não — concordo, estendendo o prato para a Mãe colocar as batatas que está servindo.

— Esqueça tudo o que aconteceu até agora — acrescenta ele, não percebendo o ridículo da frase.

— Vou fazer o possível — prometo.

Quando vou recolher o prato, a Mãe ergue ameaçadoramente a mão na minha direção, visto que a minha resposta, para ela, não é garantia suficiente.

— Isto é sério, Sophie — alerta ela.

— Eu sei! — respondo, com uma agressividade furiosa.

Ela me lança um olhar de desprezo enquanto ergue o prato do Hansi, o que significa que ainda não considera o assunto encerrado comigo.

Claro que à noite, quando vou me trocar para ir deitar, ela entra de súbito no meu quarto e tira mais um livro das minhas prateleiras só para me irritar: uma edição de *Fausto*, de Goethe, que nunca li. Foi um presente dos pais da Rini pelos meus 14 anos.

— O Goethe também já entrou na sua lista negra? — pergunto. — Não sabia que ele era comunista.

— É complexo demais para uma menina como você — responde ela, numa voz arrogante.

Uma crítica literária que nunca lê. Realmente perfeita para a Alemanha.

Percebo que ela vai aproveitar as novas crenças do Pai para aumentar ainda mais seu controle sobre mim. Mães obedientes e pais que usam as regras de Hitler para se vingar dos seus filhos renegados... Será que isso também faz parte da nova bandeira?

— O Goethe pode ser denso demais para fazer arder bem — observo, num tom debochado de falsa disposição para ajudar. — Mas se rasgar as páginas, podemos pôr os pedacinhos de papel na sopa para a gente comer. Quem sabe as palavras poéticas dele não dão mais sabor às suas batatas!

Abro um sorriso rasgado para provocá-la. Também sei brincar de marionete quando é preciso.

— Sophie, isso não teve graça nenhuma! — berra ela, furiosa.

Tenho certeza de que Goethe morreria de rir se comêssemos as suas palavras.

— Sabe, mãe, se a senhora ficar bem caladinha — acrescento, num sussurro conspiratório —, acho que é capaz até de conseguir ouvi-lo rindo da senhora neste exato momento.

O que lhe traz lágrimas aos olhos. Uma pequena e amarga vitória para as crianças da Alemanha. E para os nossos escritores.

Mas depois o Pai entra para brigar comigo por ter sido malcriada e repara que não estou grande demais para levar uma surra, o que é inesperado, visto que até então nunca nem levantou a mão para mim. Ele traz o cinto de couro bem esticado entre as duas mãos, e seus olhos se enchem do desdém que ele costumava reservar apenas aos capitalistas donos de fábricas quando me diz que a partir de agora vai esperar mais de mim. Suas palavras cortam como lâminas, são ditas para me ferir definitivamente, tal como ele foi ferido, e para sempre vou me lembrar de ouvi-lo dizer, cheio de sarcasmo:

— Você se acha uma pequena Kurt Tucholsky, com esse malvado senso de humor judeu, mas no fundo não passa de uma garota insolente e ingrata.

Acabo soluçando, porque, mesmo que eu me odeie, como posso deixar de ser quem sou, sabendo que o meu pai me traiu?

Os dilemas de uma menina que não compreende até que ponto é fácil nos transformarmos numa pessoa nova.

Depois que paro de soluçar, ganho coragem para fazer a única pergunta que ainda preciso fazer para poder saber exatamente o que é exigido de mim. O Pai está agora sentado aos pés da minha cama, massageando meus pés, sendo amoroso comigo, agora que conseguiu fazer com que eu me sinta um lixo.

— O senhor se tornou membro do Partido Nazista? — pergunto.

— Ainda não, mas vou me tornar, se tudo correr bem.

— Ótimo, fico contente — respondo. Talvez ele receba um exemplar autografado do *Mein Kampf*, de brinde. *Para o meu querido Friedrich... com os desejos de maior felicidade, Adolf...* — Pode trazer para nós umas braçadeiras? — continuo, com falso entusiasmo, para ver até onde consigo ir.

Ele está enfiando o cinto de volta nos passadores da calça.

— Quer mesmo uma? — pergunta ele, surpreendido.

Minha vontade é dar uma resposta entusiástica e absurda: *Como eu poderia viver sem uma?!* Dessa forma ele teria certeza de que eu já percebi que tudo isto é uma farsa. E, se eu gritasse que Hitler não passa de um caçador de ratos austríaco e continuasse gritando, talvez assim eu conseguisse convencê-lo a me contar em segredo o que lhe aconteceu realmente, e talvez pudéssemos planejar uma fuga.

Mas, se ele me ameaça, deve estar aterrorizado pelo que eu posso vir a fazer ou dizer. O Bússola Ao Contrário conseguiu agora que os pais de toda a Alemanha tenham medo dos próprios filhos.

— Claro que quero uma braçadeira — digo. — Quero ajudar ao senhor e à Mãe. E traga duas, para o Hansi não ficar com ciúmes — acrescento com um sorriso benevolente, como se fosse uma boa irmã mais velha, mas o que estou pensando mesmo é que o meu irmão não tem nada que se safar assim sem mais nem menos, sem dificuldades.

Nessa noite acordo suando frio, convencida de que a Mãe vai queimar todos as minhas revistas de cinema alemãs a menos que eu tire das páginas todos os judeus; por isso, sento-me no chão e arranco as fotografias de Al Jolson, Paul Muni, Edward G. Robinson e dos Irmãos Marx. Elimino Charlie Chaplin também, porque a maior parte dos alemães acha que ele é judeu, embora não o seja. Marlene Dietrich também se vai, visto que fugiu da Alemanha para ir para Hollywood, e até rasgo uma fotografia romântica de Carole Lombard dançando com Clark Gable, porque me lembro de uma história qualquer de ela ter mudado de nome, e um close-up de James Cagney, porque Rini me disse um dia que ele cresceu num bairro judeu em Nova York e sabe falar fluentemente o iídiche. Um americano de origem irlandesa que fala como um judeu: é o suficiente para dar arrepios ao *Führer*!

Depois, reunindo uma espécie de coragem frenética, rasgo todos os meus cromos de maços de cigarros, exceto os da Garbo e os da Dietrich. Quanto à minha Coleção K-H, essa já é mais difícil de decidir. Fico pensando se não seria uma boa ideia entregá-las pela manhã ao Pai para conquistar mais sua confiança. Afinal, ele não vai querer que ninguém descubra que tirou fotos — todo animado e sorridente — com um grupo de deficientes e judeus. Mas entregá-las seria o mesmo que admitir a derrota total. Por isso, tiro a fotografia emoldurada da Garbo que está pendurada acima da minha cama e, com uma faca, abro uma fenda no papel pardo que a forra por trás. O envelope com as fotos de K-H encaixa perfeitamente por trás do retrato, e, quando volto a pendurá-lo na parede, Greta continua sorrindo enigmaticamente, com seu cabelo penteado para trás como o de um homem, a mulher mais magnífica do mundo.

O que é maravilhoso é que nenhum nazista iria suspeitar de que a Greta Garbo poderia esconder judeus. Nem o meu pai.

No dia seguinte, devolvo a Isaac seu livro sobre Giotto, convencida estou de que os artistas italianos podem também acabar indo parar na lista negra da minha mãe.

— Mas eu queria que você ficasse com ele — diz Isaac, confuso.

Estamos os dois de pé à porta dele.

— Já vi tudo, de uma ponta à outra — digo, e uso a desculpa de estar atrasada para a escola para recusar seu convite de entrar e tomar um café.

Quando saio correndo, ele me chama:

— Vamos dar a nossa festa de Carnaval neste sábado, e estamos contando com você.

Eu já esperava o convite, já que a maior parte das festas em Berlim vai acontecer este sábado, quatro dias antes da Quarta-Feira de Cinzas, que vai cair no dia 1º de março. Mas mesmo assim não sei o que responder.

— Vou tentar — respondo apenas, mas acho difícil que eu vá, a menos que, tal como o meu Pai, eu consiga encontrar uma impostora que me substitua lá em casa.

Autorretrato: onde está o meu verdadeiro pai?

Na noite do dia seguinte, meu pai me chama à parte para me mostrar uma cópia da carta que o professor Furst escreveu para apoiar sua admissão ao Partido Nazista. Ele se ergue nas pontas dos pés, como se a carta fosse a medalha de ginástica pela qual vem esperando a vida inteira. Pertencer ao Partido como compensação pelos elogios que nunca recebeu.

Para agradá-lo, finjo ler a carta com atenção e depois digo:

— Pai, se quiser, posso ir com o senhor a uma manifestação nazista um dia desses. Podíamos ir ouvir o chanceler falar.

Claro que o meu pai verdadeiro me pouparia de uma coisa dessas.

Ele me abraça longamente, e tudo nele é como sempre foi, exceto seu cheiro, já que há mais de 24 horas não fuma um cigarro. Aquilo que começou como uma mentira passou a ser verdade. Em questão de dias, o Bússola Ao Contrário já conseguiu operar nele esse milagre. Por isso, talvez eu acorde amanhã com coque no cabelo e, quando correr para o espelho, descubra que sou a Gurka Greulich.

A TERCEIRA PORTA

Três são as partes da alma; os clarões do *shofar* sagrado no Rosh Hashaná; os períodos da vida de Jacó; e os pilares do *sephirot*, as luzes supremas do Senhor.

Shehakin, o terceiro céu, é o pomar da sagração, onde receberás as forças para continuar a tua viagem. A Terceira Porta corresponde ao desejo de todos os seres, grandes e pequenos, de se unirem uns aos outros e ao Senhor.

Quando entrares na terra e plantares qualquer tipo de árvore para teu sustento, tratá-la-ás como se ela fosse a árvore do fruto proibido. Durante três anos, os seus frutos não serão colhidos nem comidos — Levítico, 19.

Berequias Zarco, *O livro da união*

Capítulo 8

⛨

No dia da festa de Carnaval de Isaac, salto cedo da cama e me visto depressa; acordei tendo uma revelação sobre as razões que podem ter levado o assassino a escolher tinta azul para as suásticas que pintou no rosto de Georg.

Levo Hansi a reboque quando saio voando pela porta. Disse à Mãe que vamos ao Tiergarten, mas a verdade é que nos dirigimos à Livraria dos Armazéns Wertheim. Ao chegarmos à Leipziger Platz, as nuvens estão carregadas e escuras de chuva. E, quando o céu se abre, meu irmão berra que sente a pele queimar, embora eu esteja protegendo-o com o guarda-chuva. Portanto, entramos num café e passamos uma hora inteira bebericando o nosso chocolate quente até podermos sair de novo. Dois homens altos com vestidos de paetês, sapatos de salto alto e cabeleiras louras — já vestidos para um baile de Carnaval — e já cheios de cerveja nos dão dois enormes balões azuis quando voltamos à rua. Também se ajoelham e nos dão beijos no rosto. Hansi limpa a bochecha e faz sinal de que quer o meu balão, e eu satisfaço sua vontade. Faço o que for preciso para distraí-lo das pesadas nuvens cinzentas que parecem dispostas a aprontar mais das suas.

Dentro da Wertheim, um funcionário parecido com Harold Lloyd encontra para mim o livro de que preciso, chamado *O guia do leigo na medicina forense*, da autoria de Siegfried Klein.

Vou folheando o livro ao balcão, dizendo:

— Preciso de dez minutos para ter certeza de que é este o livro que eu quero.

Harold Lloyd franze o cenho, por isso tento agir o mais depressa possível. Tal como eu suspeitava, um tom azulado na pele pode ser causado por estrangulamento. Aparentemente, o corpo fica descolorido pela falta de oxigênio, o que significa que as suásticas azuis podem ter sido pintadas no rosto de Georg para tentar impedir que os policiais percebessem a causa da morte.

Talvez o assassino tenha usado o estojo de maquiagem do próprio Georg e depois o levado para impedir que detectassem suas impressões digitais. Contudo, essa explicação não faz assim grande sentido: qualquer policial experiente, e certamente qualquer inspetor da polícia, iria verificar uma descoloração do tom da pele. E também teriam sido visíveis quaisquer marcas no pescoço de Georg, mas não havia nenhuma.

Utilizando o índice, localizo uma referência ao fenômeno de Raynaud, que, pelo visto, corresponde a uma descoloração dos dedos e das solas dos pés causada por uma temperatura extremamente baixa. Poderia Georg ter sido morto ao ar livre, num dia gélido, e depois arrastado para seu apartamento? Mas estávamos em abril quando ele foi assassinado...

Nesse dia, mais para o fim da tarde, Tônio e eu vamos ao cinema. Primeiro vemos um filme escolhido por mim, uma nova versão de *Anna Christie*, com a Garbo, mas, agora, suas melodramáticas expressões faciais só conseguem me irritar. Como é possível que eu nunca tenha percebido antes que ela, pura e simplesmente, não presta? Mas não há dúvida de que é lindíssima, e talvez seja só isso o que importa. Depois vamos ver *A múmia*.

Já que não posso desabafar com Tônio sobre a conversão do meu pai nem sobre a minha perplexidade quanto ao assassinato de Georg, limitamo-nos a falar de carros e de Hollywood. Depois, quando termina o primeiro filme, fico cada vez mais calada, à medida que caminhamos em direção ao teatro Ufa-Palast, lutando contra o desespero. Uma banda de jazz Dixieland — todos vestidos com peludas fantasias de animais, com trombones, clarinetes e trombetas saindo dos focinhos — está tocando às portas da estação do Jardim Zoológico, e o meu namorado dá uns desajeitados passinhos de dança ao som da alegre música para me animar, mas eu me limito a olhar para ele com ar sombrio. Quando ele me pergunta o que há comigo, digo que estou pensando seriamente em dormir com ele, já que é a única resposta que ele quer mesmo ouvir.

Dar às pessoas aquilo que elas querem. Minha nova palavra de ordem.

Ele me abraça e me beija diante de um quiosque de revistas, de tal forma que o proprietário, um sujeito de pele amarelada e cheia de verrugas, tira o cigarro da boca para assobiar e em seguida pisca o olho para mim, alegre. Graças a Deus que há berlinenses, ainda há esperança para o nosso país.

Mais ao final da rua me dou conta de que pretendo me entregar a Tônio como forma de punir a mim mesma. E também aos meus pais, já que eles teriam vergonha de mim.

— Tônio, se eu quisesse morrer... se essa fosse a minha única alternativa para não me tornar alguém que eu não quisesse ser... você se importaria de enfiar um travesseiro no meu rosto enquanto eu estivesse dormindo, para me sufocar?

— Do que diabos você está falando?

— Não interessa. Não é importante.

Vendo que o meu estado de espírito não melhora, Tônio me dá um beijo afetuoso no rosto, e, quando começa *A múmia*, põe o braço por cima do meu ombro. Estamos sentados como dois amigos, e eu finjo que o cinema cheirando a mofo é o nosso próprio Universo Hansi, sem nenhum outro mundo lá fora. Mas acontece que estamos vendo o filme errado; Boris Karloff se fazendo de uma antiga múmia egípcia que volta à vida e persegue uma mulher que o confunde com seu amor há muito tempo perdido é tão absurdamente ruim que condensa tudo aquilo contra o qual tenho que lutar, até o meu próprio senso de humor judeu. Com vontade de sair da minha pele, vou ao banheiro para lavar o rosto e depois fujo correndo do teatro. Tônio consegue me alcançar na rua alguns minutos mais tarde.

— O que aconteceu? — pergunta ele.

— Nada.

— O que eu posso fazer?

— Pode fazer de mim uma pessoa nova... uma mulher — sussurro, e penso: *Todos os caminhos que levam a Hitler são os caminhos certos; portanto, por que não aquele que me trespassa diretamente o coração?*

— Quer dizer...? — Tônio põe a língua para fora no canto da boca, sua cara de cachorrinho. Quando faço que sim com a cabeça, ele tira uma chave do bolso. — Há muito tempo que eu estou me preparando — diz com um sorriso rápido. — Sei de um lugar aonde podemos ir, é aonde o meu pai leva as amigas dele.

Detesto o seu sorriso sôfrego, mas ainda bem; já me sinto ferida por ele de uma forma que nunca esquecerei.

Tônio me leva às pressas para um apartamento todo acabado no último andar do nº 18 da Tieckstraße; roubou a chave do pai e mandou fazer uma cópia. Sobre o telhado vermelho-escuro da fábrica de porcelana fechada, do outro lado da rua, vê-se a alta flecha de cobre esverdeado da Sophien Kirche apontando para um céu que nunca conseguirá alcançar. Graças à transformação do coração, do *meu* coração, aquela flecha passa a ser a agulha em volta da qual gira o meu futuro, e, enquanto me equilibro no seu topo, com Tônio se despindo atrás de mim e falando pelos cotovelos sobre carros, vejo claramente que não sou obrigada a fazer isto. Nos meses que se seguirão, muitas vezes vou negar para mim mesma que eu soubesse o que estou fazendo, mas sei perfeitamente.

O Dr. Hessel só tem um divã de metal e um guarda-roupa barato no quarto. Nem rádio, nem mesinha de cabeceira, nem tapete. Mas no teto alguém colou um espelho retangular, e me ver nua me causa um arrepio. É o corpo do Tônio que me impede de entrar em pânico. Seus ombros são lindos, e eu adoro a forma como seus braços esguios pendem ao longo do corpo, e a maneira como ele coça a região púbica. É um rapaz prestes a ser homem, num limiar que estamos ambos quase transpondo. O pênis dele já pende de forma pesada, com a ponta arroxeada e brilhante, espreitando para fora do prepúcio. Vulnerável e bobo. E todo meu.

— Seu pênis é lindo — digo. Ele ri, por isso acrescento: — Estou falando sério. É uma das suas maiores qualidades. Os seus olhos sombrios, o seu entusiasmo e esse magnífico mastro... Além do quê, você sabe falar um pouco de russo, o que acho *unheimlich*.

Sinto-me tonta e ouço o meu próprio riso como se viesse de longe. Deve ser por estar de pé em cima daquela agulha tão alta, tentando não cair.

— Você se lembra de quando *unheimlich*, "estranho", era a sua palavra favorita? — continuo. — Não foi assim há tanto tempo, embora agora pareça que estamos muito mais velhos. Você precisa fazer a barba quase todos os dias agora, e eu...

Paro de falar, porque ele não parece interessado na nossa conversa.

— Venha cá — diz Tônio.

Ele fica de pé junto à cama e levanta o pênis. Eu fecho cuidadosamente as cortinas, como se fossem uma porta que nunca mais poderá ser aberta.

O pênis dele responde imediatamente à minha atenção. É o meu refúgio. Depois de o deixar ofegante, pergunto no que estava pensando desde que entramos no bonde para vir até aqui.

— E a sua mãe? Ela suspeita de que o seu pai a engana?

— Acho que não. Sophie, pelo amor de Deus, não pare!

— Não acha que ela tem o direito de saber?

— Se até agora ainda não descobriu, então é porque não quer.

Acho que me enganei quando disse que o Tônio não tinha grande intuição. O provável é que ele só não entenda a mim.

Levo-o até a cama, e, deitados lado a lado, nos beijamos, e ele acaricia meu cabelo e meus ombros, que é sua maneira de dizer que vai ser delicado comigo. Quando pega na minha mão e a aperta com força, percebo que quero *mesmo* tê-lo dentro de mim. E é então que me sinto sacudida por um primeiro arrepio de desejo por ele. Murmurando uma oração ao Deus que Isaac venera, aquele que vela por nós, deito-me de costas.

Depois de enfiar o pênis do Tônio dentro de mim, ergo as mãos e aperto seus ombros largos, a fim de me sentir mais segura. Mas o pânico não me deixa respirar fundo, avisando-me do perigo presente e dos arrependimentos futuros. Parece que já não sei quem sou, e começo a me remexer debaixo dele e a pedir que saia de cima de mim.

— Agora? — pergunta ele, incrédulo.

— Tônio!

— Só um minuto... para eu acabar. Vou ser o mais rápido possível.

Ele entra em mim com violência, e sinto sua respiração quente no meu pescoço; a forma frenética como se enterra em meu corpo me dá vontade de empurrá-lo para longe com toda a minha força. A simples insistência fria que ele demonstra, como se eu fosse um muro alto que ele tem que escalar para chegar à virilidade, me faz compreender que eu não estava preparada para isto.

É tudo culpa minha, droga, digo a mim mesma, fechando os olhos com força, e, na escuridão quente e úmida que é dentro de mim mesma, repito vezes sem conta que o homem que está me machucando e arfando em cima de mim é apenas o Tônio. Somos amigos há anos, e posso confiar nele. Isto vai nos aproximar mais. Um dia vamos nos casar.

E também digo a mim mesma que a sensação de queimadura bem dentro de mim não significa que estou sendo dilacerada, reduzida a rasgos. Agarro-me a ele, enterrando os dedos nas costas, como se fosse o único que pode me ajudar agora. Salva pelo mesmo homem que agora me machuca.

Será esta a dolorosa ironia com que se deparam todas as meninas que se deitam sob um homem pela primeira vez?

— Sophie, se eu estiver machucando você, eu paro.

As palavras que eu esperava ouvir. Mas agora é tarde demais.

— Não, não pare. Saia quando estiver pronto. E termine o mais rápido possível.

— Faço tudo que você quiser.

Fiel a sua palavra, ele termina depressa e explode com violência sobre a minha barriga. Rio às gargalhadas, com as lágrimas escorrendo pelo meu rosto, por causa do ridículo daqueles esguichos e por estar tão aliviada de já não o ter dentro de mim.

Tônio fica deitado contra mim. Ele me dá um beijo no rosto, e, quando me viro para ele, vejo que seus olhos estão úmidos.

— Desculpa ter machucado você. Foi sem querer.

Só então é que me lembro de que o amo. E que eu deveria ter ficado excitada.

Quando passo a ponta do dedo pelo seu sêmen e o levo à boca, sinto também o gosto salgado do meu sangue. Com um arrepio, ergo os olhos para o espelho do teto e vejo lá os nossos corpos. Dois estranhos exilados das pessoas que costumavam ser.

Quando chego em casa nesse dia, ao fim da tarde, faço de conta que estou doente, para não ter que ir à festa anual do meu tio Rainer.

— O que você tem? — pergunta a Mãe, cética.

— Minha barriga dói.

O que até é verdade. Passo por ela cambaleante a caminho do banheiro, exagerando meu mal-estar.

— *A múmia...* isso lá é filme para uma menina ver?

— Tem razão. Era horrível. Obriguei o Tônio a sair antes de acabar.

Minha concordância lhe agrada. Num tom mais brando, ela me pergunta:

— Se ficar em casa, o que é que vai jantar?

— Faço uma sopa para mim. De qualquer forma, eu não conseguiria engolir mais nada. Agora só quero é tomar um banho e me deitar na cama. Preciso me lavar da imagem daquele medonho Boris Karloff.

O Pai entra no meu quarto na ponta dos pés logo antes de eles saírem para casa do tio Rainer, em Westend. Tentando me fazer rir, ele pôs seu chapéu de caubói. Mas eu estou debaixo dos cobertores e semiadormecida, esforçando-me ao máximo para me fazer voltar a ser a jovem que eu era há apenas algumas horas. Ele ajoelha-se ao meu lado e sussurra:

— Lamento que não esteja se sentindo bem, *Häschen*.

Agarro-me a essa voz, à adoração que tenho pelo meu pai, mas logo a Mãe aparece por trás dele, com os lábios torcidos de indignação. Veste uma comprida saia violeta e um xale preto. Estará ela disfarçada de cigana? Não lhe dou o prazer de perguntar. De qualquer forma, devo ser uma grande burra em relação a algumas coisas, porque pela primeira vez na vida percebo que ela está com ciúmes de eu ser tão próxima do Pai.

— Sophie, não quero que você saia deste apartamento! — diz ela, em tom de aviso.

— Hanna, por favor. Deixe a pobre menina dormir.

Vendo que estou olhando para ele, o Pai arregala os olhos, como se a Mãe fosse uma pateta. O que é um erro. De uma forma vaga, começo a entender que, nos últimos anos, ele se esforçou bastante para fazer dela o vigia da família. Dessa forma, ele fica livre para ser amoroso comigo. Contudo, sempre houve um outro homem dentro dele — um homem que segura um cinto esticado entre as duas mãos. Portanto, quem é o mau e o calculista afinal?

Não durmo. Na cama, começo a pensar em assassinatos, inclusive no meu próprio, refletido num espelho de teto. Fechando os olhos, imagino meu corpo inerte sendo fotografado por K-H, mas meu rosto não é o meu, é o de Georg. Uma traqueia esmagada e nem uma marca... Não devo ser muito boa como detetive, porque não consigo entender como isso é possível. Começo a fazer conjecturas na minha cabeça, olhando por baixo do vidro, mas nada faz sentido.

Quando me dá fome, vou me arrastando até a cozinha. Estou mexendo minha sopa de cenoura quando ouço baterem à porta.

— Vera!

Ela veste uma capa e uma echarpe pretas. Um gigante feito de sombras... Trocamos beijinhos. Meu coração dá um salto ao sentir a proximidade dela.

— O Isaac disse que viu os seus pais saírem com o Hansi — diz ela. — Está sozinha?

— Estou, graças a Deus. Quer um prato de sopa?

— Agora não. Talvez daqui a pouco.

Levo-a até a cozinha. Cheirando o ar ruidosamente, ela pergunta:

— Aconteceu um incêndio aqui?

— Minha mãe andou queimando as provas de que o meu pai era comunista.

— Então ele entrou para os nacional-socialistas?

— Entrou. Lamento muito.

— Não peça desculpa! É uma boa estratégia. É capaz de os nazistas em breve fecharem as portas a novos membros, e, nesse caso, como ele ficaria?

Vera senta-se à mesa e recosta-se no espaldar da cadeira, tirando a echarpe. Atira os sapatos fora, que vão voando até o fogão. Suas meias são amarelas.

— Pensei que você só usasse preto e branco — digo.

— Eu me permito umas cores escondidas, só para mim e meus admiradores — responde ela, com um sorriso malicioso. — Então, Cinderela, o que é que uma jovem bonita como você está fazendo sozinha em casa na noite do baile?

Volto a mexer a panela de sopa e explico que não estava a fim de me sentir encurralada na casa do meu tio. Ela acende um cigarro. Reunindo toda a minha coragem, peço-lhe um.

— Agora você fuma?

— O Hitler diz que as mulheres não devem — digo, em tom de desafio.

Ela me dá um e o acende. O cigarro tem um sabor horrível e me provoca uma sensação tão arrepiante como se tivesse uma lagarta peluda entre os meus dedos. Finjo que sou Marlene Dietrich, mas eu cuspiria um pulmão inteiro se inalasse aquela fumaça toda que ela traga.

— Venha à nossa festa de Carnaval — diz Vera. E, num sotaque propositadamente afetado, acrescenta: — Só vai ter a fina flor de Berlim por lá.

Viro-me outra vez para minha sopa, com medo de ver a desilusão no rosto dela.

— Meu pai me mata se eu for.

Depois de acrescentar uma pitada de sal, pratico a minha técnica de fumar, mas a única coisa que sinto é que estamos criando ali uma nuvem de fumaça malcheirosa. Vou ter que abrir as janelas todas assim que a Vera for embora.

— E então, como vão as coisas com o Tônio? — pergunta ela.
— Nós... já dormimos juntos.
Fico esperando que ela dê um salto ou um grito. Em vez disso, ela ergue uma sobrancelha e diz:
— E...?
— E não tenho certeza se devia tê-lo feito.
— Porque os seus pais não iriam gostar?
— Não é só isso.
Como pôr em palavras a minha sensação de ter sido traída? E não pelo Tônio, mas por mim mesma.
— Porque não gostou? — especula Vera. — Olha, Sophele, ninguém gosta nunca, não da primeira vez.
— A Vera também não?
— Eu? Durante todo o tempo que tive o homem em cima de mim, a única coisa que me vinha à cabeça era por que raio se falava tanto nisso. Ele tinha 60 centímetros a menos que eu. Era como se estivesse sendo fodida por uma fuinha. — Quando começo a rir, ele diz: — Depois que o homem foi embora, fiquei sem entender nada. Pensei comigo: "Foi essa merda desse esfrega-esfrega que provocou a Guerra de Troia, e a *Ilíada*, e mais 2 mil anos de produção literária?" — Ela balança a cabeça. — Seja como for, com certeza não valeu o dinheiro que eu paguei.
— Você pagou a um homem para dormir com você?
— De que outra forma eu ia conseguir levá-lo para a minha cama?
— Quem era ele?
— Um pedreiro romeno.
— E por que ele?
— Estava em oferta. — Com voz preocupada, ela acrescenta: — Espero que você tenha tomado as precauções necessárias para não ficar grávida.
— Tomei.
— Então — ela sorri —, qual é a sensação, agora que já é uma mulher experiente como eu? — Ela bate os cílios, a *femme fatale* mais improvável do mundo.
— Quer saber a verdade? Fiquei aterrorizada. Entrei em pânico. E sangrei...
— Da primeira vez que fiz, achei que tinha cometido o maior erro da minha vida. E que ia morrer de tanto que tinham me ferido.
— Então não sou eu que sou burra?
— Não totalmente. Olha, ninguém se sente bem quando faz sexo pela primeira vez. Nem mesmo os homens. Embora eles nunca fossem capazes de admitir.

Tiro uma tigela de sopa do armário acima do fogão.
— Tem certeza de que não quer? — pergunto. Quando ela balança negativamente a cabeça, acrescento: — Alguma vez já amou alguém?
— Uma vez, mas não durou.
— Quem era ele?
— Isso é informação confidencial.
— Era o Georg?
Ela tem o sobressalto que eu já esperava.
— Como é que... como soube?
— Pela maneira como ele a provocou na festa do ano passado. Percebi que gostava de você.
— E eu também gostava dele. Mas toda vez que nos encontrávamos acabávamos sempre brigando.
Ela apaga o cigarro, o que me autoriza a fazer o mesmo. Então abro a janela, encho a minha tigela e levo-a para a mesa.
— Como é que ele era?
Ela recosta-se para trás.
— O Georg? Inteligente e bondoso, e uma verdadeira estrela do circo, mas... mas não muito corajoso.
— Por que diz isso?
— Bom, corajoso talvez seja a palavra errada. Ele só não gostava de correr riscos. Foi depois de cair do arame. Queria que tudo fosse certo e seguro. O acidente o mudou. Tornou-o mais reticente com as pessoas, mais... — Ela morde seu lábio em forma de minhoca enquanto procura a palavra certa.
— Desconfiado? — Estou pensando no meu pai, claro.
— Não, ele era confiante. Simplesmente distante. E amargo, por não poder trabalhar no circo. E depois os problemas que teve na Savigny Platz... o tiro que levou tornou-o ainda mais misantropo.
Então, talvez o espírito brincalhão que evidenciou no seu último almoço com o patrão tivesse sido apenas uma forma de disfarçar uma vida cada vez mais limitada pelo medo e pela saudade.
Tomo uma primeira colherada de sopa. As cenouras ainda estão um pouquinho duras, tal como eu gosto, mas a Mãe ficaria horrorizada.
— Sabe se a polícia ainda está investigando o crime? — pergunto.
— Está, me chamaram faz algumas semanas para me interrogar. Foi a segunda vez. O que irrita é que perderam comigo o tempo que podiam ter gastado tentando encontrar o assassino.
— O Georg tinha inimigos de que você tivesse conhecimento? Alguém que quisesse nos levar a pensar que foram os nazistas que o mataram?

Vera inclina-se para a frente, ávida por ouvir mais.

— O que quer dizer com isso?

— Pintar suásticas no rosto dele seria uma boa maneira de desviar da pista do verdadeiro assassino.

— Você viu muitos filmes.

— Ou então, quem viu muitos filmes foi o assassino dele. E por que suásticas azuis? Já pensou nisso?

Levanto-me para ir buscar uma fatia de pão *pumpernickel*.

— Claro que já, o Georg foi um grande amigo meu durante 15 anos! — retruca ela, furiosa.

— Desculpe, não queria aborrecer você. É só porque... consultei um livro médico e descobri que, quando as pessoas não recebem oxigênio suficiente, ficam com o rosto azulado. Talvez o assassino tenha se surpreendido com aquele tom estranho do rosto dele e por isso procurou em volta, no desespero, até encontrar a maquiagem. O Isaac me contou que o estojo de maquiagem do Georg desapareceu. Mas o problema, Vera, é que, mesmo que a traqueia dele tenha sido esmagada, não me parece que o Georg tenha sido estrangulado. Eu vi as fotografias que o K-H tirou dele e não havia marcas no pescoço.

Enquanto ela pensa no assunto, parto o meu pão em pedacinhos minúsculos, deixo-os cair na sopa e fico mexendo-a com a colher. Quando finalmente ergo os olhos para Vera, ela diz, de um fôlego só:

— Nesse caso, não entendo o que aconteceu.

— Nem eu. Mas se quisermos mesmo conseguir compreender alguma coisa um dia, temos que descobrir como é que o Georg ficou azul e com a traqueia esmagada *sem* ter sido estrangulado.

Sinto uma estranha exaustão depois de falar com Vera sobre as minhas teorias, como se estivesse subindo um monte ao longo da minha própria vida.

Vera inclina-se para mim enquanto como a sopa.

— Não consigo pensar em ninguém que detestasse o Georg o suficiente para querer machucá-lo — diz ela —, embora... — Ela faz uma pausa, lançando-me um olhar preocupado. — Embora talvez a polícia tenha mentido quando disse que a traqueia dele tinha sido esmagada. Talvez estivessem envolvidos nisso e quisessem encobrir o que fizeram ao Georg...

— Não tinha pensado nisso — admito —, mas se estão encobrindo alguma coisa, é pouco provável que algum dia a gente...

Não acabo a frase, porque vejo que os cílios dela brilham de lágrimas. Ela os enxuga com violência. Pouso a colher.

— Me desculpe por fazê-la falar dessas coisas — digo.

— Não é culpa sua. É só que eu detesto estes tempos em que vivemos — diz Vera. — E às vezes não consigo acreditar que o Georg morreu. Sempre sonho com ele, e acordo achando que vou pegar o telefone e falar com ele. Sabe, Sophele, a Alemanha nos faz desconfiar de tudo e de todos. E a única forma de estar completamente seguro é já estar morto!

Uma verdade a que eu deveria ter prestado mais atenção...

— Vera, me diga uma coisa. Eu soube que você levou mobília para o apartamento do Georg na noite anterior à morte dele.

— Sim, o Isaac me contou que você andou conversando com os vizinhos dele. O Georg tinha decidido fazer umas mudanças na decoração.

— Mas o fato de continuar no apartamento e de comprar móveis novos significa, provavelmente, que ele não fazia a menor ideia de que estava correndo grande perigo. E, no entanto, já tinha levado um tiro. Ele não pensou nem em mudar de casa ou de emprego? Alguma coisa na atitude dele não se encaixa muito bem.

— Durante um tempo ele realmente mudou a sua rotina, para ser menos previsível. Mas depois, passados alguns meses, decidiu que não ia deixar os nazistas determinarem sua maneira de viver... nem o obrigarem a parar de fazer planos. Por isso, quando viu uma mesa que queria, comprou-a, e também um tapete antigo em que estava de olho já fazia algum tempo. Foi um ato de desafio. Não estou dizendo que ele corresse riscos idiotas. À noite ele costumava ficar em casa. E comprou uma arma. Levava-a sempre que saía.

— Sabe onde está agora essa arma?

— Onde está? — repete ela, numa voz surpresa, o que me parece estranho. — A polícia pegou, claro.

— Então estava no apartamento dele quando você encontrou o corpo?

— Sim, ele guardava na gaveta da mesinha de cabeceira quando estava em casa. Entreguei-a aos policiais.

— Tem certeza?

— Claro que tenho certeza! — exclama ela, batendo com o punho na mesa.

— É só porque você me pareceu surpresa com a minha pergunta. E agora me parece zangada.

— E estou zangada! Porque a polícia não gostou que o Georg tivesse uma arma... talvez por ele ser judeu. E você também parece achar que ele não tinha o direito de se proteger!

— Não foi nada disso que eu quis dizer! — respondo, irritada, pois agora tenho a sensação de que a Vera é o tipo de pessoa que vai pressionando o outro até encontrar resistência. Numa voz mais branda, digo: — Mas escute, as coisas estão ficando mesmo estranhas. O assassino pode ter sido ou um estranho, ou alguém que o Georg já conhecia, não é? Imagine que era um estranho. Não seria normal o Georg ter ido buscar a arma antes de abrir a porta? O que significa que provavelmente teria conseguido dar pelo menos um tiro antes de ser dominado. Mas qualquer pessoa que fosse amiga do Georg poderia saber que ele tinha uma arma. Nesse caso, não seria normal o assassino ter levado uma, para ficar em pé de igualdade em caso de luta? Talvez ele tivesse dado um tiro no Georg, em vez de esmagar a traqueia.

— Não, um tiro seria ouvido, e está claro que o assassino queria evitar ser notado.

— Todo mundo do Círculo sabia que o Georg tinha uma arma? — pergunto.

— Não tenho certeza. Ele nunca anunciou isso em nenhuma reunião, não que eu me lembre, mas, depois que levou o tiro, a maior parte de nós partiu do princípio de que ele se armaria. Sei que ele falou da arma a mim e ao Isaac. Quanto aos outros... — Ela se levanta e se dirige à porta. E, virando-se para mim, dá de ombros, como quem diz que nunca vamos saber.

Como um pouco mais de sopa molhando nela o pão, tentando ver por baixo do vidro.

— Talvez o assassino não fosse amigo do Georg, mas simplesmente um conhecido, um membro pouco ativo do Círculo — digo.

Vera volta a sentar-se à minha frente, mas não diz nada. Fica olhando ao longe, por cima do meu ombro, talvez pensando em Georg. Eu tomo a minha sopa. Depois, decido voltar à questão do motivo.

— Sabe se o Georg alguma vez disse que poderia ir a público com os nomes dos nazistas que foram comprados pelo Raffi?

— Nunca ouvi falar de nada nesse sentido.

— E a mesa e o tapete... Havia alguma coisa de especial neles? Eram muito valiosos?

— Quer dizer que talvez o assassinato dele tenha sido um roubo que acabou mal?

— Isso.

— O tapete estava um pouco esgarçado, para dizer a verdade. E a mesa era boa, mas nada de especial. Além disso, a única coisa que desapareceu da casa dele foi o estojo de maquiagem.

— Sabe onde estão agora o tapete e a mesa? — pergunto. Gostaria de dar uma olhada neles, embora eu não saiba por quê.

— Não faço ideia. As únicas coisas que herdei foram umas fotografias de um espetáculo do Georg. Não sei onde foram parar as outras coisas dele.

— Importa-se que eu pergunte por que vocês dois terminaram?

Ela puxa o cabelo para trás com a mão tensa.

— Nunca chegamos a ficar mesmo juntos. Gostávamos um do outro, mas o meu físico era um obstáculo para ele. E, para ser honesta, acho que não sou o tipo de mulher que consegue ser metade de um casal. A única razão que tenho agora para fazer sexo é ver se consigo engravidar.

— Quer ter um filho? — pergunto, espantada.

— Desde que não saia igual a mim. É por isso que quero o pai mais bonito que eu conseguir arranjar. Quero o Rodolfo Valentino!

— Mas como pode ter certeza de que o bebê vai sair parecido com o pai?

— Não posso. E isso, Sophele, é o meu maior problema. — Ela acende outro cigarro, mas agora com mãos hesitantes. Recostando-se na cadeira, fuma, pensativa. — Não é que o rosto do bebê importasse tanto assim. Eu sei que amaria o meu filho em qualquer circunstância. Mas as perspectivas de futuro dele seriam tão... tão tristes, se saísse parecido comigo...

— Mas a sua vida foi assim tão infeliz?

— Não, mas a minha infância não foi fácil. À medida que ia ficando mais deformada, fui perdendo todos os meus amigos. — Ela olha para mim como se já há algum tempo sentisse a necessidade de me falar do seu passado. — Meus pais me escondiam. Era como se eu fosse... Não sei o quê...

Vera fica olhando para dentro de si à procura de uma palavra que seja suficientemente contundente.

— Lixo? — intervenho, lembrando-me da história de Isaac sobre os esqueletos dos anões que os operários encontraram em Paris.

— Isso mesmo. E depois, quando tive idade suficiente para sair de casa, tive que ganhar a vida, mas ninguém queria me empregar, nem para esfregar o chão. Fui o Ogro de Malta até o Isaac me descobrir. Foi ele a primeira pessoa a descobrir que os meus talentos com a agulha e linha podiam ser a fonte da minha independência. Isso nunca tinha me passado pela cabeça. Uma prova de que as soluções mais óbvias às vezes são as mais difíceis de encontrar. Mas sabe, mesmo assim continuo não saindo durante o dia, é gente demais que fica impressionada me olhando.

— Então como é que você vai para a fábrica do Isaac? — pergunto, raspando a última colher de sopa.

— Saio de casa antes da madrugada e volto depois que o sol se põe. No inverno não tanto é tão difícil, porque os dias são muito curtos. Os longos dias de verão são piores. Nessa época do ano só vou trabalhar três dias por semana. Costuro muito em casa. O Isaac tem paciência comigo. É um santo judeu. — Ela abre um sorriso sedutor. — Mas não conte a ele que eu disse isso.

— Não, claro que não — digo, sorrindo também. — Mas só poder sair à noite deve ser uma limitação para a sua atividade junto da embaixada espanhola.

— Ah, está se referindo ao nosso futuro embargo — diz ela, com ceticismo. — Só fui lá uma vez. Não conseguiram aguentar me olhar na cara. Acho que não ouviram uma palavra do que eu disse.

— Vera, pode ter certeza de que o seu filho não vai sofrer como você sofreu — digo avidamente, tentando reconfortá-la. — Tenho certeza de que todos os seus amigos iriam ajudá-la. Eu sei disso.

Ela anui solenemente.

— Você vem comigo, se eu encontrar um bom candidato? Para me ajudar a avaliar, é o que eu quero dizer.

— Um bom candidato?

— Pus anúncios nos jornais. Para um homem que quisesse ser o pai do meu filho. E o K-H e a Marianne também têm procurado por mim. Mas os pais potenciais que conheci até agora não eram bons.

— Fuinhas?

Ela dá uma franca gargalhada, coisa que eu adoro.

— Não, até eram bonitões, mas... — Ela ergue a mão e depois a deixa cair lentamente sobre a mesa, imitando o som de um balão perdendo ar. — Os homens têm a tendência de se esvaziar na minha frente. Portanto... portanto, se importaria de ir conhecer possíveis pais?

— Se eu conseguir despistar os meus pais, sim. Eles têm certeza de que eu ando me relacionando com todas as pessoas erradas.

— O Tônio?

— Esse é só a ponta do iceberg.

— Ah, já entendi, gente como eu!

Vera me convence a correr o risco de enfrentar a fúria dos meus pais e ir de fininho até a festa de Isaac, dizendo-me que a Júlia talvez saiba como a pele do Georg ficou azul, mesmo ele não tendo sido estrangulado. À porta, Martin vem nos saudar tendo na cabeça uma coroa de papelão pintada de dourado.

— Sou o rei Luís da Baviera — diz ele, dando pulos de animação.

— Muito prazer, majestade — respondo.

Depois de lhe dar um beijo no rosto e passar os olhos pela sala cheia de gente, umas mãos de homem surgem por trás de mim e cobrem meus olhos.

— Quem sou eu? — pergunta meu agressor em voz alegre.

Eu reconheceria essa voz em qualquer parte do mundo.

— Raffi!

Quando me volto, meu ex-baby-sitter exibe um rosto tão feliz que penso que deveria casar era com ele em vez do Tônio.

— Trouxe isto do Nilo para você — diz ele, estendendo uma caixa de magníficas tâmaras secas; é a primeira vez que vejo tâmaras em toda a minha vida.

São do tamanho de ameixas, e para mim o gosto é uma mistura de mel com maçapão. Enquanto como sofregamente a segunda, ele me conta que restringiu sua pesquisa às antigas técnicas esculturais utilizadas por um artista chamado Tutmósis, que trabalhou para o faraó Akhenaton. Depois de falarmos sobre o seu trabalho, conto-lhe que detestei *A múmia*.

— Mas eu achei cômico — diz ele.

— Cômico! O Boris Karloff estava simplesmente de arrepiar os cabelos!

— Você antes gostava de histórias de terror — diz ele. — Acho que já não é mais a mesma menininha.

Ele balança a cabeça, incrédulo, como se o fato de eu crescer fosse imprevisível.

— Raffi — sussurro então —, preciso falar um minuto com você sobre uma coisa séria.

E, depois de arrastá-lo para um canto da sala, pergunto-lhe se Georg alguma vez lhe disse que talvez tornaria públicos os nomes dos nazistas que tinham sido subornados.

— Ele nunca mencionou nada desse gênero comigo — sussurra Raffi em resposta. — E não me pergunte mais nada — acrescenta, de má vontade.

— Está bem, não vamos pensar mais nisso — digo, e, como ele ainda me olha como se eu fosse uma pessoa perigosa, dou-lhe um beijo na bochecha.

Ele me faz perguntas sobre a *Frau* Mittelmann e os meus desenhos mais recentes, que é seu jeito de pedir desculpas por ter sido ríspido comigo. Engulo mais quatro tâmaras enquanto conversamos, pois, além de deliciosas, provavelmente são a única maneira que algum dia terei de me sentir próxima do Nilo. Isaac aproxima-se de nós com um cocar na cabeça.

— Sou um chefe indígena! — diz ele, alegre.

Depois me aconselha a não comer tantas tâmaras, e eu nem ligo, claro. Por isso, quando mais tarde nessa noite ele lê a minha mão, prevê duas semanas de diarreia, seguidas por um impulso irresistível de ir ver os camelos no Zoológico de Berlim.

Outros convidados também trouxeram coisas de comer que são raras agora e me dão rodelas minúsculas de uma banana vermelha, um gomo de uma tangerina toscana e uma fina fatia de presunto de Parma. Não tem mussaca, mas em compensação vejo o meu primeiro abacate. Trazido diretamente da

Grécia. Isaac me dá um pedaço, que eu deixo dissolver-se lentamente na língua, deleitando-me com todo aquele verde oleoso e escorregadio.

Enquanto Lotte Lenya canta sobre piratas e pecadores na vitrola, Heidi e Rolf dançam uma valsa em miniatura. Marianne me deixa segurar o Werner, que, para meu deleite, ainda dá gargalhadinhas quando sopro nas suas orelhas. K-H me mostra como o filho adora segurar uma bola de pingue-pongue e depois se recusa a deixar que a tirem dele. Será um futuro base num número de trapézio? Depois Werner agarra meu nariz, leva-o à boca, enche-o de baba e por fim abre um enorme sorriso desdentado.

— Um sorriso capaz de fazer um *kreplach* cantar — exulta Isaac; um *kreplach* é um croquete de batata.

Ele começa a entreter o bebê, fazendo o cachimbo subir e descer na boca.

Vera levantando Werner

Depois é a vez de Vera de paparicar Werner. Ela o pega do meu colo, enche-o de beijos e joga-o para cima, até bem perto do teto. Werner parece assustado e faz xixi na fralda, sinal para que Marianne o pegue de volta. Quando estiver crescido, será que se lembrará da tia gigante que o fazia molhar a fralda sempre que o pegava?

Heidi e Rolf vêm falar comigo quando acabam de dançar. Puxando a manga da minha blusa, ela me conta que continua não conseguindo engravidar.

— Eu me sinto tão... tão estéril. Como se houvesse um deserto dentro de mim.

— Mas pode ser o Rolf — digo, numa tentativa desajeitada de consolá-la.
— Não, sou eu — declara ela, sombria. — Uma mulher percebe essas coisas.

Júlia aparece com uma bandeja, oferecendo-me um chá cor-de-rosa de flor de hibisco numa das taças mesopotâmicas de Isaac. Traz na cabeça um turbante cônico de seda violeta e usa um longo vestido cor-de-rosa com um saco de flechas nas costas.

— Sou a fada madrinha! — anuncia ela quando eu desisto de adivinhar.
— Com flechas?
— Não acha que é uma boa ideia uma fada madrinha andar armada hoje em dia? — pergunta ela, e quando sorri, a pele em volta dos seus olhos enruga-se de uma maneira bonita. Ela tem olhos pretos e luminosos, como se feitos de obsidiana. Ela me conta que seu povo, os tunshan, é budista, e tem certeza de que vamos reencarnar, o que nos faz começar a falar sobre as nossas esperanças para uma vida futura. — Seja qual for a forma sob a qual eu regressar — diz ela —, quero ver as flores silvestres que florescem todas as primaveras nas estepes asiáticas. Todas aquelas pétalas amarelas empurrando a neve, como se estivessem querendo chegar às nossas mãos...

Nesse fim de tarde, escrevo as palavras dela no meu diário. Reunindo toda a minha coragem, pergunto-lhe então quais são as drogas capazes de fazer com que o rosto de um homem fique azulado, o que a deixa um pouco agitada.

— Por que... por que você quer saber? — balbucia Júlia.

Será a reticência dela suspeita ou apenas natural? De qualquer forma, minha fértil imaginação ganha asas, e o caminho por que entro em seguida baseia-se na sua momentânea perda de equilíbrio. Embora talvez seja sempre assim que vamos entrando, tateando, no caminho do nosso futuro.

Quando explico o que descobri sobre o assassinato de Georg, o que é frustrantemente pouco, ela diz, numa voz cuidadosa e comedida:

— Sophie, não quero lhe dar informações incorretas, por isso vou perguntar a um amigo meu que é farmacêutico e depois volto a entrar em contato com você.

Depois de falarmos sobre a escola, que pelo visto é a tática favorita de todo mundo para me obrigar a tratar de assuntos seguros, ela pede licença e vai à procura de Martin. Vera me chama da cozinha, com um grito capaz de furar os tímpanos de um batalhão de artilharia. Quando me aproximo, ela me entrega uma caixa embrulhada em papel preto com uma grande fita branca.

— Abra antes que eu tenha um ataque cardíaco! — pede Vera.

Sacudo a caixa.

— É o meu casaco!

Os olhos dela, cheios de ternura, confirmam.

— Ah, Vera, me desculpe por ter sido má com você naquela época.

Jogo-me nos braços dela. Depois sento e rasgo o papel de embrulho. O casaco é de seda preta com bolsos azul-cobalto, a gola delicadamente bordada com pérolas cor-de-rosa, e os botões são brancos, de madrepérola. O corte é militar, como o da própria Vera.

— É perfeito! — exclamo, sentindo que agora estou novamente no caminho que eu deveria ter seguido.

— Experimente — diz ela. E, desenhando uma curva no ar, acrescenta: — Alterei as medidas contando com a sua... a sua maturidade, mas não tenho certeza se vai servir.

Ela me ajuda a vestir. Está apertado, mas se eu inspirar e encolher o peito...

— Não se preocupe. Deixei muito tecido nas costuras. Esta semana vou alargá-lo uns 3 a 5 centímetros. Deixe-me ver direito o que eu preciso fazer.

Ela vai andando à minha volta, inclinando-se, mordendo a unha do polegar enquanto se concentra.

— Vera, você é a pessoa mais talentosa que eu já conheci — digo.

— Então você não deve conhecer muita gente. Já pode tirar. Eu lhe dou de volta no próximo fim de semana.

— Não, primeiro eu tenho que me ver num espelho! Vamos ao quarto do Isaac.

Batemos à porta e, como não ouvimos resposta, entramos de fininho como crianças numa missão secreta. Um grande espelho de moldura gasta, com o vidro amarelado por fumaça de cachimbo, está pousado sobre a cômoda.

As pérolas parecem um colar flutuante sobre a seda negra iridescente. Puxo o cabelo para trás. Minhas maçãs do rosto não são feias, embora eu ainda tenha os olhos muito juntos. Ficaria muito mais atraente se estivesse bronzeada como Raffi.

— Veja só isto! — diz Vera com entusiasmo, e, quando me viro para ela, vejo que está apontando para o retrato que fiz de Isaac, pendurado ao lado da aquarela da mãe dele, uma floresta de árvores cor de fogo.

Está numa moldura incrivelmente linda, de madeira folheada a ouro. É como se eu tivesse me equiparado a Dürer e a Rembrandt. Sou uma artista profissional!

Enquanto observo o retrato, Vera exclama:

— Não se mexa... temos que tirar uma foto!

Ela vai buscar K-H e arrasta-o até onde estou. Já tiraram os *casulos* das suas mãos e seus dedos estão funcionando razoavelmente bem, à exceção do polegar direito, que agora ficou reduzido a um coto. Ele traz consigo uma minúscula máquina preta.

K-H salta em volta de mim e da Vera, tentando descobrir o melhor ângulo, ajoelhando-se e inclinando-se, enquadrando a cena com os dedos. Será que é maldade minha imaginar outra vez como ele seria nu? Talvez seja a falta de experiência que faz com que eu seja tão curiosa. Afinal, além do *putz* do meu irmão, que é do tamanho de um dedal — e isso não conta —, até hoje só vi o do Tônio.

K-H tira três fotografias. A que eu gosto mais é aquela em que Vera está com a cabeça virada para Isaac, que acabou de entrar no quarto. Ela sorri, como Werner quando encontra alguma coisa de muito engraçada ao alcance da mão. Estamos todos. É prova de que a felicidade ainda era possível na Alemanha em 1933.

Depois que a Vera morreu, mantive essa foto durante anos sobre a minha mesinha de cabeceira para celebrar o dia em que nos tornamos amigas íntimas, e para me dar força de arriscar uma segunda oportunidade.

Capítulo 9

🕯

Dois dias depois da festa do Isaac, o edifício do nosso parlamento, o Reichstag, é consumido pelas chamas, um incêndio criminoso, diz o locutor da rádio, provocado por um radical holandês chamado Marinus van der Lubbe, que tinha esperanças de iniciar um golpe de esquerda. Na manhã seguinte, chegam três policiais para prender Raffi. Ele tenta fugir pela janela do pátio e leva um tiro no pé. Eu estava presa na escola durante toda essa agitação, mas a Mãe ouviu o tiro e conta o que aconteceu, com voz zangada. Parto do princípio de que a fúria dela é dirigida contra o policial que disparou cedo demais, até ela sugerir que o Raffi pode ter feito parte da conspiração para derrubar o nosso governo.

— Só se o Van der Lubbe estiver interessado nas esculturas do faraó Akhenaton — digo.

É pouco prudente da minha parte revelar que ainda falo com Raffi, claro. Pressentindo a minha pequena traição, a Mãe arregala os olhos.

— Como é que você sabe tanto sobre o Rafael?

— Não posso evitar esbarrar com as pessoas de vez em quando, mãe.

— Eu a proíbo de falar com ele ou com a família dele. Capaz até de ser um agente secreto.

— Um espião do Akhenaton? — pergunto, feliz por me fazer de inocente.

— Não, da Rússia! Ou da França! Por que você finge que não entende?

— Não estou fingindo. Mas ele não faria uma coisa dessas.

Ou será que faria? E se ele trabalhasse para um governo estrangeiro que tentasse sabotar Hitler? Não seria essa a forma mais elevada de patriotismo?

— Com um nome como Rafael, quem sabe o que podemos esperar! — resmunga minha mãe.

Decido não descer ao nível dela, nem sequer com sarcasmo, pois não quero ser mais uma vez acusada de ter senso de humor. Mas como pode ela falar assim de alguém de quem antes gostava tanto? Quero desesperadamente falar do Raffi com os pais dele, mas se a minha mãe descobrisse...

Meu pai só chega em casa à noitinha esse dia, porque está sendo "educado" na ideologia nacional-socialista, que é a forma da Mãe de dizer que estão substituindo por algo novo o pouco que lhe resta de sua mente. Minha mãe, Hansi e eu ficamos ouvindo rádio enquanto esperamos por ele, e é assim que ficamos sabendo que Raffi foi apenas um de vários milhares de inimigos da Alemanha que foram alvos de detenções maciças ocorridas de uma ponta à outra do país. Os nazistas usaram o incêndio do Reichstag como desculpa para eliminar seus oponentes. E para abolir a liberdade de expressão, bem como todos os partidos políticos de esquerda. Quando anunciam que uma ex-amiga do Pai, Maria Gorman, e outros da sede do Partido Comunista foram presos, a Mãe levanta-se de um salto.

— Sophie, anda — exclama —, traga todas as cartas dos seus avós que você tenha guardada!

— Dos meus avós?

— Podem ter falado das... antigas simpatias do seu Pai.

— Mãe, eles nunca me escrevem.

— Então vá buscar tudo que a Rini lhe deu. E qualquer coisa que pareça judaico.

— Que pareça judaico?

— Sophie, não dificulte as coisas! Traga tudo que possa nos causar problemas.

Aproveito o tempo que fico sozinha para esconder os meus livros de desenhos e o meu diário debaixo do colchão, embora eu precise me livrar dos desenhos que fiz da Rini, do Isaac e da Vera.

É curioso como a História tem maneiras de se repetir, e a minha mãe enfia todas as nossas cartas no fogão. Afinal, uma tia ou um primo pode ter mencionado inadvertidamente o passado comunista do meu pai. Passo-lhe o maço de cartões de aniversário que Rini foi me mandando ao longo dos anos.

Em que é que os presentes dos judeus se parecem com os próprios judeus?, é uma piada que começa a circular em Berlim, e que Paula Noske, uma amiga minha, vai me perguntar no dia seguinte, o que provavelmente indica que outros milhares de mães devem estar de dedicando aos mesmos malabarismos frenéticos que a minha.

Servem para aquecer as mãos quando os enfiamos no fogão, conclui Paula, e o som da sua risada é como um burro zurrando.

Claro que a piada não tem graça nenhuma, mas também não pretende ter, já que o humor faz parte da conspiração semita e bolchevista para desviar a Alemanha do seu glorioso futuro.

A partir de agora, as paredes da nossa cozinha nunca mais vão perder o cheiro de queimado provocado pelo pânico da minha mãe, e a única fênix que consigo ver erguer-se das cinzas é sua dilacerante desconfiança de tudo e de todos, à exceção de Hansi. Se eu dissesse que a suspeita vinha sempre como um rastro em todas as palavras que ela me dirigiu o resto de sua vida, não estaria exagerando. Embora, talvez, se ela tivesse vivido mais tempo...

Quando pergunto à minha mãe se há alguma coisa que possamos fazer pela Maria Gorman, ela responde com impaciência:

— Não seja boba, Sophie. Essa mulher sabe muito bem tomar conta de si mesma.

Meu pai chega tarde em casa, e, quando passa pelo meu quarto para me dar boa-noite, menciono a Maria e digo:

— Espero que ela fique bem.

No meu tom de voz esconde-se a pergunta: *O senhor pode fazer alguma coisa para ajudá-la?*

— Não se aflija, o pior que pode acontecer é ela ser expulsa da Alemanha. Vai acabar indo para a Rússia. Ou talvez para Londres. Ela tem uma irmã lá. — Olhando-me fixamente, talvez por eu ter dado a entender que ele tem uma responsabilidade perante a amiga, ele diz: — Esqueça a Maria.

E é assim que fico sabendo que os inimigos da Mãe Pátria não têm autorização nem para entrar nos meus pensamentos.

Na manhã seguinte, Rini me dá bom dia à porta da escola e me chama para ir lá fora, na rua. Nos últimos meses, a única coisa que temos compartilhado são olhares carregados de ressentimento. Melhores amigas que não conseguem encontrar o caminho da reconciliação.

— Só queria ter certeza de que o seu pai não foi levado pela polícia — cochicha ela.

— Ele está seguro — respondo. — Mudou de lado bem a tempo.

Ela sorri com um alívio tão grande que a onda de emoções que venho contendo toma conta de mim, deixando no seu rastro uma profunda sensação de dor e vergonha.

— Ah, Rini — digo —, sinto saudades de você.

Ela começa a puxar a orelha, um sinal seu de ansiedade; começou com isso quando ainda éramos muito pequenas, e eu acabei imitando-a.

— Não diga mais nada, senão eu vou desmoronar que nem um... que nem um...

Recorrendo ao humor para melhorar nosso ânimo, ela leva as mãos ao rosto e me dirige um olhar patético, dilacerado.

— June, minha querida, eu a reconheceria em qualquer parte! — exclamo com paixão melodramática, pois aquela é a sua imitação de June Marlowe.

Com nossa amizade renovada graças ao prazer com que imitamos atrizes ruins, ficamos observando um jovem alto que lava as janelas de uma casa do outro lado da rua, intrigadas pelo fato de ele usar um boné preto.

— Mas que galã! — sussurra Rini.

Pelo visto, nós duas crescemos no que diz respeito aos homens, e tudo que não dissemos ao longo do último ano, especialmente sobre namorados, pesa sobre nós.

— Está tudo bem com você e os seus pais? — pergunto.

— Não. O irmão da minha mãe foi preso e o meu pai deve perder o emprego. Os judeus não podem mudar de lado, mas contratamos um bom advogado ariano.

Ela lança um olhar de desprezo para trás, na direção da nossa escola.

— A Gurka está nos olhando — diz ela pelo canto da boca.

Viro-me. Cinco meninas bem vestidinhas, três delas de coque, olham para nós como se tivessem vontade de atravessar nosso corpo com um punhal. Assassinadas por leiteiras bávaras, que triste destino!

— Um dia aquele sapo loiro ainda vai me pagar! — exclamo.

— A culpa não é dela — diz Rini.

— Não me interessa!

Ela sorri diante da minha irritação.

— Mande lembranças aos seus pais e dê um beijo no Hansi — diz ela, e começa a se afastar, até que a seguro pelo braço.

Não faço ideia do que quero lhe dizer. Só quero obrigá-la a ficar ali comigo.

— Daqui a alguns anos ainda vamos rir disso tudo — diz Rini, tentando imprimir segurança à voz. — Ah, eu quase ia esquecendo...

Enfiando a mão na pasta, ela procura um cromo de cigarros: Garbo no papel de Mata Hari, com um colar de pedras preciosas ao pescoço.

Dou-lhe um beijo quando o pego das suas mãos; há anos que quero esta imagem. Nesse momento toca o sinal da escola. Enquanto as outras meninas vão entrando em fila, Rini tira uma barra de chocolate e parte um pedaço, que então corta ao meio com os dentes e me dá uma metade.

Dois soldados de infantaria dividindo um último cigarro num romance de Remarque. Fazemos parte de uma geração de garotas que nunca vão precisar que lhes expliquem uma cena dessas.

Se Rini e eu tivéssemos nos encontrado de novo quando já fôssemos mais velhas, eu teria perguntado a ela se, depois desse dia, o chocolate alguma vez voltou a ter o mesmo sabor de antes. E aposto que sua resposta teria sido igual à minha: passou a ter o sabor da nossa separação forçada.

    Quando ela vai embora, considero a hipótese de nunca mais ir à escola e penso em como seria bom ser expulsa, mas acabo indo atrás das outras. A madame Navarre voltou para Nantes, e o nosso novo professor de francês, o Sr. Braun, nos saúda com um "*Heil Hitler*", esticando o braço à frente. Enquanto conjugamos verbos, Gurka e as amigas se divertem cuspindo bolinhas de papel na cabeça de Rini e das outras duas judias da nossa sala, Ruth e Martina. Tenho certeza de que o professor Braun está vendo isso, mas não faz nada, e a única coisa que eu própria consigo fazer é mais uma das minhas juras raivosas de que um dia hei de vingá-las.

Nessa tarde, passo no apartamento dos Munchenberg para perguntar se eles têm notícias de Raffi, mas não encontro ninguém em casa. Sentada na cama, depois da escola, leio no *Berliner Tagesblatt* que Ludwig Renn foi preso. Garbo me dirige, da parede, um olhar de cumplicidade, pedindo-me que eu prometa não a denunciar se o meu pai exigir a fotografia dele ao lado do Sr. Renn, que faz parte da minha Coleção K-H.

    Depois do jantar, o Pai pergunta onde está seu jornal.

— Não sei... — minto.

— Você estava lendo agora há pouco, Sophie — observa a Mãe, pousando a agulha e a linha. Está costurando um rasgo numa camisa do Hansi.

— Mas não me lembro onde coloquei.

— Não tem tantos lugares onde possa estar — comenta meu pai.

— Pode ser que esteja no meu quarto.

— Então *pode ser* que você deva ir buscá-lo — diz a Mãe, sarcástica.

    Suplico ao meu pai que antes monte um quebra-cabeça comigo e com Hansi. Agarro-me ao braço dele como uma sanguessuga, coisa que antigamente logo o fazia rir.

— Estou cansado demais — diz ele, sacudindo-me. — E você está grande demais para esse tipo de coisa.

    Fico magoada, mas ele se senta e diz com grosseria:

— Vá *logo* buscar o jornal, Sophie.

    Quando finalmente o trago, ele abre aquelas asas impressas, gesto que antes sempre me trazia uma estranha segurança, uma garantia de que ele era um adulto com laços de obrigações para com o mundo fora da nossa casa. Mas agora já não é assim. Ligo o rádio, alto, mas ele grita, irritado, mandando-me baixar o volume.

— Uma menina já não pode mais querer fazer alguma coisa junto com o pai à noitinha? — pergunto.

Como se fosse uma resposta civilizada, ele volta a abrir as asas do jornal. Estou sentada atrás dele, ao lado do rádio, para poder vigiar a página em que ele está. Meu irmão está deitado ao meu lado de barriga para baixo, olhando fotos de uns conversíveis lindíssimos numa das revistas do Tônio. Se ao menos o Pai precisasse de óculos para ler, eu poderia jogá-los por engano no lixo. Ou fazer minha mãe pisá-los sem querer, o que seria ainda melhor.

Quando ele chega ao artigo que pode me levar a trair os judeus e dissidentes que Garbo está protegendo, dou um tapa na cabeça do Hansi, que desata a chorar.

— Ele me bateu primeiro! — explico. — Juro!

É tão provável como essa história de que Marius van der Lubbe pôs fogo no Reichstag, mas meu pai, fumegante de raiva, se levanta e me manda ir para o quarto. Deixo uma fresta entreaberta na porta. Depois que a minha mãe acalma meu irmão com beijos e mimos, ouço-a falar com o Pai na cozinha.

— É o Tônio — diz a Mãe. — Aquele rapaz ainda vai fazer nossa filha perder a cabeça.

Até que é verdade. Mas a minha vida sexual não é exatamente o que está me atormentando, certo?

— E ela continua obcecada pela Garbo e a Dietrich — acrescenta a Mãe, com ar indignado.

— Daqui a pouco ela acaba superando essa fase de cinema — responde calmamente o Pai.

— Acaba superando? Freddie, o Tônio até a levou a um desses malditos filmes de caubóis, umas semanas atrás.

E é assim que fico sabendo que Tom Mix e seu cavalo Tony são os responsáveis pela minha rebeldia. É bom saber, para o caso de a Gestapo vir me interrogar.

Mais adiante na conversa, a Mãe menciona a possibilidade de eu não estar comendo legumes suficientes ou de eu estar dormindo pouco. O Pai acha que eu talvez esteja com ciúmes do meu irmão, mas será possível que ele acredita que eu ainda quero ser a favorita da Mãe? Os dois pensam em tudo, menos naquilo que é óbvio; não tenho muito jeito para administrar uma vida dupla. Pelo menos não tanto quanto eles.

Nessa noite, finalmente um golpe de sorte consegue se infiltrar por entre os outros golpes que tenho sofrido; o Pai acaba não lendo a notícia da prisão do Sr. Renn.

Quando dou um beijo de boa-noite em Hansi, peço-lhe desculpa.

— Pode me bater também, se quiser — digo. — Com toda a força.

Mas ele nem sequer fecha as mãos, o que para mim é uma desilusão; gostaria que houvesse justiça no mundo, nem que fosse à custa de um braço dolorido.

— Diga alguma coisa! — grito em voz abafada, porque faz tempos que ele não solta um pio sequer. Ele balança a cabeça. — Se você falar — acrescento, em voz tentadora, cutucando sua barriga com o dedo para obrigá-lo a segurar minha mão —, eu o levo ao Tiergarten e compro nozes para você dar aos esquilos.

Ele deixa cair as nossas mãos unidas, fecha os olhos e vira-se para o outro lado na cama.

— Já dormi com o Tônio — sussurro em seu ouvido, e puxo o pequeno lóbulo da sua orelha, ao que ele sacode os ombros. — Mas não conte a ninguém, senão vão me esquartejar e me colocar em salmoura.

Agora já não sou a única detentora desse segredo, mas dividi-lo com o meu irmão não faz com que eu me sinta muito melhor. Um mudo de 9 anos não conta como confidente.

Faço um desenho dele adormecendo. E pela primeira vez penso que é até bom se ele conseguir se manter o mais afastado possível do nosso mundo; pelo menos haverá uma pessoa completamente inocente quando tudo isso terminar.

À tardinha do dia seguinte, ofereço-me à minha mãe para ir comprar ovos na mercearia da *Frau* Koslowski, para depois poder dar uma passada rápida na casa dos Munchenberg. Por trás do balcão da lojinha apinhada de gente, acima da prateleira de balas, há uma fotografia de Hitler pendurada na parede, saudando-nos com o braço esticado. A *Frau* Koslowski, ao me ver observando a imagem, diz:

— Os alemães finalmente encontraram o seu S. Jorge.

Fico esperando que ela diga mais alguma coisa, mas ela se limita a dar de ombros melancolicamente, como quem diz: *O que posso fazer senão fingir que têm razão?*

Faço que sim com a cabeça, demonstrando que compreendo, e vou escolher os ovos. Um país inteiro fazendo que sim com a cabeça e dando de ombros enquanto entra pelo ralo.

A Sra. Munchenberg abre a porta quando me ouve bater. É uma mulher nervosa e irrequieta, de resposta pronta e sem paciência para rodeios. Isaac diz que é impossível avaliar exatamente a fisionomia dela, porque nunca fica parada tempo suficiente para vermos direito. Trabalha como secretária jurídica para um proeminente advogado de Berlim. Traz nas mãos um velho guardanapo de linho, branco com uma bainha cor-de-rosa, que retorceu até fazê-lo em pedaços. Seus olhos têm um ar perdido, e o rímel, normalmente impecável, está reduzido a borrões de um tom preto-azulado.

Ela me convida a entrar, mas eu ergo o meu cesto com ovos e digo que não posso demorar.

— Tem notícias do Raffi? — pergunto.

— Notícias? Aqueles malditos filhos da mãe não dizem nem em que prisão o colocaram.

A Sra. Munchenberg prageja como um caminhoneiro quando está enfurecida. Fica me olhando fixamente; é um momento de comunhão silenciosa.

— Agradeça mais uma vez a ele pelas tâmaras egípcias quando o encontrar — digo, desejando que houvesse alguma coisa que eu pudesse fazer para ajudar. — Estavam deliciosas.

— Quer levar mais um pouco, Sophie? — pergunta a Sra. Munchenberg, ansiosa, como se fosse algo importante para ela. — Guardei algumas para meia dúzia de bons amigos.

Será que me transformei numa boa amiga, agora que já experimentamos juntas um silêncio de desespero? Talvez seja por saber que vou sempre adorar o filho dela.

Quando ela volta da cozinha trazendo um cesto, com cada tâmara embrulhada numa fita cor-de-rosa, eu pego uma e ponho-a em cima dos meus ovos.

O professor Munchenberg aparece de repente por trás dela e sorri para mim calorosamente, com a mão no ombro da mulher. Sua camisa está para fora da calça e seu rosto por barbear, marcado pelo sono.

— Sophie, que bom ver você — diz ele, e percebo em seus olhos que é sincero. — Leve mais três, para os seus pais e para o Hansi.

— Isso, leve! — concorda a Sra. Munchenberg, sorrindo o melhor que pode.

Meus pais não merecem, eu gostaria de confessar. *Além disso, agora não aceitariam essas tâmaras se soubessem que vieram de vocês.* Mas, em vez disso, digo:

— Não, guarde para o Raffi. Ele vai gostar de se lembrar que tem o Nilo à espera dele quando sair.

Nessa noite, acordo ao som de disparos, vindos da direção do parque Friedrichshain. Na manhã seguinte os jornais não falam de nenhuma troca de tiros no parque, mas minha amiga Marthe Salter conta a um grupo de meninas, entre elas eu, que houve um conflito entre operários e nazistas na praça Answalder. Ela mora com os pais e os irmãos no lado sul da praça e acrescenta que viu um jovem de avental escuro ferido, talvez até morto. O rapaz caiu bem em frente à loja de roupas Kuntz, e havia sangue, muito mais escuro do que ela imaginava, saindo da cabeça dele.

Alguns amigos chegaram para ajudá-lo e o colocaram no banco de trás de um carro, indo embora em seguida.

Gurka, agitada pela conversa sobre o operário ferido, diz a todo mundo que há espiões alemães na Suíça, na França e na América, preparando-se para assassinar alemães famosos que fugiram.

— Incluindo a Marlene Dietrich! — ela me diz, feliz como uma princesa que consegue ordenar a execução de uma rival.

— Quem lhe disse isso? — pergunto.

— Meu pai trata as cáries do Robert Ley, e ele ontem nos contou que seriam todos mortos dentro de uma semana. — Vendo o meu espanto, ela acrescenta, orgulhosa: — O *Herr* Ley é o chefe da organização do Partido Nazista.

Estou irritada demais para pensar numa resposta adequada, e me afasto dali. Durante o dia inteiro me vejo rezando para que a Marlene tenha guarda-costas temíveis. Só acredito mesmo que a Gurka não sabe o que diz quando risco uma cruz sobre o sétimo dia no meu calendário. Minha preocupação com a Marlene é outra coisa que aquela vaca loura vai ter que me pagar.

Em meados de março, durante uma das minhas furtivas visitas ao apartamento de Isaac antes de seguir para a escola, ele me dá as fotografias em que aparecem Vera e eu, as que K-H tirou na festa de Carnaval. Escondo-as na minha pasta e, à noite, enfio-as atrás da fotografia da Garbo.

A minha preferida: uma menina empolgada inclinando-se para a objetiva, erguendo com o polegar a gola de pérolas, tão elétrica que parece irradiar luz.

Vera sempre disse que eu não me parecia com ninguém nessa fotografia, o que, vindo dela, era o maior elogio. Talvez ela tivesse um gosto por tudo o que é singular, como contrapeso à adoração que a Alemanha tem pela uniformidade.

Isaac me dá também o casaco, que, com as costuras alargadas, agora me cai bem como uma luva. Mas onde vou usá-lo? Meus pais nunca acreditariam que eu tive dinheiro para comprar numa loja um casaco tão bonito, e se soubessem que foi a Vera que o fez para mim... É um tesouro do qual terei que abrir mão até a vida ficar mais simples.

Isaac concorda em guardar o casaco para mim e também em esconder nas suas estantes os desenhos que fiz dele, de Vera e de Rini, entre o livro sobre Giotto que ele me emprestou e um outro sobre Cimabue. Ver o meu trabalho ali faz com que eu me sinta bem-vinda; estou criando um espaço para mim dentro da casa de Isaac, e dentro da arte medieval italiana, que lembra Deus e o homem e tudo o que está entre os dois.

Ele me entrega um bilhete da Júlia em que ela escreveu os nomes das plantas e drogas que fazem a pele ficar azulada: folhas de sorgo, meimendro, erva-moura, nitrobenzeno, estíbio e cianeto.

"Sei qual é a sua próxima pergunta", escreve ela, "e de fato eu vendo meimendro, mas não em quantidades que pudessem causar a morte de alguém. O cianeto e o estíbio também poderiam, acredito, ser relativamente fáceis de comprar, mas eu não vendo esses."

Quando leio o bilhete para Isaac e lhe exponho minhas teorias, ele diz:

— Então como você explica a ausência de marcas no pescoço do Georg?

— Acho que não tenho como explicar — admito.

— Diga-me, Sophele, é possível falar sem ter voz?

— Não.

— Então como é que o K-H e a Marianne se comunicam? — Ele sorri para mim de forma encorajadora. — Você e eu vamos continuar olhando por baixo do vidro, e tenho certeza de que um de nós dois vai encontrar uma resposta. Embora eu não queira que você corra riscos. Pode investigar o que quiser na sua cabeça e nas bibliotecas, mas não pode falar com ninguém sobre nada disso, a não ser comigo e com a Vera! Está me ouvindo?

Já me sujeitando às regras de Isaac, vou à Biblioteca Nacional e leio tudo o que posso sobre estrangulamento nas duas semanas que se seguem, mas não sinto que eu esteja perto de conseguir uma resposta. Depois, um choque... Em 23 de março, Hitler consolida seu poder. Nossa legislatura, obrigada a submeter-se pela propaganda nazista e por camisas-pardas armados que ocupam os corredores do poder, dá-lhe o direito de impor suas próprias leis, controlar o orçamento, determinar a política estrangeira e julgar seus opositores políticos em tribunais de estilo militar, onde não têm qualquer direito de ser representados por um advogado.

Nesse dia, ao fim da tarde, quando volto da Alexanderplatz me perguntando o que esse golpe de Estado virtual significa para mim e para os meus amigos, tenho finalmente notícias de Raffi... Encontro a Sra. Munchenberg dentro do bonde para a Prenzlauer Allee. Está levando uma camisa nova, azul-acinzentada, para o marido. Ele vai usá-la no bar mitzvah do sobrinho deles, semana que vem.

Hoje, quando me lembro daquela tarde de quinta-feira, parece-me um crime termos continuado a fazer compras, a andar de bonde e a apontar alegremente para os crocos amarelos que rompem o solo duro nos parques das cidades, mas suponho que todos nós estivéssemos ávidos pelos pequenos detalhes da vida cotidiana, graças à falsa garantia que nos davam de que o fato de termos passado a viver numa ditadura não ia mudar nada.

Depois de admirar a compra da Sra. Munchenberg, pergunto:

— Já tem notícias do Raffi?

— Acabamos de receber uma carta dizendo que ele está detido em Dachau.

Imaginem uma época em que uma menina alemã tinha que perguntar onde era Dachau!

— Perto de Munique — diz ela, e faz aquela careta típica dos berlinenses quando imaginam a província. — Dizem que é um campo de concentração.

É a primeira vez que ouço a palavra *Konzentrationslager*, que vai passar a ser um termo importante no nosso novo vocabulário.

— É uma prisão enorme, no meio do nada — explica ela —, e me disseram que está rodeada por cercas de arame farpado. Os homens e mulheres vivem em dormitórios, e as famílias não podem visitá-los. Ninguém sabe o que acontece lá dentro. — Ela olha para baixo, tentando controlar as emoções que a invadem. — Os guardas podem estar fazendo o que lhes der na ideia àqueles coitados... ao meu Raffi.

— Por que o prenderam? — pergunto.

— Como vou saber? A carta não diz quase nada.

Aperto sua mão com força, ao que a Sra. Munchenberg fecha os olhos com força para não chorar. Continuamos sentadas, sem falar, embora de tempos em tempos ela abra um débil sorriso para mim, como se dissesse: *Você não está me traindo por continuar com a sua vida.* Mas talvez eu esteja.

Enquanto observo as fileiras intermináveis de edifícios deslizando ao nosso lado, percebo, com a sensação de estar descendo às profundezas de mim mesma, que o traidor do Círculo pode ser o responsável pela prisão do Raffi. O que significa que vou ter que me esforçar ainda mais para descobrir sua identidade e não desistir, seja qual for o risco. Porque esses campos de concentração vão se encher de opositores de Hitler, e Isaac e Vera também podem ser denunciados a qualquer hora.

Uma mulher elegante, de cabelo castanho e uma estola de raposa ao pescoço, está de pé ao meu lado. Deve ter ouvido a minha conversa com a Sra. Munchenberg, porque diz a sua jovem filha que acha que os judeus deveriam ser proibidos de utilizar os transportes públicos. Fala alto o suficiente para que todos em volta consigam ouvir. Vinte ávidos olhos viram-se para mim e para a Sra. Munchenberg, à espera de uma confrontação.

Quando olho para a infeliz de cenho franzido, ela diz, com uma falsa doçura:

— É só porque não acho que o lugar de vocês seja na Alemanha, querida...

Nunca vou esquecer aquele *querida*. E seu sorrisinho torcido, como se tivesse dado uma resposta muito esperta.

— Por acaso nem sou judia — respondo. *Ich bin aber gar keine Jüdin.*
Minha negação me faz sentir como se eu tivesse engolido terra. Logo quero me desdizer. Mas antes que eu possa me redimir, dizendo que sou uma comunista leal, a Sra. Munchenberg sussurra ao meu ouvido:
— Eu desço aqui, Sophie. — E levanta-se.
— Mas este não é o nosso ponto — digo, tão desesperadamente envergonhada de mim mesma que acrescento: — Por favor, Sra. Munchenberg, não desça aqui.
— Continue você, filha.
Ela toca no meu braço, mas retira a mão rapidamente.
Saio atrás dela. Vamos a pé juntas até o nosso prédio, em silêncios separados, porque ela não olha para mim. Quero pedir desculpas, até pelo céu azul, mas não digo nada. À porta dela, ficamos olhando uma para a outra, como vizinhas que podem continuar a caminho de uma amizade maior, ou virar-se e entrar em mundos distintos, e a saudade que sinto dela é como uma pressão lenta sobre o meu coração. Mas já basta o que tenho para esconder dos meus pais.
Sentindo o meu dilema, ela sorri, como sorriem as pessoas quando descobrem a coragem para continuar seu penoso caminho, apesar dos longos dias de desespero que têm pela frente. Ela então me dá duas balas de anis que pega na carteira.
— Uma para você e outra para o Hansi — diz. — E mande um beijo para ele, se... se não tiver problema.
O seu *se não tiver problema* faz meu peito doer, e faço menção de lhe pedir desculpas, mas ela leva o dedo aos lábios.
— Sophie, não precisa dizer mais nada.
Mas eu preciso sim. Por que não digo que ser judeu não tem importância nenhuma para mim?
Porque tem, ouço Vera me dizer, exigindo uma honestidade total.
Às vezes me pergunto o que teria acontecido se eu tivesse entrado e feito chá para a Sra. Munchenberg e se tivéssemos ficado sentadas conversando sobre Raffi. Ou se eu tivesse empurrado a mulher mal-educada para fora do bonde. Ou se tivesse reagido aos berros. Talvez tivesse ajudado a quebrar mais cedo o vitral do nosso mundo, naquele dia em que perdemos a nossa democracia, antes de os nazistas terem tempo para fazer seus planos.

Surpreendentemente para mim, as perspectivas do Círculo logo passam a ser sombrias; o comando total que Hitler detém sobre o nosso governo assustou nossos vizinhos europeus, que agora têm medo de fazer qualquer coisa que possa provocá-lo. Isaac já nem é bem-vindo na embaixada portuguesa.

— Não compreendem que agir, agora, é a única maneira de detê-lo — diz ele, zangado.

— Talvez você devesse tentar alguma coisa menos ambiciosa — digo; a possibilidade de ele ser enviado para Dachau representa um pesado sudário de medo que ultimamente tem encoberto todas as minhas noites.

— Não, não, não — declara ele. — Estou fazendo alguns progressos lentos na embaixada turca, e *lento*, pelo menos, já é melhor do que nada.

Tônio e eu usamos o apartamento do pai dele mais duas vezes nesse mês, depois de termos prometido que íamos ao cinema. Sexo ou Hollywood. Pelo visto, não posso ter os dois. Não importa; da segunda vez a coisa corre bem, e no meu coração abre-se uma janela. Os homens e os rapazes não são todos fuinhas, e começo a compreender a Guerra de Troia, Homero e a poesia romântica. Estão todas reunidas num jovem com um belo pênis, que nunca se cansa de mim e que me leva para alto-mar sobre a onda do seu amor, e que depois fala de carros em voz suave, como se fossem tão íntimos quanto a canela quente do nosso hálito, quando estamos quase dormindo, um de frente para o outro.

Os grandes e escuros olhos de um jovem como chave da existência e o meu refúgio. Será que nossas chances de uma vida juntos teriam sido melhores ou piores num outro país, mais tranquilo?

Mais tarde, enquanto nos vestimos, ele toca no assunto do boicote às lojas judaicas planejado para o dia 1º de abril, a primeira manifestação clara das políticas antissemitas de Hitler desde que foi nomeado chanceler. Um teste para ver se o *Volk*, com toda a sua inata sabedoria *völkischen*, está com ele.

— Quer ir comigo à Ziegelstraße? — pergunta Tônio. — Lá tem um grande açougue *kosher*. O meu grupo da Juventude Nazista vai ficar vigiando o local.

Vigiando?

— Tenho que ajudar a minha mãe no sábado — digo. — Ela vai com o meu pai à manifestação em que o Hitler vai falar e quer que eu fique em casa tomando conta do Hansi.

Pelo menos desta vez basta dizer a verdade. O Pai quer que a Mãe seja vista com ele em público numa celebração nazista. Sua vontade era nos levar também, mas ele tem medo de que o Hansi seja um *embaraço*, embora ele só use essa palavra quando está sozinho com a minha mãe.

Não se pode dizer que eu esteja realmente pretendendo ficar em casa; Vera e Isaac me convenceram a participar de um protesto contra o boicote, organizado pelo Círculo.

— Pode levar o Hansi — diz Tônio, para me tentar. — Ele ia adorar me ver de uniforme.

— Meu irmão gosta de sopa de cebola e de roedores, embora não necessariamente nessa ordem.
— Ele gosta de mim. E eu vou estar lá.
É óbvio que Tônio considera Hansi como o irmão mais novo que ele nunca teve. Fico comovida, mas mesmo assim rejeito a ideia.
— Olha — digo suavemente —, você sabe muito bem que os meus pais me esfolariam viva se soubessem que eu levei o Hansi. E, de qualquer forma, um boicote a uma loja judaica me parece uma grande estupidez.
— O Dr. Goebbels não acha.
Não, um ministro da Propaganda não ia achar isso, ia?
— Tônio — digo cuidadosamente —, não vamos falar de judeus. Só vai gerar discussão.
— O que eu vou fazer com você? — pergunta ele, como se eu fosse uma criança adorável mas difícil. E com opinião própria, coisa que ele preferia que eu não tivesse.

Às 9h30 da manhã de 1º de abril, precisamente meia hora depois que os meus pais saíram para tomar o café da manhã com os colegas do meu pai e depois irem à manifestação, saio de casa com Hansi e vamos até a mercearia da Sra. Koslowski, onde marquei um encontro com a Vera. Eu disse ao meu irmão que íamos sair para fazer compras, o que de certa forma é verdade, visto que os comerciantes judeus doaram fundos para aqueles que, como nós, participassem do protesto contra o boicote comprando mercadoria.

Assim que Vera chega, dirigimo-nos para o centro histórico da cidade, para a Weinmeisterstraße, porque vamos encontrar Isaac num restaurante chamado Adega do Karl. Vera, que pela primeira vez em anos se atreve a sair à rua de dia, está coberta de *mohair* cinza-escuro da cabeça aos pés.

— Suave como um suspiro — diz ela sem ironia. Vera nunca faz piadas sobre roupas.

Ela levantou a aba da capa para cobrir a boca e o nariz, o que lhe dá um ar de noiva árabe. Contudo, não pode fazer muita coisa para esconder sua testa em forma de martelo, e aprendo mais sobre expressões de horror naquele dia do que nos meus anteriores 15 anos de vida. Quando descemos correndo a Hirtenstraße, um avantajado comerciante com um chapéu de coco dá um grito abafado ao vê-la. Um pouco mais abaixo, uns garotos da rua que jogam bolinhas de gude ficam olhando, boquiabertos, e apontam, e uma menina vem atrás de nós com as mãos enfiadas entre as pernas, o queixo caído como uma gárgula, incapaz de decidir se vai fazer xixi nas calças ou se babar toda.

Vera caminha o mais rápido possível, o que significa que eu e Hansi temos que correr para acompanhá-la, o que por sua vez significa que temos menos tempo para evitar a corrida de obstáculos da calçada. *Os cocôs dos cachorros são o verdadeiro pavimento de Berlim.* Não é o título de uma exposição de arte expressionista na famosa galeria Der Sturm, mas podia ser. Quando estamos contornando uma cadeira toda estropiada que alguém deixou à porta de uma pensão caindo aos pedaços, meu irmão acaba enfiando o pé bem em um, e, para dizer a verdade, a culpa nem é dele, pois hoje é sábado, o dia em que até os berlinenses mais aleijados sacam de suas bengalas com castão de prata e lá se vão mancando rua afora atrás dos seus cãezinhos, que trotam de focinho colado ao chão, ávidos por liberdade e por digerir as batatas cozidas e as salsichas de pasta de fígado que sobraram do jantar de seus donos na noite anterior. Raspo o sapato de Hansi no meio-fio enquanto ele se equilibram num pé só, depois calço de volta nele aquela coisa malcheirosa. Quando finalmente prosseguimos, Vera já está a uma distância equivalente a cem dos seus passos gigantes. É o Alfa Romeo Spider dos ex-artistas de circo, de 0 a 120 em apenas seis segundos...

Ela nos espera à porta da Adega do Karl, do lado de dentro. Quando chegamos, ela tira a capa, coloca-a nas minhas mãos como se eu tivesse virado seu mordomo e senta-se nas escadas acarpetadas que levam lá para baixo, para a sala de jantar. Suspira como se tivesse acabado de passar por um verdadeiro inferno.

— Podia ter sido pior — comento. — Se estivéssemos no Israel antigo, podiam ter nos matado à base de pedradas.

— Muito reconfortante — responde ela, lançando-me um olhar hostil.

Quando ela me estende a mão, ajudo-a a se levantar, lembrando-me de que as rótulas dos seus joelhos são feitas de papelão.

Sentamo-nos a uma mesa nos fundos da sala de jantar. Vera começa a fumar, e eu a imito, embora só me atreva a tragar uma vez. Há cerca de uma dezena de clientes, da qual a maior parte ainda está dormindo, para se recuperar do que deve ter sido uma noite de grande farra, embora um casal, uma prostituta de cabelo extremamente preto e seu respectivo rufião, pálido e de ar adoentado, estejam tendo uma animada conversa sobre a dívida tcheca. Será que ela consegue, na cama, dinheiro suficiente para pensar em investir no estrangeiro?

Todos os candeeiros das mesas estão cobertos por papel cor de laranja, para impedir que a luz forte acorde os clientes. Devido à luz difusa, tenho a impressão de que estamos presos num aquário, um aquário espalhafatoso e avermelhado, já que o papel de parede ostenta vasos dourados sobre um fundo escarlate. Uma loura oxigenada com uma blusa branca toda manchada anota nosso pedido: café e um chocolate quente para Hansi.

Deve conhecer a Vera, porque nem sequer pisca.

Trouxe comigo um quebra-cabeça italiano com o Davi de Michelangelo para Hansi, e quando tiro a caixa da minha pasta da escola, ele logo a agarra e se lança ao trabalho. Minha mãe desenhou um enorme círculo preto sobre aquilo-que-sabemos-o-que-é do Davi, porque tem medo de que, se o meu irmão mexer em testículos, nem que sejam de papelão, possa se transformar num *vendedor de sapatos de senhora*, como ela chama os homens que dormem com outros homens. Vera ajuda Hansi a encontrar as peças, e, para meu grande espanto, meu irmão não a empurra nem começa a grasnar como um corvo, o que provavelmente significa que a aceitou no seu círculo de assistentes certificados, constituído por mim, o Pai, a Mãe, Tônio e Raffi.

Meu café, servido numa xícara de porcelana branca lascada, tem gosto de alcaçuz.

— Pffff! — digo, com nojo.

Vera toma um gole.

— Alguém da cozinha beber devia estar tomando absinto — explica ela.

— Mas será que não lavam as xícaras? — pergunto, afastando a minha para longe.

— Você até que teve sorte: o absinto é um desinfetante perfeito.

Ela troca de café comigo, mas o dela tem um leve gosto de peixe defumado.

Isaac chega no momento exato em que estou terminando o chocolate quente do Hansi. Ele veste um casaco de tweed, uma calça preta, polainas curtas brancas e uma gravata florida: rosas vermelhas. Seu cabelo prateado está penteado para trás, formando duas elegantes asas acima das orelhas. Um belo feiticeiro, que a qualquer momento pode levantar voo e desaparecer no espaço. Atraente, talvez mesmo sensual, mas cheira a bolinhas de naftalina.

— Estava tratando dos detalhes finais — diz ele, agitado e sem fôlego, esfregando as mãos uma na outra.

Isaac começa a cantarolar uma canção que não reconheço, depois entoa a plenos pulmões, num tom ousado de cantor de ópera. *Ombra mai fu...*, continua ele, numa sequência de notas vibrantes e audazes, e termina com um sorriso dirigido a mim. E eu que estava esperando um barítono enferrujado, depois desses anos todos fumando cachimbo!

Isaac dá beijos estalados em todos nós, inclusive em Hansi, depois se senta ao meu lado e acaba de tomar o meu café, sem fazer nenhum comentário quanto ao sabor de peixe. As papilas gustativas estragadas pelo tabaco poderão vir a ser também o meu destino, porque o meu segundo cigarro da manhã não me dá vontade de vomitar, como aconteceu com o primeiro. Martin e sua mãe, Júlia, logo chegam. O jovem com cabeça de pera está tão empolgado com o nosso evento que precisa levantar para ir fazer xixi assim que se senta.

— Forte como um touro, mas com uma bexiga do tamanho de uma amêndoa — sussurra sua mãe, e olha para ele com tanto amor enquanto ele se afasta arrastando os pés que não consigo deixar de admirá-la. Embora, ao mesmo tempo, eu me mantenha cautelosa, pois pode ser ela a pessoa que custou a Georg sua vida e que fez com que Raffi fosse parar em Dachau.

Depois chega um casal de 30 e tantos anos, ambos elegantemente vestidos. A mulher empurra uma cadeira de rodas, onde está sentado um jovem com um corpo tão torcido como um pinheiro bonsai. Sobre seus joelhos há uma cadelinha de focinho peludo e pelo castanho encaracolado.

— Minnie! — exulta Isaac, erguendo-se e batendo palmas. — Venha cá!

Ele estende os braços. A cadelinha salta para o chão e atira-se naquele abraço afetuoso com um pequeno latido de alegria. Lambe o rosto de Isaac como se a pele dele fosse feita de açúcar, sacudindo-se toda, numa enorme animação. Em volta do seu pescoço há uma pequena coleira que diz: "Ariana, judia ou *dachshund*? Adivinhem minha raça e ganham um beijo!"

Em alemão, "raça", *Rasse*, aplica-se tanto às pessoas como aos animais.

O nome da cadelinha é Minnie, em homenagem à personagem da Disney, e é em parte *dachshund*, em parte vira-lata. Anda aos saltinhos, com as orelhas para cima e para baixo, e sacudindo o traseiro. Para Hansi, é amor à primeira vista. Ordeno-lhe que fique quieto, mas é melhor eu desistir: é impossível, agora que ele viu a recepção reservada a Isaac; meu irmão passa por baixo da mesa engatinhando e deixa-se ficar de cócoras ao lado da Minnie quando Isaac a põe no chão. Passa os braços em volta do pescoço do bicho e dá beijos no seu focinho, logo retribuídos com expansivas e copiosas lambidelas. Assim que chegar em casa vou ter que lavá-lo e esfregá-lo até conseguir tirar dele o cheiro forte do hálito de cão, senão meus pais vão perceber que saímos.

Os donos da Minnie são Molly e Klaus Schneider, trapezistas no circo Althof. Andam como Carmen Miranda, como se equilibrassem cachos de bananas na cabeça, os pés virados para fora na posição das 2h10, como num relógio.

— Fomos bailarinos clássicos numa encarnação anterior — explica Klaus.

O jovem de corpo torcido chama-se Arnold Muller. É um germano-americano de St. Louis. Nasceu com a coluna debilitada.

— O Arnold é famoso! — diz Vera. — Não viu um artigo sobre ele no *Morgenpost*, há um ano? Os pais o deixaram como morto dentro de um armário, sem água, sem comida, e mesmo assim...

— Vera, eu preferia não ouvir essa história outra vez — diz ele, no seu alemão com forte sotaque americano. — Para dizer a verdade, não gosto de ser famoso por quase ter morrido.

Arnold trabalha como datilógrafo na fábrica de Isaac.

— Sou diabólico quando tenho um teclado nas mãos — diz ele, agitando os dedos no ar.

Quando estamos saindo, Isaac explica que, para evitar que os nazistas descubram por onde andamos, só no último minuto informou a todos que fazem parte da nossa pequena conspiração. Doze grupos, organizados por ele e por Vera, vão quebrar o boicote. Ele acaba de telefonar para o último deles.

Sussurrando com ar determinado, ele nos informa que devemos nos dirigir à loja de tecidos Weissman, na Hirtenstraße, onde encontraremos K-H, Marianne e Roman.

A sensação de perigo que Isaac transmite teria me entusiasmado antigamente, mas agora só consegue me deixar nervosa.

— Acha que todas essas precauções são mesmo necessárias? — pergunto a ele.

— Nunca se sabe se um fruto está maduro ou podre até o abrirmos.

— E o que exatamente isso quer dizer?

— Nos dias de hoje, é impossível saber quem anda mascarado.

Capítulo 10

⌘

Embora fique só a cem passos da Alexanderplatz, a Grenadierstraße poderia ser Varsóvia, ou Praga, no virar do século:

Carros puxados a cavalos com camponeses de costas curvadas e cobertos de pó tomando conta das rédeas. Um cheiro de carvão queimando, arenque de salmoura, cerveja barata e suor que sai das casas de baixa renda. Filósofos de esquina de rua, com gorros de pele e longos casacos esfarrapados varrendo o chão, o tipo de rosto devastado pelo tempo que Rembrandt teria adorado desenhar. Irmãs mais velhas catando os piolhos dos mais novos. Gatos vadios esgueirando-se pelos cantos, como espiões, e correndo por entre as rodas das carroças abarrotadas de picles. E os eternos aleijados de guerra da Alemanha sentados nas calçadas, as mãos estendidas para quem passa, as faces com a barba por fazer encovadas pela fome.

— Para que serve um governo que os deixa ali para apodrecer? — observa Vera, balançando a cabeça.

À nossa frente, um homem solitário e de olhos tortos, pálido como marfim, com o cabelo espetado como agulhas, tenta tocar um trompete de lata, mas só consegue reproduzir uma nota estrídula. Junto ao Jardim da Cerveja Rosenzweig, uns *alter kackern* discutem alguma coisa que os leva a varrer o ar com furiosos movimentos da mão. As respectivas mulheres…? Hemorroidas…? Ao lado está o Matusalém da vizinhança, sentado num sofá de veludilho verde, cofiando pensativamente sua barba ruiva de 30 centímetros, que ele deve ter começado a deixar crescer na última década do século passado. Um jovem com um chapéu de aba larga lê em voz alta para ele a biografia de Maria Antonieta, de Stefan Zweig, que esteve nas vitrines de todas as livrarias ao longo de todo o ano passado.

— O velho devasso ainda se baba com jovens e lindas princesas de colos cobertos de pó de arroz! — sussurra Vera para mim.

Uma bola de borracha vem bater de súbito no sofá de Matusalém, e um cão marrom logo vem correndo atrás dela. O bicho ladra para a bola assim que ela para de rolar, indignado com aquela descarada imobilidade.

É óbvio que toda essa gente se beneficiaria muito com uma semana na praia, onde a brisa salgada levaria consigo a poeira e a sujeira, e talvez ajudasse até mesmo a fazer desaparecer essa estranha tosse seca e intermitente que parece afetar metade dos moradores.

— Por que estão todos aqui? — pergunto a Isaac.

— As perseguições políticas e a pobreza, Sophele.

— Mas aqui eles são pobres como Jó.

— São, mas talvez os filhos deles venham a ser ricos!

Eu já tinha estado na Grenadierstraße, mas nunca com um guia judeu, e Isaac me explica alguns dos mistérios do bairro à medida que caminhamos. Sua voz, profunda e segura, consegue ir me acalmando.

— O que ele está fazendo? — pergunto.

Aponto para um homem que resmunga alguma coisa consigo mesmo, balançando-se para a frente e para trás diante da parede de tijolos de uma livraria.

— Está rezando — diz Isaac. — *Davening*. E virado para o Muro das Lamentações. Lembre-se, Sophele, que Jerusalém fica bem aqui.

Ele cutuca minha testa com o indicador, como sempre faz quando quer que eu me lembre que a Torá fala de mundos situados dentro de nós.

— E aqueles, o que estão fazendo?

Um homem e uma mulher estão sentados numa praça sob a abóbada de uma roseira trepadeira, e, embora ele esteja vestido num elegante terno de riscas finas, seus óculos foram emendados com fita adesiva preta. Ela parece um peixe tropical gigante, com uns inchados e proeminentes lábios cor-derosa e círculos de rouge nas faces. Parecem discutir, enquanto ele anota coisas rapidamente num minúsculo caderno preto.

— Estão comprando e vendendo — explica Isaac. Chama-nos para mais perto dele, e então conseguimos escutar. — Câmbio. Ela está tentando vender a ele *leus* romenos por um preço que ele não está disposto a pagar.

— Ele trabalha para uma casa de câmbios?

— Ele *é* uma casa de câmbios! Moshe Cohen, a Bolsa de Valores Ambulante. *Di Geyendike Berzhe* — traduz Isaac para iídiche, exultante.

— E quem é ela?

— Eve Gutkind. Uma casamenteira. Dizem que consegue casar o azeite e o vinagre, e os filhos sairão tempero para salada. — E repete a piada em iídiche: — *Zi ken khasene hobn mit naft biz esik, di kinder veln aroyskumen salat sos.*

— Ei, Moshe! — chama-o. — Não quer arranjar aqui para o meu amigo 20 hectares em Marte? — E faz um gesto na direção do meu irmão.

Moshe aponta para Hansi com o lápis.

221

— Quer algum lugar especial em Marte, rapaz?

Mas Hansi não responde. Sua paixão por Minnie, cuja coleira é ele quem segura agora, é muito mais interessante.

— Talvez você fosse gostar de ter um canil, Hansele — diz Isaac ao meu irmão em voz branda.

Hansi cobre os ouvidos com as mãos. A maior parte das pessoas ficaria ofendida, mas Isaac ri, bonachão.

— Um lugar onde haja um monte de esquilos — grito para Moshe.

— Fechado! — responde ele, e registra a transação em seu caderno.

Mais à frente na rua, um homem novo com um uniforme vermelho e verde de carregador de hotel come uma coisa parecida com mingau de farinha de aveia.

— O que é que ele está fazendo aqui?

— Alguns dos filhos dos imigrantes conseguiram arranjar empregos para trabalhar para cristãos, até em hotéis elegantes. Deve estar enchendo a barriga com alguma coisa quente antes de começar o turno.

— E o que ele está comendo?

— *Kasha*. Minha mulher fazia a melhor de Berlim! A *kasha* dela será servida no Monte das Oliveiras após a ressurreição dos mortos, e nós...

Enquanto Isaac termina sua homenagem à Sra. Zarco, reparo que as lojas desta parte da rua estão fechadas. E todos os apartamentos têm as cortinas corridas. Não se veem crianças brincando. Perto da esquina, a pensão Logirhaus Centrum tem tábuas pregadas sobre a porta principal. De pé à frente da entrada, como guardas fracos, estão três velhos de chapéu preto e xales de oração, um dos quais se dirige a nós em tom de voz bem alto:

— É melhor não ir mais longe, Isaac — diz ele. — Vêm *tsuris* por aí...

— Não vai nos acontecer nada, rabino — responde Isaac.

— O que são *tsuris?* — pergunto a Vera.

— Problemas.

Isaac aperta a mão do rabino e garante-lhe que vai dar tudo certo, visto que estamos agindo como as mãos e os pés de Deus na terra. Mas quando viramos a esquina para a Hirtenstraße, sinto todo o meu corpo gelar: vinte tropas de choque SA, camisas-pardas, encontram-se formados numa única linha reta diante da Weissman's, que fica a apenas vinte passos de distância, suficientemente perto para qualquer um deles dar um tiro num dos servos de Deus. Em mim, por exemplo. Até meu irmão sente que alguma coisa está errada e ergue os olhos para mim, como se perguntasse: *O que fazemos agora?*

É uma boa pergunta, mas eu estou desnorteada demais para pensar em uma resposta. Isaac está virado para nós, sorrindo encorajadoramente.

— Vamos só entrar na loja e comprar um tecido, depois saímos e continuamos o nosso caminho.

Dito por ele, parece tão simples! Ingenuidade ou estupidez? Talvez ambas. Ele pega no braço da Vera e acrescenta:

— Por favor, não deixe que a provoquem. Estou contando com você para tomar conta da Sophele e do Hansi.

Enquanto Vera me agarra com força no ombro, rezo para não ter cometido o maior erro da minha vida. É uma constatação desagradável: se acontecer alguma coisa ruim ao meu irmão, nunca mais vou me perdoar. Tiro da sua mão a coleira da Minnie e dou-a a Klaus, e então ordeno a Hansi que me dê a mão. Ele está com uma cara de quem vai desatar a soluçar, e por isso digo:

— Quando estivermos todos despachados, você vai poder brincar mais com a Minnie. E não se atreva a chorar, senão eu choro também. E aí vou ter que dar uma surra em você!

— Aí vêm o K-H, a Marianne e o Roman — diz Vera, acenando com a mão.

Estão a uns 100 metros de distância, e K-H já está tirando fotografias, tão empolgado que não acena de volta, mas a mulher o faz por ele. Marianne veste uma calça preta masculina, uma echarpe amarela e um elegante chapéu azul que enterrou na cabeça até as orelhas. Vem de braço dado com Roman, que veste um lindíssimo casaco escarlate com lapelas largas e espalhafatosas. Dois, pássaros tropicais, comparados com o resto de nós.

Ergo os olhos para Vera e pergunto-lhe:

— Foi você quem fez o casaco do Roman?

— Quem mais iria escolher uma cor dessas? — responde ela.

Roman tem um andar saltitante, um pouco como a Minnie. A certeza feliz de uma estrela que sente que tem Berlim inteira aos seus pés. E a fabulosa incapacidade de ver nazistas por perto.

— Agora ouçam todos, fiquem atrás de mim — diz Isaac. — Vamos nos dirigir para a entrada.

Vera, Hansi e eu avançamos de mãos dadas — um trio muito assimétrico. A cada passo tenho a sensação de estar numa descida íngreme, e agora percebo que estou suando tanto que a blusa se cola à minha pele.

Vera sussurra para mim:

— Não vou deixar que aconteça nada a você ou ao Hansi. Prometo.

Ela fala com voz segura, e eu apostaria nela se estivéssemos em qualquer confronto justo, mas *justo* é uma palavra que foi eliminada da língua alemã para dar espaço a outras expressões mais úteis e modernas, tais como *lebensunwertes Leben*, vida que não merece ser vivida. Afinal, um idioma tem que evoluir...

Passamos as tropas de choque, uma a uma. Os soldados nos dirigem olhares de um ódio silencioso, e eu não me atrevo a encará-los, pois sinto a boca seca como pó, o que significa que vou ser dominada pelas lágrimas. Também tenho consciência da tensão sexual entre mim e os homens. *As mulheres podem ser violadas:* agora que já dormi com Tônio, meu corpo compreende isso.

Pelo canto do olho vejo JUDE escrito em grandes letras brancas em cada uma das vitrines da loja. Um letreiro impresso sobre o telhado me chama a atenção: *Helft mit an der Befreiung Deutschlands vom jüdischen Kapital. Kauft nicht in jüdischen Geschäften.* Ajudem a libertar a Alemanha do capital judaico. Não comprem em lojas judaicas.

— Olhem só aquele monstro! — diz um dos camisas-pardas.

É uma referência a Vera, a Arnold ou a Martin? Sinto-me como se eu própria fizesse parte de um número de circo. *A menina que não para de tremer e o irmão dela, o dos lábios selados.*

Uma epidemia de medo fechou a cidade. O que mais, senão uma praga de covardia, poderia esvaziar uma rua comercial de uma cidade de 2 milhões de habitantes num sábado de manhã? Todas as janelas estão fechadas, assim como as cortinas. E o que ouço é o silêncio do meu próprio pânico latejando nos meus ouvidos — um cronômetro contando os segundos que faltam para terminar este horror.

Minnie começa a farejar alguma coisa de interessante no pavimento, mas os escritos da coleira que ela ostenta no pescoço parecem já ter perdido a graça, porque os soldados bem-comportados que estão em posição de sentido, todos exibindo tiras com suásticas no braço, sabem perfeitamente qual é a raça que precisa sair da Alemanha, e por acaso é a de Isaac.

Marianne e Roman dão um beijo em cada um dos membros do nosso círculo fechado, mas ninguém diz mais do que algumas palavras sussurradas. Até os nazistas devem sentir a ameaça focada aqui, a linha de frente de um conflito de fronteiras entre duas perspectivas contrastantes da vida e da humanidade.

Os olhos preocupados de Marianne não deixam K-H, que fotografa os camisas-pardas um a um. *Retratos de homens que venderam a alma.* O título de mais uma exposição que ele tem em mente.

Os homens de uniforme não gostam de ser alvo da objetiva dele, mas guardam o descontentamento para si próprios. Disciplinados, devo reconhecer. Até K-H chegar ao brutamontes postado diante da porta. Ele tem bochechas caídas como as de um buldogue, um bigode fino e um brilho condescendente no olhar. Quando o fotógrafo foca nele, o nazista saca a arma do coldre. Isaac, com o cachimbo bem preso nos dentes, lança-se entre os dois homens.

Após todos esses anos, há uma imagem que vejo mais claramente do que qualquer outra: Isaac estendendo a mão para agarrar o cano da arma do soldado.

— Violência não — diz Isaac.

É uma ordem, não um pedido.

O buldogue recua um passo e lhe dá um safanão, libertando a arma. Em seguida, vira-se de lado e aponta-a para a cabeça de Isaac. A pose de um praticante de esgrima.

— Para trás, judeu. E você — grita ele para K-H —, leve embora essa máquina ou atiro nos dois!

Ele tem sotaque da Suábia. *Só faltava essa*, penso, *um caipira com uma arma carregada...*

Isaac, sabe Deus como, olha o homem de frente, sem pestanejar.

— Viemos aqui porque temos certeza de que o que os senhores estão fazendo é ilegal e imoral — diz ele, num alemão tão elegante que faria até Hugo von Hofmannsthal se erguer do seu túmulo em Viena. — Temos que fazer umas compras; por isso, faça o favor de nos deixar passar...

— Vão embora daqui! — berra o buldogue.

— Assim que acabarmos de fazer as nossas compras.

Será que Isaac está querendo levar um tiro para aparecer em todos os jornais? A essa altura, já deve saber que um judeu morto não vai merecer mais do que uma frase ou duas, embaixo de um comentário sobre o tempo excessivamente quente que está fazendo nos Alpes para essa época do ano.

— Venham comigo — diz ele.

E talvez tivéssemos mesmo entrado na loja em fila atrás dele e também entrado para um ou dois livros de história, mas antes que ele consiga ir mais adiante, o Sr. Weissman, um homenzinho bem-vestido de cabelo grisalho e já bastante ralo, sai da loja, curvado e arrastando os pés. Atrás dele vem um nazista alto e jovem, de arma em punho, com um sorrisinho sacana de menino que acabou de conseguir roubar balas de uma loja de doces. Em outras palavras, um delinquente. Para mim, é outro limiar que atravesso; ele é o primeiro facínora que conheço que nitidamente adora humilhar outra pessoa.

Em volta do pescoço do velho comerciante há uma faixa que diz: *Kauft nicht bei Juden, kauft in deutschen Geschäften! Não comprem dos judeus, comprem em lojas alemãs.* Herr Weissman tem o rosto completamente vermelho. Traz na mão os óculos, que, vejo agora, estão reduzidos a cacos, esmigalhados pela bota do delinquente satisfeito, muito provavelmente.

— Olhe para cima! — ordena-lhe o buldogue. — E diga ao seu amigo o que ele tem que fazer!

Weissman obedece. Sua testa está coberta de rugas e de suor.

— Não entre, Isaac — diz ele, em tom de quem pede desculpa. — Vá ir embora. Os nazistas estavam só esperando vocês, e lá dentro tem um camisa-parda que vai lhe dar um tiro assim que você entrar. Vai alegar que você estava armado e que começou uma briga.

Portanto, os nazistas foram avisados de que viríamos aqui.

Isaac se vira para mim e me dirige um olhar grave, no qual reconheço perigo para o futuro de nós todos.

— Você e o Hansi podem entrar, Sophele? — pergunta ele. — Ninguém iria acreditar que você e o seu irmão estavam armados. Não se sinta obrigada a ir, claro, mas é importante.

Nos anos seguintes, quando conto esta história, Ben e os outros sempre ficam chocados por Isaac ter colocado em risco as nossas vidas, mas na época não tínhamos a vantagem de poder olhar para trás e não sabíamos que os nazistas eram capazes de matar crianças. O pedido dele me pareceu razoável então.

Olho para Hansi, que olha fixo para Minnie; a cadela não para de cheirar o pavimento, com o rabo batendo no chão a intervalos regulares. Cada segundo do futuro do meu irmão está preso na minha respiração hesitante. Meu coração está completamente fora de controle.

Vera aperta minha mão e diz:

— Não entre. — Depois, virando-se para Isaac, acrescenta: — Acho que deveríamos simplesmente ir para casa, como disse o Sr. Weissman. Mais tarde podemos tentar...

— Não, eu vou sozinha — interrompo-a.

Puxo os dedos de Hansi, cravados na minha mão, e deixo-o com Vera.

— Não se mexa nem um centímetro! — ordeno a ele. — Eu já volto.

Ele me olha com o rosto contorcido, confuso. Inclino-me para lhe dar um beijo rápido e me vejo murmurando comigo mesma uma das orações que Isaac me ensinou: *Baruch ata Adonai Eloheynu Melech ha'olam shehehiyanu ve'kiymanu ve'higianu la'zman ha'zeh.* Abençoado seja o Senhor nosso Deus, Rei do Universo, que nos manteve vivos e nos guardou...

À medida que avanço, sinto-me como se eu sempre houvesse tido a consciência de que seria posta à prova dessa maneira. E como se a minha morte, caso isso aconteça, fosse a minha vingança contra os meus pais. Por que vingança? Nem hoje consigo encontrar palavras que expliquem isso.

Ao final da rua ouve-se tocar alto uma música: os Comedian Harmonists cantam a canção folclórica "Ach, wie ist's möglich denn?", "Ah, Como é Possível?".

Será que foi Isaac quem a escolheu? Afinal, *Como é possível?* é a pergunta perfeita para um boicote às lojas dos judeus. Mais tarde, ele vai me confirmar que combinou com uns amigos de tocarem essa música.

Os nazistas viram-se de uma só vez para enfrentar as vozes angelicais dos cantores, como atletas de nado sincronizado num filme de Esther Williams. Seria cômico se estivéssemos em tempos melhores.

Chegou o momento de cumprir o que eu disse. Mas o buldogue segura meu braço quando vou passando por ele. Com força suficiente para deixar uma marca em que irei reparar à noite.

Nossa simetria gravou-se em meu espírito, alojada num medo negro, durante setenta anos: o nazista agarra meu braço, enquanto eu agarro a maçaneta da porta. Quem vai ceder primeiro?

Olho nos olhos do homem que deveria ter ficado em sua casa na Suábia, assustando os filhos com contos dos Irmãos Grimm, como dez gerações de bons sádicos alemães fizeram antes dele.

— Quero comprar tecido — digo em tom neutro.

— Não pode entrar — responde ele, igualmente calmo.

— Sou de Berlim — digo, já que ele não é, e ambos sabemos que com isso quero dizer que ele não tem o direito de me dizer o que posso ou não fazer na minha cidade.

A coragem territorial. Não deveria ser menosprezada em momentos tão decisivos.

— E daí? — pergunta ele, com voz de deboche.

— Daí que nasci aqui. Faço as compras onde eu quiser. E vou continuar comprando na Loja Weissman muito depois de você voltar para Ulm.

Não é a resposta que ele quer. Erguendo a pistola, ele enterra o cano no meu rosto. E sorri. Uma ameaça mesclada de desafio sexual.

Com a morte encostada à minha pele latejante, meu corpo fica rígido, e fecho os olhos. O silêncio do meu próprio terror me sufoca. E a única coisa em que consigo pensar é em Hansi chorando quando eu estiver morta.

— Sophele, venha cá... volte para perto de mim — diz Isaac em tom suplicante.

Uma umidade quente escorre pelas minhas pernas; estou fazendo xixi. O nazista baixa a pistola e ri. E é então que eu abro a porta e entro na loja.

O momento mais corajoso da minha vida. E acontece sem qualquer decisão consciente. Não tenho mais consciência da razão por que o faço do que um cão que corre atrás de uma bola pela Grenadierstraße.

Quando tinha 15 anos. Uma criança, sob tantos aspectos... E, contudo, se fui capaz de continuar com a minha vida depois da guerra, foi graças a esse único momento.

A loja está dividida em fileiras de prateleiras cheias de rolos de tecido. Um jovem camisa-parda está ajoelhado sobre um pano florido que espalhou pelo chão. Talvez esteja decidindo se vai roubar alguns metros para fazer cortinas. Hilde Weissman está sentada atrás do balcão. Uma mulher com um colar de pérolas em volta do pescoço esguio. É só isso o que guardarei na memória quanto à imagem dela naquele dia.

Ela está com a cabeça encostada na caixa registradora, e, quando olha para cima, estica o braço com a mão aberta, como se dissesse: *Espere aí, não se mexa!* E põe-se de pé num salto.

Seu cabelo está molhado. Mais tarde, Isaac vai me contar que os nazistas enfiaram sua cabeça na privada.

Ao mesmo tempo, o camisa-parda precipita-se na minha direção com a arma apontada para o centro do meu peito, mas não chega a me alcançar. Um tiro lá fora atrai-o à porta.

— Hansi! — grito.

Volto correndo para a rua. Minnie está deitada no chão, morta, com uma flor de sangue espalhando-se sobre sua barriga macia e rosada. Meu irmão está sentado ao seu lado, estendendo a mão para tocar na flor, mas quando tento erguê-lo, seus olhos ficam baços, e ele não consegue ficar de pé.

O delinquente louro está sendo admoestado pelo buldogue.

— Mas é só um cachorro judeu morto! — responde o jovem em voz alta.

As lágrimas tomam conta de mim, não por desespero pela Minnie, embora durante várias semanas depois eu seja perseguida pela recordação de seu corpo ensanguentado. Tudo o que sinto agora é alívio por Hansi, Isaac, Vera e todos os outros estarem a salvo.

Mais tarde, fico sabendo que o nazista responsável pelo grupo ordenou a Molly e a Klaus que tirassem a coleira da Minnie, aquela com os dizeres. Molly recusou-se, dizendo que nunca obedeceria a uma ordem nazista enquanto vivesse, e foi aí que o delinquente puxou o gatilho.

Vera agarra meu braço como se nunca mais fosse me largar, enquanto Arnold tenta desviar a atenção do meu irmão falando-lhe afetuosamente. Molly está agora ajoelhada sobre Minnie, soluçando, com ambas as mãos comprimindo a ferida, como se tentando impedir que se formem mais pétalas em volta da flor.

Isaac leva Hansi no colo até o bonde; o menino se retirou do mundo.

— Lamento tanto — diz o velho alfaiate para mim, inúmeras vezes. — Nunca esperei...

— A culpa não é sua — respondo, e estou falando sério.

Ele pensa que eu acho que a culpa é dos nazistas; mas não, acho que a culpa é minha.

Em casa, Isaac coloca meu irmão na cama com toda a delicadeza. Quando estamos sozinhos na sala, ambos pálidos de preocupação, digo aquilo que quero dizer desde que vi pela primeira vez a fileira de camisas-pardas à nossa espera na Hirtenstraße:

— Um traidor do seu grupo deve ter dito aos nazistas que deveriam nos esperar na Loja Weissman, talvez a mesma pessoa que matou o Georg. Também é possível que tenha sido essa pessoa quem denunciou o Raffi, embora não possamos excluir a hipótese de qualquer outro herói alemão ter feito isso.

A morte chega a Hirtenstraße

— Sim, faz tempo que suspeito que estamos sendo traídos.
— Por que não me disse?
— Acho que porque eu tinha esperança de estar enganado. E não queria que você se envolvesse nisso mais do que já se envolveu. Quando você me disse que ficou confusa pelo fato de o Georg não ter marcas no pescoço... Eu esperava que você ficasse tão frustrada que parasse de brincar de detetive. O que está acontecendo na Alemanha me fez agir de uma maneira muito irresponsável, com você e principalmente com o Hansi. Me perdoe. — Ele passa uma mão

cansada no rosto. — Não adiantam de nada esses protestos públicos. Agora vejo que só vou conseguir é que matem as pessoas de quem mais gosto.

Instalados nesse silêncio sombrio, sinto de repente uma revelação.

— O Georg descobriu quem era o traidor, e por isso é que foi assassinado!

— Sim, é possível.

— E o Raffi também — sussurro para mim mesma, convicta de que agora compreendo tudo com clareza.

— O que você disse?

— Isaac, eu sei que o Raffi andava subornando nazistas com fundos levantados pelo seu grupo, mas talvez não tenha sido por isso que ele foi preso. Talvez ele também tenha descoberto quem era o traidor. A Gestapo levou-o porque ele podia revelar a identidade do homem. Afinal, agora ele não pode contar nada a ninguém. — E aí jogo a isca. — Acha que foi isso mesmo? Será que sempre que alguém se aproxima demais da verdade é eliminado?

— Já pensei nisso — admite ele, perturbado —, mas agora... Sophele, isso tudo é demais para mim. Vou ter que simplesmente parar com as minhas atividades públicas e me concentrar na embaixada turca. Entretanto — acrescenta —, podemos nós dois rezar para que não aconteça mais nada a pessoas queridas.

Depois que Isaac vai embora, deixo-me cair na poltrona da sala. Hansi acorda após uma hora de sono e bate de leve na minha cabeça para me acordar.

— O que houve? — pergunto, contente por ver que ele consegue andar outra vez. E que não me odeia.

Ele aponta para o estômago.

Não me atrevo a falar na Minnie nem em nenhuma das outras coisas que aconteceram enquanto faço o almoço dele. Meu irmão e eu nunca falaremos sobre esse dia. Um segredo com espinhos letais.

Já ouvi muitos especialistas na história da Alemanha dizerem que o esquecimento passou a ser uma forma de vida depois da Guerra, mas Hansi e eu aprendemos a pôr as nossas lembranças num *Giftschrank* trancado a chave, um armário para venenos, como dizem os alemães, *muito* antes de o nosso exército travar qualquer batalha.

Faço uma sopa de batata com um queijo quente. Sentamo-nos em lados opostos da mesa da cozinha e comemos enquanto montamos o quebra-cabeça do Michelangelo. Após algum tempo, divertimo-nos roubando o queijo que sobrou um do outro. Tenho um ataque de riso, a ponto de as lágrimas correrem pelo meu rosto e entrarem na minha boca. Como é bom estar viva e sozinha com o meu irmão! Nessa tarde, ficamos ouvindo Marlene Dietrich na vitrola, com a gratidão presente em cada olhar que trocamos.

À noite dou banho nele e consigo enfiá-lo na cama prometendo contar-lhe uma história, mas adormeço antes mesmo de abrir *A ilha do tesouro*, seu livro preferido ultimamente. Meus pais chegam às 10 da noite. Quando acordo, sentada na cadeira ao lado da cama de Hansi, vejo sobre os meus joelhos uma manta que não fui eu que pus. Meu irmão agora é duende.

Fico louca de alegria por ouvir as vozes da Mãe e do Pai, o som de toda a proteção de que eu precisei pela manhã. Como se eles estivessem ausentes há semanas, vou correndo para a sala. Tento dar logo um beijo no meu pai, mas ele me segura pelo pulso, me sacode e diz, zangado:

— Sabemos o que você fez! — Seu rosto é o de um homem furioso.

— Sabem? — pergunto.

Quando arranco minha mão do seu pulso de ferro, reparo na mancha negra que já se formou no meu braço, no lugar em que o nazista me segurou.

— A *Frau* Von Schilling nos contou.

— Quem é a *Frau* Von Schilling?

O Pai começa a tirar o sobretudo. A Mãe ajuda-o.

— É a mãe da Vicki von Schilling, claro — responde ele.

Quando lhe lanço um olhar interrogador, a Mãe grita:

— Estuda na sua escola!

E atira o sobretudo do Pai no sofá. Percebo nos olhos dela, franzidos de raiva, que, seja lá o que a *Frau* Von Schilling lhe contou sobre mim, deve ter estragado sua noite inteira.

— O que exatamente a mãe da Vicki contou à senhora? — pergunto.

— Disse que você voltou a falar com a Rini — retruca o Pai, furibundo.

— E que aceitou um pedaço de chocolate que ela lhe deu!

Ele diz essas palavras com os dentes cerrados, como se o governo tivesse acabado de descobrir provas de que os judeus são proprietários de todas as plantações de cacau da África.

— Só isso? — pergunto.

— Não acha que é o bastante? — rosna ele.

Sinto o alívio me invadir, como aquela brisa do mar que eu desejei para todos os moradores da Grenadierstraße.

— Acho que sim — digo. — Afinal, ela é judia e eu sou ariana. Ou talvez só uma *dachshund*.

— O que está dizendo, Sophie? — pergunta a Mãe.

— É só uma piada que nem graça tem, e agora...

Minha vontade é acrescentar que a piada até já morreu, mas isso não faria sentido para quem não esteve comigo esta manhã.

Estendo os braços, pronta para as algemas.

— Sou culpada, sem dúvida. Podem me levar para a minha cela.

Pressinto mais uma crise de riso louco, e estou prestes a acrescentar *Eu me deixarei ser levada docilmente para a forca amanhã de manhã, mas agora me deixem dormir a noite inteira* quando o Pai me segura e me dá uma bofetada.

Fico tão espantada que nem consigo chorar. Nem respirar. Eu me dobro toda, tentando recuperar o fôlego.

O Pai volta a me sacudir com toda a força e me manda ir para o quarto. A Mãe leva Hansi embora, enquanto meu pai tira o cinto. *Vou ter que enterrar tudo de que gosto em mim para não enlouquecer,* penso. É um paradoxo, mas no momento faz todo o sentido para mim.

Cada chicotada do cinto de couro é uma pá de terra que atiram sobre a mulher que eu quero ser.

No dia seguinte de manhã, o Pai sai cedo para o trabalho. A Mãe confisca o que me resta da coleção dos cromos de cigarros, incluindo Garbo no papel de Mata Hari.

— Seu pai e eu decidimos que você vai passar todos os fins de semana em casa nos próximos três meses — informa ela. — Nem Tônio, nem filmes, nada!

— Posso ao menos desenhar no meu bloco?

— Não! — E me lança um olhar de desprezo, acrescentando, sibilante: — Espero que esteja satisfeita!

— Isso depende da sua exata definição de satisfeita — respondo, em tom de desafio. — Porque se estiver se referindo às marcas do cinto que ficaram no meu traseiro, não, não estou muito satisfeita.

Nessa manhã, ela decide me levar à Igreja Emanuel. O *Mein Kampf* não conseguiu me salvar, e a Mãe está convencida de que o Novo Testamento é a minha única esperança. Mas será que Jesus também não tinha um senso de humor judeu?

Na segunda de manhã, acordo com dor de garganta, e meus ossos doem todos. Parece que meu pescoço está enferrujado. A Mãe tira a minha temperatura. Quando descobre que estou febril, dá uma risadinha que lembra um cavalo relinchando.

— Está vendo no que dá a sua rebeldia? — diz.

Sinto-me fraca demais para lhe garantir que ela já conseguiu mais que me convencer de que me despreza totalmente e que pode passar para outro assunto.

— Tenho que ir comprar comida hoje — continua ela —; e agora, o que é que eu vou fazer com você doente? — Ela olha para mim me desafiando a responder.

— Posso ficar em casa sozinha. Não se preocupe comigo.

— Mas quem é que está preocupado com você? — diz ela, erguendo as sobrancelhas para sublinhar a ideia. — Só estou com medo de que o Hansi pegue a sua constipação.

É talvez a coisa mais cruel que ela já me disse. Mas não tenho forças para protestar, e ela sabe disso. A filosofia da minha mãe é: bater enquanto estão no chão. Talvez isso esteja no Novo Testamento, se o virmos com olhos bávaros.

Nessa tarde, o Dr. Nohel vem me ver. Hansi e eu sempre achamos que ele parece um cavalo, dentes marrons e gigantes, orelhas grandes, um rosto fino e comprido, e o cabelo já rareando penteado para trás com óleo preto, formando uma assustadora crina negra. Uma vez até descobrimos a marca que ele usa na sua maleta de médico, Lion Noir. Francesa e com um cheiro azedo.

Depois de colocar o monóculo, ele esmaga minha língua com uma das suas satânicas espátulas de madeira para olhar garganta abaixo. Cheira a queijo de Limburgo. Devia estar no seu saquinho de almoço, dentro da maleta.

Talvez ele tenha descoberto um diagnóstico escrito em caracteres minúsculos na minha amígdala, porque o homem ajusta o monóculo para ver melhor e, quando finalmente ergue o focinho para respirar um pouco, anuncia que estou com gripe.

— Anda por aí — garante ele.

Claro que, essa noite, a febre sobe. Enquanto a Mãe faz sopa de batata, o Pai senta-se junto de mim. Não falamos na surra que ele me deu. Outra recordação varrida para debaixo do tapete da história da nossa família. Ele lê o jornal para mim como se fôssemos melhores amigos. Entre outras notícias interessantes, fico sabendo que alguns judeus foram presos por espalhar "mentiras" entre a imprensa estrangeira, alegando que os camisas-pardas usaram de táticas violentas durante o boicote, e que a suástica passará a ser nossa bandeira oficial no dia 22 de abril. Nossos fabricantes de tinta preta e vermelha devem estar no paraíso. São, com certeza, os maiores admiradores de Hitler.

— A propósito… — diz o Pai, com um sorriso de quem não pode esperar, e sai correndo do quarto como uma criança. Quando volta, traz na mão uma braçadeira para mim. — Um presente que estou lhe devendo já faz um tempo — diz, com um enorme sorriso. — Vamos ver como fica.

O orgulhoso pai, no batismo nacional-socialista da filha. Em vez disso, eu preferia que ele tivesse quebrado uma garrafa de champanhe na minha cabeça e me deixado inconsciente por alguns anos.

Coloco a braçadeira sobre a manga da camisola. Fica estranho sobre o cor-de-rosa.

— Muito bonito — diz ele, radiante. — Gostou?

A expectativa estampada no rosto dele é tamanha que seria um pecado desiludi-lo.

— Adorei — digo. — Obrigada. Arranjou uma para o Hansi também?

— Claro.

E assim eu descubro que a ideia de sermos enterrados é muito mais terrível do que o ato em si. Na verdade, é exatamente como dormir, que aliás é só o que eu quero fazer nesse momento. Não quero saber de nazistas, de comunistas, do assassinato de Georg, de Isaac, nem sequer de mim mesma.

O pai inclina-se para mim na cadeira, pega minha mão e a beija.

— Foi horrível ter que bater em você — murmura ele.

Não é nem minimamente convincente, mas até há pouco tempo eu nunca tinha me importado com o fato de a Greta Garbo ser uma péssima atriz; portanto, por que censurá-lo por representar mal?

— Eu sei — tranquilizo-o.

— Mas agora tenho que ser rígido. Há muita coisa em jogo. *Häschen*, prometo que nunca mais lhe bato, desde que você faça o que eu lhe peço. Tem a minha palavra.

Sorrio com ar de gratidão, mas de que vale a palavra dele, que era comunista até três meses atrás?

Como que em resposta ao meu ceticismo, ele passa a maior parte da noite numa cadeira no meu quarto para poder cuidar de mim. A essa altura já estou ardendo em febre, por isso ele aplica uma compressa fria sobre a minha testa e, quando começo a tremer de frio, faz chá, levando a xícara à minha boca enquanto eu tomo goles minúsculos.

De manhã, minhas vias respiratórias estão completamente entupidas, por isso ele coloca várias folhas de hortelã numa tigela de água fervente, segura uma toalha por cima da minha cabeça e me obriga a respirar os vapores. Um passarinho debaixo de uma pérgula. Quando olho nos seus olhos, percebo que talvez este não seja o homem que sempre conheci, mas a semelhança é suficiente, e que ainda o amo. De certo modo, é até justo ele ter mudado, pois também já não sou mais a menininha que eu era. Somos muito parecidos, afinal de contas. Um pai e uma filha que sobrevivem à custa de segredos.

Ponho a minha braçadeira com a suástica pela primeira vez a 1º de maio para as celebrações desse dia. A Mãe, o Pai, Hansi e eu ficamos vendo filas e filas de tropas de choque desfilando em passo de ganso pela avenida Unter den Linden. Uma demonstração de patriotismo tão densa que não conseguimos ver nada além deles, o que, pensando bem, deve ser exatamente o objetivo disso.

— É como se a Alemanha estivesse nascendo de novo — diz a Mãe ao Pai, deslumbrada. E deslumbrados estamos todos.

Atrás dos homens desfilam as nossas mulheres e meninas, e é então que o Pai se vira para nós e exclama:

— Mal consigo esperar para começar no meu novo emprego e poder participar disso!

— O que é que o senhor vai fazer exatamente? — pergunto.

— Ainda não posso dizer.

Não; afinal, talvez eu ainda pertença ao inimigo.

A Mãe e eu espetamos alfinetes com a suástica na gola das nossas blusas. E quem poderá negar a hábil simplicidade de uma mãe que prende dois cravos com um alfinete de latão para fazer a propaganda mais bonita que já se viu? E o que aquelas minúsculas flores cor-de-rosa significam, para alguém que queira pensar no que está por baixo da superfície, é que, um dia, todos os jardins da Europa pertencerão ao Bússola Ao Contrário. Todas as sebes, todos os canteiros, todos os vasos de flores. Todas as ervas daninhas ao longo do Reno, do Danúbio, do Sena e do Ebro. Até os pelargônios do Isaac, que neste exato momento devem estar espionando-o.

Meu irmão foi incumbido de segurar uma minúscula bandeira, mas volta e meia a deixa cair.

— Mais alto! — berra meu pai, e a Mãe levanta o braço de Hansi.

Ultimamente, o Pai não tem conseguido controlar suas emoções, em grande parte devido a sua filha malcomportada, claro, mas também por um grande número de outras boas razões, das quais a menor com certeza não é o fato de ele continuar tentando, sem sucesso, parar de fumar. Hansi, pobre menino, está mais interessado em coçar o traseiro do que em gestos patrióticos, o que deixa meu pai vermelho de fúria. O mais impressionante é que o meu pai esqueceu que o filho deve achar que a suástica pouco mais é do que uma confusão de linhas quebradas, um símbolo quase tão incompreensível como uma *dachshund* encharcada em sangue que se recusa a levantar, por mais beijos que lhe deem no focinho peludo.

Atrás de nós, na multidão, há um velho avô com olheiras de pele enrugada e o peito coberto de medalhas de guerra. Ele sorri de orgulho, e bate continência para mim quando me viro para olhá-lo. Não há uma única pessoa se queixando de fome ou desemprego. Um milagre de união. A Alemanha, essa floresta morta, subitamente explodindo de vida, tal como disse a Mãe.

Depois das manifestações por toda a Alemanha no Dia do Trabalhador, o muro semita encontra seu lar permanente e natural no centro de visão de todos os cérebros. Os judeus e os arianos são espécies separadas.

Rini e eu passamos uma pela outra na escola sem nem nos olharmos. E eu evito o apartamento de Isaac como se fosse a sede da conspiração mundial judaica de que tanto ouvimos falar no rádio. Disseram a todos para imaginar uma sala cheia de bandidos de nariz grande e orelhas peludas jogando pôquer para ver quem fica com as riquezas da Alemanha. Uma sala cheia de fumaça de cachimbo e de blasfêmias em iídiche contra Hitler, a Superioridade Ariana e o Espírito Alemão. A nossa nova Trindade.

Secretamente, contudo, prometi a mim mesma que vai ser preciso mais do que braçadeiras e surras do meu pai para me afastar de Isaac, de Vera e dos meus outros novos amigos. E para me fazer desistir de investigar o assassinato de Georg, embora eu precise ter paciência e esperar... E rezo para que, quando tudo isso acabar, Rini e eu voltemos a ser quem éramos antes, e que o Pai e a Mãe também voltem a ser eles mesmos. E tudo isso significa que a minha esperança depende de um passe de mágica. Será que todo mundo aqui na Alemanha está contando com um regresso à normalidade ou será que eu sou a única a ainda acreditar que a pomba negra chamada Hitler pode voltar para dentro do chapéu? A *Frau* Mittelmann é judia, além de ser a minha professora favorita; por isso, decido arriscar e um dia, depois da aula, quando todos os outros alunos já foram embora, questiono isso a ela.

— Sophie, eu já nem reconheço mais este maldito país! — responde ela com agressividade, como se a minha pergunta fosse um ataque; depois, vendo que me magoou, acrescenta rapidamente: — Me desculpe. Ando sofrendo muitas pressões ultimamente. — Ela leva um dedo aos lábios, fecha a porta da sala e volta-se para mim com as mãos atrás das costas. Seu rosto é grave. — Vou embora da Alemanha. Meu marido e eu... acabamos de conseguir um visto para a França.

— Quando vocês vão?

— Daqui a duas semanas. Já apresentei minha demissão ao Dr. Hildebrandt.

— E onde a senhora vai morar?

— Nos arredores de uma cidade chamada Libourne. Não é longe de Bordeaux. O irmão do meu marido tem casa lá. Trabalha na indústria dos vinhos.

— Não foi para Bordeaux que Goya foi mandado quando o exilaram?

Ela sorri calorosamente.

— Que memória que você tem, Sophie!

— Eu nunca poderia esquecer as coisas que a senhora nos contou sobre Goya.

Minha insinuação de que ela desempenhou um papel vital na minha vida a leva a passar nervosamente a mão pelo cabelo. Volta até a mesa e começa a colocar na sua grande pasta preta os desenhos que fizemos hoje. A eficiência servindo-lhe de antídoto contra o desespero.

— O que... o que vai fazer na França? — pergunto, hesitante.

— Aprender francês, para começar — responde ela, com uma risada amarga. — E dar aulas de desenho a quem quiser.

Cada desenho que ela vai enfiando na pasta rouba mais uma das minhas fantasias de me tornar uma grande artista. Em breve a *Frau* Mittelmann vai atravessar a fronteira com todas elas.

— E quanto às nossas aulas aqui? — pergunto.

— Tenho certeza de que o meu substituto vai ser muito competente.

— Mas eu não quero uma pessoa competente!

— Sophie, você tem talento, e é uma menina inteligente. Além de ariana. O importante é continuar trabalhando — diz ela. E repete a nossa citação favorita de Cézanne: — Faça com que os rostos que você desenha falem dos campos que deixaram para trás, da chuva que os alimentou, das alvoradas que viram.

Ela amarra as fitas da pasta num laço apertado, enfia seu velho casaco largadão e atira em volta do pescoço a echarpe de seda cinza que sempre usou desde que a vi pela primeira vez. Suas roupas antigas, do tipo brechó, costumavam ter um ar tão boêmio... Ela era o nosso Picasso local. Mas agora é apenas uma professora de meia-idade que vai precisar recomeçar a vida do zero a 1.500 quilômetros de distância. Se eu estivesse escrevendo o nosso diálogo, ela agora começaria a me falar de Dürer. Uma última vez.

Claro que, do ponto de vista dela, eu sou uma aluna que levou para a escola uma braçadeira nazista e que deixou de falar com a melhor amiga, uma judia.

Continuo sendo eu e continuo adorando Dürer!, tenho vontade de gritar, mas por que ela iria acreditar em mim?

— Mais alguma coisa? — pergunta ela.

— Importa-se de me dar o seu novo endereço?

Do fundo dos quase setenta anos decorridos desde esse dia, ainda a vejo tirar do bolso do casaco uma minúscula caderneta de telefones, pouco maior que um isqueiro, e arrancar uma página da parte de trás. Será que a caderneta é assim tão pequena para que ela possa escondê-la no sapato se os nazistas a flagrarem desenhando caricaturas maldosas de Hitler?

Le Grand Moulin, Libourne. O Grande Moinho. Ela estende o papel para mim e leio o endereço em voz alta, com a minha melhor pronúncia francesa, para nunca o esquecer.

— Se algum dia você passar por lá, vá me visitar — diz ela em tom alegre.

A *Frau* Mittelmann não acrescenta: *Pode ficar na minha casa* ou *Vou sentir muitas saudades de você*. Uma conversa que adquire profundidade por aquilo que é omitido. Acima de tudo, não há beijo de despedida.

No caminho de volta para casa, mais confusa do que eu imaginava estar a essa altura, rasgo seu endereço e jogo-o no lixo da mercearia da *Frau* Koslowski. Como um bêbado que se livra da sua última garrafa de gim. Ou como uma última pá de terra sobre a minha sepultura. De qualquer forma, não tem importância; os judeus estão fugindo — por que eu iria travar as batalhas que são deles?

Capítulo 11

✡

No dia 10 de maio, 20 mil livros são queimados por estudantes universitários na Opernplatz, em Berlim. Sigmund Freud, Max Brod, Alfred Döblin, Klaus Mann, Peter Altenberg, Oscar Blumenthal, Richard Beer-Hoffmann... Se o leitor não souber os nomes deles todos, é porque os nazistas conseguiram transformar em cinzas uma parte da nossa cultura muito maior do que gostaríamos de admitir.

Tônio deixa uma rosa vermelha no tapete da entrada da minha casa todos os sábados de manhã, juntamente com um bilhete, que sempre assina da mesma maneira: *Sempre seu*. Meu pai e minha mãe ficam bem impressionados com a sua lealdade, de forma que me deixam sair outra vez com ele muito antes de ter terminado a minha sentença de três meses.

No início de junho, arrasto Tônio para ver Marlene Dietrich em *A Vênus loura*, e, para se vingar, ele me obriga a ir ver *King Kong*. Levamos Hansi conosco, já que não vejo razão para sofrer sozinha.

— A era do intelectualismo judeu está chegando ao fim agora — diz o Dr. Goebbels no documentário de notícias que passa antes do filme. — O alemão do futuro não será apenas um homem culto, mas também um homem de caráter.

O nosso ministro da Propaganda está fazendo um discurso perante uma multidão de estudantes empolgados com esta oportunidade de destruir mil anos de poesia e prosa que, para começar, eles nunca se deram ao trabalho de ler. Ou será que o Dr. Goebbels está falando diretamente para aquele monte de cinzas ao centro da tela, a amálgama fumegante que constituía a cultura alemã até três anos atrás? É difícil distinguir, devido ao ângulo da câmera, e ninguém se atreveria a achar impossível esse louco estar tendo uma conversa com um monte de cinzas. Como me disse Isaac uma vez, "a mente do Goebbels é uma latrina".

— Simplesmente fantástico! — sussurra Tônio quando o ministro chega a sua frase final, o que significa que estou apaixonada por um rapaz que gosta do cheiro de mijo.

Em seguida, meu patriótico namorado puxa minha mão esquerda até a saliência latejante que se ergue debaixo da sua calça, confirmando um fato pouco conhecido sobre o qual nunca ninguém quis escrever, nem sequer depois da guerra: o Dr. Goebbels consegue excitar os homens da Alemanha melhor do que a mais experiente prostituta de Nápoles em seu turno na Kurfürstendamm. É esse o seu segredo mais íntimo, e o nosso também.

Depois aparece o King Kong, e a Fay Wray até que é bonita com aquela sua cara de ratinho, e o gigantesco gorila é assustadoramente realista, quase tão realista como o outro brinquedo de corda, o Dr. Goebbels; e Tônio, Hansi, eu e todos os outros espectadores espalhados por mil teatros do país inteiro podem se assustar com algo que vai acabar em menos de duas horas, e assim esquecer a importância dos livros por um momento. Ou mesmo para sempre, dependendo do nosso caráter.

Uma tarde, depois da escola, Tônio vem me encontrar para irmos procurar revistas antigas sobre carros e cinema, nos fundos de uma atulhada loja de velharias da Karlstraße que exploramos de tempos em tempos, sempre que consigo aguentar a poeira. Depois, como estamos só a um minuto da loja da Júlia, vamos até lá, e eu explico a Tônio que conheci ela e o filho na festa de Carnaval de Isaac, embora tenha o cuidado de chamá-lo de Sr. Zarco. Estamos do outro lado da rua, debaixo do toldo de um café.

— O que você está aprontando? — pergunta ele, desconfiado.

— Nada. Só quero ficar vendo o movimento durante um tempo.

Júlia ajuda um homem com um chapéu de coco a escolher um chá para um determinado problema; para explicar a enfermidade, ele teve que apontar duas vezes para o cotovelo. Ela veste uma saia de lã marrom e uma blusa preta, e o cabelo escuro está preso no alto da cabeça. A menos que o traidor do Círculo dê um passo em falso, agora percebo que nunca conseguiremos descobrir quem é ele ou ela. Por isso vou ter que fazer com que as coisas aconteçam...

Começo a seguir os movimentos de Júlia durante as semanas seguintes, sempre à tarde, mas só de forma irregular, por causa de várias tarefas que tenho que fazer em casa. Ela almoça em casa, que fica bem em cima da loja. Uma outra vendedora — uma mulher jovem, pálida e pequena — a substitui nesse intervalo de tempo, mas só por uma hora e meia. Às 6 da tarde, Júlia fecha a loja e vai buscar Martin. Muitas vezes para no Wolff's Café, na Lothringstraße, para tomar um café, e depois vai até um prédio residencial caiado de branco, de cinco andares, atrás da fábrica de cerveja Bötzow, na Saarbrücker Straße, onde o cheiro de lúpulo e malte é tão intenso que até me faz chorar. Deve ter por lá um amigo que dá aulas ao seu filho durante o dia ou que simplesmente toma conta dele. Depois, mãe e filho vão calmamente para casa, muitas vezes de braços dados, embora Martin ocasionalmente pare diante das vitrines, com as mãos espalmadas no vidro. Falam enquanto caminham, e as risadas de Júlia são francas e frequentes. Parece ser uma mulher que conseguiu da vida aquilo que queria. Geralmente compra para Martin um bolo na pastelaria Hengstmann, logo ao lado do Wolff's Café. Ele adora *éclairs*, e ela sempre tem em sua mala de couro um lenço branco para depois limpar o rosto do filho, embora à vezes ele próprio insista em fazer isso e sacuda as mãos como se estivessem ardendo quando não consegue aquilo que quer. É óbvio que ela é dedicada ao filho. Às vezes fica observando-o quando ele sai correndo na frente dela, sacudindo os braços, e os olhos dela não mostram preocupação, ao contrário dos da minha mãe quando eu era pequena. Irradiam uma emoção que eu nunca esperaria — de admiração.

Tento lembrar a mim mesma que uma mulher feliz que adora o filho pode mesmo assim cometer um crime ou até estar conspirando com os nazistas. Afinal, todos nós temos uma vida dupla na Alemanha. E, contudo, logo começo a duvidar de que ela tenha tido alguma coisa a ver com a morte de Georg.

Os dias de Júlia são confinados a uma pequena área de Berlim. Só uma vez é que ela faz um desvio. No início de junho, ela não vai buscar Martin à hora habitual; em vez disso, dirige-se para leste, descendo a Oranienburger Straße e olhando rapidamente para cima, para a cintilante abóbada dourada da Nova Sinagoga. Vai abrindo caminho por entre a confusão dos compradores no mercado Hackescher e sobe em passos decididos a Rosenthaler Straße, como uma mulher com uma missão. Enquanto me esgueiro por entre as carroças, pedindo desculpas às pessoas em quem esbarro, percebo de repente, como quem leva um choque elétrico, para onde ela se dirige, e o que pode estar para acontecer. Por isso, entro no pátio de uma cervejaria antes que eu seja descoberta. No fim das contas, se o meu palpite estiver certo, então Isaac ou Vera podem estar bem atrás de mim.

Obrigo-me a tomar uma taça de vinho para não ter a tentação de me levantar depressa demais. Minhas pernas estão tensas, de tanto eu conter meu desejo de acompanhar o passo rápido de Júlia. Mas ser flagrada agora poderia estragar meus planos.

Ao entrar na Adega do Karl, encontro-a tão reles e mal iluminada como sempre, o que é até bom, pois reduz as chances de me verem. Estou de pé bem à entrada principal, área separada da zona do restaurante por um bar de estilo americano. Bem lá nos fundos do estabelecimento, submersos na luz aquosa dos candeeiros das mesas, estão as pessoas que procuro. Parecem alongadas, quase oníricas, como se estivessem presas numa tela de vermelho e preto fosforescente e houvesse uma espécie de líquido dourado fazendo sua pele brilhar. Estão sentadas a uma longa mesa retangular, e coloco a mão sobre os olhos enquanto as conto, para ninguém me ver. Chegaram 22 membros. Vera é fácil de identificar, ultrapassa os outros por uma cabeça. Depois vejo Isaac, e, sentados a sua direita, conversando com as mãos, estão K-H e Marianne. Acho que Heidi não veio, mas Rolf está sentado em frente a Vera, que cochicha alguma coisa com Roman. Claro que Júlia também está lá.

Um criado barrigudo vem imediatamente me falar que o restaurante está fechado até as 7h30; falta, portanto, uma hora. Digo-lhe no meu tom mais cativante que combinei de encontrar um amigo ali, mas ele responde com rispidez que vou ter que esperar lá fora. É óbvio, pelo seu tom de voz, que ele está protegendo O Círculo.

— Por favor, estou muito gripada — digo. — Não posso esperar aqui só uns minutos?

— Lamento... O Karl é quem faz as regras, e eu não posso quebrá-las.

— Então posso falar com o Karl?

— Já está falando com ele — ele logo retruca, e sem qualquer humor, infelizmente. Ergue o braço para me impedir de entrar. — Por favor, *Fräulein* — diz, implacável —, espere lá fora.

A última coisa que vejo é um chapéu preto sendo passado em volta da mesa com a aba para cima, e K-H colocando a mão lá dentro.

Na volta para casa, concluo que deviam estar sorteando alguma coisa, o que significa que vou ter que desafiar os meus pais e visitar Isaac para descobrir por quê. Ao fim da tarde do dia seguinte, despejo uma garrafa inteira de leite no ralo da pia quando a Mãe não está olhando e digo que vou à mercearia da *Frau* Koslowski, pois não temos mais leite em casa. Correndo como uma louca, vou escondida até o apartamento de Isaac, mas ele não está em casa. Nos dias que se seguem, ele nunca atende quando bato à sua porta. Fico com medo de que tenha sido preso, mas a Sra. Munchenberg me conta que ele lhe pediu para ficar com sua correspondência durante algumas semanas, por isso deve ter ido viajar.

Fico torcendo para que Vera ou algum outro amigo venha regar os pelargônios de Isaac para eu poder perguntar por ele. Mas nunca vejo nenhum deles.

Passam-se mais duas semanas sem uma palavra de Isaac. Entretanto, no fim de junho o diretor da escola de Hansi nos dá a notícia que há muito receio ouvir: que meu irmão não será aceito de volta na escola depois das férias de verão.

— Se ele não fala, nem sequer reage ao que está acontecendo na aula, o que querem que se faça com ele? — diz o Dr. Meier.

Não temos resposta para lhe dar, e o Pai diz a Hansi, ajoelhando-se até ficar da altura dele para abrandar o golpe, que a partir de agora ele vai passar os dias em casa. Será que o meu irmão se importa? Não consigo perceber, seu olhar é vazio. Contudo, tenho certeza de que ele está nos escapando gradualmente. Mesmo assim, a Mãe lhe diz, alegre:

— Não se preocupe, você vai ficar muito melhor aqui em casa, comigo.

Provavelmente, as mesmas palavras que a bruxa disse a João e Maria, penso.

Depois que o Pai me autoriza a abrir de novo o meu bloco de desenhos, estou sempre pedindo a Hansi que pose para mim. Entre outras vantagens, isso me ajuda a não ficar maluca durante os dias em que Isaac está ausente.

Monet tinha os lírios de água de Giverny, e Van Gogh, os girassóis de Arles, e uma menina de talento moderado que mora na Marienburger Straße tem um garotinho mudo com lóbulos de orelha compridos e cabelo sedoso. Durante horas e horas desenho seu rosto e suas mãos e seus pés de gnomo, que parecem ter sido feitos para saltar para dentro de tocas de coelho, perseguindo ideias e opiniões que ele nunca revelará a ninguém. Às vezes, de manhã cedo, tento desenhá-lo aureolado pela poeira dourada que gira à nossa volta. Pó de pirlimpimpim fazendo de nós as únicas duas pessoas na face da Terra. Se ao menos eu conseguisse agarrar meu irmão quando ele mergulha no seu mundo — no seu próprio Araboth pessoal. Podia haver muitas respostas à minha espera lá dentro: como conseguir que Raffi volte para casa, como mantê-lo a salvo, tanto a ele quanto a Isaac, e talvez, mais importante que tudo, como conseguir fazer meu pai verdadeiro voltar.

Sento-me ao lado da cama dele quando estou com insônia, o que é quase sempre. Centenas de desenhos de um menininho com os braços e as pernas em ângulos estranhos como os de uma aranha ou enroscado como uma bola, com os cobertores mais para cima ou para baixo, roncando, fungando... Uma vez ele até fala durante os sonhos e, embora suas palavras saiam embaralhadas demais para se compreender, julgo ouvir a palavra *Finlândia*.

Às vezes ponho a mão na cabeça de Hansi quando ele está na terra dos sonhos. Sinto a frágil suavidade da sua respiração a me penetrar. Talvez seja justamente sua presença, sua inocência, que me protege, me impede de enlouquecer. Será que eu veria isso se olhasse por baixo da nossa superfície?

Quando termina o ano letivo, a Mãe ordena que eu me inscreva na Bund Deutscher Mädel, Liga das Moças Alemãs; por isso, a partir de julho, duas tardes por semana treino o meu clone público para ocupar seu lugar na Mãe Pátria. Nosso uniforme consiste numa saia de lã azul-escura até o joelho, com um macho no centro, uma blusa branca com dois bolsos no peito e um lenço preto ao pescoço. Vestida assim, eu poderia ser a Gurka. Não, sejamos honestos, eu *sou* a Gurka! Rini pode ser judia, e portanto um inseto chupador de sangue, mas pelo menos não tem que sofrer a indignidade de parecer que está treinando para ser um guarda de prisão prussiano.

Graças a Deus, nós, as Moças Alemãs, só temos que levar o nosso uniforme para a escola no aniversário de Hitler e em outras ocasiões igualmente alegres; por isso, a maior parte das vezes consigo me vestir como se ainda vivesse no século XX. Como eu deveria ter previsto, tanto Tônio como a minha mãe adoram quando estou de uniforme. Quando a Mãe me vê vestida assim pela primeira vez, junta as mãos e diz que eu nunca estive tão bonita. Uma declaração que tem por objetivo me distrair da realidade de que, para ela, o que é realmente bonito é o fato de eu ser forçada a vestir coisas tão horríveis, mas o que ela acharia se soubesse que o meu namorado me pede para pôr o uniforme quando estamos no apartamento secreto do pai dele? Uma Moça Alemã ajoelhada pela Alemanha… É essa a escultura heroica que Tônio faz, com a cabeça inclinada para trás e o coração batendo com toda a força a cada vez que fechamos atrás de nós a adúltera porta do pai dele. Eu não me importo nem um pouco; a atenção que aquele jovem bonito dá aos meus desejos pode ser a única coisa que me alegra. E a euforia com que ele me invade quando fecho os olhos e lhe suplico que me abra o máximo que puder e se enterre o mais fundo possível ainda não pode ser usada como prova contra mim nos tribunais do *Führer*.

Mais do que qualquer outra coisa, adoro o poder que sinto quando o tenho na minha boca, aquela sensação pura como a terra de ser uma garota celebrando um altar mais antigo e muito mais significativo que Hitler, Göring e todos os outros deuses menores que criaram este mundo em que sou obrigada a levar para a escola uma braçadeira com uma suástica e fazer de conta que a Rini não existe e ficar à porta do Isaac sem me atrever a bater, porque alguém com uma mente de latrina decidiu que a cultura é ruim para a alma alemã. Adoro a pátina escura de Berlim no mal-iluminado retiro de um único quarto, no meio da floresta mágica que formamos com os nossos corpos, com suas teias de aranha nos cantos e seu lodo de fungos cinzentos na cortina do chuveiro, e o talco para os pés com cheiro de lavanda que a secretária do pai do Tônio deixou cair nos ladrilhos vermelhos e rachados do banheiro. Neste caricato abrigo do comportamento apropriado, que não consta de nenhum dos mapas que meu pai possui, uso todos os truques proibidos de que disponho — e estou descobrindo que tenho muitos! — para agradar a um jovem que, pensando bem, bem pode não ser digno de mim. Talvez isso devesse ter muita importância, mas não tem, porque ele está tão arfante e tão exaltado quanto Deus estava quando pela primeira vez esguichou o Universo, fazendo-o existir, e eu estou fazendo o que as mulheres fazem desde que Adão e Eva foram exilados por se enrolarem como cobras em volta do conhecimento do bem e do mal, e estou me entregando de todas as maneiras que todas as mães desta Mãe Pátria desprezariam.

Cada mancha no meu conjunto de saia e blusa de Moça Alemã é a *minha* vitória, e não só sobre o meu pai e a minha mãe, mas também sobre o meu país. Acham que isso é loucura? Então, considerem-se muito felizes, porque não viveram em Berlim em 1933.

O sexo pode ser a única esperança numa ditadura como a nossa. Não quero dizer com isso que as Moças Alemãs saibam alguma coisa sobre tais assuntos. Nós costuramos e cantamos, fazemos bolos, aprendemos a manter as unhas limpas e praticamos a saudação a Hitler tal como deve ser feita. Tudo essencial para a dona de casa alemã. Também lemos artigos sobre nós na revista *Das Deutsche Mädel*. Cada número está recheado de alegres notícias sobre as Moças Alemãs que escalaram os Alpes, por exemplo, mas o que elas fazem quando finalmente conseguem chegar ao cume do monte Wendelstein ninguém sabe dizer direito. Uma ou duas das meninas mais sedentas por fama podiam pelo menos cair de exaustão e ir rolando pelos rochedos até se esborracharem lá embaixo, para dar aos leitores alguma coisa de interessante para ler, mas nem essa sorte temos.

Quando Maria Borgwaldt, a chefe do nosso grupo, me inspeciona, juntamente com as outras meninas novas, após nossa primeira semana de treino, ela me recomenda vivamente que eu use o cabelo em tranças.

— É bonito e prático — diz ela, puxando as pontas de suas próprias tranças como se fossem duas cordas de sino, o que pode ser sua forma de se manter alerta ou de lembrar a si mesma que não deve dizer aquilo que realmente pensa.

Maria tem uma voz tão sincera que é um milagre Deus não lhe aparecer e lhe ordenar que pare de falar em Seu nome.

— Vou considerar seriamente isso das tranças — digo, mas ambas sabemos que o que eu quero dizer é *não*.

Na semana seguinte, enquanto espero minha vez de subir numa corda no ginásio da escola, ela me puxa para o lado, para me dar um conselho em particular. Estamos de braços dados, o que para mim é um privilégio, pois ela é conhecida por ter dominado todas as técnicas mais difíceis do *Livro de receitas da Liga das Moças Alemãs*. A Nossa Senhora dos Suflês, é assim que a chamo. Porque o suflê pessoal de Maria nunca vai murchar, claro.

— Sophie — diz ela —, não é uma boa ideia deixar o cabelo atrapalhando você ou agarrando em qualquer coisa. Pode ser perigoso. Você realmente precisa fazer tranças.

Ousando revelar uma fenda de luz através do Muro Semita, respondo:
— Você acredita mesmo que deixar o cabelo solto vai me impedir de ganhar o recorde mundial do salto em distância?
Nem um sorriso.
— Não é esse o problema, Sophie — diz ela, como se eu alguma vez tivesse achado que era. — Mesmo que você salte só mais um centímetro, isso pode fazer toda a diferença.
— Para quem? — pergunto.
Agora que comecei a falar no papel de mim mesma, parece que não consigo parar.
— Para o *Führer*.
Olho em volta.
— Acho que ele foi lá fora fumar um cigarro.
— Não creio que ele fume.
— Cigarros e charutos talvez não, mas adora fumar livros.
— Que conversa é essa?
Maria parece um veado deslumbrado com as luzes de um automóvel. É uma imagem perigosa; seus olhos azuis estão tão vazios, e são tão bonitos, que eu até poderia cair lá dentro e nunca mais encontrar a saída.
— Esqueça — digo.
Se Maria perdesse a virgindade, será que ganharia um senso de humor? Uma pergunta que vale a pena fazer a Martin Heidegger e a todos os outros filósofos que agora dormem na cama de Hitler.

Nas nossas aulas, fico sabendo que temos a obrigação de ter pencas de filhos felizes e obedecer aos nossos maridos. Coelhas arianas de perna aberta. Com coleiras invisíveis no pescoço e correntes nos tornozelos — o uniforme das Moças Alemãs que ninguém vê nem sequer imagina. Exceto, talvez, Tônio: talvez seja o retinir dos meus grilhões e o cheiro de metal que o deixam arfando como um cão. Se for esse o caso, bom apetite para ele!

Ficamos sabendo também que nós, as Moças Alemãs, não podemos cuspir, praguejar ou fazer tatuagens. Maria nos diz que foram esses hábitos devassos que fizeram o Império Romano ruir. Assim como fazer estripulias na cama antes do casamento, pelo visto, porque ela também dá a entender, utilizando termos tão vagos que algumas das meninas me perguntam mais tarde o que será que ela quis dizer, que é estritamente *verboten* deixar nossos namorados entrarem na nossa boca, quanto mais permitir-lhes que penetrem no nosso aparelho reprodutor.

É óbvio que qualquer menina que tente ter Marlene Dietrich como modelo não vai conseguir ir longe na Liga das Moças Alemãs. Mas eu vou, apesar do meu seco desprezo. Ao fim de algumas semanas, já consegui fazer amizade com duas das meninas mais cínicas, umas gêmeas que moram na praça Senefelder, chamadas Betina e Barbara. Também ganhei uma medalha de honra ao mérito, uma águia de latão, por bordar suásticas em chapéus masculinos. Cheguei a pensar em fazer as suásticas mais malfeitas na história do *Reich*, mas o Pai, que estava em casa me vendo bordá-las, disse que, já que os chapéus seriam distribuídos aos pobres de Berlim, tinham que ficar perfeitos. É óbvio que ele ainda está do lado do proletariado, só que agora se chama o *Volk*.

Também ganho uma medalha por terminar em terceiro lugar numa corrida dos 100 metros, ficando só atrás de Ursula Krabbe, que tem pernas tão compridas que só pode ser a reencarnação de uma cegonha, e da própria Maria, que fez tranças no cabelo e, *além disso,* ainda por cima as prendeu num rolo apertado, tendo tido, portanto, uma vantagem injusta sobre todas as outras.

Também não sou tão ruim em jogar dardos como eu pensava. Minha melhor marca: 12 metros. Excelentes notícias para as nossas forças de defesa, no caso de sermos atacados por finlandeses míopes recém-saídos dos sonhos de Hansi. Ou no caso de os judeus se sublevarem contra nós, como avisa Maria.

Começo a me sentir razoavelmente bem entre as outras Donzelas, até que um médico chamado Herbert Linden nos faz uma palestra sobre Higiene Racial, apoiando-se em cromos que mostram o tipo de homem com quem não nos devemos casar se quisermos manter pura a raça ariana. Claro que o judeu aparece no topo da lista dos nossos pretendentes *verboten*, e ele nos mostra uma foto de arquivo criminal de um sujeito de cara gorda fotografado de perfil, para podermos ver bem seu nariz monumentalmente grande e em forma de gancho. O número 2 é um cigano moreno com um sorriso debochado que nos é mostrado de frente para podermos ver bem sua auréola de cabelo oleoso, que vai até os ombros. Por último, mas igualmente importante entre estes seres inferiores, está um negro de peito nu sentado num banco enquanto um homem de bata branca utiliza uma régua para medir seus lábios grossos. Três centímetros e meio — a prova de que não merece nem o nosso desprezo. As meninas emitem exclamações de horror cada vez que outro horrendo candidato à nossa virgindade alemã surge na tela e soltam risadas nervosas quando vemos anões e homens de lábio leporino. Mas nada se compara com os uivos de horror e as gargalhadinhas maldosas quando aparece um gigante corcunda com um rosto cruel de homem das cavernas, tendo por pano de fundo uma escala que indica sua altura, 2,07m. Sinto-me gelar, porque esse homem poderia ser irmão da Vera.

Mais tarde, durante a exibição de cromos, nos falam dos perigos de casar com homens que parecem normais, mas que no fundo são tudo menos isso: idiotas, epiléticos, sifilíticos, surdos e cegos de nascença. E aqueles que vivem no seu próprio universo, e a que o Dr. Linden chama de esquizofrênicos. Um dos tipos que ele descreve é Hansi, o que faz minhas pernas tremerem como se eu precisasse sair correndo e nunca mais parar.

Isaac volta na terceira semana de julho. Ficou fora mais de um mês.
— Graças a Deus que você está bem — digo quando ele abre a porta.
Minha vontade é me jogar nos seus braços e lhe contar todas as minhas preocupações, mas ele franze o cenho.
— Sophele, é perigoso para você vir aqui em casa. Os seus pais... E os vizinhos...
— Não quero saber deles — digo, mas ele não me convida a entrar. — Onde esteve? — pergunto.
— Em Istambul; fui visitar meus parentes lá.
— Podia ter me dito que ia viajar.
— Talvez, mas eu queria manter os meus planos secretos, até certo ponto.
— Seus parentes estão bem?
— Estão ótimos. — Ele quer me contar mais, percebo isso pela indecisão nos seus olhos e pela maneira como, depois, ele desvia rapidamente o olhar, mas, após algum tempo, Isaac diz: — É melhor você ir para casa. Não quero lhe criar problemas. — Como já comecei a chorar, ele acrescenta: — Sophele, por favor, isso também é difícil para mim. Talvez você nunca saiba o quanto. Me perdoe.

E, sem mais nem menos, fecha a porta na minha cara. Deixo-me ficar sentada nas escadas, porque a Mãe só vai me fazer perguntas inconvenientes se me vir soluçando. E fico ali durante muito tempo, porque sinto que fui rejeitada pelo único homem que talvez pudesse me ajudar a não me transformar numa Moça Alemã.

Nessa mesma semana, o Pai diz que foi autorizado a nos contar em que consiste seu novo emprego. Ele foi nomeado técnico superior no Departamento de Investigação e Desenvolvimento no Ministério da Saúde.
— No futuro — diz ele, exultante —, vamos conseguir curar a tuberculose e outras doenças com comprimidos que pretendemos sintetizar no laboratório. E os preços desses medicamentos preciosos para salvar vidas serão mantidos tão baixos que mesmo os alemães mais pobres terão acesso a eles.

Tento me convencer de que não se trata apenas de uma frase que ele decorou, mas simplesmente não consigo. E tento não pensar nas outras pessoas com quem eu preferia estar. Decidi que, durante algum tempo, tenho que obedecer às regras impostas pelos meus pais, fingir que sou a garota que eles querem que eu seja.

O Pai me pede que eu convide o Tônio para ir conosco ao Café Bauer para celebrar, e, para o evento, meu namorado vai vestido com seu uniforme da Juventude Nazista. Cada vez se parece mais com Cary Grant quando novo. Fico mexendo na sua perna por baixo da mesa. Ele fica empurrando minhas pernas para trás. O genro envergonhado.

Eu como pato inundado de molho de *Preiselbeeren,* frutos do bosque. É tão bom que finjo desmaiar de deleite, e até consigo fazer Hansi rir. Depois que o garçom retira os nossos pratos, apagam-se as luzes todas e o gerente, de smoking, chega com um bolo de chocolate gigante cheio de velas acesas, dirigindo-se à nossa mesa. Quando pousa o bolo, vejo o nome de Hansi escrito em chantilly. Meu irmão vai fazer 10 anos no dia 6 de agosto, amanhã, e nós cantamos parabéns para ele a plenos pulmões. Sei que ele não gostaria que a irmã mais velha o ajudasse a soprar as velas na frente dessa gente toda, e por isso me recosto na cadeira, mas Tônio o ajuda. Depois me dirige um sorriso de gratidão e eu concluo que ele interpreta meu ato como motivado por uma questão de respeito pelo mundo dos homens. Tenho vontade de lhe dar um beijo por isso. Ser compreendida por ele, agora, parece ser a minha salvação.

Durante o mês que se segue, sempre que vejo Isaac no pátio ou caminhando pela rua fujo para longe, mas muitas vezes os olhos dele me seguem em meus pensamentos. Uma presença constante e vigilante, um terceiro olho na minha testa. Contudo, não me atrevo a quebrar o silêncio entre nós, embora ambos vamos lentamente percebendo que não há perigo em sorrirmos um para o outro. Esse pequeno gesto é o nosso bote salva-vidas. E é tudo o que resta da minha resistência à nossa ditadura.

Apesar da minha promessa, deixei que o assassinato de Georg me fugisse por completo da mente. Assim como muitas outras coisas.

Mais para o fim do verão, entendo por que é que homens como o meu pai conseguiram empregos mais bem pagos nos últimos tempos; todos os judeus são despedidos de funções públicas, incluindo os nossos professores. O Dr. Fabig, entre outros, não volta no início do novo ano letivo. Segundo os boatos que ouço, descobriu-se que ele tinha um quarto de sangue judeu, tal como seu adorado Rainer Maria Rilke, e demitiu-se antes de receber a carta de demissão, embora um homem que é 25 por cento judeu talvez conseguisse continuar no emprego um pouco mais de tempo.

Rini e as outras meninas judias tampouco voltam para o início do período. Dizem que ela agora está frequentando uma escola ortodoxa na Schützenstraße.

A melhor amizade da minha vida, e eu permiti que a enterrassem junto com tantas outras coisas.

E é assim que, no dia 19 de setembro, meu aniversário vem e vai sem grande felicidade. Para piorar, o tema deste ano em termos de presentes parece ser "roupas horrendas": Tônio me dá uma saia de algodão com estampa de florzinhas que não ficaria mal na minha avó bávara; a Mãe compra para mim uma blusa branca lisa dois números acima do meu para que os seios não chamem atenção; e o Pai escolhe um xale marrom franjado e com suásticas nos cantos, perfeito para uma nazista cigana com muito mau gosto, se é que existe tal pessoa.

E a garota que eles querem que eu seja veste essas monstruosidades todas juntas como eles desejam? Ora mas é claro, e até digo que ficou tudo maravilhoso...

Num dia de novembro, vejo a Sra. Munchenberg quando a Mãe e eu estamos fazendo compras na Wertheim's. Deve ter perdido seu emprego na firma jurídica, porque agora está como vendedora no balcão da seção de perfumes. Ela leva um dedo aos lábios, e depois desse vira de costas, para a Mãe não a ver; as costas arqueadas traduzem toda a sua humilhação.

Quando se atreve a virar-se de novo para mim, afasto-me da minha mãe, que está entretida comprando sabonetes.

— Tem notícias do Raffi? — sussurro.

A Sra. Munchenberg leva a minha mão ao seu rosto e a beija, como se eu fosse a confidente por quem ela tanto tem esperado.

— Ah, Sophie, nada, nada mesmo. Tem sido horrível. Só sabemos que ele continua em Dachau. — Suas mãos estão geladas. — Talvez você pudesse pedir ao seu pai que escreva ao ministro da Justiça em nosso nome...?

— Lamento muito, mas não acredito que ele pudesse fazer isso.

— Por quê? Qual seria o risco para ele?

— Por favor, Sra. Munchenberg, tenho que ir.

— Não, Sophie, não pode. Eu preciso...

Tenho que sacudir a mão dela, que agarra minha roupa, e vou me juntar novamente à minha mãe; quando me viro para ver se a Sra. Munchenberg está bem, vejo-a sentada no chão, com a cabeça entre as mãos, enquanto outra vendedora tenta ajudá-la a erguer-se.

Tônio está aliviado por terem expulsado os médicos judeus de seus postos nos hospitais civis. Até os que têm consultórios particulares estão proibidos de ter pacientes arianos.

— Imagine um judeu abrindo você — diz ele uma tarde, quase chegando o Natal, sacudindo os ombros num arrepio para dar mais ênfase à ideia, no momento exato em que chegamos ao esconderijo do pai dele.

Não respondo, e em tom brusco e azedo ele diz:

— Você sempre fica calada quando eu falo dos judeus.

— Porque eu não consigo encontrar nada de bom para dizer sobre as suas opiniões — respondo, ao que ele ergue os braços, como quem diz que sou insuportável.

Pela primeira vez o pênis dele não endurece quando começo a lambê-lo. Será a causa ou o resultado do seu azedume? Depois de conseguir ter uma ereção, ele me penetra com ar agressivo. Quando termina, rolo para o outro lado e fico deitada de barriga para baixo, porque sinto como se ele tivesse enfiado uma faca em mim. Quando volto a olhar para ele, já está quase vestido. Estendo a mão, mas ele empurra meu braço para trás.

— Sabe, você me dá é nojo — diz ele, com desprezo. — Estou chocada demais para dizer uma única palavra, o que lhe dá tempo para me olhar, triunfante, e acrescentar: — Nem acho você muito bonita. Se quer saber, nunca achei.

Ele se dirige para o corredor e eu vou atrás, nua. Tira o sobretudo do cabide e segura na maçaneta da porta.

— O que aconteceu? Aonde você vai? — pergunto, tentando me apoiar atrás, contra uma parede que não existe; sinto-me como se tivesse levado uma paulada na cabeça.

— Vou para casa — rosna ele, com raiva.

A porta abre-se e fecha-se; assim, sem mais nem menos, ele me abandonou. E eu sou tão burra que não consigo entender como é possível que ele me magoe com tanta facilidade. Sento-me no chão, tal como a Sra. Munchenberg, sem saber como evitar a sensação de catástrofe predeterminada que paira à minha volta. E fico ali durante muito tempo, com a aguda autoconsciência que se tem quando se chega a uma encruzilhada. A cada vez que respiro, ouço dentro de mim: *Você achava que aqui estava segura, mas se enganou.*

Quando, após me vestir, tranco o apartamento com a chave que Tônio me deu, sinto que perdi o meu poder, e não apenas sobre o meu namorado, mas também sobre a minha própria vida.

Tônio não deixa nenhuma rosa nem nenhum bilhete para mim durante a semana seguinte, e eu não me atrevo a bater à sua porta ou a esperar por ele no pátio. Há humilhação demais à minha espera ao fim desse caminho. Naufraguei na Ilha da Sophie. *Um corte radical*, é assim que normalmente se chamam as centenas de milhas de oceano à minha volta, mas as areias do meu desgosto vêm se acumular em cima de tudo o que vejo e toco. O que foi que deu errado? Cada um dos meus minutos transborda de dor e de espanto.

Uma tarde, durante esse período terrível, sinto um impulso incontrolável de ir visitar o prédio de Georg. Olhando para cima, para a janela dele, me pergunto quem será que vive lá agora, e a sensação de que ele e eu temos alguma coisa de importante em comum me faz fugir dali. Terá sido uma vida que não resultou, de modo algum, como a tínhamos planejado?

Um dia, quando estou limpando o forno, a Mãe me pergunta por que estou com cara de poucos amigos, mas eu respondo que estou naquela época do mês. Ela me senta numa cadeira e começa a escovar o meu cabelo. Falamos sobre Hansi. Ela tem certeza de que um dia desses ele vai voltar a falar, e então vamos inscrevê-lo de novo na escola.

Só se arranjarmos alguém que o trate, penso.

O Pai, suspeitando de que não seja só o período menstrual o responsável pela minha tristeza, diz, com voz preocupada, que vai telefonar ao Dr. Nohel e marcar uma consulta para o dia seguinte. Ele se vira para sair do quarto, mas fica parado à porta.

— E por onde tem andado ultimamente o nosso Tônio?

O nosso Tônio...? Então meu pai também sonhava em nos ver casados.

— Ele vai fazer montanhismo todos os fins de semana com os amigos da Juventude Nazista — respondo.

— Que pena. Deve ser difícil para você. Talvez você possa começar a sair com ele nos dias de semana à noite. Agora já tem idade para isso. Vou consultar a sua mãe.

Não é justo o Pai ser tão carinhoso comigo, porque agora não consigo conter as lágrimas.

— O que houve? — pergunta ele, voltando a sentar-se ao meu lado.

— Estou muito grata ao senhor, é só isso.

Ele limpa meus olhos com os polegares e fica me olhando nos olhos com amor.

— Deixe isso comigo. Tenho certeza de que vou conseguir que a Mãe autorize.

E, claro, o Pai consegue que a minha mãe me deixe sair com Tônio nas quartas-feiras à noite. Deixo-os pensar que fico encantada e grata com a ideia. Para a nossa primeira saída, digo aos meus pais que vamos os dois ao cinema na Ku Damm, mas em vez disso me dirijo à Grenadierstraße. Escondo-me num café todo enfumaçado, debaixo de uma fotografia autografada de Benjamin Disraeli pendurada na parede imunda. Seis rapazes e duas meninas, mais ou menos da minha idade, estão sentados ao meu lado, o que me dá a oportunidade de escutar disfarçadamente o que dizem. Estão planejando uma visita à Palestina. Enquanto vou bebendo meu chocolate quente, ouço-os discutir sobre a melhor forma de pôr em prática seus sonhos de um Estado judeu. Ficamos vendo passar as carroças de madeira puxadas a cavalo, e ouvimos o *clop-clop-clop* das patas dos animais. Um vendedor de picles enfia a cabeça pela porta, mas ninguém está interessado em comprar. *Quem me dera ser judia*, penso. Não é um desejo muito racional nos dias de hoje, mas um sol mediterrâneo, oliveiras, passeios de burro e um mar com água quentinha estariam à minha espera, se eu o fosse. O antídoto perfeito para os ventos do inverno berlinense. E para o Tônio.

E, se eu fosse judia, poderia ver Isaac e Vera sempre que quisesse.

Depois que os jovens sionistas seguem seus caminhos separados, dirijo-me ao Tiergarten. As loucas sacudidelas do bonde me fazem voltar à infância, e os painéis de madeira das paredes, de um marrom-claro brilhante, me dão a sensação de ser a superfície do meu desgosto. A paisagem de Berlim que vai passando, todos esses edifícios cobertos de fuligem, os trilhos dos trens que levam às províncias e os anúncios berrantes das tintas Holstina, do *pumpernickel* Schmeltzer* e dos briquetes de carvão Sonne fazem com que eu me sinta ainda mais infeliz, segundo aquela lei singularmente injusta do coração humano que sempre equilibra alegria e tristeza.

De tempos em tempos eu costumava ver alguém chorando em público, e ficava olhando para os olhos vermelhos e trêmulos da pessoa sem compreender muito bem. Agora, ao passar pela cúpula da Igreja de Santa Edwiges, um operário de cabelo preto e aspecto intimidante sentado perto de mim enxuga as lágrimas com a mão, e eu percebo que o desespero me ensinou que não sou diferente dele, nem de qualquer outra pessoa. Estamos todos por um fio.

Chorar é tão contagioso como bocejar, por isso saio próximo ao Ministério das Finanças, na Dorotheen Straße, e vou o resto do caminho a pé até o parque. E me coço nas partes íntimas quando não tem ninguém olhando; estou com uma coceira ali já faz alguns dias, e está piorando. Será um eczema? A única coisa que consigo ver é uma ligeira vermelhidão. Talvez seja o efeito pernicioso do desgosto.

A última coisa que eu quero é o Dr. Nohel enfiando seu focinho peludo entre as minhas pernas; por isso, na consulta de sexta-feira não menciono

---

*Pão escuro e denso. (N. da T.)

a coceira. Ele me receita Luminal para as minhas insônias. Quando tomo o meu primeiro comprimido essa noite, compreendo por que é que tantos berlinenses andam por aí com o rosto inchado e meio abobados. Durante toda essa semana sinto como se eu estivesse vivendo dentro de melaço quente. Acordo, arrasto-me durante o dia e, à noite, desabo na cama, ainda vestida. O que as pessoas me dizem entra devagar na minha cabeça, como um rastro de fumaça que não vale a pena seguir. Deus abençoe o Luminal; já consigo dormir, até nas aulas.

— Sophie! — grita no meu ouvido, certa manhã, o Dr. Richter, nosso professor de matemática.

Acordo sobressaltada, e não faço ideia de onde estou até que ele me diz:
— Os seus sonhos são mais interessantes do que a minha aula?

Os outros alunos riem. Peço desculpas; no entanto, até o Dr. Richter deve suspeitar de que a resposta certa seria *sim*. Então por que fazer a pergunta?

A porcentagem de berlinenses que tomam calmantes; uma estatística que nunca aparece nos jornais.

Certa tarde vejo Tônio ao longe, no finalzinho do ano, enquanto Hansi e eu voltamos para casa depois de um passeio pelo lago Weissee, onde podemos ir andar de patins e ver os patinhos pretos. Há 15 centímetros de neve no chão, o que significa que estamos ambos exaustos da caminhada.

Tônio está de pé à entrada do nosso prédio com dois garotos que eu não conheço; eles esfregam as mãos e andam de um lado para o outro, a fim de se aquecerem. Novos amigos rindo, falando sobre meninas, muito provavelmente. Olho-o fixamente do fim da rua. E tenho um leve sobressalto quando ele me vê. Hansi me puxa, pois quer ir correndo até o Tônio, mas eu seguro seu braço e dou-lhe um puxão para trás.

— Não se mexa, senão enterro você na neve! — digo.

Ele ergue os olhos para mim como se eu tivesse perdido o juízo. É o resultado de estar sempre ameaçando-o, mas nunca cumprindo o que digo.

Tônio pede um cigarro a um dos garotos e me dá as costas. Arrasto Hansi para a mercearia da *Frau* Koslowski e sentamo-nos nós dois junto a ela, atrás do balcão. Gosto dos seus ombros curvados e das histórias tristes de doer que ela conta sobre sua infância pobre, e Hansi adora comer balas.

Pela *Frau* Koslowski fico sabendo que acabo de entrar para o clube das jovens desprezadas. Seu primeiro namorado foi o Piotr.

— Alto, inteligente e bonito, mas *ein Schwein* — diz ela.

Um porco. Passaram-se sessenta anos e ela ainda não consegue perdoá-lo. Um belo exemplo a seguir.

Quando volto a espreitar lá fora, Tônio e seus amigos já se foram, e Hansi e eu vamos para casa.

No novo ano que se inicia, nosso grupo de Moças Alemãs cria um coro, e eu fui escolhida para o grupo das sopranos. Nossa professora é a *Fräulein* Schumann.
— Infelizmente, não sou parente do compositor — diz ela na sua primeira tarde conosco. É uma mulher elegante e graciosa, e não tem mais de 25 anos. Ela sopra numa flauta para nos dar o tom. — Cantem! — exclama, e nós repetimos o som o melhor que podemos. Ela diz que o meu vibrato precisa de ser aperfeiçoado, mas que tenho potencial. Usa muitos termos italianos: *rubato, sostenuto, scherzo...* Diz que *legato* é a coisa mais importante que eu tenho que aprender, fazer com que as notas fluam em cadeia, sem deixar espaços entre uma e outra. — Não deixar espaço nem para a ponta de uma agulha!

A *Fräulein* Schumann e suas aulas são para mim o primeiro indício de que há vida depois do Tônio.

Na primeira terça-feira de janeiro, quando vou correndo para a escola através da manhã fria, ouço uma voz familiar me chamar, a voz de Isaac, e, antes que eu me dê conta, estou falando de novo com o nosso Sábio do Sião.

— Sophele — diz ele, ansioso, com a respiração entrecortada, pois teve que correr um pouco para me alcançar. — Por favor, vá lá em casa hoje, depois da escola.

— Acho que não posso — digo. — Meu pai me mata se eu for. E tenho aula de canto coral. — *E você me deve um pedido de desculpas,* tenho vontade de acrescentar.

Se ele não tivesse estendido para mim sua mão quente em plena manhã gelada, eu teria girado nos calcanhares e ido embora. Ainda hoje essa ideia me assusta, como a vida pode dar uma volta importante a qualquer momento.

— É a Vera — diz ele.

O medo aperta meu peito.

— Ela está doente?

— Não, mas precisa da sua ajuda.

Nesse dia, ao fim da tarde, Isaac me recebe em seu apartamento; me dá um abraço de esmagar os ossos e depois segura meu rosto nas mãos, presenteando-me com um sorriso tão cheio de amor que eu quase acredito que a minha vida é apenas para ser adorada.

— Senti saudades, Sophele — diz ele. — Por favor, me perdoe. Fui muito grosseiro com você. Mas a polícia estava me vigiando. Reparei num rapazote imbecil que me seguiu duas vezes até o trabalho. Um *schlemiel* incompetente. Embora talvez fosse essa a intenção dele: que eu o visse para ficar assustado.

— Por que acha que ele estaria seguindo você?

— Quem sabe? Talvez tenha a ver com o assassinato do Georg. Ou talvez o Raffi tenha dito alguma coisa sobre mim em Dachau.

— Ele não faria isso!

— Eu sei... mas se o tiverem torturado... De qualquer forma — acrescenta, vendo que fiquei perturbada —, já passou a agitação toda. Faz semanas que não vejo o *schlemiel*.

— Desculpe não ter tentado vir vê-lo outra vez, mas os meus pais...

Ele põe o dedo sobre os meus lábios, depois leva-o aos dele.

— Shhhhh... Eu sei.

Seu deleite por me ver me faz vibrar de contentamento. Quando estamos juntos, é pura magia me ver refletida nos seus olhos radiantes, como se, mesmo sem saber, eu tivesse sussurrado a palavra que faz o mundo cantar.

— Descobriu alguma coisa sobre o traidor do Círculo? — pergunto.

— Nada. Mas paramos de nos encontrar... é arriscado demais. Por isso, cada um está agindo por conta própria. Eu faço o que posso, assim como os outros.

Isaac aponta para suas prateleiras, das quais foi retirada pelo menos metade dos livros, mas, antes que possamos falar sobre o que isso tem a ver com sua nova tática, Vera sai da cozinha descalça, com o cabelo encharcado, pingando no tapete puído.

— Então você está mesmo doente! — digo.

— Não, eu precisava molhar o cabelo, senão ia pegar fogo. Sinto-me como um motor superaquecido.

— Por quê?

— Estou em pânico.

— Vera, pelo amor de Deus — interrompe Isaac —, vá secar o cabelo. — E aponta para a poça que está se formando ao redor dos pés dela e para as gotas que caem por seu corpo, ping, ping, ping. — Assim vai deixar o tapete cheio de mofo.

— Isaac, é só um velho *shmata*.

Ela afasta as pernas e inclina-se como uma girafa para poder me dar um beijo.

— *Mein Gott*, Vera, será que você pode simplesmente fazer o que digo-lhe uma vez na vida? — Ele junta as mãos e murmura uma oração hebraica.

— Não precisa invocar ajudas sobrenaturais!

Com uma vênia, ela se afasta em passos largos na direção do banheiro.

— O que é um *shmata*? — pergunto a Isaac, que me explica: significa *trapo*.

Ouvimos uma porta de armário bater e a torneira da pia abrir e fechar. Isaac arregala os olhos e começa a enfiar tabaco no cachimbo.

— Quando a Vera está por perto, é difícil não reparar — observo.

— Ela tem uma presença incontornável, sem dúvida.

O isqueiro está pousado em uma de suas mãos, o fornilho do cachimbo na outra, e ele olha para mim com ar alegre. Contudo, há nos seus olhos uma certa curiosidade que me deixa pouco confortável, como se quisesse se apoderar dos meus segredos.

— O casaco que a Vera fez para mim ainda está aí? — pergunto.

— Está; no meu armário. Quer que eu vá buscar?

E ergue as sobrancelhas como se tivéssemos acabado de combinar uma conspiração.

Assim que ele consegue acender o cachimbo, vamos juntos até seu quarto. Os cobertores da cama jazem enrolados no chão, e em cima do colchão encontram-se espalhadas dezenas de livros velhos.

— Você dorme com os seus livros? — pergunto.

— *Nu*, como todo mundo, não?

Enquanto considero em silêncio essa confusão, ele coloca o casaco sobre os meus ombros. A seda preta brilha como se estivesse viva, e eu quase tinha esquecido os bolsos azuis, da cor dos afrescos de Giotto. Quando me olho no espelho de Isaac, levo a mão ao cordão de pérolas cor-de-rosa que contorna a gola; sinto a necessidade de tocar a beleza que as pedrinhas irradiam.

— Está parecendo um trovador — diz ele.

Vera volta com uma toalha enrolada na cabeça como um turbante. Parece um gigante árabe.

— É uma obra magnífica, modéstia à parte — diz ela, com as mãos nos quadris e batendo o pé, à espera de um elogio.

— Você é genial — digo, dando-lhe um abraço, e a força feroz com que ela o retribui me faz compreender que estava à minha espera. É uma mulher que precisa que a elogiem, embora nunca pudesse admitir isso.

Nós três nos sentamos na cozinha, cada um com seu copo de vinho. Vera comenta que as pessoas com o seu metabolismo veloz às vezes entram em combustão espontânea. Ela leu recentemente uma notícia sobre uma mulher em Ruão que se incendiou de repente e pôs fogo no sofá. O marido, ao vê-la transformar-se numa verdadeira tocha, jogou um cobertor sobre a esposa e salvou sua vida, mas a casa foi completamente queimada.

Isaac ri, zombeteiro.

— Estou falando sério! — diz Vera, acendendo um cigarro.

— Então talvez você não devesse fumar — sugiro.

— Eu disse *espontânea*! Acontece sem haver nenhuma fonte de ignição.
— E me olha com os olhos semicerrados, vingativa.
— Vera, essa história deve estar mal contada — diz Isaac.
— O artigo era da *Marie Claire*! — declara ela, como se isso encerrasse o assunto.
— Opa, por falar em *shmata*!
— Também, eu não esperava que um *alter kacker* que nem sequer sabe francês entendesse uma coisa dessas.

Ela dá uma tragada tão longa no cigarro que não sei como não cai morta. É o seu sinal de triunfo. Olho-a com admiração.

— Então, pare de ficar aí sentada como um pastel de nata mal cozido — diz ela, dirigindo-se a mim — e conte como está. E não omita nenhum detalhe sórdido. As suas desgraças vão nos fazer sentir melhor.

Falo sobre as Moças Alemãs, e ela e Isaac deleitam-se com as minhas histórias da Nossa Senhora dos Suflês e da revista *Das Deutsche Mädel*, a que Isaac chama de *Der Deutsche Madig*, O Alemão Carunchoso. Acabo tendo um ataque de riso. E à medida que vou contando mais histórias, sinto-me como se fosse feita de fogos de artifício. Sinto-me viva pela primeira vez em várias semanas. Depois tomo chá, para diluir o vinho, que, segundo Isaac, está gerando faíscas na minha cabeça.

— E quando é que você vai sair na capa da revista O Alemão Carunchoso? — pergunta ele.
— Eu teria que fazer alguma coisa de especial para merecer isso.
— Talvez pudesses afogar um rabino velho — sugere Vera.
— Vera, a Sophele não tem saída — comenta Isaac.
— É verdade? — pergunta ela, desenrolando a toalha e sacudindo o cabelo emaranhado que lhe desce até os ombros.
— Minha mãe me fritava viva se eu saísse. De qualquer forma — digo em tom alegre, tentando ver o lado bom daquilo —, nem sempre fazemos só idiotices.

Vera fica me olhando lá de cima com ar cético, as sobrancelhas erguidas por baixo da saliência da testa. Não é uma expressão que lhe fique bem. Tento encontrar alguma coisa de positivo para dizer sobre as Moças Alemãs, por isso falo sobre a *Fräulein* Schumann e o nosso coro.

— Aprender a cantar, para mim, é conseguir fazer uma coisa de que eu nunca pensei ser capaz — digo.
— Como uma bênção — diz Isaac.
— Exatamente.
— O Hansi já voltou a falar? — pergunta ele.

— Não, nem uma palavra.
— E os seus pais conseguiram encontrar uma escola para ele?
— Não, ele vive em casa. Meus pais agora... têm vergonha dele.

Vera dá uma risada de escárnio.

— Daqui a pouco vão trancá-lo num armário!
— Não está se entendendo muito bem com os seus pais, hã? — pergunta Isaac.
— Não, mas as coisas têm melhorado desde que entrei para a Liga das Moças Alemãs e... e comecei a fingir que era uma boa filha. — Para defendê-los, acrescento: — Eu acho que eles estão se sentindo encurralados quanto a coisas que estão além do seu controle e não sabem o que fazer.
— Boa tentativa, Sophele — diz Vera —, mas o Hansi *não* está além do controle deles. Ajudá-lo a viver sua vida é, para dizer a verdade, a *responsabilidade* do seu pai e da sua mãe.

Não me perdoa uma. E eu a adoro por isso, embora também não precisasse me olhar com um ar tão indignado.

— Preciso do meu bloco de anotações — diz Isaac, e desaparece na direção do seu quarto.

Peço um cigarro a Vera e tento copiar a pose dela enquanto fuma. Isaac volta e escreve um nome e um número de telefone numa folha de papel, depois rasga-a e a entrega na minha mão.

— Diga ao seu pai que ligue para este homem, Philip Hassgall. Estudou com Rudolf Steiner, o filósofo e pedagogo austríaco. Às vezes, o Philip consegue trazer meninos como o Hansi de volta ao nosso mundo. Não completamente, mas de uma forma que conseguem ter uma vida independente. — Antecipando-se à minha pergunta, acrescenta: — É ariano, por isso você não tem com o que se preocupar.
— E onde digo que consegui o nome dele?
— Num artigo de jornal. Saiu um, faz alguns meses. Posso arranjar um exemplar para você, se quiser. — Ele põe mais chá na minha xícara. — Tem desenhado o seu irmão?
— Às vezes.
— Ótimo. Isso é importante para os dois. Para onde quer que ele tenha partido, é preciso que saiba sempre que você está presente, pronta para ajudá-lo. — Ele vai dando goles no seu copo de vinho e abre um sorriso convidativo, tentando me fazer voltar a falar, mas eu não dou um pio. — O que houve? — pergunta.
— Quase parei de desenhar. Só desenho o Hansi... e só esporadicamente.
— Por quê?

— A *Frau* Mittelmann foi embora para a França e...

É então que sai pela minha boca a história do meu rompimento com Tônio; com lágrimas, fungadelas e até o nariz sangrando, porque o assoo com muita força no lenço de Isaac.

Vera inclina-se e limpa o meu sangue com a ponta dos dedos, impedindo que o meu casaco de trovador fique manchado.

— Homens! — rosna ela com desprezo, como se fosse tudo o que há para dizer sobre o assunto. Está apertando o lenço de Isaac contra o meu nariz. Tem o cigarro preso entre os lábios, e a fumaça que emana dele a força a fechar um dos olhos. — Incline a cabeça mais para trás, senão nunca mais para.

— Se eu inclinar mais, vou quebrar o pescoço!

— Ainda está apaixonada por ele? — pergunta Isaac.

— Acho que sim — respondo, com a voz abafada pelo lenço.

— Então é melhor deixar você sangrar — declara Vera, retirando bruscamente o lenço.

— Vera!

— Tudo bem, pronto... — E volta a colocar o lenço no meu nariz.

— Sophele, tente falar com ele sobre o que está perturbando você em relação aos seus pais e sobre o rumo que o nosso país está tomando — diz Isaac. — É possível que ele esteja esperando que você seja franca com ele. Ele também está encurralado em relação a coisas sobre as quais não tem controle.

Vera faz um "tsc" de ceticismo.

— Ah, pelo amor de Deus, o Tônio tem o quê... 16 anos, 17?

— Dezessete — digo.

— Nessa idade ninguém respeita a opinião de ninguém. Eu não respeitava. E tenho quase certeza de que você também não, Isaac.

— Eu respeito as opiniões do Tônio; pelo menos às vezes — digo.

Meu nariz já parou de sangrar. Vera volta a endireitar-se e diz:

— Você respeita o que o pequeno delinquente diz porque tem um suflê que pode sair machucado, *meine Liebe*. E porque a afeição dele para você é mais importante do que estar certo ou errado. Essa ideia peregrina foi sempre o nosso problema.

Ela balança a cabeça, como se todas as mulheres fossem uma causa perdida. Um dos muitos temas na vida de Vera.

— De qualquer forma, não posso ir atrás dele — digo. — Ele é que tem que vir me procurar.

— Leve um presente para ele, como desculpa para ir visitá-lo — sugere Isaac, entusiasmado. — Que tal um desenho do Hansi? — Vendo-me franzir o cenho, ele diz: — Ou um livro, um dos meus. Estou me livrando deles mesmo.

— Não me diga que está jogando fora seus livros?

— Meu Deus, claro que não! Mas quando há uma guerra, os livros estão entre as primeiras vítimas, por isso estou mandando-os embora. Faz parte de uma nova campanha que comecei agora mesmo, nesta guerra.

— Mas existe alguma guerra?

Vera aponta uma arma imaginária para a minha testa, bem entre os olhos.

— Você é o inimigo... você, e eu, e o Isaac. — Ela puxa o gatilho e imita o barulho seco de um tiro.

— E o Hansi também — acrescenta gravemente Isaac.

Sinto-me como se estivesse encostada contra uma parede feita do meu próprio medo. *Tenho que lutar também,* penso, brincando com as pérolas da gola do meu casaco.

— Mas para onde você está enviando os seus livros? — pergunto.

— Para os meus parentes na Turquia. Só vou ficar com aqueles de que preciso para os meus estudos.

— Caramba! — diz Vera, debochada. — Não me diga que ainda está tentando entrar à força em Araboth?

— Que outra maneira eu tenho de aparecer primeiro que a Sophele na capa da revista *O Alemão Carunchoso*?

— Por isso é que você foi a Istambul? — pergunto. — Para preparar os seus parentes para receber os seus livros?

— Não, não foi bem por isso. Fui porque decidimos transferir a guerra para o estrangeiro.

— Não estou entendendo.

— Estávamos indo às embaixadas, como você sabe. Mas não estávamos conseguindo grande coisa, por isso tive outra ideia — diz ele, entusiasmado, com as mãos enfiadas entre as pernas como um garoto. — Por que não começar a trabalhar com jornalistas em Paris e Londres, Roma e Budapeste? Por que não convencê-los a escrever sobre aquilo que os nazistas reservam para o mundo, artigos longos, inteligentes? Por isso fui a Istambul, para apresentar lá a nossa causa a vários repórteres. Já foram publicados alguns artigos bons. O plano consiste em denegrir a imagem dos nazistas junto ao público e depois, quando chegar o momento certo, começar a preparar a mente das pessoas para um embargo. Enquanto estive em Istambul, outros membros do Círculo foram a outros lugares. A partir de agora, vamos trabalhar individualmente. Como eu já lhe disse, acabaram-se as reuniões. Ficou perigoso demais, agora que os nazistas estão com tanto poder. Por isso, cada pessoa tem um país. E combinamos não falar sobre os progressos que estamos conseguindo. Mesmo que os nossos telefones estejam sob escuta, os nazistas não vão saber nada.

— Mas se por acaso descobrirem, vão dizer que você cometeu uma traição! Você pode ser executado por isso.

— E eu *estou* cometendo uma traição; pelo menos do ponto de vista deles! — Enfiando o cachimbo na boca e sorrindo abertamente, ele acrescenta: — E nunca me senti tão bem.

— Isaac — digo, olhando para baixo, preparando-me para uma confissão que é capaz de irritá-lo —, faz algum tempo, no início de junho, eu segui a Júlia... até a Adega do Karl.

— Que grande novidade! — exclama ele, com uma risada zombeteira. Depois, com os olhos brilhando, divertidos, acrescenta: — Fui eu que mandei o Karl botar você para fora.

— Como é que você me viu?

— Foi o K-H — diz Vera —; ele repara em todas as meninas que tenham entre 16 e 30 anos num raio de 700 metros. Tem uma espécie de radar lascivo.

— Vocês estavam sorteando alguma coisa de um chapéu — digo.

— Para aqueles de nós que não falavam outras línguas ou que não tinham preferências, foi assim que atribuímos os diversos países.

— A mim calhou Madri — diz Vera, com ar fúnebre.

— Isso é ruim? — pergunto.

— Sophele, posso lhe garantir que ser insultada e zombada em espanhol é ainda pior do que em alemão. As crianças na rua... diabinhos maldosos... e com uma capacidade satânica de me avistarem, até de noite. Quanto aos jornalistas, estão fazendo um excelente trabalho sobre o Hitler, mas a Espanha está com os seus próprios problemas. Pode bem haver uma guerra civil.

Vejo as horas no relógio de Vera e me levanto de um salto, horrorizada.

— Ai meu Deus! Tenho que ir.

— Mas ainda não consegui perguntar a você o que eu queria — queixa-se ela.

— Diga.

— Sente-se primeiro.

Assim que obedeço, ela anuncia:

— Encontrei uma pessoa que está disposto a ser o pai do meu filho. — Ela faz uma careta, como quem tem medo de que eu a julgue mal.

— Mas isso é ótimo! — exclamo, embora eu não possa negar ter pensado que ela poderia dar à luz a *Mieskeit* do século. — Quem é o sortudo?

— Um pedreiro polonês. Muito bonito. E escute só... viu uma fotografia minha, e o meu rosto não o fez desistir. Foi o K-H que o descobriu, quando estava fotografando umas obras. — Ela arregala os olhos e murmura: — *Obrigada, Jesus, Maria e Karl-Heinz Rosenman...* Mas aonde quero chegar é que vou conhecê-lo daqui a dois dias para combinar quando vamos começar a... a... sabe... — Ela inclina a cabeça para o lado e abre um sorriso maroto.

— É incrível, ainda nem sequer se encontrou com o Rodolfo Valentino de Poznan e já está virando a típica noiva tímida! — observa Isaac. Apontando com o cachimbo para mim, ele acrescenta: — O que ela quer dizer é que tem que falar com ele para combinar quando vão dar início ao *schtuping*.

— À fornicação — traduz Vera, de testa franzida; deve estar preocupada com seu desempenho depois de tantos anos inativa. — E não posso estar sozinha quando for me encontrar com ele, Sophele. Vou irromper em chamas e incendiar o que resta do Reichstag e de toda Berlim. Por isso, quero que você vá comigo.

Antes de eu ir embora, Isaac me dá um livro sobre o pintor alemão Caspar David Friedrich para eu dar ao Tônio, embora eu não pretenda dirigir-lhe uma única palavra, a menos que ele me peça desculpas primeiro. Não sei se é infantilidade ou sensatez, mas isso é tão certo como a angústia que sinto nas entranhas.

Na quinta-feira seguinte, de manhã, digo a minha mãe que vai haver um jantar especial organizado pelas Moças Alemãs, mas vou encontrar Vera em seu apartamento da Blumenstraße, ao fim da tarde. São umas águas-furtadas no último andar de um edifício escuro de fuligem, com uma escadaria de madeira carcomida que estala a cada passo que dou, como se estivesse se preparando para servir de cenário a um filme passado numa casa mal-assombrada. Em sua porta, Vera colou uma fotografia da Minnie sangrando na rua. Embaixo, escreveu: "Se achar isso bom, vote no Hitler."

Quando bato à porta, ela abre devagar uma fenda cautelosa, espreita para fora e então me puxa para dentro, como se eu estivesse atrasada.

— Não quero que os meus vizinhos saibam quem entra e quem sai — explica.

A sala de estar é uma estufa que cheira a tabaco, atulhada de estantes periclitantes, com uma pequena mesa de jantar redonda, de madeira e com contorno em metal, do tipo que é usado nas áreas externas dos cafés, e duas cadeiras velhas que ela estofou com um tecido listrado em preto e branco.

— Minha casinha é *gemütlich*, aconchegante, não acha? — diz ela alegremente.

— Sem dúvida — digo com entusiasmo, embora, no íntimo, eu ache que "atulhada" e "sufocante" seria uma descrição mais adequada. O pior de tudo é que o teto está cheio de rachaduras e no meio tem uma barriga de uns 15 centímetros, como se estivesse cheio de água da chuva. Ela estica o braço para cima e tapa com a mão uma grande fissura. — Consigo segurá-lo em caso de emergência, não se preocupe.

— Quem é que está preocupado? — digo, pondo em prática meu talento de representação. — Posso ver o resto do apartamento?

Quero saber onde é o banheiro para o caso de eu ter coragem para lhe pedir também um favor.

— Para uma ariana, você tem um nariz bem comprido, não acha?

— Para poder denunciar você, vou ter que inspecionar bem o seu esconderijo.

O quarto mal dá para a cama, que de tão comprida mais parece uma barcaça.

— Meu colchão foi feito por encomenda, no Heitinger — diz ela. — O Isaac conseguiu um desconto para mim.

Cortinas pretas enquadram duas pequenas janelas. Pela primeira vez percebo que Vera é pobre.

— O negócio do Isaac está indo bem? — pergunto a ela.

— Ia bem até há alguns meses, quando ele começou a perder seus clientes arianos. — Ela finge que está polindo uma bola de cristal e olhando para suas profundezas. — Eu vejo um futuro difícil para Isaac Zarco e seus amigos, incluindo... o que é isto? Vejo uma jovem... uma jovem muito bonita mas má, vestida num casaco magnífico com pérolas bordadas na gola...

— Você nunca para de me surpreender — digo, rindo.

— Surpreender é a minha única opção — responde ela com um sorriso fugidio.

— Não é verdade — digo. — Não sei o que eu faria se não fossem você e o Isaac.

Ela passa a mão carinhosamente pelo meu cabelo, visivelmente emocionada, e em seguida me mostra o resto da casa. O banheiro é revestido de azulejos marrons cobertos de bolor, e duas lâmpadas pintadas de vermelho que lembram narizes de palhaço sobressaem acima do espelho. *Vai ter que servir*, penso.

— Preciso da sua ajuda antes de irmos conhecer o Príncipe Encantado — digo.

— Ajuda em quê?

— Estou com uma coceira que não passa de jeito nenhum. Lá embaixo — digo, apontando. — Mas não consigo descobrir o que eu tenho. Você se importaria de dar uma olhada?

Ela fecha as persianas e vai ao quarto buscar uma luminária de mesa e uma cadeira. Depois de eu tirar a saia e a calcinha, ela me faz sentar na borda da banheira. Puxando a cadeira para a frente, aponta a luz para a área entre as minhas coxas. Está quente.

— Humm — diz ela com ar preocupado, observando.
— Por favor, diga que não é nada de grave! — peço.
— Sophele, receio que você esteja com *Filzläuse*.

Em alemão, isso significa piolhos da púbis, e eu nunca ouvi falar nisso.

— De que raio você está falando? — pergunto, cética.
— *Filzläuse*, minha querida; você está cheinha deles. — Ela se levanta com um grunhido de esforço e me explica tudo sobre a natureza parasítica e miniatural dos chatos.

Para me fazer entender como eles mordem a minha pele tenra, ela abre a boca e me mostra os dentes, autênticos punhais manchados de nicotina.

— Quantos tenho?

Imagino que ela vá dizer dez ou vinte, no máximo. A essa altura ainda sou uma idiota *total*.

— Não sei, talvez uns mil!
— Ah, meu Deus!

Sinto um arrepio me subindo pela espinha, saindo disparado pelo topo da cabeça. Como um foguete de puro horror. Então percebo que Vera está se inclinando cada vez mais, aproximando-se perigosamente de mim. Por uma razão qualquer, o teto está por trás dela. Ela põe a mão na minha testa, e quando estendo a minha para tocar seu rosto, para ter certeza de que o que vejo é real, ela diz:

— Bem-vinda de volta ao planeta Terra.

Vera me obriga a sentar e tomar um chá de tília, o remédio favorito de todo mundo.

— Você desmaiou, ficou alguns segundos desacordada — diz ela. — Mas já vai ficar bem.

Ela me ajuda a vestir a calcinha e a saia. Seguro a xícara com ambas as mãos, como uma criança. Sinto meus braços fracos e bambos, como os de uma boneca de pano.

— Há quanto tempo você está sentindo isso? — pergunta Vera, lavando as mãos.
— Umas duas semanas. Vera, como é que eu peguei isso?
— Adivinhe — responde ela, abrindo um sorriso irônico.
— Tenho ido a uns cinemas bem esfarrapados. E os banheiros de lá...

— Mas o que é que vocês aprendem nessa coisa de Moças Alemãs? — grita ela, escandalizada.

— Ah, Vera, me diga como eu peguei isso — gemo. — Não estou podendo brincar de adivinhação.

Ela enxuga as mãos numa toalha.

— São um presente de despedida do Tônio. A única maneira de pegar chatos é dormindo com alguém que já tenha.

— Ai meu Deus — digo.

— É isso mesmo, ai meu Deus.

— O que significa...

Decido não terminar essa frase perturbadora, mas Vera faz isso por mim:

— ... que ele deve ter dormido com uma menina que estava infestada.

Agora entendo como é que ele me deixou com tanta facilidade! Encontrou outra pessoa. Ou várias outras pessoas.

Compramos um remédio em pó específico para chatos e aplico-o sozinha no banheiro da Adega do Karl, formando nuvens tóxicas no ar que fazem meus olhos arderem. Depois aplico em volta o inseticida, seguindo as instruções da Vera, que ficou furiosa comigo por ter sido tão ingênua. Depois de lavar as mãos até a pele ficar vermelha, para tirar o fedor do pó, volto para o restaurante, imaginando a fervilhante cidade de chatos se alimentando da minha pele. A minha metrópolis particular, bem ali entre as minhas pernas.

Quando me aproximo de Vera, ela está tomando *ouzo*, sua bebida favorita. Olhando em volta, descubro que hoje o restaurante está cheio de vendedores de sapatos de senhora, como diria a minha mãe, alguns deles de mãos dadas e até se beijando.

— Existem muitos lugares em Berlim para os homens que gostam de homens? — pergunto a Vera num sussurro.

— Dezenas — responde ela. — E ainda bem, senão aonde eu poderia ir?

Nosso operário polonês chega após dez minutos. Mesmo na luz difusa e úmida deste aquário pintado de vermelho, o homem é lindo, embora se pareça mais com um Randolph Scott de meia-idade do que com o Rodolfo Valentino. Tem o cabelo grisalho e espesso agradavelmente despenteado e os olhos de um azul-acinzentado enquadrados por rugas fundas e másculas. Seu andar é firme, ligeiramente balançado, como se em sua cabeça estivesse soando uma giga, ou, mais provavelmente, uma polca. Imagino-o logo como um caubói de fala rude num *western* americano.

Vera espera nervosamente pelo Rudolfo Valentino polonês

— Ah, meu Deus! — sussurra Vera, com seu queixo megalítico completamente caído. — Olhe só para ele! Vou ter um bebê lindíssimo.

Com medo de que o homem vá embora por não nos ver, ela acena para ele com os braços levantados, como se fosse uma torre de sinalização ajudando um couraçado a entrar no ancoradouro. Ele vem até nós com ar decidido e aperta a mão dela e a minha com sua manzorra calosa de trabalhador, deixando-se cair ao lado dela com o suspiro típico de quem lida com trabalhos pesados, dirigindo-nos um sorriso afetuoso e nitidamente sedutor. Suas unhas estão cheias de terra e seus dedos são enormes, do tamanho de charutos.

À medida que vamos conversando, reparo que toda vez que olha bem para Vera ele fica com os olhos úmidos. Cristophe, o caubói sensível de Poznan!

Depois das apresentações, e de alguns comentários inócuos sobre o mau tempo que tem feito, assunto favorito de conversa para os berlinenses pelo menos dez meses por ano, Vera lhe pergunta se ele gosta de viver em Berlim, mas o alemão dele é simplesmente rudimentar.

— Muito grande — diz ele, alargando os braços. E em seguida tapa as orelhas com as mãos. — É barulho demais.

Ele acende o cigarro de Vera, depois acende o meu e, por fim, o dele. O toque de sua mão me dá coceira, ou nos meus chatos ou no meu suflê, embora eu saiba quase com certeza de qual dos dois se trata.

Vera e Cristophe vão falando em círculos cada vez mais apertados ao redor do assunto em questão e acabam por combinar de começar a se encontrar no apartamento dela daqui a duas semanas. Ela lhe entrega um primeiro pagamento dentro de um envelope e diz que lá dentro está seu endereço. Depois aperta seu braço.

— Deus o abençoe, Cristophe — diz ela, como se ele tivesse salvado sua vida, e então corre para o banheiro feminino, porque ainda não bebeu *ouzo* em quantidade suficiente para anestesiar suas emoções.

Em vez de ir diretamente para casa, dirijo-me ao apartamento de Georg depois que me despeço de Vera, e volto a bater à porta do Sr. Habbaki; lembrei-me de algumas perguntas que eu deveria ter feito a ele da primeira vez que fui lá.

Meu minúsculo anfitrião libanês me serve bolinhos de amêndoa e suco de cereja, encantado por ter uma visita, e, depois que ele desabafa sua irritação com os problemas no sistema de aquecimento do prédio, passamos finalmente ao que importa. Infelizmente, ele não se lembra muito bem das últimas semanas de Georg.

— Ele estava doente antes de morrer? — pergunto, pensando na possibilidade de ele ter sido lentamente envenenado.

— Acho que não.

— Vieram à casa dele algumas pessoas que não fossem as de costume... além daquelas que o ajudaram a trazer os móveis? Ele se queixou de ter sido seguido ou observado? Mudou a hora em que saía de casa de manhã?

Mas o Sr. Habbaki não se lembra de nada.

Logo ele acaba com os bolinhos, e eu, com as perguntas. Felizmente, uma enfermeira aposentada que vive no andar de cima e que tinha saído da primeira vez que vim ao prédio lembra-se de mais coisas. A Sra. Brill senta-se comigo no seu sofá de veludo preto. Depois de elogiar a colcha bege de crochê que ela acabou de fazer para o filho e o potinho de água em cerâmica branca que comprou ontem para seu poodle estrábico, o Max, assim batizado pelo seu falecido marido em homenagem ao lutador de boxe alemão Max Schmelling, interrompo suas divagações e faço-lhe perguntas sobre Georg. Max está sentado no colo dela, arfando e lambendo o próprio pintinho e as patas enquanto conversamos. Após cerca de dez minutos, ela finalmente diz uma coisa que compensa meu tempo perdido até agora.

— Sim, me lembro de uma coisa pouco habitual — diz ela, colocando a mão sobre a minha como se nos conhecêssemos há séculos —, porque o Georg tinha um cabelo tão bonito! Vi-o um dia na rua, pouco antes... antes de ele morrer... e ele o tinha cortado bem curto. — Ela faz um gesto com a mão para sublinhar a ideia. — Eu disse a ele: "Mas que pena você ter cortado tão rente o seu lindo cabelo." E sabe o que ele me disse...? — Aceno muito com a cabeça, porque ela é ligeiramente surda e capaz de estar bem caduca, e a velhota diz: "É o meu novo visual para a primavera, Sra. Brill."

Será que o Georg queria ficar menos reconhecível para seus inimigos? Ou talvez tivesse encontrado um emprego novo que exigisse cabelo curto, um emprego sobre o qual não tivesse contado nada a ninguém, nem sequer a Vera.

— O Georg vivia mudando de visual — diz Isaac, em tom de quem não acha que isso tenha alguma importância, quando lhe falo no corte de cabelo. — Ele não gostava de se sentir... de se sentir encurralado nas expectativas das outras pessoas.

— Então não acha que ele tenha arranjado outro emprego e que não tenha falado sobre isso com ninguém?

— Não, tenho certeza. Quase todos os dias nos falávamos ao telefone, e ele teria me dado pelo menos seu número novo.

Perante a minha insistência, ele vai buscar as fotografias que K-H tirou do cadáver, e, com ele me olhando por cima do meu ombro, vejo que de fato o cabelo de Georg estava cortado rente. E um pouco estranho em volta das orelhas. Esse detalhe tinha me escapado antes, já que eu havia me concentrado apenas nas suásticas.

— Se quer saber, o corte foi bastante malfeito — digo a Isaac, que dá de ombros como se isso não tivesse relevância.

Ele me deixa ficar com as fotos, com a condição de nunca as mencionar a ninguém, e eu enfio-as atrás da Garbo, junto com a minha Coleção K-H.

Nas manhãs seguintes, antes de os outros se levantarem, eu pego as fotos para analisá-las sob o círculo quente de luz projetado pela minha luminária de mesa. Uma vez, Hansi acorda e junta-se a mim, apoiando-se nas minhas costas com aquela cara de bichinho de estimação em cima do meu ombro. Viro-as ao contrário rapidamente, mas depois, concluindo que Hansi nenhum é inofensivo, mostro-as a ele, dizendo que são peças de um quebra-cabeça que não estão encaixando direito. Tenho esperança de que ele repare em alguma coisa que eu não vejo, mas, depois de lançar às imagens um olhar desinteressado, ele boceja e volta para a cama.

Sigo Júlia mais duas vezes na semana seguinte, mas ela nunca se desvia de sua rotina habitual. A vida simples e feliz de uma mulher é um beco sem saída para outra.

No final de janeiro, no dia e hora marcados para o encontro de Vera com Christophe, enfiam um envelope por baixo da sua porta; ela rasga-o apressadamente para encontrar um bilhete com duas palavras: "Peço desculpas."

— Sem uma explicação sequer — diz ela quando nos encontramos na Adega do Karl, nessa mesma semana. — Acho que, depois que me viu bem, em carne e osso, ele decidiu...

Sua voz falha, e ela cobre a cabeça com a capa. Uma leprosa cuja última esperança acaba de ser estilhaçada.

Sentada ali junto dela, chego à conclusão de que a única saída é o futuro pai não ver seu rosto nem seu corpo, o que significa que ela vai ter que usar uma máscara. Ou, então, ele vai ter que ser...

— O Roman Bensaude! — sussurro para ela, toda entusiasmada, mas Vera se recusa a sair do seu esconderijo de *mohair* para ouvir a minha nova ideia, por isso eu arranco a capa da sua cabeça. — Aposto que o Roman não se importaria de ter um filho com você — digo. — Não sei como eu não pensei nele antes.

— Ele é cego como a *Bodenschicht*, o nível mais profundo do inferno.

— Exatamente. Não pode ver você. É o homem perfeito.

— Sophie, o meu filho pode nascer cego! E deformado! Quer que eu me sinta ainda pior? Sente alguma espécie de prazer perverso em me ver transtornada?

— Escute, eu pensei que você estava disposta a correr riscos. E gosta do Roman, não gosta? Seja otimista, para variar.

— Otimismo é uma palavra sem significado para mim.

Conto-lhe uma das piadas de Isaac:

— Qual é a diferença entre um otimista, um pessimista e um cabalista?

— Não quero saber — resmunga ela, desesperada.

— Um otimista vê uma mosca e pensa que pode ser uma águia, um pessimista vê uma águia e pensa que deve ser apenas uma mosca, e um cabalista vê uma águia e uma mosca e pensa que ambas são manifestações de Deus!

Ela me lança um olhar assassino.

— Desculpa — digo. — Só quero dizer que, com o Roman como pai, o seu filho vai ter talento e beleza. E aposto que ele daria um ótimo pai.

— O Roman é judeu! — rosna ela.

— Melhor ainda. Assim você gera no seu ventre mais um inimigo para os nazistas. — Arrisco-me a pegar no seu queixo em forma de bulbo de tulipa e digo: — Estamos em guerra, não esqueça!

Capítulo 12

Roman jurou nunca mais passar um inverno ao norte dos Alpes e anda em turnê pela Itália com o circo Cardinali.
— Não me serve de nada! — diz Vera, zangada. — Tem que ser agora. Não posso esperar.
— Por quê?
Ela se recusa a me dar uma explicação, o que é estranho e irritante. Mesmo assim, convenço-a a escrever uma carta para Roman, e conseguimos traduzi-la para o Braille com a ajuda de um operário cego de uma fábrica de pincéis que pertence a Otto Weidt, um velho amigo de Isaac. Mandamos a carta aos cuidados de Gianfranco Cardinali para seu escritório em Roma. O coração de Vera é transportado para o estrangeiro sob a forma de uma série de pontos em alto-relevo...

Também no final de janeiro de 1934, o Pai telefona ao amigo de Isaac, o Dr. Philip Hassgall, para falar sobre a possibilidade de inscrever Hansi no seu programa especial para crianças que são... Ele se atrapalha ao tentar descrever o problema de Hansi, mas logo acaba se safando com um *lentas*. Não é uma descrição errônea, acho eu. Duas noites depois, ouço meus pais discutindo se teremos dinheiro suficiente para mandar Hansi para uma escola particular. O Pai diz que teremos que fazer sacrifícios; se não pudermos nos mudar para o tal apartamento maior que tínhamos em vista, paciência. A Mãe retruca que colocá-lo no ensino privado está além das nossas possibilidades e que preferia ela própria cuidar da educação dele.
Nessa noite não tomo o meu Luminal, para poder pensar bem no dilema da nossa família, e de madrugada percebo que a Mãe vai fazer tudo o que estiver ao seu alcance para manter Hansi com ela para sempre. *Esta vai ser a nossa última oportunidade de o libertarmos*, penso, e deito na cama dele, encaixada por trás em seu corpo, cujo calor é toda a garantia de que preciso para lutar por ele.

O Dr. Hassgall concorda em vir aqui em casa na próxima semana, para fazer uma avaliação do meu irmão. Na tarde combinada, dou banho nele e o visto com sua melhor camisa branca. Tento colocar também uma das gravatas do Pai, mas ele não me deixa, sacudindo as mãos. Às vezes tenho vontade de mordê-lo com força.

O Dr. Hassgall tem uns 50 anos e um ar todo galante. Veste um casaco de lã cinza escuro, de estilo clássico, e uma gravata de seda vermelha. Usa o cabelo grisalho cortado curto e faz gestos precisos com as mãos, como um maestro. Seus olhos azuis irradiam um vivo interesse quando vê Hansi sentado no sofá. Em voz melodiosa, ele pergunta aos meus pais quando foi a primeira vez que notaram que ele era diferente e o que aconteceu na última escola que ele frequentou. Depois das explicações que eles dão, soltas e incompletas, nosso visitante pergunta o que eles acreditam que tenha sido o motivo para ele parar de falar, e é então que o Pai e a Mãe olham um para o outro como dois réus em um tribunal que têm que colaborar numa mentira.

— Para dizer a verdade, não sabemos — diz a Mãe.

— Parou de repente, pura e simplesmente — confirma o Pai, dando de ombros como quem não acha que valha a pena pensar mais sobre isso.

O Dr. Hassgall pergunta se lhe dão licença para falar com Hansi a sós no nosso quarto.

— Gostaria de fazer a minha avaliação sem haver mais ninguém por perto que possa distraí-lo — diz ele, e, vendo que vão recusar seu pedido, ergue ambas as mãos e acrescenta: — Por favor, tenham paciência comigo. Com crianças como o Hansi, a paciência é muitas vezes aquilo de que mais precisamos.

— Muito bem — responde o Pai, mas há um aviso sério na sua voz: *Se tocar num fio de cabelo do meu filho...*

A Mãe olha para o Pai como se tivesse sido traída, mas antes que ela possa dar fim às nossas esperanças, eu corro até Hansi e ponho sua mão na cabeça, coisa que geralmente o acalma.

— Ouça — digo a ele, com ar alegre. — Vamos para o nosso quarto e o Dr. vem conosco, e ele só quer conversar com você. Vai dar tudo certo, prometo.

É claro que ele não responde, mas percebo pela forma como inclina a cabeça que está assustado a ponto de desatar a chorar a qualquer momento.

— Prometo que nunca vou deixar você sozinho — digo, pressionando sua cabeça com a mão. E então digo uma coisa surpreendente: — Se você aceitar fazer isso, vou pedir ao Pai e à Mãe que lhe deem um cachorrinho. Tão querido quanto a Minnie!

De onde terá vindo esse meu momento de inspiração?

Ele morde o lábio inferior, tentado pela proposta. Talvez até esteja dançando dentro do Universo Hansi.

Levo-o para o quarto e chamo o Dr. Hassgall. Fecho a porta atrás de nós, coisa que os meus pais talvez achem imperdoável, mas não tenho alternativa.

— Obrigado, Sophie — diz ele quando consigo que Hansi se sente na cama. — Agora pode ir embora. E, Sophie — diz ele, sorrindo —, estou muito impressionado com você. O Isaac tinha razão.

A forma generosa como ele me olha provoca um arrepio em mim, mas, a partir desse momento, sinto uma grande solidariedade por ele, porque sei que estamos lutando pela mesma pessoa.

— Meu irmão parou de falar quando se assustou — sussurro, e faço uma careta para ele saber que isso é segredo de estado.

Ele se inclina para perto de mim; já é meu cúmplice de conspiração.

— Assustou-se como?

— Alguns amigos do meu pai ficaram aqui em casa uma noite. Comunistas que andavam fugindo da polícia. Minha mãe entrou em pânico, e então meu pai decidiu mudar... passar a ser nazista. Estava com medo de ser preso e renunciou ao seu passado, o que também nos inclui... eu e o meu irmão. Sabe, é que o meu pai tem medo do que a gente possa contar sobre ele. Acho que o Hansi já não sabia mais quem era o nosso pai. E...

O Dr. Hassgall me dá uma palmadinha no ombro.

— Estou entendendo, Sophie. Não precisa dizer mais nada.

— Só mais uma coisa — digo. — O Hansi gosta de quebra-cabeças. Se conseguir que ele o deixe ajudar a montar um, já estará a meio caminho do universo dele.

O Dr. Hassgall ri bondosamente.

— Entendo. Vamos começar por aí.

Saio, deixando-os sozinhos.

— Por que você fechou a porta? — pergunta a minha mãe assim que volto à sala. Ela está de pé com os braços cruzados na altura do peito.

— O Dr. Hassgall pediu. Obedeci para não parecer malcriada.

— Que atrevimento desse homem! — diz a Mãe ao Pai num grito mal abafado, e logo vejo que ela não vai descansar enquanto não castigar alguém, ou seja, eu. — E Sophie, que história é essa de cachorro?

— Nisso eu exagerei — digo, tentando escapar do ataque dela. — Acho que foi uma ideia estúpida, mas não consegui pensar em mais nada. — *Muito* estúpida. Como poderíamos ter um cachorro neste apartamento minúsculo?

— A senhora tem toda a razão — digo.

Viro-me para o meu pai e peço licença para ir à cozinha, que ele me concede. Sento-me lá e fico roendo uma cenoura crua, esperando e cogitando, como se eu estivesse presa numa rede de pesca. Quando ouço o som de passos, conto até 10 e vou ter com os outros. Meu irmão e o médico estão de mãos dadas,, de pé diante dos meus pais, com ar de expectativa; formam uma frente unida.

Nada mal, Dr. Hassgall, penso.

— Dr. e Sra. Riedesel, eu trabalho com aquilo a que chamo de *crianças distantes*, e creio que o Hansi pertence a esse grupo. Ele pode melhorar se tiver aulas na minha escola, e prometo a vocês que os meus professores e eu faremos o melhor que pudermos para ajudá-lo.

— Tem certeza de que ele *pode* ser ajudado? — pergunta o Pai.

— Acho... acho que ele está atrás de uma espécie de parede. Vou tentar abrir uma janela nessa parede para ele nos ver claramente, assim como nós a ele. Para ele poder nos dizer aquilo de que precisa.

— Mas o nosso médico disse que ele era...

O Dr. Hassgall faz um gesto como que para calar os comentários do meu pai.

— Dr. Riedesel, importa-se de evitar falar sobre assuntos médicos na frente do Hansi?

Meu pai concorda, por isso levo meu irmão para o nosso quarto. Para meu espanto, o Dr. Hassgall espera eu voltar para continuar:

— Agora que estamos todos aqui — diz, acenando para mim —, os médicos alemães não sabem nada sobre o problema do Hansi. E garanto-lhes que ele não é nem atrasado mental nem esquizofrênico. Por favor, a menos que ele fique gravemente doente, evitem levá-lo a mais médicos. Isso só vai pôr em risco a saúde dele.

Pareceu-me um comentário estranho àquela altura.

— Ele alguma vez vai ser... ser normal? — pergunta minha mãe.

— Não creio, mas poderá ser feliz e produtivo. Tenho mais de dez crianças com o mesmo problema do Hansi, e, se visitar a minha escola, a senhora verá como brincam e aprendem. Para falar a verdade, já nem sei muito bem o que significa ser normal. Quando se trabalha com crianças como o Hansi, acaba-se percebendo que essas determinações não são importantes, e são até perigosas. Tenho vários ex-alunos que agora moram sozinhos e têm bons empregos. Outros encontraram companheiros para a vida, que os amam de verdade. É isso que importa.

Até que enfim um alemão dizendo coisas que vale a pena ouvir!

— Sabe por que é que... por que ele é assim? — pergunta a Mãe, ansiosa.

Uma pergunta que ela traz guardada há oito ou nove anos, acredito.

— Ninguém sabe, mas não me parece que tenha sido alguma coisa que vocês fizeram.

Minha mãe abafa uma exclamação e leva as mãos à boca. Será vergonha por ele ter adivinhado seus sentimentos de culpa? Ou alívio por agora poder libertá-los? Não consigo distinguir.

— São coisas que acontecem, Sra. Riedesel — continua o nosso visitante.

— Mas o Hansi vai precisar ir à escola para ter uma vida com qualidade. E é isso o que todos nós queremos, não é?

— Mas a escola do senhor fica tão longe... do outro lado da cidade! — comenta minha mãe.

Ela quer dar início a um dos seus desafios de tênis, mas as palavras *do outro lado da cidade* são a minha deixa para entrar na quadra.

— Eu levo o Hansi à escola e vou buscá-lo todos os dias, a não ser quando tiver a Liga das Moças Alemãs, ou seja, às terças e quintas — digo.

Venho treinando essa proposta, mas mesmo assim as palavras me saem precipitadas, traindo o meu desespero.

Fico à espera da fúria da minha mãe. Mas, em vez disso, ela me olha com tristeza e diz:

— Se está disposta a fazer isso, Sophie, então... então...

Não consegue acabar a frase, e não diz mais nada enquanto o nosso visitante permanece conosco. Seu ar fúnebre e seu silêncio me deixam intrigada até bem mais tarde, quando entendo que foi só quando eu falei que ela compreendeu que perdera sua batalha e que ia ter que entregar ao mundo seu filhinho inocente. Nesse momento só senti contra ela um ressentimento cruel, mas agora sei como é difícil ter que deixar partir alguém que queremos proteger. E quanta coragem e confiança na vida lhe foram necessárias para conseguir fazer isso.

Depois que o Dr. Hassgall vai embora, o Pai pega Hansi no colo e cobre seu rosto de beijos. Deus o abençoe por isso. Depois, ele diz firmemente à Mãe que o menino vai entrar para a escola o mais depressa possível.

A Mãe, atordoada, corre para o quarto. Nessa noite ela não faz o jantar. O Pai e eu não falamos no sucedido. Eu preparo uma sopa de cebola para o Hansi, para o Pai e para mim, e então comemos *pumpernickel* com queijo.

Quando a Mãe finalmente aparece, quase à hora de se deitar, suas pálpebras estão vermelhas. Ela evita o Pai, que lê o jornal sem erguer os olhos. A distância entre eles parece pesar inteiramente sobre os meus ombros, dificultando todos os meus movimentos. Esquento para ela um pouco de sopa, mas ela come com olhos distantes, como se fosse um prisioneiro condenado, mais uma vez derrotada pela vida que nunca quis ter.

Quando retiro sua tigela vazia, ela pega minha mão e a leva ao rosto; então beija a palma da minha mão, como se eu fosse sua última esperança.

— Vai ver, Mãe, que o Hansi passa a gostar ainda mais da senhora quando estiver melhor — digo.

Ela ergue os olhos para mim, e eu vejo uma mulher frágil, insegura do seu lugar no mundo, não tão diferente de mim quanto a isso. Ela só tinha 36 anos. Parecia tão velha aos meus olhos então. E, à distância de setenta anos, ouço Isaac me dizer: "As pessoas geralmente se tornam amargas quando lhes faltam três coisas: amor, atenção e justiça." Ele estava falando da Vera, mas isso também se aplica à minha mãe.

Naquele momento, quase consegui confiar na minha mãe o suficiente para lhe confessar o que acontecera entre mim e Tônio.

Fossem outros tempos e outro lugar, ela teria me abraçado e dito qualquer coisa reconfortante e afetuosa. Mas não na Alemanha que eu herdei.

A escola Rei Davi é uma grande casa amarela na Emdener Straße, a um quarteirão de distância da Igreja de São Paulo. Minha mãe deixa Hansi lá pela primeira vez no final de janeiro, e eu vou buscá-lo à tarde, cedo, para ter certeza de que ele está bem.

O Dr. Hassgall me deixa dar uma espiada na sala de aula do meu irmão, que é pintada de azul-royal, a cor do céu nos afrescos de Giotto. Alguma outra coisa me parece estranha, mas não consigo identificar o que é.

— As crianças são muito sensíveis à cor — explica o Dr. Hassgall —, e o azul tende a mantê-las mais calmas e mais em harmonia consigo mesmas do que o branco.

Excentricidade ou pura loucura? Desde que o Dr. Hassgall ajude o meu irmão, pode pintar até a rua inteira de azul com listras cor-de-rosa que eu nem vou querer saber.

Numa das paredes estão coladas dezenas de desenhos de crianças, paisagens e figuras que parecem vassouras viradas para baixo. No outro lado da sala há um mapa-múndi gigante pendurado. Dos lados do mapa, duas janelas dão para um jardim onde as árvores nuas servem de pano de fundo para um balanço e uma gangorra.

Meu irmão e mais oito alunos estão sentados em carteiras que foram colocadas juntas de forma a criar uma ilha de madeira no meio da sala. Três meninas e cinco meninos, todos de blusa azul-clara.

A professora é uma mulher nova, de uns 30 anos, com cabelo cor de cobre cortado muito curto. Usa calça comprida e parece um jovem atleta. Aposto que ganharia da Maria na corrida de 100 metros. Já é uma razão suficiente para eu gostar dela.

Sorrimos daquela forma como sorriem os estranhos que querem a mesma coisa; neste caso, que o meu irmão progrida e se desenvolva. Eu me pergunto se algum dia ela vai perder a paciência com o Hansi, como eu. Espero que sim.

Não tem nenhuma suástica flutuando acima da cabeça da professora. E ela também não usa braçadeira. Então era *isso* que eu tinha achado estranho.

Quando ela vem falar conosco, apresenta-se como Else König. Explica que Hansi está fazendo contas de subtração no seu caderno.

O Dr. Hassgall me explica:

— Nós ensinamos às crianças a subtração antes da adição, porque é melhor elas aprenderem que existe um todo do qual podemos retirar partes antes que adquiram a noção errada de que tudo existe separadamente.

Será verdade? De qualquer forma, a explicação dele é tão inesperada que dou uma risada curta, e é então que Hansi me vê. Aceno para ele com a mão, mas ele imediatamente volta a enfiar o nariz no caderno. E é então que eu compreendo melhor o que minha mãe está sentindo.

A resposta do Roman à carta da Vera chega no início de março, dizendo que há muitos anos ele deseja ter um filho.

— "Volto a Berlim em meados de maio, e aí podemos dar início à nossa produção de bebês"!

— Tomara que eu consiga aguentar até lá — diz Vera, agourenta.

— Você já esperou tanto tempo, são só mais dez semanas — lembro a ela.

O Sr. Cardinali escreveu a carta pelo Roman, e sua caligrafia é tão precisa e compacta que parece um sinal de que nada pode dar errado desta vez, mas Vera se recusa a aceitar sua boa sorte.

— Quando eu o tiver dentro de mim, vou acreditar que ele manteve sua palavra, e nem um minuto antes.

Incapaz de encontrar qualquer outro rumo racional de ação para a minha investigação do assassinato de Georg, decido seguir outros membros do Círculo. Começo com Molly e Klaus Schneider, os trapezistas do circo Althof que participaram do nosso protesto na Loja Weissman. O problema é que eles moram do outro lado da cidade, em Wilmersdorf. Com todos os meus compromissos, só consigo ir lá duas vezes, no início do mês, e acabo me arriscando a pegar friagem enquanto espero no fim da rua onde eles moram, e só uma das vezes é que vejo os dois voltando para casa. Entram logo após as 5 da tarde e não voltam a sair. Meus pés ficaram tão gelados que eu escorrego e levo um tombo feio a caminho do metrô. Não sei como vou conseguir conciliar a escola, as Moças Alemãs e o meu trabalho de detetive. E tudo isso no inverno de Berlim.

Nove de março de 1934, o dia em que entro no esforço de guerra. E diminuo as oportunidades que tinha de continuar as minhas investigações. Minha missão específica é ideia de Isaac.

Ele diz que tem comprado livros de autores judeus, bem como os de arianos que foram proibidos, para impedir que acabem nas fogueiras.

— Mas é só os vendedores me verem chegar que duplicam logo os preços — diz ele. — *Goniffs, ladrões*,* bandidos, é o que eles são! Você precisa me salvar, vou ficar sem um tostão.

Por isso, todas as quartas-feiras, quando supostamente estou saindo com Tônio, Isaac me dá uma lista dos títulos que está procurando e eu negocio o preço com os vendedores. Depois de dar as minhas voltas todas, passo discretamente pelo pátio, por trás do nosso prédio, e vou jantar na casa dele. Depois voltamos às nossas lições de judaísmo.

— Cada livro que você compra por mim é mais um anjo que vai viver para lutar mais um dia — garante Isaac, explicando que Berequias Zarco costumava se referir aos livros como anjos a que fora dada forma terrestre.

Vera, Heidi, Rolf, K-H, Marianne e outros amigos às vezes aparecem ao fim do jantar, mas nunca falamos de misticismo na presença deles.

— Eles já acham que eu sou maluco — confidencia-me Isaac —, e não quero que saibam que estou ainda pior do que imaginam.

Adoro a intimidade deste tempo que passamos juntos, e em que tenho Isaac só para mim. A alegria juvenil que ele tem exibido ultimamente me apaziga o suficiente para acreditar que ele está a salvo. Acho que nós dois queremos acreditar nisso, na realidade. Afinal, ninguém quer passar seus dias tolhido pelo medo, mesmo que essa fosse a maneira possível de se viver.

Sempre que lhe pergunto como vai sua missão com os jornalistas turcos, ele me responde que vai bem. Não sabe como as coisas estão indo com os outros membros do Círculo, porque combinaram de nunca falar sobre esse assunto.

— Quanto menos pudermos dizer aos nazistas se formos presos, melhor. E assim é muito mais difícil que o traidor do nosso grupo cause estragos.

Entre ir levar e buscar Hansi na escola, estudar, comparecer às reuniões das Moças Alemãs e aos ensaios de canto coral e ir à procura de livros para

---

*Em português no original. *(N. da T.)*

Isaac, tenho andado geralmente exausta demais para pensar no Círculo ou no assassinato de Georg, ou nas asneiras do Bússola Ao Contrário, ou em qualquer outra coisa que o mundo possa considerar digna de atenção. Portanto, e com a ajuda da minha canção de ninar, o Luminal, à noite durmo como uma pedra. Embora de vez em quando Tônio invada sorrateiramente o meu espírito, como se estivesse determinado a me magoar ainda mais...

Na minha primeira lista de livros há duas obras de Adolph Jellinek, que, segundo Isaac, são indispensáveis ao estudo do misticismo judaico: *Philosophie und Kabbala** e *Beiträge zur Geschichte der Kabbala;*** e dois livros da autoria de Martin Buber, filósofo e colecionador de contos judaicos, *As histórias do rabi Nakhman* e *A lenda do Baal Shem*.

Guardo a lista dentro do meu diário, porque esses livros parecem marcar o início da minha vida real, aquela que quis e que escolhi. E guardo o meu diário no armário de Isaac.

Os sebos judeus aonde vou estão concentrados essencialmente ao redor da Nova Sinagoga, na Oranienburger Straße e na Neue Friedrichstraße. O cheiro de couro e a poeira me agradam e me deixam em paz comigo mesma, pois é o perfume da minha contribuição secreta para a nossa causa. Faço amizade com o Sr. Poppelauer, no número 59 da Neue Friedrichstraße, e com o Sr. Henrikkson, no número 61.

Digo a todos os donos dos sebos e aos respectivos atendentes que estou comprando livros para os meus estudos. Tenho certeza de que eles não acreditam, mas hoje em dia ninguém faz mais perguntas a estranhos. Deixo o casaco aberto para que vejam bem o meu uniforme das Moças Alemãs quando vou a uma livraria de proprietários arianos e abotoo-o até em cima quando vou às de judeus.

Isaac me chama de sua *kyra*, que é como os habitantes de Istambul costumavam chamar as mulheres gregas que levavam mercadorias para as casas de muçulmanos ortodoxos, para que as mulheres e filhas lá enclausuradas pudessem comprar aquilo de que necessitavam. Toda vez que deposito em suas mãos um livro raro, ele murmura uma bênção em hebraico sobre a minha cabeça e diz:

— Mais um anjo que foi salvo, minha *kyra*.

Numa quarta-feira do início de março, Isaac me dá de presente um livro impresso em Nova York, cujo título traduz-se por *Quatro semanas passadas nas mãos dos capatazes de Hitler: o campo de extermínio de Dachau*. Ele me conta

---

*"Filosofia e Cabala." *(N. da T.)*
**"Contribuições para a história da cabala." *(N. da T.)*

que esta obra documenta a forma como os guardas SS tratam os prisioneiros políticos como escravos. Enforcaram dezenas deles por terem se recusado a seguir ordens, e outros por tentarem fugir. Já prisioneiros judeus e os comunistas, estão deixando morrer lentamente de fome. O livro foi escrito por um ex-membro do Reichstag, Hans Beimler, que conseguiu fugir de Dachau em maio de 1933.

— Você falou sobre este livro com os Munchenberg? — pergunto a Isaac.

— O professor e a Sra. Munchenberg leram-no há dois dias, e partiram ontem à tarde para Dachau. Logo depois de irem ao banco.

— Ao banco?

— Vão oferecer um resgate aos SS. Pelo que dizem, isso às vezes funciona. Levaram até o último marco que tinham.

— É melhor esconder esse livro num lugar seguro — aconselho-o.

— Não, este anjo tem que falar. Depois vou emprestá-lo ao K-H e à Marianne.

Dois dias depois, Isaac me chama da janela quando estou saindo para ir à escola com Hansi. Ele me joga um envelope e depois volta para dentro e fecha a janela, antes que alguém o veja falando comigo. No envelope, um bilhete: "O resgate funcionou, mas não no sentido em que os Munchenberg esperavam. Pagaram uma pequena fortuna só para serem informados de que o Raffi foi morto. Fuzilado por insubordinação. Depois de ser obrigado a ficar seis horas em posição de sentido sob a chuva, parece que se sentou. Conseguiram subornar nazistas suficientes para conseguir que lhes devolvessem o corpo. É hoje o enterro. Eu apresentarei desculpas em seu nome, por não aparecer. Estão matando primeiro a nata da nossa juventude, por isso tome cuidado. Talvez você devesse parar de comprar os livros. Venha falar comigo. Estou preocupado. Lamento muito, muito, muito, por lhe dar esta terrível notícia. Seja forte. Um beijo, Isaac."

Quando eu era bem pequena, Raffi me fazia montar nas suas costas e me levava rindo até o quarto, onde ficava sentado ao meu lado até eu adormecer, lendo para mim uma história numa voz suave, e eu adorava aquela voz, e a sensação do colchão afundado no lugar onde ele estava sentado, e o calor que eu sentia no rosto, provocado pelas velas que ele acendia e deixava em cima da minha mesa de cabeceira. Raffi era puro afeto. Talvez tenha sido a primeira pessoa que amei fora do círculo da minha família.

Por isso, ao ler essas palavras que me dizem que ele morreu, sinto no chão, vazia por dentro, incapaz de acreditar. E depois corro até a mercearia da *Frau* Koslowski e vou para os fundos, onde ninguém pode me ver, e rompo em soluços por tudo aquilo que nunca virá a acontecer. Porque agora sei que Raffi nunca mais vai ver de novo o Nilo, nem nos trazer tâmaras secas, nem ir comigo à nova escola de Hansi para visitá-lo. E nunca vai tomar conta dos meus filhos, que é uma fantasia que eu nem sequer sabia que tinha até este momento. É estranho como só tomamos consciência das nossas esperanças mais profundas quando já é tarde demais para fazer alguma coisa.

E me dou conta também de que um dia, num futuro nem tão distante assim, eu serei mais velha do que Raffi; quando chegar aos 30, e aos 40, e depois aos 50, ele continuará a ter 25 anos e estará enterrado no cemitério do nosso bairro, com um buraco de bala no crânio.

Tomo um Luminal para suportar passar o dia, mas mesmo assim me vêm lágrimas aos olhos quando o Dr. Richter nos saúda pela manhã com um "*Heil* Hitler". Sinto o ódio queimar meu peito como uma chama de enxofre, e não consigo recuperar o fôlego quando ele me pergunta o que houve. Finalmente, balbucio:

— Foi um amigo... um amigo meu que morreu, e tenho que ir ao enterro. Peço que me dispense.

— Tem um bilhete dos seus pais?

— Não.

— Então lamento, mas não posso deixá-la ir.

Foi um erro mostrar o meu desgosto, porque Gurka, com sua intuição própria da pura maldade, já deduziu que quem morreu foi um dos meus amigos judeus, e passa a mão pelo pescoço, num gesto de quem o corta, a cada vez que os nossos olhares se encontram.

Que livros Raffi teria escrito sobre escultura egípcia e que agora nunca serão lidos?

E o que importa é que ele iria querer que eu fosse ao seu funeral, e desiludir os mortos me dá a sensação de que serei para sempre perseguida pelo fantasma do seu desprezo e da minha covardia. A única coisa que me consola é que Raffi teria aprovado a minha maneira de travar esta guerra, por isso quando Isaac volta do cemitério, digo-lhe que nunca vou parar de salvar livros enquanto Hitler governar a Alemanha. São palavras corajosas, mas talvez sejam apenas a minha desculpa por não fazer mais que isso.

No sábado seguinte, acordo com alguém na rua chamando meu nome, bem embaixo da minha janela. É Tônio, e me faz sinal para descer. É tarde demais para fingir que não o vi. E dar-lhe as costas só serviria para me condenar a uma vida inteira de o-que-poderia-ter-sido, por isso levanto a mão, fazendo--lhe sinal para esperar. Sinto-me paralisada pela minha própria confusão.

Tônio me cumprimenta alegremente. Dá um passo em frente, e então eu recuo também um passo.

— Quer ir comigo ao cinema hoje à tarde? — pergunta ele.

Ele põe a língua para fora e a encosta na bochecha para fazer sua careta de cachorrinho, ansioso para ficarmos de brincadeira, como se fôssemos os mesmos que éramos antes.

— Você me passou chatos — digo, numa voz sem tom. Sinto-me como uma sombra seguindo o meu próprio espírito.

— Sophie...

Ele olha para baixo, pensando no que dizer. Precisa de ajuda, mas não sou eu que vou fornecê-la. Sinto-me seca e vazia por dentro. E cinza, da cor dos meus pensamentos.

Um casal idoso passa por nós, o homem num terno preto, enorme para ele, e a mulher com um chapéu de flores de seda vermelho vivo. Ao final da rua, um grupo de crianças pula amarelinha.

Após algum tempo, ele ergue os olhos e diz:

— Vamos para algum lugar onde possamos ficar sozinhos?

— Se não tem coragem de falar comigo aqui, então não adianta nada.

Ele volta a olhar para o chão, envergonhado.

— Eu não estava bem — diz ele. — Estava me sentindo pressionado. Já éramos namorados há tanto tempo que... que *pensei* que queria outra coisa. E...

— E conseguiu mesmo outra coisa. *Filzläuse*. De uma outra pessoa. Ou, mais provavelmente, de muitas outras pessoas.

Ele faz uma careta.

— Desculpa. Foi muito feio da minha parte. E foi só uma outra menina.

Não acredito, mas não vou me humilhar pedindo nomes, idades e endereços.

— Só notei que eu tinha chatos quando já era... já era tarde demais para avisar você — acrescenta ele.

Do outro lado da rua, a velha avó enrugada que mora no último andar do edifício do Sr. Mannheim começa a sacudir um tapete branco na janela, criando nuvens de pó. Nós nunca nos falamos, mas hoje dirijo-lhe um aceno num gesto amplo, e ela retribui o cumprimento. É a minha maneira de mostrar bem a Tônio que tenho vida além dele.

Ele volta-se um instante para ver quem é, para não se sentir excluído.

— Então, você vem comigo ao cinema? — pergunta ele, em tom suplicante.

Será o tom do arrependimento verdadeiro ou o papel que precisa representar para me conquistar de novo?

— Você me disse coisas horríveis — lembro-lhe.

Ele dá um pontapé no chão, depois outro, o que significa que a nossa conversa não está indo no sentido que ele esperava.

— Peço desculpa por isso também — diz. — Menti quando disse que não achava você bonita. Estava zangado com você. Senti que estava querendo me obrigar a decidir se queria ficar com você para sempre, e eu não sabia se estava pronto para isso. — Ele olha para mim com segurança. — Você pode não gostar do que estou dizendo, Sophie, mas estou sendo honesto com você. E é isso o que você quer, não é?

Fico calada, porque não sei o que responder. Enquanto olhamos um para o outro, sinto nossa intimidade crescer à nossa volta, fazendo desaparecer os prédios, e o céu, e o barulho do bonde, e um alçapão se abre dentro de mim. Libertando-me para desejar um futuro com nós dois juntos. Mesmo que ele tenha me traído.

— Por favor, não me odeie — diz ele, com a voz fraquejando.

— Não o odeio, mas você me magoou muito — respondo, com a voz também quase falhando.

— Sophie, eu nunca tinha conhecido nenhuma garota antes de você, antes de… de… Se pudesse voltar atrás e desfazer a minha traição, eu o faria.

Seus grandes olhos negros, que conheço há tanto tempo, me pedem perdão. E ele joga seu trunfo:

— Sophie, tenho que ir para o Exército daqui a dois meses. Não sei quantas vezes poderei vir a Berlim, e não quero ir embora sem fazer as pazes com você.

Seus olhos estão cheios de lágrimas. Ele as limpa impacientemente com a mão, mas eu deixo as minhas caírem; quero sentir o sabor do sal da minha própria vulnerabilidade, torná-la o mais real possível, antes de mandá-la embora.

Após algum tempo, ele pergunta:

— Como vai o Hansi?

— Voltou a frequentar a escola.

— Ah, Sophie, isso é ótimo!

— Pois é, também estou contente.

— Aposto que não foi fácil fazer a sua mãe aceitar.

— Foi quase impossível — admito, e sinto um segundo *clique* bem no fundo do peito, porque não esperava que Tônio compreendesse tão bem a minha família. — Tive que prometer levá-lo e trazê-lo da escola três dias por semana.

— Onde fica a escola? — pergunta ele, ansioso por levar a nossa conversa para um terreno seguro.

— Perto da Igreja de São Paulo.

— Vou com você de vez em quando — declara ele.

Mostrar sua solidariedade é uma boa estratégia, tenho que reconhecer.

— Não precisa — respondo. — Tenho certeza de que você anda muito ocupado.

— Mas eu quero! Sinto saudades do Hansi.

— O diretor da escola é amigo do Sr. Zarco — comento, e no momento em que o digo percebo o que vou ter que dizer a Tônio antes de darmos um passo a mais que seja no caminho da reconciliação. — Foi até o Sr. Zarco que arranjou para ele vir falar com os meus pais — começo.

— Foi simpático da parte dele — responde Tônio.

Boa resposta, mas não chega.

— Foi, *muito* simpático — digo. — O Sr. Zarco é um homem incrível, e eu não quero que os nazistas nunca mais lhe façam mal algum. E a Rini foi a melhor amiga que eu já tive. Também não quero que lhe aconteça mal nenhum.

Falo como se Tônio pudesse protegê-los contra todos os homens armados, e sei que não pode, mas preciso esclarecer a minha posição.

— Eu sei que você adorava a Rini — diz Tônio —, mas os tempos mudaram. Talvez mais tarde, quando as coisas se acalmarem, vocês possam voltar a ser amigas.

Não respondo, por ter sido tão covarde.

— E outra coisa — digo em vez disso —, o Raffi foi fuzilado por insubordinação. Nunca perdoarei aos nazistas a morte dele. Quero que você saiba disso... e que nunca esqueça. E também estou preocupada com o Hansi.

— Por quê?

— Ele merece a melhor vida que puder ter, mesmo que a Juventude Nazista nunca possa aceitá-lo por não ser racialmente higiênico. Nunca vou abandonar meu irmão, vá ele para onde for.

Digo essas coisas todas de uma vez, de forma a desenhar um círculo mágico ao redor das pessoas que mais amo, um círculo que não quero que Tônio atravesse. E fecho o círculo com força em volta de Raffi e de Hansi, com a ameaça fazendo minha voz tremer.

— Eu adoro o seu irmão — garante ele. — Você sabe muito bem disso. Mas o mundo é como é. E eu tenho o meu lugar nele.

Agora é Tônio que desenha o *seu* círculo, e esse é só em volta dele próprio. Se alguém com mais experiência estivesse nos observando, veria que os nossos círculos não se sobrepõem em nenhum ponto.

— Não quero que você mude — digo. — Só quero que me entenda.

Ele me parece convencido, mas a verdade é que eu preferia que fôssemos companheiros de verdade, não apenas amantes, e que salvássemos todos os livros em iídiche existentes em Berlim.

— Tônio...

Fico pensando como formular uma última condição, mas quando ergo os olhos, ele se aproxima e me abraça, e eu sinto os nossos corpos se encaixarem suavemente um no outro, como se entrássemos no mesmo sonho acordado. Ele me beija os olhos, porque sabe que isso me faz sentir protegida, e eu me encosto contra ele, sentindo o potencial que temos para uma vida de ternura e paixão, e então ele diz:

— Achei você linda desde a primeira vez que a vi. É isso que torna tudo tão difícil para mim.

— Não estou entendendo.

— Todo mundo diz que eu tenho que andar com um monte de garotas na minha idade, mas eu não quero. E descobri isso da forma mais difícil.

— Quem é todo mundo?

— Os meus amigos da Juventude Nazista. E... e até o meu pai.

A última coisa que eu queria lhe dizer é que precisávamos ser totalmente honestos um com o outro. Mas agora, nos seus braços, não acredito que nenhum de nós dois queira realmente isso. Na verdade, desenhamos os nossos círculos mágicos para esclarecer bem que nossas vidas separadas vão continuar como antes.

Mais tarde, depois de pedir permissão aos meus pais, vamos ao cinema ver *Alvorada,* um filme sobre um combate de submarinos na Primeira Guerra, e levamos Hansi conosco. Quando vamos sentar nos nossos lugares, vejo que esqueci algo essencial.

— Se os meus pais alguma vez lhe perguntarem — sussurro para Tônio —, temos saído toda quarta-feira nos últimos meses.

— Eu sei. — Vendo a minha surpresa, ele abre um sorriso. — Tenho saído todas as noites de quarta para ninguém descobrir a sua mentira. — Ele passa o braço por cima do meu ombro. — Na maioria das vezes eu ia jogar sinuca na cervejaria Köln. Estou ficando muito bom.

— Mas como é que você soube que eu tinha dito isso aos meus pais?

— O seu pai veio falar com o meu antes da nossa primeira quarta-feira juntos. Queria ter certeza de que os meus pais não se importavam de sairmos num dia de semana. Por isso, quando o meu pai falou comigo, no início fiquei confuso, mas decidi entrar no jogo até entender o que estava acontecendo.

Depois do filme, vamos passear a pé, e acabamos na Ilha dos Museus, porque tem uma banda tocando hinos em frente à Catedral. Estamos só a cinco minutos da Oranienburger Straße, por isso dirijo os nossos passos para a loja da Júlia, talvez porque sinto falta da época em que eu a estava vigiando. Ou talvez uma ideia já esteja se formando dentro de mim...

Estamos de pé do outro lado da rua, em frente à padaria Goldman, e o magnífico cheiro de pão é tão forte que Tônio finge ficar tonto e sai andando em zigue-zague pela calçada, fazendo Hansi desatar a rir.

Júlia está de pé atrás da caixa registradora, com o cabelo preso para cima e uma echarpe branca no pescoço. E de repente, sem mais nem menos, vejo que chegou o momento de começar a arrancar perguntas dos esconderijos onde as tenho guardado. Desde então, e durante anos, tenho pensado muito na Júlia, perguntando-me por que desconfiei dela, e acho que tudo se resume a isto: suspeitei de que ela soubesse muito mais sobre venenos do que tinha me contado e acreditei que ela tivesse uma vontade suficientemente feroz para matar alguém que ela julgasse poder ameaçar sua bela vidinha. Bom ou ruim, foi o bastante para eu correr um risco estúpido.

— Espere aqui — digo a Tônio —, é só um minuto.

Não quero que ele ouça o que tenho a dizer, claro; afinal, em breve ele vai ser soldado no exército de Hitler.

— Mas o que é que...

Afasto a pergunta com um gesto da mão. Quando entro, Júlia está de pé atrás do balcão lendo um livro fininho.

— Sophie, olá! — exulta ela, com seus olhos de obsidiana abertos de surpresa.

— Estava passando aqui por perto e me deu vontade de vir ver você. Como vai o Martin?

— Ah, está ótimo. Até arranjou um emprego! Faz coleta e entrega de mercadorias para uma empresa de limpeza. Vai num caminhão, ao lado do motorista. Ele adora o caminhão.

Seus olhos brilham, ao mesmo tempo ternos e divertidos.

— Eu... queria lhe pedir um favor. — Inclino-me sobre o balcão e sussurro: — Um amigo do meu pai acabou de chegar incógnito a Berlim, voltou do exílio. — Não é necessário ser sutil quando se está preparando uma armadilha, por isso acrescento: — Ele é comunista, e chefe de um sindicato.

Júlia olha para baixo, os olhos arregalados pensando no que fazer, e depois murmura:

— Espere, não diga mais nada.

Ela se levanta para trancar a porta e vira o letreiro que indica *fechado* no vidro da porta; em seguida me leva para seu pequeno armazém. Estamos rodeadas por prateleiras de madeira repletas de centenas de potes de porcelana branca, com palavras em latim pintadas em azul. Cheira a mofo, e um pouco a gengibre.

— Então do que esse amigo do seu pai precisa? — pergunta ela, brincando nervosamente com as mãos.

— Alguma coisa para a asma. Se você precisar de algum tempo para fazer a mistura, pode mandar entregá-la. — Fechando o cadeado da minha armadilha, acrescento: — Ele vai estar no número 18 da Tieckstraße entre as 5 e as 6 da tarde.

— Não, posso dar agora a você o produto certo.

Dentro da loja, ela tira umas colheres de unha-de-cavalo, camomila e duas outras ervas das quais nunca ouvi falar, mistura-as numa tigela com uma colher de pau e joga tudo, por um funil, dentro de um saco cor-de-rosa.

— Ele vai ter que fazer uma infusão com isto — diz ela enquanto fecha o saquinho. Ergue um dedo, como uma professora rígida: — Três vezes por dia. Está me ouvindo?

— Obrigada — respondo, pegando o saquinho. — Quanto lhe devo?

— Nada — diz ela, juntando as mãos como quem vai rezar —, mas tome cuidado. E, por favor, não conte a ninguém que esteve aqui.

— O que você comprou? — pergunta Tônio quando volto para perto dele, do outro lado da rua.

Ele agarra minha bolsa, mas eu a afasto da mão dele.

— Um remédio para o Hansi.

— O que ele tem?

— Vermes.

— Hansi, está com vermes? — pergunta ele ao meu irmão.

O traidorzinho balança aquela cabeça oca, ao que Tônio olha para mim de cenho carregado.

— É para eu conseguir dormir — digo em tom de confissão.

Ele engole a mentira, e vamos para casa. Mas depois de lhe dar um beijo de despedida e de deixar Hansi em casa, volto para a rua correndo. Chego à Tieckstraße às 4h50, segundo o meu relógio. Fico esperando no final do quarteirão onde fica o apartamento que tem sido cenário dos meus encontros amorosos com o Tônio, tentando acalmar minha respiração ofegante. Lá pelas 5h15 começo a achar que julguei mal a Júlia, e quando passam das 5h30 fico pensando se não é melhor ir embora. Faz tanto frio que os meus dentes batem como castanholas, e o meu excitamento nervoso desapareceu por completo.

Alguns minutos depois, contudo, um Mercedes preto passa na rua e para em frente ao número 18. Dele saem dois oficiais da Gestapo, um deles já de arma em punho. Outro homem, cuja aparência é difícil de ver, fica no banco de trás do carro.

— O traidor no seu grupo é a Júlia, tenho certeza! — digo a Isaac assim que ele abre a porta para mim. Estou ofegante de agitação por ter descoberto uma assassina e porque acho que acabo de salvar a ele e a Vera, embora não negue que também ouço um sussurro vindo da parte da minha mente que se formou em Hollywood a me dizer: *Foi fácil demais...* — Mas aposto que ela vai negar — acrescento. — Vai dizer que a polícia já sabia onde ele estava escondido. Ela vai...

— Sophele, mais devagar — suplica ele.

Isaac me leva para a cozinha e aponta para uma cadeira. Eu me sento, e ele também.

— Isaac, me ouça! — peço, e então explico como enganei Júlia, as palavras saindo disparadas que nem flechas.

Isaac preocupado com a minha segurança

Ele me interroga durante um tempo, e então se levanta e vai até à janela. Acende o cachimbo. Eu tento falar, mas ele ergue a mão.

— Preciso pensar — diz.

Quando volta para perto de mim, ajoelha-se ao lado da minha cadeira.

— Agora escute, você precisa deixar que eu cuide disso. Precisa me prometer que não vai fazer mais... que não vai atrás da Júlia.

— Isaac — digo, desesperada —, como posso prometer isso? Eu adorava o Raffi, e ela pode ser responsável pela morte dele. Imagine o que ela não contou à Gestapo sobre ele! E sobre o Georg! Ela tem que ser punida! — *E você nem sequer está grato pelo que eu fiz!*, tenho vontade de acrescentar, mas, em vez disso, digo em voz hesitante: — Você... você nem parece estar contente por eu ter descoberto quem o estava traindo.

— Porque a Júlia é uma das minhas amigas mais queridas e mais antigas. Embora eu lhe agradeça por ter descoberto isso sobre ela. Agora ouça — acrescenta ele, pondo-se de pé —, você tem que ficar longe dela. Ela pode causar graves problemas a você e até ao Hansi.

Será que ele acrescentou o nome do meu irmão porque sabe que não me atrevo a colocá-lo em perigo de novo, depois daquele horror todo que passamos na Loja Weissman?

Concordo em deixar que Isaac resolva o que fazer com Júlia. E também prometo que não vou comprar livros pelo menos durante um mês. *Nada de riscos para Sophie* é o título do nosso novo filme, e tenho que voltar para a minha vida pacífica, longe das linhas de frente. Embora eu tenha o prazer de poder anunciar que há outras batalhas a ganhar...

— Não, e não volte a pedir! — diz a Mãe quando lhe suplico pela terceira ou quarta vez que me deixe arranjar um cachorrinho para Hansi, acrescentando: — E nunca mais quero ouvir falar nisso! A última coisa que o Hansi precisa é de um bicho enchendo a casa de... de *presentes*.

Tenho quase 17 anos e ela ainda não consegue dizer *merda* na minha frente.

Mas o Dr. Hassgall me surpreende quando diz que a Mãe tem toda razão e que um aquário seria melhor para ele.

— As crianças distantes precisam de muito estímulo visual — diz, com ar de quem sabe do que está falando. — Mas nada muito... cansativo. Eu diria que os peixes são perfeitos.

E é assim que compramos um peixinho dourado e outro vermelho na loja de animais Tannenbaum, na Prenzlauer Allee. Ambos são barrigudinhos, como os banqueiros de George Grosz. Mesmo assim, por uma questão afetiva, chamo-os de João e Maria, pois os nomes que meus pais lhes dão são germanicamente chatos: Willi e Tilli.

— Fique feliz por não terem batizado os bichinhos de Adolf 1 e Adolf 2 — diz Isaac, para me consolar.

Hansi segue aqueles dois peixes de olhos de bolinha de gude e de bocas a abrir e fechar, intermitentes, com os olhos esbugalhados, fascinado. Quanto às pobres criaturas propriamente ditas, estão agora confinadas a um tanque de 60 centímetros com paredes de vidro verde, pousado sobre um suporte de madeira em cima do nosso rádio. Será que preferem Lotte Lenya a Al Jolsen? Não dizem. No fundo do tanque, coberto de cascalho branco, coloquei a foto de duas palmeiras idiotas em verde vivo com cocos amarelos, minha homenagem ao filme *Flying Down to Rio*. Meu irmão é capaz de ficar ali durante horas, em transe. Talvez ele veja a chave do universo nas bolhas de ar do João ou na forma como a Maria vem em disparada até a superfície para roubar os grãos de comida de lata que jogamos para os dois.

O Dr. Hassgall também nos diz que seria bom para Hansi uma rotina fixa. Por isso, depois da escola ele fica vendo os peixinhos durante uma hora, depois monta quebra-cabeças até a mãe o chamar para jantar, quando então descasca batatas ou cenouras como se cada uma delas fosse um bloco de mármore de Carrara.

— Você é o Michelangelo das batatas — digo a ele, no meu melhor sotaque italiano.

Ele ergue os olhos para mim e sorri, e assim ganha um beijo, para depois voltar às suas esculturas. Está mais alerta desde que começou a escola e também mais feliz, mas sua voz continua de férias prolongadas.

Depois do jantar, ajudo-o a montar o quebra-cabeça, e depois a Mãe o põe na cama. Eu lhe dou banho nas segundas e sextas. Adoro observar os contornos do seu corpinho pequeno. E desenho-o sempre que não consigo dormir.

Minha própria rotina, depois da escola, passa a ser as Moças Alemãs às terças, Tônio às quartas e canto coral às quintas. Quando volto a comprar livros, só faço as minhas rondas quando os meus horários permitem. Consegui enrolar meus pais a ponto de fazê-los acreditar que sou tão leal como o próprio Reno, por isso pararam de me vigiar. Aos sábados, geralmente vou ao cinema ou passeio pelo Tiergarten com Tônio e Hansi, e ao domingo, depois da igreja, visito Vera ou Isaac às escondidas. Às vezes, quando não estamos dispostos a continuar com os meus estudos hebraicos, Isaac me leva ao Lar Judeu para a Terceira Idade, na Große Hamburger Straße, onde ele tem uma amiga de 90 anos, a Sra. Kaufmann, que adora os bolos de semente de papoula que levamos para ela. A Sra. Kaufmann costuma me confundir com sua neta Else e me dá fotografias suas de quando era jovem, em Heidelberg, que ela guarda numa caixa debaixo da cama.

— Também acho reconfortante ter uma rotina, o que talvez signifique que sou mais como o Hansi do que gostaria de acreditar.

Nem me aproximo da loja da Júlia. Tenho medo do que teria que lhe dizer e de gerar problemas para Isaac. Ele só me diz que ela nunca mais vai prejudicar ninguém, com uma voz carregada de ira. Suspeito que a ameaçou e sinto, tal como ela deve ter sentido, que ele seria capaz de matar para proteger os amigos que ama.

Lá para o fim de março, Tônio é chamado para o Exército. Fica bonito e poderoso no seu uniforme, e vou me ajoelhar diante dele sempre que ele quiser. E ele sabe disso.

Está baseado num quartel perto de Potsdam, e só pode sair um fim de semana por mês, o que é bom, porque gosto mais dele em doses pequenas. Nem chegamos perto de ter algum tipo de discussão, o que talvez signifique que ele também me prefere só dois dias por mês. De qualquer forma, ele adora brincar de soldado. Fica horas falando de espingardas e arma e dos rapazes que estão no seu grupo de treino. Claro que nos queixamos várias vezes da nossa separação, mas é só para provar que nos sentimos comprometidos um com o outro. Será que ele dorme ocasionalmente com outras garotas? A única coisa de que tenho certeza é que não tem mais nenhum chato tentando construir uma metrópole nos meus pelos púbicos.

Justo quando as folhas começam a romper nos ramos das tílias da Prenzlauer Allee, Roman volta, bronzeado e descontraído. Ele e Vera começam a dedicar-se à tarefa de fazer bebês no final de maio. Às vezes visito-os aos domingos, acompanhada por Isaac. A relação deles é agora brincalhona, como duas crianças que se meteram juntos numa magnífica aventura, e Vera está tão exultante que até canta enquanto costura, tão desafinada como um piano velho. Também parou de fumar em casa, pois Roman detesta. Nunca me passaria pela cabeça que a Vera pudesse fazer uma concessão dessas.

Ela criou com Roman um número de circo que a faz rir como se fosse a coisa mais cômica do mundo.

— Quantos dedos? — pergunta Vera a ele, mostrando três, por exemplo. Mas se o homem é cego como o nível mais profundo do inferno, como ela me disse uma vez, como consegue ver os dedos dela?

— Três — diz ele.

E acerta sempre, seja um, quatro ou nenhum.

Vera deve dar a resposta por meio de uma inflexão particular da voz ou de algum código de palavras, mas ela nega.

— Não vou contar como fazemos! — declara ela, e é então que desata a rir, num riso incontido de criança, aninhada entre as almofadas cheias demais do seu sofá acabado.

Imagino que seja o resultado de várias semanas de sexo depois de passar uma década na castidade.

Até o Roman se recusa a me revelar a técnica deles, mas eu lhe dou um abraço apertado para tentar arrancar dele a explicação; na verdade, é apenas uma desculpa para tocar nele, pois ele é todo músculo e elegância sinuosa. Se a vida fosse uma peça de Schiller, ele seria o príncipe bondoso que traz a paz aos seus domínios, o que às vezes me preocupa, porque um príncipe bondoso não iria simplesmente causar inveja à maior parte das pessoas no mundo real?

De vez em quando acompanho Roman até sua casa, nas noites de domingo, e ao lado de um homem daqueles me sinto como se estivéssemos caminhando sobre um tapete mágico. Claro que estamos em Berlim e não num tapete persa, por isso quando me perco nas nuvens e não o guio como deveria, ele acaba pisando em uma salsicha esmagada ou qualquer outra porcaria não identificada, mas não fica zangado. Ainda não me convidou para tomar uma bebida na sua casa. Acho que suspeita que eu iria me atirar sobre ele. E *eu* suspeito que ele tem razão.

Uma prova do amor da Vera... Roman dá um espetáculo num domingo, na Grenadierstraße, em benefício do Lar Judeu para a Terceira Idade, e ela sai de sua clandestinidade durante o dia para ir assistir. Não só isso como esconde o rosto nas mãos quando ele, montado num monociclo, atravessa um arame esticado entre os telhados de duas casas em lados opostos da rua, uns 15 metros acima da morte certa que o espera se cair no calçamento sujo da rua. Está de peito nu e veste um collant branco brilhante. Todas as suas curvas estão bem visíveis, incluindo aquela que mais me interessa, e que não decepciona...

O céu está azul, e há uma brisa quente pouco habitual que sopra do oeste, por isso todo mundo está em mangas de camisa. Os velhinhos olham para cima, apoiados em suas bengalas ou sentados em cadeiras de rodas, os queixos caídos, as dentaduras na mão. Até a Sra. Kaufmann o observa, com seus olhos cinzentos e enevoados bem abertos pela primeira vez em muito tempo. Confundindo-me outra vez com a neta, ela sussurra para mim:

— Meu Deus, Else, ele parece a estátua grega de Antínoo transformada num homem de carne e osso. Se eu tivesse de novo 20 anos...

A Sra. Kaufmann é capaz de, vez ou outra, regar as rosas bordadas nas fronhas de suas almofadas, mas sabe reconhecer o homem certo para acordar seu suflê adormecido.

Um verão escaldante em meados de agosto desperta em mim uma curiosidade e uma liberdade irreprimíveis, e vou à loja de Júlia. A jovem de corpo miúdo que eu já tinha visto está atendendo dois clientes. Depois que eles vão embora, entro e explico que sou amiga da Júlia.

— Infelizmente ela já não está mais aqui — diz a garota. — Decidiu parar de trabalhar.

— Mas continua morando aqui, quero dizer, em Berlim?

— Acho que não, mas não sei dizer com certeza para onde foi. — Ela sorri, envergonhada por não poder me informar mais.

— E o Martin?
— Imagino que esteja com ela.

Quando conto a Isaac que Júlia provavelmente foi embora de Berlim, ele responde:

— Então o assunto está encerrado.
— Qual assunto?
— Sophie, você precisa aprender a esquecer as coisas quando é necessário. E a andar para a frente. Senão vai acabar presa numa cola tão espessa que nunca conseguirá se libertar.

Um bom conselho para algumas pessoas, sem dúvida, mas não para mim.

Isaac joga para mim outro bilhete da janela no final de agosto:
"Boas notícias: a *Mieskeit* está grávida!"

Vera começa a dançar comigo pelo apartamento nesse domingo, abanando-se com um leque de penas de avestruz que tirou da naftalina de propósito para a ocasião.

— Tem certeza absoluta de que está grávida? — pergunto a ela.
— Tenho, já fui duas vezes ao meu médico. Tem um pequerrucho andando na corda bamba dentro do meu útero!

Ela se deixa cair no sofá e põe uma almofada em cima da cabeça, e então se abana com o leque porque diz que a gravidez lhe dá calor. Mostra a língua para mim, porque estou olhando para ela, pasma. Vera tem a língua comprida e pontiaguda, como um demônio. E áspera, de tanto fumar.

— Quer menino ou menina? — pergunto.

Ela faz menção de responder, mas depois olha para o chão, com medo de falar.

— O que houve? — pergunto, aproximando-me dela.
— Ah, Sophele — diz, pegando minha mão —, não quero saber se vai ser menino ou menina, desde que não saia deformado! — Então olha para o céu e murmura: — Ouviu, *mein Lieber*, ou está surdo como a morte?

Só entendo melhor a urgência da Vera em engravidar três semanas depois, quando ela recebe uma carta do Departamento da Saúde do Reich convocando-a para uma consulta pelo *Erbgesundheitsgericht*, uma dessas palavras novas que todos temos aprendido. Esta significa Tribunal da Saúde Hereditária, e é o órgão que vai decidir se ela deve ou não ser esterilizada. Isaac me dá a notícia quando entro em seu apartamento, com um velho livro que acabei de comprar no Sr. Poppelauer. Não me lembro do título, nem do autor, mas nunca esquecerei a sensação daquele peso morto na minha mão, porque foi no momento em que eu o estava entregando a Isaac que ouvi pela primeira vez essa brutal palavra alemã, *Erbkranke*: significa pessoas com doenças hereditárias.

— A Vera se encaixa numa das categorias abrangidas pela *Gesetz zur Verhütung erbkranken Nachwuchses* — explica Isaac. — Por isso vai ser esterilizada.

— Não faço ideia do que você está falando — digo.

— A Lei para a Prevenção da Reprodução de Indivíduos com Doenças Hereditárias — repete ele. — Os nazistas aprovaram essa lei em julho do ano passado. Exatamente na mesma época assinaram uma concordata com o Vaticano e se declararam o único partido político legal na Alemanha, o que deve lhe dizer alguma coisa se você olhar por baixo do vidro. Onde é que você estava quando tudo isso aconteceu?

Isaac arregala os olhos, furioso, como se eu tivesse arrancado uma página do seu Torá.

— Acho... acho que não soube disso.

— Acho que estava dormindo! — grita ele.

Precipito-me para a cozinha, mas ele me segue até lá, e como vejo que vai gritar comigo outra vez, digo:

— Não fiz nada de errado!

— Você deveria saber o que se passa no seu país. É essa porcaria desse Luminal que você anda tomando! Metade do país está dormindo, e a outra metade tem a cabeça cheia de merda. E feche essas cortinas!

Ele passa por mim batendo os pés e as fecha bruscamente, para impedir olhares indiscretos.

— Se eu soubesse tudo que estava acontecendo — grito também —, não me arriscaria a comprar os seus livros! Podia ir parar em Dachau, que nem o Raffi.

Isaac empalidece.

— Ah, meu Deus, nem diga uma coisa dessas, Sophele! Me perdoe.

Agora é a minha vez de arregalar os olhos.

— Um *schnapps*... preciso de um *schnapps* para acalmar os nervos. E você também. Por favor, me deixe pegar um para você. Agora você já tem idade para isso.

Ele enche um copo para mim e me dá um beijo no topo da cabeça.

— Você me perdoa? — sussurra ele.

— Perdoo, mas não grite mais. — Depois que ele concorda, pergunto: — A Vera tem mesmo que ir a essa sessão do Tribunal?

— Tem, senão é presa. Deve ter sido o médico dela que a denunciou às autoridades. Ela nunca deveria ter ido a um médico. Deve ter sido por isso que agora recebeu a carta.

Ele acende o cachimbo em movimentos rápidos. Mesmo quando está perturbado, é ágil. Sessenta anos fazendo costuras.

— E por que ele a denunciou? — pergunto.
— Por ser deformada.
— E isso é um delito punível?

Ele dá uma risada irônica.

— Claro. — Imitando o sotaque de Hitler e sua maneira feroz de discursar, acrescenta: — E o castigo será transformarmos os seus ovários num *Wiener Schnitzel*.

— Mas a Vera está grávida!
— Pois é, por enquanto conseguiu se adiantar a eles. E podemos dar graças a Deus por o Roman ter evitado essa armadilha até agora.
— Por que o Roman seria esterilizado?
— Sophele, ele é cego de nascença! É congênito!
— Mas é tão bonito, e...
— Sophie, acha certo esterilizar as pessoas feias? Ou surdas? Ou com epilepsia, ou qualquer outra coisa?
— Só queria dizer que, como o Roman é tão... tão...

Isaac dá uma gargalhada que lhe sai das entranhas.

— O que foi? — exijo saber, irritada.
— Nada. Digamos apenas que esse desejo é bom numa menina nova. — Vendo que o seu divertimento me irrita, acrescenta rapidamente: — Não quero dizer com isso nada de maldoso. Metade das pessoas que eu conheço gostaria de dormir com o Roman.
— E você?
— Eu? — Seus olhos ficam longínquos, perdidos nos próprios pensamentos. — Se quer mesmo saber, eu não recusaria. Mas infelizmente tenho outras preferências. — Ele ergue as sobrancelhas e aponta a haste do cachimbo na minha direção, daquela maneira que me faz sentir especial.
— Isso a choca?
— Sim e não — respondo.

Sua confiança em mim me faz perceber que vou continuar correndo riscos por ele sempre que ele quiser.

— Então a Vera agora não corre riscos? — pergunto.
— Não; as autoridades vão ter que deixá-la ter o filho, e só depois é que a vão esterilizar. — Ele engole seu *schnapps* de uma só vez, lambe os lábios como

um gato e volta a encher o copo. — Não se importa que eu fique tão bêbado que nem consiga pensar, não é?

— Não mesmo. Então ela não tem saída?

— Pode defender seu caso em tribunal. Alguns juízes não gostam de ver o governo usurpar sua autoridade. Mas, no fim — diz ele —, as leis da Alemanha não vão ser contornadas... pelo menos, não para os *dachshunds*, os *mieskeits* e os judeus. Conheço várias pessoas que foram esterilizadas este ano. O Martin foi há três meses.

Nunca me atreveria a dizê-lo, mas talvez negar a Martin a possibilidade de ter um filho não seja ruim. Embora só o fato de pensar assim me faça sentir desleal.

— Tenho vergonha de ser tão ignorante — digo a Isaac.

— Não se sinta tão mal. Os nazistas mantêm o programa de esterilização quase totalmente longe dos jornais. No entanto, se você lesse o *Der Stürmer*...

— Você lê esse *Schmatte*?

— Sempre. Quem é que não quer conhecer seus inimigos? — Isaac me lança um olhar sério. — Sophele, eu quis proteger você, e a Vera também, mas agora acho que fizemos mal.

— Proteger de quê? Não estou entendendo.

— É o Hansi; ele está em perigo.

Olho para baixo, para evitar que a pressão que sinto no peito me faça chorar, porque sempre soube que alguma coisa de mal iria lhe acontecer por ser diferente. Isaac aproxima sua cadeira da minha.

— As autoridades consideram a debilidade mental uma razão forte o suficiente para a esterilização? — pergunto.

— Receio que sim, minha querida.

— Então o Hansi... ele pode...

— Sim, mas ainda podemos lutar. — Ele me dá uma palmadinha na perna e depois se recosta na cadeira. — Me diga uma coisa, o seu irmão foi a algum médico ultimamente? — pergunta, em tom de quem está traçando uma estratégia.

— Acho que não.

— Ótimo, porque são os médicos que...

— Mas foi ao Dr. Nohel pelo menos uma meia dúzia de vezes nesses últimos anos — interrompo, e agora entendo por que o Dr. Hassgall nos pediu para mantermos Hansi afastado dos médicos.

— Se o Hansi já tiver sido denunciado como débil mental ou esquizofrênico, então estamos sem sorte. A menos que o seu pai consiga usar sua influência para impedir que ele seja operado.

Hansi deixa-se envolver na minha proteção

Eu deveria ir correndo falar com o Pai, mas só sinto uma pesada impotência me invadir. E fico intrigada, até concluir que o meu pai poderia pensar que talvez fosse melhor se Hansi não tivesse filhos. E podia querer mostrar aos seus superiores que estaria disposto a sacrificar seu próprio filho e seus netos pelos seus ideais nazistas.

Vou ter que falar com a Mãe a sós. E ela vai ter que convencer o Pai. É a nossa única chance.

A QUARTA PORTA

Quatro são as letras do nome de Deus, os serviços religiosos do sabá, os pontos cardeais, os elementos e o número de vezes que a Torá nos manda contar a história do Êxodo. Quatro são os níveis de interpretação.

Para além da Quarta Porta estão as flores do campo onde floresce a nossa união. Conhecido como Machonen, este nível do céu é o nosso Jerusalém espiritual. É presidido pelo arcanjo Miguel.

E aconteceu no quarto ano do rei Darius, que a palavra de Deus desceu sobre Zacarias. — Zacarias, 7.

Berequias Zarco, *O livro do florescimento*

Capítulo 13

卐

O médico da Vera testemunha, durante sua audiência em tribunal, que ela está grávida; portanto, está a salvo por ora, mas ordenam-lhe que se apresente no Hospital Civil Wittenau para os médicos poderem fazer uma avaliação exaustiva de sua deformidade e de suas implicações para a Mãe Pátria.

Que implicações poderia ter o rosto dela para a nação?, seria a objeção evidente de seu advogado em qualquer país onde as pessoas vivam sobre terra firme, mas nós já estamos enterrados até aos joelhos no lodo dos esgotos da Alemanha, e ele não desafia a ordem do juiz.

Vera não vai ao Wittenau no dia que lhe marcaram, convencida de que lá os médicos vão tentar fazer mal ao feto. Nessa mesma tarde, depois de cair a noite, ela se muda para a casa de Isaac. Leva uma mala muito bem arrumada com roupas, e outra com sua máquina de costura e mantimentos.

— Não vou nem pôr o pé para fora de casa até meu filho nascer! — explica ela no dia seguinte, com uma ferocidade nos olhos que não deixa quaisquer dúvidas.

Nos dias que se seguem, faço o vaivém entre o apartamento de Vera e o de Isaac, para lhe levar os tecidos de que ela precisa para seu trabalho. À noite aparece Roman para lhe fazer companhia.

Nenhum dos seus outros amigos vem visitá-la, e quando a questiono sobre o assunto, ela me responde:

— Tenho o meu filho, e o Roman, e você, e o Isaac. É o bastante para uma giganta feia.

— Mas é estranho não virem lhe dar os parabéns... nem que seja para mostrar solidariedade.

— Talvez alguns deles não estejam assim tão contentes por eu estar grávida.

— Está se referindo à Heidi e ao Rolf, por até agora ainda não terem conseguido engravidar?

Ela dá de ombros, o que, obviamente, significa que sim.

Mais tarde nessa mesma semana, a fábrica de Isaac é invadida pela Gestapo. Um vizinho viu um jovem nazista arrombar o cadeado sob a vigilância de um oficial mais velho. Não roubaram nada, mas os arquivos da empresa ficaram numa desordem total.

— Deviam estar querendo descobrir quem é que ainda compra roupas comigo — especula Isaac. — Não tem muita importância. Todos os clientes que ainda tenho sabem que eu sou um risco. De qualquer forma, a maior parte são judeus.

— Também arrombaram os seus armazéns? — pergunto.

— Não, pelo visto concluíram que não havia nada de interesse para eles por lá.

É quando estou limpando os armários da cozinha, e a Mãe lavando o chão, que consigo arranjar coragem para falar com ela sobre a Lei para a Prevenção da Reprodução de Indivíduos com Doenças Hereditárias. Apesar do meu tom ansioso, ela descarta as minhas preocupações com um gesto da mão. Em tom ofendido, diz:

— Espero que você não esteja querendo dizer com isso que eu ou o seu pai temos alguma anomalia hereditária.

— Não, só estou dizendo que o Hansi tem uma anomalia. Com certeza ele entra na nova lei dos *Erbkranke*.

Ela joga o esfregão com toda a força contra a perna da mesa, provavelmente imaginando que é a minha cabeça.

— Sophie, eu agradeceria se você não utilizasse essa palavra para descrever o seu irmão. Você ouviu muito bem o Dr. Hassgall, o Hansi é perfeitamente normal.

— Não, não foi isso que o Dr. Hassgall disse.

Começo a fazer a minha melhor paráfrase do que ele disse, mas a Mãe me interrompe:

— Sophie, diga logo aonde quer chegar. Tenho trabalho para fazer. — Suspira, exasperada. — E se não vai limpar os armários direito, então deixe que eu faço.

— Aonde eu quero chegar é que um dia desses vamos receber uma carta dizendo que o Hansi tem que se apresentar perante um Tribunal de Saúde Hereditária. E que três velhos sabichões prussianos de batas compridas vão decidir que o cérebro dele é igual ao de um peixinho dourado, que nem os nossos João e Maria. Não vão dar a mínima para o fato de ele gostar de esquilos ou de descascar batatas como se fossem feitas de mármore de Carrara. E não vão apreciar ele ter posado para mim com mais paciência do que um poste de luz. Vão determinar que ele não é normal, e esterilizá-lo.

A Mãe consegue dar uma risada. Será que está representando ou será que já afundou tanto nas águas do esgoto que não consegue mais ver o mundo que existe fora delas?

— Ah, Sophie, onde você ouviu esses boatos?

— Não são boatos!

— Então me mostre um artigo de jornal que diga que as crianças como o Hansi estão sendo esterilizadas.

— Os jornais são dirigidos pelo Partido Nacional-Socialista.

— E é assim que deve ser.

— Mãe, por favor, me ouça — suplico. — Se nós não...

— Olha, Sophie, eu sei que você está preocupada — interrompe ela —, mas isso nunca poderia acontecer ao Hansi, porque o seu pai é membro do Partido.

— Mas se mesmo assim recebermos uma carta, o que vocês pretendem fazer?

— Qualquer carta que chegue só poderá ser algum engano, e então eu vou falar com o seu pai, e ele vai tratar de mandar corrigir o erro.

— Promete?

— Sophie, o que mais eu haveria de fazer?

Vera dá um jantar para celebrar sua gravidez no domingo de 28 de outubro de 1934, e eu consigo comparecer. Digo aos meus pais que vou a um show com Tônio, que veio passar o fim de semana, mas teve que voltar para a base às 5 da tarde. Para surpresa minha, quando chego, ela é a única pessoa na casa.

— O Isaac foi buscar a Heidi e o Rolf — diz ela, abaixando-se para podermos trocar beijinhos. — Os outros logo vão estar aqui. Você pode ajudar a fazer o recheio para os pimentões. Preciso me sentar um pouco para aliviar a pressão nos joelhos.

Vera supervisiona enquanto eu pico as cebolas e as misturo com a carne, como se estivesse fabricando explosivos.

— Você está me deixando louca! — aviso-a.

— Me desculpe, é culpa da criaturinha cega e deformada que eu levo na barriga — explica ela.

— Vera!

— Se eu falar sobre o pior que pode acontecer, então não acontece.

E é assim que fico sabendo que Vera acredita em magia. Abriu uma garrafa de um vinho tinto italiano barato, e eu encho um copo para ela.

— Agora relaxe e pare de me chatear — digo.

Roman, K-H, Marianne e o pequeno Werner, que agora tem 2 anos e já anda, chegam no momento exato em que ela está terminando seu vinho; vieram no velho Clyno Tourer cheio de amassados de K-H. Marianne fez frango assado para servir após os pimentões recheados.

Enquanto K-H põe a mesa e nos conta coisas sobre seu estúdio fotográfico, os anões entram bamboleantes atrás de Isaac. Beijos, abraços e gritinhos de animação por todos os lados.

— Vera, se tivesse nos avisado com antecedência, eu teria feito um bolo especial — diz Heidi em tom de censura. — A única coisa que eu tinha era metade de um bolo que fiz ontem.

— Desculpe — responde Vera —, a festa foi uma decisão de última hora.

Eu sei que não é verdade, pois ela me convidou dois dias atrás; portanto, dirijo-lhe um olhar interrogador, mas ela se limita a me mostrar a língua.

Enquanto sirvo os pimentões, Vera esvoaça ao redor da mesa servindo o vinho e tagarelando sobre vestidos de grávida que está fazendo para si própria. Pela primeira vez na história está sendo entediante, mas acredito que seja natural.

Os pimentões e o frango estão tão bons que como demais. Vinho, frango e sexo no mesmo dia: ou as coisas estão melhorando muito para mim, ou então estou sonhando.

Antes que seja muito tarde, colocamos Werner para dormir no quarto de hóspedes. Marianne deixa que eu o cubra e lhe dê o beijo de boa-noite. Adoro o cheirinho de sono que ele exala. Ele acena boa-noite com a mãozinha por baixo do queixo, e eu respondo com o mesmo gesto. Sinto-me como se fôssemos porta-vozes de mundos diferentes.

Depois do jantar, Isaac tem um sorriso malvado no rosto, como o de um diabo num afresco italiano, enquanto acaba com a carcaça da pobre ave, chupando o tutano dos ossos. É incrível o prazer que ele sente ao fazer uma nojeira dessas, parece mais uma criança, e adora quando Heidi limpa seus dedos um por um com uma toalha.

Rolf conta piadas e fuma charuto. Seu rosto fica todo contraído e coberto de rugas quando fuma, e Heidi cochicha comigo, com toda a razão, que ele parece uma tartaruga.

Quando Vera e eu estamos colocando os pratos na pia, sussurro para ela:

— Parece que a Heidi e o Rolf conseguiram superar a raiva.

— Sim, estou aliviada, é como se o meu coração voltasse ao lugar.

De sobremesa comemos a *Frankfurter Kranz* feita na véspera por Heidi, que tem o merengue mais delicioso já comido por alguém. Ela acrescenta sempre um ingrediente especial e secreto aos doces que faz. Puxando-me para baixo até sua altura, ela sussurra:

— Casca de limão ralada! — Como se fosse o código capaz de abrir as portas de Araboth para mim.

O segredo de Heidi não é o único que fico sabendo nessa noite. Depois do café, Vera me puxa de lado na cozinha e diz, com ansiedade na voz:

— Esta noite vou para um esconderijo. Só você, o Isaac e o Roman sabem disso. Não conte a ninguém. Mando notícias minhas quando puder, mesmo que seja só daqui a alguns meses. Não posso correr mais riscos com meu filho. — Ela afasta as perguntas que ainda quero lhe fazer com um aceno da mão. — Desculpe, Sophele, não tenho tempo.

— Tome cuidado — digo.

— Você também. E obrigada por toda a ajuda que me deu. — Ela me olha como se quisesse recordar meu rosto por muito tempo, o que me assusta. Começo a falar, mas ela cobre minha boca com a mão. — Shhhh, vai ficar tudo bem.

K-H e Marianne levam os anões em casa de carro. Acompanho Roman até seu apartamento, e nós dois vamos caminhando silenciosamente, isolados nos nossos pensamentos separados. Sentindo a minha perturbação, ele põe a mão em meu ombro.

— Quando acha que vamos ver a Vera outra vez? — pergunto.

— Só depois que o bebê nascer.

Pelo que venho a saber mais tarde, Isaac espera o tempo suficiente para que Roman e eu já tenhamos virado a esquina para a Prenzlauer Allee e então veste o casaco e dá um beijo rápido em Vera.

— Quantos dedos? — pergunta ele de brincadeira, erguendo cinco.

— Três — responde Vera, para se fazer de difícil.

— Exatamente, volto daqui a três minutos. Fique aí sentada, não se mexa.

Isaac pegou emprestado com um amigo dele lá do bairro um Opel, mas precisa ir buscar o carro. Vai levar Vera para um abrigo de barcos convertido em casa sobre o rio Havel que foi construído por seu avô. Uma costureira reformada da cidade vizinha de Gatow, que trabalhou na fábrica de Isaac durante trinta anos, levara mantimentos para Vera. O nome dela é Olga Hagen.

No momento em que desce a Marienburger Straße, ao passar pela mercearia da *Frau* Koslowski, três oficiais da Gestapo saem de um Mercedes estacionado do outro lado da rua, em frente ao nosso prédio. Batem as portas com força, o que significa que querem que Isaac os ouça, ou então não dão a mínima se estão sendo observados ou não por um judeu.

Um dos oficiais da Gestapo está de luvas e traz na mão um machado, um detalhe que ficou para sempre gravado pelo terror na mente de Isaac. Seu medo é tão forte que ele acha que vai desmaiar ali mesmo. Todas as suas cuidadosas combinações não serviram de nada? Mas talvez esses homens se dirijam a outro endereço...

Não é nada difícil para mim imaginar os nazistas empurrando a porta de entrada do nosso prédio e atravessando o átrio em passadas largas, como se fossem os nossos inexpugnáveis donos. Vejo igualmente o chefe deles puxando da pistola enquanto pisa no nosso pátio, embora talvez esse seja o que usa luvas negras de couro e carrega o machado na mão. Se falasse com a Sra. Munchenberg, talvez eu tivesse certeza, mas tenho vergonha demais de ter faltado ao funeral de Raffi e tê-la abandonado no Wertheim's.

Isaac começa a correr. No pátio, consegue ouvir nossos visitantes subindo com estrondo as escadas dos fundos. Rezando para que Deus lhe dê forças, corre ainda mais e ouve quando um deles intima Vera a se entregar.

Ele encontra os homens no patamar do terceiro andar, bem em frente à porta. Tentando recuperar o fôlego, pergunta-lhes o que desejam.

— Cala essa boca nojenta! — grita o mais velho dos nazistas.

Este tem marcas de espinhas no rosto e um cabelo grisalho ralo que se entrevê por baixo do chapéu militar.

— E afaste-se — diz um oficial alto com sotaque de Hamburgo.

O homem mais novo, um rapaz bonito, Isaac vai me contar mais tarde, ordena Vera que abra o trinco, gritando através da porta.

Ela corre em disparada para a janela da cozinha, se perguntando se conseguiria sobreviver à queda de 10 metros e se depois conseguiria abrir uma distância no seu passo desconjuntado, o suficiente para fugir. Prestes a desmaiar, ela se inclina sobre o peitoril, esmagada pelo remorso de ter arrastado Isaac para esta desgraça. Do lado de fora, à porta, Isaac suplica ao jovem que os deixe em paz.

— Cale-se! — ordena o nazista. E, virando-se: — Abra a merda da porta!

— Vera, não saia! — grita Isaac. — Peça socorro pelo telefone!

Ele agarra o rapaz pelo braço e puxa-o como se quisesse obrigá-lo a descer as escadas, caindo de costas no chão e arrastando o nazista com ele.

O punho de outro homem vem aterrar na cabeça de Isaac, junto à orelha, o que o faz agarrar-se ao braço do rapaz com toda a força que consegue reunir. Mais tarde, ele vai me contar:

— Eu só sabia que não podia largá-lo jamais.

Mas acaba por soltar o braço do rapaz quando lhe batem na cabeça com um revólver. Gemendo, Isaac leva a mão à testa e vê sangue. Quando ergue os olhos, uma bota desce sobre seu peito.

A única coisa de que se lembra seguir depois disso é de cair escada abaixo até parar no patamar inferior.

Vera ouve-o cair. Sente um aperto no peito, como acontece quando percebemos que fomos pegos por um destino que há muito receamos. Vê claramente que a culpa por ter sido apanhada é unicamente dela, embora eu só venha a saber por que passados seis anos.

Quando a lâmina do machado rasga a madeira da porta, Vera grita e cola as costas à parede, com toda a força, como se tentasse entrar num outro mundo. Junto à maçaneta da porta abre-se um buraco enorme, e uma mão enluvada abre o trinco com um som metálico.

Ela enfrenta os intrusos com sua tesoura de costura na mão. Os homens ficam espantados por um momento perante aquele rosto assustador, o que lhe dá tempo suficiente para se atirar para a frente e rasgar com a tesoura o braço do oficial de cabelo grisalho. Os dois energúmenos mais velhos jogam-na ao chão e esmagam sua cabeça contra o chão. Um deles quebra seu pulso direito quando lhe põe as algemas. De propósito, imagino eu. Depois arrastam-na com eles. O oficial que foi ferido vai insultando-a, enquanto estanca o sangue com o lenço.

— Seu monstro de merda! — ladra ele. — Mesmo que enfiássemos o machado na sua cabeça já aqui, não tinha como ficar mais feia.

Os homens passam por cima do corpo de Isaac, que jaz inerte no chão. Será que o chutaram? É impossível saber, analisando a localização das manchas negras que ele tem no corpo.

O oficial responsável grita a Vera, enquanto a arrastam pelo pátio, que ela é uma aberração e que ainda por cima gosta de judeus. Todo mundo no prédio deve ter ouvido, incluindo a minha mãe. Mas ninguém corre em sua ajuda.

Quando me conta o que viu, a Mãe diz:

— Tenho arrepios só de imaginar aquela maldita mulher. Quando penso que deixei você ir à mesma festa que ela foi, há dois anos!

Como os nazistas souberam onde Vera estava escondida? Um dos nossos vizinhos, ou talvez até a minha mãe, pode ter denunciado a presença de um gigante com aspecto de mulher das cavernas vivendo no apartamento de Isaac, mas o mais provável, na opinião dele e na minha, é que ainda haja um traidor à solta.

Miraculosamente, o velho alfaiate sofre apenas uma torção grave no tornozelo, alguns machucados e uns hematomas. Para fechar o corte na testa, bem abaixo da linha do cabelo, o Dr. Manny Löwenstein, amigo dele desde o colégio, lhe dá cinco pontos.

O Dr. Löwenstein também prega uma tábua na porta para cobrir o buraco.

— Não te levo mais por isto — diz ao Isaac, acrescentando: — E não quero mais saber de você mergulhar de cabeça escada abaixo. Isso não é nenhuma piscina, e você, meu amigo, não é nenhum Johnny Weissmüller iídiche.

Quanto tempo mais vai conseguir durar o bom humor judeu neste país?

Consigo pegar o Dr. Löwenstein sozinho por um minuto e peço-lhe que me ajude a resolver um antigo enigma.

— Imagine que esmagaram a traqueia de uma pessoa, como se ela tivesse sido estrangulada, mas não há hematomas no pescoço. Como isso seria possível?

— Estamos falando de alguém que eu conheça? — pergunta ele.

— Acho que não.

— Preciso pensar sobre o assunto, e depois lhe digo.

Com a ajuda de K-H, Isaac vai cambaleante à Casa Columbia, a sede da Gestapo na Prinz-Albrecht Straße, para onde devem ter levado Vera, mas ninguém lhe dá informação alguma. Mesmo assim, ficamos sabendo exatamente o que lhe acontece, porque ela nos conta assim que nos vemos novamente.

No dia seguinte sido àquele em que foi levada, ao fim da tarde, finalmente põem um gesso no seu pulso quebrado. Dois dias depois, de madrugada, vestem-lhe uma camisola de hospital e levam-na para um consultório médico localizado no mesmo edifício de tijolo onde tem estado detida. Será que colocaram um sedativo no seu chá de manhã? Vera se sente pesada e com a mente dormente, e não consegue debater-se ao ser levada escada acima pelos homens. Um médico vestido de branco lhe dá bom-dia numa sala com janelas grandes. Nunca saberemos o nome dele, mas ela conta que ele tem barba e que seus olhos são castanhos e minúsculos. Deitam-na à força numa mesa de operações. Esticam seus braços ao longo do corpo e abrem suas pernas — após o quê, prendem-nas com tiras de couro. Ela sente um cheiro de amoníaco e mais alguma coisa, "um cheiro azedo, como de ácido", me dirá mais tarde. Ela acha que vai morrer. Em vão puxa as tiras que a prendem. Sente o medo alojar-se na garganta como se fossem pedras, e as pernas não param de tremer. Depois que o médico se senta num banco entre as pernas dela, inclina-se para a frente e enfia dentro de Vera alguma coisa metálica e fria, mas ela não consegue ver o que é. Depois, aquilo lhe causa uma forte dor. Seja o que for que ele está usando, dá a sensação de serem tesouras de jardinagem enferrujadas, e ela imagina que o homem esteja retalhando tecidos bem no fundo das suas entranhas. Ela começa a gritar, só parando quando sente a picada de uma agulha no braço, e, ao olhar para o lado, vê uma enfermeira olhando-a do alto de sua importância com uma expressão carregada de desprezo.

Quando acorda, está numa cama estreita, com os pés descalços saindo da colcha cinzenta. Seu ventre dói como se tivesse sido raspado; ela se sente fraca e com frio. Uma enfermeira põe mais um cobertor sobre ela e ajuda-a a sentar-se para beber um pouco de água. Vera tenta comer, mas até o pão só consegue tornar sua dor ainda mais aguda.

Um pouco mais tarde, o médico que fez a operação vem vê-la. Exibe um rosto alegre e bem-disposto.

— Como se sente? — pergunta, sorrindo com benevolência.

— O que foi que cortaram dentro de mim? — ela exige saber.

— Shhhh — diz ele, dando-lhe palmadinhas no braço. — Você precisa descansar. Não se preocupe com nada. Já passou.

Incluindo o meu bebê?, ela tem vontade de perguntar, mas tem medo da resposta dele, e, de qualquer maneira, não acreditaria.

Nenhuma das enfermeiras responde às perguntas dela sobre o que lhe fizeram, ou sobre o que aconteceu a Isaac, por isso ela se mantém em silêncio. Vai esperar. Mais cedo ou mais tarde vão ter que libertá-la.

Ela passa o resto do dia rastejando num labirinto de fantasias de vingança. Na manhã seguinte, uma quinta-feira, logo após o café da manhã, é vestida por uma jovem e simpática enfermeira; depois jogam-na no banco traseiro de um carro que cheira a couro novo, e Vera é levada ao endereço que dá ao motorista, a fábrica de Isaac.

Ela joga os braços no pescoço dele quando vê que está vivo, porque sempre é, pelo menos, uma coisa horrível que não aconteceu. *Não sou responsável pela morte dele, só pela do meu filho...*

Vera se senta com Isaac no escritório e conta-lhe o que aconteceu, mas está desorientada demais para dizer coisa com coisa. Ele chama um táxi e leva-a para seu apartamento, onde a obriga a se deitar e, então, se senta junto dela. As palavras jorram-lhe como se caíssem de uma grande altura. Quando Vera acaba sua história, pergunta:

— Acha que tiraram o meu bebê?

— Não sei, mas vamos descobrir. Por enquanto, descanse.

Nessa noite, Vera começa a ter febre.

— Péssimo sinal; pode ser uma infecção em consequência da operação que fizeram nela — diz Isaac quando chego lá.

Damos aspirina a Vera e a obrigamos a tomar um chá quente e forte com limão. Depois que vou embora, aparece K-H com Roman, Rolf e Heidi.

Mais tarde, já à noite, o Dr. Löwenstein vem examiná-la. A consulta é contra a lei, visto ele ser judeu e ela ariana, mas o próprio útero de Vera já passou a ser ilegal, por isso, que importância têm, em comparação, os olhos com óculos de um médico judeu de 70 anos?

Ele descobre marcas de incisões no ventre de Vera.

— Tenho visto muitas dessas ultimamente — diz ele. — Os cirurgiões ligaram as suas trompas.

— Então... então já não estou mais grávida? — pergunta Vera timidamente, com um arrepio. Está com arrepios há pelo menos uma hora. — E fiquei estéril?

— Sim, lamento muito, Vera — diz ele, voltando a cobri-la com os cobertores.

Ela vira o rosto para a parede, como se virasse as costas para a vida, e começa a soluçar alto. Heidi sobe na cama, senta-se ao lado dela e massageia-lhe as costas, sussurrando palavras de conforto. Roman agacha-se no canto do quarto, com a cabeça apoiada na parede, enquanto Rolf tenta confortá-lo.

— Que autoridade legal têm os nazistas para fazer isso? — pergunta K-H ao médico, mas nem ele nem ninguém consegue em encontrar uma resposta.

Além disso, em agosto passado, 38 milhões de alemães, noventa por cento do nosso eleitorado, votaram em Hitler, confirmando sua ditadura absoluta; portanto, a autoridade legal, se for necessária alguma, é toda dele.

Nessa noite, Isaac cobre todos os espelhos com um pano preto. Está tão furioso que nem me atrevo a falar com ele. Diz que ele e Vera têm que fazer o *shiva** pelo bebê durante uma semana.

O que será que ela está pensando e sentindo? Nossa única pista são as lágrimas. Nem sequer se digna responder a Roman, embora ele lhe lembre em voz zangada que também ele perdeu um filho. Talvez esteja pensando: *Mas você ainda pode ter outros...*

O Dr. Löwenstein me chama à parte antes de ir embora:

— Agora já tenho a resposta para a sua pergunta. Se o homem assassinado já estivesse morto quando o estrangularam, então o sangue das veias e dos capilares não arrebentaria. Ou seja, não haveria hematomas.

— Tem certeza? — pergunto, sentindo-me presa nas garras de uma verdade enfim descoberta.

— Absoluta.

Então Júlia envenenou Georg e depois agarrou seu pescoço e apertou o quanto pôde, esmagando-lhe a traqueia.

Talvez para se certificar de que ele estava morto. Ou para confundir a polícia, tal como me confundiu.

Sinto-me como se tivesse chegado ao fim de um longo caminho, mas agora que o nosso *Führer* pode mandar matar um bebê sempre que lhe der vontade, e já que o Hansi terá que ser esterilizado, será que resolver um único crime terá assim tanto significado?

---

*Período de luto praticado pelos judeus. *(N. da T.)*

Vera toma conhecimento do que os médicos lhe roubaram

Lá pelas 3 da manhã, a febre de Vera sobe para 39 graus. Isaac fica com ela a noite toda, aplicando compressas geladas na sua testa e obrigando-a a beber toda a canja que ela consegue engolir, e quando ela finalmente adormece, quase de madrugada, ele reza para que ela fique do lado de cá do rio Sambação* e que não atravesse para o Outro Lado.

Antes de ir à escola na manhã do dia seguinte, uma sexta-feira, digo aos meus pais que vou começar a ter aula particular de canto com a *Fräulein* Schumann hoje mesmo, à tarde. Após a escola, telefono para ela da casa de Isaac e ao terceiro toque encontro-a em casa. Peço-lhe encarecidamente que confirme a mentira se os meus pais lhe perguntarem algo.

— Mas o que aconteceu, Sophie? — pergunta ela, numa voz preocupada.

— Uma pessoa amiga foi gravemente ferida pelos nazistas — respondo. — Mas não conte a ninguém.

Será que só me arrisquei a lhe contar a verdade por me sentir tão desorientada com o que aconteceu?

— Tome cuidado — diz a *Fräulein* Schumann, e, como se conseguisse ler meus pensamentos, acrescenta: — Vou ficar muito zangada com você se algum dia sair do coro.

Depois de desligar, dou-me conta pela primeira vez de que Vera e Isaac vão acabar sendo assassinados se ficarem na Alemanha; agora é inevitável uma confrontação final.

---

*No judaísmo, rio que se atravessa quando se morre. *(N. da T.)*

Quando volto ao quarto de Isaac, encontro-o rezando em silêncio e de olhos fechados, inclinando-se de um lado para o outro como uma torre prestes a desmoronar. Seus lábios esculpem as palavras hebraicas que deles saem. Sua camisa está encharcada de suor. Ordeno-lhe que vá tomar um banho e depois dormir no quarto de hóspedes, mas ele responde, teimoso:

— Não, tenho que continuar rezando.

— Eu faço isso no seu lugar — digo.

— Mas você não sabe quais são as orações certas!

— Então me ensine.

Ele então escreve orações em hebraico para mim, traduzidas foneticamente para o alemão. Eu as repito na sua presença, e, quando ele enfim julga que a minha pronúncia não vai obrigar o Senhor a tapar os ouvidos de desgosto, ergue a mão como que para me dizer alguma coisa importante, mas depois apenas esfrega os olhos.

— Não consigo me lembrar do que eu queria lhe dizer — reclama ele, suspirando.

— É a maneira que Deus encontrou de mandar você tomar um banho e ir para a cama. — Quando ele começa a protestar, ergo a mão com ar ameaçador. — Não se atreva a despertar a ira de Deus!

Surpresa: ele gosta de receber ordens de uma moça, pelo menos quando está exausto. Levanta-se e sai arrastando os pés, como se suas pernas estivessem presas por correntes. Sabe que estou observando-o, porque se vira, abana ambas as mãos como um pássaro batendo as asas e diz:

— Vá cuidar da Vera!

Encontro-a dormindo, respirando sossegadamente. Limpo seu rosto suado com uma toalha fresca. E rezo. Quando vou ao banheiro para ver como está Isaac, não o encontro lá. E suas camisas e meias lavadas continuam penduradas, como morcegos esfarrapados, na barra de ferro do chuveiro. Encontro-o sentado aos pés da cama do seu quarto de hóspedes, os olhos fechados e os lábios murmurando em silêncio palavras em hebraico antigo.

Tiro seus sapatos, ao que ele boceja, mas continua sem abrir os olhos.

— Abra o cinto e os botões da calça — ordeno-lhe, e ele assim faz.

Puxo sua calça, e nisso alguns *Pfennige* vão parar no chão. Coloco a roupa e as moedas na enorme cadeira de veludo roxa que tem no canto do quarto, a que ele chama de o Trono do Papa.

— Agora a camisa.

Tiro sua camisa e penduro-a nas costas do Trono do Papa. Seu peito é um tapete de caracóis de pelo grisalho, e ele está de pé com as costas dobradas. Sua postura frágil e os hematomas recentes, que se veem nos seus ombros e quadris, me dão vontade de abraçá-lo.

Tem o corpo descaído próprio da idade, mas é exatamente assim que deve ser num homem que passou os últimos sessenta anos viajando para mundos longínquos dentro da própria cabeça.

— Sophele, vire-se enquanto tiro a roupa de baixo. Ou, melhor ainda, vá ficar com a Vera.

— Já não sou mais criança. Não é a primeira vez que vejo um homem.

— Eu sei, mas gostaria de ter um pouco de privacidade.

Assim que me viro, sua cueca passa voando ao meu lado e pousa no chão, perto do Trono do Papa.

— Não tenho pontaria nenhuma — diz ele, chateado.

Viro-me para ele quando vai deitar na cama. Bem a tempo; seu pênis pende graciosamente de um ninho de suaves pelos grisalhos. É mais escuro e mais fino que o de Tônio. Com uma ponta arroxeada. *Meu primeiro pênis judeu*, penso. Acho-o curioso e bonito, e do tamanho exato para a mão...

Com um suspiro, ele se deita; depois deixa escapar outro suspiro de gratidão, puxando o lençol até a cintura. Vou até ele.

— Sophele, não sei o que seria de mim sem você — diz ele em voz rouca, esticando na minha direção uma mão agradecida, que eu tomo nas minhas.

Seu rosto mostra tanta confiança em mim, os olhos são tão escuros e sérios, que gostaria de ter ali o meu bloco de desenho. Ele beija meus dedos, um a um, e depois deixa minha mão repousar sobre seu peito. O batimento do seu coração me faz sentir que há emoções nele ainda por serem descobertas. E que a nossa intimidade se transformou em alguma coisa que vai muito para além das palavras.

Isaac fecha os olhos, como se finalmente pretendesse dormir, o que significa que deveria soltar a minha mão. Mas, em vez disso, ele vira o rosto para mim e, sussurrando-me, pede um beijo.

Contudo, eu agora já sei o que quero para nós, e pressiono minha boca contra a dele. Ele tem um sobressalto e abre os olhos, autênticas janelas para uma alma preocupada que não sabe direito o que está lhe acontecendo.

Sinto no meu rosto sua respiração quente, e o silêncio do quarto parece ser um reflexo dos meus pensamentos. Ao menos desta vez, estou livre de expectativas. Uma porta está se abrindo, e podemos ou passar por ela, ou ficar para sempre aqui fora.

Faço deslizar a mão por entre os lençóis, procurando seu pênis; sinto-o quente e crescendo. Ele detém minha mão e olha para mim, como se analisasse minha mente. Ficamos olhando um para o outro durante muito tempo, e eu não desvio os olhos porque não tenho medo, e ele tem, e quero que ele saiba que pode confiar em mim. E que estou lhe confiando a minha vida.

Brinco suavemente com ele. Ele segura minha cabeça em suas mãos, encosta os lábios nos meus e me penetra fundo com a língua, como se à procura daquilo que eu nunca lhe disse. Adoro o gosto de tabaco e vinho que sinto na boca dele, e as cócegas que sua barba me provoca, porque isso significa que é um homem de experiência e que pode me abrir e me mostrar mais da pessoa que sou.

Exploramos um ao outro na escuridão, por trás dos nossos olhos fechados, e os pelos de seu peito poderiam ser folhas ou flores, de tanto que aquele suave toque encaracolado parece natural sob meus dedos. Comparo sua força quente e de quem conhece bem o mundo, e a paciência natural do seu toque, com a pressa juvenil de Tônio. Não é melhor nem pior. É diferente.

Os mamilos de Isaac ficam eriçados, como que à procura dos meus lábios e da minha língua, e eu não o desiludo. Ele acaricia meu cabelo e geme, o que faz com que eu me sinta recompensada, mas tenho outras necessidades. Sentindo que estou fazendo um corte decisivo na minha relação com o passado, me enfio debaixo dos lençóis e ponho-o na boca. Seu pênis está quente e duro, e ele treme, como se tivesse esperado tempo demais.

Sinto a transcendência da escuridão e da luz dentro de mim, e ambas são minhas.

Ele está ofegante e abre muito os olhos, o que me agrada, porque me dá uma oportunidade de acalmá-lo com beijos. *Não tinha ideia de que eu faria isso por você, não é?* É isso que meus olhos lhe dizem.

— Você não deveria — sussurra ele. — Por favor... — Agarra meu braço. — Por favor, não...

Seu protesto só serve para me fazer engoli-lo, até eu me sentir o mais preenchida por um homem que já esperei estar, até não haver espaço para ele tentar me contrariar.

Ele arqueia as costas e começa a gemer. Estou demolindo as paredes de um palácio fechado há dez anos, com todas as suas salas mofadas e escuras.

Vejo em seu olhar desnorteado que estou destruindo sua viuvez. E ele não me impede.

Há tanta esperança no sexo. Ninguém na Alemanha fala disso, mas acho que é por isso que a intimidade do toque físico é tão importante durante uma guerra.

Isaac me pede que eu deite ao seu lado. Beijamo-nos suavemente, explorando o desejo um do outro. Depois ele me ajuda a tirar a roupa como se fosse um trabalho muito sério. Deve acreditar com convicção que estamos sendo observados por Deus. Empurrando-me para a ponta da cama, ajoelha-se e começa a me lamber como se a senha para entrar em Araboth, que ele há tanto tempo procura, estivesse no sabor entre as minhas pernas, e eu gemo, em gemidos que vêm de alguma parte tão profunda de mim que não reconheço minha voz. Depois, com urgência das suas grandes mãos quentes, vira-me ao contrário, e eu faço força para baixo contra a cama, que parece ter estado sempre à espera para me receber, e sinto me alongar como uma paisagem até então nunca vista.

Bastaria eu dizer que fico para sempre mudada quando ele me penetra, e que o nosso aconchego se acentua até passar a ser o perfume e a matéria dos nossos corpos? Aprendo suas sombras e hesitações, e o som de sua voz quando pronuncia palavras proibidas em alemão, palavras da terra, *von der Erde,* como ele me diz mais tarde. E ele aprende que a minha fragilidade e a minha força não foram destruídas pelo Muro Semita, o que é apenas uma das coisas que quero lhe dizer quando subo em cima dele e o ponho dentro de mim o mais fundo possível.

Agora tenho certeza de que nunca mais conseguiremos nos esconder um do outro. Mas ele é judeu e eu sou ariana, e ainda não tenho consciência de tudo o que isso significa.

Depois, ele passa os dedos pelo meu cabelo e inspira aquilo que chama de o perfume da minha juventude, e então beija meu pescoço, enrola-se em volta do meu corpo e adormece como um bebê. Eu fico acordada, olhando para o teto como se ele fosse tão macio como o céu acima da minha amada cidade, e para os peixes de vidro azul pendurados em um fio, como brinquedos para a criança que sou, e para a aldeia do Chagall, e para todos os outros quadros que me dão as boas-vindas à minha nova casa. E, durante todo esse tempo, imagino que Isaac e eu estamos num barco à deriva, e que as velas são os nossos corpos.

Procuramos nosso desejo em tudo o que fazemos, e contudo demoramos muito tempo para compreendermos o que queremos realmente. O significado é como um eco adiado, e só começamos a ouvi-lo muitos anos depois de fazermos as nossas perguntas.

Enquanto Isaac dorme, vou me sentar perto de Vera, vestida com o roupão de Isaac, porque quero que ela saiba que fui transformada e que ainda há esperança para nós. Penteio seu cabelo com os dedos como se ela fosse minha filha. E rezo de novo, mas desta vez por nós três.

Isaac acorda uma hora depois e entra no quarto, onde Vera e eu estamos tomando chá. Veste seu pijama esfiapado. Ela está sentada na cama com um velho lenço de linho na mão. Sente-se um pouco melhor.

— Já não sinto mais aquele batuque na cabeça — diz a Isaac.

Ele toca com as costas da mão a testa dela.
— Também já abaixou a febre.
Isaac está de pé atrás de mim, enquanto ela vai falando sobre os sintomas que permanecem. A única indicação daquilo que fizemos é a mão dele pousada no meu ombro. A certa altura, ergo os olhos, e sinto-me como se o conhecesse desde que éramos crianças.

Quando estamos os dois a sós na cozinha, fervendo água para fazer mais chá, tenho a impressão de que ele vai me pedir desculpas em voz tímida e me dizer que aquilo não pode nunca mais se repetir, mas, em vez disso, ele pega meu rosto e me beija com força. Quando me encosta contra a parede, abro as pernas o máximo que posso, imaginando que tenho asas.

Isaac me penetra com tanta determinação e rudeza que me deixa sem fôlego, e eu rio do absurdo e da delícia que é estar sendo fodida por um velho sátiro em sua cozinha, com pratos sujos empilhados na pia. Também ele ri. Mas não para de se mexer, graças a Deus.

Amantes com senso de humor em relação a si próprios. É um bom sinal.

Quando terminamos, ele sai devagar de dentro de mim, e eu me deixo cair no chão como uma criança, e ele se junta a mim, arquejando e sorrindo, e eu me pergunto se vou sobreviver a esta queda nas profundezas de mim mesma.

Nessa noite, de volta à minha cama macia, sentindo-me reconfortada pelo meu velho cobertor cinzento de lã, fico ouvindo o lento e estático canto do violoncelo do Sr. Mannheim. Ao longo dessas noites vou gradualmente aprendendo que necessito da minha independência dos homens, tanto como da sua atenção.

Ao fim da manhã seguinte, um sábado, o Pai leva Hansi ao barbeiro, para cortar o cabelo. Os rituais de um pai com seu filho. E de uma mãe com sua filha também; a Mãe quer me levar para fazer compras; vamos procurar um casaco novo de inverno para mim, nos Armazéns KDW. Combinamos de ir essa tarde, porque eu alego que pela manhã tenho um encontro com uns amigos para irmos andar de patins.

Isaac me deu a chave dele, e eu entro em sua casa. Ele está sozinho na cozinha, de pijama, bebendo café enquanto lê uma carta escrita à mão. Vera dorme no quarto dele.

— Olá, Sophele — diz ele, sorrindo com doçura. E ergue um recorte de jornal da mesa, dizendo: — Boas notícias, para variar um pouco.

Abraão, primo de Isaac, mandou-lhe um artigo de um jornal turco criticando ferozmente os nazistas. Ele traduz para mim os primeiros parágrafos e então, esfregando as mãos todo contente, acrescenta:

— O Abraão ouviu dizer que o embaixador alemão está furioso e se queixou diretamente ao Ataturk. Está entendendo? Conseguimos fazer com que eles ficassem preocupados!

É bom vê-lo tão feliz. Deixo-me cair sentada ao seu lado, roubo um gole de café da sua xícara e começo a brincar com ele por baixo da mesa, ao que ele fecha os olhos, as pálpebras trêmulas. Suspirando como se estivesse sentindo dor, ele ergue a minha mão e a afasta.

— Eu passaria o dia inteiro exausto, e a Vera precisa da minha ajuda. — Ele me dá um beijo rápido com a ponta dos lábios.

Faço sopa de batata e cenoura para Isaac e Vera almoçarem. Ela entra, cambaleante, para me ver. Seu rosto está da cor de cinza de charuto, e seus olhos encovados estão vermelhos de tanto chorar. Queixa-se em tom lamentoso que Isaac não a deixa voltar para casa, como se temesse desobedecer a um irmão mais velho e mandão. Ele está sentado à mesa, lendo um dos seus manuscritos de Berequias Zarco.

— Talvez ele tenha razão, e você não deva ficar sozinha por enquanto — respondo a ela.

Vera me olha de cenho carregado, como se eu fosse uma mancha no chão, e volta para a cama, arrastando os pés.

Isaac me dá uma palmadinha no braço.

— Ontem à noite ela me confessou que está pensando em se matar — sussurra ele.

Ele pega o cachimbo e depois o deixa cair outra vez, desalentado.

Tento fazer Vera falar comigo, mas ela vira as costas toda vez que ouve meus passos. Quando estou prestes a ir embora, Roman chega com uma sopa de tomate que acabou de fazer. Mas ela também não quer falar com ele. É então que me vem uma ideia, e expulso os dois homens dali.

Sento-me suavemente na cama, ao lado dela.

— Vera, eu não sei como, mas acho que a Júlia e alguém com quem ela estava mancomunada denunciou você à Gestapo. Temos que fazer alguma coisa. Precisamos descobrir quem foi. Por isso você tem que ficar boa o mais depressa possível.

— Você não sabe de nada — retruca ela, como se eu a estivesse perseguindo há semanas com teorias idiotas. Coloca o braço dobrado sobre os olhos. — Vá embora — diz grosseiramente.

Mas eu não vou, e ela decide sentar-se na cama. Enquanto a ajudo, ela agarra meu pulso, como se quisesse me impedir de cair.

— Quero que fique longe dessa história toda — diz ela com gravidade.

— Mas eu já estou envolvida. Além disso, o trabalho de detetive ajuda a me distrair de outras coisas.

— A Heidi e o Rolf vão investigar tudo que for preciso.

— Por que eles?

— Porque são adultos — diz ela, como se fosse óbvio. — E conhecem todos os membros do Círculo. Isso é importante, porque, seja lá quem me denunciou, não foi a Júlia. Há semanas que ela está em Istambul.

— Em Istambul?

— O Isaac a mandou para lá, para ficar com os parentes dele. Logo antes de eu ser presa, e...

— Por que não me contou? — pergunto, zangada.

— Olha, Sophele, tem algumas coisas que você precisa saber, senão nunca vai me entender, nem ao Isaac, nem o que está realmente acontecendo.

— O que você quer dizer com isso?

— O Isaac estava preocupado, com medo de que você estivesse se arriscando demais, por isso não lhe contamos toda a verdade. O Georg não foi uma vítima inocente. Ele estava nos traindo. E foi por isso que tivemos que fazer alguma coisa em relação a ele.

— Não entendo. Você mesma me disse que o Georg era o líder do Círculo.

— Disse, mas acabamos percebendo que ele se elegeu apenas para poder nos trair mais à vontade. Ele era esperto... e estava sabotando o nosso trabalho a cada oportunidade que tinha. Só suspeitamos quando já era tarde demais. Até os tiros que levou na Savigny Platz foram encenados por ele próprio.

— Então por isso é que ele conseguia se manter tão calmo. Mas... mas por que é que ele se tornaria nazista? — pergunto.

— Pela mesma razão que o seu pai.

— Mas e a Júlia?

— Você tinha razão em relação a ela. Lembra quando o Isaac foi a Potsdam... daquela vez que lhe pediu para regar os pelargônios? Alguns de nós, incluindo a Júlia, estavam se reunindo para decidir o que fazer em relação ao Georg. Sabe, tínhamos descoberto que foi ele que arranjou problemas para o Raffi por subornar nazistas. — Ela balança a cabeça com tristeza. — Nós avisamos o Raffi para que não voltasse do Egito, mas ele achou que os nacional-socialistas o considerariam insignificante depois do sucesso estrondoso que tiveram nas eleições. Além disso, ele já tinha parado com os subornos. E depois de destruir aqueles hieróglifos malucos que tinha, não havia provas contra ele. — Bate violentamente com o braço no colchão. — Que idiotas que fomos! Não percebemos que não era preciso prova nenhuma para mandar um homem para um campo de concentração.

Uma explosão de fúria faz com que eu me levante de um salto.

— Vocês me deixaram ficar um tempão investigando com bases erradas! Todas as vezes que saí de casa às escondidas para tentar ajudar vocês...!

— No início não sabíamos se podíamos confiar em você. Depois, o seu pai mudou de lado, e não julgamos sensato lhe contar a verdade, ainda mais depois que o Georg foi assassinado e o Raffi foi preso. Sophele — diz ela com brandura, erguendo a mão para alcançar a minha —, não consigo falar com você se continuar de pé.

— Pois vai ter que conseguir, porque eu não vou sentar do seu lado!

Para castigá-la por ter mentido, quero reprimir o meu amor; prova, suponho eu, que ainda tenho muito que crescer...

Vera concorda com a cabeça, mostrando que compreende.

— Você acha que por ser uma boa pessoa, e por estar do nosso lado, tem o direito de saber tudo o que acontece conosco: comigo, e com o Isaac, e com as pessoas de quem você gosta. Em circunstâncias normais poderia ser verdade. Poderíamos sempre ser francos uns com os outros. — Ela põe a mão no rosto, com os dedos abertos. — Mas a Alemanha se transformou num Carnaval que dura o ano inteiro... uma era de máscaras — sussurra —, em que temos que manter escondidas as pessoas que somos de fato. Você não pode saber tudo sobre mim ou sobre o Isaac. Entende?

— Não — replico, como uma criança ofendida.

Vera senta-se mais para cima e põe uma almofada atrás da cabeça.

— Escute, a morte do Georg... foi um grande choque para nós, porque ainda não tínhamos chegado a nenhum consenso para matá-lo. E ele era um bom amigo. Pelo menos achávamos que fosse. A Júlia decidiu envenená-lo sozinha. Quando descobri o corpo dele, tive certeza de que tinham sido os camisas-pardas. Imaginamos que o Georg tinha tentado desafiar quem quer que estivesse pagando a ele... que lhe tivessem pedido provas incriminatórias contra mim ou o Isaac, e ele tivesse se negado a fornecê-las. Não acredito que ele tenha traído a nós dois. — Ela dá de ombros com tristeza. — Embora... embora talvez eu só *queira* acreditar nisso. E outra coisa... Antes da sua última viagem ao Egito, o Raffi nos fez prometer, eu e Isaac, que deixaríamos você de fora dos nossos planos. — Vera dá uma risadinha estranha, encantada e ao mesmo tempo entristecida pela recordação dele, imagino. — O Raffi gostava muito de você. E quando ele morreu... Digamos apenas que não queríamos quebrar a palavra que tínhamos dado a um morto, a menos que fosse necessário.

Seu respeito pelo Raffi me acalma.

— Vera, se a Júlia sempre esteve do lado de vocês, e se continua sendo aliada, então nunca teria contado à polícia sobre o número 18 da Tieckstraße para que encontrassem o líder sindical que eu inventei. Mas a Gestapo *esteve* lá! Ela deve ter denunciado a eles.

— Não, você estava sendo seguida.

— Por quem?

— O Georg não estava sozinho em tentar sabotar os nossos projetos. Havia alguém ajudando-o. E quem quer que fosse, você deve ter levantado as suspeitas dele ao comprar livros para o Isaac. Imagino que tenha sido seguida, com alguma irregularidade, ao longo de vários meses. E foi seguida desde a loja da Júlia até a sua casa, e depois até a Tieckstraße. — Ela toma um grande gole de água. — Só que tem um problema... Ainda não conseguimos entender como a pessoa que estava seguindo você soube que era o número 18, pois, pelo que você contou ao Isaac, você não entrou no apartamento, nem mesmo ficou em frente ao edifício.

— Eu sei como — confesso. — Faz meses que eu vou lá. Com o Tônio. É um apartamento que o pai dele usa. Por isso, quando fui a pé até a Tieckstraße, o cúmplice do Georg deve ter logo deduzido que o que eu tinha contado à Júlia só podia ter a ver com o número 18. E deve ter chamado a Gestapo. O que não entendo é como ele podia saber que eu disse alguma coisa que pudesse fazer valer a pena aquele trabalho todo para a Gestapo.

Ela afasta os olhos por alguns momentos, depois volta a pousá-los em mim como se acabasse de ter uma revelação sinistra.

— Sabe, é possível que não tenha sido o cúmplice Georg quem seguiu você. O Tônio pode ter seguido você até a Tieckstraße e depois chamado a polícia. Isso também pode explicar como é que eles sabiam que era no número 18.

— Mas ele não ouviu uma palavra do que eu disse à Júlia! Tenho certeza disso.

— Ele sabia que você andava fazendo alguma coisa de suspeito, e sabe das suas simpatias.

— Mas ele não seria capaz de me trair — declaro, o que faz Vera contrair o rosto numa careta; afinal, nós duas sabemos que ele já me traiu uma vez; portanto, por que não faria isso de novo? — Vou ter que confrontá-lo — digo.

— Não! Não queremos que ele saiba das nossas suspeitas. É mais seguro, e mais útil para nós, se ele pensar que você continua confiando nele. Mais tarde, isso pode funcionar a nosso favor.

— Se prefere assim — respondo, mas minha mente já está urdindo um plano para apanhá-lo.

Vera me conhece; ela diz, implorante:

— Ao menos uma vez, Sophele, faça o que lhe digo!

— Está bem, mas continuo confusa com uma coisa. Se a Júlia não era a traidora do grupo, então por que o Isaac a mandou embora?

— Seja lá quem for que tenha seguido você até a Tieckstraße, viu você falar com ela na loja. Deve ter dito à Gestapo que a Júlia estava disposta a ajudá-la a fazer alguma coisa de suspeito. Isso não era bom. E, se você conseguisse descobrir que ela tinha matado o Georg, então mais cedo ou mais tarde a Gestapo chegaria à mesma conclusão. Antes que dessem a ela um bilhete só de ida para Dachau, achamos melhor levá-la embora daqui.

— Então a Gestapo deve saber que eu também estou agindo contra eles.

— Claro que sabe! E é por isso que você precisa tomar mais cuidado do que nunca. Podem vir buscar você, ou ao Isaac, ou a mim, a qualquer momento, se nos descuidarmos. Por isso pare de comprar livros por uns tempos. Você vai ser uma Moça Alemã perfeita. — Ela puxa as pontas do meu cabelo. — Pode começar fazendo uma maldita trança!

Rimos um pouco alto demais, pois o medo de sermos mandadas para um campo de concentração está fazendo nossas emoções entrarem num verdadeiro torvelinho. E não demora muito me sinto ser invadida pela culpa.

— Foi por minha causa que a Júlia teve que ir embora — digo.

— Escute com atenção — diz Vera, com solenidade. — Os nazistas é que são os culpados dessas complicações todas. E ela não está zangada com você. Os primos do Isaac em Istambul vão tratá-la bem, a ela e ao Martin. Ela vai encontrar um bom trabalho. E é *muito* mais seguro para o Martin ficar por lá. Os dois vão voltar quando puderem.

— Mais seguro?

— Um dia desses, os nazistas vão mandar pessoas como o Martin e eu para fora da fronteira.

— Vera, você está quebrando a promessa que fez ao Raffi ao me contar tudo isso. Por quê?

— Porque preciso que você deixe o Rolf e a Heidi tentar descobrir sozinhos quem foi o cúmplice do Georg.

— Mas os anões são… chamam atenção. O que é que eles podem…

— Eles só precisam fazer as perguntas certas — interrompe ela, impaciente. — É só isso. E eu me recuso a passar os meus dias preocupada com você. — Vera volta a descer o corpo, deslizando para debaixo dos cobertores, e me dirige um sorriso reconfortante. — E agora me deixe morrer aqui sozinha do que quer que seja a doença que eu peguei.

— Você está longe de morrer — digo.

— Sophele, as pessoas como eu, com gigantismo... quero que guarde o que vou lhe dizer. Nós crescemos depressa demais para o coração conseguir acompanhar. Ele acaba arrebentando, e nos afogamos no nosso próprio sangue.

Ela assoa o nariz no lenço e depois fica avaliando o que saiu de lá como se fosse uma coisa fascinante.

Sinto a boca seca, e suspeito de que eu tenha acabado de entrar por um caminho que só pode levar ao desgosto, mas ela não parece notar isso.

— Sabe — continua Vera —, acho que os meus pulmões estão pulando para fora, e como eu fumo como uma chaminé, talvez seja até melhor assim. De qualquer forma, esta doença... me fez acordar para ver que algumas coisas podem acontecer a qualquer momento. Ora — diz ela, dando-me uma palmada na mão —, se contar a alguém que eu disse isso, eu lhe dou uma surra tão grande que é capaz até de você ter que andar de cadeira de rodas! A última coisa que eu quero é a compaixão de um *alter kacker*, dois anões e um cego vendedor de sapatos de senhora.

— Vera, por favor — digo com ar queixoso. — Pare de se fazer de engraçada. Está me assustando.

— De qualquer forma, talvez eu desafie as estatísticas e ainda enterre a todos vocês. — Ela finge movimentos de nado com os braços. — Vou nadar até a outra margem deste escuro oceano.

Fico olhando fixamente para um ponto distante, tentando imaginar sua morte, mas não consigo visualizar um mundo sem ela.

— Você precisa comer alguma coisa — digo com brandura. — Botei a sopa para esquentar.

Faço menção de me levantar, mas ela diz, suplicante:

— Não vá. A tristeza... vem em ondas.

Ficamos sentadas em silêncio, olhando uma para a outra. Não sei o que ela vê, mas eu vejo a mulher mais corajosa que já conheci, um ser glorioso encurralado por trás de um rosto que foi retorcido e esmagado pelo azar, sem qualquer chance de fuga a não ser em seus sonhos.

— Foi errado, não foi? — pergunta ela em voz de menina pequena, cheia de dúvida. Quando olha para cima, os olhos mostram tanta dor que seguro sua mão. — O que eles me fizeram, arrancarem meu bebê e ainda se assegurarem de que nunca mais teria outro, foi errado. Mesmo eu sendo feia. Mesmo sendo uma pessoa *erbkrank*.

— Claro que foi.

Quando a abraço, ela encosta a cabeça debaixo do meu braço e desata a chorar. Depois, por uma alquimia do coração que espero nunca ter que experimentar na vida, suas lágrimas transformam-se em urros secos, como que vindos de um animal cujo filhote está morrendo. Sinto meus ossos gelarem, meu cabelo se arrepiar; é um som que só poderia vir de uma pessoa que estivesse no inferno. Se o nosso mundo fosse um lugar onde houvesse justiça, seus gritos salvariam seu filho ainda por nascer, resgatando-o do mundo subterrâneo, mas o mundo é tudo menos isso, e Vera, agora, será para sempre estéril e disforme. Essa verdade, que agora lhe bate com a força do oceano que ela gostaria de atravessar para chegar à velhice, a faz tremer.

— Estou aqui, com você — digo. — E não vou embora, aconteça o que acontecer.

Isaac e Roman entram correndo. Será o terror nos rostos deles um reflexo do meu próprio?

Abraço Vera com todas as minhas forças, tal como Isaac queria segurar o braço do jovem nazista que veio levá-la. E penso: *A verdade é que estamos perdendo esta guerra.*

Só na segunda-feira de manhã é que tenho oportunidade de visitar outra vez Isaac e Vera, mas quando bato à porta ninguém vem atender. Pelo que venho a saber mais tarde, Isaac saiu de madrugada para sua fábrica. Vera garantiu-lhe que ficaria no seu apartamento e que conseguiria ficar sozinha.

Mas, no princípio da tarde, ela vai embora. Isaac entra em pânico quando chega em casa. Vera desapareceu, e, embora tenha levada suas duas malas, deixou a máquina de costura, o que provavelmente significa que até seu talento deve ter deixado de ter qualquer significado. Ele pega um táxi para ir até a casa dela, mas Vera não abre a porta e o manda embora.

Ele me conta tudo isso quando o visito na terça-feira à tarde, acrescentando:

— Com a Vera, *tsuris schläft nie*. — Os problemas nunca dormem.

Está com medo de que ela se mate, e eu também. Falamos sobre ela durante muito tempo, correntes de palavras ligadas pelo desespero. Talvez por causa disso, fazemos amor como se estivéssemos nos enterrando tão fundo um no outro que nunca mais tenhamos que voltar à superfície. Depois, ele acrescenta com tristeza:

— Você vai estragar tudo, Sophele.

— Não estou entendendo.

— Você tem uma gravidade poderosa. Talvez eu nem consiga me libertar de você. Mesmo quando rezo.

Ao ouvir isso, penso que suas lágrimas significam que acabou de descobrir que se apaixonou por mim e que tem medo de que eu lhe parta o coração.

— Se está encurralado — digo, beijando-o no rosto —, então eu também estou.

Digo-lhe que o amo pela primeira vez, o que me faz ficar tensa, como se não devesse ter admitido isso em voz alta. Nosso encanto pode se quebrar...

Mais tarde, ele está sentado à escrivaninha, nu, com as pernas cruzadas e os ombros caídos, lendo, procurando com mais afinco do que nunca uma entrada para a Sétima Porta nos escritos de Berequias Zarco. Quando o interrompo para lhe levar mais chá, ele me fala de sua busca como se fosse uma corrida contra o tempo. Quando lhe pergunto por que, ele responde:

— O vitral colorido do nosso mundo começou a se estilhaçar. E agora acredito que os estragos tenham se espalhado mais depressa do que algum dia julguei ser possível.

Nessa noite ligo para Vera do apartamento de Isaac e também no dia seguinte, de manhã cedo, mas ela não atende. Imagino-a jazendo numa poça de sangue; não sei como, sei que, se ela decidisse pôr fim à própria vida, encostaria uma arma à sua testa protuberante e puxaria o gatilho.

Volto a visitar Isaac na quarta-feira, ao fim da tarde. Ele parece que não dormiu, e o desagradável cheiro de aflição que emana dele me invade por completo.

Cheia de pavor, pergunto:

— Foi a Vera? Morreu?

— Não. Mas a Heidi não voltou para casa.

— O que quer dizer com isso?

— O Rolf disse que há dois dias ela não aparece em casa. Não a vê desde segunda de manhã, quando ele foi trabalhar.

— E ele sabia o que ela iria fazer esse dia?

— Ia comprar algumas coisas no mercado, depois queria fazer um almoço especial para a Vera, para tentar trazê-la de volta ao mundo. — Ele esfrega os olhos, dizendo: — Ah, meu Deus, isso é demais. — E então, se dirige à cozinha sem esperar por mim.

— E a Heidi visitou a Vera antes de desaparecer? — pergunto, indo atrás dele.

Ele abre a torneira da pia e joga água no rosto. Quando lhe passo uma toalha de pratos, ele se seca e responde:

— A Vera contou ao Rolf que mandou a Heidi embora do meu apartamento sem nem abrir a porta para ela. Não faz ideia de para onde ela foi depois disso.

— A Vera pediu à Heidi e ao Rolf que investigassem uma coisa para ela, sabe.

— Sei.

— Soube mais alguma coisa sobre quem os tem traído... quem poderá ser o cúmplice do Georg?

— Não, nada.
— Sabemos a que horas a Heidi foi ver a Vera?
— Por volta do meio-dia.
— Então vou ter que faltar à escola amanhã e ver o que posso descobrir.

Mas os meus esforços no dia seguinte não dão em nada. O problema é que uma anã de 38 anos com 1 metro de altura num casaco de inverno parece uma menina, vista à distância. Os comerciantes do bairro não se lembram de tê-la visto. Por isso a pista termina às 11 da manhã da segunda-feira passada, quando Heidi compra cebolas, beterrabas, tomates e uma fatia de presunto Floresta Negra numa mercearia perto de casa.

Mas aparece três dias depois. Um pescador encontra seu corpo compacto na margem enlameada do Rummelsburger See, que fica além dos arredores, a leste da cidade. Está em putrefação, por ter ficado exposta à água do lago e ao ar. Há uma mecha de cabelo em sua mão. Ainda se veem no seu rosto vestígios de tinta azul.

Capítulo 14

✼

Quando me informam da morte de Heidi, choro apenas durante algum tempo. Talvez esteja ficando habituada a ver abutres voando nos céus acima de mim. A nova ave nacional da Alemanha. Ou talvez eu simplesmente não consiga acreditar que ela morreu.

Será que os borrões azuis no seu rosto são vestígios de suásticas?

Uma noite, quando a Mãe e o Pai já estão dormindo e roncando, tento desenhá-la de memória, mas a semelhança que consigo é uma desgraça, e rasgo o papel em pedacinhos. Como qualquer Moça Alemã que se preze e que não consegue respirar fundo, eu deveria simplesmente tomar um Luminal ou dois e me enfiar debaixo dos cobertores, juntando-me ao resto da Alemanha no país do sono. Mas não quero me drogar mais, ainda mais agora que Isaac e eu estamos juntos. Por isso deito na cama do meu irmão, atrás dele, e coloco sua mão no topo da cabeça. Fico ouvindo os carros e os outros ruídos noturnos da cidade, como se Berlim pudesse me proteger quando todo o resto falhar.

Telefono de vez em quando a Vera durante algumas semanas, mas ela nunca atende. Isaac me diz com ar fúnebre que ela também não lhe atende. A polícia vem interrogá-lo, mas não lhe contam as circunstâncias da morte de Heidi. Mesmo com seus olhos e pálpebras inchados e vermelhos, com seus gestos pesados e desiludidos, não deixa de ser um suspeito.

Rolf logo fica sabendo que a autópsia revelou que Heidi foi envenenada, e com uma quantidade de barbitúrico suficiente para fazer um batalhão inteiro dormir.

— Alguém quis copiar o assassinato do Georg — diz Isaac. — Para nos mandar uma mensagem simbólica.

— Que mensagem?

— Que está disposto a matar todos nós da mesma maneira. E jogar o corpo no lago é como se dissesse que, para ele, somos lixo.

Mais tarde, depois que obrigo Isaac a comer alguma coisa no almoço, ele acrescenta que a autópsia também revelou que as trompas de Heidi tinham sido laqueadas. Ela foi esterilizada.

— Mas eu a ouvi dizer por acaso que o médico dela prometeu remédios que a ajudassem a engravidar, e você deu a ela chás recomendados pela Júlia.

— O Rolf diz que ele e a Heidi nunca foram informados da esterilização. Lembra do aborto espontâneo que ela teve? Depois disso, o Dr. Stangl disse que ela estava com hemorragia e que tinha que ser operada em caráter de urgência. Deve ter sido aí que lhe laquearam as trompas.

— Mas por que é que o Dr. Stangl não os informou? Por que foi dar à Heidi a esperança de ter um filho?

Isaac pega o cachimbo e começa a limpar o fornilho, tentando se distrair.

— Os nazistas ainda não tinham promulgado leis sobre a esterilização, por isso o que fizeram era ilegal. Além disso, até nos altos níveis, pessoas como Stangl gostam de ser cruéis com os anões. Divertem-se.

Isaac me conta que os membros do Círculo tiveram uma reunião especial, em que votaram a favor de nem mesmo telefonar uns aos outros durante pelo menos seis meses, a fim de não provocar mais assassinatos, e de não se reunirem, nem mesmo em grupos pequenos, durante um ano. As cartas também ficaram proibidas. Nem devo pronunciar os nomes de Rolf, K-H, Roman ou Marianne. E não posso visitar a Vera.

— Mas a Vera precisa de nós agora — insisto.

— Não se preocupe, eu me encarrego dela. Vou levar a máquina de costura dela e lhe passar as encomendas especiais de roupa que recebi, e depois vou vê-la de vez em quando. Assim que ela voltar ao trabalho, vai ficar bem.

— Como pode ter certeza?

— Não posso.

Pela maneira como ele olha para mim, sem qualquer desculpa implícita, disposto a me desafiar, compreendo que a certeza não vai fazer parte do nosso vocabulário durante algum tempo.

No meu fim de semana seguinte com Tônio, ao final de novembro, aproveitamos bem o apartamento do pai dele; o sexo é o meu refúgio, mais uma vez. E eu adoro, mais do que nunca, a angulosidade esguia e a pele lisa do seu corpo, talvez por causa do contraste com os contornos mais masculinos de Isaac. Mas uma mudança ocorreu: Tônio parece se sentir só. Suspeito que não está se saindo tão bem no Exército como tinha esperado. Ou talvez o pai esteja zangado com ele. Tônio deixa escapar vagos comentários sobre ambas as possibilidades, mas eu não faço perguntas. Ele vai contar o que quiser contar, em seu próprio ritmo. Ou não. De qualquer forma, partilhar seus pensamentos comigo não importa muito, porque a lealdade dele em relação a mim está em sua boca e em suas mãos. Se em sua mente não houver uma dedicação semelhante a mim, bom, pelo menos agora já estou mais bem-preparada.

E a melhor forma que tenho de ajudar a nós dois, sinto que é por meio da nossa intimidade física.

Será que Isaac se incomoda por ter sido relegado para o ângulo oculto do nosso triângulo amoroso? Quando chego ao seu apartamento na segunda-feira à tarde, ele diz:

— Pelo contrário... Você precisa fazer sexo com alguém da sua idade.

Gostaria de lhe fazer mais perguntas sobre seus sentimentos magnânimos, mas ele não me dá tempo. Leva-me para o tapete da sala e arranca minha saia. Ajoelhando-se diante de mim, puxa minha calcinha para baixo e enterra a cabeça entre as minhas pernas, atacando-me com tanta voracidade que não consigo deixar de rir. Virando-me ao contrário, penetra-me por trás, umedecendo-me, depois me deita de barriga para baixo e me explora com os dedos, e finalmente com o pênis, como se estivesse à procura de um tesouro que o meu outro amante possa ter esquecido num lugar onde nunca se espera que alguém vá olhar. Será que o excita o cheiro de outro homem em mim? Espero que sim.

Depois de fazermos amor, Isaac senta-se à escrivaninha para ler. Como de costume, está nu, com as pernas cruzadas. É uma pose encantadora, digna de um Rembrandt, mas começo a me sentir abandonada quando o vejo assim debruçado sobre seus manuscritos, lançando sinais de fumaça para o teto. É como se sua verdadeira vida estivesse em outro mundo, naquilo que existe em sua mente, onde um anjo chamado Metatron toma nota das boas ações que até aqueles de nós que vivem segundo as regras do Bússola Ao Contrário conseguem ainda fazer de vez em quando. Ponho um cobertor sobre seus ombros, já que regiões tão remotas da mente podem ser ainda mais frias do que Berlim no outono, e deixo-o com seus pensamentos. Recuso-me a ser a gravidade que o prende aqui embaixo.

Às vezes falamos sobre o misticismo judaico quando ele acaba de estudar, e, quando o fazemos, é com uma ansiedade nova. Sinto que Isaac precisa ouvir as próprias teorias ditas em voz alta. E ver se eu as compreendo, se está sendo claro. Passei a ser seu espelho.

Ele agora também faz exercícios respiratórios, e certa vez, quando está em transe, seu corpo nu fica tão quente que de sua testa saem pequenas nuvens de vapor. Ele chama esse processo de *tov*, a palavra hebraica que designa a luz que armazenamos para os justos do Mundo que Virá.

— Isso me mantém quente durante as minhas jornadas mais longas — diz, sorrindo. — Isso e os seus cobertores!

Também pratica aquilo a que chama de permutação de letras, repetir palavras comuns em voz alta, só que com as letras em outra ordem. Quando lhe pergunto por que, ele diz:
— Há estrelas no céu durante o dia?
— Não que possamos vê-las, normalmente.
— Exato. Elas estão lá, mas não conseguimos vê-las por causa da luz do sol, que cobre tudo. Agora, imagine que a noite não existe, Sophele. A luz do dia é tudo o que temos. Teríamos que esperar por um eclipse para ver as estrelas. E ficaríamos espantados com elas, embora também pudéssemos ter um medo dos diabos! O que serão aqueles milhões de minúsculos olhos radiantes olhando aqui para baixo, para nós...? Agora, imagine que as estrelas e a Lua e os planetas são uma forma de realidade mais profunda que está dentro de nós. A permutação de letras pode criar um eclipse dentro da nossa mente... pode bloquear a luz dominadora dos nossos pensamentos e nos fazer ver galáxias de estrelas... nos fazer ver indícios e constelações sutis. E, se formos abençoados pela graça, até poderemos ver Deus em alguma parte dentro deles.

Certa vez tenho uma visão rápida daquilo que talvez Isaac queira dizer. Ele está à sua escrivaninha, lendo, e eu sentada na cama dele, de pernas cruzadas, meu bloco de desenho no colo. O clarão do adesivo de parede faz seu cabelo brilhar como prata recém-polida. Será isso o que me leva para além de mim mesma? Enquanto observo seu peito subir e descer; sinto uma constrição de energia nas minhas entranhas, um nó de necessidade sexual a me puxar para ele, mas em vez disso começo a desenhar. Minha mão se mexe depressa, e não penso no que estou criando. Sou o papel que se entrega a mim, e os movimentos de ziguezague da minha mão como se fossem abelhas, e até a luz que se reflete, extática, no cabelo de Isaac, e tudo o mais à minha volta, tudo a pulsar, a respirar de existência.

A fronteira entre o dentro e o fora caiu, desapareceu.

Quando termino meu desenho, vejo que nem desenhei Isaac; o rosto, a princípio, parece o de um estranho, mas depois percebo que é o rosto de Hansi, um Hansi que cresceu, tal como poderá ser daqui a cinquenta anos.

Às escondidas de Isaac, Vera e eu nos falamos às vezes por telefone ao longo dos meses que se seguem. Em duas ou três ocasiões, corremos o risco de nos encontrarmos num bar malcheiroso para vagabundos e homossexuais numa rua bem ao lado da KuDamm. Ela sempre diz que está bem, e tenta ser divertida, mas vejo em seus olhos que ainda está de luto pelo bebê. Uma vez, logo após as celebrações do Ano-Novo, ligo para Vera e sugiro que vá me encontrar na entrada da Catedral de Berlim, ao cair da tarde.

— Podemos acender velas pelo seu filho — digo. — E por todos os outros bebês assassinados no ano passado.

Gostaria de sugerir que fôssemos visitar a sepultura de seu filho, mas claro que não há sepultura nenhuma.

Vera acha que a religião é absurda e perigosa, por isso faz uma contraproposta, de forma que vou encontrá-la perto do Tiergarten. Então passeamos pelo parque, de braço dado, deixando que o silêncio nu e impiedoso do inverno nos faça sentir como se estivéssemos sozinhas no mundo inteiro.

O ritmo da minha vida continua basicamente imperturbável nos cinco meses que se seguem, até o fim de maio de 1935. Vou fazer 18 anos daqui a três meses e meio e estou terminando o meu penúltimo ano na escola. Hansi tem quase 12 anos. Continua sem dizer uma palavra, mas o Dr. Hansell está lhe ensinando a linguagem gestual dos surdos, e eu começo a perceber umas palavras aqui e ali: fome, sede, cansado, com coceira, esquilo, quebra-cabeça. O essencial.

— Como é que se diz "Descasque mais depressa ou afogo você no seu aquário?" — pergunto uma tarde ao meu irmão.

Ele ri. Uma vitória! Ainda mais porque podemos ter algo semelhante a uma conversa normal outra vez. Não que ele me conte alguma coisa sobre as cenas que se desenrolam no Universo Hansi, mas pelo menos posso perguntar-lhe se quer ir andar de patins e ele pode fazer sinal que *Sim, podemos também comprar picolé?* Sua nova paixão é o picolé de chocolate. Hansi tomaria banho naquilo, se pudesse. Uma herança do Pai que parece promissora, porque, se o meu pai vir que ele e o filho são parecidos, talvez deixe de ter vergonha dele.

Hansi anda mais confiante e seguro do que jamais esteve, e me recompensa com um sorriso sério quando lhe dou um abraço; até observa atentamente os desenhos que faço dele. Está crescendo. E agora já tem 1,50m, 2 centímetros e meio a menos do que a Mãe e 10 a menos que eu. Já sabe subtrair, somar, multiplicar e dividir, e lê bastante bem, embora empurre para longe os livros que lhe sugiro. Quando lhe pergunto por que, ele puxa uns bigodes imaginários do lábio superior para explicar que "Tem gatos a mais". Não sei o que isso significa, mas imagino que ele não queira uma irmã se intrometendo em sua vida.

Nossos inquilinos do aquário, João e Maria, foram substituídos por Groucho e Harpo. Fui eu que escolhi os nomes, e o Pai e a Mãe não proibiram. Talvez tenham esquecido que os irmãos Marx são judeus. O mais estranho é que o Groucho está sempre tentando morder as barbatanas do Harpo. *O canibalismo entre peixes dourados prussianos* é o título que imagino para a tese de doutorado de Hansi.

Tônio está mais feliz com sua vida de soldado ou, ao menos, mais resignado. Ele também está crescendo. Pelo menos fisicamente. Tem agora 1,75m e precisa fazer a barba todos os dias, embora às vezes eu lhe peça que não faça, para sentir seus pelos roçando em meu rosto quando ele está em cima de mim. Também passou a ser mais altruísta na sua maneira de fazer amor, como se tivesse descoberto — uma revelação! — que tenho necessidades que nem sempre coincidem com as dele. Mas há um sinal perturbador: passou a ter vergonha do alemão imperfeito da mãe e agora se recusa a falar russo.

Hansi na Terceira Porta, aos 13 anos

— Fale em alemão ou então fique calada! — gritou um dia para ela, irritado, na minha presença, e a maneira como ela o olhou, como se tivesse medo do próprio filho, fez a pele dos meus braços e do meu pescoço se arrepiar.

Quase não vamos mais ao cinema. Hollywood perdeu a maior parte do seu brilho, e eu já nem sequer tenho fantasias de que sou uma estrela. Vamos patinar no gelo no inverno, e damos grandes passeios a pé pelo Grünewald e pela Floresta Nacional Spandauer, no verão. Hansi sempre vai atrás de nós.

No início de junho atendo ao telefone de Isaac enquanto ele faz a barba, e falo pela primeira vez com André Baldwin.

— Sou amigo do Isaac — diz ele, com sotaque tcheco. Quando me identifico, ele diz, entusiasmado: — O Isaac me falou muito de você. Não se preocupe, só coisas boas!

Isaac vem ao telefone e diz ao Sr. Baldwin que agora não pode falar. Porque metade do seu rosto ainda está coberta por uma máscara de espuma de barbear ou porque eu estou ali?

— Em que trabalha o Sr. Baldwin? — pergunto, quando ele desliga.

— Ele é testa de ferro na minha fábrica para os não judeus comprarem lá. O que é ilegal — sublinha, voltando ao banheiro —, por isso esqueça até que ouviu o nome dele.

É tão tortuoso, este Isaac. E, se eu conhecesse os filmes de Conrad Veidt melhor do que penso, poderia até adivinhar que seus esquemas são mais complicados do que aquilo que ele está me contando.

Também consigo uma primeira fotografia de Rini nessa época. Pelo menos presumo que seja dela. Uma foto em preto e branco me é enviada por alguém, que penso ser ela, de tantos em tantos meses, até o verão de 1938. Nunca vem junto nem o menor bilhete.

A primeira é uma fotografia autografada de Paul Wegener, o grande astro do cinema mudo. Está vestido de Golem, o lendário homem de barro em quem foi insuflada a vida pelo rabino Lowe para poder lutar pelos judeus de Praga durante a Idade Média. Wegener tem um rosto enlameado, um elmo de cabelo que parece talhado em madeira e o peito estufado. Uma estrela está pendurada em seu pescoço. Parece que não toma banho há vinte anos. Não parece lá muito judeu, para dizer a verdade...

É reconfortante ter de novo, mesmo à distância, marcas da amizade de Rini, e eu começo a enviar-lhe cromos dos cigarros com estrelas de cinema, também sem bilhete algum. Espero que, ao contrário de mim, ela não tenha perdido seu deleite por Hollywood; uma menina como ela, que não faz um gesto que não seja gracioso, bem que poderia acabar no cinema.

Continuo indo aos ensaios do coro das Moças Alemãs todas as quintas-feiras, embora falte às reuniões e aos treinos de atletismo, às terças-feiras. Quantas vezes é possível lançar um dardo sem concluir que não é um talento lá muito útil? Maria, a chefe do nosso grupo, me avisou recentemente que, se eu continuar tentando estabelecer um recorde de ausências injustificadas, posso ser expulsa.

Estou decidida a cursar a faculdade na Lehranstalt des Kunstgewerbemuseums, a Escola de Artes Aplicadas, mas meus pais não acham isso muito realista. Uma mulher artista na Alemanha? "É como um peixinho dourado escrevendo poesia", foi como ouvi, por acaso, meu pai descrever à Mãe o meu objetivo, já que agora todo mundo da minha família passou a ser perito em analogias piscícolas. Meu pai quer que eu obtenha um belo e sólido curso em engenharia ou ciência que possa ser útil ao *Volk,* e minha mãe, embora não o tenha dito, quer que eu case com Tônio e tenha pelo menos três filhos. Se eu olhasse na minha bola de cristal, diria que vêm por aí grandes desilusões, tanto para eles como para mim.

Em meados de junho, minha mãe acorda se sentindo enjoada. Vomita sangue na cozinha, dentro da pia. O Pai já saiu e Hansi ainda dorme, e ela me obriga a prometer que não vou dizer nada a eles.
— Apenas me diga se já vomitou sangue antes — imploro.
— Sophie, esqueça. Não tem importância.

Durante o mês seguinte, as dores de estômago da minha mãe tornam-se tão violentas que ela até grita durante o sono, e não consegue comer nem mesmo biscoito água e sal sem vomitar. Suas faces vão ficando encovadas, como se ela estivesse sendo sugada por dentro, e seu cabelo fica seco como palha. Um dia, ela me chama ao seu quarto e me pede que toque no ponto de dor da sua barriga.

Por que ela não pede ao marido que faça isso? Essa pergunta só me ocorre alguns dias depois.

A essa altura, a Mãe está tão magra que seus quadris formam saliências enormes, como duas pás, e seu rosto está esquelético e cinzento. É aterrorizante, é como ver um demônio tomando o lugar dela. Quando toco o ponto que lhe dói, sinto um caroço do tamanho de uma ameixa sob a ponta do dedo, e tenho que sufocar um grito.
— Mãe, você precisa ir a um médico. É grande.
— Ah, Sophie...

Seu rosto se abre de repente, e, sem que eu tenha tempo sequer de perceber, ela está chorando nos meus braços. Os anos de ressentimento desaparecem de repente, com ela tremendo assim, enquanto a abraço. Aprendo então que a cura mágica para o rancor é o desespero — não é que eu esqueça os meus motivos de queixa, mas entrever no horizonte a lápide do túmulo de uma mãe equivale a um furacão que varre o mundo inteiro, levando para longe do meu coração todas as folhas secas de ressentimento que nele havia. Pelo menos por enquanto.

Telefono para o trabalho do meu pai, que por sua vez telefona ao Dr. Nohel. Dois dias depois, a Mãe é internada no hospital. É operada logo no dia seguinte de manhã. Depois da cirurgia, o médico vem nos informar que retiraram o tumor, mas que o câncer já se espalhou para o fígado, que está deformado. Ele usa a palavra *missgestaltet*. Nunca vou esquecer isso, porque é a palavra que Vera utiliza para descrever o próprio rosto. Os pulmões da minha mãe também já foram tomados. Ela deve ter tido os primeiros sintomas há pelo menos seis meses.

Não sei se o Pai chegou a lhe perguntar o motivo de ela nunca ter dito nada, porque, quando ela volta do hospital para casa, eles mantêm a porta do quarto fechada e falam em voz abafada. O Pai me ordena em voz grave que não a incomode, mas isso não me parece razão suficiente para me manter calada.

— Já estava doente há muito tempo, não? — pergunto à Mãe assim que conseguimos ficar sozinhas por algum tempo.

— Como é que eu ia adivinhar que era grave? — responde ela, e parece ser sincero.

Ela está sentada na cama, com o tabuleiro laqueado e florido, que ela adora, sobre as pernas. Acabo de lhe trazer o almoço, dois ovos cozidos que cortei em rodelas muito finas, e uma fatia de *pumpernickel*. A Mãe já tem apetite outra vez, e quase parece ela própria de novo, exceto pelos olhos vazios, que perderam o brilho. Parecem de jade fosca sobre pesados crescentes de pele amarelada.

Nunca sai do quarto. Acordo às 6 da manhã para acender o fogão e fazer o almoço, depois saio para levar Hansi à escola. Não me importo com o trabalho a mais que tenho agora; até estou grata por me sentir constantemente exausta e nervosa, porque sinto que estou me redimindo por todo o tempo que perdi detestando a minha mãe. Também passo a ser sua cabeleireira, e colo na parede do banheiro duas fotografias de Claudette Colbert tiradas de uma revista, para a franja da minha mãe ficar igualzinha de todos os ângulos. Quando ela compara a fotografia da Claudette com o próprio reflexo no espelho, sorri, contente.

— Eu devia ter pedido que você cortasse o meu cabelo há muito tempo — confessa ela, dando-me um beijo.

Um dia, de manhã bem cedo, ela me chama ao seu quarto e me entrega um broche em ouro com 14 pequenas ametistas incrustadas em forma de rosa. Vou contando as pedrinhas enquanto ela fala comigo, como se cada uma delas fosse um degrau a mais a descer até uma masmorra sem luz.

— Este broche foi minha mãe que me deu — diz ela cautelosamente, como se quisesse que eu me lembre de cada palavra —, e agora eu quero dá-lo a você.

O que significa que ela vai morrer, por isso recuso o presente, gritando que é feio, e que ela pode até jogá-lo no rio Spree se desejar, nem quero saber. E saio correndo.

Andando sem rumo pelo bairro, em voltas e voltas desesperadas, dou-me conta de que a vida que eu tinha pode ter terminado para sempre.

Na hora de deitar, a Mãe vai se arrastando até o meu quarto, deixa-se cair ao meu lado e me dá um beijo na testa. Quando me pergunta por que fugi dela essa manhã, respondo:

— Mãe, não fale nada, só me abrace.

E é o que ela faz. Durante muito, muito tempo. Até sentirmos a morte recuar e sabermos que o momento presente é feito apenas de vida. Rimos juntas por termos sido tão tolas e emotivas.

Alguns dias depois, o Pai leva Hansi para o quarto dele para ter com ele uma conversa séria sobre o diagnóstico da Mãe. Meu irmão parece entusiasmado e contente quando sai de lá, e pergunta-me em linguagem gestual se quero ir com ele dar de comer ao Groucho e ao Harpo.

— O que o senhor disse a ele? — pergunto ao Pai, enquanto Hansi me puxa pela manga.

— Disse só que a mãe de vocês vai ficar bem, porque, mesmo que aconteça o pior, vai para junto de Deus.

— E o que ele disse?

— Nada, claro.

Por um momento eu tinha esquecido que ele não fala. E o Pai ainda não aprendeu lá muito bem a linguagem de surdos-mudos.

Meu pai acha que o Deus cristão é uma fraude, embora já não o diga em voz alta. Mas talvez Hansi tenha altares e incenso no seu universo. Se for o caso, e se o Senhor realmente nos aparecer sob a forma daquilo que achamos mais bonito, então o meu irmão deve rezar a um esquilo gigante, da variedade de pelos ruivos, orelhas peludas e rabo comprido, que é o tipo encontrado por todo o Grünewald e o Tiergarten. *Sciurus Vulgaris,* um deus que sabe onde estão escondidas todas as nozes do mundo.

E talvez o *Sciurus Vulgaris* faça para nós um milagre, lá de cima, do topo da Árvore do Hansi, porque a saúde da Mãe melhora e ela volta a conseguir cozinhar, o que também não é lá grande notícia, porque isso significa que voltamos ao país das batatas cozidas. Todas as noites a ajudo. Falamos de vestidos, das minhas amigas da Liga das Moças Alemãs e das nossas estrelas de cinema preferidas, porque isso nos faz sentir seguras, como se estivéssemos de volta ao nosso passado. Tagarelo durante horas, o mais depressa possível, porque este período de graça provavelmente não vai durar muito; quando ela melhorar mesmo, vai voltar a ser a vítima das circunstâncias, de espírito tacanho, que só vê teimosia e desafio escondidos nos olhos da filha. A Mãe me ouve como nunca me ouviu antes, como se a morte que crescia no seu ventre tivesse lhe ensinado a adorar as minhas frases atropeladas e complicadas fantasias. Quando digo que já não tenho tempo para as Moças Alemãs, ela responde:

— Então saia de lá. — E quando lhe digo que pretendo ir para a escola de artes daqui a um ano e meio, quando acabar o colégio, ela comenta: — A vida é sua, Sophie. Se é isso que você quer, então não deixe que ninguém a convença a desistir.

Minha vontade é beliscar seu braço para ter certeza de que ela existe mesmo.

Será que ela própria também foi dissuadida de ir para a universidade? Talvez eu esteja simplesmente inventando ambições secretas e de muito tempo atrás na forma como ela diz:

— Você vai se dar bem na vida, Sophie. Eu sei que vai.

Quase lhe pergunto o que aconteceu de ruim com ela quando tinha a minha idade, mas depois penso, *Não, isto é um equilíbrio frágil que conseguimos na nossa gangorra, e ou ela me conta, ou não.* Contudo, se eu fosse interpretar os conselhos que ela me deu ao longo daquelas semanas em que esteve relativamente bem, diria que ela sempre se sentiu rejeitada. Exceto por uma professora de história do colégio, que lhe sugeriu estudar enfermagem. Quando ela fala de Hilde van Loewen, uma holandesa de Roterdã, seus olhos irradiam luz. Uma era de ouro que se foi.

Também me disse uma vez que seu pai era "um homem duro". Balança a cabeça quando diz a palavra *duro*, como se quisesse dizer *cruel*. Quando fala dele, encurva os ombros e volta a ser uma menininha espancada, encolhendo-se diante de um capataz inexorável e de punhos sempre prontos a entrar em ação. Fico sabendo também que ele nunca desejou que ela nascesse, porque me diz:

— Ele teria feito tudo, até matar, para ter um homem no meu lugar.

Quando, ao contrário do que eu esperava, ela me aconselha a ter cuidado, e não me casar com Tônio nova demais, a esperar até ter 21 anos, fico com a nítida sensação de que ela só aceitou se casar para sair mais cedo de casa. Fugiu de uma prisão para outra. Leio isso na forma como me diz para não fazer uma cerimônia muito grande.

— Só as pessoas em quem você confiar mesmo — aconselha-me —, porque as outras não vão ajudá-la quando você precisar mudar de vida de verdade.

Outra vez ela me diz em tom de confidência:

— Quando você ficou doente de coqueluche, e o Hansi tinha só 1 ano, o seu pai não levantou um dedo para me ajudar. Simplesmente fugiu de casa. Nunca consegui perdoá-lo por isso. Tentei, mas não consegui. — E então me aconselha a não ter filhos antes de conhecer muito bem o meu marido.

Se tivéssemos tido tempo suficiente juntas, acho que eu teria ficado sabendo todos os seus segredos, colhendo pequenas informações aqui e ali, mas no final de julho sua febre sobe muito, recusando-se a baixar. E lá vai ela outra vez para o hospital.

No dia seguinte, sua mãe chega da Baviera de trem e, na semana seguinte, as irmãs Ilse e Ângela. Minha avó é uma mulher minúscula, com o cabelo ondulado e grisalho como aço enrolado num coque atrás da cabeça, de lábios finos e críticos, olhar fixo e altivo. Se estivéssemos na China, ela seria uma imperatriz, mas como estamos em Berlim e ela não tem criados a quem dar ordens, exceto eu, tenho que ir buscar seu chá, passar a ferro as fronhas dos seus travesseiros e bater seu edredom para arejá-lo. Seus olhos verdes ficam constantemente úmidos, e ela limpa a garganta com um forte ruído ao final de cada refeição, o que irrita imensamente o Pai. Ela dorme na minha cama, com uma camisola de renda cor-de-rosa que vai até o chão e que seria perfeita para a Maria Antonieta, e a mim resta o sofá. Quando lhe pergunto por que meu avô não veio também, ela responde que faz anos que ele não anda bem.

— O que ele tem? — pergunto, ao que ela ergue um dedo na altura da têmpora e o gira.

Nossas tias falam alto demais, exalam cheiro de perfume barato de limão e agitam-se em volta de Hansi como se ele fosse um boneco que tivessem herdado. Já entendi por que a Mãe não gosta delas, embora nunca o diga propriamente. O Pai desaparece da sala como um cavalo assustado sempre que elas nos visitam. Lê o jornal e fuma cigarros com a janela aberta, para o cheiro da fumaça não denunciar sua presença.

Hansi não consegue dormir direito com a avó no quarto, talvez porque o ressonar dele crie uma dissonância com os roncos dela, algumas oitavas acima dos dele, e, quando acordo durante a primeira noite, vejo meu irmão acocorado sobre os calcanhares em frente ao aquário, tremendo de frio, só com a calça do pijama. Percebo, pelos seus olhos inchados, que ele andou chorando muito. Quando o coloco na minha cama improvisada no sofá, bem aconchegado contra mim, e lhe pergunto o que houve, ele aponta para o aquário. Como sempre, Groucho está mordendo as barbatanas do pobre Harpo, que parecem uma franja rasgada de cetim branco.

— O que vamos fazer? — pergunto a ele.

Hansi levanta-se, agarra nossa minúscula rede, arranca o tirano da água e o joga no chão.

— Não presta para nada! — diz ele por meio de gestos, com um rápido movimento descendente da mão.

Groucho não para de se retorcer, com suas guelras vermelho-sangue se abrindo e fechando desesperadamente. É uma cena horrível de se ver, por isso pego-o pelo rabo, vou ao banheiro e o jogo na privada, puxando depois a descarga. A essa altura, os esgotos de Berlim devem ser uma encruzilhada frenética de peixes dourados e carpas jogados privada abaixo. Ótimos para servir de alimento crocodilos albinos mutantes que, segundo o que se diz, fazem dos esgotos sua casa.

Hansi e eu vamos ver como Harpo está. Será que suas barbatanas vão voltar a crescer?

— Vamos comprar um Chico para lhe fazer companhia — digo, e meu irmão acena vivamente que sim com a cabeça, todo contente. É um menino tão fácil de satisfazer.

As análises feitas no hospital revelam que a Mãe tem um abscesso nos pulmões, e os médicos enfiam tubos em seu peito para drenar o fluido. Seu rosto fica cinzento e empastado, parece feito de cera. Mesmo assim, uma tarde ela me pede para desenhá-la, o que me deixa espantada. À guisa de explicação, diz:

— Quero uma pessoa que me veja como realmente sou. E só pode ser você.

Um desejo de que sempre vou me lembrar. Porque foi expresso de forma tão desesperada, como se eu fosse sua ligação com o que poderia ter sido e com o que ainda podia ser. Porque ainda há esperança nas palavras dela.

Quero uma pessoa que me veja como realmente sou. Quem não iria querer? Ela deve ter concluído que eu não sabia nada de essencial sobre ela, e que mais ninguém sabia, nem mesmo o Pai. O que significa que viveu como um fantasma, falando pela voz de um impostor. Quantas das mulheres alemãs que vejo todos os dias na rua vivem assim suas vidas, mordidas por tiranos e desistindo de lutar?

Não eu, não eu, não eu..., é o voto que faço enquanto desenho a Mãe.

Eu tinha apenas 17 anos. Agora, vejo que não era responsabilidade minha saber quem era a minha mãe, ou por que foi mal compreendida, ou o que aconteceu entre ela e seu pai sádico e louco, mas naquele momento as palavras dela me alcançaram como uma bofetada na cara.

Ela olha fixamente para mim enquanto a desenho, sem nunca desviar o olhar. Aqueles olhos que parecem a água da superfície de um lago profundo. Será que ela vê à sua volta montanhas agudas com picos cobertos de neve? Ela me contou que os Alpes têm aparecido ultimamente nos seus pesadelos, e quando lhe perguntei por que, ela mordeu o lábio, envergonhada, e disse:

— Porque não consigo ver além deles.

É uma mulher de 37 anos que quer mais tempo e que precisa ter certeza de que os filhos a amam. É o que me dizem seus olhos verdes que nunca piscam. E o que lhe dizem os meus? Ela deve saber que estou aterrorizada, mas não estende a mão para me reconfortar. Quer ver minhas mãos trêmulas. Será cruel da sua parte? Talvez ache reconfortante me ver desesperada, porque isso significa que nós duas queremos que ela continue a viver.

— Obrigada pelas suas lágrimas — ela me disse uma vez, apertando tanto a minha mão que doeu, e eu entendi exatamente o que ela queria dizer com isso.

Ela é mulher, não apenas mãe, e sua vida não é um sonho. Ela tem emoções que não consegue explicar, sentimentos que não são diferentes dos de qualquer um de nós.

São conclusões que deveriam ter sido óbvias para mim, mas não foram. E aquela mulher à minha frente, que queria ser enfermeira e que ficou presa a mim quando tinha apenas 20 anos, vai morrer antes do tempo. É isso que percebo, doente de culpa, à medida que vou acrescentando sombreado às suas faces, controlando-me para não apertar o lápis contra o papel com toda a força, até furá-lo.

Nunca termino o retrato. Como se pode terminar o desenho de uma mãe moribunda? Não, eu guardo esse desenho na minha cabeça ainda hoje. Quando lhe mostro o que fiz até agora, ela observa atentamente, mordendo outra vez o lábio, coisa que agora faz praticamente todo instante.

— Não está muito bom — digo —, mas eu realmente me esforcei. Fiz um grande esforço, Mãe, juro.

Não quero que ela morra me odiando por não ser uma artista suficientemente boa, e todas as palavras que digo significam, no fundo, *Por favor me perdoe por ter nascido cedo demais...*

— Não, está *muito* bom. É só que o meu rosto... esse rosto... não é o que eu pensava que tinha — diz.

Após mais alguns dias, levamos a Mãe de volta para casa. Sua mãe e suas irmãs voltam para a Baviera no dia seguinte. A Mãe não deita uma lágrima quando se despede delas.

Durante uma semana fica tudo calmo, mas uma noite a Mãe vai pegar seus livros de cozinha à procura do pedaço de papel em que a minha avó escreveu a receita das *Knödel*, almôndegas de batata. Joga tudo o que está na despensa no chão durante sua busca frenética, gritando, em pânico:

— Desapareceu, desapareceu...! — Sua camisola desabotoa, por isso também está seminua. Um esqueleto aos gritos, de olhos perdidos. Quando lhe imploro que pare com isso, ela começa a puxar mechas de cabelo para cima das orelhas, gritando: — Odeio você! Odeio vocês todos!

O Pai entra e tenta acalmá-la, mas ela o empurra com tanta força que percebo que o considera culpado por sua vida miserável.

— Vai assustar o Hansi! — grita meu pai. — Pare com isso!

Ele fica ali, no meio da cozinha, com as mãos nos quadris, como um general prussiano. Só lhe falta o peito coberto de medalhas. Eu não fazia ideia de que ele chegava aos limites da paciência assim tão depressa. Será que não existe um único homem com resistência para aguentar o sofrimento ou será só o meu pai?

Abraço minha mãe por trás e grito para ele:

— O senhor é que está assustando as pessoas! Saia da cozinha!

Prometo à Mãe encontrar a receita, ao que ela para de se debater contra mim. Assim que recupera o fôlego, ela diz:

— Não se preocupe, Sophie, devo ter queimado a receita sem querer junto com as coisas do seu pai.

Ela fala como se estivesse dentro de um sonho, e parece drogada. Será que encontrou o meu Luminal?

Quando finalmente consigo colocá-la na cama, ela murmura pragas contra meu pai. Chama-o de filho da mãe e ladrão. Talvez o câncer já tenha atingido seu cérebro. Talvez tenha sido isso também o que aconteceu com seu pai.

Ela adormece quando prometo acariciar seu cabelo e não sair de perto dela.

— Graças a Deus que você está comigo, Sophie — diz ela.

Ela virou uma menininha que quer sentar à mesa da cozinha com a mãe e sentir o cheiro das *Knödel* cozinhando.

Nessa noite, escrevo a minha avó e peço-lhe que me envie a receita o mais depressa possível.

No dia seguinte, a Mãe começa a tossir como se tivesse arame farpado preso na garganta. A toalha que lhe dou fica toda salpicada de sangue, por isso ela volta para o hospital. Fico com um nó de lágrimas na garganta sempre que vou vê-la e sinto minhas pernas ficarem tensas, num impulso de fugir. Hansi está sentado na cama da Mãe para que ela possa tocá-lo. Uma vez tenta arrancar os tubos enquanto ela dorme. Talvez queira fugir dali com ela. Uma enfermeira grita com ele, e a partir daí os funcionários do hospital fogem do meu irmão como se ele fosse um leproso.

O cheiro do quarto de hospital... vou me lembrar desse odor fétido durante anos. Terei sonhos com ele. Sonhos negros grudados em mim, como manchas de sangue e urina.

Estou sentada numa cadeira no quarto da Mãe, lendo o jornal, meio dormindo, quando ela morre. Seis de agosto de 1935, dez dias antes de Hansi fazer 12 anos. Não chama, nem emite qualquer som. Simplesmente deixa de respirar. Sua boca está aberta, e sua cabeça, inclinada para trás. Não sei quanto tempo levo para reparar. Cinco minutos, dez...?

O quarto fica escuro e minhas pernas perdem toda força quando me ponho de pé, de tal forma que tenho que me ajoelhar para não desmaiar. Depois massageio seus pés, que ainda não estão mortos para mim, porque na minha cabeça consigo ressuscitá-la, e sento-me ao seu lado, fechando suas pálpebras e ajeitando o cabelo que caiu na sua testa, dizendo a mim mesma que agora ela vai conseguir atravessar os Alpes e ir para onde quiser, que até conseguirá voltar atrás no tempo, para sua idade de ouro, quando uma professora holandesa acreditou que ela podia vir a ser enfermeira.

As coisas que dizemos a nós mesmos quando morre alguém que amamos, todas feitas das franjas da esperança que ainda nos resta nas mãos.

O Pai chega ao hospital um pouco mais tarde, fica sozinho com ela e então me leva para casa, com o braço por cima do meu ombro. Mas antes de irmos embora, corto uma mecha do cabelo da Mãe, daquele cabelo que eu cortei, e guardo-o num envelope que peço a uma enfermeira. Quero ter uma recordação que só pudesse ser mesmo dela.

A receita para as *Knödel,* mandada pela minha avó, chega alguns dias mais tarde. Leva noz-moscada. Quem diria? Enterro-a junto com a Mãe; a última coisa que quero é uma receita à base de batatas. E, de qualquer forma, pertence a ela.

Isaac é afetuoso e paciente comigo durante a doença da minha mãe, mesmo quando grito com ele sem qualquer motivo, e todos os dias o abençoo por não tentar me alegrar. Às vezes dizemos pouco mais que um *Como foi seu dia?* antes de fazermos amor. Ele se mexe devagar e suavemente quando está dentro de mim, sabendo que sou feita de esperanças frágeis, e para quando lhe peço, e me abraça com seus braços quentes, sussurrando num alemão lindo que vai sempre me ajudar. E depois não vai correndo se sentar à escrivaninha para ler. Um milagre.

Na semana em que a Mãe morre, minha mente confusa e fragilizada se perde por completo, e, sentada no poço negro do fundo da minha dor, decido, soluçando, que vou fazer uma franja no cabelo. Saio do banheiro parecendo um abajur, por isso corro até o apartamento de Isaac e suplico-lhe que corte meu cabelo todo curto.

— Ande, corte! — grito-lhe quando ele hesita.

À medida que ele vai dando tesouradas, assume um ar tão sério e decidido que me dá vontade de rir, mas não posso, e vou dizendo sempre que corte ainda mais curto, como se fosse um rapaz, e talvez tenha sido essa a minha intenção desde o início, um disfarce, para não ter que ser eu. Ou para poder satisfazer o desejo do meu avô, de não ter mais meninas.

— A minha Joana d'Arc — diz Isaac depois que finalmente o deixo pousar a tesoura e passa uma mão deleitada no topo da minha cabeça pelos meus cabelos espetados.

Pareço um impostor quando me vejo no espelho. Mas não me sinto mal. Para dizer a verdade, não sinto nada.

Alguns dias depois, decido rasgar o desenho que fiz da minha mãe no hospital, visto que os olhos e o nariz saíram completamente horríveis, mas Isaac implora que eu o dê a ele.

— Eu o guardo até você voltar a subir — diz ele.
— A subir de onde?
— Da sepultura da sua mãe.

Isaac também lê poesia na cama para mim, em especial Rilke, o que deixaria contente o Dr. Fabig, esteja ele onde estiver. Talvez seja preciso ver morrer alguém que amamos para compreendermos alguma coisa da obra de Rilke, da doce e sutil presença da tristeza e da alegria nas suas entrelinhas, como se esses opostos fossem apenas simples vinhas entrelaçadas e nossas vidas sem importância fossem as fachadas pelas quais devemos subir. Estes são os versos de que eu recordo melhor e ouço-os sempre na voz de Isaac:

Todas as coisas são os corpos dos violinos, cheios de uma escuridão
   {murmurante;
lá dentro há sonhos das lágrimas das mulheres, lá dentro remexe,
   {enquanto dorme,
o ressentimento de gerações inteiras...
Eu espalharei prata: e, então, tudo o que está sob mim passará a ter vida,
e aquilo que nas coisas erra lutará, procurando a luz...

Compro um boné preto basco para Isaac, em agradecimento por ter sido tão terno comigo. Ele arregala os olhos, encantado, quando o entrego. Usa-o mesmo dentro de casa, e adoro a maneira como seu cabelo grisalho fica saindo como farpas por baixo da borda. Um homem tão bonito e não acredita que o seja. Mais um motivo pelo qual eu confio nele.

Capítulo 15

Tônio vai de uniforme ao funeral. Damos as mãos, com Hansi entre nós, e mais tarde ele fala a sós com o meu pai. Imagino o que estarão falando, porque quando o meu namorado vem para perto de mim, fala pela primeira vez em casamento. Mas eu não quero me sentir presa a ele, ou a Isaac, ou a qualquer outro. Mesmo assim, ele me obriga a falarmos do nosso futuro, e, à medida que o fazemos, decido que quero que cresça um contorno negro em volta da minha vida, aquele que minha mãe deveria ter tido. Quero ser uma moça como as dos quadros de Rouault.

— No momento não consigo falar sobre nada nem ter alguma ideia do que estou dizendo — acabo alegando a Tônio. — A gente conversa de novo daqui a dois ou três meses.

— Talvez o seu cabelo já tenha crescido outra vez até lá — diz ele, tentando me animar.

— Espero que não — retruco.

Enquanto o sermão do sacerdote vai se arrastando através das nossas emoções, Hansi fica sentado na relva com as pernas cruzadas. Percebo que ele está com medo de que chova. O Pai olha para ele como se fosse uma causa perdida, o rosto contraído pela ira. Tenho vontade de lhe dar um soco, por no pior momento possível esquecer-se de amar meu irmão.

Depois de trocar algumas palavras a sós com o meu pai, a tia Ilse vai até o Hansi e lhe diz que ele está fazendo uma figura ridícula. Agarra-o pelos pulsos e puxa-o para obrigá-lo a se levantar, murmurando-lhe que não se atreva a se debater; o resultado é ele guinchar como um animal encurralado, por isso corro até ela e digo-lhe:

— Se não deixar o meu irmão em paz, quebro o seu pescoço! *Ich breche dir den Hals!*

Uso exatamente essas palavras, e ainda agora sinto o meu coração, que sabe que está certo, tenso como a pele de um tambor. A tia Ilse, prestes a romper em lágrimas, larga Hansi e me ordena que nunca mais fale com ela assim, mas eu não peço desculpas. Pego na mão de Hansi e digo-lhe que venha comigo para longe da sepultura; ele obedece. Mais tarde, ouço Ilse comentar com minha avó que é capaz de eu também sofrer da loucura da família.

Que loucura da família? Essa para mim é novidade. E também é uma boa notícia, pois talvez assim as minhas tias fiquem longe de mim para sempre.

A vida que imaginei para mim desliza para longe a partir de então, como uma mensagem levada pelo mar. Vou às compras e cozinho todas as noites, e saio da Liga das Moças Alemãs sem ir a um último ensaio do coro. A *Fräulein* Schumann nunca chega a me telefonar, o que me surpreende.

Agora, depois de tantos anos, fico espantada por não ter me incomodado em ter que fazer esse sacrifício. Sem ter consciência disso, devo ter passado aqueles meses que se seguiram à morte da Mãe num estado de choque, esforçando-me ao máximo para simplesmente continuar meu caminho.

O Pai parece reagir à morte da Mãe muito como um poema de Rilke: lentamente, sutilmente, e também de formas surpreendentes, embora, se o soubesse, teria rido com desprezo da minha comparação com a poesia. Ele tira uma semana de licença depois do funeral e fica andando silenciosamente pela casa, como se caminhasse na ponta dos pés. Está sempre fechando os olhos, e às vezes, quando o aperta com força, caem lágrimas dos seus cílios, ao que eu me sento junto dele e afago-lhe as costas da mão, como se estivesse polindo nossa dor. Ele se demora jantando, mas fala pouco conosco, como se fosse um condenado cumprindo uma sentença. Envelheceu, também — noto, agora, que tem cabelos brancos nas têmporas e acima das orelhas. Ele me ajuda a lavar a louça, principalmente para podermos falar sobre os meus estudos, que não vão bem desde que começou a doença da minha mãe. Tem medo de que eu seja reprovada em todas as disciplinas, mas, haja o que houver, farei o que for preciso para passar.

Também é bondoso com Hansi, e monta quebra-cabeças com ele logo de manhã, ao acordar. Não falamos sobre a Mãe. Não toco no assunto porque sinto que, diga eu o que disser, só vou fazer com que ele se sinta pior, e ele deve pensar o mesmo em relação a mim.

O Pai transforma-se durante algum tempo no homem que era, mas, assim que volta ao trabalho, sua súbita ausência é como uma segunda morte para mim. Eu sei que não é justo, mas quero que ele esteja em casa à minha espera quando volto do colégio, e Hansi também. Durante um tempo, meu irmão entra em greve da única maneira que consegue: recusando-se a ir à escola. O Pai tenta convencê-lo, implora-lhe e, quando vê que não dá resultado, grita-lhe com tanta crueldade — dizendo-lhe pela primeira vez que ele é uma vergonha

— que Hansi começa a chorar e a arranhar o próprio pescoço com as unhas. Será esse arranhar frenético por ele ter percebido que esse tirano de rosto vermelho é tudo o que lhe resta? O Dr. Hassgall vem nos visitar na manhã seguinte. Só Deus sabe qual o pó mágico que aquele homem guarda nos bolsos do seu casaco de tweed, mas o fato é que Hansi volta com ele para a escola.

Quanto a Tônio, é especialmente bondoso com Hansi durante o nosso período de luto. Quando está de licença, vamos os três dar grandes passeios ao longo do Spree. Levamos pão duro para dar de comer aos patos e aos gansos.

Nos meses imediatamente após a morte da Mãe, o Pai se distancia progressivamente de Hansi e de mim. Quando acha que eu não estou vendo, olha para o menino como se fosse um intruso e foge para o quarto depois do jantar. Nunca se senta conosco para ler o jornal ou ouvir rádio. *Quero ficar sozinha...* A famosa frase da Garbo, mas agora bem que podia ser do Pai. Estará ele soluçando com o rosto enterrado numa das blusas da Mãe, tentando encontrar o cheiro perdido dela, como eu faço às vezes?

Só agora percebo que era a Mãe — e não o meu pai — o centro da nossa família.

Depois, começa a fase seguinte de sua fuga de nós: o Pai sai todos os dias para o trabalho antes de eu e Hansi acordarmos. Talvez nós sejamos uma recordação excessivamente dolorosa da nossa mãe. Ou talvez ele saiba que precisa ganhar a vida para a nossa família, e que tem que continuar sua vida, apesar do desgosto. É uma coisa que não me ocorre nesse momento, mas agora me parece uma explicação evidente.

Às vezes ele volta a ser afetuoso e nos leva para jantar fora. Depois, compra para Hansi todo o picolé de chocolate que ele conseguir comer. Isaac diz que preciso dar tempo ao Pai.

— A morte de uma esposa é uma estrada sem fim.

Também é verdade para a morte de uma mãe: choro lágrimas que dariam para preencher o vazio gigante que sinto dentro de mim, mas nunca consigo enchê-lo.

Gurka e suas amigas leiteiras cochicham e debocham da minha aparência masculinizada toda vez que passo por elas. Seus olhares divertidos abrem feridas antigas, mas na minha cabeça eu já saí do colégio. Depois da morte da Mãe, todas as semanas falto uma ou duas manhãs e descubro que a vida é muito mais fácil quando tenho metade do dia livre.

Quando digo a Isaac que vou sair do colégio, ele tira do bolso a carteira e diz:

— Eu já esperava por isso. Sei que todos os argumentos racionais não vão adiantar de nada, por isso vou lhe pagar para você continuar estudando.

— Quanto? — pergunto, rindo.
— O que for preciso. — E abre em leque um maço de notas de marco.
— Não quero dinheiro, quero afeição.
— Negócio fechado! — diz ele, abrindo os braços.

E é assim que sou subornada para voltar àquelas horrendas salas de aula, com insultos aos judeus gravados a canivete nas carteiras, e os nossos professores nos saudando com um "Heil Hitler", e provas para verificar nosso conhecimento das características raciais. O que mais me lembro do meu penúltimo ano é do nosso professor de alemão, o Dr. Hefter, nos dizendo com voz orgulhosa que o alemão é superior ao inglês e ao francês porque até os negros conseguem falar essas outras duas línguas. E é então que, pela primeira vez em séculos, eu ergo a mão, pedindo para falar.

— Sim, Sophie? — pergunta o Dr. Hefter, espantado por eu querer participar.

Está com um sorriso tão inocente. É quase uma pena trair seu prazer em me deixar falar.

— Se o Dr. Goebbels consegue falar razoavelmente bem o alemão — digo —, acho que podemos descartar o seu argumento de que se trata de uma língua para homens superiores.

Um silêncio pesado e tenso enche a sala de aula à minha volta, e o Dr. Hefter joga a cabeça para trás, como se eu tivesse lhe dado uma bofetada. Nos seus olhos castanhos de cachorrinho, consigo ver aquela mente minúscula correndo em círculos, tentando encontrar uma explicação para essa perigosa afronta. Agarrando a única que seu nariz defeituoso consegue cheirar, ele sorri.

— A Sophie fez uma piada, mas me permita lhe informar, menina, que...

— Não é piada nenhuma — interrompo-o. — Qualquer pedra com olhos consegue ver que o Dr. Goebbels pertence a uma raça inferior, e contudo consegue falar alemão com uma precisão razoável. Será que ele fala francês ou inglês, mesmo que mal? Duvido. Se falasse, então não seria ministro deste governo, porque seria culto demais para os nacional-socialistas.

O Dr. Hefter tosse para disfarçar seu embaraço, depois dirige-se a sua mesa e pega a peça de Schiller que vamos começar a estudar hoje: *Guilherme Tell*.

— Por favor abram na página 1 — diz ele aos alunos.

E abrimos *mesmo* os nossos livros. E ninguém volta a dizer nem mais uma palavra sobre a minha blasfêmia, embora o Dr. Hildebrandt, o nosso reitor, me pregue um severo sermão sobre bom comportamento na manhã seguinte. Acaba batendo com a régua de metal com tanta força na mesa que eu dou um pulo.

— Considere-se a uma única infração da expulsão, minha menina!

*

O fato de eu conseguir terminar o ano escolar sem ser expulsa é prova da minha paciência, embora se trate de uma qualidade que não costumo associar à minha personalidade de adolescente. E é bom ter o verão livre, para os meus estudos hebraicos com Isaac, e para longos passeios pelos parques de Berlim com Tônio e Hansi. Mas esses meses de vida livre e agradável acabam depressa demais. Logo no início do meu último ano, no dia 15 de setembro, o nosso governo aprova duas leis destinadas a manter os insetos nocivos afastados do deque principal do navio restaurado em que navegamos. A "Lei da Cidadania do Reich" retira aos judeus a cidadania alemã e o direito de voto, e impede-os de exercer qualquer função pública; e a minha favorita, a teutonicamente pomposa "Lei para a Proteção do Sangue Alemão e da Honra Alemã", proíbe os judeus de casar com "alemães" ou mesmo de ter qualquer relação sexual com eles.

Estas leis seriam recordadas nos anos futuros como as Leis de Nuremberg. Mas, seja qual for o nome delas, Isaac e eu somos agora foras da lei. E abracadabra... ele é apátrida. Nossos orgasmos passaram a ser provas do nosso crime, e nos arriscamos a ser presos ou condenados a trabalhos forçados, de acordo com a nova lei.

— Não sei quanto a você, mas eu preferia trabalhos forçados, porque já estou acostumada — digo a Isaac, rindo.

Acabo de subir correndo a escada que leva ao apartamento dele, e a ideia de que estarei lutando na linha de frente a cada vez que mergulharmos sob seu edredom de penas me dá vertigens.

— Não tem graça nenhuma — responde ele, aborrecido, enchendo uma xícara de café para mim, porque diz que eu preciso ficar sóbria. — Os nazistas querem mudar os nossos instintos quanto ao que é natural.

— Mas ninguém, nem mesmo o camponês mais ignorante da Floresta Negra, pode realmente acreditar que dá para decidir quem é ou não alemão de um momento para o outro. Declarar que você não é cidadão é como declarar que um carvalho não é uma árvore. Meu Deus, você serviu no Exército, é mais alemão que o meu pai!

— Sophele, você quer que o nosso povo reaja de forma racional, mas nunca foi assim, e nunca será. E isso é um péssimo sinal. — Ele balança a cabeça, macambúzio.

— Sinal de quê?

— Em 1449, a monarquia espanhola decretou leis que afirmavam que os judeus tinham sangue poluído. Em consequência disso, passamos a ser definidos não pela nossa religião, mas pela nossa natureza *impura*. Converter um judeu ao cristianismo não retiraria essa falta de pureza, porque a nossa religião nada significava. Era só o nosso sangue que contava. Por isso, a única forma de impedir que infectássemos os que tinham sangue espanhol era nos matar, e a Inquisição organizada pela Igreja fez exatamente isso! Depois, os portugueses os imitaram, nos perseguindo durante centenas de anos. Entende? A Igreja teria torturado e matado Berequias Zarco e todos os meus outros antepassados se eles não tivessem fugido para Istambul. — Ele termina a frase inspirando profundamente, e não continua.

— O que foi? — pergunto.

— Acho que Berequias tem tentado me dizer que a matança está prestes a voltar, e que desta vez vai ser pior, mas eu não quis acreditar nele. — Ele me lança um olhar penetrante. — Sophele, estas leis são um pré-requisito para legislar a matança.

Achei que Isaac não tivesse motivo para estar tão preocupado, até que, no dia seguinte, na escola, o Dr. Habermann, nosso professor de filosofia, escreveu no quadro as novas regras sobre quem é judeu, e fico sabendo que judeu é qualquer pessoa que tenha pelo menos três avós semitas, ou alguém que tenha dois avós judeus, se um deles era membro da comunidade religiosa judaica quando saiu a nova lei, ou se entrou depois disso para a comunidade, ou se for casado com um judeu, ou.... Não leio até o fim, porque todas essas cláusulas são absurdas; temos todos consciência de que um judeu é qualquer pessoa que pratique o judaísmo, tal como temos consciência de que os judeus são cidadãos alemães desde que a Alemanha é a Alemanha, mas todos os outros alunos copiam todas aquelas palavras tortuosas em seus cadernos, como se atravessassem a vida como sonâmbulos. E é assim que passamos a aceitar que o carvalho já não é uma árvore. E, se Hitler decidir amanhã que a gravidade deixou de existir, será que vamos todos começar a voar?

No fim de semana seguinte que tenho livre, Tônio concorda comigo que essas leis são absurdas, mas diz que a genialidade de Hitler está em ele saber que os sonhos de uma nação nem sempre fazem sentido.

— É simples — diz ele no seu tom doutoral, quando lhe digo que não faço a mínima ideia do que ele está dizendo. — Os alemães sempre sonharam em ter o seu próprio país, livre de... de impurezas e imperfeições estrangeiras. E o *Führer* nos ensinou que temos todo o direito de viver esse sonho.

Estamos deitados na cama quando ele declara isso, e eu me viro de barriga para baixo, para não ter que ver seu rosto tão seguro de si, esperando que eu concorde. E porque estou me lembrando do que Vera me disse no dia em que a conheci, que é melhor que os sonhos permaneçam no seu próprio reino.

Se ao menos Tônio não estivesse tão encantado com a maldade de Hitler, as nossas relações seriam mais fáceis, embora eu esteja começando a ver que ele talvez possa me ser útil em termos de saber o que o *Volk* pensa. Afinal, vai ser importante saber quando se tornar perigoso demais para Vera e Isaac continuar na Alemanha.

Como resultado das Leis de Nuremberg, dois dos clientes cristãos mais antigos de Isaac se recusam a continuar fazendo negócios com ele ou mesmo pagando suas contas atrasadas. Isaac tenta marcar uma reunião com eles, mas o resultado é só humilhação; eles se recusam até mesmo a deixá-lo entrar em seus escritórios. Será este um ponto de virada na sua maneira de pensar? Em vez de passar mais horas tentando encontrar novos clientes, Isaac mergulha nos manuscritos de Berequias Zarco mais obsessivamente do que nunca. Quando lhe pergunto se há alguma coisa que eu possa fazer para ajudá-lo com a fábrica, ele responde em tom prosaico:

— Não se preocupe, a fábrica pode tomar conta de si mesma. — E me pede para lhe fazer café, para poder se concentrar melhor.

Numa noite fria em fins de novembro de 1935, o Pai nos leva para jantar na cervejaria Köln, e uma mulher com um casaco de pele marrom do tamanho de um urso vai lá nos encontrar. Tem 27 anos. Sei porque lhe pergunto. Fala comigo em voz meiga, e lança imensos olhares sinceros e tristes a Hansi. Usa batom vermelho vivo e rímel azul-cobalto, o que lhe dá um ar de papagaio mutante. Seu vestido preto decotado é elegante e meio que de prostitutas, como a roupa que um gângster escolheria para sua namorada. Os brincos são pérolas cor-de-rosa gigantes. O nome dela é Greta Pach, e o Pai apresenta-a ao Hansi e a mim como secretária no Ministério da Saúde.

— Secretária do *pai* de vocês — acrescenta Greta, reclamando seu lugar, e o Pai lhe dirige um olhar irritado.

Aquele simples olhar do meu pai denuncia o jogo deles ainda antes de ter começado. E, quando pergunto a Greta há quanto tempo está no Ministério ela responde numa voz de gatinha — à la Marilyn Monroe — que começou há quase quatro anos, o que significa que já estava lá quando o Pai chegou.

Hansi não faz as contas, e é provável que ainda bem, mas agora eu sei que ela e o Pai têm trabalhado juntos, e provavelmente dormido juntos, desde o momento em que ele entrou para o Ministério da Saúde, em agosto de 1933. Há dois anos e quatro meses.

Vou ao banheiro, já que não quero desmoronar na frente do Pai. Será que ele vai nos deixar agora para poder começar a fazer pequenos periquitos vermelhos e azuis dentro do útero da Greta? Lavo o rosto e o pescoço com água gelada, mas me sinto arder. Sentada numa cabine, vejo que tenho que tomar uma decisão: posso fazer uma cena, e me arriscar a perder o Pai, ou agir o mais gentilmente possível, para ele ficar conosco.

Assim que vejo Hansi sorvendo ruidosamente a sopa, percebo que não tenho alternativa. Vou ter que ser simpática com o meu pai, talvez pela mesma razão por que a minha mãe também foi. *Quem ganha o dinheiro é quem tem todas as cartas na mão.* É o que eu gostaria de mandar gravar agora na lápide da sepultura da minha mãe.

— Ainda bem que você veio jantar conosco — digo a Greta ao me sentar, e pergunto-lhe onde mora, esforçando-me ao máximo para usar um tom alegre.

O Pai, sentindo que estou tramando alguma coisa, reclama que estou sendo bisbilhoteira demais, mas ela faz um gesto com a mão rejeitando o comentário e diz:

— Não, a Sophie tem o direito de saber coisas sobre mim.

E percebo, pela forma descarada e divertida como me olha, que sabe que sei a natureza de sua relação com o meu pai.

Ela diz que vive num apartamento "grande demais" em Charlottenburg. Às perguntas que lhe faço depois, responde que se divorciou do marido, corretor da bolsa, há quatro anos. Seu nome de solteira era Allers. Acrescenta que adora pintura, em especial as paisagens de Cézanne. Será um sinal de bom gosto ou será que o Pai lhe contou o que precisaria dizer para me conquistar?

O Pai mantém a mão sobre seus olhos irritados durante a nossa conversa amigável, como se quisesse se enfiar num buraco no chão. Pela maneira como passa os dedos pelo saleiro, deduzo que está doido por um cigarro. Agora percebo que este jantar foi ideia de Greta.

— Um dia, quando você for lá em casa, faço o seu retrato com muito gosto — digo a Greta.

E vai ser de fato com imenso gosto; vou pôr nela um bico e umas penas, e por trás uma grande onça, com o meu próprio sorriso felino, pronta para engoli-la inteira e depois cuspir seus malditos brincos de pérola.

— E você vai ter que ir na minha casa — cacareja ela, em deleite. — Você e o Hansi, os dois. Vão adorar as minhas cortinas novas! São de brocado azul e verde.

— Adoro brocado — respondo.

Ela não nota meu sarcasmo, mas o Pai lança-me um olhar de aviso. Embora seja ele quem vai ter que ter cuidado, pois agora entendo por que é que nunca tivemos dinheiro suficiente para comprar um apartamento maior; manter Greta quentinha com um urso em volta do corpo e comprar cortinas novas para ela condenou a Mãe, Hansi e eu a uma vida mais mesquinha. Mesmo assim, elogio seu vestido, ao que o Pai assente com a cabeça na minha direção, como quem diz: *Agora sim!*

Será que ele suspeita da minha vontade de jogar a grande vela branca que tem no centro da nossa mesa e tacar fogo no seu terno de risca de giz?

Depois da sobremesa, ele acende o cigarro de Greta e pega um para si próprio da cigarreira dela, Haus Bergmann, a marca que ele prefere. Também peço um, que ela me oferece com um sorriso satisfeito, mas o Pai logo diz, num tom indignado:

— Sophie, não sabia que você fumava. E não me parece uma ideia nada boa.

— Tem muita coisa que o senhor não sabe — digo. — Portanto, me dê logo fogo.

Ele franze o cenho com ar de mau, mas sou eu quem lhe lança desta vez um olhar de aviso, embora o meu nervoso seja como um braço se fechando em volta da minha garganta; não sei de onde vem esta coragem louca para desafiá-lo, e espero que a Mãe não me odeie se eu não tiver a força de vontade necessária para lutar contra ele durante muito tempo.

Quando conto a Isaac o romance do Pai, ele diz:

— É melhor ter muito cuidado com ele. Se está apaixonado, não vai ter muita paciência para seja lá quem for que atravesse o seu caminho.

Tônio diz praticamente a mesma coisa:

— Deixe o seu pai e a Greta em paz com as vidas deles.

O conselho dos dois me deixa furiosa. E me parece um indício de uma conspiração entre os homens, secreta e em nível mundial.

Revisto em vão o casaco e a calça do meu pai, à procura da chave do apartamento de Greta, e enquanto estou sentada na cama dele, com as costas dobradas, vejo que a Mãe também deve ter procurado muito nos últimos dois anos, à caça de manchas de batom, recibos de hotel e Deus sabe o que mais. Ou talvez seu tormento tenha começado muito mais cedo; ela deve ter suspeitado, tal como eu suspeito agora, que esta não era a primeira vez que o Pai a enganava. Se ao menos ela tivesse tido a coragem de me contar... Então, todas as nossas relações, mesmo as difíceis, teriam sido baseadas na confiança, e tudo aquilo que sinto agora seria muito menos pesado de suportar, devido a esta sensação de ter perdido grande parte da nossa vida em comum.

Talvez minha mãe tenha até conhecido algumas das outras mulheres, embora eu não consiga pensar em mais nenhuma possibilidade a não ser Maria Gorman, a velha amiga do Pai, da sede do Partido Comunista. Afinal, a Mãe jogou fora a geleia de framboesa dela sem nem provar, e nunca demonstrou qualquer receio de ser presa. Duas pistas para um casamento destruído. Suponho que não seja muito pior do que aquilo que a maior parte dos filhos tem, por isso eu não deveria me sentir tão enganada.

Embora talvez eu esteja totalmente errada em relação à ideia de a Maria ter dormido com o Pai e quanto à frequência das suas diversas infidelidades, hoje penso nele às vezes como um camaleão, dissimulando-se nas situações e nos acontecimentos. Há tanto nele que nunca compreendi.

No momento, digo a mim mesma que não vale muito a pena especular mais sobre a vida dupla do Pai, porque o passado é um quebra-cabeça cujas peças já estão encaixadas, e por mais que se tente refazê-lo, não tem como essas pequenas formas estranhas se encaixarem de outra maneira. Por isso, talvez o conselho de Tônio e de Isaac tenha sido perfeito. Mesmo assim, não poderia o meu pai ter esperado mais de quatro meses para mostrar a Hansi e a mim que seu coração não está conosco? Como eu disse, não tem qualquer integridade moral.

Um ano se passou desde que os membros do Círculo decidiram não se verem nem se falarem, por isso, para celebrar o fato de já poderem se ver outra vez, Isaac convida Vera, K-H e Marianne para o jantar de Chanuca, e na ventosa e gélida noite de 20 de dezembro passo por lá, onde fico por uma hora, deixando Hansi em frente ao Harpo e seu novo parceiro de balé aquático, o *Chico*.

Enquanto esperamos pelos convidados, Isaac me diz:

— Só espero que tenha se passado tempo suficiente em que ficamos separados uns dos outros para convencer o nosso traidor de que somos inofensivos.

— E você é inofensivo?

— Sou e não sou — diz ele, beliscando meu rosto e me olhando com ar lascivo.

Ele veste seu casaco de malha favorito, marrom, com buracos nos cotovelos, e eu estou calçando suas pantufas largas de pele, com um cachecol no pescoço; aquecer um apartamento sai caro, e a fábrica de Isaac foi muito prejudicada pelos nazistas.

Roman não vem; está com o circo Cardinali, e vai ficar em turnê até o fim do inverno. Rolf também não aparece. Nunca mais o vimos desde o funeral de Heidi.

Assim que K-H e Marianne chegam, dão-me os pêsames pela morte da minha mãe, abraçando-me, e despenteiam meu novo cabelo curto com risadas de apreciação. Vera faz o mesmo, pois estamos fingindo que não nos vimos nem falamos uma com a outra.

K-H não tira de mim seus olhos inquiridores enquanto vamos bebendo o nosso vinho e finalmente diz:

— Gostaria de fotografar você, agora que se transformou na pessoa que prometia ser.

Como é que ele sabe? Quando lhe pergunto isso, ele aponta para os próprios olhos.

— Sou treinado para ver — diz.

Quando nossos convidados perguntam por Hansi, conto-lhes que ele jogou Groucho fora do aquário e que depois joguei o peixe assassino esgoto abaixo. Vera diz que deveríamos tê-lo comido.

— Os peixes dourados ficam bons sobre uma fatia de pão — diz, esfregando a barriga —, e melhores ainda com um pouco de rabanete.

Apesar do seu senso de humor, Vera tem um ar vazio e cansado, e percebo pela forma obsessiva como fuma que está quase desmoronando, mas ela me garante que não poderia estar melhor. Quando nos sentamos, pergunto a K-H e Marianne se têm falado com Rolf.

— Não, receio que ele culpe a todos nós pela morte da Heidi — diz K-H.

— Por que ele culpa vocês? — pergunto.

— Porque a Vera e o Isaac lhe pediram para fazer umas investigações.

— A Heidi descobriu alguma coisa que levou à sua morte — acrescenta Marianne —, embora nunca venhamos a saber o que foi.

Uma declaração que interpreto como um desafio... Será que ela chegou a conhecer a identidade da pessoa que ajudou Georg a sabotar O Círculo? Deixo a conversa passar por mim e olho por baixo do vidro. Talvez não seja alguma coisa que ela saiba, mas alguma coisa que tenha *feito* o que provocou sua morte. Poderá ter sido ela a traidora que denunciou Raffi e contou à Gestapo onde encontrar Vera? Alguém o fez; portanto, por que não ela? O que pode significar que outro membro do Círculo tenha se vingado, envenenando-a.

— Ei, ouça só esta, Sophele — diz K-H, indignado, desviando minha atenção das minhas especulações —, fui expulso da equipe de nadadores surdos por ser judeu.

— E eu fui expulsa do clube dos gigantes observadores de pássaros — acrescenta Vera, com sarcasmo.

— Vera, eu estava na equipe há sete anos. Adoro nadar. Foi uma desilusão.

— Ah, cale-se. Não fazemos mais nada além de reclamar. Já não fazemos nada *mesmo*. Detesto isso!

Durante a hora que se segue, Vera critica os outros mais duas ou três vezes, por terem abandonado a luta.

— Trabalhar com jornalistas estrangeiros não está nos levando a nada! — diz ela. — E agir separado não faz sentido.

A depressão toma conta de mim, porque a solidariedade que estes velhos amigos outrora partilhavam desapareceu por completo. K-H nem sequer tira fotografias mais. Eu não tinha reparado que atuar juntos contra os nazistas lhe dava não apenas uma missão, como também um prazer otimista na companhia uns dos outros, e agora, desapontados consigo mesmos, vão ter que descobrir uma nova forma de estar juntos, se conseguirem. Será que sabem que Isaac e eu somos amantes? Não sinto nenhum alarme de escândalo por baixo das nossas conversas. Depois de se acender a primeira vela menorá e de Isaac nos dirigir nas nossas orações de Chanuca, chega o momento de eu ir para casa. Ele me leva até a porta. Já bebi dois copos de vinho a mais que a minha cota, e talvez seja por isso que o beijo na boca. Ele estremece, como se tivesse sido atravessado por uma flecha, mas eu quero que nossos amigos saibam que eu tenho as minhas próprias regras e quero encorajá-los a continuar a lutar, da forma que puderem. E talvez até queira justificar a constatação de K-H, e ser vista como eu mesma. Era esse o objetivo da Mãe, e talvez seja também o mais importante que herdei dela.

No dia seguinte, depois da escola, entro no apartamento de Isaac e encontro-o na sua habitual posição graciosa, sentado à escrivaninha, debruçado sobre seus manuscritos. Só que desta vez está segurando uma grande lupa de cabo de marfim, e quando se vira para mim, coloca-a sobre o nariz, que fica enorme, do tamanho de uma pera. Seus olhos têm aquele brilho maroto que lhe dá o prazer de me fazer rir, mas ele não se ergue de um salto para me beijar. Estranho. Baixa a lente, como se tivessem tirado todo o ar que havia em seus pulmões.

— Sophele, se eu estivesse destruindo a sua vida, você me diria, não dizia? — pergunta ele, numa voz hesitante e preocupada, o que faz com que eu me sinta como se caminhássemos para um precipício na ponta dos pés.

— De onde você tirou essa ideia? — pergunto.

— Ontem à noite, o K-H, a Marianne e a Vera acharam que eu podia estar abusando de você.

Arregalo os olhos, e depois penteio com os dedos as mechas do seu cabelo. Sentamo-nos juntos, eu em seu colo. Por insistência minha, falamos da sua infância, o que me dá sono, de uma maneira agradável.

— Não estou pesada demais, estou? — pergunto de cinco em cinco minutos, e ele ri, como quem diz que sou boba.

Gosto de ouvir as histórias dele, repetidas vezes. Gosto de poder me apoiar na segurança de saber o que vem a seguir; a morte da Mãe me deixou novamente assim, frágil e infantil.

Depois de fazermos amor, ele faz deslizar o braço sob a minha cabeça, e pela primeira vez falamos da esposa dele.

— Durante muitos anos ela foi a minha sombra, e eu fui a sombra dela — diz ele. — Talvez até fôssemos próximos demais. A morte do nosso filho nos uniu, mas nos isolou. — Ele dá de ombros com tristeza. — Depois, um dia acordei e olhei em volta e não havia nada. É uma coisa horrível, não projetar uma imagem nem para a frente nem para trás de si mesmo. É como não nascer. É viver como um *dybbuk*, um fantasma que assombra a terra.

Sentir o que ele perdeu me faz abraçá-lo com força, e ele não resiste. Sua generosa tolerância comigo é o motivo pelo qual o ciúme não nos envenena. Contudo, nossa intimidade me faz tremer após algum tempo; é a fragilidade de estar nua demais diante de um amante. Levanto-me e vou buscar a lupa. Sentada ao lado dele na cama, olho para seus lábios, pétalas gigantes de uma flor carnuda. Pergunto-lhe para quê precisa daquilo.

— Quero ver se Berequias Zarco escreveu algumas referências à Sétima Porta nas margens dos seus manuscritos... em letras minúsculas. Odeio pôr os óculos para ler, e a minha visão já não é mais o que costumava ser.

— Isso é porque os seus olhos já não são mais alemães.

— É verdade — responde ele, taciturno.

— E eu nem sabia que você usava óculos para ler.

— Porque só servem para atrapalhar. Sophele, a Vera me pediu ontem à noite que a ajudasse a explodir o quartel-general da Gestapo. Temos que convencê-la a emigrar antes que ela mate alguém.

Embora ela talvez já tenha matado alguém, penso, e imagino-a colocando suas mãos gigantescas em volta do pescoço de Heidi, apertando-o. Gostaria de perguntar a Isaac se também suspeita dela, mas tenho quase certeza de que ele mentiria para protegê-la.

— Você tem o endereço do Rolf? — pergunto-lhe em vez disso.

— Você me faça o favor de não ir vê-lo — responde ele.

E me dá as costas abruptamente, pondo-se de pé e indo até a janela. Entreabrindo ligeiramente as cortinas, espreita lá para fora.

— Por quê? — pergunto.

— Porque... porque eu preferia que você não fizesse isso. E acho que isso deveria bastar como motivo.

A maneira ríspida como ele fala comigo me leva a lhe fazer uma pergunta que eu não sabia que tinha:

— Isaac, você não está envolvido de uma maneira ou de outra no assassinato da Heidi, está?

— Eu? — Ele se vira e fica olhando para mim, indignado. — A Heidi era uma grande amiga minha!

— Mas se estivesse traindo vocês...

— Acha que ela estava?

— Não faço ideia. De qualquer forma, prometo que não vou violar nenhuma lei de Nuremberg com o Rolf — brinco, tentando apaziguar o mal-estar que se instalou entre nós.

— Você não devia estar sempre fazendo piada de tudo — responde ele, irritado.

Vai até a escrivaninha, onde deixou o cachimbo. Será que vamos ter a nossa primeira briga? Talvez, porque não estou com vontade de ceder nem um centímetro da pessoa que sou, seja lá quem ela for.

— Nunca pensei que precisasse lhe pedir desculpas pelo meu senso de humor — digo. — De qualquer forma, como você já não é mais um cidadão, não tem direito a voto quanto à minha forma de me comportar.

— Você não tem jeito.

— Porque sou ariana. Tenho honra e caráter.

Ele me lança um tal olhar de desprezo que me sinto como se tivesse engolido terra do chão. Levanto-me e me visto sem uma palavra. Quem diria que a nossa primeira briga seria tão estupidamente silenciosa? No mínimo, eu teria esperado uns cacos mesopotâmicos estilhaçados e xingamentos em iídiche: *Deus faça seus pés crescerem mais, e que não tenha dinheiro para comprar sapatos...!* Assim é que deve ser uma luta entre duas galinhas aleijadas.

Ele acende o cachimbo e volta às suas leituras, com tanto autocontrole que fico assustada.

— Então, qual é o endereço do Rolf? — pergunto quando já estou vestida.

— Kronprinzenstraße, número 34, segundo andar. Mas se for visitá-lo — acrescenta, como se se tratasse de uma ordem —, então vá direto da escola. Não temos certeza de não estarmos sendo vigiados, por isso não quero que ninguém a siga do seu apartamento nem do meu. Ou estou muito enganado, ou tem alguém com uma lupa apontada para nós neste exato instante.

Rolf vive num bairro mal-iluminado e de aspecto ruim, construído para os operários da fábrica de freios Knorr, em Rummelsberg. Não posso ir ao fim da tarde sem Hansi, por isso ele vem trotando atrás de mim desde que chegamos à estação da Frankfurter Allee. As explicações que lhe dei sobre ter que o levar para tão longe de casa não devem ter pousado em terra firme dentro daquele cérebro em miniatura, por isso tenho que ameaçá-lo, dizendo que farei a minha imitação do King Kong derrotando um dinossauro de tantos em tantos minutos, senão é capaz de ele entrar em greve e sentar na calçada cheia de neve derretida e acabar com uma pneumonia, e depois quem paga a conta sou eu, pois quem mais iria cuidar dele? Será que ele tem consciência de que está me torturando devagarinho até me matar?

Fizemos um circuito em ziguezague para chegar aqui, a fim de despistar alguém que pudesse nos seguir. Levou uma hora inteira, por isso estamos meio gelados, mais uma razão para a falta de entusiasmo de Hansi. Rolf mora num bonito edifício cor-de-rosa e branco, com varandas em ferro forjado. Atende assim que bato à porta; continua sendo basicamente uma cabeça com pernas, mas sua corcunda cresceu, obrigando-o cruelmente a inclinar a cabeça para baixo e para a esquerda, como se estivesse escutando os estalidos das tábuas do chão. Cortou o cabelo curto como o de um prisioneiro, e seus olhos estão menores do que eu me lembrava, verdadeiros buracos de espreitar nas portas, rodeados por rugas profundas. Envelheceu muitos anos desde que o vi pela última vez.

Um encantador sorriso de surpresa ilumina seu rosto pequeno e redondo, mas ele não consegue erguer os olhos o suficiente para olhar nos meus:

— Sophele!

Ajoelho-me e nos beijamos na bochecha. Ele cheira a fumaça de charuto. Todo o apartamento, aliás. E faz tanto frio que ele veste um longo roupão, azul-escuro, sem dúvida obra de Vera.

— Acho que você já viu o meu irmão uma vez — digo, esticando a mão para trás, para agarrar Hansi antes que ele vá embora.

— Vi sim, claro. Entrem, entrem...! — Faz com o braço um gesto largo e gracioso. — O que os traz a este lado da cidade? — pergunta ele, com um sorriso simpático.

— Só queria saber como é que você estava.

Ele liga a luz do teto, uma lanterna chinesa branca.

— Que bom que você veio. Sente-se... — Ele aponta para um sofá de veludo preto bastante esgarçado, com almofadas cor de laranja cujo enchimento é irregular e duro. A mesa de centro entre nós está coberta de pratos cheios de comida ressecada, incluindo um pedaço de queijo em que cresceu uma barba cinzenta e malcheirosa, e uma ponta de charuto. Vendo Hansi cheirar ruidosamente o ar, incomodado com o odor no ar, Rolf pega a louça e joga aquela porcaria toda na cozinha, dizendo: — A senhora que faz a limpeza não apareceu esta semana...

Um barulho de louça caindo me faz dar um pulo. Tenho a impressão de que Rolf faz parte de um grupo de viúvos berlinenses que cultivam pilhas de pratos na pia. Isaac, claro, é um dos membros fundadores.

Ele me faz perguntas sobre a escola, e sobre os meus pais, e me faz um carinho automático na perna quando lhe falo da morte da Mãe. Vejo pelo seu olhar humilde que pensa que eu talvez recuse um sinal mais íntimo de sua solidariedade, por isso dou-lhe um beijo no rosto, ao que ele me abraça. Feliz com a nossa amizade renovada, ele sai apressadamente, com o passo arrastado, para ir buscar seu álbum, que documenta suas duas décadas no circo. Fica sentado entre mim e Hansi. Os elefantes e os tigres ao fundo chamam a atenção de Hansi, mas Rolf está sempre apontando para Heidi.

— Aqui ela... está vendo? E eu estou aqui.

É um homem que repararia primeiro na mulher, nem que ela aparecesse numa fotografia atrás de Jean Harlow. Nessa época, Rolf tinha uma espessa cabeleira, de um belo cabelo castanho. Um Sansão comprimido e sem pescoço. Em várias fotografias, está com umas pantufas marroquinas douradas, daquelas que arrebitam na ponta.

— Tínhamos um número em que eu fazia o criado de um palhaço que pensava que era um paxá — explica. — Quando penso nas coisas idiotas que fazíamos... — Ele ergue os olhos aos céus.

Heidi usava seu cabelo dourado em tranças, nas fotografias antigas.

— Ela teria dado uma Moça Alemã muito melhor do que eu — digo a Rolf, e seu rosto abre-se num largo sorriso.

Depois, ele traz pilhas de guardanapos que guardou como recordação dos restaurantes onde jantava nas suas viagens com o circo. O meu favorito é de renda cor de rubi. Brilha como um vitral quando o ergo contra a luz.

— Esse é de Praga — diz ele.

Rolf quando jovem, vestido para um espetáculo de circo

Também nos mostra sua coleção de bengalas, mais de cinquenta. Tem-nas guardadas num barril de cerveja, no seu quarto. As suas duas favoritas têm cabeças de macaco de cerâmica branca no castão. As diabólicas criaturas sorriem descaradamente, como se estivessem guardando uma fofoca magnífica debaixo da língua.

— Comprei-as em Varsóvia, num antiquário judeu — diz Rolf. — Disseram que eram varinhas mágicas. — Ele põe uma delas na minha mão e acrescenta: — Peça uma coisa, Sophele, e depois sopre no macaco.

Eu poderia pedir que Heidi voltasse, mas não creio que isso possa acontecer, por isso penso: *Que Isaac e eu sobrevivamos aos nazistas.* É nesse momento que percebo que já desisti de toda esperança de mandar Hitler num futuro próximo de volta para suas águas-furtadas de Viena.

Hansi estende a mão para a bengala, e Rolf a entrega a ele. O menino encosta os lábios à cabeça do macaco durante muito mais tempo do que seria considerado normal pela maioria das pessoas.

— Pode ficar com ela, se quiser — diz nosso anfitrião, com ternura, a Hansi, ao que meu irmão chupa os lábios para dentro da boca e emite uma espécie de gemido. — Ele quer fazer xixi? — pergunta Rolf.

— Não, isso quer dizer "obrigado" no Universo Hansi.

— De nada — diz Rolf ao menino, fazendo carinho na sua perna. — Sophele — diz ele, inspirando de repente, como quem acaba de descobrir alguma coisa —, acho que também estou vendo uma coisa para você. — Levando a mão atrás da minha orelha, pega o guardanapo de Praga. — *Voilà!* — exclama, radiante.

Dou-lhe outro beijo no rosto e espalho o tecido sobre os meus joelhos.

— Eu tinha esquecido que você era um mágico tão bom. — Inclinando-me adiante a fim de olhar para o meu irmão, que está sentado em frente a mim, pergunto-lhe: — Viu o que o Rolf fez?

Mas ele está namorando o macaco com seus olhos encantados, e não diz nada.

— Sophele, e se eu lhe ensinasse o truque? — exclama Rolf. — Mais tarde, você vai poder divertir os seus filhos com isso.

Após 15 minutos, minhas mãos já pegaram o básico da coisa, e pratico tantas vezes durante as semanas seguintes que aprendo a tirar o velho relógio da minha mãe de trás da orelha de Hansi.

Rolf e eu ainda falamos por um tempo sobre as desvantagens de se ter 1 metro de altura numa cidade grande como Berlim, depois conversamos sobre Paris, Budapeste, Munique... Hansi cai no sono profundo. Rolf fica observando-o longamente, e seus olhos se enchem d'água. Sussurra:

— Seu irmão é lindo, lindo, lindo. — *Schön, schön, schön...*

Só um poeta do coração diria *schön* três vezes, e agora entendo melhor por que Heidi o adorava. E posso falar de assuntos importantes.

— Rolf, a Heidi era maravilhosa. Nunca vou esquecê-la.

— O que vou dizer pode parecer uma estupidez — responde ele —, mas eu nunca tinha me dado conta de que a morte dela seria algo tão definitivo. A lição que aprendi é que a morte é a única coisa que nunca acaba. Você entende? — Ele entrelaça os dedos, depois os separa. — O mundo se desfez... ficou vazio de significado. Como a história que acabei de lhe contar sobre Paris... Todas as minhas histórias são pedras que atiro para o mundo, na esperança de que uma delas deixe um amassado que prove que ainda estou vivo. Mas só provam o contrário, que não estou realmente aqui.

Ele fala com tanta convicção, e faz um esforço tão grande para ser compreendido por mim, que eu própria me sinto emocionada até as lágrimas. Mas também me sinto inútil. Há tão pouco que eu possa fazer por ele...

— Estou sendo um anfitrião horrível — diz, recuperando o entusiasmo. — Vou fazer chá e pôr mais carvão no fogão. Vocês dois devem estar gelados, coitadinhos.

Vamos os dois juntos à cozinha, e, enquanto ele trata das xícaras e dos pires, eu jogo o queijo com barba no lixo e começo a pôr os pratos de molho, ao que ele me puxa para longe da pia. É um homenzinho bem forte, um minitrator. A luta que travamos, para trás e para a frente, me faz desatar a rir.

— Daríamos uma boa dupla de comediantes — digo.

Depois que eu ganho, e quando todos os pratos com comida seca estão de molho, ele diz:

— Sophele, me deixe dar a você algumas das flores de seda da Heidi.

Ele me leva até seu quarto. Hansi ronca, o que faz Rolf sorrir como se ele fosse a coisinha mais meiga do mundo; por isso, sussurro:

— Dê graças a Deus por não ter que dormir no mesmo quarto com o expresso da meia-noite para Colônia. Às vezes eu bem gostaria que descarrilasse.

A cama de Rolf é um quadrado de 1,20 metro. Sua cômoda bate no meu quadril. Estamos em Liliput, e aqui sou eu a estranha, desajeitada e grande demais...

— Olhe só para isso — diz ele, todo entusiasmado, e roda a chave da gaveta de baixo, que é seu esconderijo para centenas de flores de seda. — Quando não estava cozinhando, Heidi fazia flores de pano. Foi a Vera que lhe ensinou. Leve algumas. Ela iria gostar que você ficasse com elas.

Tiro um lírio azul e uma rosa branca.

— A Vera disse que não o via fazia um tempo — digo enquanto ele volta a fechar a gaveta a chave. Uso um tom leve para ele não ficar irritado.

Ele arregala os olhos para mim.

— Então você falou com ela sobre mim? — pergunta, como se eu tivesse cometido um crime.

— Só uma vez. Ontem à noite ela foi à casa do Isaac.

— Não tenho nada a dizer a ela. Nem a nenhum dos outros. — Zangado, ele sai do quarto no seu passo de pinguim desengonçado.

— Mas por quê? — pergunto, seguindo-o. — Eles estão preocupados com você.

De novo na cozinha, Rolf inclina a cabeça para me fitar o melhor que pode; seus olhos minúsculos disparam faíscas, e seu pescoço treme devido ao esforço que ele faz para olhar para cima.

— Nunca vou perdoar a Vera por não ter aberto a porta para a Heidi no dia em que ela desapareceu. Se tivesse aberto, então... — Mas não termina a frase, porque agora não há nada no mundo que salve sua mulher de ter sido assassinada.

— A Vera me falou que pediu a você e à Heidi que investigassem quem poderia estar traindo O Círculo. Sabe se ela descobriu alguma coisa que possa ter lhe causado problemas?

— Não tivemos muito tempo para fazer grandes investigações.

— Tem alguma ideia de quem poderia estar informando os nazistas sobre a atividade do Círculo?

— Não.

A água do nosso chá já está fervendo, e Rolf começa a despejá-la no bule.

— Acha que a Vera pode ter alguma coisa a ver com a morte da Heidi?

Rolf sobressalta-se, entornando água no fogão, que é alto demais para ele, e o vapor emite um som sibilante.

— Merda! — diz ele, baixinho.

— Desculpe. Entornou em você também?

— Não, eu estou bem.

Ele segura no cabo de madeira da panela com ambas as mãos e a mantém afastada do corpo, como uma espada. Quando acaba de encher o bule, fica olhando distraído pela janela, organizando as ideias. Parece mais novo de perfil, e consigo facilmente imaginá-lo como um garoto com uma cabeleira tipo esfregão, correndo como um endiabrado por entre as pernas dos pais, deleitado com as coisas simples, como flores de seda e bolos. Espero que os pais tenham reconhecido como um dom sua natureza alegre.

— Cheguei a pensar na possibilidade de a Vera estar envolvida — diz ele.

— Mas ela e a Heidi eram amigas íntimas. Tinham a mesma maneira de ver as coisas de mulheres, as... — Suspira, incapaz de encontrar a palavra certa.

— Não consigo imaginar a Vera jogando o corpo da Heidi num lago qualquer. Se acreditasse nisso, não seria capaz... não seria capaz de continuar.

Depois que Rolf, Hansi e eu tomamos o nosso chá, é hora de ir, pois temos que chegar em casa antes do Pai. À porta, Rolf faz sinal para eu me aproximar dele e diz:

— Aconteceu uma coisa estranha que eu não contei a ninguém.
— O quê?
— O Sebastian Stangl, o médico que nos enganou, a mim e à Heidi, e que a esterilizou... Ele também desapareceu, mas não encontraram o corpo.
— Leu isso nos jornais?
— Não, fui ao consultório dele assim que recebi os resultados da autópsia da Heidi. Queria tirar satisfações por ter nos traído, mas uma das enfermeiras disse que ele estava desaparecido fazia dez dias já. Vieram dois policiais me interrogar pouco depois disso. Revistaram meu apartamento e depois me levaram à delegacia, para me interrogar mais. Depois me mandaram embora. Se tivessem encontrado alguma prova, agora eu estaria na cadeia. De qualquer forma, tenho quase certeza de que precisariam encontrar o corpo para me acusar de algum crime.
— Mas você não matou o Dr. Stangl, não é?
— Não, quem me dera. Mas a polícia não acredita em mim. Continua me vigiando. Não posso deixar de pensar que há uma espécie de simetria no que aconteceu.
— Uma simetria?
— Agora o Dr. Stangl está muito provavelmente morto, tal como a Heidi. Eu não ficaria espantado se o cadáver estivesse no Rummelsburger See. Para dizer a verdade, aposto tudo o que tenho, incluindo as flores da Heidi, que, se a polícia descobrir o que aconteceu com ele, vai descobrir também quem matou a minha mulher!

Ao chegar em casa, consulto o número do Dr. Stangl na lista telefônica, mas só encontro o do seu consultório. Quando telefono, ninguém atende. Tento várias vezes no dia seguinte, mas sem qualquer sorte. Só no outro dia de manhã é que uma enfermeira chamada Katja Müller finalmente atende e diz que tive sorte em encontrá-la ali; está levando os arquivos para guardar. Ela me dá o número do telefone de casa do Dr. Stangl, pois alego que gostaria de expressar a minha solidariedade à esposa dele. A Sra. Stangl não atende nesse dia, mas encontro-a em casa na tarde seguinte. Sua suspeita quanto aos meus motivos faz gelar a linha telefônica que nos liga. Quando lhe explico que sou amiga de Heidi, pensando que isso talvez a torne um pouco mais calorosa, ela irrompe em acusações, dizendo que tem certeza de que foi Rolf quem matou seu marido.

Depois de se acalmar um pouco, ela explica que o Dr. Stangl recebeu uma chamada telefônica no dia em que desapareceu.

— Saiu imediatamente de casa, porque o doente que telefonou estava aflito. O Sebastian era assim... saía no meio da noite para salvar um amigo.

E depois, pimba, esterilizava-os contra a vontade deles, penso.

— O seu marido lhe disse quem estava ligando? — pergunto.

— Do Rolf.

— Ele chegou a mencionar o sobrenome do Rolf?

— Não, mas disse que era o anão. Quando penso em todas as vezes que meu marido o atendeu fora do horário! Perdi a conta do número de vezes que aquele filho da mãe de três palmos veio a nossa casa pedir ajuda... de manhã, à noite... E o meu marido nunca se recusou a vê-lo. Nunca!

— Acho que alguém fingiu ser o Rolf para fazer o Dr. Stangl sair de casa na noite em que desapareceu — digo a Isaac.

Resposta, nenhuma. Nestes últimos dias ele fala muito pouco, e passa quase todo o tempo estudando os manuscritos de Berequias Zarco. Se eu não lhe fizesse ovos cozidos e torradas, morreria de fome. Mesmo assim, já se pode ver suas costelas, e ele lembra um daqueles bodes do Picasso. Sexy, mas de uma maneira desesperada. Voltamos a ligar o aquecimento por enquanto, porque ainda está bem frio, e neste momento ele está sentado de roupão aos pés da cama perscrutando *A Terceira Porta* com sua lupa de cabo de marfim trazida de Istambul. Estou deitada de lado atrás dele, apoiada no cotovelo. Aqueço meus pés descalços nas costas dele, porque é o melhor fogão do mundo. Não é preciso carvão. Bastam sexo, torradas e ovos.

— Isaac, tem alguma ideia de quem poderia imitar a voz do Rolf? — pergunto bem alto.

Ele se vira e olha para mim, aborrecido por eu o estar atrapalhando.

— O que a faz pensar que não foi o Rolf que o matou?

— Ele disse que não foi, e eu acredito nele. Acha que estou sendo burra?

— Talvez um tanto ingênua.

Ele vira a página e inclina-se para a frente, tanto que parece estar cheirando a tinta turca do século XVI do seu antepassado.

— Acha que podia ser o Dr. Stangl quem estava traindo O Círculo? — pergunto.

— Sophie, estou tentando ler!

— O Raffi morreu, e o bebê da Vera também. E agora a Heidi... eu quero respostas!

— Nunca contei os nossos planos ao Stangl. Não sou um *Dummkopf* assim tão grande!

— Mas talvez outra pessoa tenha contado. Você disse que ele era o médico dos seus amigos do circo.

Ele abana a mão por cima do ombro, dirigindo-se a mim. Sinal de que devo parar de falar, mas eu gosto de testar sua paciência.

— Você gostava dele? — pergunto. — A mulher, pelo visto, acha que ele era um santo.

— Um santo! — exclama ele em voz indignada, voltando-se bruscamente. — O homem era um diabo. Embora seja verdade que foi gentil conosco da primeira vez que o vi. — Dá de ombros. — As pessoas mudam... *ele* mudou.

Isaac se levanta e vai até a escrivaninha consultar outro manuscrito. Abre o roupão para poder coçar os testículos. Depois puxa os pelos. Talvez Tônio venha a gostar desse mesmo tipo de tortura leve quando estiver alcançando os 70 anos.

— Isaac — digo, levantando-me, e, como ele não olha para mim, começo a crocitar como um corvo berlinense; descobri que isso é mais eficiente que palavras.

— O que é? — pergunta ele, sem se virar.

— Por que alguém mataria tanto a Heidi como o Dr. Stangl?

Ele olha para mim com ar implorante.

— Pare! Já disse, não gosto que você ande por Berlim fazendo perguntas sobre crimes.

Ele me dirige aquele seu olhar fatal, encarando-me de olhos franzidos, mas agora já estou vacinada contra sua indignação.

— Vou parar quando solucionar o mistério — digo. — É esse o meu Araboth.

Ele deixa o corpo desabar. É outra estratégia para conseguir o que quer, quer inspirar compaixão pelo velho e frágil alfaiate que começou a trabalhar aos 10 anos.

— Fico preocupado com você — diz ele.

— Prometo que vou tomar cuidado.

— Sophele, se alguma vez você se vir numa enrascada, quero que me procure. Ou que me telefone. Seja o que for que tiver acontecido, eu vou ajudá-la. Lembra do que significa *mesirat nefesh*?

— A determinação para entrar no Reino dos Mortos para salvar alguém que se ama. — Já sei o que vem a seguir, por isso acrescento: — Você não vai precisar fazer nenhum sacrifício por mim.

— Mas se arranjar problemas...

— Você será o primeiro a saber. Prometo.

Seus olhos se iluminam.

— Quero lhe dar um presente. Pensei em esperar chegar o seu aniversário, mas ainda falta muito tempo.

— Acho que sei o que você tem aí para mim — digo, pois seu *putz* começou a mexer.

— Ah, esta coisa velha você pode ter sempre que quiser — diz ele, puxando o pênis para fazer sua imitação boba da tromba de um elefante, e largando-o em seguida. — Não, tenho um presente sério para você! — Ajoelhando-se, ele tira uma caixa embrulhada em papel vermelho da última gaveta da escrivaninha e a estende para mim. — Abra.

Lá dentro, descubro uma caixa de madeira com 48 lápis pastel, de todas as cores que Chagall, Cézanne e Sophie Riedesel poderiam desejar, até aquele tom de grata passividade dos olhos de Isaac quando lhe arranco Berequias Zarco e o levo para a nossa cama.

Depois que ele fica exausto e gemendo, deitado de costas como um náufrago na Ilha dos Amantes Insaciáveis, mais para rirmos do que por exaustão verdadeira, tiro os lápis pastel da caixa e tento pela primeira vez fazer um retrato a cores. Mas sinto minhas mãos e meus olhos confundidos com excessivas possibilidades. É como se ele tivesse me dado um baralho de duzentas cartas, e a confusão de linhas e cores que faço leva Isaac a fazer uma careta e a tapar os olhos quando vê uma semelhança tão desfigurada. Ninguém nascido depois da era dos filmes mudos conseguiria fazer uma expressão tão melodramática. O homem tem talento.

Tento logo fazer outro retrato, mas não consigo traduzir as texturas e emoções do rosto dele, as ternas e suaves rugas de suas pálpebras, as sombras de concha dentro das orelhas, seu amor cansado por mim, em azul, vermelho e amarelo. Na realidade, levo meses até conseguir aprender a lidar com a cor. Isaac diz que não é de se admirar, pois o espectro da luz é uma das mais poderosas emanações de Deus, e a capacidade que a luz branca tem de se separar nos seus diversos componentes é um enorme mistério.

Diz também que a cor simboliza a alegria da Criação.

— Imagine Adão quando viu o céu azul pela primeira vez! Ou Eva, quando segurou na mão aquela maçã vermelha!

— Eva fez mal em ter comido a maçã? — É uma pergunta que há muito tenho vontade de lhe fazer.

— Não, não, não. Se ela não tivesse comido a maçã, nunca teríamos saído do Paraíso, e os homens e as mulheres nunca saberiam que havia um mundo em volta, nem teriam qualquer consciência de si próprios. De qualquer forma, Eva não *fez* nada que nós todos não faríamos também.

— Não?

— Todos nós, ao longo da vida, damos uma mordida nessa mesma maçã no momento anterior àquele em que nos reconhecemos pela primeira vez no espelho. Todos somos Eva, tal como todos somos Adão. E, enquanto mastigamos a maçã, dizemos a nós mesmos: *Eu existo e sou separado de Deus.*

— Então a serpente não é o mal?

— Não, a serpente é a eternidade, a centelha de eternidade que tem origem na terra e que dá início ao fogo... ao incêndio dentro de cada um de nós. A serpente é a vida reconhecendo a si própria, e sabendo que temos muito trabalho a fazer enquanto aqui estamos. Lembre-se de que as únicas mãos e os únicos olhos que Deus tem são os nossos.

— Então por que é que as pessoas acham que a serpente é o mal?

— Porque acham que o mundo é feito de prosa, quando na verdade é feito de poesia.

— Não estou entendendo.

— Porque apenas acabamos de chegar à Terceira Porta — diz ele, beijando-me na testa. — Você é só uma pequena *pisher** descobrindo como usar os seus lápis pastel.

— Quando vou chegar à Quarta Porta?

— Quando se casar e tiver filhos. — Resmungando, acrescenta: — Embora você saiba que está se aproximando quando começa a ter todas as dores de cabeça que vêm quando uma pessoa se apaixona.

---

*Novata, inexperiente. *(N. da E.)*

Capítulo 16

No final de janeiro aproximadamente, começo a adorar as sobreposições que consigo fazer com meus lápis pastel. E, tal como Isaac queria, estou espantada por constantemente me recordarem tudo o que se esconde por baixo da superfície daquilo que vemos, ouvimos e sentimos. Aprendo que há uma paisagem de cores quase invisíveis por baixo do que parece ser o negro uniforme em torno da figura de São Sebastião, no quadro de Ribera que se encontra no Museu Imperador Frederico, aonde Isaac me leva para ver os mestres espanhóis, italianos e holandeses. E fico sabendo também que há muito trabalho em que não reparamos nas telas de Rembrandt, a menos que as estudemos de perto, tantos desenhos, tanta mistura de linhas, tanto sombreado necessário para trazer aqui para fora as imagens que ele viu se esforçarem por nascer... E tanta experiência. Uma vida inteira de tristeza e esperança nos olhos do velho rabino cujo retrato ele pintou, e que me observa como se soubesse que um dia eu viria visitá-lo. E todo esse trabalho é uma tentativa de dar forma à fronteira entre o artista e o mundo. É isso que eu aprendo a valorizar naqueles pequenos pauzinhos de cor que se tornam uma extensão dos meus dedos. Falam comigo em vozes tão sussurradas como a oblíqua luz amarela em *A floresta de carvalhos*, de Van Ruisdael, e tão altas como o meu amor crescente por Isaac. E sussurram-me aquilo em que cada folha de papel quer se transformar. Outro grande mistério: como os quadros se determinam a si próprios; como tudo, incluindo nós, vai se desdobrando, até se completar.

E é a Isaac que devo esta oportunidade de começar de novo; percebo agora que, se tivesse sido deixado sozinha, teria negado a mim mesma o mundo da cor.

Mesmo assim, não me informo, nos meses que se seguem, sobre o procedimento que devo seguir se quiser concorrer para uma vaga na Escola de

Artes Aplicadas ano que vem. Esse objetivo agora me parece um sonho que desapareceu enquanto eu não estava olhando.

Tônio me leva para patinar no gelo num luminoso e frio dia de fevereiro de 1936, e, enquanto deslizamos sobre o gelo de braços dados, ele volta a falar em casamento. Garante-me que sua mãe me adora.

— Mas e o seu pai? — pergunto.

— Ah, esse não gosta de ninguém. Mas vai aceitar você, assim que dissermos o sim. E vai adorar você assim que lhe der um neto.

A ideia do Dr. Hessell colocando suas enormes e ásperas mãos em volta de um filho meu me dá uma sensação de pânico que me domina por completo. E não ajuda muito o fato de saber que os planos de Tônio para nós podem, na realidade, ser apenas para agradar ao pai dele.

— A gente fala nisso quando tiver acabado o seu tempo de serviço militar obrigatório — digo. E acho que representei lindamente, mas vejo no seu olhar distante que ele não acredita em mim. E que o magoei. Sempre esqueço como ele é sensível. — Me perdoe — digo, levando a ponta dos seus dedos aos meus lábios. — A morte da Mãe me deixou tão desorientada que, na maior parte das vezes, nem sei onde estou.

A carta em que o meu irmão é chamado ao tribunal para uma audiência sobre esterilização chega no princípio de março. Está marcada para o dia 16. Fujo de perto de Hansi para o banheiro e tranco a porta para poder ficar sozinha com o meu terror, depois deixo a carta em cima da mesa da cozinha, para o Pai ler quando chegar. Será que a notificação chegou só agora porque a Mãe já não está mais aqui para se opor à operação do filho?

Quando meu irmão acaba de trocar de roupa, tendo chegado da escola, instala-se em frente ao seu quebra-cabeça. Junto-me a ele. Tento segurar na sua mão, mas ele fica fugindo com ela o tempo todo. Eu poderia agarrar seu pescoço à força e obrigá-lo a me abraçar, mas isso não mudaria nada; para ele, o Taj Mahal será sempre mais interessante do que a irmã.

O Pai lê a carta do Ministério da Saúde assim que chega em casa; ele a enfia no bolso do casaco e depois põe-se de pé, pronto para fugir para o quarto. Cubro a minha caçarola com frango que estou cozinhando e digo:

— O que vamos fazer?

Seu olhar rancoroso significa que não tenho autorização para encostá-lo contra a parede.

— Fazer em relação ao quê? — pergunta ele, fingindo não entender, sem dúvida na esperança de que eu me vire e me limite a acrescentar mais uma cebola ao ensopado.

— Para impedir que um cirurgião elimine os seus netos do futuro do Hansi.

— Sophie, você tem olhado ultimamente para o seu irmão? — pergunta ele, em tom de desafio.

— Olho para ele mais que o senhor! — respondo, furiosa.

— Que bom que está tão atenta! Vai ganhar o concurso de bondade se nós dois disputarmos.

— Não quero ganhar nada. Só queria que o senhor passasse mais tempo com ele. Pai, ele sabe que você tem vergonha dele.

— Sophie, cale a boca! Você não sabe o que ele sabe. Nem o que eu sinto em relação a ele. É capaz de me dizer honestamente que ele seria um bom pai?

— E o senhor, tem sido um bom pai?

Seus maxilares cerrados significam que gostaria de me dar uma bofetada, e o meu olhar de raiva significa que eu gostaria que ele fizesse isso mesmo, porque então ficaria livre para desprezá-lo sem me sentir constantemente perseguida pela culpa. Ele tira um cigarro do bolso do casaco para acalmar os nervos. Ah, grande Greta, conseguiu convencê-lo a voltar a fumar abertamente!

— Como agora é fácil para você me julgar — diz ele, com desgosto na voz, o cigarro pendendo dos lábios.

Tem quase o mesmo ar e voz que costumava ter, o que significa que é aqui que um escritor generoso me faria pedir desculpas e me jogar nos braços do meu pai, mas eu me sinto como um fantasma amargo e vingativo, o papel que a minha mãe deveria ter e que passou para mim, já que os espíritos das mulheres traídas e roídas pelo câncer não são permitidos na nossa superotimista Alemanha dos dias de hoje: excessivamente subversivos, excessivamente reais, excessivamente complexos. Até me espanta que Hitler não tenha simplesmente banido todo e qualquer câncer.

Fico vendo o Pai acender o cigarro e percebo que gosta que eu fique esperando, porque isso significa que é ele que controla a nossa relação. Mas eu apostaria a minha Coleção K-H que os meus pensamentos o surpreenderiam. *Ele continua sendo um bom homem, apesar de tudo, e não consigo deixar de amá-lo.* Chego a uma conclusão improvável dessas porque o meu desprezo por ele me faz sentir a minha antiga afeição com mais intensidade ainda, na proporção desse mesmo desprezo, incrustada na parte mais profunda e silenciosa de mim mesma, tão imbuída no meu próprio sangue, na minha própria respiração, e tão mais resistente do que as palavras, que nada a poderia destruir, nem mesmo as nossas traições finais.

A tragédia do meu pai é que ele sabe que está quilômetros longe do homem que poderia ter sido. E a minha tragédia é que vejo a distância nos seus olhos toda vez que olho para ele.

— Pai — respondo —, eu paro de ser malcriada se ao menos o senhor me disser o que pretende fazer em relação à audiência.

Na minha voz há uma súplica e uma esperança, porque sei agora que a nossa família não vai sobreviver à esterilização de Hansi. Porque eu vou destruir as paredes deste apartamento apertado e arruinar aquilo que era provavelmente a última esperança da Mãe — que a nossa família conseguisse sobreviver à morte dela —, a menos que convença este covarde fumante em série a me ajudar.

Ele se senta. É uma concessão de sua parte, pois significa que está disposto a ter uma longa conversa comigo. Sinto-me grata.

— Obrigada por ficar, pai — digo.

— Não precisa me agradecer. — Ele fuma avidamente. — Sophie, depois de todas as dificuldades que tivemos com o Hansi, não é possível que você esteja realmente convencida de que ele tem direito a ter filhos.

— Pai, ele não é nenhum imbecil — digo, desesperada. — Há uma vida escondida dentro dele.

— Eu não disse que ele era estúpido. Acho simplesmente que nunca saberemos exatamente o que ele é ou não é. Nem os filhos dele saberiam. Ter um pai como o Hansi não seria justo para eles.

É um bom argumento, mas eu venho guardando um ainda melhor desde a minha explosão na escola:

— Se a Alemanha pode conceder a um publicitário repulsivo e insignificante como o Dr. Goebbels o direito a ter filhos, então acho que o Hansi deveria ter o mesmo direito.

Ein widerwärtiger Propaganda-Winzling. Minha descrição do ministro da Propaganda está carregada de um magnífico tom condescendente, mas o Pai acha que fui longe demais. Levanta-se de um salto, tão rápido que nem tenho tempo de me defender, me dá um tapa na cara; perco a respiração e deixo cair a colher de pau que tenho na mão. Depois ele agarra meu pulso e me sacode com toda a força.

— Nunca mais diga uma coisa dessas! — grita.

— Não toque em mim! — grito também, e retorço o pulso até me soltar.

Tenho vontade de insultá-lo, mas a humilhação me deixou sem voz. Fico olhando para baixo durante muito tempo, incapaz de pensar.

— Eu avisei — diz ele.

A desculpa que todos os tiranos usam. Mas a única coisa que interessa é Hansi. As batidas do meu coração, tão violentas que me fazem oscilar de um lado para o outro, me obrigam a pensar nisso. Ajoelho-me para pegar a colher de pau.

— Se conseguir mandar anular a notificação — digo ao Pai —, não me oponho ao seu casamento com a Greta.

Ele ri, cáustico.

— Mas quem falou em casamento? Além disso, acha que é assim tão fácil passar por cima de uma ordem do Ministério? Sophie, há leis neste país, leis a que todos os cidadãos do *Reich* têm que obedecer. — Como se estivesse lendo um script, acrescenta: — Obedecer às leis do nosso *Führer* é a nossa liberdade.

Não é de espantar que os filmes produzidos pelos nazistas sejam tão exagerados e artificiais. Homens como o meu pai nem sequer sabem dizer uma frase de efeito como deve ser.

— Isso é do *Mein Kampf?* — pergunto.

Ele balança a cabeça com ar condescendente.

— Apesar de toda a sua suposta sofisticação, você é igual à sua mãe.

— O senhor fala como se ela fosse inferior — digo, num desafio.

Qualquer coisa na forma como ele estica os braços acima da cabeça, fuma e não diz nada... Sinto que abri a caixa de Pandora, e ele está ponderando demoradamente sobre quais os monstros do nosso passado que vai chamar para seu lado, a fim de se juntarem a ele na luta contra mim.

— Ela nunca entendeu como o mundo funciona — acaba por observar, acrescentando, em tom de ameaça: — E você também não. Por isso, vamos parar por aqui, antes que alguém saia realmente magoado.

O Pai quer que eu veja que ele está sendo tolerante comigo, até mesmo generoso, mas fico com a impressão de que ele está com vontade de insultar a Mãe na minha cara desde que ela morreu. Quer justificar perante mim suas escapadelas sexuais, fazendo-a parecer indigna do seu amor.

— Sente-se bem condenando uma mulher que já não está mais aqui para se defender? — pergunto.

— Sophie, você não sabe de nada, embora sem dúvida pense que sabe. A sua mãe sabia que não tinha capacidade para lidar com o mundo. Ela concordava comigo!

— Por isso a convenceu de que ela não estava à sua altura. Bom trabalho. Tem certeza de que a Greta está ao nível da sua imagem da mulher ideal alemã?

— A Greta me ama, e a sua mãe não. Esse é o único nível que me interessa. Por isso, você pode me detestar por encontrar afeto na minha idade, se quiser. A Greta é uma mulher inteligente e viva, mesmo que não esteja ao nível que *você* exige. É isso o que, no fundo, você quer dizer, não é?

Também ele consegue acertar com um dardo no centro da verdade de vez em quando. Mas quem descreveria sua amante como *munter*, viva? Será o Pai um homem chato com anseios medíocres, apesar de toda a sua conversa fiada de querer criar um paraíso para o *Volk*? Talvez tenha sido isso que ele tentou esconder do mundo durante toda a vida. Um ginasta que fica em quarto lugar e nada mais...

— De qualquer forma, você é a última pessoa que teria direito a me julgar — acrescenta.

Será que ele sabe do Isaac?

— O que quer dizer? — pergunto.

— Que há anos sei o que você faz com o Tônio. É uma vergonha. Devia se casar com ele enquanto ele aceitar uma vagabunda como você.

Ele usa a feia palavra alemã *schmutzig* para "vagabunda", o que também implica que sou uma porca. Quem me dera que tivesse se limitado a me bater outra vez; levarei vinte anos para arrancar esse *schmutzig* das minhas entranhas.

Agora que me magoou de verdade, ele se vira para ir embora, mas há mais uma pergunta que vai me impedir de dormir noites a fio para o resto da vida se eu não a fizer agora.

— Por que se casou com a Mãe, se ela não o amava?

— Porque *eu* a amava. E *pensei* que ela me amasse. Nós dois confundimos sua gratidão com amor. — Ele dá uma risada irônica. — Éramos duas crianças que precisavam muito de óculos.

— Conseguiu convencê-la antes de ela morrer que estava errada em querer salvar o Hansi da esterilização?

— Convenci-a de que não valia a pena estragar tudo aquilo por que lutamos entrando numa batalha jurídica que perderíamos com certeza.

— Tudo aquilo por que *o senhor* lutou, melhor dizendo.

Ele suspira, exasperado.

— Numa família alemã, dá no mesmo.

Mais uma do script, mas esta ele conseguiu ler de maneira muito mais convincente. Talvez só precise ensaiar mais.

— Então, antes de morrer, ela sabia que o Hansi seria esterilizado? — pergunto.

— Claro. E se pensar por um minuto, e parar de me odiar por lhe dizer a verdade, você vai perceber que não tem motivo para esperar outra coisa.

Tônio me abraça com força quando lhe conto o que está prestes a acontecer a Hansi, mas estraga a nossa intimidade quando me diz numa voz rígida e militar que às vezes é preciso fazer sacrifícios para o bem da nação. Empurro-o para longe de mim, e ele logo me pede desculpa, e é só por isso que não me levanto da cama e volto a vestir a roupa, embora eu saiba que é o que devo fazer.

O Dr. Hassgall me diz que contratar um advogado não vai adiantar de nada; os pais de dois alunos seus tentaram ir por esse caminho e não conseguiram. Será que eu poderia ganhar dinheiro suficiente na França para sustentar a nós dois, eu e meu irmão? Isaac me faz acordar das minhas fantasias de ir trabalhar em Paris como garçonete.

— O Hansi é menor — sublinha ele. — Você teria que deixá-lo aqui, com o pai dele.

— Eu nunca poderia abandoná-lo.

— Mas você precisa seguir em frente com a sua própria vida!

Isso me deixa descontrolada.

— Já segui com a minha própria vida. Para melhor ou para pior, é esta!

Acabo suplicando outra vez ao meu pai que interceda contra a decisão. Mas ele me diz para eu não me preocupar, pois sabe o que é melhor para o filho. Vejo que ele está prestes a acrescentar: *... e que, por acaso, é o melhor para a Alemanha!,* por isso corto-o logo, dizendo:

— Já entendi, não precisa dizer mais nada.

Talvez seja este um dos motivos pelos quais permaneço na Alemanha muito depois de saber que deveria ir embora: para poder continuar a desprezar meu pai. O desprezo pode nos dar muita força, como acabo aprendendo.

Não assisto à audiência de Hansi no Tribunal da Hereditariedade, no dia 16 de março, pois cai num dia de semana. Além disso, o Pai prefere ir sem mim.

— Correu tudo muito bem — diz ele assim que os dois chegam em casa essa tarde, acrescentando que a data para a vasectomia do meu irmão foi marcada para daqui a duas semanas, 30 de março.

Um Hansi bem-disposto vagueia por perto enquanto falamos, os braços e pernas moles e um andar desengonçado, que é como ele fica quando está exausto. Passa o casaco para as minhas mãos e vai para o quarto se deitar, arrastando os pés e deixando um trilho de pegadas lamacentas atrás de si.

— Tire esses sapatos! — grito, seguindo-o. — E se sujar os lençóis e os cobertores enfio você na merda do aquário!

— Achei melhor resolvermos logo o assunto — diz o Pai —, por isso pedi que marcassem na primeira data disponível.

— Bem pensado — replico. — Por que esperar para perder os seus netos?

No dia 30 de março, me levanto cedo e desenho meu irmão com os meus lápis pastel enquanto ele ronca. Faço um cabelo cor de fogo, mãos chamejantes e órbitas vazias no lugar dos olhos. O Pai entra no nosso quarto, acorda-o com um beijo e lhe diz que hoje de manhã dele vai ter que fazer um exame com um médico maravilhoso do governo.

— Ele é muito importante — diz o Pai, em tom aliciante. — Você deveria se sentir honrado.

Meu irmão cai na conversa; ou está com muito sono, ou é burro com uma porta, ou ambas as coisas. Quando meu pai baixa os olhos e vê o meu desenho, diz:

— Isso não parece em nada o meu Hansi.

O meu Hansi...?

— Não, parece o *meu* Hansi — respondo, zangada. — E o *meu* Hansi tem o poder de destruir todas as pessoas que queiram lhe fazer mal. — Viro-me para o menino. — Não é? — pergunto, e as faíscas nos meus olhos significam *Por favor, concorde comigo,* mas ele se limita a dar de ombros.

O Pai olha para mim como se eu estivesse louca. Será que tem medo da maldição da família da sua mulher? Espero que sim.

No táxi a caminho do hospital Civil Buch, Hansi vai se animando, pois é raro andarmos de carro. Não para de subir e descer a janela enquanto nos dirigimos a toda a velocidade para as cercanias de Berlim, seguindo pela Prenzlauer Allee, e dá gargalhadinhas de empolgação e põe a cabeça para fora, para o vento fazer seu cabelo voar para trás. Agarro-o pelo casaco, ele que não decida que talvez seja divertido se atirar da janela no meio da rua.

O Buch é um edifício com ar de castelo, com uma bela hera trepando pelos seus tijolos marrons. Civilizado e imponente. Arquitetura inteligente, para um centro de esterilização. Nem aquela sua mania de farejar o ar como um coelho quando entramos e nem o cheiro de todos aqueles odores acres de hospital conseguem deixar Hansi descontrolado. Só quando ele vê um médico de máscara cirúrgica no topo da escadaria central é que começa a abanar as mãos e a gemer.

— Fique quieto! — ordena-lhe o Pai.

Péssima ideia. A voz áspera do Pai é tudo de que ele precisava para perceber que foi atraído a uma armadilha com seu nome gravado nas mandíbulas de ferro, e então desata a gritar como se uma tempestade tropical tivesse acabado de irromper dentro da sua cabeça. Quando o pego pelo cotovelo, ele começa a se debater, jogando os braços em todas as direções, e acaba me batendo no lábio inferior, com tanta força que logo sinto o sabor de sangue. Estanco o fluxo com meu guardanapo de Praga cor de rubi, estragado para sempre, enquanto duas enfermeiras ajudam o Pai a controlar meu irmão. Uma delas enterra uma agulha no braço de Hansi, e depois eles o levam escada acima, para a ala de cirurgia.

Vou para a sala de espera, apertando o guardanapo contra o corte, sentindo-me dormente e inerte, tal como o som seco dos meus passos.

Uma mente que não está segura do presente às vezes vai procurar ajuda no passado, e eu me recordo de uma vez em que Hansi, talvez com 6 ou 7 anos, atravessou correndo a Marienburger Straße sem prestar atenção ao trânsito. Talvez estivesse atrás de um canto de algum pássaro ou tivesse visto um coelho. Um grande carro negro apareceu da direita e deu uma guinada para desviar dele. Eu vi o perigo antes de Hansi. As rodas chiaram enquanto o espaço se contraiu em volta da minha cabeça, e a lentidão pastosa do automóvel derrapando fez com que eu me sentisse pequena e impotente como um único pensamento. Comecei a gritar, mas já era tarde demais; Hansi conseguiu chegar são e salvo ao outro lado da rua. O motorista saiu para falar com ele. A única coisa de que me lembro é que o homem usava camisa de manga curta, e que não levantou a voz. Devia querer apenas avisar meu irmão do que pode acontecer às crianças numa cidade grande, mas Hansi se deixou cair na calçada e tapou os ouvidos firmemente com as mãos. Olhou para trás e para a frente, tentando me encontrar: 180 graus de saudosa angústia. Quando não me viu, bateu com os punhos na cabeça, e, naquele exato momento, senti mil impressões vagas se condensarem numa revelação que eu não queria ter: este menino não percebe o mundo da mesma maneira que as outras pessoas.

Quando o carro passou por mim, senti uma brisa especial no cabelo, como os dedos da Mãe, e ouvi um som parecido com o do mar, e agora tem um estranho falando comigo e eu não quero ouvir nada do que ele diz, e eu não consigo encontrar a menina que sempre me leva para passear...

São esses os pensamentos que eu imaginei que ele tivesse. Tudo o que ele disse depois foi:

— Fiquei confuso, envergonhado demais para falar.

Ele estava de pé na minha frente, retorcendo-se todo; suas pernas pareciam cobras enroladas.

No momento em que ele se sentou na calçada da Marienburger Straße, tive certeza absoluta de que ele era diferente das outras crianças. E que eu também era. Por ser a irmã mais velha de um rapazinho que não se sente lá muito em casa neste planeta.

Até hoje, Hansi fica na minha mente atravessando correndo uma rua, arriscando-se a morrer. Vira-se para um lado e para o outro, assustado e perdido, uma criança que mal começou a entrar na água de um oceano urbano que esconde nas suas profundezas todas as coisas ruins que podem acontecer a irmãos e irmãs.

Eu me pergunto se ele alguma vez soube que eu queria chamá-lo a tempo e falhei, e que tive muita, muita pena.

Sentada na sala de espera, onde o Pai logo aparece, digo a mim mesma que um menino que sobreviveu a tantos perigos também vai sobreviver a um cirurgião. E vai se sair melhor do que Isaac, eu ou Vera, no decorrer desta guerra lenta. Todas as crianças que forem convocadas para operações, crianças de cabeça pontiaguda, epiléticos, meninas que conversam com Jesus nas suas cabeças e garotinhos que nascem mudos... não terão nenhuma responsabilidade no crime que cometerem contra eles. Nenhum deles jamais terá que negar que é judeu ou dar o nome das pessoas que traíram. Ou passar a noite em claro, perguntando-se se deveriam ter feito mais.

O que é bom no Hansi nunca será destruído. Repito isso três vezes para mim mesma antes de voltar a pé para casa, sem esperar por ele. E também digo que ele é *schön, schön, schön...*

Quando Hansi e o Pai voltam da clínica, meu irmão está atordoado pelos sedativos, mas seus olhos não mostram qualquer sinal de sofrimento. Passo as mãos pelo seu corpo para ter certeza de que ele ainda está comigo, assim como fiz quando quase foi atropelado.

— Como está o seu lábio? — pergunta meu pai, franzindo os olhos para observar o corte, enquanto tira o casaco.

Ele estende a mão para mim, com a intenção de fazer as pazes, mas eu recuo, fugindo.

— Então está tudo terminado? — pergunto numa voz sem timbre.

O Pai acena que sim e vai para a cozinha. Ouço-o abrir a torneira da pia. Está lavando as mãos para tirar o cheiro do hospital. Daqui a um minuto vai se sentir perfeitamente limpo. É incrível o que um pouco de água, sabão e propaganda não conseguem fazer.

— Quer vir sentar comigo para ver o Harpo e o Chico? — pergunto a Hansi, e ele acena que sim com a cabeça, com toda a força. Depois, em linguagem gestual, diz:

— Tem um buraco no meu estômago.

— Fiz sopa de cebola. — Sorrindo com ar malandro, acrescento: — Acho que é a sopa preferida de alguém que eu conheço, mas não consigo me lembrar de quem.

Ele apoia a cabeça contra o meu peito e fica cheirando o meu pescoço, como um gato. Sempre adorou enrolar-se no colo da Mãe. Agora sou eu quem tem que assumir esse papel. E isso me petrifica.

— Vamos comer a sopa e depois ver os peixes — digo. Olho para o meu pai, que acaba de voltar para perto de nós. — E o Pai vai nos fazer companhia — acrescento.

— Claro, claro — diz ele.

Ao ver a minha gratidão, ele sorri. Pensa que eu reconsiderei a minha fúria e o perdoei. Precisa de óculos, como ele próprio admitiu.

Nessa noite, tenho uma conversa com Hansi. Quero lhe dar a chance de me fazer perguntas sobre a operação que ele sofreu. Está sentado na cama, prestes a adormecer, o que é sempre o melhor momento para conseguir que ele diga mais do que meia dúzia de palavras na sua linguagem de surdo-mudo. Estou sentada ao seu lado e lhe dei o bloco que ele utiliza para escrever as palavras que quer dizer quando não o compreendo pelos gestos. Falamos sobre a escola. Ele não comenta sua visita ao hospital. Diz que está aprendendo a ler partituras de música e a tocar flauta. Ele e outro rapaz dividem um instrumento.

— Quem é o outro garoto?

— O Volker — escreve ele.

— Talvez o Volker possa vir jantar aqui em casa um dia desses. O que acha?

Ele dá de ombros. É uma ideia que nunca nem lhe passou pela cabeça.

— Você conseguiria arranjar o número do telefone dos pais dele?

— Talvez.

Enquanto imagino o que poderão falar duas crianças tão quietas quando estão sozinhas, ele nota o corte na minha boca e leva o indicador até lá, o que me obriga a fazer uma careta de dor, embora agora seus gestos sejam brandos como um sussurro.

— Quem machucou você? — escreve ele, e depois olha para mim com ar preocupado.

Desprezar meu pai me liberta para entrar outra vez na guerra, e a inegável prova disso é que uma manhã, quando acordo, o Muro Semita desapareceu da minha mente. E a primeira coisa que faço é queimar a minha braçadeira com a suástica.

Para celebrar o fato de eu jogar as cinzas pela janela, faço uns *Mandelschnitten*, biscoitos de amêndoa, para a Sra. Munchenberg. Ela parou de pintar o cabelo, que agora penteia num rolo grisalho que lhe encima a testa, o que lhe dá uma aparência teatral, uma estrela de ópera envelhecida mas que continua famosa. Fotografias emolduradas de Raffi formam uma espécie de altar na parede, acima do sofá. Ela me pergunta coisas sobre a doença da minha mãe numa voz abafada, com a mão sobre a boca, como quem não quer acordar os mortos. Depois ofereço-lhe o prato de biscoitos, que ela aceita com um sorriso envergonhado.

— Você não devia ter tido esse trabalho todo.

— Não deu trabalho nenhum. E eu não sou uma boa confeiteira, por isso não me agradeça ainda.

Ela pega um biscoito e o parte ao meio.

— Delicioso — diz.

E aqui estamos nós outra vez, soldados num romance de Remarque, partilhando um cigarro na linha de frente, e é por isso que digo:

— Sempre penso no Raffi.

Ela consegue abrir um sorriso fugidio.

— Vá lá em casa a qualquer hora que o meu pai não esteja — digo. — Para tomarmos chá. Não se preocupe em me comprometer. Eu prefiro estar comprometida.

Durante os meses que se seguem envio a Rini uma dúzia de fotografias que recorto de revistas de cinema; lembro-me mais de Robert Taylor e Greta Garbo em *Camille*, um dramalhão de fazer pedras chorarem, quanto mais a mim.

Ela continua a me mandar fotografias, na sua maior parte de estrelas de cinema meio esquecidas. Numa tarde de primavera, chega pelo correio uma grande foto brilhante de Pola Negri n'*A Bailarina Cigana*, autografada a tinta azul. Pola usa uns brincos que são uma dúzia de folhas em ouro, e as sobrancelhas em arabesco, como asas de borboleta. Onde Rini vai buscar esses tesouros?

Hansi e eu vamos visitar K-H, Marianne e Werner, que tem agora 3 anos e meio, e que, pelo visto, nunca fica quieto. K-H tira fotos de mim pegando Werner no colo, junto ao Spree. Está um dia magnífico, e, desde a morte da Mãe, é a primeira vez que me sinto tão feliz. Meu cabelo já cresceu, entretanto, e agora uso-o na altura dos ombros. Hansi conversa mais com K-H e Marianne do que comigo, visto serem fluentes em linguagem gestual, claro. Por que é que não o levei mais cedo para vê-los? Será ciúme o que sinto no fundo do estômago?

Tônio adquire o hábito de levar a mim e ao meu irmão para almoçar fora no domingo sempre que está de licença. Tenho certeza de que a primeira vez que ele nos convida é para se redimir por ter me dito que Hansi tinha que ser sacrificado, mas ele logo descobre que gosta de me exibir a outros militares. É lisonjeador ele me considerar bonita o suficiente para lhe dar *cachet* e é excitante ser beijada em público, mas é também uma maneira perturbadora de me recordar o que não posso fazer com Isaac. Muitas vezes penso que devo ser uma louca varrida para conseguir me entregar a dois homens tão diferentes.

Uma vez, enquanto Hansi, Tônio e eu estamos comendo a sobremesa num café do Tiergarten, Tônio me deixa em choque ao perguntar se tenho visto muito Isaac e Vera, a quem ele chama de "aquela mulher alta e feia".

— Quase nunca — digo. — Só quando cruzo com algum dos dois no nosso prédio.

Ele olha para mim com ar cético, depois para Hansi, que está ocupado demais devorando sua musse de chocolate para se distrair com o que quer que seja. *Essa foi por pouco*, penso. Mas quando, essa mesma noite, estou sozinha na cama, percebo que Tônio devia estar testando a minha reação; se quisesse saber mesmo a verdade, bastaria perguntar ao meu irmão quando eu não estivesse por perto. Ou mandar um amigo me seguir. O que significa que ele não quer saber ou então que já sabe. Talvez esteja apenas tentando me assustar.

Convido Isaac para ir comigo ao cinema num sábado ao final de abril, especialmente porque me irrita que Tônio tenha a vantagem de poder ter uma relação pública comigo. Hansi vai conosco. O Pai está com a Greta, vai passar a tarde com ela. Deus abençoe o dia em que ele entrou no seu escritório e encontrou aquele papagaio mutante à sua espera, porque agora quase sempre consigo entrar e sair quando me dá vontade.

Isaac e eu nunca saímos como casal até agora. Ele me avisa que não podemos nem roçar um no outro. Enquanto ele compra os bilhetes, ouço uma mulher nova dizer ao marido que bonito é ver "aquele senhor de idade" levando os netos ao cinema.

— Obrigada, vovô — digo quando ele volta para junto de nós, e fico na ponta dos pés para lhe dar um beijo leve no rosto.

Adoro provocar o Isaac. É um jogo que significa que *sou amada*. E agora que ele sabe como funciona o jogo, faz suas exageradas caretas à la cinema mudo. Um Lon Chaney só para mim.

O filme é o *Capitão Blood*. A escolha não é minha, mas parece que Isaac e meu irmão gostariam de ser piratas, e o Errol Flynn está magnífico com aquele cabelo na altura dos ombros, por isso concordo. Isaac tem certeza de que todos aqueles brilhantes caracóis são de verdade, mas Hansi não concorda. Eu voto com o meu irmão, porque é o que ele quer. Isaac finge que está chateado, e eu agarro sua mão mais ou menos na parte em que Errol é escravizado. Escondemos nossos dedos entrelaçados embaixo da boina de Isaac. E, logo antes dos créditos, eu o beijo na boca. Não é propriamente fazer amor em público, mas é um bom começo.

Greta telefona, convidando-me para ir a sua casa algumas semanas depois, e ordena que eu não diga nada ao Pai, o que me faz pensar que eu deveria deixar um rastro de migalhas, caso ela me aprisione e me meta no forno.

— Um encontro secreto só para nós, as meninas.

Greta ri com aquela vozinha sussurrada, como se os seus pulmões fossem feitos de vento. Será um sinal precoce de enfisema? Sempre há uma esperança...

Sua sala tem chão de mármore preto, tão liso que vou patinando nos meus sapatos até o sofá de couro de costas altas onde ela me convida a sentar, erguendo e adejando os braços para me equilibrar.

— Que chão incrível — comento. — Você podia cobrar para virem ver.

— O seu pai bem que me disse que você tinha senso de humor — responde ela, piscando para mim um dos seus olhos brilhantes pintados com sombra azul, e dá uma risadinha espremida.

Seus lábios brilham como pimentões vermelhos molhados, e talvez ela não queira estragar o efeito brilhante esticando-os até formar um sorriso completo. Ou talvez seja uma daquelas pessoas que falam de emoções mas que, na realidade, não as sentem. Não interessa; ela usa um vestido azul muito decotado, com tufos de arminho tingido de preto nos ombros, que lhe dá uma aparência esguia e deslumbrante, e também um pouco despropositado, qualidades muito mais procuradas do que a autenticidade. Ocorre-me que talvez pudéssemos nos divertir juntas se ela não fosse a amante do meu pai. Podíamos representar peças inteiras, e ela nunca nem perceberia que estávamos representando.

Duas cabeças de gazela empalhadas olham para o infinito acima de uma lareira de mármore branco que parece excessivamente perfeito e polido para poder ter sido usada alguma vez. Na parede do fundo há espadas e lanças cruzadas penduradas, e uma pele de urso polar serve de tapete, com a boca cheia de dentes escancarada, estendida no chão aos meus pés. Será que Hansi e eu somos os próximos a servir de decoração?

— Quem foi o caçador? — pergunto, com cuidado.

— O meu ex-marido. Disparava em tudo que se mexesse. E em algumas coisas que até nem se mexiam.

— Deveria entrar para a Gestapo.

— Ele prefere fazer rios de dinheiro.

Ela me passa a minha taça de xerez. Uma experiência nova, e eu associo o resto da nossa conversa à doçura semelhante a xarope que cobre minha língua.

— Aí estão as suas novas cortinas de brocado — digo, apontando.

— Pois é. Gostou?

— Quem não gostaria? — Isto é Isaac falando lá de dentro de mim, embora eu me abstenha de acrescentar um sotaque iídiche.

Dois espelhos dourados, cada um do tamanho de um portão de sítio, enquadram a entrada pela qual acabei de passar. Vejo pelo canto do olho uma menina sem jeito que se faz de palhaça mais vezes do que deveria e que talvez até preferisse ser Greta do que ela própria.

— Adivinhe qual é o verdadeiro — desafia-me ela.

— Não entendi.

— Só um deles é uma antiguidade verdadeira, do período regencial. Adivinhe qual é.

O espelho da esquerda tem uma rachadura no meio que vai até o chão. Só para contrariar, digo:

— O da direita.

— Exatamente! O que prova que você e eu sabemos que a maior parte das pessoas se deixa enganar facilmente. Eu rachei o da esquerda de propósito, fiz isso eu mesma, com um martelo. Ping! Sabe — diz ela, pondo as mãos nos quadris numa pose de desafio —, gosto de ver até que ponto as pessoas são ingênuas. Acha que sou má por isso?

— Não, eu diria que isso faz de você uma alemã comum, nos dias de hoje.

— Você é *mesmo* esperta, puxa vida! Então é melhor eu não tentar enganá-la.

Greta senta-se em frente a mim, no braço de uma grande cadeira, e me olha com admiração. Depois tira uma cigarreira de prata da mesa de apoio ao seu lado, inclina-se para a frente e me oferece um. Fumamos juntas, como irmãs numa comédia antiga, embora eu ainda não o faça bem.

— Aposto que você está se perguntando por que será que lhe pedi para vir aqui — diz ela. Balança ligeiramente a cabeça, como quem admite que está sendo marota.

Em que filme eu a vi? Talvez tenha sido em *Jantar às oito*.

— Acho que sim, estou um pouco intrigada — respondo.

— Só não quero que fique zangada comigo. E o seu pai também não.

— Não estou zangada com ninguém. — Sorrio; senão, como ela iria acreditar?

— Sophie, meu Deus, que tempos ruins que temos passado ultimamente — diz ela, suspirando.

Agora já não acredito numa palavra do que diz. Não é que não a ache encantadora. E consigo ver o que o Pai gosta nela. Qual o viúvo que não gostaria de ter uma divorciada elegante e com um espelho autêntico do período regencial abrindo-lhe as pernas pela Mãe-Pátria, depois de duas décadas de um casamento infeliz?

— Em que posso ajudá-la? — pergunto.

— A questão é esta — diz ela, e se levanta, alisando sobre os quadris a seda finíssima do vestido. — Eu não tenho jeito nenhum para crianças. Acho que você já percebeu isso em mim, não? — E me dirige um olhar de quem sabe.

— Acho que sim.

— Por isso, convidei você a vir aqui para lhe dizer que, embora o seu pai queira vir morar comigo a certa altura... não é para já, entende... daqui a um tempo... e trazer também o Hansi, eu não seria capaz. Não daria certo. Por isso, o que eu queria saber... — Ela se ajoelha ao meu lado e ergue os olhos para mim, com um ar muito sério. A encenação é boa, no mínimo dos mínimos. — O seu pai já falou com você sobre isso? Quero dizer, sobre vir morar comigo?

— Não.
— Nada?
— Nem uma palavra.

Ela põe a mão no coração. Quase crível.

— Ah, que alívio! — diz. — Estava com medo de que ele se precipitasse. É muito impaciente quando cisma. Mas acho que não preciso lhe dizer isso.

— Sim, é muito impaciente, o senhor meu pai — concordo, mas não faço ideia de sobre o que ela está falando.

Greta volta a se sentar no poleiro, de pernas cruzadas.

— Por isso, o que eu queria saber é se você estaria disposta a me apoiar. Quero dizer, tenho a impressão de que você não se importa muito de tomar conta do seu irmão.

Ela diz isso como se tomar conta de Hansi equivalesse a trabalhar numa mina de enxofre.

— Eu adoro o meu irmão — respondo.
— Por isso mesmo, não seria um sacrifício muito grande se fizesse isso por mais alguns anos.
— Não.

Ela me dá uma palmadinha na perna, como se agora fôssemos melhores amigas.

— Ah, fico tão contente — diz ela, radiante, e parece mesmo estar aliviada.
— É só isso? — pergunto.

Sinto-me como um doente que acaba de fazer uma radiografia da cabeça, mas sem saber exatamente por quê.

— Claro, sua boba — garante ela, sorrindo com ar pudico e senhoril. — E agora — continua, com ar alegre — posso lhe mostrar o resto do apartamento.

Uma visita guiada ao seu palácio é a minha recompensa. Suponho que devo ficar aliviada por ela não me atirar um biscoito para cachorros. Depois de ter visto os três grandes quartos, nos quais há animais empalhados em quantidade suficiente para povoar todos os pesadelos à la Edgar Allen Poe que eu possa vir a ter, ela me leva até a porta, onde me segura pelo ombro. Fico com medo que me dê um beijo, mas não.

— Acho que é melhor eu não voltar a convidar você — diz ela, sorrindo.
— Seremos amigas à distância.

Apertamos as mãos. E, antes que eu me dê conta, estou do lado de fora da sua porta fechada, perguntando-me o que acabou de acontecer.

Isaac diz:
— Tenho cara de quem entende de mulheres novas? — quando lhe pergunto o que poderia ser o verdadeiro objetivo da Greta.

Mas quando Vera, K-H, Marianne e Werner chegam para o jantar de sabá, recebo uma resposta que faz bastante sentido.

Vera está me ajudando cortando cebolas, e Hansi está olhando livros de imagens com os outros na sala, com a bengala da cabeça de macaco que Rolf lhe deu pousada no colo. O Pai e Greta foram jantar com alguns amigos num clube muito na moda atualmente, onde os nazistas importantes gostam de ser vistos. Tenho cada vez mais a impressão de que Greta desempenha um papel-chave na ambição que o Pai tem de ser visto como um homem de sucesso. Agora, ele e eu já chegamos a um acordo tácito: não vamos pôr obstáculos no caminho um do outro. Não que falemos disso, ou em qualquer outra coisa, hoje em dia. Nossa relação está construída sobre rancores distantes. Hansi é a única ponte entre nós.

Faço Vera rir quando lhe conto tudo sobre a minha visita a Greta. Depois, ela se oferece para decodificá-la para mim.

— Tudo o que aquela mulher disse é o contrário do que costuma significar — começa ela. — Bom é mau, sim é não, direito é esquerdo...

— Então quais eram as intenções dela? — pergunto.

— Antes de mais nada, a Greta não queria lhe contar nada. Queria era que *você* lhe contasse uma coisa. Mas de tal maneira que não percebesse que estava contando.

— E o que foi que eu contei a ela?

— Que o seu pai ainda não tocou no assunto de ir viver com ela. Posso até estar enganada, mas acho que a impaciente é ela! Ela quer tê-lo com ela, e ele provavelmente disse que não. Você deve tê-la desiludido. E tenho certeza absoluta de que ela *não* quer que você sejam amigas à distância. Quanto ao truque do espelho... — Ela ergue os olhos para o teto e joga uma cebola para mim, que eu pego no ar com as mãos. — Isso foi para ganhar a sua confiança por meio da lisonja. O espelho que você escolheu seria sempre a antiguidade.

— Como é que você consegue perceber isso com tanta facilidade? — pergunto. Jogo a cebola de volta.

— Às vezes também me comporto como a Greta. — Ela faz uma cara de quem está contente consigo mesma. — Não me diga que você é tão boba que não reparou isso!

Rolf me liga vários dias depois.
— O Dr. Stangl foi encontrado no Rummelsburger See — diz ele, em voz triunfante.
— Tinha alguma suástica pintada em azul no rosto dele? — pergunto.
— Sophele, ele já não tinha rosto. Era só carne em putrefação.
— Como você soube?
— A polícia me chamou para me interrogar outra vez. Estão convencidos de que o assassinato da Heidi e o do Stangl não são coincidência. E acham que a ligação sou *eu*. Mas foi outra pessoa que os matou.

Garanto a Rolf que acredito nele, mas, quando desligo o telefone, lembro-me da Sra. Stangl dizendo que ele estava sempre indo visitar seu marido. E depois volto a ouvir a ansiedade na voz de Rolf, e de repente percebo que foi que eu esqueci de reparar por baixo do vidro...

Subo as escadas de dois em dois degraus até o apartamento de Isaac, mas ele ainda não voltou do trabalho, por isso enfio a chave na porta, entro e escrevo rapidamente um bilhete. Ele me liga uma hora depois, e eu vou lá imediatamente, já que o meu pai ainda não chegou.

Isaac jogou a camisa de trabalho em cima da cama e está vestindo o velho pulôver que é seu favorito quando lhe conto sobre o Dr. Stangl. Mas minto quanto ao local onde ele foi encontrado: digo que foi no Jungfernsee, que fica a oeste de Berlim, a 45 quilômetros do lugar onde de fato acharam o corpo. Quero ver se Isaac se mostra surpreendido com essa localização. Afinal, se ele estiver envolvido de alguma forma na morte de Stangl, então já sabe onde foi deixado o corpo, e deverá pelo menos mostrar alguma surpresa.

— Bom, imagino que é um lugar tão bom como outro qualquer para deixar um corpo quando não se quer que ele seja encontrado muito depressa — diz ele com ar indiferente, o que me faz respirar profundamente de alívio. Nesse momento ele está de joelhos, remexendo na sua pilha de roupas no canto do quarto, onde não estou autorizada a mexer. Quando finalmente encontra a velho e esgarçada calça de lã que gosta de vestir à noite, diz: — Ah, estavam aí! — E enquanto vai enfiando-as, apoiando-se no meu ombro para não se desequilibrar, fica perscrutando o chão em volta. — Você viu as minhas pantufas?

— Estavam cheirando a salsicha podre. Joguei fora.
— Não jogou nada!

Fico de quatro e tiro-as de debaixo da cama, para onde ele as joga quase todas as manhãs. Isaac pega-as e me dá um beijo na testa.

— Obrigado, Sophele.

— Alguém ligou para o Stangl fingindo ser o Rolf — digo — e fez com que ele saísse de casa.

— Você já me expôs essa teoria, mas acho que ele nunca iria tão longe como o Jungfernsee por causa do Rolf. E se a Heidi e o Stangl foram assassinados pela mesma pessoa, não faz muito sentido que o assassino fosse deixar os corpos assim tão longe um do outro. — Ele fica com o olhar perdido, pensando. — A menos que quisesse dar a impressão de que não havia nada ligando as mortes deles. É melhor ligar para a Vera. Ela vai querer saber.

Ele se dirige para a porta do quarto, mas eu o faço parar.

— Eu ligo — digo.

— Por quê? — Suas sobrancelhas volumosas juntam-se no meio, numa expressão perplexa.

— Porque fui *eu* que recebi a ligação do Rolf.

Ele olha para mim com ar de quem acha que é preciso muita paciência para me aturar, o que até pode ser verdade, por isso tiro seu cachimbo da boca e esmago meus lábios contra os seus.

Vera fica surpreendida ao ouvir que Stangl foi encontrado no Jungfernsee.

— Quem perderia seu tempo indo tão longe só para largar aquele filho da mãe? — comenta.

— Então, se o matasse, onde você o largaria? — pergunto, para testar sua reação. E para lhe dar uma oportunidade de confessar que está envolvida na morte dele, se for verdade, claro.

— Na lata de lixo mais próxima. Ou talvez fervesse o sujeito, para fazer cola. — Após uma pausa, acrescenta: — Não fui eu, sabe, quem matou o Stangl, quero dizer.

— Eu não acusei você.

— Mas há muito tempo que você suspeita de ter sido eu quem matou a Heidi. E, pelo que sei, pode até suspeitar de que matei também o Georg. E agora está com dúvidas quanto ao Stangl. Percebo isso na sua voz. Mas não fui eu quem cometeu nenhum desses crimes.

— Por que eu deveria acreditar em você? Seu gênio é terrível.

— Você não teria gênio ruim, com um rosto como o meu?

— Talvez. Mas é fato que a Heidi e o Stangl se conheciam e foram mortos a um intervalo de tempo pequeno, e isso de ambos os corpos terem sido abandonados em lagos... Será tudo uma mera coincidência ou será que o Rolf está mentindo? Consigo imaginá-lo facilmente matando o Stangl para vingar a Heidi. Na verdade...

— Tem outras hipóteses — interrompe-me Vera. — Talvez o Stangl estivesse agindo junto com o Georg e com seja lá que andou nos traindo. E talvez...

— Você disse *andou*.

— O quê?

— Você disso: "... seja lá quem *andou* nos traindo." Mas esse alguém ainda deve estar agindo contra vocês fora do Círculo. A menos que vocês tenham certeza de que ele está morto. Foi por isso que você disse *andou*?

— Pronto, *anda*! Caramba, Sophie, mas que chata você é! Bom, permita que eu continue... Quando a Heidi descobriu a identidade do filho da mãe do Círculo que estava agindo junto com o Stangl, o bom doutor a matou e a jogou num lugar onde ninguém pudesse encontrá-la durante algum tempo. Nesse caso, o próprio Stangl passou a ser um perigo para essa pessoa, porque a polícia podia descobrir que foi ele quem matou a Heidi, e ele poderia revelar o nome da pessoa que lhe dava ordens. Quem quer que estivesse controlando os seus movimentos, não iria gostar disso. Se quer saber a minha opinião, o Georg e o Stangl podiam ser apenas a ponta do iceberg... pode ser que um monte de nazistas esteja agindo contra nós.

— Por que eles estariam tão interessados no Círculo?

— Talvez porque estamos tendo algum sucesso junto da imprensa estrangeira, e eles detestam ter má publicidade. Ou talvez o fato de discutirmos a possibilidade de um embargo nas embaixadas inglesa e francesa os tenha assustado mais do que pensamos. Como quer que eu saiba, ora? Pergunte a eles!

— Acho que o traidor foi o Rolf — digo.

— O Rolf? Não acredito. Eu pedi a ele que me ajudasse e ele concordou.

— Você caiu numa armadilha. Durante todo o tempo em que confiou nele, ele a estava traindo... tanto o Rolf como a Heidi. Talvez eles fossem como a Greta e gostassem de enganar as pessoas. O Rolf até pode ter me seguido daquela vez que fui falar com a Júlia. Talvez tenha sido ele quem chamou a Gestapo e lhe passou o endereço na Tieckstraße.

O que significaria que o Tônio não teria me traído então, penso, torcendo para que seja verdade.

— De qualquer forma — concluo —, aposto o que você quiser que o Rolf e a Heidi estavam sendo pressionados por alguém que queria que eles o mantivessem informado das atividades do Círculo.

— E quem estaria pressionando os dois?

— O Dr. Stangl. Deve ter recebido ordens de um dos seus superiores para obter informações sobre você e os seus amigos. A Sra. Stangl me contou que o Rolf ia constantemente lá na sua casa, a qualquer hora do dia ou da noite. Não ao consultório, à casa dele. Vera, eu acho que ele estava dando ao Stangl informações comprometedoras sobre vocês, regularmente.

— Mas por que o Rolf estaria disposto a contar a ele o que quer que fosse? Ele é meu amigo há muitos anos e não tem ninguém que ele respeite mais do que o Isaac.

— O Stangl tinha poderes sobre ele, porque o Rolf queria desesperadamente ter filhos. Ele pode ter se recusado a ajudar a Heidi a engravidar, a menos que...

— A menos que o Rolf me traísse... Grande sacana! Matou o meu bebê!

— Vera, é ainda pior do que isso, porque a Heidi nunca poderia engravidar. Já tinha sido esterilizada. O Stangl era um homem incrivelmente cruel e...

— E o Rolf entrou no jogo dele! — grita ela.

— O Stangl deve ter sido muito persuasivo. O Rolf deve ter passado um inferno. E ainda deve estar passando. A Heidi morreu, e ele traiu as únicas pessoas que podiam reconfortá-lo. A solidão dele, eu consegui senti-la quando...

— Sophie, shhh! Preciso de um momento para pensar.

Isaac está ouvindo a minha conversa e vem se aproximando progressivamente, fumando nervosamente, e é por isso que lhe estendo a mão; embora ele a aceite, percebo que gostaria que eu não fosse tão independente. Talvez todos os homens realmente preferissem um papagaio colorido a garotas como eu.

Vera deixa o silêncio se instalar, até que me escapa de repente:

— O Stangl também foi encontrado no Rummelsburger See. Eu estava mentindo.

Quando digo isto, ergo os olhos e vejo os de Isaac se arregalarem para mim. Tão previsível. Mas não se pode dizer que isso me console muito da sua desaprovação. Ele larga minha mão e marcha furioso para o quarto, batendo a porta.

— Mas por que você mentiu? — quer saber Vera, numa voz magoada.

— Porque tinha que testar você — respondo, imaginando Isaac espumando de raiva. — Me desculpe, Vera. Por favor, me desculpe.

— Está bem, desculpo — responde ela, acrescentando rapidamente: — Me diga por que você acha que o Stangl foi assassinado. Preciso descobrir o que aconteceu.

— Das duas uma: ou os nazistas que controlavam o Stangl começaram a achar que ele era um perigo para eles, como você disse, ou alguém dentro do Círculo decidiu matá-lo por obrigar o Rolf e a Heidi a trair os amigos. E talvez também por ter esterilizado a Heidi. — Agora que disse em voz alta a teoria da Vera, percebo por que não pode ser isso. — Se foi um dos chefes nazistas do Stangl que o atraiu para fora de casa na intenção de matá-lo — digo —, então ele não teria precisado fingir que era o Rolf. Apenas ordenaria ao Stangl que fosse encontrá-lo.

— Portanto, é alguém que eu conheço — conclui Vera.

— E alguém que provavelmente convenceu o Stangl que tinha novas informações comprometedoras sobre O Círculo. Vera, você conhece alguém que conseguiria imitar a voz do Rolf?

— Não.

— Ou alguém com alguma ligação com o Rummelsburger See... com uma casa para aqueles lados, por exemplo?

— Não.

— Tem certeza de que não conhece ninguém, da sua época no circo, que conseguisse usar a voz de uma forma especial, que conseguisse imitar as vozes de outras pessoas?

— Ninguém. Sophele, tem uma coisa que eu não entendo. Se você tiver razão em relação ao Rolf, então por que a Heidi foi assassinada?

— Acho que o Rolf deve ter contado o que andava fazendo. Ela pode ter alinhado com as traições dele, relutantemente ou não. E o assassino descobriu.

— Não acho que tenha sido assim.

— Por que, a Heidi era assim tão santa?

— De certa forma, sim, e talvez só agora eu esteja começando a ver isso. Eu e ela... nós tínhamos uma cumplicidade. E mais uma coisa... A sua teoria não explica por que o Rolf não foi assassinado também.

— Talvez porque o assassino soubesse que a vida do Rolf terminaria assim que matassem a Heidi. O que poderia ser mais cruel do que deixá-lo viver sem ela? Além disso, agora que O Círculo já não se reúne, e cada um está agindo sozinho, o Rolf já não representa grande perigo.

— Também não acredito nessa.

— Talvez... talvez o assassino ainda não tenha terminado o seu serviço. A oportunidade de matar o Stangl surgiu antes de qualquer oportunidade de matar o Rolf.

— O que significa — especula Vera, num tom de ameaça —, que ele vai ser o próximo a morrer.

— Menti para você por uma razão — digo a Isaac assim que entro no quarto. Ele está com o nariz enterrado nos seus manuscritos e não ergue os olhos.

— Você deveria estar contente: segui o seu conselho e vi por baixo do vidro. Descobri aquilo que ainda não tínhamos visto.

Ele se vira, seus olhos reduzidos a duas fendas furiosas.

— Então, eu deveria estar contente pelo fato de o Rolf nos ter traído? E por eu amar alguém que mente para mim com tanta facilidade?

— Não foi fácil. E você preferia que eu não o tivesse mantido na ignorância?

— Talvez.

— Você não queria que eu visitasse o Rolf. Porque também suspeitava dele, certo?

— Suspeitava de todo mundo que conhecesse os nossos planos. Agora me deixe em paz.

— O que foi que eu fiz de tão ruim?

— Sophele, vá embora! Não quero ver você!

Ele fala como se me odiasse, o que me deixa desolada.

— Não consigo suportar que você fale assim comigo — digo. — E se decidir...

— Deveria ter pensado nisso antes — interrompe-me ele, áspero. — Você está mais interessada em resolver um crime do que na vida das pessoas.

— Isso não é justo! — respondo, agora zangada, por vê-lo tão parecido com o tirano do meu pai, mais do que por qualquer outra coisa. — Eu me importo com o que aconteceu ao Dr. Stangl, porque o Raffi e o bebê da Vera foram assassinados. E a Heidi também. Já não sou mais aquela menina que corria para ver os acidentes de bonde, sabia? Mesmo que você pense que sim.

— Mas continua gostando de viver em perigo. Faz você se sentir viva.

— É possível, mas não tenho escolha, tenho? Você preferia ter uma Moça Alemã que aprendesse a fazer pontaria nos rabinos nas horas vagas? E tome cuidado com o que responder, porque nenhuma outra adolescente loira de tranças estaria disposta a ficar de joelhos para um velho judeu de gênio ruim como você.

Com esta consigo sua atenção: ele se levanta de um salto.

— E o que mais gosto — acrescento, fitando-o nos olhos com ar de desafio —, se quer mesmo saber, é da sensação de estar fazendo alguma coisa com significado... de estar vivendo uma vida que conta para alguma coisa. Foi você que me disse que todos nós precisamos ter significado nas nossas vidas. Por que eu seria diferente?

— Sophie — diz ele —, você está sendo muito complicada para mim neste momento. Vá embora. — Ele varre o ar com a mão, num gesto cansado. — Vá ficar com o seu pai e com o Tônio. Vá ficar com o Hansi...

Seu ar de profunda exaustão, como se eu fosse um fardo, só serve para aumentar a minha fúria, por isso sai da minha boca algo que eu não pretendia dizer, habituada como estou a me manter calada quanto aos meus medos mais profundos:

— Nunca lhe ocorreu que eu estou preocupada com você... que é em grande parte por sua causa que não consigo dormir à noite? Porque tenho pensado, desde que mataram o Raffi, que você pode acabar morto numa esquina escura qualquer de Berlim, com suásticas pintadas na cara? Estou preocupada com isso até neste exato momento, porque se eu estiver enganada e o Rolf não for o traidor, então continua à solta por aí alguém não identificado que odeia judeus que gostem de criar caso, como você. Ainda mais do tipo que dorme com jovens *shiksas* que gostam de criar caso, como eu!

Isaac arregala os olhos e tenta pousar o cachimbo, mas erra o tampo da escrivaninha e deixa-o cair no chão, derrubando as cinzas.

— Sophele — diz ele, abrindo os braços num gesto de quem pede desculpas. — Que idiota que eu sou.

— Você vive tão enterrado nesses seus manuscritos que nem vê o que acontece à sua volta. Não foi o Berequias Zarco que disse que não devemos abandonar os vivos para nos dedicarmos aos mortos? Pois olhe, é exatamente o que você tem feito.

— Desculpe — diz ele. Ele me abraça, e eu sinto sua respiração quente e desesperada no meu pescoço enquanto ele me diz: — Me perdoe.

Percebo, pela maneira como ele se encosta em mim, que quer fazer amor, mas pela primeira vez na vida não tenho vontade. Quando digo isso, ele ri, bonachão, e diz:

— Não estou apaixonado por você só por poder ter sexo sempre que eu quiser.

— Embora isso ajude — respondo, sorrindo.

— De qualquer forma, continuo não gostando que tenha mentido para mim — diz ele com brandura e pega o cachimbo do chão.

— Vou tentar não mentir mais — garanto. — Agora me diga, quando você era o chefe do Círculo, quantas pessoas o ajudaram a planejar as atividades do grupo?

— Todos. Votávamos democraticamente.

— Mas devia haver um grupo mais restrito. Algumas pessoas em quem você confiasse plenamente, que sabiam em que você estava pensando antes dos outros.

— Sim, mas esse grupo restrito foi ficando ainda menor à medida que o tempo passava, porque comecei a suspeitar de que havia um nazista infiltrado entre nós.

— Em abril de 1933, quando fomos à Loja Weissman para quebrar o boicote, e os nazistas estavam à nossa espera... Você disse que a maior parte dos membros do Círculo não sabia para onde íamos até o último minuto. Quem é que já sabia que íamos ao Weissman?

— A Vera, o Georg, o Rolf, o K-H, a Marianne e... e a Júlia.

— Então eu não entendo. O K-H e a Marianne não podiam ter imitado o Rolf ao telefone, porque falam com aquela voz típica das pessoas surdas, e não podiam ter ouvido nada do que o Stangl lhes tivesse respondido. E a Júlia também não podia, porque já estava em Istambul.

— Então talvez ninguém tenha imitado o Rolf — conclui Isaac. — Talvez tenha sido mesmo ele ao telefone. Ainda não podemos ter certeza de que ele não matou o Stangl. Ou então, seja lá quem fosse o assassino pode ter apontado uma arma para a cabeça do Rolf, forçando-o a fazer a ligação.

— Então, como provar que o Rolf traiu vocês? — pergunto.

— Não sei. A não ser que conseguíssemos encontrar algum documento incriminatório, e a esta hora ele já deve ter destruído todas as coisas que estivesse em sua posse que pudesse implicá-lo.

— O que acha de eu ir visitá-lo outra vez e confrontá-lo? Ele não mentiria para mim, se eu estivesse lá com ele. Não uma segunda vez.

— Mas quem você acha que é?! Se nos traiu, ele vai mentir para você as vezes que achar necessário.

Isaac senta-se comigo na cama e segura com força minha mão, como se quisesse me impedir de fugir. Às vezes devo parecer-lhe um pião girando, afastando-me dele.

Enquanto ele tenta me convencer a não fazer nada, toca o telefone em cima da mesinha de cabeceira. Com um resmungo, ele estica o braço à minha frente para atender.

— Sim, olá... sim, está bem — diz ele. Após uma pausa, durante a qual ouve atentamente, acrescenta: — Ótimo, nos encontramos no meu escritório amanhã, ao fim da manhã, por volta das 11.

Depois de desligar, ele olha para mim e esfrega os olhos, outra vez com ar cansado e perturbado.

— O que houve? — pergunto.

— O André Baldwin precisa falar comigo.

— Sobre o quê?

— Sei lá! Ninguém me explica mais nada. — Ele olha para o teto, balança a cabeça e entoa: — A mão do Senhor desceu sobre mim, e ele me levou para fora, para junto do seu espírito, e me pôs numa planície cheia de ossos. Ezequiel, Trinta e Sete — completa.

— Por que o André não vem aqui? Você prefere que ele não me veja?

— Claro que não! O André não é judeu, e, ao contrário de você, não perdeu o Muro Semita existente na cabeça dele. Não quer se arriscar a que o vejam aqui em casa.

Falo com Vera sobre Rolf durante a semana seguinte, e sobre a forma como devemos proceder, mas ela também me pede para não ir vê-lo, e acabo prometendo que não farei nada por enquanto.

— Se você tiver razão sobre isso de ele ter nos traído, e agora acredito firmemente que sim, então também tem razão quando diz que ele já foi punido — opina ela. — A Heidi morreu, e isso é suficiente. E, se você estiver errada e ele for inocente, falar com ele só vai servir para afastá-lo ainda mais de nós.

Não acredito totalmente nela, mas faço-a prometer que não vai planejar nenhuma vingança contra o Rolf sem me dizer primeiro.

Num ensolarado sábado de maio, quando o Pai está fora escolhendo almofadas de sofá com Greta, que devem combinar com as suas cortinas de brocado, Isaac e eu saímos para um longo passeio no parque Friedrichshain, onde a primavera transformou as ameixeiras em nuvens cor-de-rosa. Hansi e seu amigo Volker, que é minúsculo e bonzinho e tem mãos suadas e voz esganiçada, vão atrás de esquilos pela vegetação rasteira, atrás de nós. Pelo menos, acho que é isso que estão fazendo. Recuso-me a ir atrás de garotos de 12 anos que ficam andando em zigue-zague à procura de roedores.

— O André vai embora de Berlim e quer conhecer você antes de partir — diz Isaac.

— Por quê? — pergunto.

— Por que ele vai embora ou por que quer conhecer uma *nudnik* como você?

— As duas coisas — respondo, arregalando os olhos.

— Vai embora porque tem angariado fundos para uma companhia de teatro judaica, a Jüdische Kulturbund, e o governo deve acabar com a companhia em breve, e ele escreveu uma carta incisiva ao ministro da Cultura, por isso outro dia foi chamado ao quartel-general da Gestapo, e... — Isaac finalmente faz uma pausa para respirar. — Ele é uma das pessoas que estou ajudando a sair da Alemanha. E, quanto a você, André está morrendo de curiosidade.

— Está ajudando pessoas a ir embora?

— Decidi que os livros já não bastam.

— Quem é que você já ajudou?

— Duas costureiras judias que trabalhavam para mim partiram recentemente para a Suíça. E, até agora, cinco membros do Círculo. Lembra da Molly e do Klaus Schneider?

— Claro, os trapezistas que eram donos da Minnie.

— Estão nos Estados Unidos agora... em Nova York! — diz ele, exultante.
— Isso é fantástico!
— Decidiram trabalhar com jornalistas americanos em artigos antinazismo, especialmente artigos sobre esterilização. Por isso, funcionou perfeitamente bem. Conseguiram vistos, porque as pessoas do circo Barnum & Bailey fizeram de tudo para contribuir.
— Se eu puder ajudar, por favor me avise — digo.
— Espero que eu não precise recorrer aos seus serviços, mas se for o caso...
— Ele termina a frase com um aceno afirmativo e acariciando de leve meu cabelo. O substituto para o beijo, que teríamos preferido.
— Você contou ao André que somos amantes? — pergunto.
— Contei, mas contei também que você abusava muito de mim.
— É bem verdade — respondo, e, para provar que ele tem razão, começo a apalpá-lo, ao que ele afasta minha mão. — Sophele, ainda vamos ter problemas por sua culpa. — Vira para mim um olhar feroz, uma das suas caretas estilo cinema mudo.
— Então para onde o André vai quando sair de Berlim? — pergunto.
— Antuérpia. Olha, ele sugeriu um jantar este fim de semana. O seu pai vai sair no sábado ou no domingo com a Greta?
— Vou me informar. Mas vamos ter que levar o Hansi junto.
Quando passamos por um círculo de rodoendros altos, puxo-o lá para dentro. Ele sabe o que vem por aí, mas mesmo assim exclama:
— Aonde está me levando? — como uma donzela aflita.
É para mais tarde poder se queixar de que eu o raptei. Embora ninguém fosse acreditar num velho sátiro com manchas de grama nos cotovelos e nos joelhos.

André mora quase em frente ao teatro Wallner, logo virando a esquina do prédio de Vera. Em setembro, para os meus 18 anos, ela alargou as costuras do meu casaco de trovador, por isso estou usando-o pela primeira vez em séculos. Sinto-me como um pavão, com a cauda aberta em leque.

André tem cabelo castanho e curto, com um corte ousado e assimétrico. Seus ombros são largos e fortes, mas a barriga, um pouco volumosa. Eu diria que antigamente era do tipo atlético, mas que agora, já cinquentão, leva uma vida sedentária. Veste um lindo casaco de seda preta e uma gravata vermelha para o nosso jantar, mas o que mais me agrada nele são suas sobrancelhas, longas e espalhafatosas, e que lhe dão um certo ar de coruja.

Seus olhos verdes iluminam-se de alegria quando vê Isaac, como se o velho alfaiate fosse um presente só para ele, e os dois trocam beijos na bochecha.

— Estou muito contente por conhecer você — diz ele, sorrindo entusiasmado.

A forma bonita e máscula com que as rugas partem dos cantos dos seus olhos me faz acreditar que, antes, era capaz de levar para a cama qualquer garota que quisesse.

— Foi a Vera que fez o seu casaco? — pergunto.

— Exatamente! E o seu?

— Quem mais poderia ter sido?

Sorrimos por termos Vera em comum. André vira-se novamente para Isaac.

— Então, o que acharam do *Dr. Mabuse*?

Acabamos de chegar de uma exibição clandestina do filme de Fritz Lang no Lar Judeu para a Terceira Idade.

— Ótimo — diz Isaac. — A forma como o Mabuse controla as pessoas com seu olhar fixo... Achei ridículo da primeira vez que vi, mas agora compreendo que era uma metáfora do período que estamos vivendo.

— Mas a imagem estava péssima — acrescento. — Parecia que um bando de gatos tinha tentado comer a cópia.

André vira-se para Hansi à espera de sua opinião.

— Foi péssimo e ótimo — escreve meu irmão em seu bloco.

Os homens riem, divertidos, e eu dou um beijo no meu irmão, toda contente. Quem diria que, um dia, ele seria capaz de fazer piadas?

A sala de André é pequena mas confortável. Um lustre de cristal veneziano projeta sobre nós raios de luz fantásticos.

— É o meu único tesouro — diz André. — Foi salvo da casa dos meus pais.

O sotaque tcheco dele é encantador; quatro copos de vinho do Porto já estão à nossa espera numa bandeja de prata, embora eu só deixe Hansi beber o equivalente a um dedal; Deus sabe que tipo de ser fantástico de cauda peluda poderá sair do rapaz se alguma vez se embebedar.

Quando o nosso anfitrião me passa a minha bebida, reparo no seu anel de topázio. Sei que já o vi antes, mas onde?

— Foi a minha herança de Georg Hirsch — diz André. — Teve a gentileza de deixá-lo para mim em seu testamento.

— Então você também era amigo dele.

— Sim, era um homem excelente. Simpático, inteligente, bonito...

Ele faz um trejeito divertido com a boca quando diz isso, o que me parece estranho, embora talvez esteja apenas recordando momentos felizes que passaram juntos. Eu quase poderia acreditar que ele sabe que Georg era um traidor e que está usando essas palavras de forma irônica, mas Isaac já me contou que André nunca foi membro do Círculo e que não sabe nada da história da organização.

— André — pede-lhe Isaac —, podemos, por favor, não falar do Georg? Nessa hora, penso que ele simplesmente não quer que lhe recordem um homem que o traiu.

Falamos um pouco sobre a vida de André. Cresceu em Praga. O pai era alemão, fabricante de violinos, e a mãe, uma cantora tcheca. André estudou piano, porém mais tarde escolheu o desenho gráfico como profissão. Nos últimos anos tem pintado paisagens por distração, enquanto ganha a vida numa editora.

— Adoraria ir a Praga — digo a ele, pensando nas histórias de Isaac sobre o famoso místico, o rabino Loew.

— Podíamos ir juntos. Eu lhe mostraria alguns lugares que ninguém conhece. — E muda para um tom de sussurro: — Incluindo o lugar onde está enterrado o Golem.*

— E onde é? — pergunto.

— Num cemitério cristão — responde Isaac no lugar dele. — Por uma questão de segurança! Porque é um lugar onde os nossos perseguidores nunca iriam procurar.

André desliga o lustre veneziano e acende velas altas e brancas à nossa volta. Ao longo de toda a conversa que se segue, as chamas dançarinas emprestam aos gestos precisos e vigorosos de suas mãos sombras longas e misteriosas, um filme expressionista que volta à vida, e é sem dúvida esse o objetivo dele. Conta-me que estudou história e costumes hebraicos com Isaac durante um tempo, embora tenha sido educado como católico e seja ateu por convicção.

— Para mim, é indiferente que Deus exista ou não — diz ele, fazendo um gesto com a mão como quem não se importa nem um pouco. — O mundo já é bastante impressionante para mim tal como é. Mas acredito que os judeus são importantes. Porque são um teste para a evolução da alma humana. Será que vamos precisar ter cada um o nosso próprio país ou vamos conseguir nos entender dentro das mesmas fronteiras?

Isaac me conta que uma vez preparou André para atravessar a Quinta Porta na Catedral de Praga.

— Sim, jejuamos, oramos e entoamos cânticos, e depois eu atravessei a Porta, e aconteceu a coisa mais incrível.

— Foi parar no Quinto Céu? — pergunto.

— Não, estava tão nervoso que desmaiei logo... pof! — Ele ri, divertido. — Mas ali deitado no chão, sangrando na parte de trás da cabeça como um porco... Quando acordei, a catedral era lindíssima, e havia um grande silên-

---

*Ser benéfico criado por magia pelo Rabino de Praga, no século XVI. *(N. da E.)*

cio. E alguns estranhos estavam tentando me socorrer! Um homem tirou o casaco e o pôs debaixo da minha cabeça. Uma velhinha começou a rezar ali ao meu lado. Sempre me lembrarei dos rostos deles. Era como se... como se sua boa vontade tivesse me trazido de volta do reino dos mortos. Senti que estava exatamente onde deveria estar. — Ele faz uma pausa, organizando as ideias. — E pensei, morrer não é assim tão ruim. — Ele sorri com doçura para Isaac. Parecem quase pai e filho. — Foi um momento que mudou a minha vida. O medo por mim mesmo, pelo meu bem-estar físico, se foi da minha vida... Ainda sou um homem diferente, mesmo hoje, dez anos depois. — Lança-me um olhar sério. — Mesmo que fosse mandado para Dachau, eu ficaria bem. — Virando-se para Isaac, acrescenta: — Quero que saiba isso.

— Você *não* vai ser preso — diz-lhe Isaac, em tom incisivo. — Vai ficar seguro no lugar para onde está indo. Confie em mim.

Quando a refeição está quase pronta, André nos leva para a sala de jantar. Por baixo da mesa redonda de madeira estende-se um tapete com uma franja de cordão violeta preso com nós.

— Esse tapete é seu! — digo a Isaac.

— *Mein Gott,* que memória que você tem, Sophele! Eu o dei ao André.

— O Isaac teve pena de mim — conta-me nosso anfitrião. — Eu só tinha a roupa do corpo quando vim para cá. — E faz sinal para nos sentarmos à mesa.

— Por que veio para Berlim? — pergunto, mas ele ergue a mão, fazendo sinal para que eu espere, e sai correndo para a cozinha.

— Vim pelo ar marinho — responde de lá, após alguns segundos. Aparece no limiar da porta e passa a mão no próprio peito. — Tenho pulmões de lagosta.

— Mas aqui não tem mar — retruco.

Ele dá de ombros.

— Então me informaram errado. — E volta a desaparecer na cozinha.

— Não estou entendendo — grito da sala de jantar.

— O Isaac também não — responde ele lá de dentro.

— O senso de humor do André não é normal — observa Isaac.

— Pois é, prefiro o humor que não tem graça — diz o nosso anfitrião, aparecendo outra vez à porta.

É um homem brilhante, curioso e imprevisível, e tudo isso lhe fica bem; ele conquista a minha eterna fidelidade quando surge com um ganso bem dourado nadando em molho de frutos silvestres, que cheira divinamente.

— Que lindo — exclamo, e finjo desmaiar, batendo no Hansi de propósito, ao que ele me bate na cabeça, também de brincadeira.

André, de luvas brancas, leva a ave para a mesa numa bandeja de prata. Faz com que eu me sinta como se estivesse na presença de uma estrela de cinema no seu dia de folga, e, quando o meu olhar se encontra com o seu, ele responde com um sorriso cúmplice, como se dissesse: *Estou exultante por tê-los em minha casa, por isso não se importe se eu fizer muito teatro.*

Nossa conversa durante o jantar vai ficando descontraída, e até Hansi escreve uma lista de todos os lugares famosos que gostaria de visitar, a maior parte dos quais ele viu nos seus quebra-cabeças: o Big Ben, o Taj Mahal, a Torre Eiffel... Nunca o vi escrever tão depressa. Será o efeito de dois mililitros de vinho do Porto? Talvez, se eu conseguisse embebedá-lo de verdade, ele voltasse a falar.

Depois do jantar, os homens fumam seus charutos, e eu abro as janelas o mais que posso para Hansi e eu não morrermos de tanto tossir. Por insistência de Isaac, trouxe comigo uns adereços, e tiro o velho relógio de pulso da Mãe de trás da orelha de Hansi, e depois tiro o lírio de Heidi de trás do cotovelo de André. Os homens aplaudem. Hansi faz uma vênia comigo, na qualidade de meu gentil assistente.

André sorri generosamente quando Isaac se senta ao meu lado no sofá e passa o braço sobre os meus ombros.

— Fico mais feliz do que podem imaginar vendo como vocês são bons um para o outro — diz ele.

Percebo logo que vou me lembrar para sempre dessas palavras, porque ele viu o nosso amor. E eu nem tinha me dado conta de que queria que alguém servisse de testemunha para nós dois.

Uma semana depois, Isaac, Hansi, Vera e eu ajudamos André a colocar seus bens em caixotes, embora Vera segura as louças com tanta força que quebra uma xícara antiga de Delft e acaba exonerada de suas funções, o que provavelmente tem sido seu objetivo desde o início, porque assim fica livre para criticar nossos esforços a partir da plateia. André a chama de "A Rainha dos Condenados", uma alcunha perfeita.

Quando acabamos, ele leva todos nós para tomar café e comer doces na Adega do Karl. Ele e a Rainha dos Condenados valsam ao som de um "Danúbio Azul" arranhado que sai da vitrola. Vera insiste em ser ela a conduzir, com a cabeça quase batendo no teto.

André parte no dia seguinte para a Antuérpia. Isaac vai se despedir dele na estação, e, quando volta, me abraça durante muito tempo e com muita força, declarando:

— Ajudei a tirar mais um do alcance deles!

Oito semanas antes de terminar a escola, Greta Ullrich, também conhecida por Gurka Greulich, entra na aula com as pálpebras inchadas e cheias de pus e as pestanas lambuzadas com uma pomada viscosa. Diagnóstico: conjuntivite. Deleitada com o rumo novo dos acontecimentos, roubo do meu pai duas folhas de papel com o timbre do Ministério da Saúde quando chego em casa, desço as escadas de quatro em quatro degraus e atravesso o pátio até ao apartamento de Isaac; com o coração mergulhando alegremente nos meus planos diabólicos, bato à máquina uma nota breve mas com palavras rebuscadas, dirigida ao diretor da nossa escola. Isaac ainda não voltou do trabalho. Estou elaborando a segunda versão, aperfeiçoada, da carta quando ele enfia a cabeça no quarto de hóspedes, onde deixa a máquina de escrever.

— Estou inventando uma mentirinha inofensiva — explico.

— Não acho que *inofensivo* faça parte do seu vocabulário — responde ele, o que me dá um prazer imenso.

Como na Liga das Moças Alemãs me pregaram sermões infindáveis sobre as várias horrendas doenças venéreas que provavelmente apanharíamos dos judeus e dos ciganos se apenas encostássemos neles, ou se déssemos um simples beijo, sendo, portanto, os lábios carnudos dos judeus e seu nariz gigante uma extensão de sua perversa natureza sexual, sei exatamente o que tenho que redigir, embora admita que preciso ir ao dicionário ver como se escreve oftalmia gonorreica. Depois de apresentar os fatos em questão, escrevo:

Devo sublinhar que a Fräulein *Greta Ullrich deve ser mantida afastada dos outros alunos, dado ser esta doença venérea em particular altamente contagiosa e poder levar até, nos casos mais agudos, à cegueira. Recomendo também vivamente que obrigue todas as amigas mais próximas da aluna a fazer exames médicos completos o mais depressa possível e que as faça fornecer aos respectivos médicos detalhes completos sobre a própria vida sexual nos últimos meses.*

Escrevo aos pais dela uma carta ligeiramente diferente, pondo em questão a moral da família Ullrich. Talvez isso lhes demonstre como é fácil ser considerado lixo na Alemanha de hoje.

Contudo, quando vou enviar as cartas, me dou conta de que as autoridades escolares podem me identificar como o remetente das cartas por eu ser talvez a única aluna cujo pai trabalha no Ministério da Saúde. Por via das dúvidas, decido simplificar a minha fraude e enviar uma única carta, de um médico do hospital Civil Wittenau, dirigida ao diretor do colégio. Telefono para o setor de internação e peço o nome do chefe da pediatria, Christian Keller, assinando como tal no fim de um papel branco comum. No sábado, levo Hansi comigo ao Wittenau. Como já colei os selos no envelope, convenço a enfermeira da recepção a enviá-los da seção de correspondências do hospital.

Dois dias depois, Gurka é mandada para casa antes do fim das aulas, e quatro de suas amigas são chamadas ao gabinete do diretor. Na manhã seguite, todas as outras alunas já estão tentando adivinhar as maneiras nojentas e perversas como ela pode ter pegado gonorreia nos olhos! E, contudo, mesmo vendo Gurka humilhada não sinto o triunfo que esperava. A culpa adere à minha pele, e vejo que ninguém vai sair lucrando com a minha maldade.

Será que a minha fraude foi finalmente descoberta? Provavelmente, pois Gurka volta à escola após uma semana. E é óbvio que suspeita de mim, pois me dirige olhares carregados de ódio toda vez que nos cruzamos.

Só nos falamos mais uma vez. Um mês antes do fim das aulas, ela atravessa o corredor em passo militar, aproxima-se de mim e diz:

— Pode ter certeza de que vou conseguir que um dia você seja fuzilada pela Gestapo. Você e a Bloch, as duas. E vou dançar em cima dos túmulos!

É uma garota assustadora, e tem uma espécie de poder obsceno, como uma bruxa de um conto infantil. Às vezes me pergunto se ela teria concretizado sua ameaça contra mim se eu tivesse ficado na Alemanha. No caso de Rini, pode até ter conseguido.

Contudo, nesse momento fico contente por ela falar comigo com ódio, porque me dá uma oportunidade de me libertar de todo o sentimento de culpa e de ter a última palavra entre nós duas. Suspeito que a minha súbita eloquência vem do enorme medo que *realmente* tenho dela:

— Gurka — digo —, não se meta comigo, porque sou mais esperta do que você, e não tenho escrúpulo nenhum, como você acaba de descobrir. Além disso, tenho uma arma que não vou hesitar em usar, e pode ter certeza de que todos os judeus e ciganos de Berlim vão ficar encantados com a oportunidade de dançar comigo em cima do *seu* túmulo! E vou convidar a todos!

Minha exultação não dura muito tempo; à medida que chegam o fim do ano e a cerimônia de formatura, o fato de não ter me candidatado à Escola de Arte se transforma num ácido que corrói meus dias. Uma tarde, recuso-me a fazer amor com Tônio, porque ele chega com meia hora de atraso ao nosso encontro. E não perco uma oportunidade para discutir com o pobre do Isaac. Uma noite, encho-o de insultos por se recusar a me deixar entrar no banheiro quando ele está fazendo a barba. Estou de pé à porta, ameaçando invadir o último território privado do pobre homem, e ele me ordena, com a mão para cima formando um escudo, que eu não me atreva a dar nem mais um passo. Suas faces e seu queixo estão envoltos em espuma, e seus olhos parecem contas cinzentas e frias.

— Como pode ser tão mesquinho? — pergunto.

— De onde você tira esse descaramento todo? Preciso de algum tempo só para mim. É assim tão difícil de entender?

— Você é mesquinho com tudo, não só com isso.
— Olha, você queria se vingar de si mesma, e agora conseguiu. Portanto, não jogue a culpa em mim.
— Não gosto dessa mania presunçosa que você tem de sempre saber o que se passa na minha cabeça.

Seu dar de ombros significa: *Por que diabo eu iria me importar com o que uma* pisher *insignificante como você acha ou deixa de achar?* Depois, começa a resmungar para si mesmo coisas sobre mim em ladino, já que sabe que eu não entendo.

— E qual foi a vingança que eu consegui? — interrompo-o.
— Impediu você mesma de continuar os seus estudos.

Sinto a acusação como uma bofetada.

— E o que o faz pensar que eu queria me vingar?

Enxotando-me dali, ele responde:

— Sophie, não percebe que estou ocupado agora?

Por não ter amado a minha mãe o suficiente e por não ter conseguido merecer o respeito do meu pai. São essas as respostas que lhe dou quando ele sai do banheiro.

— É isso?
— Acho razoável como explicação, mas só você pode ter certeza.

Ele sorri daquela sua forma paciente, fazendo-me passar os dedos ao longo da maciez lisa da sua face, e então enterra o nariz na palma da minha mão, inspirando o perfume do meu corpo.

Sentindo a necessidade que ele tem de mim, o manto da minha fúria escorrega dos meus ombros.

— E agora, o que vou fazer? — pergunto.
— Arranje um trabalho e ganhe algum dinheiro, como todos nós fazemos. E ano que vem... — Nesse ponto ele me dirige seu esgazeado olhar bíblico: — Vai para a universidade!

Um bom plano, mas o Dr. Hassgall tem outras ideias. Vem almoçar no apartamento de Isaac esse fim de semana, olha para os desenhos a pastel aos quais tenho me dedicado, com as mãos cavalheirescamente cruzadas atrás das costas, e diz:

— O que acha de vir dar aulas de arte na minha escola?
— Nunca pensei nisso.

Numa voz divertida, ele diz:

— O salário é abominável, e as crianças vão minar a sua paciência, e as salas de aula são frias no inverno, mas, depois de ensinar aos meus alunos, você verá que é capaz de muito mais do que aquilo que já julgou ser possível.

Três aulas por dia, oito a dez alunos por turma, e não lhe dou nenhum aluno com quem você sinta que será impossível se comunicar. O que me diz?

Assim, sem mais nem menos, pareço estar conseguindo me erguer e sair do meu dilema, direita a caminho do sol de sua escola amarela. Mesmo assim, é uma grande decisão a tomar...

— Não sei nada sobre Rudolf Steiner e sua filosofia — respondo, enchendo para ele e para Isaac um copo de *schnapps*, o aperitivo para o almoço.

O Dr. Hassgall pega seu copo e me agradece.

— Os meus professores mais antigos conhecem o Steiner de trás para a frente. A Sophie usa simplesmente as técnicas que lhe ocorrem para ajudar as crianças a subir até a ponta dos lápis de cor. — Com os dedos, ele faz o gesto de quem sobe uma escada imaginária no ar.

— Receio que as Moças Alemãs só tenham me treinado para subir cordas — respondo.

— Pare de se fazer de espirituosa! — berra Isaac, e, como interpreta o olhar gelado que lhe lanço como uma acusação, acrescenta: — E não, a ideia não foi minha.

— Sophele, minha querida — diz o Dr. Hassgall em tom conciliatório —, tudo que você vai ter que fazer a princípio é impedir que as crianças engulam as tintas.

Ele e Isaac começam a rir, como velhos amigos de pôquer. Extremamente irritante.

— Vou pensar — digo, ao que Isaac olha para o teto. Consigo ouvi-lo pensar: *Mais uma como vingança...*

Mais tarde, enquanto come a sopa, o Dr. Hassgall aponta sua colher para mim e diz:

— Quero que me diga quem são os inimigos do seu irmão.

— O quê?

— Que inimigos têm as crianças paradas?

— Não serem compreendidas. Não serem desejadas ou... ou mesmo amadas. Peixes canibais. Quebra-cabeças com peças que faltam. E carros que andam depressa demais na rua Marienburger.

— Sim, *exatamente*, minha querida — diz ele, e a solidariedade por mim que vejo nos seus olhos parece mandar embora o resto do mundo por um momento.

Enquanto pensa no que vai dizer em seguida, ele toma um gole de vinho e limpa cuidadosamente os lábios, com o mindinho espetado num ângulo gracioso. Nessas horas parece estar posando para um retrato como um aristocrata do século XIX.

— Um rapaz parado que adora desenhar ou pintar talvez consiga aguentar melhor a sensação de não ser compreendido pelos pais — diz ele. — E durante toda a vida se sentirá menos só, porque poderá contar com seus próprios recursos, o que é vitalmente importante para crianças que não fazem amigos com facilidade, e talvez até aprenda a atravessar a rua em segurança, e fazer os seus *próprios quebra-cabeças*.

O Dr. Hassgall fala encadeando as frases umas nas outras quando está empolgado, e encantam-me seus efusivos gestos de mão; parece que está regendo uma orquestra.

— Duvido que eu já seja uma artista boa o suficiente — protesto.

— Sophele, acho que você não percebe como é rara a sua dedicação ao Hansi. A maior parte dessas crianças é dissuadida de viver... de se tornarem criativos. Esse programa de esterilização nazista é abominável, mas é preciso vê-lo como parte integrante do clima geral de desencorajamento que impede os meninos e meninas como o Hansi de realizar seu potencial.

— Nunca pensei nisso dessa forma.

— Tiramos deles o direito de ter filhos, porque temos medo de que eles expressem seus desejos, sua afeição... de que se tornem seres *criativos*. Não queremos que eles desafiem as nossas expectativas. Mas eles merecem mais do que a nossa covardia. E com o seu talento para desenhar, você pode até ajudar algumas dessas crianças a ser mais do que elas achariam possível... algumas que só conseguem ser tocadas através da forma e da cor.

No momento em que ele menciona a arte como um meio de combater todo o mal feito a Hansi e às outras crianças, percebo que é por esse caminho que tenho que avançar. E assim, nesse verão de 1936, enquanto os nazistas finalizam os planos para suas imaculadas Olimpíadas, retirando de Berlim todos os cartazes antissemitas e enviando os ciganos das cidades como autêntico gado para campos de concentração nos subúrbios, eu planejo meu contra-ataque numa série de quarenta lições concebidas para conseguir que Hansi e os seus amigos desenhem suas diferenças e desejos. Todas as noites trabalho no meu projeto.

— O Dr. Hassgall é um poeta disfarçado de diretor de escola — digo a Isaac, depois que nosso visitante vai embora.

— É por isso que é tão bom no que faz. As crianças não compreendem bem a prosa, embora nos enganemos a nós mesmos pensando que sim.

A QUINTA PORTA

Cinco são os livros de Moisés, as orações do Yom Kippur e os sentidos que usamos para contemplar o esplendor dos Reinos Inferiores. Com o número cinco, *heh,* Deus criou o mundo.

À medida que atravessamos a Quinta Porta, os compromissos do passado caem e desaparecem, e podemos voltar-nos, regressando à juventude — e nos ver encurralados num rochedo que dá para Gehenna —, ou reunir a coragem para continuar a jornada. O céu correspondente é Ma'on, onde os anjos cantam diante do Senhor, à noite, e ficam silenciosos durante o dia; por isso mesmo, as orações sem voz dos que habitam os Reinos Inferiores podem ser ouvidas.

Deus disse: "Que as águas pululem de inúmeras criaturas vivas e que as aves voem acima da terra, através do arco do céu."... A noite chegou, e a manhã chegou, um quinto dia — Gênesis, 1.

Berequias Zarco, *O livro do novo começo*

Capítulo 17

卐

Levo meus planos de aula para a escola, no meu primeiro dia como professora de arte, em setembro de 1936, umas duas semanas antes do meu 19º aniversário. O Dr. Hassgall me apresenta calorosamente a uma assembleia constituída por 37 alunos, mas a minha primeira aula, que começa com uma breve introdução à arte grega clássica, deixa três dos meus alunos mais novos com as cabeças pousadas nas carteiras, os olhos fechados, flutuando a caminho da terra dos sonhos. O pânico se instala em mim quando olho para Hansi e vejo a preocupação franzindo-lhe a testa. Paro no meio da frase. Como cheguei até aqui? Sinto-me como se fosse uma atriz que acaba de entrar no palco, para descobrir simplesmente que está na peça errada, e que o meu público, oito crianças entre os 9 e os 15 anos, forma uma parede de olhos perplexos.

Várias das crianças não desenham nada quando distribuo o papel. Nem sequer pegam num lápis de cor. Estão confusos, e eu também. E as outras duas aulas não correm melhor. Então Else König, a diretora da turma de Hansi, vem sentar-se comigo nos degraus que levam ao jardim de trás. Seu espesso cabelo cor de cobre bate nos ombros. Ela veste uma calça preta de lã e uma simples blusa branca. Seus brincos são um ponto vermelho-granada. Ela irradia um otimismo prático. Agora entendo por que as crianças brigam pela atenção dela.

Dividimos um sanduíche de queijo. Ela tem o rosto iluminado e está desejosa de ajudar, mas eu estou à beira das lágrimas, naufragada na minha inexperiência.

— Por favor, diga que eu não preciso voltar amanhã — imploro.

— Escute, Sophie — responde Else —, você vai cometer erros, tal como eu fiz. Mas ensinar *vai* ficar mais fácil.

Else tem uma conversa inteligente e simpática comigo durante algum tempo, mas só consegue me fazer superar meu desencorajamento no momento em que diz:

— Descobri que as crianças são como esponjas e que fazem o melhor que podem para limpar qualquer porcaria que a gente faça, por isso não se preocupe muito.

Mas eu não estou disposta a me deixar animar, por isso respondo:

— Não quero que elas limpem a minha porcaria.

— Vá para casa e tome um banho quente — ela me aconselha. — De manhã, tudo vai parecer melhor.

A eterna promessa que se faz aos desencorajados... Mas de madrugada a perspectiva de dar aulas não me parece nem um pouquinho melhor. Sento-me ao lado de Hansi e passo a mão pelos seus cabelos para me acalmar.

Às 9h55, bem quando a minha primeira aula está prestes a começar, Elsie enfia o braço no meu e diz:

— Tive uma ideia ontem à noite. Desenhe você aos seus alunos. Eles vão adorar e vão ficar contentes por você ter dedicado um tempo para olhá-los de perto.

— Desenhar os meus alunos?

— Claro! A maioria deles vai gostar de posar para você. E os outros podem ficar vendo. Comece com o Hansi.

O desafio de Else me recorda o desejo da minha mãe de ser *realmente* vista por mim. E é assim que começo o meu segundo dia na Escola do Rei David, com a mão da Mãe pousada na minha cabeça. E Deus abençoe Else por ter me jogado uma boia salva-vidas.

Começo com retratos rápidos de Hansi e de seu melhor amigo, Volker. Os alunos mais novos juntam-se à minha volta para ver, e dois ou três animam-se quando os desenho. Volker olha fixamente para mim de boca aberta, como se tivesse acabado de ver que tenho poderes sobrenaturais. Treme quando passa os dedos sobre os grandes olhos líquidos que retratei como os dele. Será que até hoje nunca percebeu como são lindos? Um rapaz, Stefan Neuhauser, fica olhando seu retrato com os braços esticados, impedindo todos os outros de se aproximarem, com medo de ter que dividir com eles seu presente.

Mesmo assim, algumas das crianças não conseguem entender para que serviria um retrato. E metade deles se recusa a me dirigir uma palavra, ou a me mostrar até mesmo com os olhos que têm consciência de estar na mesma sala comigo.

— O que... o que vou fazer com isso? — diz Mônica Mueller em voz receosa, encolhendo-se e afastando-se do desenho que fiz dela, como se o papel escondesse as aranhas minúsculas que ela sempre receia que andem perdidas no seu espesso cabelo castanho.

Mônica foi diagnosticada como sofrendo de *folie circulaire*, o nome que os médicos na época davam à bipolaridade, mas o Dr. Hassgall diz que ela tem provavelmente algum tipo de esquizofrenia.

— Não precisa fazer nada com isso — explico com suavidade.

Enquanto eu respondo, uma menina esguia de olhos castanhos encovados e um cabelo acobreado preso em tranças bem apertadas, Gnendl Rosencrantz, rasga o retrato que fiz dela e exclama:
— Está muito ruim!
Ela exibe a expressão mais zangada que já vi e reduz o meu papel a confete como se destruísse uma praga que estivesse atacando sua família. Quando termina, cerra as mãos minúsculas e ergue os punhos, pressionando-os com toda a força sobre os ouvidos. Talvez goste de ouvir os nós dos dedos estalando de raiva.
— A Gnendl tem olhos amarelos e não tem os polegares? — pergunta Isaac quando eu a descrevo para ele.
— Não, por quê?
— É que, se fosse o caso, eu faria para você um talismã de proteção, porque você estaria lidando com um poderoso demônio judaico.
Apesar de Gnendl ter criado um clima desagradável na minha aula, continuo a desenhar retratos nesse dia, e consigo que a maior parte das crianças faça seus próprios desenhos hesitantes antes de o sinal tocar. Pelo que me parece, eles e eu passamos a Primeira Porta. Até me sinto otimista em relação a conseguir que os mais isolados passem esse liminar durante as próximas semanas. Quem sabe, talvez Gnendl descerre os punhos um dia, embora duvide de que algum dia ela vá parar de quebrar os lápis de cor, que enterra no papel como se tivesse necessidade de liquidar todo tipo de vida na terra.

O meu obstáculo mais titânico em pouco tempo passa a ser uma fada loura quase na idade da puberdade chamada Inge Hohenstein, a Shirley Temple da Silésia, como passarei a chamá-la nos anos seguintes, porque tem cascatas de cabelo louro encaracolado e é teimosa. A estratégia dela consiste em me encher de perguntas para me impedir de ensinar.

"Quanto tempo o lápis de cor leva para secar?"; "O que aconteceria se o teto caísse na nossa cabeça?"; "Por que é que a Mônica não consegue desenhar uma linha reta?".

Ela consegue me levar várias vezes a crises de desespero, em setembro e outubro, e considero-a meu bem merecido castigo até chegarmos quase ao fim do primeiro período, quando ela me pergunta:
— De que cor é um lápis cor-de-rosa no escuro?
— Um lápis cor-de-rosa é sempre cor-de-rosa! — respondo automaticamente, porém mais tarde, nesse mesmo dia, Isaac, imitando Einstein, me lembra que a cor não existe no escuro.
— Um objeto pode ser só *potencialmente* cor-de-rosa se não houver luz — diz ele.

Talvez Inge estivesse tentando me dizer alguma coisa sobre suas perspectivas. Será exagerado da minha parte acreditar que durante toda a sua vida ela tem estado à espera que o sol se levante num determinado universo preto e branco que é a casa dela e traga desde o violeta até o vermelho para sua vida?

Peço-lhe desculpas no dia seguinte, mas só consigo que ela me vire as costas como se eu não lhe despertasse nenhum interesse. Sinto ainda hoje um frio na espinha quando penso em como houve tantas coisas que eu entendi errado em relação a ela e a todas as outras crianças.

Mas a número um na minha lista de fracassos completos continua sendo Gnendl, o meu inverno sem fim. Quando peço conselho ao Dr. Hassgall, ele diz:

— Ela tem medo de você.

— Mas eu é que fico apavorada com *ela*!

— Ela tem dificuldades em interpretar as expressões faciais. Você pode pensar que está lhe passando ternura, ou prazer, mas ela pensa que você está furiosa com ela, tão enraivecida que poderia até matá-la.

— Meu Deus! — exclamo, porque de repente penso que talvez seja esse parte do problema de Hansi.

— Tenta apenas ser muito clara naquilo que diz a Gnendl e aos outros. Mais tarde ou mais cedo, ela é capaz de perceber que está do lado dela.

O número dois na minha lista de fracassos é um rapaz de pele cor de chocolate chamado Karl Skölny, com uns olhos azuis brilhantes que fazem meu coração bater mais depressa. Eu nunca tinha visto um negro antes, e quando conheço a mãe dele, Helen, ela me fala dos odores da noite na África do Sul e do pôr do sol, "fogo caindo por uma abóbada azul". O que Karl deve pensar dos nossos gélidos invernos? Ele nunca fala, só balbucia umas coisas indecifráveis, e nunca desenha uma linha sequer. Quase não se mexe, exceto para coçar o nariz. *Tenho coceira; logo, existo.*

Dou três aulas de uma hora por dia. É esquisito ter Hansi como aluno, e às vezes ele se enrosca todo em mim, querendo que os amigos saibam que é ele o meu aluno preferido, mas o Dr. Hassgall diz que logo ele vai se acostumar com a ideia de eu ser sua professora, e vai parar de tentar garantir um tratamento especial.

— Não tem como você parar de amá-lo durante a aula, por isso nem tente — aconselha ele, para meu grande alívio.

Consigo chegar ao fim do meu primeiro período graças à adrenalina e ao atrevimento. Os salários também ajudam. Da primeira vez que levo Hansi e Isaac a um restaurante por minha conta, sinto-me como se fosse a estrela de grande *cachet* do meu próprio filme de Hollywood.

A revelação importante desse ano para mim chega em novembro: não é necessário que cada lição seja brilhante ou original. Pelo contrário, na verdade, considerando que as crianças adoram já saber o que virá a seguir. Ponho-os para desenhar o abeto de ramos tristes do nosso jardim todas as terças-feiras ao longo do fim do outono e de todo o inverno, quer esteja brilhando ao sol ou acumulando flocos de neve nas pontas como galhos dos seus dedos, e eles logo começam a trabalhar, debruçados sobre os papéis, suas mãos se movendo depressa, como abelhas.

Mas mesmo isso de saber o que vem a seguir não ajuda muito Inge... Um dia, durante esse primeiro período, ela abre seu sorriso angélico e diz:

— *Fräulein* Riedesel, importa-se de pôr o abeto em outro lugar?

Diante da minha expressão perplexa, ela faz um sinal para a direita e diz:

— Naquele lado. Ficaria muito melhor ali.

— Receio que a árvore vá ficar sempre onde está — digo, com uma simpatia postiça. — Mas se deslocar a sua cadeira, a árvore vai *parecer* que mudou de lugar.

Acho que é uma boa resposta, mas Inge desloca sua cadeira de um lado para o outro tantas vezes nos cinco minutos que se seguem, pousando-a com um barulho enorme todas as vezes, que os outros começam a ficar nervosos, e Volker, a quem basta um ruído ou um som seco inesperado para começar a chorar, acaba rompendo em soluços.

Não importa; nem Inge e Gnendl não conseguem me fazer deixar de adorar a maneira séria como a maior parte das crianças encara o desenho ou a pintura que estão fazendo, e a forma como distraidamente roem as unhas e batem repetidamente com o pé contra qualquer coisa. É como se acreditassem que, independentemente daquilo que estão desenhando, estão sempre concebendo pontes entre eles próprios e o mundo, e talvez seja isso mesmo que estão fazendo. Para Volker, a ponte deve ser o céu noturno, porque ele põe a lua em diferentes fases e estrelas em todos os desenhos que faz. É um menino muito calado e hesitante, embora as poucas palavras que conseguem sair da sua boca muitas vezes saiam de enxurrada, depressa demais, como se disparadas por uma metralhadora. Todos sempre lhe pedimos que fale mais devagar.

Outras crianças se deliciam desenhando monstros. Veronika Vogt, ou V V, como acabo lhe chamando, desenha gárgulas vermelhas e marrons, criaturas com contornos precisos, de focinho e orelhas pontiagudas, que parecem feitas de sangue. Faço-lhe perguntas sobre elas, mas a única coisa que VV me diz é que os monstros precisam ser colados no papel, o que significa que têm que ser fartamente lambuzados com camadas grossas de cola Henkel. Às vezes suas mãos ficam tão pegajosas que tenho que levá-la ao banheiro e esfregá-las com pedra-pomes. Ela me diz que sua mãe faz o mesmo.

— Eu gosto que as minhas mãos fiquem limpas — diz VV, erguendo-as para que eu as inspecione —, mas gosto mais de cola.

Nós duas rimos quando ela diz isso. E eu lhe dou um beijo no topo da cabeça, porque estou aprendendo que as crianças distantes gostam da proximidade física mais do que de conversa. Tal como eu, claro.

Gosto mais de cola... É apenas uma de cem declarações dos meus alunos que acabo contando a Isaac, a Vera e a todas as outras pessoas que conheço, durante os anos que se seguem.

Às segundas-feiras desenhamos retratos; às terças vamos para fora, quando o tempo permite, e desenhamos flores e árvores; às quartas os alunos trazem objetos de casa, que eu disponho em naturezas-mortas sobre a minha mesa; às quintas esculpimos figuras em barro; e às sextas leio para eles uma história, e eles pintam a cena que quiserem.

A forma como adoram saber o que vai acontecer forma um chão sob os nossos pés. Eu tropeço muitas vezes, mas na realidade não posso me machucar, porque simplesmente não tem nenhum lugar onde eu possa cair.

Também lhes mostro reproduções dos meus quadros e desenhos favoritos, o esboço que Dürer fez da mãe dele, a figura banhada de luz de São Sebastião, do Ribera, rodeada pela escuridão... Até levo o Chagall de Isaac, um dia: um homem e uma mulher voando por cima de uma aldeia desproporcionada com uma igreja ortodoxa ao centro; e desenhamos as outras pessoas que podem viver na vila natal do artista. Penduro algumas das reproduções em volta da sala, incluindo o *Retrato de um rabino,* de Rembrandt, que me ensinou a fazer o meu trabalho sem pressa, se necessário durante anos; a fazer de cada linha e cada sombra aquilo que elas querem ser. Gnendl agarra o *Saturno devorando um dos seus filhos,* de Goya, como se fosse o embrulho há muito perdido de que estava à espera havia anos. Talvez o apetite daquele Titã por carne humana justifique seus punhos cerrados. Por isso, num dia de primavera, levo para ela algumas reproduções de quadros apavorantes que recortei de revistas. Ela me olha com ar surpreendido, com um *ah!* de espanto, e depois me encara fixamente, de maneira tão penetrante que tenho que desviar os olhos. Será que está contente por eu ter alimentado suas preferências mórbidas? Nessa manhã, ela não me faz uma única pergunta. Alguns dias depois, quando consegue passar uma aula inteira sem quebrar um único lápis de cor, suspeito de está começando a confiar em mim.

Também penduro os desenhos dos alunos nas paredes; quero que saibam que estou grata por tudo o que estão me mostrando dos seus mundos interiores. E que tenho orgulho deles.

Meu próprio trabalho desse período torna-se mais livre do que era até então. Faço rostos azuis e cor-de-rosa, e minhas linhas passam a mostrar menos preocupação com o realismo. Dou às pessoas orelhas pontiagudas e chifres, como Pã. Já não quero fazer retratos certinhos das pessoas, estilo prussiano. Quero evocar a sensação que elas dão, sua natureza e solidez animal, sua capacidade de transformação. Até desenho luas em quarto crescente em volta de Volker, puxando-o aqui para fora, para o mundo. Tirando Hansi, é ele o meu preferido. Volker e eu nos sentamos contentes na mesma gangorra durante todo esse ano, indo para cima e para baixo sem esforço, como se a escola estivesse nos ensinando a respirar juntos. Quando me lembro desse tempo, sinto meus braços em volta dele e do meu irmão, e é como se o próprio mundo estivesse me devolvendo tudo aquilo que eu sempre quisera.

O Dr. Hassgall e Else tiram fotografias de todas as crianças nos últimos dias antes das férias de Natal, e eu as escondo na minha Coleção K-H, porque muitos dos alunos são judeus. Na realidade, a maior parte dos pais deles ficou desempregada, por isso não podem pagar as mensalidades integralmente, razão pela qual nossas paredes azuis estão com a tinta descascando e os degraus para o jardim continuam mal cimentados. E também passamos o inverno tremendo de frio.

O Dr. Hassgall, Else, eu e os outros professores estamos de pé nas fotografias, na última fila. Depois da guerra, olharei para nós todos de uns dois em dois anos, e nunca deixarei de pensar: *Meu Deus, eu só tinha 19 anos, eu mesma era também uma criança...*

Todas aquelas lindas crianças são esterilizadas até o fim desse ano escolar de 1936-37: a Shirley Temple da Silésia, Mônica, Volker, VV, Gnendl... O que me faz pensar como é que os cirurgiões e médicos da Alemanha conseguem dormir à noite. Mais tarde, claro, vamos saber que dormiam perfeitamente.

Um dia, Volker pega um desenho que fiz dele e desenha estrelas por cima do rosto todo. Fico furiosa, porque me esforcei bastante para fazer um retrato fiel, e exijo, com voz de má, que ele me diga o que está fazendo. Arrepiando-se, ele responde:

— Varrendo folha seca.

Quando lhe brotam lágrimas nos olhos, ajoelho-me junto dele e lhe peço desculpas. Ele cai nos meus braços, e eu abraço-o com força, implorando-lhe que me perdoe. Desde então, sempre que um dos alunos me pergunta por que estou fazendo qualquer coisa que eles achem estranho, respondo muitas vezes "Varrendo folha seca" antes de dar a minha verdadeira explicação, o que sempre fazia Volker e eu sorrir em simultâneo.

Abraçar aquele menino lindo que treme nos meus braços é um momento importante para mim: eu não tinha me dado conta do poder que tinha sobre esses pequenos seres. Nem de que até então ainda estava reprimindo uma grande parte do meu amor, pensando que os professores não devem abrir seu coração para os alunos.

Devemos ser suaves, suaves, suaves uns com os outros, porque somos muito frágeis..., é o que os meus alunos me ensinam esse ano, e é uma lição que eu precisava muito aprender.

Agora, quando estamos juntos, Tônio fala basicamente de seu regimento, e embora demonstre orgulho do rigor que seus superiores lhe inculcaram, e com bom humor sobre a porcaria da comida, a forma como muitas vezes fica silencioso sem nenhum aviso é nova para mim. Leva-me a acreditar que está pouco satisfeito com o caminho pelo qual enveredou. Certa vez ele explica a razão sem eu lhe perguntar:

— Quem me dera ser livre para poder ter uma vida normal.
— O que é uma vida normal? — pergunto.

Estamos passeando de braços dados ao redor do roseiral do Tiergarten, vendo Hansi e Volker correndo por ali, e ele dá de ombros com ar taciturno e depois muda de assunto. Quando nos aproximamos de casa, contudo, ele diz:

— Às vezes ainda sonho em casar com você e ter filhos. Embora eu saiba que você não quer isso.

Sinto-me horrível por não poder lhe dar aquilo com que ele sonha, e é óbvio que esta é a deixa para eu dizer alguma coisa de reconfortante, mas tudo o que respondo é:

— Já aconteceram muitas coisas com a gente que eu nunca poderia ter previsto. Por isso não podemos ter muita certeza do que o futuro vai nos trazer.

Depois que comecei a trabalhar como professora, tenho as tardes livres para trabalhar em desenho e pintura e preparar o jantar para Hansi e meu pai. De vez em quando compro livros para Isaac novamente, embora sejam tantos os que já foram queimados, escondidos ou enviados para fora do país por questões de segurança que começa a ser difícil encontrar os autores que ele quer. Uma vez por semana ele se encontra comigo depois da escola, e damos longos passeios junto ao Spree, ou num dos parques da cidade, e tomamos chá juntos. Ou, se estamos abertos a companhia, vamos até o Lar Judeu para a Terceira Idade para levar chocolates à Sra. Kaufmann, o que sempre a faz juntar as mãos e lamber os lábios. Às vezes, ela pergunta, aos sussurros, como está Roman, seu Príncipe Encantado do Arame.

O Pai passa todas as noites da semana comigo e com Hansi, com a boa disposição de espírito de um homem que está subindo na vida. Aparentemente,

Greta está levando-o para os escalões mais altos da empresa de esgotos que governa o nosso país.

Contudo, ele vai dormir na casa dela às sextas e sábados. Eu não me importo; na verdade, até prefiro suas ausências, visto que a tensão desconfiada entre nós se transformou numa corda esticada que nenhum de nós dois tem coragem suficiente para cortar ou mesmo falar nela. Por isso lutamos, ligados para sempre, em silêncio. Muito alemão, diria eu.

O Pai, Hansi e eu ouvimos rádio enquanto jantamos, para não termos que conversar. Para dizer a verdade, mantenho-o ligado sempre que o meu pai está em casa. Vozes sem corpo transformam-se na nossa barreira contra as discussões.

Ele leva Hansi ao cinema, ou para almoçar, toda a semana. Será culpa? Provavelmente, mas não importa, porque meu irmão salta de contente ante a oportunidade de poder passar o dia todo com o Pai. Às vezes Greta vai esvoaçando atrás deles, mas eu sempre recuso os convites para acompanhá-los; eu só estragaria o divertimento deles, e o fantasma da Mãe prefere que eu mantenha distância.

Encorajo Hansi a dormir na casa do Volker nas noites de sexta, para eu poder realizar meu sonho de dormir ao lado de Isaac até de manhã. Quando esse milagre finalmente se realiza, ele e eu estamos tão nervosos como crianças procurando dinheiro nos bolsos do pai, e é provavelmente por isso que, quando tentamos fazer amor, nossos corpos não se encaixam. Rompo em lágrimas ao ver meu palácio de expectativas se reduzir a escombros à minha volta. Isaac encaixa-se em mim e me conta histórias de sua infância que eu ainda não conhecia, e é a brisa suave de sua voz que me leva a adormecer, até o nascer do sol, quando então me contorço para sair de sob seu braço pesado sobre a minha cintura e meto na boca seu belo pênis. É enquanto ele me penetra firmemente numa dessas manhãs que percebo pela primeira vez que quero ter um filho dele. Mas não digo nada ainda; gosto da ideia de uma felicidade que é toda minha. E, provavelmente, devo honrar os desejos da Mãe e esperar até conhecer melhor Isaac antes de sequer abordar o assunto, e até ter pelo menos 21 anos.

Às vezes acordo no meio daquelas noites de sexta-feira com seu pênis macio encostado no meu traseiro, sua mão sobre a minha cabeça, e um vago cheiro de tabaco no subir e descer de seu peito, e me obrigo a ficar acordada para poder continuar sentindo o toque silencioso de tudo o que somos.

O fato de eu estar livre do Pai e de Hansi na sexta-feira também permite que Vera, K-H e Marianne se juntem a Isaac e a mim para o jantar do sabá quase todas as semanas. O pequeno Werner tem o costume de andar atrás de mim pela cozinha enquanto faço o jantar, observando-me com olhos fascinados. Será um futuro grande cozinheiro? Ele me chama de tia Sophie em linguagem gestual, e eu adoro. Roman também vem jantar conosco quando está na cidade. K-H retoma o hábito de fotografar a todos nós.

O novo projeto de Isaac no momento é copiar todos os manuscritos de Berequias Zarco à mão para cadernos especiais forrados de prateado. Ele avalia que o trabalho vai levar dois anos, porque, assim como os escribas hebreus dos tempos antigos, ele tem que descartar qualquer página em que faça um erro nem que seja minúsculo.

— Copiar as palavras do meu antepassado é a única forma de eu encontrar a palavra de código para Araboth — garante ele. — Berequias queria encontrá-la enquanto escrevia. Deixou pistas. Tenho certeza disso.

Quando vejo Tônio para o nosso fim de semana mensal de acrobacias eróticas, em dezembro de 1936, ele me anuncia que seu pai lhe ofereceu uma mesada espetacular se ele fizer carreira no Exército. Há muito tempo que não o vejo tão entusiasmado.

— Sophie, se eu economizar durante alguns anos, vou poder comprar um Bugatti de segunda mão — explica, como se precisasse da minha aprovação. — Imagine assentos em pele de avestruz e portas de mogno brasileiro.

Então é esta a imagem que Tônio tem agora de Deus: pele de ave e madeira tropical! Embora eu também acredite que ele tenha se apoiado nessa fantasia da juventude porque agora já aceita que a sua de adulto — unir-se a mim pelos laços do casamento — é muito pouco provável que aconteça. Ou talvez eu esteja lisonjeando a mim mesma.

— Parece simplesmente perfeito! — digo, esfuziante, tentando encorajá-lo.

Estamos no apartamento do pai dele, nus. Estou deitada de costas, observando o topo de sua cabeça, o qual, por causa do corte de cabelo que lhe fizeram no Exército, me parece plano demais; ele está sentado de pernas cruzadas, com fotografias de tanques espalhadas entre nós, porque tem andado desesperado pela oportunidade de guiar um Panzer. Suas faces estão sombreadas por uma máscula barba despontando, o que torna seus olhos castanhos de cílios longos, cativantemente iluminados nesse momento com sonhos de futuro, mais sedutores do que nunca. Será que algum dia vou conseguir terminar com um garoto assim, por causa de política?

— Só tenho uma pergunta — digo. — O que você vai fazer com o Bugatti estando no Exército?

— Saio assim que tiver o carro, e compro a minha própria garagem, e fico cuidando dos carros espetaculares das estrelas de cinema!

Adoro a maneira como seus lábios se curvam num sorriso arguto, e vejo que quero vê-lo feliz e realizado. Talvez terminar com ele agora e deixá-lo conhecer uma Moça Alemã que não queira mais nada além de três filhos louros e um passeio num carro elegante seja a coisa melhor que eu posso fazer por ele.

E, contudo, não o faço. E continuo gostando de vê-lo um fim de semana por mês, tanto como antes. Estaremos unidos pela gravidade de uma amizade que começou muito antes do nosso primeiro beijo, uma solidariedade que é mais profunda do que a sua adoração pelo Dr. Goebbels e seu desejo de uma vida normal? Mesmo assim, quando não estou dentro do círculo mágico criado por seu encanto e entusiasmo, fico zangada comigo mesma por não encontrar a coragem de partir para outra. Talvez se Isaac ficasse com ciúmes eu fosse capaz de dizer a Tônio que está tudo acabado entre nós. Contudo, ele nunca manifesta qualquer objeção, nem uma vez sequer.

Dois meses depois, Tônio é transferido para a Primeira Divisão Panzer. Na tentativa de me impressionar, ele me escreve dizendo que seu melhor amigo é Franz Wittelsbach von Bayern, filho do príncipe Georg da Baviera e neto do príncipe Leopoldo. "O Franz pertence à família real, mas tem que fazer continência ao general Schmidt, assim como eu!!", comenta Tônio, e seus dois pontos de exclamação me dão a nítida impressão de que lhe fizeram uma lavagem cerebral ao ponto de fazê-lo pensar que ele e Franz Wittelsbach são realmente considerados iguais na Alemanha.

Fico contente por ele ter realizado seu sonho de se sentar em cima de um Panzer, mas me pergunto se algum dia ele vai crescer. E eu, já agora?

Durante o ano de 1937, não tenho qualquer contato com Rolf. Nem Vera, nem Isaac, pelo menos não que o admitam. Embora eu tenha quase certeza de ter sido ele o traidor que agiu com Georg, abre-se uma grande fenda na minha certeza assim que apago as luzes do meu quarto e penso em tudo o que ainda pode sair errado nas nossas vidas. E não é reconfortante o fato de não sabermos nada sobre a pessoa na hierarquia nazista a quem Rolf e o Dr. Stangl podem ter passado informações.

Uma vez, conto a Isaac os terrores que ainda me mantêm acordada de noite, e ele me garante que estou segura, como se o meu próprio bem-estar fosse a única coisa que me preocupasse.

— Mas e você? — quero saber, claro. — E se o Rolf ainda quiser lhe fazer mal? Talvez seja preciso fazermos alguma coisa com ele.

— O Rolf já não se sente mais pressionado agora que a Heidi morreu — responde ele. — Mesmo que fosse ele o traidor, nunca mais vai fazer mal a ninguém. Tenho certeza disso.

— Você falou com ele? É por isso que sabe?
— Não, mas não interessa. Há muito tempo que não tem reuniões do Círculo. Estou vivendo e trabalhando num mundo que os nazistas nem sabem que existe. — Ele aperta o dedo no centro da testa, para o caso de eu não ter percebido o que ele quer dizer.
— É sério! — rogo.
Ele pega na minha mão e me dirige um olhar carregado.
— Estou falando mais sério do que você poderia imaginar.
Ele que acredite que nada pode lhe acontecer, se é isso que quer, penso eu, zangada, mas o que realmente me deixa furiosa é que já nem sequer me conta como vão as coisas com seus jornalistas turcos ou quem ele está ajudando a fugir da Alemanha.
— É muito melhor para você não saber nada sobre isso — diz ele.
Durante esse inverno, e até o início da primavera, nossa vida juntos passa a se dar em moldes secretos mas regulares. Isaac e eu temos o cuidado de nunca demonstrar nossa afeição em público, e, como ouvimos dizer que o governo está pondo escuta em milhares de telefones, aprendemos a dizer só banalidades ao telefone. Quase nunca discutimos, e quando o fazemos é geralmente porque ele fica até de madrugada copiando os manuscritos de Berequias Zarco, e acaba ficando exausto demais no dia seguinte para supervisionar o trabalho na sua fábrica ou mesmo para comer o jantar que faço para ele.

Isaac recebe cartas de André e de Júlia a cada tantos e tantos meses, e, embora os dois se sintam aliviados por estarem livres dos nazistas, até têm saudades do ar decadente de Berlim, com seus néons vermelhos e o leve cheiro de lúpulo. Vera, K-H e Marianne continuam vindo passar o jantar do sabá quase todas as sextas à noite. *Herr* Wachlenberg, o dono da padaria Rio Jordão, na Prenzlauer Allee, é amigo de Isaac, e sempre me ajuda a escolher o pão *challah* para a refeição ritual. Marianne me ensina a fazer couve recheada, desde sempre o prato preferido de Isaac. A receita é de Heidi.

No fim de março, Vera, Marianne e eu fazemos um enorme banquete de Pessach,* e a *pièce de résistance* é um ganso gigante com *Preiselbeeren*.** Não está tão bom como o que André fez, mas K-H e Isaac devoram-no até o osso, como se não comessem há um mês.

Tônio escreve de três em três semanas, também, e conseguimos ficar juntos durante alguns fins de semana em abril, junho e outubro. Falo de política de vez em quando, para ver se ele me dá algumas pistas do que ele e seus amigos

---
*Comemoração do Êxodo. *(N. da E.)*
**Espécie de groselhas silvestres típicas da Áustria e de algumas regiões da Alemanha. *(N. da T.)*

reservam aos judeus e àqueles que foram classificados como geneticamente inferiores. Sei que é irracional acreditar que lhe tenham contado alguma estratégia altamente confidencial, mas minhas preocupações me levam a fazer muitas perguntas, e, na sua visita de outubro, insisto estupidamente. Por isso, ele se fecha, mais do que nunca.

— Sophie, pare! A essa altura você já deveria saber que não é no Exército que se decidem as políticas a serem seguidas — responde ele, brusco. — Só fazemos o que o nosso governo manda.

Sua constante impaciência comigo essa tarde me faz acreditar que é capaz de ele ter conhecido outra garota, o que a princípio me apavora, mas depois passa a ser uma espécie de desejo inconfessado. Para me manter em terreno neutro com ele, acabo falando basicamente sobre as crianças da escola. Ele me ouve com atenção, dá conselhos para tentar aliviar as minhas dúvidas e sempre ri nas partes certas. Claro que, numa ditadura, os assuntos banais são sempre seguros.

Mesmo assim, ser capaz de discutir o tempo, as aulas de arte e as estrelas de cinema não deve servir muito aos contadores e dentistas judeus, que em breve ficam proibidos de exercer suas profissões. Ou para os desolados pais que veem os tribunais arrancarem-lhes seus filhos, porque se opõem ao Nacional-Socialismo. Mesmo assim, há algumas boas notícias para todos esses infelizes: aqueles que são presos por protestar com excessiva veemência não serão logo enviados para o *Konzentrationslager* em Dachau, que está abarrotado, porque abriu um novinho em folha, pronto para ser inaugurado, chamado Buchenwald!

O Pai e Greta ficam grudados um no outro nesse verão, e até fazem um cruzeiro pelo Danúbio em agosto. Agora ele passa em casa uma ou duas noites por semana, em geral às terças-feiras e às vezes às quartas, e me dá uma mesada para eu poder tomar conta do apartamento e comprar comida. Hansi aprendeu a usar o telefone, de forma que às vezes telefona para ele à noite e depois me passa o auscultador, agarrando-se a mim como uma lapa enquanto eu invento uma desculpa qualquer para interromper seu jantar ou seus coquetéis, falando sem parar sobre a correspondência que ele recebeu, ou como os peixes dourados parecem estar doentes, tudo menos o assunto tabu: as enormes saudades que o filho tem dele.

— Ele vem para casa na terça-feira, e então vai levar você para jantar — digo a Hansi quando desligo.

E não estou mentindo. Na sua visita semanal, o Pai é atencioso e afável com o filho. Não quero que a minha raiva estraçalhe os farrapos de uma relação que eles ainda têm, portanto geralmente fujo de casa nessas horas.

A diretora de turma do Hansi, Else e eu vamos beber algo depois da escola todas as sextas-feiras, e sempre que ela começa a ficar bêbada revela coisas de sua vida amorosa, aqui e além. Sua grande paixão, a Bettina, era uma vendedora de Charlottenberg, mas sua relação clandestina terminou quando a jovem voltou para o marido, há dois anos. Else não gosta de filmes, mas adora teatro e ópera. Em novembro, ela me leva para ver *Tristão e Isolda*. Todas aquelas vozes subindo e descendo ao mesmo tempo me fazem sentir como se um quente oceano de som se abatesse sobre mim e o mundo inteiro. Quase me sinto capaz de perdoar Wagner por ser o compositor favorito do Bússola Ao Contrário.

Quando olho para trás, para esse ano, penso nele como numa ilha pacífica, quando ainda era suficientemente nova — tinha acabado de fazer 20 anos — para acreditar que o horizonte distante em todas as direções pertencia a Isaac, a Vera, a Hansi e a mim, e não aos nossos inimigos.

E então chega o ano de 1938, e percebo que vínhamos descendo para um mundo subterrâneo sem nem sequer sabermos. Embora ele comece de maneira até bastante calma...

Isaac celebra seus 70 anos no dia 1º de fevereiro de 1938. Vera chega cedo, e juntas fazemos dois patos ao molho de laranja e um bolo de chocolate, embora ela fique tentando me desviar da receita da minha mãe o tempo todo, despejando dois cálices de *kirsch* no cacau derretido enquanto eu me ocupo do forno. Depois raspa os restos da mistura da taça com o dedo e lambe-o com a alegria de um lobo esfomeado.

— Por que será que eu acho que você seria capaz de comer até gaivotas e corvos de vez em quando? — digo.

— Prefiro hamsters — responde ela. — Têm uma carne mais leve!

Ela e eu conseguimos enfiar setenta velas amarelas, além de uma vermelha para dar sorte!, na cobertura, que ostenta o nome de Isaac em creme de ovos. Ele não tem autorização para entrar na cozinha. Quando vou ao quarto ver o que escolheu para vestir, já que o proibi de pôr qualquer coisa que esteja furada ou manchada, ele está nu, exceto pelas meias de xadrez em azul e amarelo que lhe dei como parte do seu presente de aniversário, que também inclui um pijama novo de flanela. Ele está olhando para o armário como que para dentro de um abismo, com o cachimbo balançando na sua boca para cima e para baixo.

— O que está fazendo que ainda não se vestiu? — exijo saber.

— Tenho tão poucas coisas para escolher!

— Você tem calças e camisas lindas que nunca usou!

O fantasma da Mãe observa o Pai e Greta

Ele franze o nariz.
— Estão cheirando a naftalina.
— Essa hesitação toda é porque está nervoso por fazer 70 anos?
— O que acha?
Ele se encosta com força contra o meu quadril, e eu percebo logo que a hesitação não é mesmo o problema dele, mas não me entrego porque sei que ia acabar adormecendo durante o jantar.

Será que o fato de fazer aniversário lançou mais hormônios no seu *putz*? Ele conduz minha mão até o seu impressionante volume genital enquanto despachamos os patos, e depois fica tocando e dança comigo ao som de Kurt Weill, como se tivesse carvões quentes na barriga. Até faz eu me dobrar para trás, à la Rodolfo Valentino, e me dá um longo beijo. O *alter kacker* em O *xeique*...

No dia seguinte, depois do trabalho, ele volta a copiar seus manuscritos, e diz que se sente satisfeito por estar conseguindo conhecer melhor seu antepassado.
— Consigo senti-lo de pé atrás de mim, me abençoando. Embora não seja como eu pensava. Usa o cabelo até os ombros, um pouco encaracolado, e tem uma cicatriz na face.
— Então você consegue mesmo ver o Berequias?
Erguendo as sobrancelhas, ele pergunta:

— Isso não é normal?

Pela primeira vez Isaac está lendo para mim o *Megillah,* o Livro de Ester, na véspera do Purim,* que esse ano cai no dia 14 de fevereiro. Ele canta o texto na sua quente voz de tenor, e, embora eu não entenda uma palavra de hebraico, fico sentada entre suas pernas, feliz, sonhando acordada com o bebê que ele irá fazer em mim. Ele bate de leve na minha cabeça toda vez que diz o nome do vilão Haman, e eu vaio e zombo, como é da tradição. Depois que volto para minha casa, ele fica de pé a noite inteira, orando à luz de uma única vela.

No dia seguinte, logo antes do pôr do sol, ele e eu corremos até o Lar Judeu para a Terceira Idade, com Hansi e Volker atrás de nós, tentando nos alcançar. Fazemos um breve desvio na Padaria do Rio Jordão, e o *Herr* Wachlenberg lhe dá uma caixa gigante de biscoitos triangulares; *hamantaschen,* típicas do Purim.

Agora Hansi e Volker já têm 14 anos, e são ambos mais altos do que eu. Meu irmão é magro e gracioso, como um fauno. Precisa raspar o bigode duas vezes por semana, e suas faces têm uma angulosidade adulta que eu acho cativante. Também passou a gostar de andar sempre com o cabelo penteado para o lado. Será que a franja foi banida por começar a pensar em meninas? Não pergunto. Volker admite que vive pensando na sua colega de turma Mônica, mas ainda não lhe confessou o que ele chama de sua "admiração" por ela.

Vera e Isaac fizeram máscaras para usarmos no Lar da Terceira Idade, outra tradição do Purim. Todos temos focinhos de cores diferentes, dourado para Hansi, vermelho-rubi para Volker, prateado para mim e preto para Isaac. A Sra. Kaufmann e a maior parte dos velhinhos se fingem de aterrorizados quando nos veem, ao que Isaac uiva de alegria. Anda aos saltos pelos corredores, rosnando e arreganhando os dentes.

— Feliz o homem que inspira guinchos e depois consegue dar *hamantaschen* a todo mundo! — diz ele, exultante, a caminho de casa, dando-me um último biscoito que guardou só para mim.

A 7 de março, Isaac tranca a porta de seu apartamento, recusando-se a me ouvir quando lhe peço que me deixe entrar.

— Vá embora! — grita ele uma vez, e depois não diz mais nada.

Em pânico, chamo Vera. Ela chega e bate na porta com os punhos cerrados, mas nada feito. Vamos até a Prenzlauer Allee e o chamamos de lá, bem embaixo da janela dele, mas Isaac apenas fecha as cortinas num gesto brusco. Só dois dias depois é que ele abre a porta. Tem o rosto marcado pelo cansaço, e cheira incrivelmente mal. Suas olheiras parecem bolsas vazias sob os olhos. Ele diz que rezou durante 48 horas.

---

*Festa judaica que comemora o triunfo de Ester sobre Amano. *(N. da E.)*

— O vitral do nosso mundo está rachado de tal maneira que não consegue suportar o próprio peso, e não demora muito vai se desfazer em estilhaços — explica, taciturno. — É incrível como tudo está acontecendo tão depressa.

Ele desata a soluçar nos meus braços. Levo-o para a cama, mas andar lhe é difícil. Tento fazê-lo adormecer, mas ele está irrequieto e inconsolável. A única maneira que tenho de conseguir que fique na cama é prometer-lhe que não o deixarei. Consigo que ele engula meio Luminal com um copo de *schnapps*, e a mistura finalmente o faz dormir.

Ele continua desesperado durante as semanas que se seguem, mas se recusa a falar comigo sobre como é que o nosso mundo está se estilhaçando. Entretanto, a 12 de março a Alemanha anexa a Áustria. No rádio ouvimos a notícia de que foram presos milhares de opositores de Hitler, e os jornais mostram fotografias de rabinos barbudos obrigados a varrer as ruas, com um monte de gente rindo às gargalhadas atrás deles. Será que as costureiras arianas fazem abajures e malas com a pele dos quinhentos judeus austríacos que se suicidam no mês seguinte? É uma pergunta que só podemos fazer olhando para trás, claro, mas Isaac e eu já nos perguntamos, na verdade, quanto tempo levará até os bons médicos cristãos de Graz e de Salzburgo atacarem de bisturi em punho as crianças quietas, bem como os surdos, os cegos e os deformados. Essas especulações podem explicar a profunda depressão de Isaac, mas ele me diz:

— Não, temos um problema muito maior do que a Áustria.

Ele está debruçado, à escrivaninha, sobre o seu trabalho de copista, e eu estou sentada na sua cama. Ele pôs a minha boina na cabeça, porque diz que o ajuda a manter as ideias dentro da mente.

— Então qual é o nosso maior problema? — pergunto. Quando vejo que ele continua mergulhado no seu texto, acrescento, em tom de alerta: — Diga agora mesmo, senão vamos ter uma briga que você nem vai acreditar!

Ele se vira, os olhos encovados e distantes.

— Os três *kelim* superiores não vão durar muito mais. Já estão salpicando sangue sobre todos nós.

— O que são os *kelim*?

— Lembra de quando lhe falei sobre Isaac Luria, o cabalista de Safed? Luria diz que dez *kelim*, vasos, deveriam ter contido originalmente a luz de Deus, mas que não eram fortes o bastante. Sete deles se quebraram, o que multiplicou a injustiça e o desequilíbrio nos nossos Reinos Inferiores. A substância moral do nosso mundo se desfez, e os *kelipot* passaram a ter poder de verdade.

— O que são os *kelipot*?

— Seres do mal, ou, se preferires, a nossa capacidade para cometer más ações e ter pensamentos ruins. — Ele enche o fornilho do cachimbo. — Mas sabe, Sophele, três dos vasos não se partiram, o que é bom, porque, se isso tivesse acontecido, o nosso mundo teria ficado reduzido ao caos antes de Deus ter dito Sua palavra inicial.

Vou até ele e beijo-o na boca, porque ele parece necessitar que eu lhe dê segurança.

— Quais são os três vasos que permaneceram intactos? — pergunto.

Isaac, depois de ter procurado durante toda a noite a fórmula de que precisa para aceder a Araboth

— Kether Elyon, Hokhmah e Binah... A Coroa, a Sabedoria e a Intuição. Mas acredito que o que está acontecendo agora é que estes três últimos vasos estão se desfazendo. O vitral em que nascemos vai cair com grande estrondo, e as nossas vidas vão acabar. Será como se tudo isso — ele varre com a mão todo o espaço em volta, num vasto arco que abarca o universo inteiro — nunca tivesse existido.

Será ele um louco, ou a pessoa com melhor visão de toda a Alemanha? Ficamos à espera de um sinal, pois ele acredita que o Senhor vai lhe dizer quando os vasos superiores tiverem se estilhaçado.

— E depois que eles se estilhaçarem, quanto tempo levará até o mundo acabar? — pergunto, enquanto ele acende o cachimbo e inspira o fumo apaziguante.

— Não tem como saber. Um segundo, um ano, uma década... o tempo de Deus não é como o nosso.

— E se você viajar até Araboth e pedir ao Senhor que impeça isso de acontecer?

— Ele redimirá o mundo.

Qual é o sinal que estamos esperando? Isaac não sabe. Será o registro obrigatório de todos os bens dos judeus, que é decretado no dia 26 de Abril? Ele tem certeza de que não é isso. Ou a ordem de Hitler para destruírem a sinagoga de Munique? Depois que aquele velho e imponente edifício é destruído, no dia 9 de junho, Isaac abana a cabeça.

— Também não é isso.

E quanto à detenção em massa dos judeus de Berlim que têm ficha na polícia, em 15 de junho?

— Afinal — digo —, 1.500 judeus em campos de concentração me parece um sinal de alarme.

— Não, não, não! — responde ele, zangado. Ele aponta para mim o cachimbo. — E feche a porta quando sair. Preciso trabalhar.

Entre os judeus de Berlim arrastados para fora de suas casas em 15 de junho está o pai de Gnendl Rosencrantz, um farmacêutico. O Dr. Hassgall diz que ele foi preso porque a polícia foi chamada à sua farmácia em 1934, quando ele se envolveu numa briga com um cliente que lhe chamou de "judeu bolchevista nojento". Isaac me diz que isso não é nada; Moshe Cohen, a Bolsa de Valores Ambulante que conheci no dia em que protestamos contra o primeiro boicote nazista às lojas dos judeus, foi preso por ter multas de estacionamento atrasadas!

No dia seguinte àquele em que seu pai é preso, tento falar com Gnendl assim que ela chega, mas a menina se debate quando tento tocá-la e foge de mim, sentando-se na sua carteira, tremendo com uma fúria tão tensa que decido esperar algum tempo antes de tentar outra vez. Mas, enquanto desenhamos um ramo de flores, ela joga todos os seus lápis de cor no chão e sai correndo para o jardim dos fundos. Senta-se no balanço. Eu me ajoelho junto dela.

— Só quero ser simpática com você — digo, porque agora já sei que as minhas intenções têm que ser absolutamente claras. — Posso tocá-la?

Ela balança a cabeça e geme.

— Então posso empurrar você no balanço?

Não responde. Posiciono-me atrás dela e agarro a cadeirinha de madeira onde ela está sentada. Enquanto se balança no ar, para a frente e para trás, ela fecha os olhos com toda a força, como se precisasse desesperadamente de escuridão. Fico empurrando-a durante muito tempo, e os outros alunos amontoam-se à porta, onde ficam nos vendo e cochichando nervosamente.

Na manhã seguinte, Gnendl não vai à escola. Nem depois. Alguns dias mais tarde, depois que o Dr. Hassgall faz algumas ligações desesperadas, ficamos sabendo que a mãe dela, não tendo nenhum meio de sustento, tem que abrir mão do seu apartamento. Por medo de que o telefone esteja sob escuta e de que as cartas sejam interceptadas, não se atreveu a nos contar que ela e Gnendl foram para a casa da irmã dela, nos subúrbios de Spandau.

Em julho, K-H tira um número recorde de fotografias, porque o governo decidiu que todos os judeus devem carregar cartões de identidade especiais. Volto a cortar as madeixas prateadas de Isaac, para a fotografia, pois os geneticistas nazistas decidiram que a orelha esquerda dos judeus denuncia sua ascendência semita, devendo, portanto, ficar bem visível em todas as fotografias.

Agora temos inspetores especiais de orelhas, e contudo o mundo considera os alemães um povo racional. Para meu enorme espanto, é uma reputação que vai permanecer mesmo depois da guerra.

Agora mantenho o meu cabelo preso com um grampo atrás da orelha esquerda durante as aulas. Talvez seja um gesto oco, já que sou cristã, mas não vou deixar que Volker, Inge e os meus outros alunos judeus sejam ameaçados sem lhes mostrar claramente que estou do lado deles.

Isaac e todos os outros homens judeus da Alemanha passaram a ter *Israel* acrescentado como um segundo nome nas suas carteiras de identidade, tal como é decretado por lei, e as mulheres judaicas foram obrigadas a acrescentar *Sarah*. E suas impressões digitais precisam ser registradas; afinal, como explica o Dr. Goebbels, é da responsabilidade de qualquer bom governo manter sob vigilância aquilo que ele chama de *Ungeziefer*, o que significa parasitas. Por isso, numa bela tarde de sol estamos na fila do posto policial local da Rykestraße, bem ao lado da sinagoga aonde Isaac costuma ir. A maior parte das pessoas está mais ofendida do que zangada.

— Quem iria acreditar que alemães decentes e que cumprem a lei pudessem ser tratados como criminosos vulgares! — comenta comigo uma mulher idosa numa cadeira de rodas.

Como é que a senhora ainda não percebeu que os nazistas não os consideram alemães?, tenho vontade de gritar, mas Isaac segura meu ombro para me impedir de fazer uma cena.

Um policial pega seus indicadores direito e esquerdo, mergulha-os em tinta e pressiona-os contra um papel. Quase discuto com ele no caminho para casa por nem sequer ter emitido um protesto, mas toda a minha energia se dissipa quando vejo as manchas de tinta que ele fez ao esfregar o rosto. Por baixo das suas olheiras escuras, parecem hematomas que nunca desaparecerão. A caminho de casa, vemos oficiais da Gestapo quebrando as vitrines de uma editora na Prenzlauer Allee. Acima da porta, pintaram: "De Férias em Dachau!" Não dizemos uma palavra. Nosso silêncio nos dá a sensação de uma traição da qual nunca poderemos nos redimir.

Essa noite ficamos sabendo que os médicos judeus foram proibidos de exercer a medicina.

— Quando os judeus já não tiverem autorização para usar os banheiros, teremos protestos em massa — diz Vera, tentando brincar com as novas leis, mas meu senso de humor desapareceu, tendo-se evaporado quando Isaac, K-H e Marianne se viram com um grande *J* carimbado nos seus passaportes. Nessa altura, K-H já me avisou que é melhor Isaac pedir depressa um visto turco, porque aquele *J* está tornando a emigração muito mais difícil. — Os países estão reduzindo suas cotas — diz ele. — Você precisa convencê-lo a se planejar.

Abordo Isaac numa sexta-feira à noite, já tarde, depois do nosso jantar de sabá. Ele está na cozinha preparando o café forte que o ajuda a continuar seu trabalho noite adentro, até de manhã cedo.

— Isaac, talvez você devesse ir visitar o seu primo Abraão em Istambul, ficar lá durante uns tempos — digo. — Tenho certeza de que ele está preocupado com você, e certamente que todos os seus parentes de lá adorariam vê-lo. — Não me atrevo a acrescentar que assim ele também poderá continuar seu trabalho junto aos jornalistas turcos.

— Eu sei o que você quer — responde ele, arregalando os olhos —, mas não vou fugir. Nunca lhe ocorreu que a Alemanha fosse a minha casa?

— Eu sei que é a sua casa, mas o que é que isso tem a ver?

— Minha mulher e meus pais estão enterrados em Berlim. E, por mais que eu lamente, meu filho morreu combatendo por esta porcaria de país.

Quando ele me vira as costas, seguro seu braço.

— E quando destruírem todas as sinagogas, o que vai acontecer então?

Ele sai da cozinha em passos zangados, vai para o quarto e fecha a porta.

Nos dias que se seguem, Isaac se recusa a comer mais do que *matzo* e queijo ou a se afastar dos seus manuscritos. Apesar daquilo que me confessou um dia, de que a minha gravidez o mantinha ligado a mim, não consigo fazer nada que evite esse distanciamento.

Agora, ele nunca me abraça ou beija. Tenho saudades da nossa ternura. E das carícias de sua voz sussurrada. E da sensação de que estamos juntos nesta luta.

Este é um tempo de fria distância, o inverno do meu coração.

Vera tenta ajudar, assim como K-H, Marianne e Roman, mas não há nada que digam a Isaac que consiga fazê-lo voltar para nós. Já não põe os pés na fábrica, e Vera me conta que os operários estão apavorados, com medo de que as indústrias Zarco não demorem a ir à falência, deixando 17 alfaiates e costureiras sem trabalho — seis dos quais são judeus, por isso provavelmente não conseguirão encontrar outro emprego. Vou à fábrica para tentar ajudar na contabilidade, mas os arquivos estão uma confusão completa, por isso telefono ao Dr. Hassgall, que mais uma vez salva a situação. Chama nosso esforço em conjunto de *contabilidade de restauração,* já que é mais um trabalho de arqueologia do que de aritmética.

A pouca esperança que entra na minha vida nessa época vem do Sr. Mannheim, que agora toca "Jesus, alegria dos homens" todas as noites, como se soubesse que precisamos de Bach neste deserto em que estamos. A melodia, uma dança em direção ao sol, parece vir de um mundo mais simples que, contudo, desapareceu há muito.

Uma noite, Hansi me diz que não vai tirar a roupa enquanto eu estiver no quarto. Não preciso olhar muito tempo para seus olhos desafiadores para saber que ele precisa da sua privacidade, e merece-a, por isso eu e ele levamos minha cama para a sala, entre o aquário e o rádio. Às vezes deixo a música ligada para me ajudar a dormir e me pergunto por que nunca pensei nisso antes.

Em setembro, K-H vende seu estúdio para um amigo cristão seu, porque um advogado o avisou de que os nazistas podem começar em breve a confiscar as propriedades dos judeus. Ele e Marianne pediram vistos, tanto para Inglaterra como para os Estados Unidos. Marianne tem uma prima em Londres que pode assinar sua carta-convite.

Mais para o fim do mês, levamos um grande susto: Isaac é preso pela Gestapo na noite de 28 de setembro, uma quarta-feira. Ele já tinha me instruído a contatar o único cliente cristão que lhe restava, Wolfgang Lange, de Munique, se alguma vez lhe surgissem problemas com o governo. Nessa noite, ao telefone, *Herr* Langue mostra-se paciente com a minha explicação lacrimosa, e garante-me numa voz calma de tio idoso que vai conseguir libertar Isaac dentro de um ou dois dias. Não sei como, ele consegue manter a promessa, e Isaac volta para casa na noite seguinte, com grande dificuldade em manter o equilíbrio quando anda e os olhos inchados e injetados. Pressinto o horror que passou na forma desesperada como ele me agarra quando nos abraçamos e na forma solene e no olhar úmido com que contempla seu apartamento. Enquanto faz a barba na banheira, ele me conta que foi levado para a esquadra da polícia na Alexanderplatz e interrogado durante toda a noite.

— O que não foi assim tão ruim — comenta, dando de ombros e mergulhando a lâmina da barba na água do banho —, porque o colchão do estrado tinha tantos altos e baixos que eu não conseguiria dormir mesmo.

Ele quer me fazer rir, mas eu não consigo. E não me diz se lhe bateram, embora haja uma marca vermelha no seu rosto, onde devem ter lhe dado um tapa ou um soco. Sento-me na beirada da banheira e lavo seu cabelo com shampoo.

— Como é que o *Herr* Lange conseguiu tirar você de lá? — pergunto.

— Ele conhece alguns nazistas importantes, e disse a eles que a minha fábrica é indispensável, que não podia garantir os estoques das suas lojas para roupa de senhora sem mim.

— E qual era a informação que os nazistas queriam de você?

— Eu sei lá! Ficavam me pressionando para dizer de que forma eu estava tentando sabotar o governo deles. Garanti que eu não estava trabalhando contra o Hitler nem contra mais ninguém, que estava simplesmente viajando o mais longe que podia nas minhas orações. Após algum tempo, fiquei com a sensação de que eles acharam que eu não estava bom da cabeça. — Ele ergue os olhos para mim, abre um sorriso de garoto e, com o dedo esticado, põe um pouquinho de espuma de shampoo na ponta do meu nariz. — O que, claro, era exatamente o que eu queria que eles pensassem.

A prisão de Isaac é um péssimo sinal, claro, e Vera e um comitê de costureiras se reúnem com ele para lhe implorar que venda a fábrica e o apartamento a um cristão, antes que os nazistas fiquem com todos os seus bens. Apesar dos meus protestos, ele põe o apartamento e a casa do barco em meu nome, e vende as Indústrias Zarco por um *Reichsmark* ao Dr. Hassgall, que me contrata para ir conversar com os antigos clientes, numa tentativa de conseguir mais contratos para a empresa, pois não podemos considerar que *Herr* Lange e os dois compradores judeus restantes sejam suficientes para pagar os salários e as contas.

E é assim que aprendo de novo a humilhação de me vestir como uma Moça Alemã. Vera passa em mim o batom e o rímel, e eu exibo um sorriso de pimentões vermelhos, no mais puro estilo Greta, para os homens de negócio arianos com quem saio. Bebo o champanhe que enfiam na minha mão, e para minha eterna vergonha até deixo, um dia, que um prussiano de maxilar proeminente e cheirando a charuto barato passe sua mão gorda pela minha coxa.

— Agora que a gerência está livre de judeus — diz ele, fazendo com a língua um estalido de arma disparando, como um gângster —, acho que podemos fazer qualquer coisa.

Isto vindo de um homem que, há nove anos, convidou Isaac para o casamento de sua filha.

Tenho que me esfregar de alto a baixo no banho para tirar da minha pele o fedor dos seus dedos gorduchos. Mas o contrato é a única coisa que conta, diz Vera. Talvez seja só seu interesse próprio que esteja falando, mas quem de nós pode julgá-la? E quem saberá dizer onde ela vai arranjar uma arma...?

Em meados de outubro, a Divisão Panzer de Tônio passa por Dresden em direção aos Sudetas para "libertar" aquela província dos seus governantes tchecoslovacos. Na sua primeira carta, ele escreve que o exército alemão foi recebido de braços abertos e que até teve duas meninas que lhe atiraram rosas vermelhas da varanda de uma casa de Teplice v Cechách. "Para você não ficar com ciúmes", escreve ele, "junto envio um presente de uma das lojas de lá. Espero que goste!"

No envelope encontro uma echarpe azul-clara: muito bonita, mas imagino facilmente um lojista judeu aterrorizado e de joelhos entregando-a a Tônio como parte de um suborno para que ele poupe sua vida. Nunca nem a experimento.

Duas semanas depois, 17 mil judeus poloneses, alguns dos quais moravam na Alemanha fazia uma década ou até mais, são reunidos e mandados em caminhões para a cidade polonesa fronteiriça de Zbozyn, onde ficam definhando numa terra de ninguém, acampando no trem ou nas ruas, já que o governo da Polônia se recusa a aceitá-los. Vera comparece a um pequeno protesto no bairro Neukölln, de Berlim, uma vila de operários. Só ouço a história à noite, contada por um Isaac sem fôlego, mas pelo visto a Gestapo desatou a atirar, e Vera também. Ela lhe contou que enfiou uma bala no ombro de um policial de choque. Quando o homem caiu, ela enfiou o pé na sua cara.

Está exultante quando vem ao apartamento de Isaac essa noite.

— Eu deveria ter começado a pisar esses homenzinhos há cinco anos! — comenta. E, inclinando-se para mim, acrescenta: — Quando ouvi o nariz dele quebrando debaixo do meu sapato... Foi o som mais magnífico que ouvi em toda a minha vida!

— Exceto pelo fato de que você se colocou em perigo! — grita Isaac. — E posso precisar de você aqui, comigo.

Ele agora tem uma maneira bíblica de falar e gesticular, como se cada palavra que diz possa ser a pedra que derruba o Golias. Seu poder severo me aterroriza, e certas vezes o homem brincalhão por quem me apaixonei parece ter desaparecido por completo.

Vera deve ser a mulher mais fácil de se identificar em Berlim, e a Gestapo com certeza vai revistar o apartamento, a fábrica e o armazém de Isaac à procura dela. Então, onde é que ela vai se esconder?

Partimos logo para a Emdener Straße, mas a cidade não parece estar do nosso lado. Nunca vou me esquecer do clarão lúgubre e miserável dos postes de luz nas ruas, nem da superfície dura e preta como carvão do Spree, como se fosse irromper em chamas a qualquer minuto, ou do ar abobalhado de um grupo de jovens da Juventude Nazista que está de pé em frente à Igreja Heiland. Levamos a mala dela logo em seguida, porque lá dentro vai sua máquina de costura.

— É a única coisa que me afasta da ruína — diz ela. — Eu nunca iria sem ela a parte alguma.

Isso me dá uma estranha sensação de inquietude, e logo me lembro de uma vez em que não a levou consigo. Mas por enquanto não digo nada. Pego a chave da escola Rei David, entramos e acendo as luzes. Vamos até o escritório do Dr. Hassgall, sussurrando com vozes embaraçadas, porque estamos colocando a escola em perigo.

Vera deixa-se cair no sofá.

— Prometo ir embora de manhã, antes de as aulas começarem — garante-me ela.

O cansaço finalmente dominou a empolgação, e ela fecha os olhos, recostando-se.

— Mas como é que você vai sair da cidade? — pergunto-lhe.

— Eu me encarrego disso — diz Isaac. — Vera, venho buscar você aqui às 6 da manhã. Vou pedir emprestado o carro do K-H.

— Para onde vai levá-la? — pergunto.

— Vamos para Colônia — responde ela. — Tenho primos e um tio lá. De lá eu arranjo uma maneira de chegar até o André. — Ela ergue os olhos para Isaac. — E depois, Istambul.

Isaac anui, e vejo pela maneira como olham um para o outro que já combinaram isso há muito tempo. André deve ter ido para a Antuérpia para ajudar judeus e outras pessoas a fugir da Alemanha. Como é que eu não percebi que tinham elaborado uma estratégia que já estava em prática?

— Quantas pessoas você já ajudou a sair até agora? — pergunto a Isaac.

— Nove. Fora a Júlia e o Martin. Mas esse número vai aumentar.

Virando-me para Vera, digo:

— Portanto, você já sabia que um dia teria que ir embora.

— Depois que o Bússola Ao Contrário começou a apontar o caminho para o nosso túmulo, como eu poderia ter um futuro na Alemanha?

— E a arma, o que você fez com ela?

— Joguei no Spree.

— Onde a conseguiu?

— Herdei-a do André.

— Vera, quando você fugiu do apartamento do Isaac, depois que mataram o seu bebê... você foi embora sem a máquina de costura.

— Não me lembro.

— Mas foi o que aconteceu.

— E que diferença isso faz? — retruca ela, agressiva.

— Você acabou de dizer que a sua máquina de costura é o que a separa da ruína. Por que a deixaria para trás, a menos que fosse realmente necessário?

— Olhe, Sophele, um dia desses prometo que resolvo esses seus mistérios todos, mas agora não temos tempo — diz ela com ar enigmático, e, quando insisto numa resposta, ela manda que eu me cale, com um gesto mal-educado.

Dizer adeus a Vera deixa dentro do meu peito uma dor de desesperança. Quando nos abraçamos, ela pressiona os lábios contra a minha testa durante muito tempo, como se para ter certeza de que vai ficar para sempre na minha memória. Quando nos afastamos, sinto-me como se estivesse na presença de um ser atemporal, porque não parece ter se passado um único dia sequer desde que nos conhecemos no pátio do meu prédio. A consciência de que o meu mundo será muito menor quando ela for embora embarga minha voz.

— Por que escolheu a mim? — pergunto num murmúrio. Uma pergunta que eu não sabia que precisava fazer.

Ela enxuga as lágrimas.

— Escolher? O que você quer dizer? — Ela começa a remexer na carteira, à procura de cigarros.

— Você quis ser minha amiga. Por quê?

— Sophele, quem é que sabe por que dois seres se atraem? Além disso, foi o Isaac que trouxe você para o nosso círculo. — Ela acende o cigarro.

— Sophele, sempre achei você linda — diz Isaac, com as mãos nos meus ombros, e seus olhos estão cheios de afeição por mim pela primeira vez em meses.

Eu me jogo nos seus braços. Vera sorri enquanto estou no abraço protetor dele e diz:

— Talvez seja por você não ter despeito de ser tão bonita. Porque é uma dos *Erbkranke*, dos que têm doenças hereditárias. Como eu.

— Qual é a minha doença? — pergunto.

— Foi sempre o Hansi, claro. E, felizmente, você nunca vai ficar curada.

Capítulo 18

— O que a Vera quis dizer quando falou que ainda resolveria todos os meus mistérios? — pergunto a Isaac, enquanto voltamos para casa.
— Acha que ela sabe com certeza quem assassinou a Heidi e o Dr. Stangl?
— Não faço ideia — diz ele.
— Ela estava envolvida nas mortes deles?
— Só sei o que ela me jurou, que não os matou.

Na madrugada do dia seguinte, Isaac vai buscar Vera, e os dois atravessam a Alemanha de carro até Colônia. Depois de um rápido jantar juntos numa cervejaria da qual Vera sempre gostou, perto da principal estação de trem, ele a deixa na casa do primo e depois volta às pressas para Berlim. Consegue chegar em casa às 8 da manhã. Faz 28 horas que não dorme quando vou visitá-lo. Encontro-o lavando louça no pijama que lhe dei de aniversário e descalço. Tem os olhos vermelhos e as costas encurvadas, mas conta que bebeu café demais para conseguir dormir. Obrigo-o a se sentar e esquento para ele um pouco de leite, que depois despejo num copo com uma bela dose de *schnapps*. O fato de ele ter saído de Berlim parece ter sido bom para a nossa intimidade, se não para seu corpo; quando o ponho na cama, ele me fala de sua preocupação com Vera e, levando minha mão contra sua face com barba por fazer, implora-me que fique. Por isso, telefono para a escola e deixo uma mensagem para Else dizendo que vou chegar atrasada, e depois me deito ao lado dele, acariciando seu belo cabelo. Quando ele começa a ressonar, sento-me à sua escrivaninha e fico observando-o. Ele agora faz parte da minha respiração. Dou-me conta disso enquanto dorme.

Será que algum de nós dois vai ver a Vera novamente?

K-H e Marianne visitam Isaac alguns dias depois, à noite, e estão muito perturbados. O primo dela em Londres escreveu-lhe dizendo que não vai poder lhe mandar a carta-convite, porque vai abrir uma nova leiteria em Manchester. Ela nos mostra a carta, escrita em alemão: "Quando a nossa nova leiteria começar a dar lucro, prometo-lhe que enviaremos logo a carta-convite para lhe darem os vistos, embora tenhamos ouvido falar que a sua surdez pode complicar as coisas."

Dizem que Xangai está aceitando judeus, de forma que ela e K-H pediram vistos para lá, para o caso de as coisas também não darem certo com os EUA.

Nessa noite de 7 de novembro, uma segunda-feira, eu e Hansi ouvimos no rádio um boletim de notícias em que anunciam uma tentativa de assassinato de Ernst vom Rath, terceiro secretário da embaixada alemã em Paris. Dizem que quem o atacou foi um judeu alemão de 17 anos chamado Herschel Grynszpan. Parece que entrou na embaixada e pediu para falar com Von Welczek. Vom Rath foi enviado para falar com o rapaz, que imediatamente lhe disparou dois tiros na barriga.

Vom Rath fica entre a vida e a morte durante dois dias. Isaac reza para que ele se decida pelo lado da vida, por medo de represálias: os jornais estão cheios de ameaças grotescas contra os judeus, apelando para uma solução final para aquilo que chamam de "Questão Judaica".

Os rumores que ouço na escola explicam o ato de Grynszpan como consequência do fato de Vom Rath ter terminado sua relação amorosa secreta. Só depois da guerra é que ficamos sabendo que os pais do rapaz, a irmã e o irmão tinham sido enfiados em caminhões e despachados para a Polônia no final de outubro.

Na quarta-feira dia 9, Vom Rath morre, e seu assassinato é descrito como um ultraje moral pelos dirigentes nazistas. Nesse mesmo dia, mais tarde, chegam dois sujeitos da Gestapo à fábrica e ao armazém de Isaac, à procura de armas, mas a única coisa que encontram é um velho sabre guardado num compartimento dos fundos.

— Era o meu sabre no Exército — explica Isaac —, que estupidez a minha, esquecer que ainda o tinha. Podia tê-lo vendido e usado o dinheiro para ajudar mais pessoas a sair da Alemanha.

Nesse mesmo dia, quase à meia-noite, acordo ao som de gritos. Corro para o meu ex-quarto, preocupada com Hansi. Ele está de peito nu à janela, que abriu de par em par.

— Está tudo bem? — pergunto.

Ele acena que sim com a cabeça, e depois faz um gesto de quem quebra alguma coisa com as mãos, desenhando o sinal que significa vidro. Aponta para o fundo da Marienburger Straße. Avanço até ficar ao lado dele e me debruço na janela. A calçada da mercearia da *Frau* Koslowski está coberta pelos estilhaços de sua vitrine quebrada.

— Ladrões — sussurro. — É melhor chamar a polícia.

Ele balança a cabeça e cruza o indicador e o polegar, o sinal que usa para designar a suástica.

— Os nazistas quebraram a vitrine dela? — pergunto.

— Sim — responde ele por gestos, por isso volto à sala e me visto às pressas.

O Pai está em casa esta noite e vem falar comigo, coçando a cabeça, também de tronco nu.

— Aonde você vai? — pergunta ele, em voz sonolenta.

— Alguém assaltou a loja da *Frau* Koslowski — minto. — Vou só ver se ela está bem.

— Sophie, deixe que a polícia cuide disso! — ordena-me ele.

Dirijo-me à porta.

— Tome conta do Hansi — digo.

Lá fora, um cheiro de fumaça vem do oeste, misturado com o aroma de lúpulo. E ouço gente falando bem alto, o que significa que deve ter se reunido uma multidão onde quer que seja o incêndio, mas em vez disso me dirijo à mercearia da *Frau* Koslowski. Caminho devagar, tensa, pronta para desatar a correr, porque percebo que o meu bairro, o leste, o oeste, o norte e o sul da minha mente, já deixou de ser seguro. Um rio de leite escorre de dentro da loja, formando uma poça junto à porta quebrada da *Frau* Koslowski; várias prateleiras foram jogadas no chão.

Encontro a velha senhora sentada nos fundos da loja, em sua camisola bege, diante da porta que dá para o apartamento onde vive, pressionando com a mão ossuda uma toalha ensanguentada contra o rosto.

Ao lado dela está sentada outra mulher, jovem, com um vestido florido todo amarrotado. Já a vi outras vezes no bairro. Ela ergue os olhos para mim, sobressaltada.

— Sou uma amiga — digo. — Moro ao final da rua.

— E eu sou vizinha dela, do andar de cima — diz a mulher.

— Sou eu, a Sophie, *Frau* Koslowski — digo, acenando com a mão.

Ela ergue para mim uns olhos vermelhos, semicerrados. Não me reconhece. Está aterrorizada.

— Confundiram-na com uma merda de uma judia — diz a vizinha de cima, amarga.

Caminho para oeste, atravessando a Prenzlauer Allee, e depois começo a correr. Como suspeitei, as chamas saem em rolos pelas janelas da sinagoga da Rykestraße, libertando uma densa fumaça negra. Os bombeiros já chegaram, e atiram fortes jorros de água lá para dentro. O comandante da delegacia ao lado lidera as operações, e seus agentes mantêm à distância uma multidão de cerca de cem pessoas.

— Deixem essa merda queimar até o fim! — grita um membro da Juventude Nazista.

Em volta dele agrupa-se pelo menos uma dúzia de colegas seus e quatro policiais de choque. Um deles, com um bigode grosso, ainda tem na mão uma lata de gasolina, e não faz nenhum esforço para escondê-la. Todos estão de bom humor, dando palmadinhas nas costas uns dos outros.

— Deixem que vire cinzas! — grita outro dos rapazes.

Um velho em calça de pijama com um sobretudo por cima agarra seu braço.

— Moro aqui ao lado. Quer que a minha casa também arda como um fósforo?

— Vá à merda! — responde o rapaz da Juventude Nazista, puxando o braço da mão do velho.

Virando-me para a mulher ao meu lado, pergunto-:

— Tem alguém preso lá dentro?

— Não sei — responde ela.

O marido olha zangado para mim, por isso me afasto e vou à procura de Isaac, de Rini e dos Munchenberg, mas o único judeu que reconheço é *Herr* Wachlenberg, o padeiro da Rio Jordão. Na esquina da Tresckowstraße foi forçado a ficar de quatro por oficiais da Gestapo. Eu estou apenas a vinte passos. Deveria correr para ele, mas o terror apoderou-se das minhas entranhas e não consigo me mexer. Um oficial da Gestapo ordena-lhe que engatinhe. Um pequeno grupo ri sardonicamente.

Um homem enorme em um sobretudo, com as mãos nos bolsos e um cigarro por acender dançando em seus lábios, avança e dá um pontapé na barriga de *Herr* Wachlenberg. Com um grunhido, o padeiro cai para o lado, gemendo. Levanta os joelhos até a cabeça, para se proteger.

São as mãos do agressor, metidas no bolso, que eu nunca vou esquecer, como se quebrar as costelas de um judeu fosse algo sem importância. Tão fácil como acender um cigarro, coisa que ele faz enquanto olha para baixo, para o homem ferido caído no chão.

Herr Wachlenberg me vê caminhando na sua direção. Lançando-me um olhar de pânico, com os olhos escuros de pavor, ele balança a cabeça. Percebo claramente o que lhe passa pela cabeça: *Não se arrisque!*

Irei desenhar, e até pintar, os meus sentimentos dezenas de vezes nos anos subsequentes, embora nunca consiga fazê-lo como quero. Talvez só Hieronymus Bosch conseguisse fazer justiça àquela atmosfera escaldante de ódio e crueldade.

Tremendo de raiva, estendo o braço para o ombro de *Herr* Wachlenberg, tentando ajudá-lo a se levantar.

— Afaste-se do cachorro! — ouço um homem gritar.

Nunca terei certeza do que aconteceu depois. Como se o próprio Deus se apoderasse de mim, sem que passasse tempo algum entre os tique-taques do relógio, me vejo de costas sobre as pedras da calçada, sem qualquer ar no peito. Será que um oficial da Gestapo me deu um soco no estômago? Ou será que foi o homem de mãos nos bolsos?

Esfolei gravemente ambas as mãos, e estou aflita, tentando recuperar o fôlego. Uma mulher idosa, de cabelo grisalho e desgrenhado, inclina-se para mim. Por trás dela vejo o céu noturno. Quando foi que o sol se pôs? Talvez seja por isso que sinto tanto frio. E cadê o Hansi?

— Você vai ficar boa — diz ela.

Por trás de mim, sinto uma pressão nos ombros, e logo estou sentada outra vez. Então vejo o rosto preocupado de Isaac.

— O que aconteceu? — pergunto.

— Não sei direito. Acabei de chegar. Estava com esperança de que você tivesse ficado em casa. Você não aprender mesmo, hein?

Ele me dá um beijo na cabeça, e depois tenta me erguer, mas eu me sinto tonta demais.

— Me deixe ficar sentada aqui só mais um minuto.

Quando recupero o ar, ele me ajuda a me pôr de pé. Minhas pernas estão geladas e dormentes, por isso me apoio nele. Isaac repara que a palma da minha mão direita está sangrando, e extrai da ferida uma lasca de vidro. Tirando seu lenço, enrola-o na minha mão.

O cheiro de fumaça me ajuda a voltar a mim.

— *Herr* Wachlenberg... onde está ele? — pergunto, e olho em volta, sem conseguir localizá-lo.

— Sophie, vamos para casa — responde ele em voz firme.

— Primeiro me leve à padaria dele.

Isaac mantém o braço por trás da minha cintura para me ajudar a me manter de pé. A plateia lança injúrias contra nós dois. Foi até uma sorte, dadas as circunstâncias, porque se soubessem o que fazemos na cama matariam-nos com certeza. Reconheço algumas das pessoas que zombam de nós: um açougueiro chamado Mueller de quem a Mãe costumava comprar salsichas, uma mulher loira que costumava se sentar nas primeiras filas da igreja, um homem de negócios de barba que leva seu galgo branco para passear na Marienburger Straße... Como eu pude algum dia ter pensado que todas as pessoas do meu bairro eram, no fundo, boa gente? As ilusões que as crianças têm!

A Rio Jordão está reduzida a um monte de vidros estilhaçados e madeira partida, mas isso agora já não faz diferença; pendurado na janela do primeiro andar, bem em cima da padaria, completamente nu, com um nó em volta do pescoço e um pedaço de pão enfiado na boca, está *Herr* Wachlenberg.

Outra imagem que vou tentar desenhar sem conseguir. Parte da minha coleção de desenhos inacabados.

O professor Munchenberg atende quando batemos à sua porta e conta que ele e a esposa estão bem, e que ela está tentando voltar a dormir. O rádio está ligado, mas baixo.

— Nada voltará a ser o mesmo agora — diz ele, numa voz resignada. — Embora talvez isso seja bom.

Quando chegamos ao andar do apartamento de Isaac, um homem magro e pálido, de cabelo grisalho curto e malcuidado, está sentado de cócoras no canto. Veste uma longa camisa de dormir branca, mas está nu da cintura para baixo. Segura no próprio braço esquerdo, que sangra junto ao cotovelo, e faz movimentos bruscos com a cabeça, como se tivesse espasmos. Um dos seus olhos está fixo no vazio, enquanto o outro salta de um lado para o outro, aparentemente à procura de uma borboleta esvoaçante. Reconheço nele o homem que vi passeando pelo braço de uma jovem elegante no jardim do centro da Wörther Platz. Eles têm uma cadela Shetland marrom e branca que está sempre aos saltinhos, cheira a almofadas velhas e se chama Ringelblume, "malmequer" em alemão. Sei disso porque Hansi insiste em fazer carinho no bicho toda vez que os vemos.

— Quem está aí? — murmura ele.

— Sou eu, Isaac.

Ele estende a mão devagar, com gentileza, como se este homem perdido pudesse fugir.

— Ouço outra respiração — diz o homem, desconfiado.

— É uma amiga. Uma jovem chamada Sophie.

Ele estremece, por isso Isaac dá mais um passo à frente e toca seu rosto, o que faz o homem agarrar a mão dele. Passa suavemente as pontas dos dedos do velho alfaiate sobre os olhos e lábios fechados.

— É mesmo o senhor, não é?

— Beethoven até em Braille é bonito — responde Isaac, como se fosse uma frase em código.

O homem solta um riso aliviado.

— Há quantos anos eu lhe disse isso? — pergunta.

— Muitos. — Isaac ajuda-o a se levantar.

— Não tive tempo de me vestir — diz o homem, colocando as mãos sobre suas partes íntimas. — Desculpe.

— Não seja bobo. Ajudei a sua mãe a trocar suas fraldas quando você era bebê. Arranjo-lhe uma roupa assim que entrarmos. — Isaac faz sinal para eu abrir a porta e guia o pobre homem para a frente, mas de repente, subitamente pálido, pergunta em voz amedrontada: — Cadê o seu violoncelo?

— Lá no apartamento, todo quebrado.

— Raios partam aqueles filhos da mãe! Vou buscá-lo assim que você se instalar.

— Não, deixe-o por enquanto.

— E a Ringelblume?

— Está escondida no meu armário. Tranquei-a lá assim que os nazistas começaram a gritar por mim. Vai ficar bem. Eu deixei uma tigela de água.

Seguro Isaac pelo ombro, com esperança no olhar. Sorrindo como se estivesse me oferecendo um tesouro, ele diz:

— Sim, Sophele, este é o Benjamin Mannheim.

E é então que as lágrimas, que tenho venho reprimindo, finalmente me inundam.

Depois que Isaac tranca a porta e tira do armário a garrafa de *schnapps*, ficamos os três sentados na sala; nosso convidado está vestido com um pulôver e uma calça que fui buscar, ambos grandes demais para ele. Não quer pantufas.

— Quero poder mexer os dedos dos pés à vontade — diz ele, rindo e demonstrando. — São a prova de que ainda estou vivo. Pensei que fosse um homem morto.

O Sr. Mannheim sente um pouco de vertigens, e, como que para provar isso, seu único olho verdadeiro não para de dançar de um lado para o outro.

Faz frio no apartamento, por isso joguei sobre os ombros uma manta de crochê e dei um cobertor ao Sr. Mannheim, para o caso de ele precisar. Estou sentada de pernas cruzadas num almofadão, em frente ao nosso convidado, erguendo os olhos para ele. O Sr. Mannheim e Isaac estão no sofá, um bem ao lado do outro.

— Nem acredito que o senhor esteja aqui — digo, toda entusiasmada. — Há anos que eu queria conhecê-lo. Já o vi muitas vezes na Wörther Platz, mas não sabia que era o senhor.

— Espero não tê-la desiludido — responde ele, com um esboço de sorriso divertido.

— Claro que não.

Observo seu rosto magro. Mais um homem judeu que não come o suficiente. Deve haver 20 mil em Berlim. Uma cicatriz longa e que parece dolorida vai desde sua sobrancelha direita, atravessando a testa, e desce até a orelha esquerda.

— O senhor toca magnificamente — digo.
Ele inclina a cabeça com graciosidade.
— Obrigado.
— Então, não me deixe em suspense, o que foi que lhe aconteceu? — pergunta Isaac.
— Contei quatro vozes. Quebraram meu violoncelo e algumas louças, e depois me levaram para a rua e me fizeram girar no mesmo lugar, para eu ficar desorientado. Disseram que eu encontrasse o caminho de casa, e que, quando eu chegasse lá, teria um presente deles à minha espera. Suspeitei que o presente pudesse ser uma bala, por isso fiquei sentado na calçada até conseguir recuperar o equilíbrio. Eles não gostaram disso, e um deles me bateu com toda a força no braço esquerdo com alguma coisa que devia ser uma tábua de madeira. — Ele ergue a mão e faz uma careta de dor. — É capaz de o osso ter se quebrado.
— Vou chamar um médico — diz Isaac.
— Judeu? — pergunta o Sr. Mannheim, aflito.
— Sim.
— Se examinar o meu braço, ele pode ter problemas.
— Escute, Benni, eu não conto à Gestapo, se você também não contar.
Nosso convidado ri, e Isaac telefona ao Dr. Löwenstein, mas a mulher dele diz que vieram prendê-lo há algumas horas. Não tem ideia de para onde o levaram.
— Receio que as coisas sejam piores do que eu pensava — diz ele. — A Sra. Löwenstein me contou que os judeus estão sendo espancados e presos por grupos de insurgentes e de camisas-pardas em outras áreas da cidade.
O Sr. Mannheim fecha os olhos e recosta-se para trás, como se mergulhando nas próprias lembranças. E, pela primeira vez, eu me pergunto se os judeus ainda terão ainda nos seus corpos algum vestígio genético de 2 mil anos de perseguição.
— Sophele, pode por favor nos fazer um chá? — pede Isaac, e quando digo que sim com a cabeça, ele acrescenta: — E traga também um pouco de *matzo*. De repente me deu fome.
— Porque você não comeu nada o dia inteiro!
— Você tem um médico não judeu? — pergunta Isaac ao Sr. Mannheim enquanto saio da sala.
— Quase — responde o nosso hóspede, inclinando-se par abaixo e dobrando a bainha da calça para impedir que bata no chão. — É três quartos cristão, o que significa que ainda pode praticar medicina com duas mãos e uma perna.

— Deve estar cansado de andar mancando.

Dois homens judeus rindo com gosto, no meio de uma guerra social. Não entendo como conseguem.

— Vou ligar para ele amanhã de manhã — diz o Sr. Mannheim.

— Por enquanto, o *schnapps* vai ajudar a diminuir a dor — diz Isaac. — Beba tudo.

Isaac e ele conversam enquanto eu fervo água e faço o nosso chá. Vou também buscar aspirinas. O Sr. Mannheim pega os comprimidos da minha mão com movimentos delicados mas rápidos; sua mão parece um pássaro bicando o alimento. Depois, ele a ergue.

— Posso tocar seu rosto?

Sento-me ao lado dele no sofá e fecho os olhos, enquanto ele me esculpe na sua memória. Seu toque decidido transporta-me ao passado, ao dia em que conheci Vera.

— E o que aconteceu depois, Benni? — pergunta Isaac.

O Sr. Mannheim toma um gole sôfrego do seu chá.

— Os homens foram embora correndo e eu vim até aqui tateando. Sabe, Isaac, eu pensava que tinha conseguido evitar esse tipo de... de ataque. Um antigo colega meu do conservatório está agora no quartel-general da Gestapo. Ainda é um violinista razoável. De vez em quando tocamos duetos no seu apartamento. Ele me protegeu contra as denúncias até agora.

— Quais denúncias? — pergunto.

— Alguns vizinhos têm se queixado da minha música. — Ele volta a erguer o braço ferido. — Vão ficar em êxtase por eu estar fora de combate. E o meu pobre violoncelo... — Faz uma careta.

— Vou buscá-lo — declara Isaac, pondo-se de pé.

— Não, não faça isso! — ordena-lhe o Sr. Mannheim, erguendo as mãos no ar. — Pode ir amanhã de manhã. Seja quem for que esteja à minha espera, vai acabar se cansando, e já terá ido embora até lá.

— Está bem, se você acha melhor... — Isaac agacha-se ao lado do nosso hóspede. — Estou contente por você ter tido a sensatez de vir falar comigo — diz ele, e encosta a cabeça contra a do violoncelista. Lançando-me um olhar rápido e sorrindo para conter as lágrimas, acrescenta: — O Benni era um grande amigo do meu filho.

— Isaac, preciso telefonar aos meus filhos — diz o Sr. Mannheim. — Posso usar o telefone?

Guio-o até o quarto, para ele poder ter alguma privacidade. Sentir seu braço no meu faz minha pele se arrepiar. Ele anda com leveza e devagar, como um louva-a-deus. Percebo, com um sobressalto, que ele pode não ser cego de nascença. Enquanto ele fala com os filhos, Isaac me diz:

— Não, sofreu um acidente de carro. Perdeu o olho direito e a maior parte da visão no esquerdo. O pobre rapaz virou um monte de ossos quebrados!

O filho e a filha do Sr. Mannheim estão ambos em segurança. Agora é a minha vez de fazer ligações. Depois de todos os nossos anos de separação, ainda sei de cor o número da Rini, mas ninguém atende. Não podemos telefonar a Marianne e a K-H porque são surdos, é melhor não nos arriscarmos a ir à casa deles neste momento. Roman está seguro, porque partiu recentemente para a Itália. Quanto ao Dr. Hassgall, sua filha adolescente atende o telefone e diz que ele foi para a escola Rei David para ficar de guarda, por isso telefono para o gabinete dele, mas não há resposta. Else está em casa, a salvo. Atende em voz sonolenta; não tinha ideia de que Berlim estava no meio de um pogrom, e estava dormindo profundamente. Mas ficou contente por eu ter telefonado, para poder tentar entrar em contato com seus alunos judeus. Eu digo que ligo para Volker. O menino atende numa voz aterrorizada, dizendo coisas ininteligíveis na sua habitual velocidade da luz. Pelo que consigo decifrar, seus pais foram levados por volta da meia-noite.

— Escute, Volker, fale devagar. Você tem um tio ou uma tia aí no bairro?
— Não.

Ele repete a história de como a Gestapo foi buscar seus pais. Aparentemente, um dos homens deu um soco no seu pai. É tudo meio difícil de decifrar, já que ele não consegue parar de chorar desenfreadamente.

— Não desligue — peço, e explico a Isaac que preciso ir buscá-lo.
— Não saia deste apartamento! — ele me ordena, dando um salto e arregalando os olhos.
— Bem, alguém vai ter que ir buscá-lo! Não vou deixá-lo sozinho.
— Eu vou — garante ele.
— Não! Basta darem uma olhadinha na sua identidade para perceberem logo que você é judeu.
— Podemos mandar um táxi — interrompe Benni.
— Um táxi, como? — pergunto, pensando: *Este homem é uma besta!*
— Conheço um motorista de táxi que me leva aonde eu quiser ir. Onde o Volker mora?
— Em Gesundbrunnen, perto do Hospital de S. Jorge.
— Ótimo, não é assim tão longe. Mandem o menino se aprontar. E deixar um bilhete para os pais.

Um táxi em pleno pogrom? São estas as contradições da Berlim em que vivemos hoje.

Rainer Kallmeyer: nessa noite escrevo o nome do motorista de táxi no meu diário, e que nos trouxe um frango cozido, mandado pela sua esposa. Dali a meia hora ele bate à nossa porta; decidiu trazer o menino, que treme como vara verde, para o apartamento de Isaac. Volker vem correndo se jogar nos meus braços, quase me derrubando no chão.

Depois, Isaac me dá o número do Lar Judeu para a Terceira Idade; receamos que tenha sido incendiado. Mas a enfermeira da noite que atende ao telefone está o mais calma possível.

— Vieram uns policiais de choque aqui, mas foram embora sem causar muitos estragos — garante ela.

Nunca um frango caiu tão bem. Passando uma asa para Volker, digo a ele:

— Ah, vamos lá varrer umas folhas secas.

Ele tenta sorrir. Mas a maior parte do tempo olha fixamente para baixo, perscrutando o próprio medo, por isso volta e meia toco o pé dele com o meu; não quero que desapareça dentro de si mesmo. Às 3 da manhã aproximadamente, ele guia Benni até a quarto de hóspedes, para os dois poderem dormir um pouco. Eu volto para casa para avisar ao meu pai que estou bem, mas encontro-o ferrado no sono na sua cadeira. Hansi está acordado, por isso digo a ele onde vou estar e tranquilizo-o quanto a Volker, para depois colocá-la na cama e ajeitar seus lençóis e então voltar para Isaac. Ficamos conversando até altas horas, sentados debaixo dos cobertores, de mãos dadas. Suas palavras de indignação escorrem entre nós. Quando falamos sobre Benni, Isaac me conta que, depois do acidente, ele parou de interagir com as pessoas.

— Gosta da privacidade que tem, mas agora que decorou o seu rosto com as mãos, talvez possamos ir visitá-lo de vez em quando.

No dia seguinte, Isaac liberta a exuberante pastora Shetland, a Ringelblume, do armário de Benni e lhe traz o violoncelo. Arrancaram o braço do instrumento e o quebraram ao meio.

— Posso mandar fazer outro, o som será perfeito — diz Benni, diminuindo o peso do problema, o que nos deixa aliviados.

O que ele não diz é que não tem dinheiro para pagar o conserto e que nenhum de nós jamais o ouvirá tocar uma única nota novamente. Esconde bem seu desespero. Imagino que ele pense que a última coisa de que precisamos é mais uma má notícia, o que até que é verdade. Ou talvez já tenha entendido que, na Alemanha, o tempo para homens como ele chegou ao fim.

O *Morgenpost* descreve o pogrom como um "dia de vingança espontânea" pela morte de Vom Rath. Todas as lojas judaicas de Berlim foram destruídas ou saqueadas, e todas as sinagogas foram danificadas ou completamente incendiadas, incluindo a Nova Sinagoga, da Oranienburger Straße, a maior do mundo. Milhares de judeus de Berlim foram presos e, segundo as notícias, levados para um novo campo de concentração, chamado Sachsenhausen, embora haja boatos de que dezenas deles foram mortos a tiro ou enforcados.

Depois da guerra, ficamos sabendo que 7.500 lojas judaicas foram reduzidas a escombros na Alemanha durante aquela que passou para a História como a *Kristallnacht,* a Noite dos Vidros Quebrados.* Os nazistas e seus adeptos reduzem 1.600 sinagogas a montes de ruínas, estilhaços de vidro e cinzas. Caminhando pela cidade nos dias que se seguem, vendo lojistas judeus e crianças varrendo vidros quebrados e pedaços de madeira, acredito que conseguimos sobreviver ao pior que o governo pode fazer. Pois ainda sou ingênua a *esse* ponto.

Um poste de iluminação derretido na Kantstraße, dobrado até o chão como uma árvore chorando num pesadelo surrealista, é a imagem mais estranha que vejo essa semana. Mas são as manchas marrons de sangue que vejo por toda a Berlim, e que agora não sairão nunca mais das nossas calçadas, que fervilham e transbordam nos meus sonhos.

Mesmo assim, o pogrom não é o sinal que Isaac vem esperando. Como ele pode ter certeza?

— Eu sentiria o céu descendo e as águas começando a subir — diz ele.

— Por favor, Isaac, estou cansada demais para poesias — imploro.

— É tudo o que eu tenho — defende-se ele, e, virando os bolsos para fora, acrescenta: — A prosa agora não serve de nada, e, de qualquer forma, também já não tenho nenhuma.

Deborah, filha de Benni, aparece na manhã seguinte, desfazendo-se em agradecimentos, e leva o pai para casa. Isaac sai para ir ver como estão K-H, Marianne e vários outros amigos.

A caminho da escola nessa manhã, levo Volker e Hansi à Sinagoga da Rykestraße para lhes mostrar o deserto em que os nazistas pretendem transformar aquilo que antigamente era a nossa cultura. Nem eu nem os meninos falamos. A indignação silenciosa não é suficiente, mas é tudo o que temos.

Quando paramos na casa da Rini, um homem que nunca vi abre a porta para nós e conta que a família Bloch foi embora em julho último. Nenhum dos vizinhos sabe para onde foram.

Chego a Rini com quatro meses de atraso. Cada dia que deixei que caísse entre nós é agora um peso no meu coração.

Só um terço dos alunos vai à escola nesse dia. Tendo estado de guarda a noite inteira, o Dr. Hassgall faz uma sesta no seu gabinete, depois de dar suas

---

*Normalmente conhecida em português como a Noite dos Cristais. *(N. da T.)*

aulas da manhã. Nessa tarde, telefono à tia de Volker em Frankfurt, mas ela só pode vir buscá-lo no fim de semana, por isso levo-o comigo para casa. Meu pai descolou-se de Greta por causa do pogrom, e chega do trabalho numa hora em que Volker e Hansi estão concentrados num quebra-cabeça de um atleta musculoso de Arno Breker, o escultor favorito de Hitler. Foi um presente do Pai.

— O que aquele garoto judeu está fazendo aqui? — meu pai sussurra para mim, furioso, na cozinha.

Tendo previsto sua desaprovação, tenho a minha resposta pronta:

— Está tentando encontrar alguns fragmentos dos tomates do Breker, eu diria.

— Não tem graça nenhuma, Sophie. Livre-se dele.

— Livre-se você — respondo, achando que ele não seria capaz.

— Volker! — grita meu pai, e o menino vem à cozinha, todo ele disponibilidade e prontidão. — Escute, filho — diz-lhe o Pai. — Você tem que ir embora.

Para mim, é prova suficiente de que a maldade dele é um poço sem fundo. Volker fica olhando fixamente para o chão, petrificado.

— O que o meu pai quer dizer — explico-lhe suavemente — é que houve uma pequena mudança de planos. Hoje à noite vou à casa do Sr. Mannheim para ver se ele está bem. Você pode ficar lá até sábado, até a sua tia vir buscá-lo?

— Posso, não faz mal — responde ele, com uma expressão já mais contente.

— Vamos daqui a uma hora; depois do jantar.

Assim que ele volta para seu quebra-cabeça, o Pai diz:

— Você me acha um monstro, mas eu só estou protegendo a nossa família. Um dia vai entender isso.

Se eu fosse homem, provavelmente responderia derrubando-o no chão com um soco, mas me limito ao essencial:

— Os pais desse lindo menininho foram presos pelos seus amigos. Se não fosse pelo Hansi, eu iria embora de casa.

Ele abre os braços num gesto largo.

— À vontade, pode ir quando quiser.

E sorri com seus dentes todos, uma forma de enterrar bem a faca, até ela bater no osso.

O Sr. Mannheim fica surpreendido por eu lhe levar o Volker, mas seu quarto de hóspedes está livre, e a Ringelblume dá sua aprovação, lambendo o menino como se ele fosse um doce de marzipã. Ah, se todos os nossos problemas pudessem se resolver tão facilmente...

No sábado, Isaac me mostra no jornal mais uma ameaça do governo: "Judeus, abandonem qualquer esperança. Nossa rede é tão fina que não há buraco pelo qual possam escapar."

A referência à ameaça inscrita nas portas do *Inferno* de Dante, *abandonem qualquer esperança*, faz com que eu me pergunte onde têm se escondido todos os nossos bons cristãos. Não deveriam pelo menos 30 milhões deles ter saído às ruas para protestar contra o massacre do povo de seu Salvador? À exceção dos sermões de Bernard Lichtenberg, o deão da Catedral de Sta. Edwiges, não se ouviu mais nada, além de um guinchinho ocasional dos nossos padres e sacerdotes, desde a marcha do reverendo Niemöller, em Dahlem, há quase um ano, quando foram presos 115 participantes. Pelo visto, 115 é o número certo para pôr uma mordaça nos restantes 29.999.885. Ou talvez as piedosas orações dos cristãos alemães nunca tenham passado de pura mentira.

E é assim que eu perco as esperanças de que qualquer grupo organizado venha a lutar pelos judeus. E agora que os nazistas destruíram sinagogas e lojas, daqui para a frente só poderão ser as casas dos judeus. É esse o significado da *Kristallnacht* para mim, e digo a Isaac que ele tem que fugir o mais rápido possível.

— Para onde você gostaria que eu fosse? — pergunta ele em tom de desafio, afastando o olhar do rádio, que estava ouvindo.

— Istambul.

Dirigindo-me um dos seus bíblicos cenhos franzidos, ele se inclina para a frente e aumenta o volume.

A frigidez das suas reações me faz amaldiçoá-lo às vezes. Passamos semanas sem conversarmos como amigos ou fazermos amor. Até os pequenos aborrecimentos, agora, parecem ter se transformado em agudas formas de tortura. Por exemplo, ele deixa vestígios de cinzas e de tabaco para cachimbo em toda parte, até no pijama e nas pantufas. Vejo nos seus olhos que ele ainda me ama, mas o *eu* que ele adora não pode fazer exigência alguma, senão corre o risco de ficar trancado do lado de fora. Sinto-me encurralada por ele, pelo meu pai e pelo meu país, encostada e amarrada ao cerne aprisionado da minha própria impotência. Sinto uma falta louca da rudeza de Vera, que, agora vejo, era uma barreira eficaz contra a complacência. Tenho constantes fantasias em que parto para a Antuérpia.

Agora, na escola, paro muitas vezes no meio de uma aula e fico pensando por que estou falando sobre como desenhar a curva de um pescoço ou os ramos de uma árvore. Às vezes simplesmente não consigo imaginar que importância tem ensinar. Sinto na boca um gosto de papel, quase o tempo todo. Talvez seja o que me resta do meu senso de humor. Ou uma consequência da minha constante falta de sono. Certa vez, quando estou preparando o jantar para Hansi, descubro a minha velha caixa de remédio e vejo que ainda me restam seis de Luminal. São tentadores, mas Hansi me observa com olhos preocupados, por isso jogo-os na privada, para os crocodilos albinos mutantes, que provavelmente têm andado com insônia ultimamente. Deixo para ele a honra de dar a descarga.

Depois da guerra, dezenas de americanos me dirão, daquela maneira sempre tão séria que têm, que nunca conseguirão entender como é que os judeus e os seus defensores não fugiram a tempo. *Tinha gente que dependia de nós,* é o que sempre tenho vontade de gritar. *Será que é tão difícil de compreender?*

E, depois, há razões que são mais difíceis de exprimir por palavras...

Estávamos esperando que um país inteiro acordasse. Estávamos ofendidos e queríamos um pedido de desculpas. Achamos que sobreviveríamos a eles. Não queríamos largar o romance lido pela metade.

Essas respostas pareceriam patéticas ou ridículas depois de se verem os documentários em que os corpos mais pareciam bonecos de pano sendo atirados para valas comuns dentro dos campos de concentração, por isso fico de boca bem fechada.

Durante a *Kristallnacht*, alguns atacantes destroem o estúdio de K-H e roubam suas máquinas fotográficas. No dia seguinte, dois oficiais da Gestapo vão a sua casa e interrogam Marianne. Ele foi à sinagoga da Fasanenstraße para fotografar as ruínas fumegantes, mas ela diz aos visitantes que ele foi passear na Tegeler Forest e que só vai voltar daqui a alguns dias. Depois que eles vão embora, Marianne pega Werner e faz um percurso em ziguezague até a Fasanenstraße, para o caso de estar sendo seguida. Encontra K-H tirando fotos do rabino, que tem na mão um sinal de *Saída* em latão todo derretido, parece saído de uma tela de Salvador Dali. K-H pega Werner, e os três dirigem-se à estação da Savigny Platz. Dormem na casa do primo de K-H nessa noite, e na manhã seguinte vêm buscar a chave do barco de Isaac, reconvertido em casa, no rio Havel. Infelizmente, eles têm poucas economias, e quase nada de valor para vender. Isaac lhes dá todo o dinheiro que tem escondido num par de chinelos marroquinos velhos e decrépitos, e eu vou buscar o broche de ametistas que herdei da minha mãe, mas Marianne se recusa a aceitá-lo.

— O cantor Kretschmer disse que éramos irmãs daquela vez que entramos na sinagoga da Kaiserstraße — lembro-lhe. — E as irmãs protegem umas às outras. Além disso, é só uma joia.

São palavras bonitas, mas minha mãe sussurra em meu ouvido que não gostou disso quando o passo para as mãos de Marianne.

Consigo falar com Rolf no fim de semana.

— Sophie, graças a Deus que você e o Isaac estão bem — diz ele. — E graças a Deus, também, que a Heidi já não está mais aqui para ver o que fizeram com a sua amada Berlim.

Não pergunta por Vera, e eu não lhe digo nada.

Como que para melhor justificar a alcunha que lhe demos, Hitler não demora a aplicar uma multa de mil milhões de marcos às comunidades judaicas pela destruição das suas próprias lojas e templos, que se calcula equivaler a um quinto do total das fortunas dos 200 mil judeus que ainda vivem na Alemanha. Nos meses seguintes, eles são também proibidos de ir a museus, salas de concerto e parques, e suas lojas são transferidas para arianos. Passa a ser proibido o acesso deles ao departamento do governo que fica ao sul da avenida Unter den Linden. E também lhes tomam as carteiras de motorista.

"O *Rotz*, ranho, não dirige, portanto, porque vai dirigir o Roth!", é a frase final de uma piada que circula em Berlim na época. Não, os nazistas nunca terão graça nenhuma, mas de vez em quando até que tentam...

Juden verboten. Quase todas as lojas da Prenzlauer Allee têm, agora, esses letreiros nas vitrines, embora haja outra variante bastante popular, *Proibida a entrada de judeus e cães.* Mas o primeiro lugar vai para a Florista Lehmann: *Aceitamos judeus mortos como fertilizante.*

Meu pai volta a passar quase todo o seu tempo com Greta. Uma vez, Hansi escreve no seu bloco:

— O Pai está casado com ela?

É então que me dou conta de que eles podem muito bem ter se casado sem nos comunicar nada.

— Talvez — respondo. — Você ficaria chateado, se fosse esse o caso?

— Não muito — escreve ele. — Mas acho que a Mãe ficaria.

Portanto, ele ainda se preocupa com o que ela pensaria. Tal como eu.

As cartas que Tônio me manda durante o outono e o inverno desse ano falam do seu orgulho por poder ajudar Hitler a criar na Europa um império de cultura alemã. Não fala na *Kristallnacht;* talvez tenha certeza de que eu nunca mais iria querer vê-lo se ele me expressasse sua opinião.

Um dia, no início de fevereiro de 1939, K-H e Marianne desaparecem. Na casa do barco, Isaac não encontra nenhum vestígio de assalto ou luta, e o bilhete apressado que eles deixaram diz apenas: "Está na hora de irmos embora. Tentaremos entrar em contato em breve. Obrigado por tudo." Nas semanas seguintes, não recebemos nenhuma ligação nem nenhuma carta. Isaac está convencido de que eles não mandam notícias porque nossa correspondência deve estar sendo lida, e nossos telefones estão sob escuta.

Mais para o fim do mês, quando os judeus recebem ordem para entregar todos os seus bens, Isaac começa a vender seus quadros, embora, na atual situação, o mercado não dê quase nada por eles, nem mesmo pelo Chagall. Ele não se desfaz do meu favorito, o retrato de Iwar von Lücken feito por Otto Dix, mas vende três dos primeiros desenhos de Grosz. No total, obtém o suficiente para comprar alimentos por quatro meses, se comer como passarinho, que é o seu normal.

A essa altura, a maior parte dos 30 mil judeus enviados na *Kristallnacht* para os campos de concentração foram autorizados voltar para casa, com a condição de emigrarem. Os pais de Volker estão entre eles, por isso o menino pode deixar a casa dos tios, em Frankfurt.

Pouco depois disso, o Dr. Hassgall me conta que as Indústrias Zarco estão afundando rapidamente, por isso ordenou uma redução dos salários para todos os funcionários, incluindo Isaac, que tem recebido uma modesta quantia mensal desde a venda da sua fábrica. Eu também sofro uma redução de vinte por cento no meu ordenado da escola. Felizmente, o Pai está sempre recebendo aumentos, e é candidato a uma boa promoção. Peço-lhe mais dinheiro do que de fato preciso para as despesas da casa, e gasto o que sobra com Isaac.

A 1º de abril, as escolas judaicas começam a ser fechadas, o que acaba sendo bom para o Dr. Hassgall, pois sete novas crianças são matriculadas na nossa escola. O pai de um dos nossos alunos mais antigos escreve-lhe, então, uma carta de protesto. O homem, Lothar Strauss, acha que há muitos alunos judeus, e que portanto já não temos condições de oferecer uma "atmosfera alemã e saudável".

O Dr. Hassgall convida *Herr* Strauss e todos os outros pais, tanto judeus como cristãos, a comparecer a uma reunião para tratarem da política da escola, mas o indignado homem prova ser um covarde e se recusa a aparecer para enfrentar as pessoas que mais injuria. Só quando os judeus são expulsos é que ele aparece, junto com mais sete pais e doze mães. O homem saúda os outros com um pomposo braço esticado e um extravagante *"Heil Hitler"*.

O Pai não aparece; receando que ele tirasse Hansi da escola, joguei o convite dele no lixo.

O Dr. Hassgall preside a tensa reunião com suas maneiras dignas, estilo século XIX, até *Herr* Strauss declarar que o nosso diretor tem prejudicado a educação da sua maioria ariana simplesmente para agradar a alguns ricos judeus bolchevistas.

— Pois cite o nome desses bolchevistas ricos! — desafia-o o Dr. Hassgall.

O primeiro que *Herr* Strauss menciona é o pai de Volker, que perdeu seu emprego como supervisor numa fábrica de balas e agora vive do que a família lhe dá e do que consegue ganhar com a organização de torneios de bridge. O grosseirão continua, mencionando todos os outros nomes de pais judeus. Quando termina, o Dr. Hassgall responde:

— Tenho que admitir uma coisa: o senhor tem uma ótima memória para nomes. — Seu tom de admiração e de quem está se divertindo nos pega desprevenidos, e é por isso que vários pais e mães se sobressaltam quando ele acrescenta: — E agora, *Herr* Strauss, se não sair imediatamente da minha escola, vou buscar a minha antiga arma do Exército e enfiar uma bala no que resta dos seus miolos.

Else, tremendo de emoção, agarra meu braço. Se eu ainda fosse a menina travessa e sempre pronta a arranjar encrenca que era antigamente, estaria agora encantada por parecer que acabamos de entrar num filme alemão de caubóis bem no momento em que vai começar o grande duelo. Mas, nos dias de hoje e no estado de nervos em que ando, basta uma voz subir de tom para eu entrar logo em pânico, e o máximo que consigo fazer é não sair correndo da sala. *Herr* Strauss — não sei se isto é bom ou ruim — se recusa a aceitar o duelo, e sai batendo os pés depois de dizer ao Dr. Hassgall que vai tirar o filho da escola. Mais cinco casais decidem fazer o mesmo.

Depois da reunião, o Dr. Hassgall pede desculpa aos professores pela sua explosão. O colarinho da sua camisa está encharcado, e ele não consegue respirar direito. Vou buscar na sua sala sua garrafa de vodca russa, que lhe entrego com um beijo no rosto.

— Eu sei que não foi fácil o senhor se irritar, mas até que valeu a pena!

Vera escreve de duas em duas semanas. Como já era de imaginar, ela detesta a Antuérpia. Não fez amigo nenhum, e diz que André está cansado de dividir o apartamento com ela, e que a única coisa pior do que o senso de humor flamengo é a comida. "Tudo tem gosto de ração para gato, e ainda por cima velha", justifica.

Quando leio as cartas dela para Hansi, ele escreve no seu bloco: "Como é que ela sabe qual é o gosto de ração para gatos velha?"

Rimos até cansar; a histeria também acompanha a minha longa viagem até o fundo da depressão.

Vera está costurando ternos para um alfaiate judeu que lhe paga um salário decente e lhe permite trabalhar em casa. André desenha anúncios para um fabricante de pasta de dentes. Rabisca umas saudações breves no fim das cartas, tentando sempre fazer uma piada.

Tônio escreve uma vez por mês. Continua nos Sudetas, embora dê a entender que talvez vá para Praga em breve. Temo que ele acabe matando judeus. Na primeira carta que escrevo para ele, suplico-lhe que me garanta que os judeus tchecos serão tratados com respeito na sua presença. "Se não por mim, então por todas as boas recordações que temos do Raffi."

Em meados de junho de 1939, Isaac fica desorientado. A primeira vez que me dou conta disso é quando o vejo embaralhar completamente as páginas dos manuscritos de Berequias Zarco e me implorar que o ajude a colocá-las outra vez em ordem.

— Mas eu não consigo ler os caracteres hebraicos — lembro-lhe.

— Minha memória deve estar falhando — responde ele, batendo com a mão na testa.

Ele então começa a reordenar sozinho os manuscritos, com as mãos tremendo devido à tensão em que está. Sua testa enrugada e o fato de fumar constantemente significam que tem medo de nunca conseguir localizar o código de que precisa no meio daquela confusão. A contabilidade de restauração é uma coisa; a cabala é outra completamente diferente.

Na sua busca, ele agora utiliza um sistema medieval chamado *gematria*, que se utiliza dos valores numéricos das letras hebraicas, que também são todas números. Ele calcula a soma das palavras-chave, depois procura palavras e expressões que tenham um valor igual, ou duplo, ou metade, e tenta interpretar o que significam essas correspondências. Por causa de um palpite que teve, também está traduzindo para o aramaico as referências de Berequias à Sexta e à Sétima Portas, a fim de analisar possibilidades ocultas.

Lá para o fim do mês, ele me pergunta se quero conhecer seu filho.

— O seu filho? — Sinto que estamos os dois presos numa armadilha que nos espreita há meses. — Onde... onde está ele? — pergunto, hesitante.

— Na escola, claro. Vamos encontrá-lo depois das aulas.

Decido ver até que ponto a memória lhe fugiu. À medida que nos aproximamos da Escola Judaica, na Große Hamburger Straße, ele finalmente percebe que se enganou.

— O meu filho morreu, não foi? — pergunta, com o rosto mortalmente pálido.

— Foi, morreu na guerra.

— Ah, Sophele, não sei o que está acontecendo comigo. — E estende a mão para mim, nervoso.

O pobre homem está com tanto medo que cai de joelhos na calçada da Auguststraße. Quando chegamos em casa, chamo o Dr. Löwenstein, que recentemente foi libertado do campo de concentração de Sachsenhausen. Ele vem nos visitar à noite; emagreceu tanto que seu casaco de tweed lhe dança em volta do corpo como uma fantasia de palhaço.

Ele pega o pulso de Isaac, ouve seu coração e lhe faz uma série de perguntas: Em que ano estamos? Que idade você tem? Se há quatro horas eram 3, que horas são agora?

Isaac dá as respostas certas.

— E o que é que você gostaria que acontecesse ao chanceler da Alemanha? — pergunta finalmente o Dr. Löwenstein.

Secamente, Isaac responde:

— Que seus olhos saltem das órbitas, que suas orelhas caiam e que os cavalos os comam.

O médico vira-se para mim com um largo sorriso.

— A boa notícia é que a sua memória voltou. A má notícia é que agora ele prageja como um *Yid*.*

O Dr. Löwenstein tem uma longa conversa com Isaac sobre sua necessidade de levar as coisas com menos intensidade.

— E precisa sair mais vezes deste apartamento! — ordena-lhe. — Esse seu quarto está cheirando a meias velhas. Aposto que você nem põe a cabeça para fora da janela mais do que uma vez por semana.

Isaac concorda, mas continua não saindo de casa. Ou melhor, não até que eu começo a pôr meio Luminal no seu jantar, o que faz parar seu ocasional tremor das mãos. Até começa a gostar outra vez do sabor da comida e consegue ganhar uns quilinhos, o que significa, ente outras coisas, que seu pênis volta a ficar duro quando lhe toco. Ele volta devagar ao trabalho, duas manhãs por semana. Graças à minha inflexível insistência, estuda seus manuscritos em um ritmo mais calmo.

Em julho, a retórica dos nossos jornais contra a Inglaterra e a França começa a ser virulenta. Ouvimos frequentes boletins de rádio sobre supostos ataques a alemães que vivem na Polônia. O meu favorito é o da viúva de um padeiro alemão que, dizem, foi violada por um rabino e um bando de judeus de Varsóvia. Diz muito sobre o nosso *Volk*, o fato de acreditarem neste tipo de ficção. *A Alemanha como vítima*, foi assim que o Dr. Goebbels decidiu vender a guerra aberta que aí vem, e, a julgar pela opinião pública, está obtendo grande sucesso.

Tônio chega a Praga no princípio de agosto. Da forma como descreve a boa vontade que encontra aonde quer que vá, até parece que seu tanque é feito

---

* "Judeu" em iídiche. (N. da T.)

de crisântemos. Nunca fala em abusos contra os judeus tchecos, mas, numa linguagem rígida e formal, refere-se aos "inimigos do Reich que estão sendo obrigados a pagar por terem espalhado mentiras perversas sobre a Mãe-Pátria e seus objetivos".

No dia 21 de agosto, a filha de Benni Mannheim, Deborah, vem nos informar que seu pai se matou. Isaac lança as mãos para trás, tentando se apoiar em alguma coisa, e, não encontrando senão ar, cai de costas contra a parede.

Deborah conta que Benni deitou na banheira e cortou os pulsos com uma faca de cozinha. Está sentada em frente a nós, com as mãos juntas no colo, e explica numa voz vazia que o custo do conserto do violoncelo estava além das possibilidades deles, e fala da visita dele à embaixada britânica, onde lhe disseram que, devido à sua cegueira, era pouco provável que conseguisse um visto para a Inglaterra, a Palestina ou qualquer outro lugar.

Depois que ela vai embora, e depois que eu choro todo o Bach, Mozart e Telemann que nunca mais ouviremos, e todo o talento de Benni que em breve será enterrado para sempre, e todas as noites que eu o ouvi e fiquei me perguntando quem seria esse homem miraculoso, pergunto a Isaac:

— Por que ele não veio até nós, para que o ajudássemos?

Ele inclina a cabeça, derrotado.

— Já não tenho respostas para nada.

— E por que numa banheira?

— Não deixa sujeira. O sangue... desce pelo cano, junto com a água. Desde o acidente que ele não queria ser um fardo.

— Agora eu entendi — diz Isaac, pousando o jornal.

Passaram-se três dias desde o suicídio de Benni, e Hitler e Stálin assinaram um pacto de não agressão.

— O que foi que você entendeu? — pergunto.

Isaac está de pijama; não se veste, nem faz a barba, desde o funeral de Benni. Os espelhos estão cobertos com panos pretos.

— Saul era da tribo de Benjamin — diz ele, com um tom incisivo.

— Não estou entendendo.

— No Primeiro Livro de Samuel, Saul se mata com a própria espada. Mas no Segundo Livro de Samuel, Saul tenta se matar e não consegue, por isso um inimigo de Israel, um amalequita, lhe dá o golpe de misericórdia. — Ele me lança um olhar duro. — O Benni se matou, mas também foi assassinado pelos nazistas. A morte dele é um sinal de Samuel e de Saul, avisando que as águas se ergueram. E este pacto entre Hitler e Stálin... é o céu descendo. O Hitler vai ficar livre para fazer a guerra contra a Inglaterra, a França e a América.

Primeiro vai se quebrar o *Binah,* depois o *Hokhmah,* e, por fim, o *Kether Elyon.* A sensatez e a inteligência desaparecerão do nosso mundo. A Coroa de Deus perderá todo o seu significado. Tanto o interior como o exterior estão se desmoronando. Deus está prestes a Se recolher sobre Si Mesmo.

— Mas o suicídio do Benni não pode ser assim tão importante. Ele foi apenas um homem.

— Sophele, você me disse uma vez que, quer o Benni tivesse consciência disso ou não, sua mensagem era de que o mundo tem acordes cujo som e estrutura obedecem a leis físicas e escalas que não podem ser alteradas, independentemente do que Hitler diga ou faça. Lembra? Você chegou a uma grande verdade nesse dia, mas a morte do Benni... O silêncio vai descer sobre todas as nossas vozes, agora. As leis físicas estão se desfazendo.

— Isaac, acho que você precisa manter a calma — digo, com medo de que ele fique desorientado outra vez. — Você está vendo um simbolismo que simplesmente não está lá.

Fico esperando que ele grite ou que se precipite sobre os manuscritos de Berequias Zarco, mas ele avança na minha direção com um brilho afetuoso nos olhos que não vejo nele há meses.

— Sophele, vou deixá-la agora. Não vou conseguir amar você da forma que você merece, mas quero que saiba que eu sei que a estou decepcionando. E que lamento. — Ele pega as minhas mãos e as sacode, brincalhão. — Também quero que saiba que ainda jogo com o baralho todo. — Ele abre um largo sorriso. — Ou melhor, quase todo.

— Está me deixando preocupada — digo.

Ele me dá um beijo suave nas pálpebras, depois na boca.

— Vou partir para longe de você o tempo que for necessário, mas não se preocupe. Sinto-me forte agora que vi o sinal. Tomei banho sete vezes no rio Jordão, e vi o deserto florir, e estou limpo de novo. — Ele acaricia meu rosto. — Deus a abençoe por ter me trazido de volta a mim mesmo. Mas tem uma coisa que eu quero *mesmo* de você.

— O quê?

— Você precisa sair da Alemanha. Os vasos se quebrando... se ficar aqui, você vai ser morta. Quero que vá para Istambul. Berequias, no seu último manuscrito... Espere, quero que ouça o que ele diz. — Isaac vai buscar o sétimo manuscrito de Berequias, a história do massacre de Lisboa de 1506, e traduz parte da última página para o alemão: — "Os reis europeus e seus odiosos bispos nunca deixarão de sonhar com os judeus. Nunca permitirão que vós, e os vossos filhos, vivam. Nunca! Mais cedo ou mais tarde, neste século ou daqui a mais cinco, virão perseguir-vos ou aos vossos descendentes. Por isso, virai-vos para Constantinopla e Jerusalém, e começai a andar. Expulsai a Europa Cristã do vosso coração e nunca olhai para trás!" — Ele me dirige um olhar resoluto destinado a sublinhar o significado dessas palavras e depois leva o manuscrito de volta para sua escrivaninha.

— Mas Berequias escreveu isso no século XVI — protesto.

— Não importa — responde ele, exasperado. — Suas palavras continuam válidas. Você precisa ir ter com os meus primos em Istambul. Precisa deixar a Europa Cristã. Leve a Vera e o André com você. Faz isso por mim?

— Só se você for junto conosco.

— Não posso. Tenho que ficar aqui em Berlim. Preciso ficar aqui para ser de alguma utilidade.

— Então não vou embora. Você vai precisar de mim para cuidar de você, e...

— Posso viver com quase nada mais tempo do que você pensa; anos, se for preciso. O que um velho judeu e um camelo têm em comum? — pergunta ele.

— Pare com as piadas! — peço. — E eu não posso ir. Tenho que pensar no Hansi.

— Ele agora está muito melhor. Orienta-se sozinho na cidade, e tem amigos. Se tudo correr bem, você pode voltar daqui a um ano ou dois. E, se acontecer o pior, eu o envio a você. Prometo.

— Vou precisar de tempo para preparar o Hansi para a minha partida. Preciso ficar pelo menos mais um ano.

É mentira; o que eu acho mesmo é que Isaac vai estar cansado demais para tentar me convencer ou completamente louco até lá.

— Um ano está fora de questão! — declara ele. E enfia o cachimbo na boca e trinca-o com força, sublinhando assim a decisão.

— Estamos agora no fim de agosto. Me dê nove meses, até maio. Vamos comemorar o Purim e o Carnaval. Passaremos juntos o Pessach, e depois eu fujo para a sua Terra Prometida.

— Não. Três meses, no máximo.

— É pouco tempo para tudo o que eu tenho que fazer. Seis.

— Só se você concordar em se preparar para partir a qualquer momento, se eu sentir que o pior está para acontecer.

— Está bem.

— E promete não se arrepender no último minuto?

— Prometo. Mas em troca quero que você me faça uma coisa.

— O quê?

Ele abre muito os olhos, entre o curioso e o divertido. Talvez ache que vou obrigá-lo a prometer que fará sexo comigo todas as vezes que eu quiser.

— Quero ter um filho seu — digo; ele deixa cair o queixo, e o cachimbo rola para o chão. Enquanto o pego, acrescento: — Só vou sair da Alemanha se estiver grávida de um filho seu.

Ele leva a mão ao rosto, horrorizado.

— Um filho...? Mas eu tenho... eu tenho 70 anos!

— Abraão teve Isaac quando tinha 100.

— Mas eu não sou nenhum Abraão.

Ele ergue e deixa cair as mãos várias vezes na minha direção, mas eu as seguro e aperto com força.

— Senão, não vou. São essas as minhas condições. É pegar ou largar.

Minha esperança secreta é de que ele não consiga me mandar embora se eu estiver grávida de um filho seu. Ele se senta na cama e me abre os braços. Ponho a cabeça no seu colo, e ele me dá um beijo no cabelo. Estou esperando que ele diga *não* o mais suavemente possível, mas não é o que ele faz.

— Está bem — concorda finalmente —, vamos fazer um bebê. E você vai embora assim que a menstruação falhar. — Olhando-me com intensidade, e falando como se fosse uma ordem, acrescenta: — Mesmo que ainda não tenham se passado os seis meses.

— Assim que falhar duas vezes — negocio eu. — Para eu ter certeza de que estou mesmo grávida.

Damos um aperto de mão para selar o acordo, como dois cavalheiros, e nessa tarde Isaac escreve uma longa carta em ladino para seus parentes de Istambul. Seus tios e tias já morreram há muito tempo, mas ele tem vários primos, e é especialmente próximo do filho mais velho de sua tia Luna, o Abraão. Só depois de enviar a carta é que ele me avisa que disse aos parentes que sou judia.

— Vai facilitar a sua vida, a sua e a do bebê.

Em 27 de agosto, o superintendente do nosso bairro distribui cartões de racionamento. Cinco dias depois, em 1º de setembro, a Alemanha invade a Polônia. Ouvem-se sirenes de alarme de ataque aéreo por toda a cidade, porque há boatos de que a França e a Inglaterra enviaram bombardeiros para atacar Berlim. Hansi e eu levamos para o abrigo nossos suprimentos de emergência — que incluem o seu quebra-cabeça do *Davi* de Michelangelo e a bengala que Rolf lhe deu. Isaac, os Munchenberg e os nossos outros vizinhos judeus são obrigados a se sentar num canto, e a maior parte deles nem sequer se atreve a olhar para nós, os da ala ariana. Quando soa a sirene que indica o fim do perigo de ataque, o guarda de uniforme cinzento ordena-lhes que aguardem, em silêncio, os arianos irem embora para só então se levantarem.

Nessa noite sofremos o nosso primeiro blecaute, e eu vou correndo até a Prenzlauer Allee para ver como está a cidade. Não há postes de luz acesos, nem sinais de néon, nem faróis de automóveis. Vivemos agora numa floresta escura, e a lua acima de nós é um olho. O Prenzlauerberg e o Mitte, Schöneberg, Neukölln e Wedding, a KuDamm e Unter den Linden... Berlim transformou-se num cenário de contos de fadas, mas a história está sendo contada pelo Bússola Ao Contrário, ou por Isaac e por mim?

Capítulo 19

A Inglaterra e a França declaram guerra à Alemanha no dia 3 de setembro. Tônio vem em casa por um dia, de licença, três semanas depois, logo depois que uma Polônia conquistada é dividida pela Alemanha e pela Rússia. Eu menstruei, portanto também me sinto desiludida. E nervosa também, porque, agora que quero ter um filho do Isaac, não quero dormir com Tônio. Encontramo-nos no apartamento do pai dele, mas quando vou correndo abraçá-lo, ele me empurra para trás.

— Temos que conversar — diz ele, em voz grave. É quase a primeira coisa que eu iria dizer também.

Deixo-me cair na cama. Ele senta-se na cadeira, cruza as pernas e endireita as costas, rígido. *Soldado alemão de licença* — é o título de um esboço que vou tentar fazer dele alguns dias depois.

Fico esperando um discurso heroico, imaginando que Tônio vai me dizer, numa voz sufocada, tentando conter as lágrimas, que devo viver a minha vida se ele morrer, porque ele vai ser mandado para a frente de batalha na França. E eu já sei que, se são essas as notícias que ele tem, vou fazer amor com ele uma última vez, na esperança de que a nossa união, por uma magia qualquer, o deixe em segurança.

— Diga o que houve — peço, inclinando-me para a frente e sorrindo, de forma a mostrar que tenho a intenção de ouvi-lo atentamente, de desempenhar o papel que ele espera de mim.

— Acabo de descobrir o que você anda fazendo enquanto eu luto pelo nosso país — começa ele, num tom áspero.

— E o que é? — pergunto.

Penso que ele vai dizer que tenho dado aulas para judeus numa escola para crianças geneticamente inadequadas.

— Meu pai me contou que você tem uma relação *contra natura* com o Sr. Zarco.

Ele usa essas palavras exatas: relação *contra natura*. *Ein widernatürliches Verhältnis*. Uma frase estranha, mas adequada, à sua maneira. E um tônico para mim também, porque me sinto estranhamente contente pela verdade finalmente vir à tona.

— O que fazemos juntos é ilegal, sem dúvida — digo —, e talvez, segundo as suas normas morais, até sinistro e estranho, *unheimlich,* mas garanto-lhe que nada do que fazemos é contra a natureza. Ou, pelo menos, não é mais contra a natureza do que aquilo que você e eu fazemos juntos.

— Mas ele tem mais de 70 anos! — grita Tônio.

É um alívio ver que sua calma postiça desapareceu. A partir de agora vamos ser honestos um com o outro.

— É verdade, e às vezes eu bem gostaria que ele fosse um pouco mais novo. — Quase acrescento: *para podermos fazer amor durante horas e horas,* mas decido não o magoar inutilmente. Como já mencionei, Volker, Hansi e os meus outros alunos me ensinaram a ser gentil.

— Pare de dar uma de esperta! — rosna ele.

— Desculpe. A esperteza é um dos meus defeitos de personalidade. Sei que pode ser irritante. Mas achei que talvez você não se importasse com isso, depois de tantos anos juntos. Afinal, eu não me queixei de um único defeito seu desde que você entrou para o Exército.

Ele se levanta e une as pontas dos dedos. Parece seu pai, quando o velho déspota prussiano está se preparando para lhe pregar um sermão. Normalmente, é nessas horas que o Dr. Hessel me pede para ir embora, para poder falar a sós com Tônio. Mas agora não tenho essa sorte.

— Se você não se importa que eu diga, os judeus vão ser sempre a sua desgraça — afirma ele, enquanto começa a andar para lá e para cá. — Por isso, se…

Quem diria que Tônio alguma vez seria pomposo?

— Eu me importo sim — interrompo-o. — Para dizer a verdade, eu me importo e muito.

Ele me lança um olhar assustado; quebrei as regras do discurso, cortando-o antes de ele encontrar seu ritmo. Ele tosse, para causar efeito, e depois continua:

— É uma espécie de doença em você, esse gosto pelos judeus. Achei que, com o tempo, você iria se curar, com a minha amizade e o meu amor, com a influência do *Führer.* Foi por isso que lhe dei o *Mein Kampf,* há tantos anos. Pensei mesmo que as belas palavras de Hitler poderiam arianizar você. Talvez ainda acredite nisso, mas já não consigo mais me empenhar nesse projeto. É isso o que vim lhe dizer.

— Então você me considera um projeto?

— Não fique com essa expressão horrorizada! Considero você parte do projeto que o *Führer* tem para nós *todos.*

Não faço a menor ideia de quem é este homem, que anda de um lado para o outro à minha frente. Não tinha me dado conta até agora de como pude deixar uma parcela tão grande da minha intuição e do meu bom-senso do lado de fora deste apartamento ao longo dos anos.

— Portanto, eu deveria ser uma parte da vitória sobre aquilo que já fomos antigamente — observo.

— De certa forma. — Ele arregala seus olhos carregados de fúria. — Mas se você conseguiu dormir com um porco que tem três vezes a sua idade, então falhei!

— Quem lhe contou sobre o Isaac e eu?

— O meu pai.

— Como foi que ele soube?

— Ele diz que ficou óbvio nos últimos dois anos. Pelo visto, você e o velho judeu têm se descuidado. Todo mundo sabe.

Até o meu pai? Talvez esteja esperando o momento certo para mandar me prenderem, e talvez seja esse o verdadeiro motivo para ter me chamado de vagabunda.

— Então você esqueceu os seus amigos judeus... esqueceu o Raffi? — pergunto.

— Ele nunca foi meu amigo!

— Ora se foi! Você jogava pôquer com ele nas noites de sexta-feira, a cada duas semanas. Se não se lembra, eu me lembro.

— Mas nunca fomos amigos! Você já deveria saber, provei isso quando o denunciei à Gestapo.

Ponho-me de pé de um salto, tensa de horror.

— Você fez o quê?

— Pensei que você tivesse deduzido. Contei à Gestapo sobre as mensagens hieroglíficas, e, quando o Raffi voltou do Egito, fui falar com eles outra vez.

— Filho da mãe! — grito. — Filho da puta de merda!

— Era minha obrigação denunciá-lo. Senão não conseguiria viver com a minha consciência.

— Então... então deve ter sido você quem me seguiu quando fui à loja da Júlia.

— Quem é Júlia?

— Fui à loja dela naquele dia em que eu falei que o Hansi estava com vermes. Mas você me seguiu e chamou a Gestapo.

Ele dá de ombros, como se já não tivesse importância.

— Fiz o que tinha que fazer.

— Você estava no carro deles... esperando lá fora, quando eles vieram. Você me traiu! Estava me traindo o tempo todo, e eu não quis ver isso!

— Estava tentando ajudar você a não se encrencar. Um dia você vai perceber que fui mais bondoso contigo do que você poderia ter o direito de esperar.

Foi no momento em que Tônio me disse que o meu amor por Isaac era uma doença que comecei a acreditar que as leis físicas do mundo tinham sido de fato invertidas: para cima e para baixo, a crueldade era bondade, e amor era ódio. E, contudo, também percebi que ele sempre tinha deixado claro o tipo de pessoa que era, desde o princípio. Não fizera segredo das suas fidelidades; até tinha dito que não havia lugar para Hansi na nova Alemanha. Eu tinha me recusado a acreditar que ele alguma vez agiria com base nas suas crenças. E me convencera de que escondia, no fundo, sentimentos mais nobres.

Uma lição que aprendi tarde demais: quando uma pessoa nos diz quem é, devemos ouvir atentamente, e acreditar nela.

Quando conto a Isaac que terminei com Tônio e que foi ele quem denunciou Raffi, ele fica silencioso, e depois sai do quarto disparado em direção à cozinha. Quando vou atrás dele, Isaac me propõe que paremos de nos ver, pelo menos por uns dois meses.

— Mas se as pessoas já sabem sobre nós, de que isso serveria? — pergunto.

Ele não tem resposta para isso. Acabamos concordando em que só devo ir a sua casa depois de escurecer. E nunca devemos nos encontrar em público, nem falar ao telefone.

Provavelmente, devido aos nossos encontros amorosos, sempre irregulares ao longo dos meses que se seguem, não consigo engravidar. O que eu mais receio é que me digam que sou estéril, por isso me recuso a ir a um médico. Pelo menos por enquanto.

O Pai não me diz nada sobre a minha relação com Isaac; talvez não saiba sobre nós, afinal. Ou, mais provavelmente, ainda está esperando o momento certo para, quando me avaliar de novo, poder me promover de vagabunda a puta de verdade.

Pergunto a Hansi se ele se importaria que eu ficasse fora da Alemanha por uns tempos.

— Posso ir também? — pergunta ele, apontando para si próprio.

— Mais tarde. Eu iria primeiro, e você depois iria me encontrar.

Ele escreve apressadamente no seu bloco.

— E o Volker também poderia ir?

— Se ele quiser, sim. Olha, você ficaria assustado se não me visse todos os dias?

— Não — diz ele por gestos.
— E iria normalmente à escola?
— Aonde mais eu iria? — escreve ele.

Quando ele volta a se concentrar nos seus estudos, dou-lhe um peteleco de leve na cabeça, mas com força suficiente para lhe dar o direito de me olhar irritado. "Por que você fez isso?", perguntam os olhos perplexos do meu irmão.

— Tive vontade, só isso. Pode me dar um soco, se quiser — digo, com ar convidativo.

Mas ele não faz isso. Apenas aperta a minha mão. Definitivamente, está crescendo.

Isaac diz que precisamos de circunstâncias mais propícias, tanto biológicas como místicas, para conceber um bebê. Por isso, escreve a Júlia pedindo-lhe ajuda e recebe um pacote de ervas secas pelo correio. Seguindo as instruções dela, ele ferve a mistura até obter uma infusão amarga, que bebo ao acordar e novamente ao me deitar. Tenho as minhas dúvidas de que sua poção de bruxa tenha algum efeito além de fazer meu estômago embrulhar e de deixar minha língua áspera, mas ele me garante que vai tornar os líquidos do meu corpo mais fluidos e dar ao seu "esperma da Mesopotâmia antiga" mais chances de nadar até chegar lá em cima no meu óvulo.

Apesar dos nossos melhores esforços, minha menstruação desce no dia esperado nos meses de outubro e novembro.

— Você é um caso difícil, porém mais cedo ou mais tarde o bebê vai vir — garante ele.

— Talvez eu não possa conceber — eu me lamento.

— O que acontece é que você está sempre tensa. Acho que não a vejo completamente descontraída desde aquele dia em que flagrei você envasando pelargônios, no pátio.

Só me deu conta da verdade nas palavras de Isaac no dia 1º de dezembro, quando o Pai e Greta vão para Roma para ficar duas semanas; ela é católica, e sempre quis visitar o Vaticano. Suas palavras de despedida para mim são:

— Tente não fazer nada de muito escandaloso até eu voltar.

— Por você eu faço tudo — respondo, sarcástica.

Depois que ele e Greta estão seguros dentro de um trem a caminho do sul, posso finalmente me sentar numa casa tranquila, onde nunca há o som de passos hostis se aproximando e onde um homem que me despreza não pode criticar o que eu fiz para o jantar ou o penteado que escolhi. O paraíso é desenhar Hansi enquanto ele dá de comer aos peixes e saber que Isaac é o único homem que vai entrar por aquela porta. Passamos a noite inteira juntos no apartamento dele, já que Hansi e Volker foram para a casa de um colega deles, e eu durmo a noite inteira, sem acordar no meio, pela primeira vez em anos.

Chanuca é o Festival das Luzes; portanto, a ocasião ideal para trazer ao mundo mais uma centelha de vida, segundo Isaac.
— E mesmo que não fosse — acrescenta ele, cuidadosamente —, o fato de o seu pai não estar aqui significa que temos tempo para fazer as coisas como deve ser.
Na primeira noite da celebração, 6 de dezembro, em que se acende a primeira vela, ele me leva até seu quarto, caminhando na ponta dos pés. Leva sua menorá à nossa frente, transportando-a como um escudo, e sua única vela projeta na parede nossas sombras ondulantes. Passaram-se 12 dias desde a minha última menstruação, por isso o momento é quase perfeito.
— É permitido fazer amor à luz de uma menorá? — pergunto baixinho a Isaac quando ele a coloca sobre a mesinha de cabeceira.
— Desde que não comecemos a ler na metade do ato. Ler é completamente proibido.
— Então é melhor você não trazer romances para a cama.
Depois de me ajudar a tirar a roupa, ele pega a minha cabeça entre as mãos e pergunta:
— Tem certeza de que é isso o que você quer?
— Como pode sequer perguntar isso? — Olhando para cima, para os seus olhos que me pedem desculpa, entendo melhor como funciona a mente dele. — Você achou que as minhas dúvidas podiam ter me impedido de engravidar.
— Talvez.
— Seu bobo, eu nunca quis tanto uma coisa na vida — digo, beijando-o na boca enquanto fico na ponta dos pés.
Adoro a forma como o meu corpo sedento se estende para o dele. É uma espécie de balé com o qual vou sonhar muitas vezes nos anos seguintes.
Salto para cima da cama como uma criança, e, enquanto nos beijamos, sinto-me como se a vida já tivesse começado a pulsar no meu ventre, só de tocar no homem que escolhi para ser o pai do meu filho, e de tanto que o desejo. Sinto também que o meu corpo é mesmo meu, pela primeira vez em muitos anos.
— Se ao menos o Pai saísse definitivamente de Berlim — digo.
— Agora você é adulta, e ele tem muito pouco poder sobre a sua vida — diz Isaac, mas eu sei que não é verdade; porque, enquanto o meu pai puder decidir do futuro do Hansi, serei sua prisioneira.

Quando Isaac me penetra, recita um verso de Isaías: "Nunca mais o teu sol se porá, nem a tua lua retirará a tua luz."
Tento não rir, mas não consigo. Aquela voz profética que ele usa para recitar... é como ser fodida por Moisés.
— Desculpe — digo.
Ele sorri, e depois me beija nos olhos.
— Rir enquanto se faz um filho é uma espécie de *mitzvah*, uma boa ação.
Sussurramos coisas um para o outro, porque nossas vozes fazem com que eu me sinta protegida. Em breve pego seu ritmo, e somos crianças à procura de um tesouro enterrado, e eu gostaria que escavássemos tanto que nunca mais ninguém nos encontrasse.
Fazemos amor mais uma vez essa noite, e da segunda vez é como se eu sentisse Tônio sendo expurgado de mim. O bebê vai relegá-lo para um passado em que ele não poderá me ferir.
Durante as sete noites seguintes das nossas férias, Isaac me leva para a cama sempre atrás da nossa menorá, e da última vez que fazemos amor no seu quarto é sob a proteção das chamas das sete velas. Tal como ele pede, eu recito o verso de Isaías quando ele me penetra pela oitava vez: *Nunca mais o teu sol se porá, nem a tua lua retirará a tua luz.*

O Pai volta para casa dia 15 de dezembro, com ar descontraído e feliz. E com o cabelo repartido para o lado. É óbvio que esse novo estilo tem por objetivo fazê-lo parecer suficientemente jovem para ser namorado da Greta, e talvez funcione. Ele exibe um sorriso de menino e feliz quando me vê. Trouxe um presente para mim, um disco antigo de Enrico Caruso. Enquanto o ouvimos juntos, espantados com as acrobacias vocais do cantor, sinto que a voz de Caruso está nos levando em direção a uma trégua de equilíbrio delicado. Se eu conseguir engravidar, talvez o Pai até fique satisfeito com a notícia. Uma fantasia completa, eu sei, mas podem realmente me culpar por ainda querer o meu antigo pai de volta?
Alguns dias antes do Natal, sou chamada à embaixada da Turquia e presenteada com o meu visto pelo próprio embaixador, um homem com físico de touro e bigode encerado, que insiste em me oferecer um almoço suntuoso, durante o qual provo pela primeira vez os tais *manti*: ravioli recheados de carne e com molho de iogurte por cima. Será que encontrei o meu futuro culinário? Ele diz que Istambul é uma cidade pequena comparada com Berlim, e caótica, e que as matilhas de cães vira-latas são um aborrecimento, mas que a cidade é encantadora quando está debaixo de um lençol de neve.
— Os torreões em agulha das mesquitas contra todo aquele branco... — diz ele, com um grande suspiro de êxtase.

— Lá tem mussaca? — pergunto.
— Em todo lugar. Temos uma enorme comunidade grega.

No dia seguinte, 29 de dezembro, fico menstruada, e tenho uma crise de choro. Quando conto a Isaac, ele me abraça com força, e depois me dá um banho. A sensação de ter suas mãos grandes e bondosas acariciando cada centímetro do meu corpo só contribui para aumentar ainda mais a minha melancolia, pois este é um homem que deveria ter filhos, e eu não consigo fazer com que isso aconteça.

— Sou um fracasso — digo. — Deu tudo errado.
— Shhh... Além disso, o problema deve ser comigo. Meus espermatozoides mesopotâmicos podem estar defuntos.

Quando acabamos, Isaac está encharcado, com as mangas da camisa enroladas para cima pingando, assim como eu e Raffi quando dávamos banho em Hansi. No início tenho vontade de rir, mas depois começo outra vez a soluçar. Não me lembro de algum dia ter me sentido tão vazia por dentro.

— Vista-se, que vou levar você a uma confeitaria. Vamos tomar chá e comer doces — diz ele, estendendo-me uma grande toalha branca.
— Os doces não vão ajudar — digo.
— Eu sei. Mas o que posso fazer?

Ele me abre os braços para que eu me refugie neles, mas eu não o faço. Duas pessoas desesperadas com uma barreira nos seus próprios corpos, e nenhum de nós conhece a senha.

Na sexta-feira, dia 29, Mônica Mueller adoece de escarlatina e dá entrada no Hospital de S. Jorge com febre alta. Depois, a 3 de janeiro, entra em delírio e começa a ouvir vozes. Else e eu tentamos visitá-la, mas somos impedidas por um médico que nos diz que seu estado é crítico demais para receber visitas.

Mônica deve ter passado a escarlatina para os colegas antes de começar a ter os sintomas, e Hansi aparece com o rosto todo vermelho em 9 de janeiro. Na tarde do dia seguinte, está com 39,2 de febre. Ponho compressas na sua testa e dou-lhe aspirina. Ao mesmo tempo, o estado mental de Mônica fica ainda mais debilitado, pelo menos segundo um médico-chefe, que fala com a tia-avó dela pelo telefone.

"A pobre menina deve estar aterrorizada", escrevo no meu diário essa noite. "Telefonar amanhã aos pais!"

Mônica vive com uma tia-avó diabética de 82 anos, e a frágil velhinha me dá o telefone deles. Moram em Dortmund, e me dizem que só poderão vir visitar a Mônica no fim de semana. A julgar pelo tom ácido do pai, fico com a sensação de que eles não pretendem vir, o que significa que a menina está entregue à própria sorte.

No dia 11 o Pai insiste que o meu irmão seja levado para o hospital, porque leu no jornal que houve várias mortes recentes causadas por escarlatina, e a temperatura de Hansi já subiu para 39,8. Depois de ter visto todos os meus alunos esterilizados e o filho da Vera assassinado por médicos alemães, digo-lhe que não acho uma boa ideia.

— Eu fico em casa e tomo conta dele — prometo.

— Você não pode... vai perder o emprego. E ele precisa de cuidados profissionais.

— Então vamos mandá-lo para o Hospital Judeu.

— Sophie, está louca? — pergunta ele, e seu esgar lhe sai tão carregado de desdém que marca o fim da nossa trégua.

— Tanto o senhor como eu sabemos que só podemos confiar o Hansi às mãos de médicos judeus — digo.

— Não sei nada disso, não senhora. Ele é ariano!

O Pai chama o Dr. Nohel, que telefona pedindo uma ambulância. Depois de desligar, volto a implorar ao meu pai.

— O senhor bem sabe o que os médicos vão pensar do Hansi quando souberem que foi esterilizado por atraso mental. Não vão tratá-lo direito. Precisa mandá-lo para médicos judeus!

— Não venha me dizer o que eu tenho que fazer! Uma garota como você... Não esqueça que posso mandar prendê-la pela vida que você leva.

— Tenho 22 anos. Não pode tocar em mim!

— O que você faz é ilegal. E imoral. Eu podia mandar prenderem você. Você e esse judeu nojento! Se a sua mãe soubesse... Sabe o que eu vou fazer? Não vou mandar prenderem você, mas vou fazer com que a ponham numa instituição para doidos para o resto da vida. É o que acontece às garotas que têm um comportamento sexual impróprio, sabia?

Agora que Tônio me ensinou a importância de acreditar naquilo que me dizem, vejo que o Pai está me dizendo exatamente o que pretende fazer se eu continuar a ir contra ele. Sua honestidade é uma forma de generosidade, no mundo de pernas para o ar em que vivemos; ele está me alertando honestamente.

Estou de pé junto ao aquário, com a mão contra o vidro, me perguntando se devo começar uma grande discussão, mas decido esperar. Será que foi um erro fatal? O Dr. Nohel aproxima-se e faz o melhor que pode para me tranquilizar. Acho-o tão repulsivo fisicamente que sinto os pelos da minha nuca se arrepiarem. Quando a ambulância chega, vejo que perdi a batalha.

Meu irmão está de pijama há uma semana, por isso peço que todos saiam do quarto e visto nele uma calça de lã e seu casaco de inverno. Também quero ter uma oportunidade para falar com ele a sós.

— Não estou me sentindo bem — diz ele por gestos, talvez pela vigésima vez nos últimos dias.

— Você vai poder melhorar mais depressa no hospital.

Ele faz sinal para eu lhe passar o bloco. Com a testa franzida de preocupação, escreve:

— Você diz ao Volker onde estou?

— Claro.

Não devo lhe dar um beijo, por causa do risco de contágio, mas faço-o assim mesmo, bem entre os olhos, tal como uma vez o vi beijar Minnie, a *dachshund*. Um gesto imprudente, dado o perigo, mas meu coração está batendo rápido demais para que eu me atenha a limites.

A ambulância sai em disparada com Hansi, a caminho do Hospital Civil Herzberge, e o Pai e eu vamos atrás, num táxi. Tudo corre bem quando chegamos lá, especialmente porque o Dr. Nohel abre caminho para passarmos por entre a burocracia. O quarto que dão ao meu irmão tem uma janela que dá para um pequeno bosque de carvalhos. Tento distraí-lo dizendo que vi um esquilo, mas ele coça o traseiro, nervoso. Deixo que o Pai fale a sós com ele, a fim de acalmá-lo. Depois que o nosso pai vai embora para casa, fico lendo para Hansi até ele adormecer. Depois o desenho até cair a noite. Os movimentos familiares da mão me aliviam o espírito. Quando a enfermeira me diz que é hora de eu ir embora, ele ainda está dormindo, por isso deixo o meu desenho em cima do peito dele. Escrevo por cima: "Volto amanhã. Muitos beijos, Eu."

Quando chego ao apartamento de Isaac, ele diz:

— Meu Deus, você parece que foi atropelada.

— E fui.

Explico-lhe o que aconteceu, e ele me ordena outra vez que eu vá tomar banho. É essa sua nova solução para todos os males da Alemanha, pelo menos pela forma como me afetam. Ele me esfrega de uma ponta à outra e me seca numa grande e magnífica toalha, depois me ajuda a me vestir e me manda ir para casa e dormir, e é exatamente isso o que eu faço.

Na manhã seguinte, Else me diz que falou com a tia-avó da Mônica. A menina foi mandada para casa. Ela ainda se encontra perdida numa grande confusão, mas a vermelhidão e a febre já passaram. Desfaço-me em lágrimas de alívio, principalmente porque isso é um ótimo sinal para Hansi.

Dois dos nossos outros alunos, que vieram transferidos de uma escola judaica que fechou, estão no Hospital Judeu, e tudo vai bem. É esta a única ocasião de que me lembro nos últimos seis anos em que penso: *Estaríamos muito melhor se fôssemos judeus.*

Quando vou visitar Hansi na tarde de domingo, dia 14, ele está sentado na cama pela primeira vez em vários dias. Suas costas doem, por isso faço-lhe uma massagem, e depois jogamos pôquer. Ele não entende as regras todas, mas eu o deixo ganhar para ele ficar contente. E ele recuperou o senso de humor: quando lhe pergunto se a comida do hospital é boa, ele escreve: "Tem gosto de ração para gatos, só que velha."

No dia seguinte, a vermelhidão quase desapareceu. Suplico ao seu médico, o Dr. Schmidt, que lhe dê alta, para eu levá-lo para casa.

— Não gosto do que ouço quando o ausculto — responde ele. — Tem um rom-rom qualquer lá dentro. Preciso mantê-lo aqui, sob observação, durante mais dois dias. Depois disso, ele é todo seu.

O Dr. Schmidt tem um sorriso quente e muito reconfortante. Penso que talvez o Pai tenha visto as coisas melhor do que eu. Confesso-lhe isso essa noite, mas ele se limita a desviar de mim, saindo da cozinha, e vai aumentar o volume do rádio. Fujo para a casa de Isaac e só volto depois da meia-noite.

Quando chego ao hospital no dia seguinte, à tarde, uma enfermeira do andar me informa que Hansi foi transferido. O Dr. Schmidt me explica que uma radiografia que tiraram do seu peito revelou que ele tem tuberculose.

— Creio que tenha ficado algum tempo sem ser detectado. Foi transferido para o Buch Waldhaus, um sanatório especializado em casos como os do Hansi.

— Sem a minha autorização? — pergunto, indignada.

— O seu pai concordou com a transferência. Telefonamos ontem para o escritório dele.

O sanatório é um edifício imponente de três andares, em forma de E, encimado por um telhado de telha vermelha e com uma bela grama e um jardim na frente. A recepcionista e os funcionários são simpáticos, e Hansi está num quarto triplo, cheio de luz, do terceiro andar, mas há um problema: seus dois colegas de quarto parecem ou estar em estado catatônico ou serem esquizofrênicos. Um deles parece uma libélula, com cotovelos ossudos e grandes olhos vazios. Não se mexe, nem fala. O outro tem a cabeça raspada e as mãos cheias de crostas. Está amarrado à cama com um cinto. Resmunga para si mesmo alguma coisa sobre cavalos.

Uma enfermeira me explica que o sanatório está transbordando de doentes, e que Hansi teve que ser colocado na ala psiquiátrica.

— Quero-o fora daqui já! — grito.

— Vai ter que falar com o diretor.

— Mas estes homens aqui podem machucar o meu irmão.

— Estão sedados, e o *Herr* Feldmann além de sedado está preso à cama. Não vai acontecer nada.

Espero uma hora para falar com o diretor, o Dr. Hans-Jürgen Dannecker. Por trás de um vaso gigante de tulipas vermelhas, seu escudo, ele me repete o que a enfermeira me disse, mas também acrescenta, em tom apaziguador:

— Vou ver o que posso fazer para que o seu irmão seja levado para outra ala. Entendo que seja perturbador para você vê-lo naquele quarto. Vamos cuidar disso. Prometo. Apenas me dê um dia ou dois.

Da sua janela, Hansi consegue ver um pequeno lago, por isso, quando volto a subir, tento animá-lo, chamando-o para olhar lá fora, mas ele se recusa. Está tão silencioso e impenetrável como o alto muro que protege seu universo, e sei, por experiência, que está aterrorizado. Para começar, está sentado com as pernas dobradas até o peito. Sua posição de fortaleza defensiva. E a maneira como pisca o tempo todo significa que está segurando com o dedo uma barragem de lágrimas. Oferecendo uma breve oração ao seu deus-esquilo, tiro da minha pasta de livros a minha arma secreta.

— Toquem os tambores, por favor... — anuncio, e então coloco entre nós o meu novo quebra-cabeça. — A grande pirâmide de Gizé!

Mas nem sequer uma única pedra da Fortaleza Hansi se solta, embora talvez tivéssemos uma oportunidade se o colega de quarto número 2 terminasse seu monólogo particular.

— Encontrei-o numa lojinha bagunçada da Huttenstraße — digo ao meu irmão, e como ele sempre gostou de detalhes geográficos, acrescento: — Bem ao lado da central de eletricidade. Vou levar você lá quando ficar melhor. Tem umas tralhas incríveis.

Falo em voz animada e em frases curtas, como ele gosta, mas Hansi joga a caixa do quebra-cabeça para fora da cama, empurrando-a com o pé, e ela cai com um baque surdo.

Antes de eu ir embora, ele escreve: "Você não falou com eles para me deixarem ir para casa." É só para ter certeza de que eu entenda que estou sendo castigada.

Visito-o todos os dias, mas ele não escreve nem mais uma palavra. O Pai está lá em casa esta semana, por isso nem sequer tenho a vantagem de poder passar as noites com Isaac. Passam-se mais três dias, e não só Hansi não foi levado para um quarto melhor, como o Dr. Dannecker deixa de me receber no seu gabinete. A secretária dele me pede que eu diga ao meu pai para ir lá no dia seguinte.

Acompanho o Pai ao sanatório no dia 20. Os olhos de Hansi estão foscos como estanho. Eu estou num pânico suado e pegajoso, e talvez seja por isso que não me ocorre que talvez os médicos o estejam drogando. Tento dar um beijo nos lábios do meu irmão, e abraçá-lo enquanto lhe sussurro pedidos de desculpa, mas ele não volta a transformar-se em príncipe.

Ao sair da sua reunião com o Dr. Dannecker, o Pai me diz, sorrindo:
— O Hansi vai ser transferido amanhã.
— Graças a Deus, Pai. O senhor é ótimo. — Dou-lhe um beijo no rosto.

É a primeira vez que sinto que o Pai e eu estamos do mesmo lado desde a morte da Mãe, mas ele nem sequer me devolve o beijo.

Tal como prometido, meu irmão é transferido no dia seguinte para um agradável quarto duplo. Seu colega de quarto parece ter 20 e tantos anos e também tem tuberculose. Chama-se Karl. Fala numa voz calma e educada, e é simpático comigo. Mesmo assim, Hansi não diz uma palavra para nenhum de nós. Todo aquele silêncio... Parece uma metáfora para a nossa total incapacidade de realmente ajudarmos aqueles que amamos nos seus momentos mais difíceis. E toda vez que saio do sanatório me sinto como se me tivessem feito girar inúmeras vezes no mesmo lugar, como ordenaram a Benni Mannheim, com um presente letal, o meu pai, à minha espera, em nossa casa.

A 23 de janeiro minha menstruação deveria descer, porque sou bastante regular. Não digo nada a Isaac ainda, embora, quando vou ver Hansi no dia seguinte, eu sussurre para ele:
— Estou tentando ter um filho com o Isaac Zarco. E é capaz de eu ter mesmo conseguido. Você me dá a sua bênção?

Mas ele continua a me punir, e nem sequer se digna a erguer os olhos para mim. Faço deslizar a palma da mão dele sobre o meu rosto para ele sentir as minhas palavras, e acrescento:
— Nada nem ninguém poderia jamais me forçar a abandonar você. Estarei sempre com você, até o fim do caminho. — Tentando um pouco de humor neste momento terrível, acrescento: — Nunca vai conseguir se livrar de mim.

Quando largo sua mão, ele a puxa de volta para o colo, como se eu o tivesse queimado. E seus olhos se fecham.

Ao chegar o dia 26 me permito acreditar que posso estar grávida. Quando digo isso a Isaac, ele me tira para dançar pelo quarto e depois fica escutando a minha barriga.

— Que estranho, só ouço gases — diz ele, rindo como um garotinho.

Como não quero me entusiasmar demais com um alarme falso, concordamos em que só decidiremos que conseguimos se a minha menstruação não descer até o dia 1º de fevereiro.

Comprei para Isaac café de verdade, um verdadeiro luxo, que consegui no mercado negro, e o tomamos enquanto comemos *matzo* com manteiga e mel, seu petisco favorito. Depois ouvimos um concerto de Bach para violino na vitrola. Sento-me entre as suas pernas e ele massageia meus ombros. Infelizmente, a felicidade de saber que estou exatamente onde queria estar só me faz sentir ainda mais profundamente o terror do meu irmãozinho.

Quando conto a Isaac que Hansi não sai do seu estado de desolação, ele se oferece para ir junto comigo falar com o Dr. Dannecker.

— Temos que arranjar um jeito de conseguir ou que mandem o Hansi para casa, ou então para um lugar menor e mais alegre — diz Isaac, como se estivesse lendo os meus pensamentos.

Telefono marcando um horário, mas o Dr. Dannecker só tem tempo livre depois do fim de semana. Na manhã de segunda-feira, dia 29, ele nos ouve pacientemente, mas diz que não pode dar alta a Hansi sem o consentimento do Pai.

— O rapaz é menor. Minhas mãos estão atadas.

O Pai voltou para o apartamento de Greta, e quando vou até lá para implorar-lhe que assine a autorização para darem alta a Hansi, ele não me convida a entrar. Suspirando profundamente, diz:

— Sophie, estou ficando realmente cansado dos seus dramas. Assim que ele estiver completamente curado, eu o levo para casa.

Telefono ao Pai dia sim, dia não para ver se o Dr. Dannecker já lhe deu boas notícias, mas não há nada. Mantenho-me afastada do apartamento de Greta, o que significa que nunca o vejo. Nem Hansi, que permanece sentado na cama com as pálpebras firmemente fechadas. Quando por acaso as abre, tudo o que vejo é um desespero tão profundo que me aterroriza.

O dia 1º de fevereiro passa sem vestígio algum de sangue, o que deve significar que estou grávida. Isaac me dá beijos por toda parte e me agradece, com as lágrimas transbordando de seus olhos de tal modo que ele se queixa de nem conseguir me ver, e nunca esquecerei o nosso abraço longo cheio de gratidão. Só nos permitirei uma pequena celebração até Hansi voltar para casa, e como já não vamos juntos aos restaurantes locais, pegamos o bonde para ir a um restaurante vegetariano na Friedrichstraße chamado Behnke, aonde fui com Else e aonde nunca iria ninguém que pudesse nos causar problemas.

— Acho que o meu pai quer algumas semanas para ver como seria ficar livre de ambos os filhos — digo a Isaac enquanto tomamos a sopa.

— O meu medo — responde ele, pegando meu queixo para me fazer prestar atenção — é que a Greta o pressione para deixar o Hansi no sanatório, para que ela e o seu pai possam viver juntos permanentemente. É muito comum, os pais quererem pôr os filhos com dificuldades em instituições.

Então, seja com a Greta que eu precise falar. Mas isso não chega a acontecer, porque o quarto de Hansi está vazio quando chego ao sanatório no dia 2 de fevereiro. Corro para o gabinete do Dr. Dannecker, pronta para esganar seu pescoço, mas ele me garante que está tudo bem; Hansi foi simplesmente transferido, ontem à tarde, para uma instituição especializada em Brandeburgo, para determinar qual o melhor rumo a dar ao tratamento.

— Querem saber se ele será um bom candidato para uma operação no tórax chamada toracoplastia — acrescenta ele.

As lágrimas já inundam meus olhos.

— Preciso do endereço desse hospital — digo.

— Lamento, mas isso é impossível. Não permitem visitas. Mas o seu irmão deve estar de volta aqui dentro de uma semana, duas, no máximo. Eu mando avisá-la assim que ele chegar.

— Pelo menos me dê o número do telefone — imploro, mas o Dr. Dannecker diz que isso também é rigorosamente proibido.

Telefono-lhe duas vezes nessa semana, mas a enfermeira sempre diz que ele não recebeu notícias de Hansi. Não vejo o Pai durante esse período. Sempre que telefono para o apartamento de Greta ela me diz que ele não está, e ele vem em casa buscar a correspondência enquanto estou dando aulas.

E então, dez dias após a transferência de Hansi, em 12 de fevereiro, o Pai recebe uma carta da *Trostbriefabteilung*, o Departamento das Cartas de Condolências do Brandeburgo:

"Temos o doloroso dever de informar que o seu filho, Hans Riedesel, que foi transferido para a nossa instituição no dia 1º de fevereiro de 1940, faleceu súbita e inesperadamente no dia 9 de fevereiro, devido a complicações causadas pela tuberculose de que sofria; em especial, insuficiência cardíaca aguda. Apesar de todos os esforços médicos, não conseguimos salvá-lo. Oferecemos-lhe as nossas mais sinceras condolências pela sua perda, e esperamos que possa encontrar conforto na ideia de que o seu filho não sofreu. Faleceu calmamente e sem dor. A polícia ordenou a cremação imediata do corpo do seu filho, nos termos dos requisitos legais de combate às epidemias."

A carta continua com mais alguns detalhes burocráticos e informa que meu pai poderá obter as cinzas de Hansi depois de mandarmos um certificado de um cemitério autorizado, onde se indique que já foram dados os passos necessários para se efetuar o funeral. Em anexo vêm duas cópias da certidão de óbito de Hansi. Dobro estes papéis nas minhas mãos inúmeras vezes, sentada no chão frio em frente à minha cama. Depois disso só me lembro de bater à porta de Isaac.

— O Hansi morreu — digo.

Lembro-me da firmeza reconfortante dos seus braços me envolvendo e da sensação de total impotência, da necessidade de me fechar no seu apartamento para sempre e nunca mais me aventurar a ir lá fora, porque a parte mais difícil da minha vida vai começar agora: a longa caminhada sozinha para um futuro que não desejo.

Para salvar Hansi, eu teria ficado com sua tuberculose e seu silêncio. Tenho certeza disso. *Mesirat nefesh*, agora sei o que isso significa. Mas a consciência que tenho disso é inútil; nunca saberei o percurso que sua vida teria seguido. Nunca conhecerei a menina que roubaria seu coração. Nunca o ajudarei a encontrar um emprego ou a escolher um apartamento. Nunca mais ele vai posar para mim, nem espreitar por cima do meu ombro para ver se ficou parecido, com sua respiração quente afagando a minha nuca. E nunca mais apoiarei a mão no seu cabelo enquanto dorme, nem sentirei o subir e descer do seu corpo, a suave e delicada presença da pessoa que me ensinou o que significava dar ao mundo sem exigir nada em troca. E nunca mais receberei um amor tão silencioso que poderia ser a poesia dita por Isaac ou o som do vento soprando através das tílias da Marienburger Straße.

Isaac e eu ficamos conversando no seu apartamento, mas não me lembro do que dizemos. Acho que comento que agora já sei melhor o que Vera sentiu quando lhe disseram que o filho que ela trazia dentro de si fora assassinado, e talvez, também, o que Benjamin Mannheim sentiu quando soube que nunca mais tocaria seu violoncelo.

Talvez, também, eu agora comece a compreender por que Isaac não fala do filho. O que há para dizer, exceto que há um vazio nele que nunca será preenchido, nem confessando a mim suas emoções, nem fazendo amor, nem chorando, nem esperando a passagem do tempo, nem sussurrando durante a noite inteira orações ao Senhor de Abraão e Moisés.

— Nem sequer o amor pode fazer muito para aliviar o que você sente — diz Isaac durante a minha primeira semana de luto. — Afinal, o meu filho e o seu irmão merecem uma dor tão grande como tudo o que somos. E merecem que ela nunca desapareça completamente.

— A linguagem hebraica compreende isso, me diga. — A palavra *chalal* significa tanto um espaço vazio como uma pessoa que foi assassinada ou morta em combate.

Valerá a pena dizer que durante anos choro por Hansi e por mim, mesmo quando não emito qualquer som? Até o fim da guerra, passarei uma parte de cada um dos meus dias tentando saber o que deveria ter feito de diferente, e como teria sido possível salvá-lo. E durante décadas me perguntarei que tipo de pessoa ele viria a ser. Minha fantasia preferida é pensar em Hansi como treinador de animais no Zoológico de Berlim. É uma bobagem, mas é o que a minha mente escolhe para ele.

Tenho agora 89 anos, mas Hansi terá sempre 16. É cedo demais para virar cinzas dentro de uma urna coberta por uma lápide de mármore cinzento, num cemitério de Prenzlauer-Berg.

Gostaria de inscrever na lápide: *Lindo, lindo, lindo demais para este feio país*, mas não me atrevo a confidenciar isso ao Pai. Ele escolhe: *Filho e irmão amado*.

O pai chora lágrimas verdadeiras quando me diz o que pediu ao escultor que inscrevesse. Uma surpresa.

Contudo, uma garota como eu já sabe, a essa altura, que as lágrimas são fáceis. Até Hitler e Goebbels devem chorar de vez em quando. E tenho quase certeza de que Werner Catel, Max de Crinis, Julius Hallervorden, Hans Heinze, Werner Heyde e todos os outros médicos nazistas que assassinaram rapazes como Hansi também choram quando ouvem falar na morte de alguém que amavam.

Sonho com a Escada de Jacó à espera de Hansi

Mas não posso dizer que eu saiba alguma coisa sobre estes magníficos alemães...

Terá Hansi sido realmente um filho amado? Se tento ser justa, coisa que muitas vezes não estou disposta a ser, então devo admitir que os seres humanos são criaturas contraditórias. Nossas mentes são feitas de luz e de escuridão, e nossas mãos são suficientemente destras para fazer malabarismos com a afeição e o ressentimento durante 16 anos, sem nenhum tipo de dificuldade.

Tiro dois dias de licença na escola, e uso as camisas de Hansi para andar em casa, porque não quero perder o cheiro do corpo dele. Quando não consigo dormir devido à falta que me faz tocar-lhe, enterro a cabeça no travesseiro dele e inspiro o mais fundo que posso. Fico inundada do suor de um prisioneiro condenado sempre que imagino o abismo em que ele vai jazer para sempre. Não me atrevo a pegar os últimos desenhos que fiz dele.

Isaac me pergunta se pode ir ao funeral, e eu digo que sim. Alguns amigos judeus de Hansi, colegas da escola, também concordam em ir. Telefonei a Else e ao Dr. Hassgall, e eles me garantem que também vão.

O Pai me ouve falar com Else ao telefone e proíbe que ela e os meus outros amigos vão ao funeral.

— Se os meus superiores do Ministério da Saúde virem judeus por lá, podemos dizer adeus à minha promoção, talvez até ao meu emprego. — E balança a cabeça, como se eu fosse uma louca desmiolada.

— Pelo menos deixe o Dr. Hassgall ir.

— Não. Já me deram muito trabalho por ter posto o Hansi na escola dele, e não posso me arriscar a que ele apareça.

— Então eu não vou.

— Não fale absurdos. Todo mundo vai esperar que você esteja lá. — Vendo que estou prestes a dizer que não outra vez, ele joga seu trunfo: — O Hansi iria querer que você fosse.

— Sim — concordo —, mas agora ele está morto, e não tem voz na questão.

— Sabe que você torna muito difícil a tarefa de um pai amar uma filha?

— E amar uma filha deveria ser considerado uma tarefa?

— Lá vem você outra vez... sempre se fazendo de espertinha! Vá ao funeral ou serei obrigado a fazer uma coisa que não quero fazer.

Você e a Greta conseguiram o que queriam quando o Hansi morreu, e agora querem se ver livres de mim também!, tenho vontade de gritar, mas agora estou engolindo todas as minhas palavras de raiva. Alimento-me delas e de mais nada, o que significa que fico de luto por Hansi ao mesmo tempo que morro de fome. Como deve ser.

A SEXTA PORTA

Seis é a direção para o interior, o gancho de prata que une os Reinos Superior e Inferior, os dias da semana que levam ao sabá e dele partem, as pontas da Estrela de Davi e as seções do Talmude (as sementes, estações, acasalamentos, ética, coisas sagradas e pureza).

A Sexta Porta contém o espelho da memória, no qual se ordena que observemos os reflexos da jornada passada e que consideremos suas consequências, como preparação para nos aventurarmos na nossa jornada futura, para entrar num último palácio de mistério. O Sexto Céu, Zebul, é presidido por Moisés, e seus anjos radiosos estão de guarda aos Reinos Superiores.

Olhem, seis homens vieram do lado da porta mais alta, que fica na direção do norte, e cada um deles trazia na mão um machado de guerra — Ezequiel, 9.

Berequias Zarco, *O livro da memória*

Capítulo 20

Só depois da guerra é que venho a saber que Brandeburgo passou a ser um centro de extermínio de crianças e adultos deficientes no final de 1939, uma das seis instituições que em breve seriam estabelecidas pelo Ministério da Saúde. A tuberculose era uma das falsas causas de morte normalmente dadas às famílias das respectivas vítimas.

Li muito sobre os centros de morte quando começaram a aparecer livros sobre o assunto, nos anos 1960. Fiquei sabendo que Hansi deve ter sido transferido para Brandeburgo num ônibus cinza pertencente à *Gemeinnüzige Kranken-Transport,* a Fundação de Caridade para o Transporte de Doentes, uma empresa do governo que nada tinha a ver com caridade. Ele e todos os outros doentes do sanatório que tivessem ido no ônibus foram sem dúvida acolhidos por uma enfermeira ou um técnico e levados para uma sala de recepção, onde os mandaram se despir, porque mais tarde lhes dariam banho, embora seja possível que os chuveiros ainda não tivessem sido instalados em fevereiro de 1940. Nesse caso, teriam dito aos doentes que eles iriam inalar um vapor terapêutico especial. A roupa de Hansi foi separada, etiquetada e numerada, e depois o mediram e pesaram. Tinha 1,72m, e a balança deve ter indicado um pouco menos de 63 quilos; foi esse o número que vimos da última vez que o pesamos na escola. Depois deve ter sido interrogado e examinado por um médico, trajando uma tranquilizante camisola de hospital branca, e esse médico deve ter tentado determinar qual a falsa causa da morte que se poderia adaptar melhor à sua aparência. Talvez Hansi tendesse a apresentar um ar cansado e tuberculoso aos médicos, por ser tão magro.

Os olhos do meu irmão não devem ter se fixado nos do médico quando foi interrogado. A essa altura, já devia estar bem escondido nas profundezas do Universo Hansi. Rezo para que ele estivesse intocável, além da dor e da humilhação.

O médico deve ter marcado Hansi com uma cruz nas costas para indicar que tinha dentes de ouro, os quais deveriam ser extraídos antes da cremação.

Então devem ter-lhe atribuído um número, que ou foi carimbado na sua pele, ou preso com um adesivo. Deve ter sido fotografado sentado e de pé.

Talvez tenha sido também filmado, para efeitos de propaganda, como prova do perigo que os deficientes representavam para a Alemanha.

    Depois foi levado para junto de outros doentes, alguns dos quais deviam ter chegado por outros transportes, talvez, após o que devem ter sido todos levados para a sala dos chuveiros.

    Hansi deve ter caminhado na ponta dos pés sobre o chão de mosaico, porque sempre detestou sentir frio nos pés. Talvez tenha se sentado num dos bancos de madeira ao longo da parede, depois de ter entrado na sala de teto baixo. Contudo, aposto que permaneceu de pé, cobrindo o pênis e os testículos com as mãos. Quando o desenho nessa posição, tenho certeza de que foi assim que ele ficou. Também deve ter olhado para baixo, para não ter que ver os rostos em pânico. Talvez não tenha reparado nos chuveiros, se é que havia, ou nos buracos do teto onde em breve seriam instalados. A ideia de lhe jogarem água deve tê-lo aterrorizado. É parecido demais com chuva. O que significa, claro, que é possível que tenha desatado a guinchar. Um médico, mais provavelmente o supervisor, Christian Wirth, deve ter lhe dado um sedativo, nesse caso.

    O que será que meu irmão pensou quando ouviu a pancada seca da porta de aço se fechando atrás dele? Será que alguns dos doentes à sua volta já estariam gritando ou soluçando?

    O duro som metálico da porta sendo trancada é o que mais me assusta. Deve ter sido esse o momento em que Hansi adivinhou que os enferrujados dentes de ferro daquela armadilha em breve se fechariam sobre sua perna.

    Tento não me pôr no seu lugar muitas vezes, porque a sensação de pavor que me invade é como um oceano à noite, sem fim, sem nenhuma luz em terra à vista. E agora que sou velha, já não consigo encontrar coragem para viver dentro do meu irmão por mais do que alguns minutos de cada vez.

    Um técnico numa sala ao lado deve ter dado um sinal de que os doentes estavam prontos. Devia estar com a mão sobre a válvula de uma garrafa de monóxido de carbono comprimido. Talvez tivesse "IG Farben" impresso no topo da garrafa, e também "Fabricado em Ludwigshafen".

    O técnico deve ter começado a rodar a válvula e, usando um indicador de pressão, calculado a quantidade de gás liberada. Seu nome devia ser Franz, ou Werner, ou Karl. Devia ser um homem cuidadoso, obediente e leal. Devia ter dois ou três filhos lindos. Provavelmente sempre abria as portas para as senhoras e parava nos sinais de trânsito quando ficavam vermelho. De vez em quando, talvez até fosse à ópera, para agradar à mulher, mas devia ser fã de música dançante, ou de jazz, ou mesmo de Lotte Lenya.

    Franz, ou Werner, ou Karl, deve ter mantido a válvula aberta durante dez minutos.

Dizem que o monóxido de carbono não tem cheiro, mas Hansi deve ter ouvido o som sibilante vindo do teto, e depois deve ter sentido o terror apertando-lhe o peito. Com o coração encolhendo, deve ter levado uma das mãos para a frente, a fim de se equilibrar. Talvez tenha começado a arranhar a parede, porque não conseguia respirar, e devia haver uma saída...

Será que ele viu o rosto do Dr. Wirth encostado à janela, ansioso por saber quanto tempo essa fornada levaria para expirar? Alguns dos doentes ao lado de Hansi devem ter visto um rosto curioso do outro lado — seja a de Wirth ou a de uma outra pessoa qualquer — e devem ter começado a bater na janela com os punhos, gritando por ajuda. Outros devem ter caído de joelhos, fazendo caretas de agonia, o peito querendo inflar, a bexiga se esvaziando...

Embora talvez só tenham sentido uma neblina muito forte girando em volta, e perdido o equilíbrio, caindo desamparados no chão, arquejantes e confusos. Alguns médicos americanos me disseram que o monóxido de carbono é indolor, mas, como causa asfixia, não sei bem o que isso significa.

O que eu espero que Hansi estivesse pensando enquanto o gás entrava pelo seu nariz e seus olhos, arrancando-lhe até o último sopro de vida? Que a vida valia a pena ser vivida, mesmo que aquilo fosse o fim? Não, não é isso. Que a vida era bela? Também não.

Espero que não tenha pensado nada, porque qualquer pensamento que tivesse só o deixaria mais aterrorizado e desesperado. Espero que sua mente estivesse vazia. E espero que, alastrando dentro desse vazio, houvesse outro vazio tão largo e profundo que não pudesse ser nomeado ou rotulado. Ou assassinado.

Depois de a câmara de gás ser ventilada com ventoinhas, o Dr. Wirth e vários outros médicos devem ter verificado que este último grupo estava morto, e estava com certeza, porque nem Harry Houdini poderia sobreviver a dez minutos de monóxido de carbono. Nem mesmo Deus, muito provavelmente.

Hansi deve ter morrido em dois ou três minutos. Cinco, no máximo. Embora meu pai, o engenheiro químico, talvez soubesse isso melhor do que eu.

Seu corpo deve ter sido arrastado para a sala de autópsias, por técnicos cujo trabalho era incinerar os corpos. Era um trabalho difícil, não só porque os corpos tinham que ser desemaranhados uns dos outros e empilhados, mas também porque os idiotas, os epiléticos e os surdos-mudos são mais pesados do que se imagina. Tinham tanta vida. Tanta como as pessoas normais. Surpreendente!

Antes da cremação, os técnicos devem ter vasculhado a boca de Hansi em busca de dentes de ouro e devem tê-los arrancado. Com martelos? Há certos detalhes que não me permito saber. Talvez tenham feito também a autópsia, para que os jovens médicos que faziam parte do quadro do hospital pudessem ganhar créditos acadêmicos, visando a uma especialização. Se assim foi, então devem ter roubado seu coração e seu fígado. E o cérebro. O professor Julius

Hallevorden, do Instituto de Neurologia Kaiser Wilhelm, recolheu mais de seiscentos em Brandeburgo, que guardava em potes no seu escritório. Afinal, a ciência tem que avançar, de preferência a passos de ganso.

"De onde eles vinham, e como vinham parar às minhas mãos, não era da minha conta", testemunharia mais tarde o professor Hallevorden. Uma boa resposta alemã!

A densa fumaça do crematório chegava até Werder, a cerca de 18 quilômetros dali, quando o vento soprava de oeste. Sei disso porque fiz perguntas a várias pessoas em Werder quando voltei a Berlim, anos depois. E fui mesmo a Brandeburgo. Por isso sei que os 55 mil moradores da cidade acabaram se familiarizando com o cheiro de carne humana queimada, mas o que é que diziam aos turistas que vinham visitar a Igreja de Santa Catarina, do século XIV? "Dizíamos simplesmente que vinha do matadouro", contou-me um velhinho. Não estavam longe da verdade.

Os molares revestidos a ouro de Hansi devem ter sido enviados por mensageiro, tilintando dentro do pacote com centenas de outros dentes recém-recolhidos, para uma casa no número 4 da Tiergartenstraße, em Berlim, nome de código, T4. Esta bela casa estilo palacete, de três andares, servia como sede de um programa que acabaria assassinando mais de 200 mil pessoas.

Será que os centros de extermínio deram lucros com a venda de ouro e de órgãos? Será que o diretor clínico da T4, Paul Nitsche, e o diretor comercial, Gerhard Bohne, ficaram ricos? Perguntas que nenhum verdadeiro alemão precisa fazer, claro, porque a salvação da raça é sua recompensa.

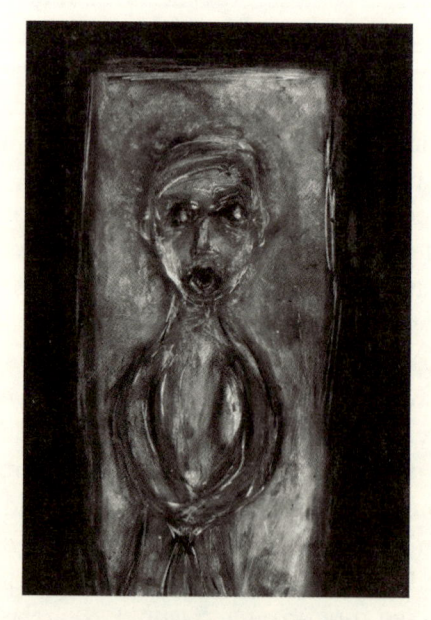

Hansi em Brandeburgo

Capítulo 21

Antes da morte de Hansi, Isaac e eu tínhamos combinado que eu partiria para a Antuérpia pouco depois do Purim, no fim de fevereiro. Contudo, à medida que a data se aproxima, ambos percebemos que não estou em condições de viajar. Por um lado, os enjoos matinais me enfraqueceram, em grande parte porque nada consegue ficar no meu estômago, a não ser um pouco de *matzo*, queijo e sopa de cebola. E a verdade é que não quero sair da Alemanha. Quero que me deixem em paz, para eu poder ficar sentada junto ao túmulo de Hansi, e quero ter o meu filho em casa. Será pedir demais? É evidente que sim, porque Isaac fica tão rabugento, e insiste tanto, que acabo lhe suplicando, sentada na beirada da cama dele com a cabeça nas mãos, que me deixe em paz.

— Vamos adiar a data — concorda ele, finalmente. — Mas só por algumas semanas.

Quando volto a dar aulas, ele me acompanha todos os dias à escola, e está à minha espera no meu horário de saída. É ele que carrega a minha pasta. Às vezes tenho a impressão de que não quer me perder de vista. O que eu não sei é que ele já suspeita de que meu irmão foi assassinado e receia que o mesmo aconteça a mim.

— A Vera vai estar esperando você logo do outro lado da fronteira — diz ele sempre que perco a coragem ao pensar em ir embora.

— E você vai também, assim que resolver o que precisa? — pergunto.

— Vou, prometo.

Ele agora beija as minhas mãos. E faz meus dedos deslizarem por seu rosto. Como tem mais experiência do que eu em dizer adeus, já está se preparando para a minha partida.

Concordo em ir embora na sexta-feira, 22 de março. Percebo agora que é a sensação de que estou prestes a me jogar de um alto rochedo para a escuridão absoluta que me leva a provocar uma última discussão com o meu pai. Afinal, meu desprezo por ele só vai fortalecer a minha resolução de sair daqui. Mesmo assim, se o Pai não tivesse revelado seus planos, talvez eu tivesse me limitado a virar-lhe as costas e caminhado tranquilamente em direção ao sol poente.

Ele chega em casa dia 15 de março, uma sexta-feira, esfuziante de entusiasmo e ansiedade porque tem um jantar com altos nomes da companhia de esgotos e decidiu vir buscar seu melhor terno marrom. Greta não vai acompanhá-lo; é um jantar só para homens.

Logo antes de sair, ele anuncia:

— Greta e eu estamos noivos. Mas por enquanto é segredo, por isso não conte a ninguém.

— Já marcaram uma data? — pergunto, sentindo a completa dissolução da nossa família como uma mão invisível apertando a minha nuca.

— Lá para o fim do ano — responde ele. — Talvez em novembro.

— Imagino que eu devo lhe dar os parabéns.

Minha ambivalência o faz rir.

— Imagino que sim — diz ele.

A admiração que sente por mim, apesar do seu ressentimento, é o que o faz continuar a sorrir. Ainda é um homem bonito, e mesmo agora cultiva a pose firme e a confiança de um atleta. Sinto o amor que eu antes sentia por ele me dizendo para confessar minha partida iminente. Quero lhe contar, para realizar uma fantasia minha, na qual ele me implora que eu fique. É uma cena que não para de rodar na minha cabeça faz duas semanas: o Pai, de joelhos à minha frente, segurando minha mão e dizendo: "Me perdoe por tê-la traído de forma tão grosseira." Sim, fui buscar essa frase de John Gilbert num dos melhores filmes da Garbo, *A rainha Cristina,* e acrescentei alguns diálogos de minha autoria. Na realidade, na minha versão o Pai confessa: "Sinto uma culpa terrível pelo que aconteceu ao Hansi. Agi muito mal."

Essas são as únicas palavras que algum dia me levariam a perdoar meu pai, e quero dar-lhe uma última oportunidade de dizê-las. Claro que estou sendo ingênua mais uma vez, e correndo um risco, mas é evidente que a força dos sentimentos entre uma filha e um pai não pode ser subestimada.

— Pai, o Hansi morreu porque não lhe demos o tratamento adequado no hospital — digo. — Consegue ver isso agora, não consegue? — Digo *demos* para servir como uma ponte sobre a qual o meu pai poderá caminhar ao meu encontro.

— O Hansi morreu de tuberculose — responde ele, puxando as mangas do casaco de modo a ficarem à mesma distância exata dos punhos da camisa. Como funcionário do Ministério da Saúde, talvez ele já soubesse que o diagnóstico era falso. Talvez estivesse brincando com Hansi e comigo desde a esterilização do meu irmão.

— Alguma vez o senhor admitiu não ter razão em alguma coisa? — pergunto em tom frustrado, pois agora me lembro de que nunca o ouvi uma única vez pedir desculpas à Mãe.

— Só em relação a você — diz ele.

Uma resposta cruelmente inteligente, dita no momento exato, e que me pega de surpresa. Se ao menos ele tivesse continuado, suavizando suas palavras com um *Pensei que você gostasse de mim*; mas, em vez disso, ele completa:

— Acreditei, um dia, que você seria uma jovem admirável, um valor para a Mãe-Pátria, mas você é uma vergonha. E era uma vergonha também para a sua mãe.

Assim que ele sai, sento-me na cama de Hansi e desço o mais fundo que posso dentro de mim mesma, viajando para o mais longe da dor que a minha mente me permite. Faço um corte no antebraço com um canivete para ver meu sangue e para experimentar o que Benni Mannheim deve ter sentido. Mas não sinto nada. Depois ponho um curativo na ferida e pego da parede a fotografia emoldurada da Garbo, tirando do forro a minha Coleção K-H. O Pai e o camarada Ludwig Renn parecem velhos amigos.

Dirijo-me ao apartamento de Isaac. Deixo-o beijar minhas mãos. Depois, enquanto ele volta ao seu trabalho, tiro a capa da máquina de escrever. A fotografia entra lindamente no rolo. Sei o que vou redigir, porque o Sr. Renn escreveu a Isaac pelo menos uma vez desde que fugiu da Alemanha.

Caro camarada Friedrich Riedesel,

Estou contente por saber que você voltou a trabalhar para nós, e garanto-lhe que a sua posição como fiel nacional-socialista nos será muito útil. Aqui na Espanha tudo vai da melhor forma que se pode esperar, e lutar com os republicanos devolveu-me um pouco da minha juventude. Entrarei em contato com você quando voltar à Alemanha. Continue com o seu belo trabalho, e continue mandando notícias!

Isaac me lança um olhar desconfiado quando entro no quarto dele e lhe peço a carta que ele recebeu do Sr. Renn, por isso digo:

— É só mais uma brincadeirinha que estou tramando. — Quando sinto o peso do seu olhar de censura, acrescento: — É a última, prometo. Depois disso, renuncio ao meu passado de delinquente.

Com a carta do Sr. Renn para Isaac nas mãos, vou treinando a assinatura dele, e então a reproduzo na fotografia. Cubro com tinta preta a data que K-H escreveu a máquina no verso da imagem e escrevo: 14 de julho de 1937. O dia da Tomada da Bastilha me parece um toque divertido, do meu ponto de vista, embora, claro, destruir um pai não tenha graça nenhuma.

À noite ligo para Greta. Não podemos nos encontrar na sexta-feira porque ela vai jantar com o Pai, por isso combinamos de eu ir à sua casa na quinta, dia 21. Isso significa que tenho que partir para a Antuérpia um dia antes, porque sei que não poderei voltar para casa depois de dar à Branca de Neve a minha maçã envenenada. Decidimos não contar a Vera essa mudança de planos, para o caso de o nosso telefone estar sob escuta. Isaac e eu passaremos uma noite num hotel em Colônia, e eu vou atravessar a fronteira no dia 22, tal como planejado originalmente.

Aproveito essa semana para fazer as malas. Só vou levar comigo os meus desenhos favoritos, algum material de desenho e pintura, a minha Coleção K-H e uma mala de roupa. Também levo os manuscritos originais de Berequias Zarco, todos os sete. Isaac fará seu trabalho utilizando as cópias que fez, e vai me enviar pelo correio o resto de que preciso quando eu já estiver em Istambul. Ele me dá um talismã para a viagem, que penduro no pescoço. É um pedaço de um pergaminho representando três anjos judeus: Sanoi, Sansanoi e Samnaglof. Os desenhos de Isaac pouco mais são do que bonecos feitos por garotinhos de 7 anos.

— Nunca falei que eu era o artista da família — diz ele, sorrindo com ar atrevido —, mas os anjos sabem quem são, e é isso que importa.

Levo também a mecha de cabelo que cortei da Mãe, logo após a morte dela.

Na quinta-feira à tarde, visto uma blusa amarrotada e aplico o rímel de qualquer maneira, e é por isso que, assim que Greta me faz entrar em seu apartamento, me pergunta ansiosamente, naquela sua voz velada de mulher fatal:

— O que aconteceu? Seu pai está bem?

— Ah, Greta, estou com problemas. Não sabia a quem recorrer, senão a você.

— Sente-se — diz ela, levando-me até o sofá, e me traz uma bebida; xerez, outra vez. Está de roupão de seda lilás, com uma gola de arminho branco — Agora me conte o que aconteceu... com calma. — Ela se senta graciosamente ao meu lado no sofá.

Suas unhas estão pintadas da mesma cor do roupão. Por que será que esse detalhe fica na minha memória durante mais de sessenta anos?

Dou um grande gole.

— Eu... eu nem sei por onde começar. Estou... estou tão confusa.

Não quero exagerar a minha gaguez, mas estou contente demais com a minha representação para parar agora.

— Por que está tão perturbada? — pergunta ela.

— É o Pai... Ah, Greta, eu me sinto... me sinto tão mal! É que, sabe, na semana passada, eu estava mexendo na cômoda dele, para ver se teria alguma recordação da minha mãe guardada ali, e... — Nesse ponto, ponho a pasta no meu colo e pego a fotografia. — Encontrei isto. Talvez você já tenha visto.

Com as mãos trêmulas, deixo a foto cair *acidentalmente* no chão, para que ela mesma a pegue e descubra as provas incriminatórias por si só. Um belo detalhe, modéstia à parte.

— Quem é este homem ao lado do seu pai? — pergunta ela.

— Ludwig Renn, o jornalista comunista. Foi famoso durante alguns anos. Foi preso em 1932, e depois o libertaram. Acho que esteve na Espanha, lutando ao lado dos vermelhos durante uns tempos.

— E o seu pai o conhecia?

— Então também não contou a você das suas atividades? — pergunto, com expressão de assustada.

— Não.

Emito um gemido de arrependimento.

— Pensei que talvez você conseguisse explicar isso aos...

— Sophie — interrompe ela asperamente, porque Greta é uma mulher rápida que precisa de respostas rápidas —, está me dizendo que o seu pai era amigo de um famoso inimigo do Hitler?

— Eram mais conhecidos do que amigos. Embora eu achasse que o Pai tinha renunciado ao seu passado com os comunistas. Tinha certeza disso, mas agora... tenho que confessar, ele me enganou bem.

Greta acaba de ler a inscrição batida a máquina e põe-se de pé de um salto, percebendo que pode ser implicada na traição do Pai.

— Onde foi mesmo que você encontrou isso? — ela exige saber.

— Numa das gavetas dele, escondida debaixo das camisas. Eu não devia ter mexido lá, mas...

Ela olha fixamente para o telefone; será que vai ligar para a Gestapo? Depois vai até a janela e fica olhando fixamente para a rua lá embaixo.

— Não fui seguida — garanto-lhe. — Tive muito cuidado.

— Graças a Deus — diz ela. E passa uma mão nervosa pelo cabelo, puxando-o para trás.

— Greta — digo, hesitante, como se isso fosse doloroso para mim —, se o Pai estiver envolvido em algum tipo de conspiração, o que acha que devemos fazer?

— Shhh! — diz ela, com aspereza. — Preciso pensar.

Ela pega um cigarro e bate com ele na mesa de centro; depois acende-o e fuma com um olhar parado e ausente, planejando sua estratégia.

— Ele vai me odiar por eu ter encontrado isso — digo. — E agora vou ficar sempre aflita, pensando que a Gestapo virá atrás dele... e de mim.

Gestapo é a minha deixa para começar a chorar, mas de repente perdi a coragem. Em vez disso, levo ao rosto as mãos trêmulas e fecho os olhos.

— Sophie — declara ela —, preciso ficar com esta fotografia. Agora quero que vá para casa. Não diga uma palavra a ninguém. Entendeu?

Será que a Greta vai manter a foto em segredo para usá-la como prova contra o Pai se alguma vez precisar, ou será que vai entregá-la imediatamente à polícia? Aposto que já está vestindo alguma coisa bem colada ao corpo, para impressionar a Gestapo, mas, de uma forma ou de outra, para mim está ótimo.

Isaac ficou me esperando no nosso carro de fuga, um táxi de Berlim. Ele joga o casaco sobre as nossas mãos dadas e nos dirigimos para a estação de Potsdam.

Minha lembrança mais nítida do trem para Colônia é a sensação de estar fora do meu próprio corpo. De flutuar, livre de tudo aquilo que fui. Longe de todos, exceto de Isaac e de Hansi.

Passamos a noite numa pensão barata ao lado da estação principal, pois os hotéis mais elegantes se recusam a aceitar judeus. Deitada no colchão torto, aninhada nos braços de Isaac, tento esquecer o cheiro de urina que vem do carpete e também a minha antiga vida. Passamos a maior parte da noite acordados, conversando. De madrugada, adormecemos. Ao acordar, de manhã cedo, fazemos amor. Depois choro nos seus braços, porque ele me diz que não quando lhe suplico que me deixe ficar com ele.

— Vou encontrá-la assim que puder — garante ele. — Prometo!

— Queria me esconder dentro de você até os nazistas desaparecerem.

— Infelizmente, os corpos humanos não são feitos para essas coisas.

— O meu é. O seu filho está aqui dentro.

— Pois é, as mulheres têm essa vantagem — observa ele, acariciando meu braço.

— O nosso filho ou filha vai precisar de um pai saudável; cuide-se..

— Espero que você também precise de mim — sussurra ele, pois perdeu a voz.

Ele pousa a cabeça na minha barriga e eu penteio com os dedos seu sedoso cabelo prateado. Daria todos os desenhos que já fiz, até o meu futuro inteiro, para poder ficar neste quarto para sempre.

Enquanto caminhamos até a estação, confesso-lhe o que fiz com meu pai. Isaac já sabe que o meu comportamento rebelde vai complicar sua vida, mas não quer magoar os meus sentimentos ou tornar ainda mais difícil a nossa despedida.

— Você fez o que tinha que fazer — diz ele. — E não compete a mim julgá-la.

Quando já estamos ao lado do trem, ele diz:

— Quando estiver na Bélgica, tente não ficar muito zangada comigo por não ter acompanhado você até lá.

— Vou tentar, mas não prometo nada — respondo, fazendo um esforço para sorrir.

— Tenho um minúsculo presente de despedida para ajudar você a entender o que a Vera vai lhe contar quando você chegar lá.

— O que é que ela vai me contar?

— Você gosta de mistérios, por isso tenha um pouquinho de paciência.

— Então, qual é o presente que você tem para mim?

Ele me passa um pedaço de papel em que escreveu uma adivinha: *Atravesso a fronteira germano-belga e ergo-me no Monte das Oliveiras. Quem sou eu?*

— Mas o Monte das Oliveiras não é em Jerusalém? — pergunto.

— É, e é lá que todos vamos renascer quando o Mèssias chegar.

— Não entendo.

— Porque é uma adivinha! — exclama ele, abrindo as mãos para sublinhar que isso é óbvio.

Rimos da sua cômica exasperação, e eu ponho o papel na minha pasta, junto da foto do Raffi que a Sra. Munchenberg me deu quando me despedi dela. Dou um beijo em Isaac e digo que o amo. E nessa única palavra vivem tantas outras emoções que não consigo exprimir, por isso apenas o abraço com toda a força. Ele me devolve o beijo, bate com o dedo no meio da minha testa e recita o meu poema favorito:

> À noite, quando dormia,
> Sonhei — bendita ilusão —
> Que uma colmeia trazia
> Dentro do meu coração;
> E as douradas abelhas
> Iam fabricando nele
> Com as amarguras velhas
> Branca cera e doce mel.

— Lembre-se dessas palavras mágicas enquanto viver — diz ele. — E deixe que as abelhas façam seu trabalho!

O chefe da estação passa rapidamente ao nosso lado, pronto para dar o sinal para o trem partir. Cada passo meu ao subir no vagão me parece difícil e inseguro, como se eu estivesse quebrando um pacto existente entre nós. Quando chego à plataforma, viro-me para Isaac: ambos olhamos para aquele que estamos prestes a deixar. Ouve-se o apito, e eu levo um susto. Aceno adeus com a mão, e o peso da minha ternura por ele faz meus ombros caírem. Ele também acena adeus, depois põe o cachimbo na boca e fica olhando fixamente para mim, os olhos úmidos e os ombros pesados, como um menininho.

Não sei o que ele vê em mim nesse momento, mas eu vejo tudo o que sempre me fez sentir que a minha vida era importante: Hansi dando beijos na Minnie enquanto ela morria nos seus braços, o retrato que Dürer fez da mãe, Vera me dando o casaco de trovador... Vejo Berlim numa escuridão de conto de fadas, e uma menina sentada no colo de seu pai adorado enquanto os dois ouvem cantores românticos americanos, e uma mãe à procura de uma receita de almôndegas de batata, e todo esse passado que nunca mais se repetirá, mesmo que eu renasça milhares de vezes.

Quando vamos nos encontrar de novo, Isaac e eu?

André e Vera me esperam na estação de Liège.

— Sinto tanto pelo que aconteceu ao Hansi — diz Vera, debruçando-se para me dar um beijo no rosto. Ela me segura pelos ombros, afasta-me um pouco de si para me observar. — A viagem foi boa?

— Sobrevivi.

— E o bebê?

— Está ótimo, espero. Então o Isaac contou que estou grávida?

Ela franze os olhos, maliciosa.

— Você sabe muito bem que não vale a pena tentar esconder notícias importantes da tia Vera!

Quando estendo a mão para apertar a do André, ele ri com ar malandro.

— Prefiro que você me trate pelo meu nome verdadeiro — diz ele, já sem o sotaque tcheco.

Capítulo 22

☦

— Não estou entendendo — digo a André. — Qual é o seu nome verdadeiro?

Avançamos penosamente pela multidão, ao fim da estação. As pessoas ficam impressionadas ao olhar para Vera, e comentam num francês rápido sobre a altura dela. *Je n'ai jamais vu une femme si grande...*

— Vou lhe dar uma pista — diz Vera. — A festa de Carnaval do Isaac, 1932. Quase fomos ao Jardim Botânico juntos. — Vendo-me completamente perdida, acrescenta: — *O gabinete do Dr. Caligari*.

— O Georg Hirsch?

— Esse mesmo. — Ele segura meu ombro. — Desculpe se tivemos que enganar você.

— Mas o Georg morreu — digo, achando que seria bem típico de Vera me dar as boas-vindas com uma brincadeira. — O Isaac estava chorando quando me contou...

— O Isaac não é bem uma estrela de cinema, mas quando é preciso, sabe representar bem.

— Mas eu vi as fotos que o K-H tirou do Georg no necrotério! — exclamo.

Ela sorri da minha confusão, dando-me tapinhas na cabeça como se eu fosse uma criancinha.

— Espere até chegarmos ao carro.

André indica um velho Mercedes todo amassado estacionado numa rua lateral. Destranca as portas. Eu vou atrás, mas me inclino para a frente a fim de falar com eles. Embora Vera se curve toda, mesmo assim sua cabeça toca o teto.

— Nós encenamos a minha morte — conta Georg, ligando o carro e olhando para mim pelo retrovisor. — Aqui voltei a ser o Georg. Mais tarde vou colocar de novo a minha maquiagem de Cesare e você vai ver.

Pronto, é essa a resposta à adivinha de Isaac.

— Então foi o Georg que atravessou a fronteira e se ergueu no Monte das Oliveiras — digo.

— De certa forma.

— E todos esses anos você mentiu para mim! — digo a Vera, dando uma palmada no seu ombro.

— Foi preciso. — Ela faz uma saudação com o braço, erguendo-o para a frente. — Ordens do general Zarco, cabo Riedesel.

— E ele também mentiu para mim!

— O que a faz pensar que sempre tem direito à verdade? — diz ela, suspirando como se eu fosse uma cruz que tem que carregar. — Na realidade, era muito importante mentir para você. Embora a gente tenha tentado reduzir as mentiras ao mínimo. Você vai ter que ouvir a história toda do Georg até o motivo fazer sentido para você.

— Tudo aquilo que você me contou sobre Praga... foi tudo inventado? — pergunto a ele.

— Não, realmente morei lá durante quatro anos. Foi por isso que escolhi o nome de André Baldwin. É a personagem principal de *O estudante de Praga*, de Paul Wegener.

Bato no assento, porque eu deveria ter adivinhado.

— Bem que eu achei que eu já tinha ouvido esse nome em algum lugar!

Em *O estudante de Praga*, André Baldwin faz um acordo com um feiticeiro. Ele fica rico e faz um ótimo casamento, mas o feiticeiro é autorizado a utilizar o reflexo do estudante, que ele convence a sair de um espelho e ao qual dá vida.

— Eu estava sendo perseguido pelos nazistas — continua Georg. — Uma vez me deram uns tiros, na Savigny Platz. Da vez seguinte, poderiam ter acabado comigo. Por isso encenamos a minha morte e arranjamos uma nova identidade para mim, que fomos buscar no espelho.

— Então foi por isso que você me disse uma vez que a melhor de estar seguro é já estando morto — comento com Vera.

— Exatamente!

— E é por isso — continuo, dirigindo-me a Georg — que quando me convidou para jantar, eu e Isaac, você se divertiu tanto dizendo coisas simpáticas sobre seu *alter ego*.

— Não consegui resistir a brincar um pouquinho.

Agora já estamos seguindo para o oeste de Liège.

— Então, quem é que estava na foto que eu vi?

— Como é que ele se chamava mesmo? — pergunta Georg a Vera. — Não me lembro.

— Helmut alguma coisa. — Vera se vira para mim. — O K-H deve ter lhe contado que foi fotógrafo da polícia antes de começar a trabalhar no jornal para surdos. Bom, ele conhecia todo mundo do instituto médico-legal, o que acabou sendo de muita utilidade quando precisamos de um corpo.

— Mas tivemos que esperar um mês para conseguir um homem da minha idade e com a minha estrutura física — diz Georg.

A fraude deles agora me parece um introito adequado para a minha vida pós-Alemanha, embora eu ainda não tenha entendido até que ponto Isaac, Georg e Vera foram espertos.

— E o Helmut se encaixava bem no perfil? — pergunto, empolgada.

— Para dizer a verdade, não era assim grande coisa — responde Vera —, mas não podíamos esperar mais. Subornamos um dos sujeitos do necrotério para nos dar o corpo do Helmut, e o maquiamos para fazê-lo ficar parecido com o Georg. — Ela me oferece um cigarro, mas eu recuso. — Até pintamos o cabelo do Helmut — diz ela, exalando uma baforada de fumaça.

Virando-me para Georg, digo:

— E você também cortou o cabelo curto para ficar parecido com o dele. Uma das suas vizinhas, a Sra. Brill, mencionou isso.

— Ora, sem dúvida que ela tem boa memória.

— Adivinhe a quem coube a honra de cortar as unhas amarelas de morto do nosso amigo Helmut? — pergunta Vera, e seu tom quase rosnado torna a resposta óbvia. — Porque este valentão se recusou a fazê-lo! — Ela dá um empurrão no ombro de Georg. — Quanto ao seu corajoso amigo Isaac, líder da tribo hebraica dos *shvuntzes,* covardes, esse nem conseguiu olhar para o rosto do cadáver. — Ela tapa os olhos com as mãos e depois espreita por entre os dedos, como uma criança. — Depois que transformamos o Helmut, nós o levamos para o apartamento do Georg. Eu estava...

— Espere, como foi que o levaram para lá? — interrompo.

— No início queríamos colocá-lo no estojo do violoncelo do Benjamin Mannheim — diz Georg.

— Ideia do Isaac — acrescenta Vera, zombeteira, o que me dá vontade de rir alto pela primeira vez em várias semanas.

Parece que entrei numa comédia de Chaplin; ter passado a perna nos nazistas e estar do outro lado da fronteira fez renascer meu senso de humor.

— Mas o estojo era pequeno demais, claro — diz Georg. Ele inclina a cabeça e emite um estalido seco com a língua. — Quase quebramos o pescoço do pobre homem tentando enfiá-lo lá dentro. Por isso levamos o tapete do Isaac para o necrotério, num caminhão de entregas que a Júlia conseguiu arranjar, e enfiamos o Helmut enrolado lá dentro, como uma salsicha no repolho.

— Então foi por *isso* que os vizinhos viram vocês fazendo umas mudanças logo antes da sua morte. E por isso é que o tapete do Isaac estava na sua casa quando você se transformou no André!

— Estávamos cansados demais para levá-lo de volta — diz Georg. — Além disso, não queríamos que nos vissem entrando e saindo da casa do Isaac.

— E a polícia acreditou que o Helmut era você?

— Deve ter acreditado. O Isaac, sendo meu único parente que vive em Berlim, identificou o corpo, e sei que andaram investigando o meu assassinato por toda parte, porque interrogaram a Vera e o Isaac de maneira bem agressiva.

— Desviamos a atenção das autoridades com o meu excelente trabalho de maquiagem — diz Vera, fazendo charme com os cílios. — Eu que tive a ideia, e foi muito boa, principalmente a das suásticas azuis, que ficaram tão bem na pele desbotada do Helmut. Claro que eu não queria nenhum detalhe que não fosse coerente com o resto.

— Você usou o estojo de maquiagem do Georg — espéculo. — E depois o tirou do apartamento dele.

— Exatamente.

Georg acrescenta:

— A ideia era confundir a polícia com pequenos mistérios, as suásticas azuis, o estojo de maquiagem desaparecido, a causa exata da morte... Dessa forma não notariam a troca de identidades. E queríamos confundir você também.

— Mas por que a mim?

— Espere — diz Vera, com jeito manhoso.

— Tudo bem, mas o Helmut foi realmente envenenado como eu pensei?

— Foi. Pelo que nos disseram, foi a mulher. Antimônio, acho.

— E foi por isso que o rosto dele ficou azul.

Vera dá de ombros.

— Imagino que tenha sido essa a causa. Não sei bem.

— Sabem por que ela o matou?

— Não faço a menor ideia — responde Georg.

— Mas ela o estrangulou depois de envená-lo, não foi?

— Foi, e com tanta força que quebrou a traqueia dele — diz Vera. — Aposto que estava morrendo de medo que ele acordasse. Deve ter também batido na cabeça dele. Havia um hematoma na testa do Helmut que não aparece nas fotos.

— Sophie, havia mais uma razão para eu ter que desaparecer — diz Georg em voz grave.

— Nós decidimos matar o traidor que havia no Círculo — diz Vera. — E agora o Georg podia fazer isso sem correr o risco de ser pego. Porque estava morto!

— Só que não foi fácil encontrar o traidor — confessa Georg.

— Mas, no final, acabaram percebendo que era o Rolf? — pergunto. — Quer dizer, eu tinha razão quanto a isso?

— Sim e não. Mesmo antes de me convocarem para a audiência que trataria da esterilização, já tínhamos reduzido a lista de possíveis traidores ao Rolf, à Heidi, ao K-H e à Marianne. Depois, quando eu fiquei escondida para não ter que ir a tribunal, decidi dizer ao Rolf e à Heidi que estava na fábrica do Isaac, mas ao K-H e à Marianne falei que estaria no armazém do outro lado da rua. E os fiz jurar que não contariam a mais ninguém... nem mesmo aos outros membros do Círculo.

— Então, bastaria ver qual dos dois lugares a Gestapo iria revistar — concluo, admirando a estratégia deles.

— E eles foram à fábrica — recorda Vera.

— E assim vocês ficaram sabendo que os traidores eram a Heidi e o Rolf — observo.

Ela faz que sim com a cabeça.

— Mas estavam os dois nos traindo ou só um deles? E qual? Precisávamos saber isso com certeza. Lembra daquela minha festa de despedida a que você foi, quando você fez uma careta de má para mim porque me ouviu dizer a Heidi que a reunião tinha sido uma decisão de última hora e você sabia que não era verdade?

— Lembro. Achei o seu comportamento um pouco suspeito.

— Eu tinha decidido convidar a Heidi e o Rolf para ver se conseguia desmascarar os dois, mas eles atuaram perfeitamente bem. Corri um risco tão idiota!

— Embora nenhum de nós tenha pensado nisso na época — justifica-se Georg. — Pedimos ao Isaac que convidasse a Heidi e o Rolf para a festa da Vera no último minuto, no apartamento deles, e ele os escoltou direitinho até a sua casa. Para não terem tempo de alertar o Dr. Stangl ou qualquer outro nazista que pudesse estar agindo com eles.

— E, depois da festa, o K-H levou-os em casa. Pedimos que ele dirigisse devagar e que não os perdesse de vista por pelo menos meia hora, para me dar tempo de fugir.

— Mas mesmo assim a Gestapo foi buscar você — digo.

— Deviam estar vigiando todos os movimentos do Rolf e da Heidi. Seguiram os dois até o apartamento do Isaac e depois me arrastaram dali para fora.

— É possível que o Rolf e a Heidi não soubessem que os nazistas os estavam seguindo tão de perto — observa Georg. — Foi o que a Heidi disse à Vera, e talvez seja verdade.

— Você falou com a Heidi sobre tudo isso? — pergunto, espantada.

— Depois que perdi o bebê, eu a confrontei. Não queria enfrentar ela e o Rolf juntos. Achei que conseguiria arrancar a verdade da Heidi se ela estivesse sozinha. Ela concordou em ir lá em casa. Acho que havia algumas coisas que ela também queria me dizer. Eu... eu estava pretendendo matá-la.

Ela balança a cabeça diante da difícil recordação e tira uma longa baforada do cigarro; em seguida, joga-o pela janela. As casas que vão passando parecem muito pequenas e silenciosas, e o céu pesa, baixo, sobre os telhados vermelhos e os campos sombrios. A batida regular e profunda do meu coração é Berlim desaparecendo atrás de mim e o meu medo de nunca mais voltar lá...

— Sophele, estive a três minutos de escapar — continua Vera, numa voz desesperada. — A três minutos de salvar o meu bebê, e a Heidi me tirou esse futuro!

Georg pede a Vera que verifique se estamos na direção certa. Enquanto ela compara os letreiros que exibem os nomes das cidades com as indicações que vêm no mapa, ele e eu trocamos um olhar de preocupação por ela, pelo espelho retrovisor.

Certos, agora, de que estamos mesmo nos afastando da Mãe-Pátria, Vera vira-se e olha para mim.

— A Heidi me explicou que o Dr. Stangl lhe deu remédios para estimular a fertilidade que eram muito caros, em troca de informações sobre O Círculo. A pobre criatura estava chorando. Disse que nem por um momento sequer pensou que matariam meu filho. Acabei acreditando nela.

— E durante esse tempo todo ela já tinha as trompas laqueadas, assim como a Vera — lembra-me Georg.

— A Heidi me disse que o Rolf não tinha me traído — continua Vera. — Disse que sempre foi sozinha ao Stangl para informá-lo sobre as nossas atividades.

— E é por isso — especulo — que, quando eu lhe contei que a mulher do Dr. Stangl tinha se queixado de todas as visitas do Rolf, você ficou tão irritada. Você viu que ela tinha mentido para você. E que tinha conseguido enganá-la.

— Pois é, mas foi aí que as coisas se complicaram. Sabe, eu não acreditei *completamente* na Heidi, achei que ela podia estar mentindo para proteger o Rolf. Ela me pediu para ir à sua casa no dia seguinte, à tarde, pois o Rolf estaria no trabalho. Ia me provar que era ela a única responsável. "Por que deu deveria confiar em você?", perguntei, e ela respondeu: "Porque eu odeio o que lhe causei. E porque, mesmo depois de tudo o que aconteceu, você deve sentir que ainda somos amigas, senão já teria me matado." E tinha razão; por isso fui encontrá-la.

— E eu fui junto — acrescenta Georg. — Porque *eu* não confiava nada na Heidi. E levei a minha arma. Mas a Heidi não estava em casa...

— A sua arma era a mesma que você tinha antes de mudar de identidade?

— Era. Por que a pergunta?

— Porque, quando perguntei à Vera onde tinha ido parar a sua arma depois que você supostamente foi assassinado, ela hesitou, o que me fez suspeitar. E depois disse que a tinha entregado à polícia.

— Tem razão, Sophele, quase coloquei tudo a perder. Não pensei que você fosse perguntar isso. Não estava preparada para tudo. — Ela sorri com cautela. — Mas a maior parte do tempo eu representei bastante bem, não acha?

— Bem *demais*.

— Bom, mas então a Heidi não estava em casa quando chegamos à casa dela — continua Georg. — Esperamos para ver se ela aparecia, e quando vimos que não, voltamos à casa do Isaac. Na cozinha, encontramos o corpo dela, estendido no chão.

— Ela deixou um bilhete para mim — diz Vera. — Escreveu que pôr fim à própria vida era a única forma que tinha de tentar me compensar pela morte do meu filho. Suplicava que eu não contasse ao Rolf que tinha se matado, porque ele se sentiria responsável. Repetia que ele não tinha nada a ver com as traições que havíamos sofrido.

— Como ela se matou?

— Encontrei um frasco de tranquilizantes ao lado da pia — responde Vera.

— Portanto, a Heidi deu a vida para salvar a do Rolf — digo.

— Sim, e para equilibrar os nossos destinos — replica Vera. — Veja você: sem querer, eu arranjei uma forma de dar alguma finalidade à morte dela... algum significado. Conhecendo a Heidi, sei que ela iria querer isso, ainda mais depois de ter sido enganada pelo Stangl.

— E como foi que ela entrou no apartamento do Isaac? — pergunto.

— Ela deixou a chave dele em cima do bilhete. Tinha pedido uma chave extra uns dois anos antes, e pelo visto ainda a tinha.

— E vocês jogaram o corpo dela no Rummelsburger See — digo.

— Entramos em pânico — diz Georg. — Afinal, isso foi uma surpresa, e éramos amadores.

— Pintei suásticas no rosto dela para a polícia pensar que a pessoa que a matara era a mesma que matara o Georg — diz Vera. — E para o Rolf pensar isso também. Depois coloquei-a numa mala grande que eu tenho.

— Então foi por isso que você deixou para trás a sua tão amada máquina de costura! Não tinha onde levá-la!

— Foi em parte por isso, mas também me esqueci dela pela primeira vez na minha vida de adulta. Talvez até quisesse deixá-la para trás, para me punir por ter colocado o meu bebê em risco. Não sei.

— Por isso, levei a Heidi até o meu carro dentro da mala — acrescenta Georg — e fui de carro até uns bosques que eu conhecia perto do Rummelsburger See, para um lugar onde o Isaac e eu costumávamos ir para observar pássaros, quando eu era menino. Deixei lá a mala. Esperava que, quem quer que a encontrasse, comunicasse à polícia a existência de um corpo lá dentro, mas, aparentemente, jogaram-na no lago em vez disso. Quem a encontrou deve ter ficado apavorado, com medo de ser implicado no crime.

— Mas você voltou para casa — digo a Vera.

— Sim, não fui com o Georg, porque é muito fácil reparar em mim. Mas também não queria ficar na casa do Isaac. Não conseguia encará-lo. A culpa... e o meu desgosto constante por causa do bebê... Eu precisava ficar sozinha. Por isso fui para casa.

— E não saiu do apartamento durante vários dias.

— Estava desesperada com tudo o que tinha acontecido. E não podia me arriscar a revelar a você o meu envolvimento na morte da Heidi. Você tinha que descobrir isso sozinha.

— Por quê? Você sabe muito bem que eu nunca a colocaria em perigo algum.

— Já vamos lhe explicar isso, mas primeiro tenho que lhe contar sobre o Stangl — diz Georg. — Sabe...

— Esperem, primeiro me falem sobre o Rolf — interrompo-o. — Por que não o matou quando descobriu que a Heidi tinha mentido para protegê-lo?

— Como você mesma me disse então, ele estava vivendo um verdadeiro inferno sem a Heidi, era um castigo suficiente. Acabei concordando com você. E o Georg e o Isaac concordaram também. Além disso, os nazistas tinham perdido o poder de chantagem sobre ele. Ele não faria mais nada para nos prejudicar.

— O Rolf nunca vai saber como esteve perto de ser morto — observo.

— E agora, vamos ao Dr. Stangl! — anuncia Georg. — Liguei para ele depois de saber a forma como ele tinha se aproveitado da Heidi, e falei que tinha informações importantes para ele. E que a vida dele estava em perigo. Ele pensava que os nazistas tinham me assassinado, por isso ficou em choque quando ouviu a minha voz. Falei que estava vivendo na clandestinidade, porque o Isaac e a Vera suspeitavam que eu fosse um traidor à causa deles e tinham tentado me matar. Disse que a Gestapo fingira a minha morte, a fim de que eu pudesse ficar livre para continuar a ajudar em segredo o Partido Nazista.

— Mas ele disse à mulher que era o Rolf ao telefone — sublinho.

— Bom, também não podia dizer a ela que era eu, porque ela devia saber que eu tinha sido assassinado, e teria feito muitas perguntas. Deve ter escolhido o nome do Rolf por já terem se falado tantas vezes antes. "Pedi a ele que fosse me encontrar na beira do Rummelsburger See, porque queríamos seguir o mesmo padrão. E atirei nele."

— Assim, sem mais nem menos? — pergunto.

Georg ergue suas sobrancelhas fartas e lança-me um olhar curioso pelo retrovisor.

— Isso a choca?

— Um pouco.

— Dei ao Stangl uma oportunidade de me dizer por que tinha nos traído, mas ele abriu um sorriso de deboche e disse que não precisava justificar seus atos perante mim. Por isso respondi: "Nesse caso, também não preciso justificar o que faço", e apontei a arma para o seu peito. Eu me sentia tonto de tão nervoso, e não tinha certeza de que seria capaz de puxar o gatilho. Mas não podia deixar que ele continuasse a fazer mal a pessoas de bem.

— Esta... esta deve ter sido a primeira vez que um judeu morto matou um nazista — digo, pensando que o Isaac deve ter apreciado a ironia.

— E torcemos para que não seja a última — responde Vera. — Bem podíamos nos utilizar de todos os judeus que vão morrer nesta guerra para continuar lutando por aqueles que conseguem se manter vivos.

— E por que era tão importante eu não saber de nada? — pergunto.

— Você, *meine Liebe,* era a nossa garantia — diz Vera, enigmática.

— Considerando a sua personalidade — diz Georg —, deduzimos que você iria continuar tentando solucionar todos os mistérios, assim como a polícia. Achamos que você se sairia pelo menos tão bem como os detetives deles, já que tinha a vantagem de nos conhecer. E você provou que ia continuar farejando por aí quando tentou mostrar que a Júlia era a responsável pela minha morte. Depois, quando percebeu que o Rolf era o traidor, concluímos que iria começar a suspeitar de que a Vera tinha matado a Heidi e o Dr. Stangl. E foi o que você fez.

— Se bem me lembro, você me acusou uma vez de assassinar a Heidi — diz Vera.

— Desculpe.

— Não peça desculpa! Você tinha razão, aí é que está.

— Mais cedo ou mais tarde, você podia ter começado a vigiar a Vera e a segui-la — diz Georg. — E, quem sabe, talvez até chegasse à conclusão de que eu não tinha morrido.

— Mas não cheguei.

— Não, a vida cruzou o seu caminho — diz Vera. — Você ficou muito ocupada com as suas aulas, com o Isaac e em proteger o seu irmão. E ainda bem, embora não pudéssemos nos dar ao luxo de partir do princípio de que a polícia também estaria ocupada demais com suas vidas pessoais para nos esquecer.

— O Isaac foi quem mais ficou aliviado pela vida se meter no seu caminho como detetive, claro — diz Georg. — Ele não era a favor de usarmos você como indicador de nível da nossa segurança. Não queria que você fizesse investigação nenhuma, mas também sabia muitíssimo bem que não podia impedi-la. De qualquer forma, a Vera e eu tínhamos concordado anos atrás que, quando sentíssemos que você podia estar se aproximando demais da verdade, deixaríamos a Alemanha; primeiro eu, por ter matado o Stangl e dado sumiço ao cadáver da Heidi, e depois ela.

Meu minúsculo quarto na Antuérpia é uma despensa reformada, bem ao lado da cozinha, com uma janelinha triste que dá para os fundos de alguns apartamentos. Penduro a foto emoldurada da Garbo acima da minha cama e colo atrás da porta um pequeno esboço que fiz de Isaac debruçado sobre um manuscrito. Mesmo assim, sinto-me encurralada, limitada por todas as escolhas que tive que fazer, e como se Berlim, paradoxalmente, fosse o único lugar onde algum dia eu estaria livre. Sentindo que o meu hábito de sonhar acordada está me levando ao desespero, Georg me chama à parte e diz:

— Em breve vamos conseguir que você se sinta em casa aqui.

Ele me segura nos ombros e me olha fixamente, como que para me mostrar que sua força está do meu lado. Quer ajudar, mas a única coisa em que consigo pensar é que ele não é Isaac.

Nessa noite, Georg leva a mim e a Vera para jantar em um restaurante judeu. Fartamo-nos de sopa de bolas de *matzo*, couve recheada e *kasha*.

— Isso não parece em nada ração para gatos — digo a Vera.

— Meu Deus, ainda não percebeu que eu sou uma *nudnik* de classe internacional? — responde ela, com uma risada que lhe vem das entranhas.

No dia seguinte vou a museus e caminho pelas ruas antigas e elegantes, com suas casas cheias de ornamentos, escutando o som áspero e arranhado da língua flamenga, apanhando palavras parecidas com o alemão, encostando a testa nas vitrines das lojas para ver os arranjos complicados e coloridos, investigando o preço dos materiais para pintura e desenho. Não há bandeiras com a suástica, nem letreiros antissemitas nas ruas. Um milagre. E é um alívio estar sozinha com os meus pensamentos. Mais uma vez, lembro a mim mesma que preciso, todos os dias, de algumas horas para mim mesma, senão não consigo ser útil a ninguém.

Também ligo para as Indústrias Zarco e deixo uma mensagem em código com Arnold Muller, o datilógrafo germano-americano, dizendo que está tudo bem. Isaac me liga essa noite, da casa da *Frau* Hagen, que está cuidando da sua casa no barco.

— Recebi um aviso de que podia ser preso — explica ele —, por isso peguei os manuscritos e algumas roupas, mais uns quadros para vender, e fugi.

— Quem o avisou?

— Bom, não fique chateada, mas foi você.

— Eu?

— Quando me contou que incriminou o seu pai, logo imaginei que ele viria atrás de mim, pensando que eu estava envolvido na sua brincadeira. Por isso, quando voltei de Colônia, peguei minhas coisas e saí andando. E, de fato, o seu pai e dois oficiais da Gestapo apareceram lá na fábrica dois dias depois que eu tinha voltado. Ele estava louco de fúria e ameaçou mandar prender todos os operários, a menos que eles lhe dissessem onde você e eu estávamos escondidos. Partiu do princípio de que tínhamos fugido juntos.

Não é possível que eu não tenha previsto isso.

— Lamento muito mesmo, Isaac. Tenho sido muito descuidada.

— Não faz mal. Você estava zangada e magoada. Na verdade, estou até melhor aqui. Você me fez perceber que provavelmente iriam me procurar um dia desses. Talvez tenha me obrigado a sair bem a tempo.

— E você está bem?

— Estou feliz como um menino durante as férias de verão. Isso aqui é lindo. E ninguém sabe onde estou, exceto pela *Frau* Hagen. Ela é um anjo.

Temos uma longa conversa, mas as linhas telefônicas são finas demais para transportar o peso das nossas emoções. Quando caio em silêncio, ele diz:

— Sophele, imagine que estou aí com você todas as noites, quando adormecer, porque vou estar aí, bem ao seu lado. E faça o que for preciso para viver bem.

Tenho medo de que ele esteja prestes a me dizer que, se eu precisar me envolver com outro homem, ele compreenderá, mas não acrescenta isso, graças a Deus.

A mente tem sua própria maneira estranha e boba de traduzir uma perda; logo depois de desligar, penso: *Quem vai regar os pobres pelargônios?*

Será que o Pai foi despedido do Ministério da Saúde, por eu tê-lo incriminado, ou será que conseguiu limpar seu nome? Estará ele casado com Greta? Enquanto estou na Antuérpia fico sem saber mais nada dele.

Os belgas estão esperando uma invasão alemã dentro de alguns meses, por isso, em meados de abril, logo após a Mãe-Pátria esmagar a Dinamarca num único dia, compramos uma passagem para Gênova num navio holandês que sai dia 2 de maio. Dali, pegaremos um navio de carga italiano para Istambul. Isaac telefona alguns dias antes de partirmos, para nos desejar boa sorte. Está esfuziante de entusiasmo.

— Todos esses anos eu estava procurando a frase mágica no lugar errado, mas agora já sei onde está!

— E onde é? — pergunto, na esperança de que isso signifique que em breve ele virá para cá ficar conosco.

— Não está em nenhum dos tratados místicos. Está no sétimo texto, *O espelho que sangra*.

— Achei que isso fosse apenas a história de como Berequias sobreviveu ao Massacre de Lisboa, de 1506.

— Eu também pensei, mas é muito mais do que isso. Ele usou o massacre simbolicamente. — Isaac explica que Berequias pretendia que *O espelho que sangra* servisse de preparação para aqueles que procurassem entrar no Sétimo Céu. Os seis tratados místicos estavam escondidos junto com ele porque servem de textos complementares. — A pista mais importante para o objetivo mais elevado de *O espelho que sangra* aparece bem no fim — diz ele —, quando Berequias profetiza que os últimos vasos vão se quebrar.

— Isso quer dizer que ele tinha entrado em Araboth e previsto o futuro?

— Sim, é o que me parece. Ouça... — Isaac traduz para o alemão várias seções proféticas de *O espelho que sangra*. Termina com um parágrafo que já me mostrou uma vez, quando estava tentando me convencer a sair da Alemanha. Nele, Berequias escreve que os reis europeus sempre perseguirão os judeus. — "Mais cedo ou mais tarde, neste século ou daqui a cinco, virão em vossa perseguição na pessoa dos vossos descendentes" — recorda-me Isaac, citando o texto. *"Nenhuma aldeia, por mais remota que seja, estará ao abrigo quando chegar a contagem final."* — Isaac diz estas últimas palavras como se as estivesse agarrando com os punhos fechados. Será que Berequias Zarco, escrevendo no século XVI, pode ter previsto tudo o que agora está acontecendo na Alemanha? — Claro que previu, é uma parte do que eu acabo de compreender! — garante Isaac. — E você se lembra daquele enigma que uma vez li para você... o que Berequias escreveu?

— Vagamente.

— "A Sétima Porta abre-se como asas no momento em que começamos a nossa conversa. Fala com um milhão de vozes sangrantes, e contudo com uma só. Só aquele que ouvir as vozes com os olhos de Moisés pode entrar em

Araboth." A resposta para o enigma é *O espelho que sangra!* Suas páginas abrem-se como asas, e os milhões de vozes são as palavras do livro, que falam com cada leitor na sua própria voz. "Os olhos de Moisés" é uma referência aos espelhos, às suas imagens invertidas... ao fato de que o hebraico é lido da direita para a esquerda. Em outras palavras, Sophele, Berequias estava nos dando uma pista para entendermos que *O espelho que sangra* tem uma faceta mística.

— É tudo muito complicado para mim — digo, com um tom de indiferença que não sinto de verdade, provavelmente porque Isaac ainda não me fez perguntas sobre os nossos planos de viagem. Que bobos podemos ser às vezes!

— Sophele, o que houve? — pergunta ele, com um receio súbito na voz.

— Nada. É só que já marcamos nossas passagens para Istambul. Partimos no dia 2 de maio.

— Graças a Deus! — exulta ele. — E abençoada seja você por levar nosso filho para um lugar seguro. Sou muito grato a você por praticar esta *mesirat nefesh*.

A maneira solene como ele fala... Desde que saí da Alemanha, as lágrimas descem pelo meu rosto sem qualquer resistência, como se o rio que eu vinha contendo durante anos tivesse irrompido através das minhas defesas, e este momento não é diferente. Eu nunca havia percebido como as frias muralhas de pedra que eu construíra dentro de mim eram largas e altas. Muitas vezes o discernimento só nos chega anos depois de quando mais precisávamos dele.

— O que foi, minha querida? — pergunta ele, com doçura. — Me diga...

— Estou feliz, é só isso. E, ultimamente, minhas emoções parecem estar fora de controle.

— Isso deve ser por causa da gravidez. Todas as crianças ainda por nascer viram suas mães de pernas para o ar, porque estão sob o domínio de Metatron.

— O que isso quer dizer?

— Metatron é o anjo que serve de ponte entre os Reinos Inferior e Superior, e o guardião de todos os que ainda não nasceram. É deslumbrante como o Sol, e você está simplesmente sentindo o calor dele.

— Você está completamente *meshugene* — digo com ternura.

— Muito possivelmente. E então, como se sente?

— Gorda. E está começando a ficar difícil de disfarçar.

Rindo, ele diz:

— Tire fotos. Futuramente vou querer vê-las.

— Vou tentar. Tem alguma notícia do K-H e da Marianne?

— Ainda nada.

— Agora me diga como é que Berequias usou simbolicamente o Massacre de Lisboa — digo, pois ele não vai descansar enquanto não me revelar muito mais dos raciocínios intrincados de sua mente. E eu quero ouvir sua voz, durante todo o tempo que ele quiser falar comigo.

— É o seguinte, Sophele... Berequias escreveu *O espelho que sangra* como guia para os perigos que os místicos iriam enfrentar no caminho para o domínio da profecia. As dificuldades pelas quais os judeus de Lisboa tiveram que passar e o perigo constante a que foram submetidos durante o Massacre são o símbolo do que o místico vai encontrar ao longo da sua jornada.

— E o que isso significa quanto ao seu trabalho?

— Significa que estou relendo *O espelho que sangra* com um cuidado infinito e fazendo anotações. Acho que a chave é o aramaico, a língua que, não por coincidência, era falada na Terra Prometida na época da destruição do Templo Hebraico.

— Não é coincidência...?

— A destruição do templo é o símbolo perfeito do estilhaçar do nosso mundo. Deixou o espírito judaico destroçado. O centro do mundo deixou de ser um lugar para passar a ser um tempo, o sabá. — Isaac continua a me fornecer mais explicações cabalísticas, a maior parte das quais não entendo ou não recordo agora, mas consegui reconstruir pelo menos uma parte do que ele disse a partir de uma carta que mais tarde me escreveu sobre suas revelações. No entanto, *sei* que nesse dia ele me disse: — Berequias usa a expressão aramaica *Elah Shemaiya*, Deus do Céu, para se referir ao Senhor. Não usa o hebraico. E isso porque *Elah Shemaiya* é também o Deus da Profecia. O que significa que a fórmula mágica que estou procurando vai estar em aramaico, ou em hebraico, mas *disfarçado* de aramaico.

— Isso significa que você logo vai para Istambul ficar comigo? — pergunto, cheia de esperança.

— Acredito que talvez sim.

— Por favor, peça ao Berequias que lhe dê uma data específica.

Fico esperando que ele ria, mas em vez disso ele diz:

— Quando o vir outra vez, eu pergunto.

Oito dias depois de embarcarmos, ficamos sabendo que a Alemanha invadiu a Bélgica, a França e a Holanda. À medida que descemos lentamente a costa de Portugal, arenosa e ensolarada, alguém do nosso grupo ouve a BBC todas as noites num pequeno rádio de baquelita vermelha que pertencia a um jornalista flamengo, e, quando aportamos em Istambul, no dia 28 de maio, sentimo-nos todos presos nas garras do pessimismo, tendo ouvido dizer que o rei Leopoldo da Bélgica aceitou a rendição de seu país. Dizem que a França e a Holanda logo cairão.

Istambul vista do mar... Se fecho os olhos, consigo ver o perfil da cidade em silhueta contra o pôr do sol quando chego, como uma magnífica escultura feita por crianças cujas fantasias secretas passaram a ter forma. Os minaretes altos e esguios têm o branco intenso da neve caindo, exatamente como me disse uma vez o embaixador turco, e o sol escaldante deu às cúpulas das mesquitas um tom de bronze vidrado. Gaivotas luminescentes descrevem largos círculos acima de nós, gritando, e a ponte Gálata, que se estende sobre o Chifre de Ouro, verga-se ao peso de mil carroças puxadas por burros, carrinhos de mão de vendedores ambulantes e automóveis que não param de buzinar. Centenas de pescadores inclinam-se sobre as grades da ponte, com as lapelas viradas contra o vento cortante, fumando e conversando, e as linhas de suas varas formam também uma espécie de ponte entre os mistérios subaquáticos e a terra. A torre Gálata coroa a colina bem à nossa frente, erguendo-se 60 metros acima das suas vizinhas.

— Construída em 1348 — informa um dos turcos de quem nos tornamos amigos.

Ele diz também que sempre pensou nela como uma flecha de pedra apontando para o céu, um apelo à proteção de Alá. *E de* Elah Shemaiya *também,* penso, *porque são uma, e a mesma entidade.*

Depois de alguns anos em Istambul, contudo, vejo que nenhum dos monumentos da cidade tem um significado universal. Todos os habitantes locais guardam sua própria versão da cidade, seu próprio globo de prata minúsculo, tal como eu sempre mantive o meu próprio mapa de Berlim no meu coração e ainda o mantenho. Contudo, para mim, a torre Gálata significará sempre a liberdade; a nossa, da Alemanha, claro, mas também a de sermos capazes de nos erguer acima da decadência do mundo caótico e emergir à luz do sol. Pedra cor de areia contra o profundo azul medieval de um afresco de Giotto. O grito de um muezim chamando à oração. Cães vadios latindo. Um menino de cabelo desgrenhado e pés descalços brincando com uma bola, e a mãe, eu, jogando-a de volta para ele com um chute. É essa a Istambul dos meus sonhos ainda hoje. E, na verdade, é o meu filho que me liga eternamente à cidade, porque foi lá que ele nasceu.

Abraão, o primo de Isaac, e sua mulher, Graça, nos recebem na doca com efusivos beijos e abraços nesse fresco fim de tarde de maio de 1940. Ficam um pouco assustados com Vera, mas não nos ofendemos, porque sabemos por experiência própria que é intimidante conhecer uma deusa. Abraão segura levemente minha mão, como um parceiro de dança, e vai me guiando por entre os lixos da rua, o que é uma boa ideia, pois agora a minha barriga já está bastante grande, e tenho dificuldade em encontrar o equilíbrio. Será que estão espantados com a minha idade? *Meu Deus, como foi que o Isaac seduziu uma garota tão nova? Ela deve ser louca!*

O motorista de Abraão guia seu empoeirado Ford preto através das ruas apinhadas de gente até a casa da família, em Ortaköy. Georg e Graça vêm atrás de nós, num táxi; Abraão tinha certeza de que a descrição que Isaac lhe fizera de Vera era exagerada, e portanto não previra um segundo carro.

Eles moram numa casa de madeira rodeada de varandas, em estilo otomano e pintada num amarelo-canário vivo, com molduras escarlates nas janelas. Podia ser a grande casa senhorial de um conto de fadas turco, assumindo-se que exista esse tipo de histórias, mas me parece um pouco fantasmagórica nessa primeira noite enluarada. É mal-assombrada, tenho certeza, mas isso não me incomoda; só tenho medo dos fantasmas que falam alemão.

— Nossa casa é amarelo-ouro e vermelha porque essas são as cores da força de Deus — diz Abraão, em francês, cerrando o punho, e Georg traduz.

Nosso anfitrião faz com a mão gestos encantadores quando fala comigo, o que me lembra a forma como eu ajudava Hansi a compreender o que eu dizia, quando ele era pequeno.

À exceção do filho mais velho de Abraão, David, que é dermatologista e estudou na Escola Alemã, nenhum dos parentes de Isaac que estão à nossa espera fala uma palavra de alemão. Falam ladino com Vera, que é fluente em espanhol, claro, e francês com Georg. Quanto a mim, estou bastante perdida.

Ocupamos os três quartos do segundo andar que costumavam ser de David, de sua irmã Luna e do irmão, o Mordecai. Da minha janela posso ver a Mesquita Mecidiye Cami'i, que guarda o Bósforo com seu minarete em forma de lança. Ao longe está a Ásia, uma segunda Via Láctea de luzes sob uma lua tão amigável e macia como as que Volker costumava desenhar.

Embora estejamos a apenas alguns quilômetros do centro comercial de Istambul, na manhã seguinte descubro que Ortaköy é uma calma aldeia de pescadores, com um monte de bares enfileirados perto da água, crianças correndo descalças por todo lado e um trovador local chamado Üstat que canta baladas longas e encantadoras enquanto acompanha sua própria música com um instrumento do tipo do alaúde, chamado *saz*. Muitos anos depois, o mercado de fim de semana do bairro passará a ser frequentado por turistas, e a ponte entre a Europa e a Ásia será construída menos de 2 quilômetros a norte, mas por enquanto Ortaköy parece um postal em sépia de um mundo insular em que poucos europeus do norte conseguiriam penetrar.

Abraão tem os lábios finos e expressivos de Isaac, e aquele mesmo olhar de concentração diligente quando lê. Fuma um cachimbo curvo, feito de *meerschaum*.* Tem 71 anos, um a menos que Isaac. De vez em quando me pego observando-o, perguntando-me o que será que ele pensa de nós. Ele me mostra fotografias em que aparecem ele e Isaac quando crianças: dois pestinhas divertidos e de olhos ardentes sentados num barco a remo no Chifre de Ouro, fazendo palhaçadas para a câmera.

Uma primeira carta de Isaac já está à minha espera, juntamente com um novo conjunto de lápis pastel e dois cadernos de desenho. Meu coração salta 1.500 quilômetros para trás, para Berlim, enquanto abro o envelope. Ele fala do incrível nascer do sol no desmazelado jardim de sua casa do barco. "Os nazistas não têm poder algum sobre as árvores, e os pássaros, e a luz", escreve. "A natureza inteira está do nosso lado nesta batalha. Por favor, lembre-se disso sempre que se sentir deprimida."

A bondade de Isaac está presente até na sua caligrafia pequena e elegante. Durmo durante meses com a carta debaixo do travesseiro.

Tentamos falar com a *Frau* Hagen nessa primeira noite, mas conseguir fazer uma chamada para Berlim prova ser uma tarefa impossível até para David, o perito em tecnologia da família. Finalmente, dois dias depois, conseguimos falar com ela, e deixamos uma mensagem para Isaac. Ele arrisca e telefona nessa tarde, da embaixada turca, onde é mais fácil de se conseguir fazer uma ligação. Com a estática toda que se ouve, parece que está telefonando no meio de uma tempestade de granizo, e como me avisa que a linha pode a qualquer momento "desaparecer no *Gehenna*", o inferno judaico, não falo muita coisa além de que estou bem. Ele diz que me ama e que vai me escrever longas cartas.

As cartas chegam uma vez por semana, e eu as respondo com igual frequência. Só raramente ele fala dos seus progressos no trabalho. Menciona coelhos de orelhas compridas que aparecem à sua janela, uma coruja que pia todas as noites, e conta que escorregou numa pedra coberta de musgo para dar de cara com uma furiosa salamandra preta e amarela. "Que pena que nunca viemos aqui juntos, mas vamos corrigir isso quando a nossa amada Berlim estiver cicatrizada."

Georg, Vera e eu passamos as nossas primeiras duas semanas visitando o Grande Bazar, a Igreja de Santa Sofia e outras atrações. Infelizmente para nós, os turcos, curdos, gregos, armênios, judeus, albaneses, circassianos, georgianos, assírios, azeris, tatares e outros habitantes da cidade se impressionam ainda

---

Meerschaum, literalmente "espuma do mar", silicato de magnésio hidratado, fácil de esculpir, muito usado na Turquia. *(N. da T.)*

mais horrivelmente que os alemães. Será que parecemos estrelas decadentes de Hollywood? Visitantes de outro planeta? Seus olhares fixos não denunciam nada. Pobre Vera. As crianças a perseguem na rua, rindo, gritando coisas que não entendemos.

— É tudo parte do meu trabalho — diz ela, sorrindo, mas consigo ver em seus olhos que ela está sofrendo.

Escrevo ao meu pai uma carta de duas linhas: "Estou bem, mas não volto a Berlim enquanto a sua empresa de esgotos não for destruída." Abraão a coloca no correio quando vai a Tessalônica, a negócios; quero que o Pai saiba que estou viva, mas não quero que ele saiba que estou em Istambul.

Fazemos uma reunião maluca e risonha com Júlia e Martin na nossa casa. Júlia está trabalhando numa loja de ervas medicinais em Beyog˘lu, uma das principais zonas de comércio. Martin faz as entregas. Quando peço desculpas por tê-los obrigado a sair de Berlim, ela me abraça com ternura e diz:

— Não pense mais nisso. Eu sempre soube os riscos que estava correndo, e prefiro estar aqui neste momento.

Também visitamos os diversos ramos da família alargada de Isaac, e passamos uma semana na casa de verão de Abraão, na ilha de Büyükada, a 30 quilômetros de Istambul, no Mar de Mármara. Não são permitidos carros na ilha, por isso vamos em carruagens puxadas a cavalos, como aristocratas húngaros. O chão de todas as casas otomanas range e estala o tempo todo, como se voltasse à vida quando entramos. Eu me apaixono pelo sol resplandecente, as brisas marinhas e o silêncio das noites. Numa gloriosa tarde de junho, quando estamos fazendo um piquenique, David me ajuda a contar os primos e outros parentes de Isaac: 24. "O suficiente para um jogo de futebol e mais dois substitutos", comenta Georg. Ele, Vera e eu gostamos dessa atenção toda, mas às vezes falamos em voz baixa sobre a necessidade de passarmos mais tempo sozinhos.

Sinto-me intimidada pela reserva cavalheiresca de Abraão para comigo até pouco mais de um mês após a nossa chegada, quando então ele me leva para o pátio dos fundos, ajoelha-se diante de mim como se fosse um cavaleiro medieval e diz, num alemão hesitante e infantil:

— O Isaac é como um irmão muito querido para mim, por isso as pessoas que ele ama são também minhas amigas. Não tenha medo de mim. Só quero tudo o que há de bom para você.

Começo a chorar, principalmente porque a essa altura, início de julho, estou grávida de seis meses, e atormentada por todos os medos de quem vai ser mãe. Mais tarde, David me diz que transcreveu foneticamente, em ladino, o discurso para o pai.

— O Pai decorou tudo — diz ele, e seus olhos traem tanta admiração pelo velho senhor que me sinto definitivamente conquistada por ele e por Abraão.

Planejo aprender turco, por mais difícil que seja, e Georg, Vera e eu logo temos um professor. Chama-se Manuel Levi, e é doutor pela Universidade de Viena, em História do Oriente Médio. Usa óculos com aros de metal e suspensórios, e penteia seu espesso cabelo negro todo para trás, o que lhe dá um ar de gângster de Chicago. O "Jimmy Cagney turco", é como Vera lhe chama. Agora ela está com a mania de dar apelidos para todas as pessoas que vamos conhecendo. Manuel quer desesperadamente ser americano, e tem uma paixão por Judy Garland. Ensina história na Escola Alemã. É o primeiro amigo que faço em Istambul.

David me ajuda, corrigindo minha pronúncia em turco. É um homem esguio e de fala suave, mas tem um quê de excentricidade. Costuma usar uma flor na lapela — cravos, na maior parte das vezes —, e vezes é comum cantar sozinho. Ele e a mulher, Gül, uma muçulmana convertida ao judaísmo, costumam passear de bicicleta pelo campo com os filhos adolescentes, Samuel e Naomi. Ele gosta de trabalhar com as mãos, e conserta de graça as bicicletas das crianças do bairro. Se não tivesse estudado dermatologia, teria aberto uma loja de bicicletas, garante ele.

Graça está sempre perfeitamente bem vestida e penteada, e adora desempenhar tarefas domésticas, seja fazer doce de figo, supervisionar os operários que trabalham no telhado ou limpar as ervas daninhas do jardim dos fundos. No seu tempo livre, faz campanhas de ajuda aos Aliados. Também é uma mulher de contradições estranhas; uma noite, por exemplo, encontro-a bordando padrões otomanos tradicionais numa toalha enquanto ouve Benny Goodman em seu gramofone. Vera a chama de a "Senhora do Brinco que Fala", porque consegue passar horas ao telefone, com o auscultador encostado ao ouvido. Tem dezenas, para não dizer centenas, de amigas, com quem se encontra para tomar chá. Já esteve em Paris, Londres e Berlim, que achou uma cidade turbulenta e excitante.

— Mas isso foi antes do Hitler — diz, sombria. Ela acha Istambul pitoresca e muitas vezes encantadora, mas também suja e cruel. *Pittoresque et souvent belle, mais aussi sale et cruelle.* Georg gosta de traduzir para mim o francês dela, porque Graça usa combinações de palavras surpreendentes. Ele acha que, para compreender os judeus sefarditas e sua cultura, deve-se compreender que preferem, de longe, a poesia à prosa. — Os judeus alemães e do leste da Europa são contadores de histórias em prosa; os judeus portugueses e espanhóis são poetas.

Grávida em Istambul, pensando nos meus pais

Da segunda vez que entro na Mesquita Mecidiye Cami'i, em Ortaköy, para admirar seus coloridos desenhos em azulejos, uma pomba cinza entra voando atrás de mim. A ave pousa num dos tapetes persas de tons vermelhos e começa a arrulhar e a saltitar. *Tenho que encontrar o Hansi!*, penso, feliz. *Ele iria adorar isso.*

    Como se pode esquecer que um irmãozinho nosso morreu? Quando lembro que ele está enterrado em Berlim, é como se um manto caísse sobre a minha mente, porque o meu segundo par de olhos desapareceu para sempre.

    O que vou fazer aqui em Istambul? Como sempre, minhas preocupações se traduzem num labirinto de insônia. Georg e Vera compartilham a minha preocupação. Será que os Zarco acham que vamos ficar na casa deles para sempre? Georg acredita que sim.

— Depois que você der à luz — diz ele —, a Senhora do Brinco que Fala nunca mais vai sair do seu lado. Vamos ter que encontrar o nosso próprio lugar antes que isso aconteça.

    Cada vez mais ele assume o papel de meu protetor. Suspeito que Isaac tenha lhe pedido para cuidar de mim sempre que achasse necessário. Sou grata a ambos.

    Georg e David conspiram juntos para encontrar uma moradia para nós, e no início de julho nos mudamos para um apartamento perto da praça Taksim, a um quarteirão da casa de David. Abraão e Graça aceitam a notícia com elegância. O que ainda não sabemos é que, nos dois anos que se seguirão, ela irá me visitar duas vezes por semana à hora do chá, levando consigo sua própria criada e o samovar!

Vera começa a trabalhar nessa mesma semana na fábrica de Abraão. Está criando modelos para ternos masculinos e coletes chiques para exportar para a Inglaterra. Está felicíssima com o desafio. Abraão arranja trabalho para Georg como designer numa pequena empresa de publicidade que tem contratos com empresas francesas e holandesas.

Decidimos não procurar trabalho para mim nos últimos três meses da minha gravidez, por isso todas as manhãs vou a um ou outro café na Istiklal Caddesi, bebo suco de romã e desenho a incrível variedade de fisionomias à minha volta. Tento ver como me saio com paisagens pela primeira vez, também, mas terrores que não quero admitir fazem minha mão tremer quando estou sozinha: o que vou fazer se o meu filho nascer morto? Como vou suportar se for uma criança quieta como Hansi?

Georg lê as notícias da guerra todos os dias; cada vitória alemã nos faz curvar a cabeça um pouco mais e nos leva a falar um pouco mais curvar em público. Em 15 de junho, a *Wehrmacht* desce vitoriosa os Campos Elíseos em Paris, e consigo facilmente imaginar Tônio, sorrindo como um menininho, sentado triunfalmente no topo do seu Panzer. Uma semana depois, a França inteira se rende. Depois, a 7 de agosto, a *Frau* Hagen telefona, aflita. Conta que a Gestapo veio ontem à casa do barco, obrigando Isaac a se esconder no sótão.

— Depois que os nazistas foram embora — diz ela —, fui ver como ele estava. Estava assustado e bastante empoeirado, mas bem. Acabamos vindo para a minha casa.

— Posso falar com ele? — pergunto.

— Desculpe, mas ele foi embora hoje de manhã. Tentamos ligar para vocês, mas não conseguimos linha. Ele pediu que eu lhe garantisse que estava bem e que em breve vai tentar lhe escrever. Sophie, estou preocupada. Ele foi embora só com uma muda de roupa, e não fazia ideia de para onde iria.

A *Frau* Hagen nunca teria denunciado Isaac. Temo que Rolf possa nos ter pregado uma última e terrível peça. Vera e Georg estão arrependidos de tê-lo deixado viver.

Embora também seja possível que Isaac esteja finalmente a caminho de Istambul para vir ficar conosco. É essa esperança que me impede de voltar à Alemanha para procurá-lo. Uma longa carta chega mais tarde nesse mesmo mês, contendo coisas escritas durante um período de dois dias. Começa a 17 de julho, de forma muito parecida com suas cartas anteriores, com comentários agradáveis sobre a vida no campo. Mas depois ele passa a escrever em verso; poesia profética do Torá, a maior parte, sobre o que agora está acontecendo na

Alemanha, aparentemente, e quase tudo na sua própria tradução do hebraico: "Um Quarto Reino aparecerá sobre a terra... Será diferente dos outros Reinos e evocará os Reinos Inferiores..."

Anos depois, irei fazer algumas investigações, e acabarei descobrindo que Isaac tirou todos esses versos de Esdras e Daniel. Por que só esses dois livros da Bíblia? Um investigador da Sorbonne me dirá que são os únicos em que o Senhor é designado como *Elah Shemaiya*, o Deus da Profecia.

Isaac acrescenta que ultimamente tem pensado em Rolf e nas suas traições. "Sinto que ele representa uma questão não resolvida para mim, e antes de poder fazer reformas no nosso mundo vou precisar falar com ele. Talvez eu possa também lhe pedir um favor, um favor importante, e isso seria bom para nós dois, uma espécie de reconciliação."

No dia seguinte, a caligrafia de Isaac passa a ser descontrolada e errática, como se ele não conseguisse escrever rápido o suficiente.

"Ontem à noite, enquanto rezava, virado para o Monte das Oliveiras, desceu uma visão sobre mim, tão poderosa que me obrigou a me levantar. Vi-me como um íbis caminhando através da capa de *O espelho que sangra*. Primeiro meus pés de pássaro, e depois meu corpo inteiro, entramos no próprio manuscrito. Passou sobre mim um ruído de asas batendo, criando um vento quente, como se eu estivesse no deserto da Terra Prometida, e, quando as minhas próprias páginas se abriram, ergui os olhos e vi a sombra de um anjo que nunca pode ser entrevisto em toda a sua glória, e a escuridão me cobriu, e cobriu o mundo inteiro. Metatron passara por cima de mim. O céu, que ficou vermelho do calor do anjo, estava derretendo ao meu redor, e eu também derretia, mas não estava com medo, porque, quando a roupagem da forma se soltou de mim, a Sétima Porta surgiu à minha frente. No seu pórtico em arco, gravada em prata na minha própria caligrafia, estava uma inscrição, um encantamento. Depois de ler essa inscrição, acordei. E sabia exatamente onde procurar nos meus manuscritos aquilo que tinha sido inscrito em prata e o que precisava ser feito. Sophele, a inscrição, afinal, era a última linha de *O espelho que sangra*: *Beruchim kol deemuyei Eloha*, o que significa 'Abençoados são todos os retratos de Deus'. Era uma das expressões favoritas de Berequias, porque ele acreditava que era essencial nos lembrarmos de que todos os homens, mulheres e crianças, e até mesmo todos os animais, são a própria imagem do Senhor.

"Eu tinha razão quanto à necessidade de saber aramaico, porque, quando juntei todas as primeiras letras de cada palavra da bênção de Berequias, *bet khaf dalet aleph*, formou-se o termo *bekada*. *Bekada* significa 'Dentro de um vaso'. Em outras palavras, aquele que passou as primeiras Seis Portas e se preparou para a Sétima se encontrará, ao dizer as palavras *Beruchim kol deemuyei Eloha*, bem no centro da Esfera Celeste. Ele entrará nos vasos, e *ele próprio* fará as reparações necessárias a partir de dentro, tal como deve ser. Eu deveria ter adivinhado! Afinal, nós somos as mãos e os olhos de Deus!

"Também sei por que, após destruída, a Sétima Porta da Europa nunca foi reconsagrada. Porque é aquele que entra nos vasos quem deve consagrar a Porta, como o ponto central em torno do qual o mundo está se fragmentando. Era isso que Berequias tinha planejado para mim, por isso, se não receber nenhuma notícia minha durante alguns meses, não tenha medo. Vou tentar com todo o meu coração voltar para você, mas agora estou numa jornada cujo fim desconheço. Uma coisa, porém, eu sei com certeza: o Bússola Ao Contrário e todas as forças do Quarto Reino não vão conseguir me destruir. Vou me agarrar com toda a firmeza aos ventos prateados de *mesirat nefesh*, e a música que eu ouvir será a das almas falando em Araboth, preparando-se para me conhecer. Você estará comigo nessa jornada, bem como Hansi, Benni, Raffi, Vera e Georg. E a minha mulher e o meu filho. E não temeremos as sombras que vêm nos perseguir, porque o segredo dessas sombras é que elas são luz! Não temeremos ser lançados à terra, porque a queda dentro da nossa Mãe é também a subida até o nosso Pai. Não tremeremos quando o fogo queimar os nossos corpos, porque esse fogo significa a vida eterna para nós e para aqueles que vierem depois de nós.

"Sophele, seja forte! Você não precisa temer nada nos próximos meses e anos, porque a sua coragem é muito maior do que você imagina. Agradeço-lhe por me ajudar, e a abençoo. Beijo seus olhos todas as noites, antes de adormecer. E beijo o nosso filho. Isaac."

Desesperada, compreendo que esta é uma carta de despedida. Vera e Georg ficam sentados ao meu lado enquanto me desfaço em soluços. Depois, Vera segura minha mão.

— Olhe para mim! — ordena ela. — Agora ouça com atenção — diz, com os olhos faiscantes. — Posso zombar do Isaac e das crenças dele, mas isso não quer dizer que eu não tenha consciência de que ele é o homem mais forte que algum de nós já conheceu. Por isso, se houver alguma maneira de ele conseguir voltar para nós... para *você*, então lhe garanto que ele vai conseguir.

As intenções dela são boas, e sei que o que diz é verdade, mas essas palavras parecem conseguir apenas congelar minha mente. Logo começo a me sentir furiosa com Isaac, por ter me mandado embora. Quero um pai para o meu filho e um homem quente na minha cama, não um místico que viaja em oração para mundos imaginários. Levo semanas até conseguir ouvir palavras de encorajamento sem que eu sinta vontade de fugir e me esconder. Todas as tardes me sento à porta de entrada à espera do carteiro, na esperança de mais uma mensagem. Tento desenhar Hansi e Isaac de memória, mas não adianta — não consigo.

São os pontapés e os movimentos do meu bebê que me salvam. A vida entrou em mim e está crescendo. E se esse milagre pode acontecer, então talvez outra oportunidade nos seja concedida, a mim e a Isaac.

De vez em quando pego um táxi e vou até a casa de Abraão, em Ortaköy, e me permito ficar sentada em silêncio junto a Graça, de quem gosto cada vez mais; às vezes vamos ouvir Üstat, que assumiu o lugar de Benni Mannheim, em nome das leis físicas do nosso Universo. Agora, o velho músico sorri quando me vê. Sua pele parece couro velho, e ele tem olhos negros selvagens e rugas profundas no rosto. Parece um guerreiro do deserto, mas Graça me conta que Üstat é um *ashik*, uma pessoa tão consumida pelo amor que só consegue se expressar cantando. Os *ashiks* conseguem cantar de cor durante horas e horas, "Sobre a dor e a alegria do amor, sobre heróis antigos, sobre a morte, a crueldade e a amizade". Agora sei francês suficiente para compreender o que Graça me diz. Apertando minha mão, ela acrescenta:

— E sobre a solidão.

Dou à luz Hans Berequias Riedesel Zarco em 14 de setembro de 1940, apenas cinco dias antes de completar 23 anos. É um bebê frágil, pequeno, e com rugas tão profundas como as de Üstat. As boas notícias: pesa 3 quilos e 32 gramas, e tem todos os dedos das mãos e dos pés, bem como todas as suas partes íntimas. Graça diz que ele é pequeno mas perfeito, *petit mais parfait*. A má notícia: Vera diz que ele parece um esquilo esfomeado do Tiergarten.

Todos os familiares de Isaac vêm ver Hans nas semanas que se seguem: os Reis Magos trazendo seus presentes. As mulheres me admitem no clube internacional das mães, dando-me conselhos sobre cólicas, vermes, constipações e uma centena de outros males com nomes mais complicados. Vejo-me aflita tentando decifrar o ladino, o turco, o francês delas! Graça me diz que, segundo a lei judaica, não posso sair de casa durante quarenta dias após o nascimento de Hans.

— Foram os SS que escreveram essa lei? — pergunta Vera, ao que a distinta senhora dá uma sonora gargalhada.

Quando Graça visita nosso apartamento, ficamos dentro de casa, de onde Lilith e outros demônios não podem fugir com Hans ou comigo, não sei bem qual dos dois. Contudo, nos dias quentes, corro riscos tanto deste mundo como do outro, e me aventuro fora de casa. Muitas vezes desço a pé até o Bósforo, para ver os navios que chegam de todo o mundo. Quem me dera que a minha mãe pudesse ver meu Hans. Nossas brigas terminaram até na minha cabeça. Sinto mais saudades de Isaac ao acordar do que em qualquer outro momento. O choque de me ver sozinha, sem a mais remota ideia de onde ele possa estar ou o que pode estar sofrendo, me deixa desesperada. Às vezes o imagino preso em Dachau, assim como Raffi. Ou trabalhando numa fábrica de munições, ou numa mina. Mentalmente, escrevo-lhe longas cartas.

Um mês de espera transforma-se em dois, e depois em quatro... Agora, as tropas alemãs já tomaram conta da Hungria e da Romênia, e ambos os governos-fantoche emitiram legislação antissemita. Na Polônia, os judeus estão sendo fechados em guetos. Georg lê num jornal de Zurique, em novembro, que um bairro de Varsóvia foi selado, com meio milhão de judeus lá dentro, e que uma área semelhante, totalmente isolada, foi criada em Lodz, contendo outros 230 mil. Mas eu não consigo entender como funcionam esses guetos.

— Se estão selados — pergunto —, então como as pessoas que estão lá dentro têm acesso a entregas de comida ou a medicamentos?

— Acho que não têm — responde ele, em tom de mau agouro.

Dada a minha longa história de luta contra a insônia, quem poderia prever que Hans dormiria tão tranquilamente à noite? Vera e eu nos revezamos nos raros momentos em que ele chora ou fica inquieto, e ela me ajuda a trocar as fraldas. Cada uma daquelas suas mãos gigantescas, que parecem feitas de massa de pão, é tão grande como ele, e me diverte ver os dois juntos. "A Amazona e o Esquilo do Tiergarten", é como Georg lhes chamava; meu irmão iria gostar desse apelido, penso.

Às vezes Vera entretém o bebê cantando *lieder* naquele seu tom rouco de barítono. O que será que Hans deve pensar dessa giganta com testa de mulher das cavernas e melodias alemãs?

A delicadeza de Vera com o meu filho, tratando-o como se ele fosse feito de murmúrios, me permite tirar alguns momentos tranquilos para mim mesma, e até cochilar de vez em quando. Certa vez, ao acordar, encontro-a com as lágrimas escorrendo-lhe rosto abaixo, embalando Hans nos braços. Quando lhe pergunto o que aconteceu, ela responde:

— Pela primeira vez na vida, ser feia não faz diferença para mim. Sinto como se o meu coração tivesse sido resgatado.

O nascimento de Hans é a minha desculpa para escrever cartas a Else, ao Dr. Hassgall, aos Munchenberg e a Roman. E até à *Frau* Mittelmann, no seu moinho. Será que as minhas cartas chegam ao seu destino? Tenho minhas dúvidas, porque não recebo nenhuma resposta, embora talvez os meus amigos não me respondam porque têm certeza de que a correspondência será confiscada ou lida pela polícia.

Finalmente, em dezembro, chega uma longa carta de parabéns de Roman; ele estava viajando com o circo, e por isso não pudera escrever até então. "Estou apaixonado!", diz ele, sublinhando a frase. Seu namorado, que foi quem escreveu a carta, é um acrobata de 28 anos chamado Francesco, e, quando não andam viajando, vivem com os pais de Francesco na casa da família em Frascati, uma *villa* antiga situada nas altas colinas que dão vista para Roma. "O Francesco e a mãe dele cozinham como anjos!", acrescenta Roman. "Aprendi a comer bem."

Deus abençoe Roman por provar que a felicidade ainda é possível!

Em pouco tempo ficamos sabendo que em cada novo território que cai sob o domínio alemão os judeus são reunidos e massacrados, muitas vezes pelas tropas locais, de tão ansiosas que estão por agradar aos seus novos dirigentes com atrocidades cada vez mais horrendas. Só depois da guerra é que tomo conhecimento da extensão desse genocídio e de que os deficientes também estão sendo fuzilados ou mortos na câmara de gás. Por enquanto, as crianças da Polônia e da Rússia sob ocupação alemã que têm retardamento vêm logo depois dos judeus e dos ciganos na lista de prioridades a que têm acesso os diplomatas e jornalistas europeus. *Lixo*, como disse Isaac uma vez.

Georg devora tudo que consegue encontrar sobre os campos de concentração no ano de 1941, porque tem certeza de que Isaac foi feito prisioneiro em um deles. Lê para mim trechos de artigos sobre homens e mulheres que são obrigados a escavar em pedreiras com as próprias mãos, sobre surtos de tifo nos alojamentos, sobre crianças que morrem de frio...

Um judeu romeno refugiado chamado Lucian, que se torna amigo de Georg, nos conta aquele tipo de histórias que se tornarão tão conhecidas depois da guerra, de crianças judias jogadas em valas e enterradas vivas; de milhares de pessoas sendo arrastadas até as florestas e fuziladas, ficando, depois, seus corpos ali para apodrecer.

— É a mesma história pela Europa afora — diz ele em seu alemão confuso e ansioso, desesperado para nos sacudir até acordarmos.

Lucian é de uma magreza arrepiante e tem os olhos escuros e pensativos de um arlequim de Picasso. Na presença dele, penso muitas vezes sobre como a geografia é importante: aqui estamos nós, seguros em Istambul, enquanto a algumas centenas de quilômetros a norte e a oeste há judeus sendo massacrados.

Uma das histórias que Georg lê para mim, e que passa a ser a meus olhos o símbolo do mal, data de junho de 1941: depois que o exército alemão toma Bialystok, as tropas incendeiam o bairro judeu e vão à caça de todos os que ali moravam. Cerca de oitocentos deles são trancados dentro da Grande Sinagoga, e em seguida os alemães tacam fogo ao edifício. Todos os judeus encurralados lá dentro são queimados vivos.

— Não me conte mais histórias — suplico a Georg depois dessa, e ele atende o meu desejo.

Mas, nos meses que se seguem, nem mesmo as súplicas fazem Lucian parar. Eu saio correndo da sala toda vez que ele vem nos visitar, e ouço às escondidas apenas a parte das histórias que consigo aguentar. Mas Lucian me faz um favor; é graças a ele que acabo acreditando que Hitler está falando sério, realmente sério, quando diz, diante de um público empolgado no Palácio dos Desportos de Berlim: "A guerra terminará com a aniquilação completa dos judeus."

Lucian me puxou pela manga e me levou até debaixo do vidro para dar uma boa olhada em tudo aquilo que tem estado à nossa espera desde 1933.

O não saber nada é a parte mais difícil, ainda mais difícil de suportar do que o meu arrependimento por ter deixado Isaac. Será que a eventual notícia da morte dele seria preferível à sensação de impotência sempre viva que sinto nas entranhas? É uma pergunta que faço o possível por reprimir, dizendo a mim mesma inúmeras vezes que Hans deveria ser o suficiente para mim, mas a verdade, que não admito perante ninguém, é que não é. Mesmo quando estamos na maior das felicidades — quando lhe dou de mamar ou o observo estender a mão para uma tulipa cor de fogo que Vera segura para ele —, a felicidade verdadeira, daquela em que não precisamos pensar, continua a dezenas de passos à minha frente.

Será que estou passando para ele uma herança envenenada de tristeza?

Em novembro de 1942, chega à Turquia a legislação racista: judeus, armênios, gregos e outra minorias terão que pagar um imposto especial de riqueza chamado *Varkik*, que é calculado com base não só no salário de cada um, mas também nas suas economias e bens. As figuras que se orgulham de serem "turcos puros", o equivalente local aos "arianos puros", exigem até metade das posses de cada um. Os muçulmanos, contudo, são taxados até um máximo de 12,5 por cento. A penalidade para os que não pagarem são trabalhos forçados no leste da Turquia e a confiscação de todas as propriedades pessoais.

No nosso jantar de Chanuca, no início de dezembro, Abraão nos diz que ele e Graça vão deixar a casa da família em Ortaköy. Vão alugá-la, de forma a ter rendimentos suplementares suficientes para poder manter sua indústria têxtil. David vai vender sua casa em Beyoğlu se mudar com Gül e seus dois filhos adolescentes para uma pequena residência em Balat, o velho bairro judeu. Ele comprou por lá duas propriedades degradadas, dois anos atrás, e as obras de uma delas já estão quase terminadas. Abraão e Graça vão se transferir para um pequeno apartamento perto da torre Gálata, que alguns amigos muçulmanos lhes emprestaram.

Toda a família Zarco está em choque, e gravemente ofendida, considerando que a família vive na Turquia há 450 anos. Graça cai num desespero profundo e silencioso porque vai ter que despedir Safak, a cozinheira, Konstantin, o motorista, e a governanta, Solmaz. Estes três criados trabalham para ela há mais de trinta anos e, devido à sua idade avançada e à economia periclitante do país, provavelmente não vão encontrar trabalho em outro lugar.

— Meus filhos sempre chamaram Safak de *abla,* irmã mais velha, e agora estou condenando a ela e aos outros a uma velhice de pobreza — explica Graça, enquanto lança um olhar vazio e desolado pela janela, fitando a linha da costa asiática.

Quando chega o dia de os criados irem embora, ela dá às duas mulheres brincos de ouro, e a Konstantin, um magnífico relógio de bolso de prata. De olhos secos, não abandona sua pose senhoril até eles partirem, e então corre para o quarto. Pouco depois disso, Abraão dá a Vera, a Georg e a mim mais más notícias: como estrangeiros que somos, também nós vamos ter que pagar um imposto de cinquenta por cento. Depois de discutirmos as nossas opções, decidimos aceitar a oferta de David e nos mudarmos para a casa em Balat que ele ainda não reformou.

Hans tem 2 anos quando passamos a viver lá. Estamos em outubro de 1942. Nossa casa é apertada e úmida, com um horrível fungo branco crescendo sobre a mobília e tetos tão baixos que, se eu pular, consigo tocá-los. Não temos chuveiro nem banheira, e das duas pias sai um fluxo de água cheia de ferrugem, além de fina como um lápis. No primeiro andar, onde fica o meu quarto, as janelas cobertas de fuligem são tão minúsculas que, mesmo quando as lavo até ficarem limpas, mal deixam entrar luz suficiente para ler. Quando olho lá para fora, vejo uma rua suja e estreita e de casas tortas, a maior parte das quais parece estar só esperando uma brisa mais forte para cair. O chão é coberto de cocô de rato, e as gavetas da cômoda no meu quarto são cemitérios de moscas. Vera chama nossa casa de Caverna dos Cogumelos. A primeira coisa que compramos são baldes, esfregões e sabão. Gül e seus bondosos filhos nos ajudam a limpar tudo.

No primeiro andar vivem o irmão e a cunhada de Graça, Salomão e Lisa Lugo, bem como o filho de 21 anos do casal, Ayaz. O rapaz estudava arquitetura na Universidade de Istambul até há um mês; agora trabalha como aprendiz de carpinteiro, para poder ajudar no orçamento da família.

A casa de David, ao lado, foi completamente reformada. Tem dois banheiros novos com piso e paredes de mármore branco. Todos nós usamos esses dois banheiros: oito adultos, dois adolescentes e um bebê. Nos dias bons, somos uma comédia dos Irmãos Marx. Nos ruins, Hans e eu fazemos xixi dentro de garrafas de leite vazias.

Meu filho passa o inverno resfriado, graças à Caverna dos Cogumelos, e, por causa dele, eu também. Calor, luz e saúde, os meus três desejos para ele e para mim. Mas como posso ganhar dinheiro para poder me mudar para uma casa melhor tendo um bebê de 2 anos nos braços e cheio de febre? Mais uma vez, Georg vem em meu auxílio. Leva para o seu trabalho alguns antigos retratos a pastel feitos por mim e me arranja um serviço para um dos seus clientes, um rico barão do azeite. Haydar Zeki tem um espesso bigode, maxilares marcados e uma cicatriz de sabre que lhe atravessa o rosto. Posa no seu escritório, com camisa branca e gravata-borboleta, casaco preto e chapéu de coco.

— Está na moda parecer o Ataturk — explica David.

Seguindo seu conselho, afino o rosto do Sr. Zeki, apago sua cicatriz e acrescento aos seus olhos um brilho misterioso. Felicíssimo com o resultado, ele agora quer que a mulher e os filhos também posem para mim.

O Sr. Zeki e Georg espalham por aí que faço retratos, desavergonhadamente lisonjeiros. Depois que os meus primeiros seis trabalhos a pastel são pagos em liras turcas, compro aquecedores a carvão para os nossos quartos; embora a primavera já tenho feito brotar os narcisos amarelos e as tulipas roxas nos jardins da cidade, as noites ainda são bastante frias.

Em junho continuo o meu trabalho na ilha de Büyükada, onde Abraão ainda tem sua casa de verão. Ao trocar nossos alojamentos úmidos por aquela ilha inundada de sol e coberta de pinheiros, pegando uma carruagem puxada por um cavalo colina acima desde o porto até à magnífica casa dele, sinto-me como se tivesse saltado da tristeza dos *Comedores de batatas* de Van Gogh para o êxtase deslumbrado da *Noite estrelada*. No momento em que vejo Hans sentado na praia, colocando pedras no seu baldinho como se tivesse encontrado o seu lugar na terra, tenho certeza de que nunca mais sairei desta ilha até Berlim ser uma cidade livre.

Vera e eu ficamos morando em Büyükada durante o restante de 1943 e todo o ano de 1944. Eu faço retratos de turcos ricos; ela desenha roupas e as confecciona. Hans aprende a andar e a falar. Expressa o que quer em alemão, ladino e turco. O riso dele é para mim como raios de luz, e raras vezes não se contorce de rir quando tiro ovos mágicos de trás das suas orelhas ou dos cotovelos. Tem os olhos radiantes de Isaac, de um azul-acinzentado, o que é bom por um lado e ruim por outro, porque são profundos e lindos como o Mar de Mármara, mas também uma lembrança constante das emoções que estão tão fora do meu alcance. Georg nos visita nos fins de semana, e perdeu o ar taciturno que a guerra lhe dava; apaixonou-se por uma garçonete grega chamada Nitsa e passa a maior parte do tempo no seu apartamento em Fener, perto do Chifre de Ouro. Sua felicidade é tamanha que, quando estão juntos, ele canta e dança, como se a vida tivesse se transformado num musical.

Quando reúno todas as minhas coisas da nossa casa em Balat para levá-las para Büyükada, entrego os manuscritos de Berequias Zarco a David, dizendo-lhe:
— As páginas ainda estão um pouco embaralhadas, mas não temos tempo para colocá-las em ordem. Precisamos escondê-las logo, para o caso de o governo começar a queimar livros.
Ele acha que eu deixei parte do meu juízo em Berlim, o que até é verdade, mas atende ao meu pedido. Selamos *O espelho que sangra* e seus textos místicos complementares numa *tik* de prata (uma caixa para o Torá) que está na família dele há centenas de anos, e David a enterra no porão, atrás de uma parede falsa.

Lá para meados de 1944, os jornais anunciam que a Alemanha em breve vai perder a guerra, ao que Vera, Georg e eu abrimos uma garrafa de champanhe para celebrar. À medida que vamos ficando um tantinho "alegres", começamos a discutir sobre nosso regresso a Berlim, mas eu receio pela segurança de Hans; afinal, ele é meio judeu, e os massacres podem continuar muito tempo depois do armistício.
— Quando eu chegar lá, a primeira coisa que vou comprar será uma arma — digo a Vera, mas ela pensa que estou brincando.
A essa altura já ouvimos histórias sobre os campos da morte, e estou convencida de que toda a Europa Judaica — as pessoas, os cafés, os teatros, as padarias, as sinagogas e os asilos — está reduzida a cinzas. E também as crianças e adultos deficientes. Vejo os rostos deles por baixo do vidro quando fecho os olhos, além de Hansi e Raffi, com toda a nitidez. Mas não digo isso a ninguém, porque a destruição bem-sucedida dos judeus pode significar que Hitler consiga atingir seu verdadeiro objetivo, e ganhar a guerra, mesmo que a perca.

A Alemanha assina a rendição incondicional a 8 de maio de 1945. Celebramos em Büyükada com um piquenique da família Zarco, que inclui até um espetáculo de dervixes rodopiantes, organizado por amigos sufistas. Hans vomita, sofrendo de indigestão por ter comido um prato inteiro de baclavá. No banheiro, enquanto lavo seu rosto e suas mãos, olho-me bem ao espelho. Fico espantada por não encontrar cabelos brancos, e por ser ainda uma mulher nova. Tenho 28 anos. Isaac tem 77, se ainda estiver vivo.

Georg ouviu dizer que Berlim está sem eletricidade e sem comida, por isso ele, Vera e eu decidimos esperar até o início de julho para voltarmos para casa. Convertemos nossas poupanças em dólares americanos no mercado negro e pegamos um trem para Budapeste. De lá, pretendemos ir para a Alemanha. Não sei quanto aos outros, mas já sei que não ficarei lá, a menos que eu consiga encontrar Isaac. Não vou criar Hans num país que assassinou seu pai.

Subornamos vários funcionários ao longo da viagem quando nos dizem que nossos papéis não estão em ordem. Em estações na Romênia e na Hungria, Georg pergunta a alguns passageiros que entram no nosso trem se ainda há judeus nas terras de onde eles vêm. A maior parte deles dá de ombros, e suas expressões perplexas nos dizem: "Judeus? Que judeus?" Depois, um guarda de fronteira romeno, de aparência esfarrapada e com um lápis atrás da orelha, diz em voz solícita — seja porque não entendeu a intenção da pergunta de Georg, seja porque o confundiu com um oficial do Reich —, e num alemão bastante bom:

— Não, Senhor, Deus seja louvado, agora estamos livres de todos os judeus!
— *Nein, mein Herr, durch Gottes Gnade sind wir jetzt judenfrei.*

A SÉTIMA PORTA

Sete são os céus, os palácios e os pares de arcontes; as portas para a alma e para o Templo Sagrado; os dias da semana; as notas da escala; os mares e os continentes; as idades do corpo e do espírito. E sete são os governantes do mundo material.

Para além do limiar da Sétima Porta está Araboth, a paisagem interior da profecia, resplandecente com a luz do Trono da Glória.

Preparai-vos bem, antes da morte, todos vós que procurais Araboth, para que não vos afogueis na vossa própria ignorância, ou sejais queimados pelos guardas, por dizer uma palavra falsa.

À entrada da Sétima Porta, a vossa história para de ser contada e ouvida, embora cada palavra esteja destinada a renascer.

Seis anos podes semear o teu campo, e seis anos podes aparar a tua vinha e fazer as tuas colheitas, mas no sétimo ano a terra terá um sabá de repouso total — Levítico, 25.

Berequias Zarco, *Os seis livros de preparação*

Capítulo 23

☒

Chegamos a Berlim ao fim da tarde de 10 de julho. As estações de trens e os edifícios dos ministérios parecem ter sido os atingidos com maior violência pelas bombas aliadas. À medida que atravessamos a zona dos prédios do governo na direção de Unter den Linden, passando por todas aquelas pilhas de tijolos e pedras, pelas colunas derrubadas e as entradas de edifícios que não levam a parte alguma, por um estilo de vida que nunca será recuperado, tenho a sensação de que voltei a uma cidade maldita que terá que ser arrasada antes de poder ter a esperança de se erguer de novo. As fachadas de muitas construções foram inteiramente destruídas pelas bombas, por isso agora também temos visão de raios X. É com os olhos de ladrões espantados que espreitamos para dentro de um escritório e vemos mesas e cadeiras totalmente estraçalhadas, ou para dentro de um quarto onde se veem um colchão todo rasgado e o que resta de um armário. Não dizemos nada quando passamos ao lado da carcaça da Biblioteca Nacional, na Unter den Linden; aqueles anjos a que foi dada a forma terrena de livros, e que tiveram a sorte de escapar aos autos-de-fé nazistas, devem ter ficado reduzidos a cinzas por bombardeiros estrangeiros. Diante da entrada principal está um senhor de idade, com um chapéu de palhinha, sentado num banco, lendo os restos rasgados de uma revista colorida. Ao seu lado vê-se um tanque alemão espatifado e retorcido. Olhando para oeste, vemos que a Portão de Brandeburgo parece ter sobrevivido razoavelmente bem, mas para leste, a Catedral tem a cúpula e as espirais reduzidas a escombros. Quando chegamos à Ilha dos Museus, confirmamos que o Spree não mudou seu curso. A natureza, como me disse Isaac, está do nosso lado, o lado da vida. E, contudo, a água parece tão parada, tão indiferente... Embora talvez isso seja algo bom.

Hans nota nosso estado de espírito e fala pouco. Está exausto da viagem, carrego-o no colo durante algum tempo. Diante dos cafés improvisados, e com trajes muito reduzidos, prostitutas louras conversam com soldados russos, que saúdam meu filho com palavras simpáticas. Todo mundo, até o inimigo, gosta de crianças pequenas depois de uma guerra, é o que eu descubro. É a prova de que o ciclo da vida humana vai continuar. Mas será que as prostitutas e seus russos lhe ofereceriam um pedaço de bolo ou um gole de cerveja se soubessem que é judeu? E será que sem querer criei um filho tímido? Quando os homens lhe estendem balas, ele olha para mim ansioso, para ver se pode aceitar os presentes deles. Imagino que até seja bom ele ser cauteloso, mas não posso deixar de desejar que tivesse um espírito mais livre. Orientei-o a não responder se alguém lhe perguntar se é judeu. Apesar do que Vera pensa, vou mesmo comprar uma arma. Qualquer um que tente lhe fazer mal vai levar consigo uma bala para o túmulo.

Meu coração parece uma granada a ponto de explodir quando a Prenzlauer Allee se abre diante de nós. E o cheiro de uma fábrica de cerveja — será possível que já haja alguma novamente de pé, funcionando? — me deixa desnorteada. Minha casa é sempre para a direita, e um choque de angústia detém meus pensamentos. Meus pés me levam para a frente, mas minha cabeça está agora dentro de uma redoma de descrença.

Passando pela Igreja Emanuel, imagino o rosto de Isaac, e vejo-o abrindo a porta depois de me ouvir bater, com o cachimbo bem enfiado na boca. Louco de alegria, sorrindo de alívio, ele diz: *Bem-vinda de volta!* Nos seus braços, eu me liberto de cinco anos de dor e lhe entrego toda a capacidade de resistência que mantive concentrada no meu corpo. Posso ser a pessoa que quero ser, porque ele está me abraçando. Estendo-lhe Hans. "O nosso filho", direi, e uma luz de gratidão brilhará nos olhos de Isaac, como numa pintura renascentista de graça e santidade, e ele chorará as lágrimas que os pais derramam desde Adão, e depois dançará com o menino, rindo, pelo apartamento.

Fantasiei mil vezes que fazia amor com Isaac, e agora ele vai entrar em mim outra vez. E eu entrarei nele. O mar e a montanha se reencontrarão numa cidade maldita.

Ao ver o nosso prédio, passo Hans para Vera e começo a correr. Meus olhos, embaçados pela emoção, ainda não reparam no telhado destruído, nem nas janelas despedaçadas. Corro através do pátio, para desatar a subir as escadas dos fundos de dois em dois degraus. *Por favor, por favor, por favor,* penso. *Que a minha vida recomece ...*

Bato à porta de Isaac, e continuo batendo, e chamo pelo nome dele de dentro de uma parte tão profunda em mim que minha voz é a de uma estranha. Um homem baixo, que nunca vi antes, acaba abrindo a porta. Enxugando as lágrimas, digo:

— Estou procurando por Isaac Zarco. Ele morava aqui antigamente.

O homem balança a cabeça.

— Não o conheço.

— Quando o senhor se mudou para cá?

— Quem é você? — pergunta ele, desconfiado.

— Sou uma grande amiga dele. Acabo de voltar a Berlim. Por favor, me diga, há quanto tempo o senhor mora aqui?

— Quase dois anos.

Minha mente fica presa nos espinhos de uma simples subtração. Dois anos... 1943, 1942...? Georg sobe as escadas com Hans no colo, que se inclina para mim com os dois braços estendidos.

— O Isaac não está aqui — digo a Georg, pegando meu filho.

— Tem alguma ideia de onde ele possa estar? — pergunta Georg ao homem, que balança a cabeça outra vez.

— Ainda tem coisas dele no apartamento? — indago.

— Nada.

— No quarto principal, havia na parede um retrato que eu fiz dele. Talvez o senhor o tenha encontrado...?

— Não tinha nada aqui quando nos mudamos.

O maldito nem sequer abre a porta mais do que uma brechinha, de forma a que pudéssemos olhar lá para dentro. Tenho certeza de que ele está mentindo, e estou prestes a começar uma discussão com o sujeito, mas Georg segura meu ombro e diz:

— Vamos ao apartamento dos Munchenberg.

Uma última pergunta:

— E a família Riedesel? Eles moravam no prédio da frente.

— Nunca os conheci.

Vera vem ao nosso encontro no pátio. Consigo perceber, pela maneira dura como ela fita a distância, que está tentando aceitar o fato de que Isaac morreu.

Um rapaz de cerca de 15 anos vem nos atender quando batemos à porta dos Munchenberg. Explicamos a razão de estarmos aqui, e ele chama pela mãe. Georg fala por nós. Vestido num belo terno de linho, ele parece um professor, e é provavelmente por isso que a senhora nos convida a entrar. Georg e eu ficamos de pé na sala, enquanto Vera espera lá fora com Hans.

Não resta nada da mobília antiga, e as fotos de Raffi desapareceram das paredes.

— Quando nos mudamos para cá — diz a mulher —, um vizinho falou que os inquilinos anteriores tinham sido enviados num dos transportes. Não sei mais nada.

Ela alega que nunca ouviu falar de Isaac ou de meu pai. São essas as minhas primeiras experiências numa cidade em que ninguém é capaz de admitir, nunca, que sabe alguma coisa sobre os judeus, exceto que foram enviados para fora e nunca mais voltaram.

Eu tinha esperanças de evitar falar com os pais de Tônio, mas o constrangimento que sinto já deixou de ter importância. A *Frau* Hessel atende à porta. Com um grito abafado de surpresa, leva ambas as mãos à boca. Arregala uns olhos imensos de pânico. Talvez pense que eu voltei para me vingar, por isso dou-lhe um beijo carinhoso em cada uma das faces.

Seu cabelo agora está grisalho, e caindo em fiapos, e suas mãos tremem no colo quando nos sentamos lado a lado. Envelheceu terrivelmente. Ela nos conta que há anos não vê Isaac. Não lembra quando ele desapareceu. E não sabe nada do meu pai. Acredita que o tenha visto pela última vez em 1943.

— Ou talvez no início de 1944 — acrescenta.

Contudo, Tônio está bem. Ficou seis meses detido num campo de prisioneiros russo, mas agora está com o irmão do marido dela, em Viena. O russo dele melhorou enquanto esteve no campo de prisioneiros, e agora ele trabalha como intérprete.

— Então os russos dão emprego a nazistas? — pergunto.

Não é intenção minha feri-la, mas ela me lança um olhar primeiro sobressaltado, depois ofendido.

— O Tônio nunca foi nazista! — declara.

Todos os meus sentimentos de ternura por ela são subitamente afastados por uma onda de desprezo, e, com aquele sentimento de inevitabilidade com que a percepção das injustiças nos inunda de repente, percebo que todos os nacional-socialistas da Alemanha estão reescrevendo seus respectivos passados neste exato momento, queimando todas as provas contra si próprios. Quantos milhões de exemplares do *Mein Kampf* já terão sido lançados nos fornos dos fogões? Não tenho a menor dúvida de que o que resta do livro do Pai só pode ter virado fumaça a essa altura. A menos que ele tenha sido preso por causa da minha traição...

Ninguém atende quando bato à porta do nosso antigo apartamento. Tento a minha chave, mas mudaram a fechadura. Quando penso que os quebra-cabeças e as roupas de Hansi podem ainda estar lá dentro, não sei como consigo ir embora, mas o fato é que o faço.

Os restaurantes têm pouca comida, e o racionamento é apertado. Comemos almôndegas de batata e nabos no que resta do Jardim da Cerveja de Colônia. Uma pensão barata na Straßburger Straße tem dois quartos livres; Vera e

Georg ficam com um, e eu Hans com o outro. A eletricidade não é confiável, por isso compramos velas. Às 2 da manhã, Hans começa a chorar e diz que suas costas e seu pescoço doem. Ergo uma vela e observo-o; os percevejos deixaram marcas vermelhas de mordidas na sua pele delicada; limpo-o com uma toalha molhada, visto-o e levo-o ao jardim da Wörther Platz. Dormimos vestidos sobre a grama, com o meu braço debaixo da cabeça dele. Está uma noite quente, e as estrelas acima da cidade nos acompanham em direção ao sono. As tílias e os carvalhos foram todos cortados, o que significa que também conseguimos ver os edifícios residenciais bombardeados que contornam a praça. Parecem nos guardar, e eu reconheço todos eles, apesar dos estragos. Afinal, crescemos juntos.

E aqui, no único lugar da terra onde eu nunca conseguiria me perder, hei de encontrar Isaac.

O que meu filho deve pensar de dormir num parque numa cidade estranha? Ele não diz. Tem necessidades elementares, e neste momento a única coisa que lhe interessa é o sono. Ele me acorda logo após o nascer do sol, para fazer xixi. Naquela luz oblíqua, levo-o para trás de uma azaleia exuberante. Ele empina a barriguinha e rega umas ervas com flores amarelas. Como todos os meninos, gosta de usar o pintinho para fazer pontaria.

— Bom trabalho! — digo.

Encontramos Vera e Georg para o café da manhã. Vera conta que esmagou dez percevejos.

— E depois os comi! — declara, que assim ela arranca de Hans uma careta horrorizada, coisa que muito a satisfaz.

Enquanto eles vão à procura de velhos amigos, sigo a pé com meu filho até a casa de Else König. Esclareço a Hans por que a cidade foi bombardeada. Ele não entende as minhas explicações, mas odeia que eu pense que é burro, e vai fazendo que sim com a cabeça.

Else surge à porta de roupão, meio que dormindo.

— Sophie?

Antes que eu possa falar, ela lançou os braços em volta do meu pescoço. Beijamo-nos e rimos.

— E quem é este? — pergunta ela, ajoelhando-se.

— É o Hans, meu filho.

Seus olhos ficam tão iluminados de alegria que Hans recua, fugindo, quando ela lhe estende a mão.

— É uma velha amiga — digo a ele. — Éramos professoras na mesma escola.

— Você deu aulas em Berlim? — pergunta-lhe Hans, sua pequena mente tentando abarcar o meu passado.

— Sim — responde ela.
— Estamos em Berlim?
— Pode ter certeza que sim!

Else não ouviu nada sobre o que aconteceu a Isaac. Contamos a ela de Istambul enquanto tomamos nosso chá de tília. Após cinco anos de café turco, tem gosto apenas de água quente. Hans senta-se numa velha poltrona rechonchuda junto à janela e fica vendo os transeuntes na Potsdamer Platz.

Else está com o rosto mais magro, e deixou crescer o cabelo cor de cobre. Só agora percebo que ela podia ter sido capa da revista *O Alemão Carunchoso*. Digo-lhe que foi corajosa em ter desistido daquilo tudo.

— Não foi uma decisão consciente — responde ela. — Mas só de olhar para aquelas perfeitas Moças Alemãs me dava arrepios na nuca.

Hans me pergunta se podemos ir agora ao Zoológico de Berlim. Prometi isso a ele como forma de suborno.

— Que boa ideia! — exulta Else, obviamente tentando agradar meu filho.
— Podemos passear pelo Tiergarten. Acho que é capaz de o zoológico ainda estar fechado, mas podemos ir ver os patos nos lagos a caminho de lá. Teve alguns que voltaram.

— Eles foram embora? — pergunto.
— Estávamos morrendo de fome. Comemos patos, coelhos... tudo que pudéssemos pegar ou criar.

Hans franze o nariz.

— Pois é, não foi nada agradável — diz ela ao menino. Em um sussurro, comenta comigo: — Os animais do zoológico também foram abatidos. — E depois acrescenta, na sua voz habitual: — Nós criávamos coelhos... minha mãe e eu. Mas mesmo morrendo de fome não conseguíamos comê-los, por isso os trocávamos por frangos. Minha mãe viveu aqui comigo durante os bombardeios. — Ela se inclina para mim e mais uma vez sussurra: — As pessoas até esquilos comiam. O Hansi teria ficado desolado. — E aperta minha mão quando diz o nome dele.

— Ela está falando do seu tio — digo a Hans, porque ele tem um ouvido excelente e pensa que Else está falando dele.

— Cadê o tio Hansi? — pergunta ele.

Já lhe contei, mas ele ainda não compreende o conceito de morte.

— Um dia desses vamos pôr flores no túmulo dele — respondo.

Else vai ao seu quarto, a fim de se vestir.

— Tem algumas notícias do Volker? — pergunto-lhe da sala. Ela deixou a porta ligeiramente entreaberta.

— Nenhuma, infelizmente.

— E a escola?
— Foi fechada. Ficou impossível continuar. Não havia dinheiro.

Hans desce da poltrona e olha as fotografias que Else tem sobre a mesa em frente ao sofá. Uma delas, com moldura de prata, é dos nossos alunos e dos professores, mas não me atrevo a olhá-la direito.

— E o Dr. Hassgall?
— Espere até sairmos. Já lhe conto tudo.
— Aqui você, mamãe! — diz Hans, apontando para mim na foto.

Será de fato eu, aquela menina sorridente e cheia de juventude?

— É verdade, essa aí era eu, numa outra vida, antes de você chegar — digo.

Else vestiu uma calça masculina e uma blusa branca de manga curta. Parece uma corredora de maratona, o que talvez até seja verdade, considerando que sobreviveu. Sentamo-nos num banco do Tiergarten, junto ao lago Rousseau. Que lugar deprimente e vazio que é agora! Só meia dúzia de árvores raquíticas conseguiram se manter apesar da necessidade das pessoas de terem lenha para se aquecer. Encorajei Hans a procurar peixinhos-vermelhos no lago, porque não quero que ele ouça o que vamos dizer. Ele se vira de vez em quando para ter certeza de que estou por perto, e eu aceno extravagantemente para ele. A Mãe Farol...

— Chegaram quatro oficiais da Gestapo para levarem os alunos judeus — conta Else. — Foi em janeiro de 1943. Ainda tinha seis na nossa escola. O David e a Ruthie, o Saul, o Werner, o Volker e... e a Veronika. Você deve se lembrar da Veronika Vogt.

— Como eu poderia esquecer a VV? "Gosto mais de cola do que de ter as mãos limpas!"

Else ri abertamente. É bom ouvi-la.

— Não sabia que ela era judia — digo.

— A mãe dela era. Os sujeitos da Gestapo obrigaram a ela e aos outros alunos judeus a formarem uma fila na frente da sala de aula. Eles obedeceram, e os mais novos começaram a chorar. Até as crianças que ainda estavam sentadas se sentiam aterrorizadas. Eu fiz menção de ficar na fila junto das crianças judias, para poder tranquilizá-las, mas um dos oficiais da Gestapo ordenou que eu não me mexesse. Todo mundo na sala olhava para mim, e eu senti que aquele era o momento crucial da minha vida. Eu tinha nascido só para aquele momento. E, ou fazia o que era certo, ou nunca poderia continuar com a minha vida. Sabe, Sophie, nesses anos que se passaram desde então, tenho achado que talvez as pessoas nasçam só para um único momento.

— E então o que você fez?

— Fui até a porta. Um dos homens gritou, me mandando parar, mas eu continuei andando. Quando cheguei ao corredor, fui às pressas até o gabinete do Dr. Hassgall. Achei que fosse ouvir um tiro e depois cair no chão, morta. Mas a única coisa que interessava era fazer aquilo que eu estava sendo chamada a fazer naquele momento. — Ela me dirige um olhar confuso. — Sophie, não sei por que é que não me mataram. E não sei por que estou viva, quando tanta gente boa morreu.

Com o olhar perdido na distância, como se não quisesse ouvir as minhas palavras de conforto, ela se deixa ficar calada durante alguns instantes e em seguida segura minha mão e encosta-a com sofreguidão ao rosto.

— Obrigada por tentar ajudar — diz. — Quando cheguei à sala do Dr. Hassgall, bati à porta. Acredita que, num momento daqueles, eu bati à porta? Mas você sabe como ele era formal. — Sorrimos juntas. — Entrei correndo e contei a ele o que estava acontecendo. Ele saiu correndo para a sala de aula, deixando-me para trás. Nunca o tinha visto se mover tão depressa. Quando chegou lá, ele disse aos oficiais da Gestapo que tinha havido um engano. Mencionou uma alta figura que andava subornando para manter a escola aberta. O responsável do grupo o mandou se calar, ou mataria todas as crianças judias bem ali, embora as tenha chamado de "porcos judeus". O Dr. Hassgall e eu sabíamos que, se aqueles homens levassem os alunos embora, a maior parte deles provavelmente morreria, exceto por um ou dois, talvez. Sophie, ainda não sabíamos das execuções em massa, mas não tínhamos ilusões quanto aos campos de trabalho. As crianças que não conseguissem trabalhar ao ritmo exigido eram mortas a tiro, ou de fome. Outras morriam de frio, ou disenteria. Achei que devia haver alguma coisa que eu pudesse dizer aos homens que os fizesse mudar de ideia. Mas, nesse momento, a minha coragem já tinha desaparecido. — Ela abana a mão no ar. — Não consegui falar, por puro terror.

— O Dr. Hassgall estava com medo?

— Já me perguntei isso umas mil vezes. Parecia calmo, mas por dentro... Não sei. Era difícil perceber o que se passava com ele. Só sei que, naquela sua belíssima e clara voz, ele disse aos homens: "Nunca deixarei os meus alunos irem sem mim." Chamando-me do outro lado da sala, acrescentou: "Else, agora você é a responsável." Deve ter visto o meu estado, porque sorriu com brandura e completou: "Conto com você." Então pegou na mão do Volker, que já estava chorando, e ordenou que todas as crianças dessem as mãos. Levou-os da sala de aula, saiu pela porta da frente da escola e entrou no carro da polícia que estava à espera na rua.

— Algum dia você conseguiu saber o que lhe aconteceu, a ele e às crianças?

— Tentei, mas não consegui descobrir nada. Devem ter ido para a câmara de gás. É estranho, mas fico sempre esperando ver o Dr. Hassgall num café, no metrô, passeando pela Unter den Linden ... — Ela olha para a distância, para Hans, que está fazendo carinho num cachorro grande e peludo. — Ou ver o Volker sentado junto a um lago no Tiergarten. Mas aqui dentro — diz ela, batendo no peito —, sei que estão mortos há muito tempo. A questão, Sophie — acrescenta —, é que o Dr. Hassgall se recusou a deixar que as crianças partissem para morrer sozinhas. Não consigo deixar de pensar nisso. Ele não precisava ir, mas foi. Isso agora significa tudo para mim. Significa que ele deve ter sentido que tinha nascido para aquele momento. E não falhou. — Ela me dirige um olhar assustado. — Mas talvez eu tenha falhado no meu. Não consigo deixar de pensar que deveria ter ido com eles, e que tudo o que fizer agora, para o resto da minha vida, vai estar errado.

Então, Volker morreu. Else e eu choramos juntas, mas continuo acenando com a mão para Hans quando ele olha para trás, me procurando. De repente, ele vem correndo até nós, sem fôlego, e com grandes gestos eufóricos, para descrever as maravilhas do cão pastor com quem acaba de fazer amizade. Mas seu arfante entusiasmo se transforma em preocupação quando ele vê meus olhos vermelhos.

— O que aconteceu, mamãe? — pergunta ele.

— Está tudo bem, Hans. É só que eu acabei de saber que não vou poder ver um velho amigo meu.

— Por quê?

— Ele não mora mais em Berlim.

Enquanto nos dirigimos ao Zoológico, Else e eu vamos recordando a maneira como os alunos nos faziam rir — uma conversa de mulheres que escaparam do Anjo da Morte. Hans dá a mão a Else e se põe a andar entre as duas, coisa que ele adora, porque significa que está no centro do mundo. Else me conta que, depois que a escola fechou, trabalhou como babá para as duas filhas pequenas de um banqueiro que vivia em Grünewald. O homem fugiu para a Argentina no início de 1945.

— Roubei todos os pertences de valor que consegui antes de ele ir embora — diz, com um grande sorriso. — Ainda tenho algumas das pratas do homem. São boas para o mercado negro.

— E desde então?

— Faço uns bicos nas ruas — responde ela. — Mas agora que os russos estão aqui, as coisas parecem que estão melhorando.

O Zoológico ainda está fechado; por isso, para compensar Hans, compramos um pão velho e vamos dar de comer aos patos no lago novo do Tiergarten.

Contei a Else da nossa experiência com os percevejos, e, antes de nos despedirmos, ela nos convida a ficar no seu quarto de hóspedes. Hesito em aceitar, mas ela põe na minha mão uma chave e diz:

— Fazer o que é certo é a única coisa capaz de me manter viva agora.

O prédio de Greta escapou dos bombardeios, o que significa que, embora a cidade pareça Pompeia, as janelas do prédio que dão para a Pfalzburger Straße continuam enquadradas por cortinas de brocado azul e verde! Mas ela não está em casa. Bato à porta dos vizinhos, e a velha senhora do andar de baixo me confirma que Greta ainda mora no andar de cima. Deixo-lhe um bilhete debaixo da porta, pedindo-lhe que entre em contato comigo por meio da Else.

Hans e eu almoçamos na Savigny Platz, mas ele decide que não gosta da comida alemã. Empurra para longe uma salsicha perfeitamente boa como se fosse uma cobra morta, e só come as batatas cozidas. É óbvio que não herdou as minhas papilas gustativas.

— Como é possível que você não goste? Sempre fiz comida alemã desde que você começou a comer! — digo, fingindo indignação, porque ele gosta que eu me faça de zangada. Isso, sim, herdou de mim.

Ele exclama:

— Mas não esse cocô!

Ele usa a palavra *tref* no sentido de "cocô", embora na realidade a palavra queira dizer "comida não *kosher*", uma utilização idiossincrática do termo que ele aprendeu com Georg e Vera. Admito que é um pouco grosseira, e também iídiche, mas uma mulher caquética que fuma por uma boquilha de prata e exibe um lenço de seda branca no pescoço para cobrir sua pele de peru lança-lhe um olhar capaz de tacar fogo ao pobre menino. Estará ela irritada por ter ouvido falar que alguns parcos milhares dos judeus de Berlim, com seus narizes enormes e seus lábios grossos, escaparam dos fornos purificadores do Reich, e que este menino pode ser um deles? Ela continua a nos olhar fixamente, por isso pergunto-lhe:

— Posso ajudá-la em alguma coisa, minha senhora?

— Só acho que deveria ensinar boas maneiras ao seu filho — responde ela.

Devo rir, ou chorar? Os nazistas assassinaram meio milhão de judeus alemães, e Deus sabe quantas crianças com retardamento, e a dama exige uma etiqueta prussiana como deve ser. *É por causa desta mulher que eu preciso de uma arma,* penso, mas me limito a responder:

— Já anotei a sua reclamação, por isso agora pode voltar para o seu cocô de comida alemã!

Ao sairmos dali, prometo fazer para Hans seu prato preferido, *manti*, se eu conseguir encontrar iogurte. Como ele continua a se lamuriar, peço-lhe que pare de ser um *nudnik*, o que o faz dar uma gargalhada maldisfarçada. O senso de humor continua sendo a ponte entre nós, mesmo nos momentos ruins.

À tarde, pegamos um ônibus para irmos à casa de Rolf. Hans pousa a cabeça no meu colo e adormece. Sua respiração tranquila me acalma, e alguns passageiros olham para ele com ternura.

— Ele é lindo — sussurra para mim uma jovem.

Eu nunca teria esperado tantos sorrisos à minha volta. Imagino que seja a sensação de termos todos sobrevivido ao mesmo naufrágio. É mentira, claro, porque alguns de nós estavam nos camarotes de luxo e outros foram jogados para fora pela borda do navio. Mas eu devolvo o sorriso.

— Ah, Sophie, graças a Deus que você está aqui! — diz Rolf, e me puxa para dentro de sua casa.

Ele tem agora a coluna vertebral tão curvada, e a corcunda tão volumosa, que não consegue erguer os olhos para me ver.

Hans está aterrorizado, embora eu o tenha avisado do que iríamos ver. Sinto-o tremendo todo sob a minha mão, que está pousada no topo do seu macio cabelo acobreado.

— Entrem, entrem... — diz o nosso anfitrião, todo contente. — É seu filho? — pergunta ele, sorrindo.

— É, meu e do Isaac. Chama-se Hans.

Rolf, louco de alegria, pergunta ao menino o que ele gostaria de beber, mas ele não consegue articular uma resposta.

Seguro a mão dele com força; estamos de pé junto ao sofá. Rolf nos convida a sentar, e nós obedecemos. Para acalmar Hans, digo:

— Foi o Rolf que me ensinou os meus truques de mágico. É um verdadeiro feiticeiro!

O menino, assustado, encosta-se contra mim, recusando-se a olhar para ele. Então, peço a Rolf que nos faça chá ou café, o que der menos trabalho. Peço-lhe com os lábios que me dê um minuto a sós com meu filho.

— Quer ir embora? — pergunto a Hans assim que Rolf vai para a cozinha.

— Eu posso voltar aqui sozinha, outra hora. — Ele balança a cabeça. — Se quiser, pode ir para o quarto do Rolf e ficar lá sozinho, brincando. Tenho certeza de que ele não se importaria, e talvez você encontre alguns livros com desenhos.

Ele faz que sim com a cabeça, e levo-o até o fim do corredor. Hans fica de queixo caído quando vê os móveis minúsculos. Há roupas e livros por todo lado. Mais que o suficiente para mantê-lo entretido.

— Não vá se perder. — É o que digo sempre que o deixo sozinho, mas ele já está pegando uma camisa vermelha para me mostrar.

— Posso vestir algumas das roupas do Rolf? — pergunta ele, em ladino.

Hans tende a falar em ladino quando está nervoso ou agitado. As roupas são praticamente do tamanho certo para ele, por isso sua pergunta até faz sentido. Traduzo para Rolf, que dá autorização.

— Pode — respondo a Hans em alemão —, mas não bagunce tudo.

— Mas mamãe, já está tudo bagunçado — reclama ele, com ar solene.

Adoro o fato de ele nem sequer perceber que disse uma coisa engraçada.

Enquanto me passa uma xícara de chá, Rolf diz:

— Sei o que você pensa, mas não fui eu. Não denunciei o Isaac. — Ele continua contando que, depois de fugir dos nazistas que foram à sua procura na casa do barco, Isaac veio direto à casa de Rolf. — Foi em 7 de agosto de 1940 — diz Rolf, e percebo, pelo ar dramático com que menciona a data, que ficou gravada na sua memória. — Veio aqui para se esconder, e em parte por bondade para comigo. Era uma oportunidade para eu compensar o mal que lhe tinha feito. Ficou aqui alguns dias, consultando aqueles manuscritos dele. Depois disse que ia fazer com que o prendessem. Tentei argumentar, mas ele disse: "Não compete a mim tomar a decisão."

— E disse a quem competia? — pergunto, ansiosa.

— Talvez estivesse se referindo aos nazistas. Ou àquele seu antepassado que escreveu os manuscritos que ele andava estudando. Não sei. Rezou durante toda aquela primeira noite. Para dizer a verdade, durante os dois dias e noites que se seguiram não fez mais nada além de rezar e entoar cânticos, virado para Jerusalém. De vez em quando respirava de uma maneira especial e gritava sílabas em hebraico. Era estranho, e um pouco assustador. Também fez jejum. Só bebia leite morno com mel. Depois, na terceira manhã após ter chegado, voltou a falar comigo. Tomou um banho e fez a barba, e comemos juntos. Estava muito brincalhão. Sabe como ele era, de vez em quando. E ria muito. Estava numa espécie de condição vibrante e absorta. E comeu tudo o que lhe dei, como se estivesse armazenando alimento para uma longa viagem. Quando se vestiu para sair, pôs um belo casaco; muito elegante, embora antiquado. Pode ter sido do pai dele, ou talvez a Vera é que o tenha feito. E pôs uma boina que você lhe deu, segundo me contou, embora fosse agosto e, para dizer a verdade, estivesse quente demais para usar aquilo. Dei-lhe uma das rosas de seda vermelha da Heidi para pôr na lapela, e ele ficou contente. Quando me abraçou para me agradecer, todo ele vibrava, como... como uma espécie de diapasão. E os olhos dele eram água, água transparente... — Rolf balança a cabeça. — Não consigo descrever bem a aparência dele, mas diria que na sua cabeça estava voando... voando muito alto. Depois me pediu mais dois favores. O primeiro, acompanhá-lo até o Reichstag. Disse que precisava abrir caminho até o centro de poder do Hitler e que o Reichstag era um primeiro nível. Ele usou a palavra *Stock*, como se fosse um andar de um edifício. E então disse que ia descer até mais perto do centro, até que finalmente entraria naquilo a que chamava de vasos. Ele disse que isso faria sentido para você.

— E faz... mais ou menos.

— Eu implorei que ele não fosse, mas ele disse que não tinha escolha. E depois me pediu o segundo favor, que era contar a você o que estou lhe contando agora. Não teve tempo de lhe escrever. E, de qualquer forma, havia muitas coisas para explicar, e ele sentia que não conseguiria se controlar o suficiente para lhe escrever a longa carta que você merecia. — Rolf estende as mãos para a frente e abana-as. — Ele estava muito errático. Mas acabou me entregando um envelope com algumas linhas que escreveu para você. Já lhe dou daqui a um instante, mas ele me disse para falar primeiro com você e contar o que lhe aconteceu. — Rolf toma dois goles rápidos de chá. — Depois, Isaac tirou uma cópia do Torá da sua mala, e saímos juntos. Caminhamos para oeste, em direção ao centro da cidade, falando dos velhos tempos. Ele estava feliz, como um homem que vai reencontrar um velho amigo. Implorei novamente que ele não fosse ao Reichstag. Mas ele apenas balançou a cabeça e sorriu. E disse que era por isso que seu pai tinha se mudado outra vez para a Europa, para esta oportunidade de evitar que o mundo acabasse. Quando íamos chegando ao nosso destino, atravessando a Friedrich Bridge, ele pôs a mão no meu ombro e disse que não poderia continuar falando comigo, pois precisava se preparar. Eu não sabia o que ele tinha em mente e ainda nutria uma esperança de que não lhe acontecesse nada de mal. Depois, quando estávamos descendo a Unter den Linden, seus lábios começaram a se mexer. Ele estava rezando em hebraico, e respirando daquele jeito esquisito. Começou a andar tão depressa que era difícil, para mim, acompanhá-lo. Era como se estivesse sendo puxado para a frente por uma corda... ou por um poder maior que ele. Tive que correr para me manter ao seu lado. Ele atravessou a passos largos e decididos a Portão de Brandeburgo, e, assim que saímos do outro lado, virou-se para mim e disse: "Rolf, esta próxima porta é só para mim. Seria perigosa para você, porque você não se preparou. Espere no Tiergarten. E obrigado pela sua ajuda." Foram essas as palavras exatas dele. Escrevi-as, porque sabia que um dia precisaria repeti-las para você. — Rolf inspira profundamente e endireita as costas o máximo que pode, para poder me olhar nos olhos. — Depois, Isaac agachou-se ao meu lado e... e me beijou na boca. — Rolf olha para baixo, tentando vencer a vergonha. Por fim, diz, numa voz trêmula: — Você pode achar estranho, mas me lembrei daquela cena do filme *O garoto* em que o Chaplin beija o menininho que acabou de salvar. Depois disso, Isaac disse: "Este beijo foi para você e para a Sophele." Você pode imaginar como fiquei espantado. Era como se eu nunca mais fosse conseguir respirar outra vez. Era como se o meu coração... como se o meu coração estivesse batendo fora do meu peito. E, quando ele continuou seu caminho, já sem mim, consegui sentir aquela força que o puxava para a frente, porque as minhas pernas e os meus braços... estavam tensos da necessidade de ir atrás dele. Mas fiquei onde estava, como ele me ordenou. Avançou até o Reichstag, que estava guardado por soldados, e virou para oeste; depois continuou, até chegar ao centro da Königsplatz. Aí, virou-se para ficar de frente para o Reichstag, e pôs a boina que você lhe deu. Abriu seu Torá e começou a entoar cânticos. Fui correndo até a orla do Tiergarten para assistir.

— Sabe quais eram os cânticos que ele estava cantando?

— Não, eu não estava perto o suficiente para ouvir. Estava na orla do parque. E, de qualquer forma, deviam ser cânticos em hebraico. Dois soldados se aproximaram e falaram com ele, mas ele não desviava os olhos da Torá, por isso um dos homens o arrancou das mãos. O outro arrancou sua boina e jogou-a no chão. Isaac ergueu a cabeça e olhou para o céu, e começou a entoar os cânticos ainda mais alto. E não parava. Então os homens o agarraram e o levaram às pressas para o lado norte do Reichstag. Ele não ofereceu resistência. E nunca mais o vi.

Ramos de árvores brancos e nus, lagos gelados e palavras de acolhimento que nunca serão ditas, é isto o que me rodeia, no mundo que desce sobre mim. Hans entra correndo na sala para me mostrar os vários chapéus que encontrou, incluindo um barrete amarelo com guizos, do qual me lembro nitidamente. Ponho-o na sua cabeça e digo-lhe que fica muito bem nele, mas estou a quilômetros e anos do aqui e agora. E não consigo voltar completamente enquanto estou em Berlim.

Rolf me traz o último bilhete de Isaac e a boina que eu lhe dei.

— Recuperei-a depois que os soldados o levaram — explica ele. — Eu não poderia deixá-la ali caída.

Dentro do envelope selado estão duas alianças de ouro. "Sophele, uma das alianças é para você, e a outra para o nosso filho ou filha", escreve Isaac, e sua habitual caligrafia firme está tremida e desordenada. "Tenho andado com as duas desde que você partiu. Quero que saiba que me sinto feliz, e estou bem, e que me encontro no caminho que Berequias me pediu que seguisse. No mesmo envelope você encontrará um segundo bilhete para o nosso filho ou filha. Entregue-o a ele/ela quando sentir que chegou o momento certo. Já comecei a ouvir os ventos de Araboth no céu à minha volta, e agora tenho que ir. Você é *schön, schön, schön*, e eu te amo. Isaac."

O bilhete para Hans diz: "Sua mãe deve lhe falar de mim, e talvez você ouça também histórias minhas por outros amigos nossos. Espero que sim. Quero que saiba que você foi concebido com amor. E que você possa ficar para sempre dentro desse amor. Quero que saiba também que eu estaria contigo, se pudesse. E virei encontrá-lo, se puder. Use a minha aliança. Coloquei todo o meu amor no seu aro, porque é um círculo, e, como sabe, um círculo não tem fim nem princípio. Seu pai, Isaac Zarco."

Hans e eu voltamos para casa a pé. Rolf o deixou ficar com o barrete amarelo, o mesmo que ele estava usando quando o conheci, 13 anos atrás. Hans o exibe com um porte altivo, como se fosse o rei dos gnomos. Quando lhe digo que foi a Vera que o fez para Rolf, ele começa a dançar de um lado para o outro. Depois sai saltitando e pulando pela rua abaixo. Que energia que esse menino tem! Os transeuntes apontam para ele e sorriem.

Encontramo-nos com Vera e Georg na nossa pensão, como tínhamos combinado. Conto o que aconteceu com Isaac, enquanto Hans dorme no colo de Georg.

— Então pronto, acabou — sussurra Georg, como se isso significasse que Isaac morreu, e começa a chorar.

Mas eu cresci rodeada de histórias de Hollywood, e não deixo de pensar: *Ainda tem uma chance...*

Na semana seguinte, passamos a noite na casa da Else. Hans dorme agarrado ao barrete. Vera e Georg ficam com um velho amigo dele em Wilmersdorf. Como é que eu vou descobrir para onde foi que a Gestapo levou Isaac? Sem dúvida que para um campo de concentração, mas qual deles?

Quando digo a Else que quero comprar uma arma, ela sugere o mercado negro que há atrás da estação da Friedrichstraße. Lá encontramos o vendedor de sucata que é conhecido pela variedade de armas que tem disponíveis. Else volta do "escritório" do homem, situado no esqueleto de um edifício ali perto, com uma Parabellum P08 e duas balas. O punho de madeira encaixa-se perfeitamente na minha mão.

Descobrimos que o Lar Judeu para a Terceira Idade foi fechado. Os vizinhos nos contam que os nazistas usaram o edifício como central para os judeus que seriam levados para campos de concentração. Milhares passaram por aqui. Talvez Rini e seus pais, a Sra. Kaufmann, e os Munchenberg. Talvez Isaac.

A padaria Rio Jordão está coberta de tapumes. A Loja de Tecidos Weissman, onde tentamos quebrar o boicote nazista às lojas judaicas, é agora um pequeno bar onde se reúnem barulhentos soldados russos. A escola Rei David foi danificada por bombas aliadas em 1944 e depois demolida por constituir um perigo público. Greta não telefona.

Georg me ajuda a perguntar a soldados franceses, americanos e ingleses como posso encontrar as listas dos judeus transportados para os campos, mas eles foram informados de que os nazistas destruíram a maior parte dos seus registros. Alguns dos americanos falam iídiche. Conversam alegremente comigo, às vezes até mesmo sugestivamente, mas podiam ser meus irmãos mais novos. E, de qualquer forma, por dentro me sinto seca como um deserto.

Hans está aborrecido e irrequieto, e tem motivos para isso. Quer brincar nos escombros dos edifícios incendiados, como vê fazerem os meninos de rua alemães, mas não o deixo. Ele me pergunta se podemos ir ver se o Zoológico já abriu, e quando lhe digo que, pelo que me contaram, só daqui a muitos meses, talvez anos, ele me pune com o silêncio. Podia bem ser seu tio Hansi. Se ao menos gostasse de quebra-cabeças... mas não; acha-os bobos.

Else sai de casa toda noite para trabalhar na Unter den Linden. Nunca a tinha visto maquiada. Ela usa um batom cor-de-rosa chamativo.

— Já sei, pareço um letreiro de néon — diz, rindo.

— Você é bonita — diz Hans a ela, em ladino — *És fermosa*.

Ela lhe retribui com um beijo, e depois nos explica que os soldados russos não apreciam a sutileza. Utilizando uma espécie de código em alemão, para Hans não entender, conta que trabalha com uma velha amiga do tempo do colégio, porque os soldados estão dispostos a pagar uma semana de salário por duas mulheres ao mesmo tempo. Também vende a eles relógios que compra no mercado negro.

— Até onde eu vejo, os rapazes russos só pensam em sexo e em exibir seus relógios alemães — diz ela.

Eu não a julgo, e ela sabe disso. Mesmo assim, diz:

— Estou guardando dinheiro para poder ir embora da Alemanha e nunca mais voltar.

— Você podia ir morar conosco em Istambul — digo, ao que Hans e eu vamos descrevendo as maravilhas de Büyükada.

Mas ela está decidida a ir para a Palestina.

— Li um artigo sobre um kibutz perto do Mar Morto onde há tanto sol que até as sombras são uma forma menor de luz. É para lá que eu vou.

A fábrica de Isaac está desocupada, mas as máquinas de costura e os móveis desapareceram todos. Colada nas paredes há uma dúzia de bilhetes escritos à mão, junto com duas fotos. Hans vai direto até as imagens, aponta para uma e vira-se para mim todo animado, exclamando:

— Tia Vera!

Mas há uma outra foto que já me chamou a atenção: é da série que K-H tirou de Isaac, na qual tive que prender seu cabelo prateado com um grampo para deixar visível sua orelha esquerda "semita". Entre as duas fotos há um bilhete do próprio K-H: "Estou em busca de informações sobre Isaac Zarco e Vera Moeckel." Anoto o endereço da fábrica em Charlottenburg onde ele se encontra. Hans está na ponta dos pés me pedindo que o deixe ver as fotos mais de perto, por isso o pego, mas aponto para Isaac em vez da tia Vera:

— Seu pai — digo, em ladino. *Tu papá*. E repito as minhas palavras em alemão e em turco quando Hans me lança um olhar perplexo.

"O dia em que perdemos a visão" e "Retratos de homens que venderam a alma" são duas das exposições que K-H queria fazer antes da guerra. Bandeiras pintadas com esses títulos esvoaçam, penduradas sobre a entrada de uma fábrica vazia em Charlottenburg. Será que aqui se produzia cerveja, ou será que o cheiro do lúpulo passou a fazer parte de mim? Há fotografias coladas nas paredes com fita adesiva. O Sr. Weissman é o tema da primeira delas. Está olhando fixamente para o chão, com os ombros encurvados, como se quisesse encolher-se e enrolar-se todo sobre si mesmo, e o letreiro que está pendurado no seu pescoço diz: *Kauft nicht bei Juden, kauft in deutschen Geschäften!* Não comprem dos judeus, comprem em lojas alemãs! Depois vem o brutamontes da polícia de choque que segurou meu braço quando eu ameacei quebrar o boicote. Está gritando, com a boca aberta, os dentes prontos para morder, como um demônio antropófago num afresco medieval. Depois vê-se um jovem nazista zangado, franzindo o cenho para Arnold Mueller, que passa na sua cadeira de rodas. A quarta fotografia é de Hansi estendendo a mão para Minnie enquanto a rosa de sangue floresce na barriga do animal, o rosto dele distorcido pelo horror.

— Olha, é você, mamãe! — grita meu filho.

Hans já está dez passos à minha frente, apontando para cima. Este dia deve estar sendo espantoso para ele; fotografias da mãe e dos amigos andando por toda a cidade...

Não consigo responder. Estou sentada no chão porque não estava preparada para ver Hansi. Meu filho sobe no meu colo, porque está assustado.

— São muitas lembranças — explico.

Ele se encosta em mim, como um gato, e eu tiro o barrete dele e coço sua cabeça. Ele adora isso. Após um tempo, põe os bracinhos no meu pescoço. Só Deus sabe o que vê ele quando fecha os olhos, mas imagino que seja a praia de Büyükada, que ele adora. Nada pode nos fazer mal. Nem sequer fantasmas que falam alemão.

— Sophele?

Meu nome foi pronunciado como se fosse uma pergunta, e quando ergo os olhos vejo K-H sorrindo para mim, com lágrimas nos olhos. Continua com as faces encovadas e bonitão, e veste suspensórios de um vermelho vivo.

Abraçá-lo é como descobrir que este pesadelo vai terminar um dia. Após algum tempo, ele quer ver meu rosto, mas eu encosto a cabeça com força contra o ombro dele, até Hans começar a me puxar pela saia.

— Este é o Karl-Heinz — digo ao meu filho. — O fotógrafo.

Quando lhe apresento Hans, K-H diz:

— Espere aqui, vou buscar a minha máquina! — E sai correndo.

Posamos ao lado de uma fotografia de Isaac erguendo Hansi nos braços.

— Para mostrar que existe um tempo que vem depois — explica K-H.

— Você fala esquisito — diz Hans a ele.

— É porque sou surdo — responde K-H.

— Então como é que você me ouve?

— Leio os seus lábios.

Hans olha para mim desconfiado, como se K-H pudesse estar mentindo, por isso digo:

— É perfeitamente verdade. Assim como as fotos dele.

Conto a K-H sobre meu irmão, Vera e Georg, e digo que continuo à procura do Isaac. Ele me conta que Marianne e Werner estão em Lisboa. Não queria que eles voltassem para Berlim até ele ter certeza de que era seguro. Lisboa? Enquanto tomamos umas taças de vinho tinto barato num café ali perto, K-H me conta que um amigo deles, francês, conseguiu fazê-los atravessar clandestinamente a fronteira. Dali foram seguindo até chegar a Paris.

— Não nos atrevemos a escrever ao Isaac. Imaginamos que a correspondência toda dele devia estar sendo aberta.

A 12 de junho, logo antes da tomada de Paris pelos alemães, eles se dirigiram para sul, na esperança de pegarem um barco de Marselha para o norte da África e depois para Istambul.

— Mas, pelo caminho, ouvimos falar num cônsul português em Bordeaux que estava dando vistos de trânsito para judeus e outros refugiados. Chegamos lá dia 16 e esperamos à porta da casa dele. Havia centenas de judeus por lá, e outros. Formamos uma fila, e íamos entrando. Ele dava vistos a todos que fossem recorrer a ele. Era um milagre. — Os olhos de K-H ficam marejados. — Chamava-se Sousa Mendes. Assinava vistos o mais depressa que podia. Tirei fotos dele. Um dia, gostaria de fazer uma exposição sobre pessoas que salvaram judeus.

— Então vocês estavam morando em Lisboa esse tempo todo?

— Sim, pensamos em ir para o Brasil, mas a Marianne teve uma ideia... a família do Isaac era originalmente portuguesa, por isso buscamos o sobrenome Zarco na lista telefônica, e encontramos cinco só em Lisboa. Fomos visitá-los com um amigo alemão refugiado que estava em Portugal desde 33, e que falava a língua. Explicamos que um tal Isaac Zarco, de Berlim, era um grande amigo nosso. Os primeiros três Zarcos não quiseram nada conosco. Mas o quarto, Samuel, disse que nos ajudaria. A Marianne começou a cozinhar num pequeno restaurante de propriedade dele. Eu ainda tiro fotos de turistas nas atrações da cidade. E o Werner continua numa escola pública portuguesa.

Antes de irmos encontrar Georg e Vera, pergunto se K-H não deveria trancar a porta da fábrica onde está sua exposição.

— Não — diz ele. — Se os visitantes quiserem roubar as fotos para seu próprio uso, melhor. Eu tenho os negativos. Posso fazer todas as cópias que as pessoas quiserem.

Capítulo 24

Hans adora posar para K-H com seu barrete amarelo. Estamos sentados em volta de uma grande mesa redonda, na Adega do Karl. A funcionária loura oxigenada, Bettina, ainda trabalha lá. Cumprimentamo-nos com um beijo em cada bochecha, e ela leva Hans para a cozinha, para ele escolher o que quer comer, já que anda cheio das exigências. Agora, a maior parte dos clientes são soldados russos e suas acompanhantes. Ela conta que os homossexuais seguiram o mesmo caminho dos judeus, embora ultimamente alguns sobreviventes estejam conseguindo voltar, um aqui, outro acolá.

A viagem de trem até a casa do barco de Isaac só vai entediar Hans, por isso, na manhã seguinte, deixo-o com Vera, que decidiu tentar subornar soldados russos para deixá-los visitar o Neue Museum. Tem esperança de poder levar o menino para ver as esculturas do faraó Akhenaton, cujo rosto se parece com o dela, e que ela sempre considerou seu verdadeiro antepassado.

Vou primeiro à casa da *Frau* Hagen, cuja filha, Maria, me dá a triste notícia de que ela morreu há um ano e meio. Ela me entrega uma pasta com três desenhos de Otto Dix e quatro de Georg Grosz. O meu preferido, o retrato feito por Dix do poeta Iwar von Lücken, encontra-se entre eles.

— Isaac disse à minha mãe que você só deveria vendê-los quando os preços voltassem a subir — ela me informa. — É melhor vendê-los em leilão, e em Londres ou Paris, onde vão lhe oferecer um bom valor por eles.

Maria diz que estou magra demais e insiste em me dar sopa feita das nabiças de sua horta. É encantadora e doce. *A filha da boa alemã me mostrando seu jardim.* É o desenho que faço dela esse dia, ao voltar à cidade.

É a minha primeira visita à casa do barco de Isaac. Tem um cais que avança lago adentro e uma varanda enorme. Os pássaros roubaram quase todas as cerejas das árvores do pomar. É tranquilo e muito bonito, mas essa uma hora que passo lá é o suficiente para me condenar a anos de inúteis fantasias sobre a vida que nunca pudemos ter.

Alguns dias depois, um advogado em Berlim me diz que os meus títulos de propriedade pelo apartamento e a casa do barco de Isaac ainda são válidos. Contudo, talvez eu nunca venha a poder usar o apartamento, visto que está ocupado há anos, e seria preciso uma ação para despejar os inquilinos; no entanto, a casa do barco é definitivamente minha, e vou ficar com ela pelo Hans. Até então, Maria vinha alugando-a nas férias, o que será o suficiente para pagar pela conservação do local.

Volto ao apartamento de Greta uma semana depois. Ela aparece à porta e, com grandes efusões hipócritas, me dá um beijo no rosto e diz que está simplesmente encantada por me ver.

— Mas não posso convidá-la a entrar porque tenho um convidado — acrescenta, com ar desolado.

É russo, americano, inglês ou francês?, tenho vontade de perguntar, espantada por, depois de tantos anos, eu ainda estar zangada a esse ponto.

Estamos de pé no limiar da porta. Ela usa um vestido preto muito decotado e uns imponentes brincos de pérolas, os mesmos que usava quando a conheci, tenho quase certeza. Na mão traz um lenço de seda branca. Cinquenta milhões de pessoas morreram na guerra, e a mulher ainda quer parecer Jean Harlow.

Deixei Hans com Vera. Ultimamente, ela consegue mantê-lo entretido melhor do que eu; ele adorou a ala egípcia do Neue Museum e decidiu que quer morar num barco no Nilo. Será possível que o meu filho seja a reencarnação de Raffi?

Não questiono Greta quanto ao motivo para ela não ter me ligado. Em vez disso, pergunto:

— O meu pai... faz ideia do que aconteceu com ele?

— Não muito. Nós terminamos depois que você foi embora.

— Isso teve a ver com a foto que eu lhe dei?

— Ah, isso! — Ela dá uma risadinha curta. — Não seja boba! Eu sabia que era mentira. Já tinha bastante noção do seu... do seu senso de humor, naquela altura.

Ela abre um sorriso cúmplice. Que atriz sensacional ela é, e que boba eu fui por achar que poderia estar à sua altura!

— Mesmo assim, fiquei zangada com o seu pai por não ter me falado nada sobre o passado dele — continua. — Uma coisa levou a outra... Começamos a discutir constantemente, por causa de todo tipo de ninharias. — Ela deixa escapar um suspiro. — O seu pai se sentia frustrado por não estar subindo no Ministério, como tinha esperado. E a desilusão o tornou desagradável. Por isso terminamos. Claro que eu não podia continuar como secretária dele.

Parei de trabalhar. E depois o mundo desmoronou ao redor dele... ao redor de todos nós. O seu pai, assim como outros no Ministério, pôs fim à própria vida antes que o prendessem e o fizessem revelar algum segredo. Foi muito corajoso da parte dele.

— Morreu?

— Um comprimido de cianeto.

A morte do Pai é um alçapão que se abre debaixo dos meus pés.

— Sabe... sabe onde ele está enterrado? — balbucio, encostando-me à parede para me equilibrar.

— Não, não faço ideia.

E então, enquanto tento formular a próxima pergunta a partir da amálgama da minha descrença, Greta diz que adorou me ver e me empurra para o corredor, onde me deixa, fechando firmemente a porta atrás de mim.

Já estou chegando à Savigny Platz quando finalmente penso: *A Greta voltou a me presentear com um desempenho digno de uma estrela!* Por isso, volto correndo à casa dela e me posiciono no final da rua. E, claro, após cerca de uma hora meu pai abre a porta para ela passar, e saem os dois para a rua. É agora um cavalheiro de meia-idade, com um chapéu de feltro bege e um belo casaco combinando. O pouco que consigo ver do seu cabelo é grisalho, e ele parece magro e saudável. E feliz. Graças a Deus, ele e Greta seguem na direção oposta quando chegam à Pfalzburger Straße. Sinto a tensão da corda que estará sempre estendida entre o Pai e mim, mas deixo-o ir embora. Nem mesmo hoje, seis décadas depois, consigo descrever de forma precisa as minhas emoções em relação a ele. É como se o homem que ele foi simplesmente não conseguisse entrar na minha cabeça. Uma madeira quadrada para um buraco redondo, como Bem me diria uma vez.

Alguns dias depois, um tenente do Exército americano nos encaminha, eu e Georg, para um representante do Comitê Americano de Auxílio aos Judeus, uma organização humanitária. O nome do jovem é Henry Lefkowitz. Como falou iídiche durante toda a sua infância e estudou literatura alemã na Universidade de Brooklyn, é fluente em alemão.

— Me chame de Hank — diz ele, daquela maneira extrovertida dos nova-iorquinos, estendendo sua enorme mão de jogador de basebol.

Ele abre uma nova página no seu pequeno caderno de anotações, com o meu nome e endereços em Berlim e Istambul, e depois escreve tudo o que consigo lhe contar sobre Isaac, Rini e seus pais, os Munchenberg, a Sra. Kauffmann, Volker, e Veronika Vogt. Georg também lhe fala de amigos dele que desapareceram. Hank diz que pode levar meses, senão anos, para descobrir para onde foram levados.

Será que vale a pena ficar em Berlim para esperar por Isaac? Quando pergunto isso a Hank, ele acaricia minha mão e responde:

— Não acredito que você realmente ache que seja outra pessoa quem pode lhe dizer isso, Sophie.

Hans e eu ficamos morando com Else até o fim de agosto, e depois partimos para Büyükada. Georg e Vera voltam conosco. Rolf vai se despedir de nós na estação. Vera e Georg se recusam a falar com ele. Ela se refere a ele como o Toco Tóxico, apelido do qual acha imensa graça. Eu abraço Rolf, contudo, agora que sei que Isaac confiou nele. Karl-Heinz vai ficar mais algumas semanas, e depois volta para Lisboa. Combinamos de tentar visitá-lo assim que colocarmos nossas finanças em ordem. Hans traz na cabeça seu barrete amarelo e segura um velho saco de compras KDW que Else guardou. Dentro há uma dúzia de fotografias dele próprio e dos nossos amigos. Sua própria Coleção K-H.

Ontem fui me sentar sozinha junto ao túmulo de Hansi. Lembrei-me dele descascando batatas, e correndo atrás dos esquilos. Falei-lhe de seu sobrinho.

Isaac me disse uma vez que os mortos conseguem ser mais generosos do que os vivos. Se for verdade, então talvez meu irmão tenha me perdoado por eu não o ter salvado, nem a ele nem o Volker.

Nos seis anos que se seguem, recebo cartas de Hank Lefkowitz todos os Pessach, dizendo que tanto ele como os outros de sua organização continuam trabalhando nos meus casos. E um dia, em 1951, me escreve dizendo que descobriu o professor e a Sra. Munchenberg numa lista de judeus transportados da estação Grünewald, em Berlim, para Lodz, juntamente com mais 1.250 judeus, em 18 de outubro de 1941. Se conseguiram sobreviver às condições miseráveis do gueto de Lodz, suspeita ele, devem ter sido enviados para Auschwitz. Um ano depois, ele me escreve dizendo que Rini e sua mãe estavam no transporte para o campo de concentração de Theresienstadt, em 24 de agosto de 1942. Quanto ao pai dela, Hank não tem qualquer pista. Hank acredita que ele pode ter sido levado antes. "As famílias eram muitas vezes separadas pelas circunstâncias ou pelos próprios nazistas", escreve ele.

Ainda nada sobre Isaac, a Sra. Kauffmann, Volker e sua família, e Veronika.

Depois, em abril de 1953, Hank localiza um sobrevivente de Buchenwald que conheceu Isaac no campo: Gabe Sonnenberg. A carta inclui seu número de telefone em Londres.

A essa altura, já passei oito anos lendo sobre os campos de concentração e os julgamentos dos criminosos de guerra nazistas, em especial os processos soviéticos de outubro de 1947 contra os comandantes do campo de Sachsenhausen. Por isso sei tudo o que quero saber sobre Buchenwald, especialmente sobre as "experiências" médicas que faziam com os prisioneiros. E já ouvi sobre Ilse Koch o suficiente para suas histórias me perseguirem durante duas ou três vidas: mulher do comandante do campo de Buchenwald, ela mandava matar prisioneiros para ficar com partes dos corpos: pele, polegares e ossos, que depois mandava adaptar a objetos de uso doméstico, como candeeiros, por exemplo.

Gabe me conta que estava em Buchenwald havia apenas um mês quando levaram Isaac para lá. Eram ambos recém-chegados, e logo se tornaram amigos. Estávamos em dezembro de 1942. Isaac viera de Theresienstadt, esquelético e infestado de piolhos, embora seus olhos continuassem límpidos e lúcidos.

— Não tinha perdido o juízo, não, de maneira alguma — garante-me Gabe.

Ele diz que as mangas do uniforme listrado de Isaac eram muito curtas, coisa que o irritava. Era capaz de ser amável e espirituoso, mas, como todos os outros, estava muitas vezes exausto, irritadiço e desalentado. O cachimbo fazia-lhe uma falta terrível, e muitas vezes ele trocava seu pão da manhã por meio cigarro. Gabe e Isaac dividiam um beliche e um único cobertor com mais três prisioneiros. Isaac virava-se para Jerusalém e rezava todas as manhãs, antes de partir para a pedreira onde ele e Gabe trabalhavam o dia inteiro, e também à noite, depois do jantar. Durante seus momentos de descanso, conversavam, sussurrando, sobre suas vidas, e Isaac lhe falou de mim. Disse que muitas vezes sentia minha presença, sentada no beliche ao lado dele, desenhando seu rosto. Fazia-o sentir-se protegido.

— Tentou adivinhar o nome do filho de vocês dois — conta Gabe. — Disse que, se tivesse tido um rapaz, o teria batizado de Hans, em memória do seu irmão. Se tivesse sido uma menina, imaginava que seria Greta ou Marlene. Em homenagem a Garbo e Dietrich, claro. Disse que você era louca pelas duas.

— Chama-se Hans — digo a Gabe.

— Então ele adivinhou!

— No início de janeiro de 1943, Isaac pegou tifo — continua Gabe. — Uma noite, ele me disse: "Chegou minha hora", porque achou que não tinha forças para trabalhar na pedreira, e que seria executado. Queria se levantar, por isso o ajudei, e ele gravou alguma coisa em hebraico no nosso beliche, com um prego que tinha escondido. Acompanhei-o até o fim do barracão, e ele gravou a mesma coisa ao lado da porta, onde teria pendurado uma *mezuzá*, se tivéssemos uma. Escreveu em hebraico, por isso não sei o que significava. Quando lhe perguntei, ele sorriu e disse que era seu cartão de visita.

— *Beruchim kol deemuyei Eloha* — digo, no meu horrível hebraico.

— Como sabe? — pergunta Gabe, surpreso.

— Ele precisaria dizer essas palavras em frente à Sétima Porta de Deus para poder ser admitido.

— Um rabi uma vez me disse que isso significa "Abençoadas são todas as imagens do Senhor".

— Sim, ou então "Abençoados são todos os retratos de Deus".

— Depois ajudei Isaac a se arrastar até o nosso beliche, e ele começou a orar sentado, de olhos abertos, coisa que nunca o tinha visto fazer — continua Gabe. — Tinha uma expressão muito meditativa, que isso se notava mesmo na escuridão do inverno. Nunca vi nada como aqueles olhos, nem antes nem depois. Talvez por ele estar tão esquelético, pareciam joias escuras incrustadas em… me perdoe por dizer isto, tão… incrustadas na morte. Estava uma noite fria, mas ele suava, porque estava produzindo uma enorme quantidade de calor. Era assustador. Nunca teria pensado que aquilo fosse possível. Estava preocupado com ele. Eu e outro prisioneiro, o Marko… Ficamos acordados ao lado dele durante uma hora, mais ou menos, mas depois ele saiu do seu transe para nos dizer que não tinha problema se dormíssemos. Deu um beijo em mim e em Marko e disse: "Vai dar tudo certo. Agora estou com Deus e Ele concordou em ajudar." Não posso dizer que eu tenha achado que ele estava doido, porque eu já tinha visto coisas muito mais estranhas nos campos. Marko e eu continuávamos preocupados com ele, mas logo voltamos a adormecer. Sabe, é que estávamos sempre exaustos. Quando acordei para o café, encontrei Isaac ainda sentado ao meu lado, encostado contra a parede, e de olhos abertos. Mas a luz já partira deles, e ele estava frio… muito frio. O prego com o qual gravara seu cartão de visita saía de seu punho fechado. Peguei-o e o enterrei no campo, e, quando fomos libertados, a primeira coisa que fiz foi pedir a um soldado que o desenterrasse. Eu não tinha forças para isso. — Gabe, vencido pela recordação, perde a voz durante um momento e depois continua: — Ainda o tenho comigo. Significa muito para mim. Sabe, Sophie, às vezes penso que conhecer o Isaac foi o que me salvou. Marko e eu ainda citamos o nome dele toda vez que nos falamos ao telefone. A questão é que na época não vi isso, mas ele era uma pessoa abençoada. Nem sequer posso dizer que sei o que isso realmente significa. Mas havia alguma coisa nele… uma força, um estado de graça, como se tivesse dentro de si uma bússola que lhe mostrava sempre em que direção se encontrava Jerusalém, um mecanismo que a maior parte das pessoas não tem. E não quero dizer com isso que o tinha por causa dos campos de concentração. Ele estava tão aniquilado como qualquer um de nós, igualmente doente e desesperado. Era alguma coisa que lhe vinha de antes dos campos, alguma coisa que nem sequer o tifo, ou os piolhos, ou a morte lenta pela fome conseguia atingir.

E é assim que fico sabendo que Isaac desceu do Reichstag para uma intrincada maquinaria da morte que se alimentava de homens, mulheres e crianças, e que, de lá, rezou até encontrar o caminho para o centro dos últimos três vasos.

Enquanto agradeço a Gabe na voz mais firme que consigo, penso: *Por que estou viva, se o Isaac morreu?* É a pergunta que fica entalada na minha garganta para o resto da vida.

Capítulo 25

Uma sexta-feira de manhã, na primavera de 1954, Vera pega o barco de Büyükada para Istambul, para ir encontrar Abraão a fim de poderem discutir os novos modelos de ternos. Volta à tarde, e cai no chão logo após os degraus que levam do *ferry* à plataforma.

— Ela caiu, simplesmente — dirá, mais tarde, o Sr. Hasan, um vizinho nosso.

Ele voltou com ela, e estava alguns passos atrás. Vera sempre saía do *ferry* como um foguete.

O Sr. Hasan e a Sra. Ahmet, a mulher do padeiro, correm em seu auxílio. A essa altura, já a conhecem faz mais de uma década. Como todos os que moram na ilha.

O cocheiro de uma carruagem para turistas salta do seu assento e sobe correndo a colina para me chamar. Hans ainda não voltou da escola, por isso estou sozinha. Encontro Vera deitada, com a cabeça pousada nos joelhos do Sr. Hasan. Seus olhos estão parados e vítreos.

Já sei que morreu, mas ajoelho-me ao seu lado e sinto-lhe o pulso. O Dr. Levi vem correndo, ninguém sabe de onde. Encosta o estetoscópio no peito dela. Depois ordena a cinco homens, incluindo o Sr. Hasan, que a levem para seu consultório. Mas é tarde demais.

— O coração dela simplesmente parou — diz o Dr. Levi.

— Sim, ela sabia que isso ia acontecer, mais cedo ou mais tarde.

Vera tinha 53 anos.

Enterramos seu corpo na ilha. No funeral, ponho nos ombros o casaco de trovador que ela me fez, e Hans coloca na cabeça seu adorado barrete amarelo com guizos.

As pessoas carismáticas como a Vera nos ajudam a nos definir. *Sei quem sou porque sou amiga da Vera...* Sem saber, foi isso o que eu disse a mim mesma durante 22 anos, e por muito tempo depois sou obrigada a me perguntar quem sou. Isaac e Vera, dois continentes que desapareceram.

O que me reconforta: seus últimos anos foram felizes. Ela ia para todo lado em Büyükada durante o dia, sem se esconder debaixo da roupa, e sem vergonha alguma. O sol e o céu passaram a ser companheiros bem-vindos pela primeira vez na sua vida. E os habitantes da ilha, depois de se acostumarem com ela, convidavam-na para ir tomar chá e comer baclavá. Elogiavam-na por ter aprendido o turco tão bem. Espantavam-se com a quantidade de comida que ela consumia, e com sua maneira direta de falar.

Hans adorava andar ao lado dela, assim como eu.

— A tia Vera é maior que o Ataturk — ele costumava dizer.

Até as crianças locais pararam de zombar dela depois do primeiro ano. Uma vez, fui testemunha de uma luta entre dois rapazes porque um deles, que não era dali, tinha se atrevido a gritar que ela era um monstro. Mário, que cresceu perto de nós, mais abaixo na colina, deu um belo soco na cara do ofensivo visitante. Mas antes ainda gritou:

— Não é monstro nenhum, ela é nossa!

E é por isso que mandamos gravar na lápide dela: *Corajosa, Amada, e Nossa*.

Em 1955, Istambul tem sua própria *Kristallnacht*. Fomentada por políticos nacionalistas que reclamam Chipre para a Turquia, bandos de facínoras destroem mais de 4 mil lojas gregas, nos dias 6 e 7 de setembro. O restaurante de Nitsa arde como uma tocha. Sem vontade de recomeçar do zero numa cidade que já não os quer, ela e Georg decidem se mudar para Veneza, onde Nitsa tem parentes, e Georg resolve abrir uma pensão. Para ajudá-lo a arranjar dinheiro para ele dar uma entrada, ofereço-lhe um dos desenhos de Otto Dix para vender, pelo qual ele consegue um ótimo preço através de um negociante de arte de Milão.

Georg e Nitsa serão, até o fim da vida, os gerentes do hotel Canaletto. Falamos ao telefone pelo menos uma vez por mês, e eu os visito de tantos em tantos anos. Insistem sempre que eu fique na sua melhor suíte, iluminada pelo sinuoso lustre veneziano que vi pela primeira vez em Berlim, quando Georg ainda encarnava André Baldwin.

Georg morre em 1964, e Nitsa, três anos depois. A sobrinha deles, Antônia, herda o hotel.

Também visito K-H e Marianne em Lisboa, e ela me devolve o broche de ametistas que era da minha mãe.

— Não consegui vendê-lo — diz ela. — Era bonito demais.

Tocar com o dedo aquele violeta resplandecente é como pegar na mão da minha mãe. Espero que ela tenha conseguido me perdoar por não tê-la compreendido antes de morrer.

K-H e Marianne estão enterrados em Portugal. Werner voltou para a Alemanha e vive em Düsseldorf. Ensina a linguagem gestual numa escola para surdos.

Nunca mais consegui saber nada sobre a Sra. Kauffmann, Rini e os pais, Volker e VV. Pedi a jovens amigos meus, turcos, que procurassem na internet, mas eles não conseguiram encontrar nenhum vestígio deles. Talvez um ou outro tenha sobrevivido e esteja levando uma vida pacata em Melbourne, San Diego ou Vancouver. Ou talvez Rini tenha conseguido chegar a Hollywood e mudado de nome. Talvez eu até já a tenha visto, como figurante de sotaque alemão, num filme qualquer. Desejo isso todos os dias da minha vida.

Else foi para seu kibutz em 1947. Conheceu a companheira, Solène, no início dos anos 50, e juntas se mudaram para Tel Aviv, onde Else voltou a dar aulas. Fui a Israel visitá-la em 1978, e nós três — ela, Solène e eu — viajamos juntas por aquele belo deserto no seu velho Ford. Até a morte dela, em 1994, praticou tai chi chuan todas as manhãs, na praia. Sempre nos falávamos por telefone.

Roman aposentou-se do circo em 1969 e foi com Francesco para Frascati, onde moraram o resto das suas vidas. Encontrei-me com ele duas vezes em Istambul; a última foi em 1970. Durante sua estada, Roman deu um espetáculo com fins beneficentes que foi de fazer parar o coração; realizou-se em Ortaköy, para o Centro Cultural Judeu, de cujo conselho de administração David fazia parte. Olhando para cima, para aquele Antínoo de 61 anos saltando como um elfo ao longo do arame, com seu cabelo de um grisalho quase branco alcançando os ombros, pensei: *Deus abençoe o Roman por desafiar a gravidade, e tantas coisas mais.*

Antes de se erguer o Muro de Berlim, Tônio abriu uma escola de idiomas em Charlottenburg. Foi Else quem me contou isso. Hoje deve ser um velhinho caquético. Ou talvez tenha morrido. Não tenho curiosidade de descobrir.

Meu pai e Greta casaram-se logo após a Guerra. Não sei mais nada além disso.

No verão de 1957, estou jantando num restaurante perto da praça Taksim, com David e Gül, quando entra um homem de cabelo grisalho e espetado como um porco-espinho e olhos de um azul transparente. Parece perdido, e franze os olhos como uma toupeira diante de um túnel comprido e perigoso, pois o restaurante está mal iluminado. Põe seus óculos de aro de tartaruga e respira profundamente, para se acalmar. Eu faço o mesmo, porque pela primeira vez em 17 anos sinto uma pancada seca dentro do coração, que parece querer me dizer que tenho uma segunda chance. O homem-toupeira estuda o cardápio, depois devolve-o ao garçom e vai embora. Eu digo aos meus companheiros de mesa que preciso ir ao banheiro, mas em vez disso precipito-me para a rua e vou atrás dele, chamando-o. Não sei dizer muita coisa em inglês além de "*Wait!*", mas é o suficiente para conseguir que ele se vire. Só Deus sabe onde arranjei coragem para fazer isso.

Ele reconhece o meu sotaque quando lhe peço desculpas por incomodá-lo, e durante alguns instantes falamos uma mistura de iídiche e alemão. Seu nome é Benjamin Arons. É especialista em línguas antigas do Oriente Médio, e está na Turquia para fazer pesquisas no Arquivo Real Hitita, em Boazköy. Aceita meu convite para se sentar conosco, graças a Deus. É enquanto David o questiona sobre o que o fez interessar-se pela história da Anatólia que tenho a ousadia de pegar na sua mão, por baixo da mesa. Sua mão é quente, reconfortante e forte.

No dia seguinte, encontramo-nos para tomar café e comer profiteroles no meu café preferido, na Istiklal Caddesi. Ele passa a noite comigo em Büyükada. Para mim, foi amor à primeira vista. Ben me dirá mais tarde:

— Levei algumas semanas para me apaixonar por você. Sou meio lento.

Ele é brincalhão, bondoso, e tem senso de humor. E americano, o que significa que tem certeza de que haverá um lugar no mundo para ele, se trabalhar bastante. Gosto dessa filosofia, embora a considere uma ilusão. É um alívio especial o fato de ele nunca se magoar. Está sempre otimista. E vai comigo ao cinema sempre que eu quero.

Vera teria gostado dele. E Isaac também. Talvez isso não devesse ter importância, mas tem.

O único problema é o Hans. Ele tem 17 anos e estuda arquitetura na Universidade de Istambul. Büyükada é muito fora de mão para assistir às aulas, por isso se mudou recentemente para a casa do David e da Gül, que voltaram para Ortaköy. Os pais de David, Abraão e Graça, morreram ambos dois anos atrás, com quatro meses de diferença um do outro.

Depois de conhecer Ben, meu filho grita comigo pela primeira vez. Diz que me apaixonei por uma pessoa "inadequada". Talvez tenha a impressão errada de que Ben vai querer ser um pai substituto, mas Hans se recusa a falar comigo sobre seus sentimentos.

Até que ponto terá sido difícil crescer com um pai que morreu num campo de concentração e uma mãe que ainda se pergunta constantemente por que sobreviveu? Vão se passar mais sete anos até Hans falar comigo sobre a profundidade daquilo que ele chama de seu "sentimento de precariedade", embora eu esteja mais que consciente de que ele sempre se sentiu como se tivesse que olhar para trás o tempo todo, tanto para ter a minha aprovação como para ter certeza de que não tem ninguém o seguindo.

É durante o nosso Longo Inverno, como acabo chamando nossa guerra fria silenciosa, que Hans decide que não quer que nenhum dos parentes de Ben conheça sua identidade. Para respeitar sua vontade, dizemos à minha nova família que ele é meu sobrinho.

Ben e eu nos casamos em julho de 1959, numa cerimônia pequena em Büyükada. Infelizmente, às vezes passamos longos meses separados, porque ainda não estou pronta para deixar meu filho. Só me mudo definitivamente para a América em 1962.

O Longo Inverno acaba finalmente quando Hans termina a faculdade e se casa com a garota que conheceu na universidade. Estamos em 1964, e ele é um jovem de 24 anos, com os olhos inteligentes e radiantes de Isaac e o porte esguio de seu tio Hansi. Trabalha como assistente para um arquiteto suíço especializado em planejamento urbano. Eu vou ao casamento, claro, mas sem o Ben. Logo após a lua de mel, no início de maio, ele vai a Nova York para me ver. Diz que há muito tempo que deseja falar comigo e que lamenta ter estado tão distante nos últimos anos. Ótimo, exceto que não explica mais nada. Ben pede que eu tenha paciência com ele, e leva-o a um jogo de beisebol dos New York Mets e ao Museu de Arte Moderna. Vão juntos ao Zoológico do Bronx. Hans descobre que gosta de colibris e também do padrasto. Caminhamos até tarde, só ele e eu, na sua penúltima noite aqui em Nova York. Ele põe a cabeça no meu colo, tal como fez num ônibus de Berlim quando tinha 5 anos, e diz que quer saber tudo o que eu puder lhe contar sobre seu pai. Estou esperando esse pedido desde que ele nasceu, perguntando-me, para dizer a verdade, se alguma vez ele o faria, e passamos a noite inteira conversando. Não lhe escondo nada. Mergulhamos no rio da memória, que tem sido suficientemente largo e profundo para conter todas as minhas conflituosas e mal compreendidas emoções. E depois Hans me convida a entrar também nas suas águas...

Havia muita coisa que eu não sabia sobre ele, embora tivesse algumas suspeitas: por que não gostava de falar alemão quando criança, por que tinha a sensação de não poder ser dono de si próprio como sentia que o meu passado era importante demais e que sua vida nunca seria tão agitada como a minha, como se sentira dividido entre dois mundos: o dos amigos de Berlim e o dos parentes turcos. Para mim é difícil ouvir essas coisas, mas sua voz perdeu a ira que antes me fazia ter medo dele.

— Mãe, não precisa se defender, nem defender o Pai, nem a tia Vera nem ninguém — diz ele em dado momento. — Só preciso que me ouça.

Ali, sentados juntos no escritório de Ben, rodeados pela reconfortante paisagem de manuscritos traduzidos de línguas antigas, vejo que agora Hans é muito mais do que o meu filho, ou mesmo de Isaac; vejo que é um homem. E que seguirá seu caminho pelo mundo, independentemente do que eu faça ou não. Levei muito tempo para perceber isso. Talvez a minha falta de fé nele, ou, mais provavelmente, o frágil mundo de vitral em que nasceu tenha sido grande parte do nosso problema.

Quando chega a madrugada estou exausta, mas com os nervos à flor da pele, como se todos os meus sentidos tivessem sido sintonizados numa frequência mais alta pelo som da voz do meu filho, que é muito parecida com a do pai. E como se a minha aceitação da sua maturidade, da sua autonomia em relação a todos os meus pensamentos e a todas as recordações que tenho dele tivesse me puxado pela manga da blusa, obrigando-me a atravessar uma das portas de Berequias Zarco.

Talvez este cansaço agradável, e que me enche de plenitude, seja o que Isaac sentia quando ficava de pé a noite toda rezando e entoando cânticos — ou pelo menos antes de os nazistas tornarem seu diálogo com Deus tão urgente que isso o impedia de encontrar a paz.

Quando, logo ao amanhecer, nossa conversa chega a um ponto de repouso bem merecido, Hans me beija na boca pela primeira vez desde os seus 7 ou 8 anos. E vamos cada um para o seu quarto.

O nosso Longo Inverno terminou. E agora estamos livres para nos lançarmos ao resto da nossa vida, traga ela o que nos trouxer.

Nesse dia, ao fim da tarde, enquanto vemos um jogo de beisebol no Central Park, com Ben tentando lhe explicar as *meshugene* regras pela última vez, me dou conta de que tenho sentido saudades do som da risada do meu filho, mais do que todo o resto. E de quando ele me pega de surpresa e encosta os lábios ao meu rosto quando eu menos espero, na esperança de que eu leve um susto e lhe dê uma palmada. É capaz de ter comportamentos de criança como esse, o que significa que é bem filho do pai dele. Que sorte para nós todos!

Meu coração foi resgatado, como Vera me disse uma vez.

No aeroporto, depois de nos abraçarmos, ele ergue as mãos para me mostrar que pôs o anel do pai pela primeira vez.

— Deu certinho, mãe — garante ele, sorrindo através das lágrimas. Agora que ouviu as minhas histórias sobre as crenças e os poderes místicos de Isaac, ele acrescenta: — Mas estou começando a acreditar que o meu pai sempre soube que cairia perfeitamente no meu dedo.

Como eu queria que tivessem se conhecido! Todas as recordações de Isaac, e mesmo todos os sonhos que tenho com ele, são, de certa forma, um protesto contra a injustiça de eles nunca se terem conhecido.

É Ben quem me lembra que muitos historiadores consideram ter sido a Batalha de Stalingrado o ponto de virada da Segunda Guerra Mundial. Cerca de 750 mil soldados do Eixo e 850 mil russos foram mortos durante o cerco alemão. Continua sendo a batalha mais sangrenta da história.

— E terminou no dia 2 de fevereiro de 1943 — diz ele, de propósito.

Ele comenta isso depois de eu lhe contar sobre as Sete Portas da Europa e as teorias de Isaac.

— Não estou vendo a ligação — digo.

— O Isaac morreu no início de janeiro de 1943 — diz ele. — Um mês antes de os alemães perderem a Batalha de Stalingrado. Foi então que a guerra tomou outra direção.

— Ah, entendi. Ao cair morto num beliche em Buchenwald, o Isaac fez com que os Aliados ganhassem a guerra!

Minha fúria é perfeitamente justificada, porque, se 6 milhões de judeus mortos não significam que Deus está tão surdo como as profundezas do inferno, então o que diabos significa?

Ele me beija na testa.

— Não estou dizendo que haja uma ligação. Só achei interessante.

Mas eu ainda não consigo me libertar da minha raiva.

— Mil judeus devem ter morrido no próprio dia 2 de fevereiro. Provavelmente centenas de comunistas, de ciganos e também de crianças com retardamento. Acha que eles salvaram o mundo por terem sido mortos?

— Escute — diz Ben, abrindo as mãos em leque para me pedir paciência —, passar pela Sétima Porta significava muito para o Isaac. Deu significado à vida dele. E tenho quase certeza que, por tudo que você me contou, ele sabia muito mais do que você ou eu sobre esse assunto, portanto, estou disposto a lhe conceder o benefício da dúvida. Por que você não pode fazer o mesmo?

Não sei em que acredito hoje. Sinto-me realmente feliz por Isaac ter morrido acreditando que tinha alcançado Deus e que tinha impedido os vasos de se quebrarem. Se a sua jornada tinha chegado ao fim, fico contente por ter tido um significado para ele.

E tenho certeza de que ele salvou a mim e ao Hans, por ter me obrigado a sair de Berlim. E a Georg, a Vera, a Júlia, a Martin e a muitas outras pessoas que eu provavelmente desconheço. A Torá nos ensina que, ao salvar uma única vida, uma pessoa salva um universo, e Isaac salvou várias vidas.

Nós somos os únicos olhos e mãos que Deus tem na Terra, ele costumava me dizer. Tento viver à altura dessa verdade a cada dia que passa. É a herança que recebi dele.

Às vezes, quando não consigo dormir, penso em Isaac e Hansi sentados ao meu lado no filme de piratas com o Errol Flynn que vimos juntos, o *Capitão Blood*. Nada de diferente aconteceu nesse dia, e era um filme bobo, mas estávamos juntos dentro daquela escuridão mágica entrecortada por clarões e, ao mesmo tempo, desafiando os nazistas. Agora que me aproximo do meu fim, vejo que tive muitos dias maravilhosos com Isaac e Hansi. Tento não ser ambiciosa demais e não desejar mais.

Nos últimos anos sinto a mão de Isaac segurando a minha quando adormeço, às vezes até me beijando quando acordo de manhã. À medida que me afasto da vida, na direção quer de um outro mundo, quer do nada total, ele e eu nos aproximamos, e tenho começado a pensar que pode muito bem ser possível que a montanha e o mar se encontrem de novo no momento em que eu passar pela Sétima Porta.

Creio que finalmente aprendi a depositar minha confiança nele, bem como no nosso filho.

Capítulo 26

Uma revelação final leva quase trinta anos para abrir caminho através das densas sombras da minha vida e para se revelar a mim finalmente, de uma só vez...

Depois que Vera e eu voltamos a Berlim, no verão de 1945, ela me diz que é uma pena o Hansi ter sido cremado, porque teria sido importante para mim ver o corpo dele, para eu poder ter certeza absoluta de que ele morrera. Ela me obriga a sentar num banco da KuDamm, para podermos observar as ruínas da Igreja Kaiser Wilhelm, e me explica que nunca viu o corpo da mãe, porque o pai não a deixou ir ao funeral.

— Depois disso, eu sempre via minha mãe na rua — conta ela. — Ou num banco do Tiergarten, num ônibus... Era terrível. Depois, quando saía correndo até ela, via apenas uma mulher parecida com a minha mãe. — Com desprezo, ela acrescenta: — Às vezes, nem isso. Toda aquela tristeza, todos aqueles fantasmas, porque nunca vi a minha mãe morta.

— Eu não precisei ver o Hansi morto — digo. — As pessoas são diferentes. Você precisava disso, eu não.

— Mesmo assim, teria sido melhor se você o tivesse visto — diz ela, com ar de ameaça. — Olha que eu entendo dessas coisas. E agora, que estamos em casa, em Berlim, sem dúvida que você vai confundir qualquer outro garoto com ele.

— Foi o suficiente ter ido ao funeral — garanto-lhe.

Ela ri, debochada. O funeral não foi nada. Foi só o começo.

Durante o tempo em que ficamos em Berlim, e mesmo depois de voltar para Istambul, nem uma só vez confundi algum rapaz que eu tivesse visto na rua com Hansi. Em vez de ficar feliz com isso, como Vera achou que eu ficaria, sinto-me desiludida.

Hansi, o Anjo da Marienburger Straße

Contudo, ela tem razão quando diz que o funeral é apenas o começo.

Durante muitos anos após a morte do meu irmão, tenho pesadelos em que o vejo fugindo de mim no Zoológico, sendo atropelado por um carro na Marienburger Straße, desaparecendo na Via Láctea montada do Planetário Zeiss... Imagino que a minha mente crie essas imagens, porque me sinto incapaz de avançar rumo ao meu futuro. Quero permanecer com ele no passado. Provavelmente porque só lá é que posso ter uma segunda chance de protegê-lo.

Em 1953, visito Berlim uma segunda vez, e fico na casa do Rolf. Agora já li muito sobre o centro de extermínio de Brandeburgo, onde Hansi foi morto. Uma tarde, pego o trem para Brandeburgo. Descubro que quase todos os seus moradores empreenderam grandes esforços no sentido de esquecer onde era a fábrica de morte dos nazistas, mas um velho avozinho de ossos proeminente me leva até lá enquanto passeia com seu pastor-alemão. Vamos descendo a passos curtos uma rua sombreada por plátanos, e eu me sinto bem até ver uma chaminé escura erguer-se à minha frente, inclinada, como se fosse cair. Ajoelho-me, porque de repente não consigo fazer o ar entrar nos meus pulmões. E, quando me dou conta de que parte da fuligem dessa alta e sinistra torre de tijolo foi deixada por Hansi, sento-me ali mesmo na calçada, tonta, a ponto de vomitar. O velhinho tenta me ajudar a me levantar, mas eu o empurro para longe. Quando me sinto novamente forte, ponho-me de pé e corro em disparada rumo à estação.

Dedico a maior parte do tempo que passo em Berlim a visitar lugares aonde eu costumava ir com meu irmão. Em especial, sinto o peso da memória me levar de novo ao lugar onde antigamente ficava a escola Rei David. Talvez, imagino, porque um dia havia muita esperança percorrendo aqueles corredores.

Uma pequena boa notícia: os mochos, camelos e elefantes voltaram para o Zoológico de Berlim, até mesmo os esquilos. Hansi ficaria aliviado.

À noitinha, às vezes fico deitada olhando para o teto do quarto de hóspedes de Rolf e tentando entender como é que um governo pôde assassinar um jovem que mal tinha começado a tomar consciência de quem era. E pensando sobre o que significará o fato de nós, seres humanos, podermos ser treinados para assassinar as mais silenciosas das nossas crianças e arrancar seus dentes de ouro da boca? Ele só tinha 16 anos, era ainda novo demais para passar pela Última Porta.

Em frente ao nosso prédio, numa tarde quente, quase espero ver meu irmão sair correndo pela porta da frente e se jogando nos meus braços.

— Acredite em mim, ainda bem que você não o viu — garante-me Vera quando volto para Istambul. — Por isso pare de se torturar.
— Às vezes não consigo me lembrar da fisionomia dele — respondo. Quando ela me fita com seus olhos céticos, insisto: — Não consigo. Não consigo mesmo. Ele desapareceu.
— Você tem fotos e desenhos — diz ela.
Deixo que o silêncio se acumule entre nós, porque ambas sabemos que estou falando de uma imagem interior que, sem saber como, se dissipou.
Ela pega minhas mãos e diz:
— É assustador, ficar frente a frente com uma pessoa morta.
— Sei disso, mas não seria ruim se eu o visse bem rapidinho.

Passam-se mais duas décadas.
Num dia de primavera de 1974, tento desenhar Hansi pela primeira vez em anos, mas minhas mãos já não conseguem encontrar a forma e a essência dele. Meu irmão escapou de mim para sempre, e, pior ainda, sinto-me como se tivesse inventado a nossa infância juntos, como se todas as pessoas que deram à minha vida a forma que ela teve, principalmente Isaac e Vera, nunca tivessem existido.
Nessa noite, contudo, levanto-me para ir ao banheiro às 3 da manhã. Acendo a luz. E ali está ele, olhando para mim, do espelho acima da pia.
— Hansi — digo, como se fosse a coisa mais natural do mundo saudá-lo dessa maneira.
E depois fico assustada; lembro que ele morreu. Contudo, ali está ele: seu rosto magro, seu cabelo sedoso, seus olhos interrogadores. Sinto nosso bairro em Berlim pulsando à nossa volta, à espera de que peguemos nossos casacos para sairmos correndo lá para fora. Até consigo sentir o cheiro de lúpulo que vem da cervejaria Schultheis e ouvir um violoncelo tocando suavemente à distância. Depois de tanto procurá-lo, sei que ele tem estado escondido desde o início no lugar mais óbvio, ajudando as abelhas a fazer seu trabalho dentro de mim.

Este livro foi composto na tipologia
Minion Pro Regular, em corpo 11/14, e impresso
em papel off-white 80g/m² na Markgraph.